U0606591

赶牲灵

庞文梓 著

作家出版社

图书在版编目（CIP）数据

赶牲灵 / 庞文梓著 .—北京：作家出版社，2022.9
ISBN 978-7-5212-1962-3

Ⅰ.①赶… Ⅱ.①庞… Ⅲ.①长篇小说—中国—当代
Ⅳ.① I247.5

中国版本图书馆 CIP 数据核字（2022）第 126666 号

赶牲灵

作　　者：庞文梓
责任编辑：向　萍
封面设计：郭子仪
出版发行：作家出版社有限公司
社　　址：北京农展馆南里 10 号　　　邮　　编：100125
电话传真：86-10-65067186（发行中心及邮购部）
　　　　　86-10-65004079（总编室）
E-mail:zuojia @ zuojia.net.cn
http://www.zuojiachubanshe.com
印　　刷：北京中科印刷有限公司
成品尺寸：152×210
字　　数：641 千
印　　张：46.25
版　　次：2022 年 9 月第 1 版
印　　次：2022 年 9 月第 1 次印刷
ISBN 978-7-5212-1962-3
定　　价：88.00 元

目　录

第一章

一

时间尚早,街道边的铺子都没有开张。枝秃条光的梧桐树、槐树,在冷风中"呜呜"直响,除此之外,街道上再没有任何声息。

大峪纸坊的院墙外,张家声、钞锋杰、钞义达、张天明、候小、招弟把货驮子一一抬在骡子身上。几十年来,张家声一直固定给峪口和木头峪的商户运送货物。

峪口村坐落在晋陕大峡谷的黄河西畔上,面对黄河,背靠山高坡陡的乱石坡,上百户人家的村子没有土地,种不成庄稼,大多数人走西口,赶牲灵,做生意买卖。有十几户人家办起了纸坊,专抄日用麻纸。峪口的手抄麻纸绵细柔软,闻名方圆几百里,不少人家都在做纸上的生意。抄纸形成了庞大的产业。

大峪纸坊是峪口最大的老字号纸坊。

几个人给骡子驮好货驮子,钞锋杰走到钞义达和张家声身边,说:"我就把义达交给老兄了,在路上还请你多多指教。"

张家声笑道:"只要他不像你一样乱闯祸就好了。"

钞锋杰也笑着说:"他也不是省油的灯啊。"

钞义达像父亲钞锋杰,身子高,身架大,从小和父亲一样,练过几年的武功,平时没事的时候,好要枪弄棒。

几个人说话时,宝翠躲在大峪纸坊后的墙角,望着钞义达。

钞锋杰说:"走吧。木头峪离峪口不远,早去早回。"

张家声吆喝道:"走吧,后生们。"

钞义达等人牵上骡子缰绳,向村口走去。

宝翠悄悄地跟在钞义达他们身后。

孙旺才从街道上走过来，看到了行动神秘的宝翠，然后向前一望，看到了一闪走出街口的钞义达。孙旺才皱起眉头，拐过街道，向街道上边的大峪纸坊走去，一脸心事重重的样子。

孙旺才刚进大峪纸坊，几个官兵骑着马，从街道上拐上来，围住了大峪纸坊。

<h1 style="text-align:center">二</h1>

孙旺才背抄着手，细细地观看着贴在墙上的纸张。

大门外传来乱七八糟的脚步声。

孙旺才听到响动，一怔，向大门望去。

大门被撞开了。几个官兵闯进了纸坊大院。

看到这阵势，孙旺才大吃一惊，但还是赔着笑脸问："长官，你们有何贵干？"

官兵头目说："捉拿钞锋杰。"

孙旺才惊慌地问："为甚捉拿钞锋杰？"

官兵头目问："你是钞锋杰？"

孙旺才惊恐万状地说："不不不，我不是钞锋杰。我是纸坊的东家。"

钞锋杰身上围着围裙，正在池子里抄纸，听到院子里的声音，身子一下僵住了。他明白大事不妙。

院子里，官兵头目质问孙旺才道："钞锋杰在哪里？"

孙旺才低下了头，喃喃地说："我不晓得。"

官兵头目说："不晓得？捉不住钞锋杰，我们就拿纸坊的东家问罪。"

几个官兵扑过来捉住孙旺才。

孙旺才惊恐地睁大眼睛，着急地说："不能不能不能呀。是谁的事就是谁的事呀。"

钞锋杰走出纸坊，沉稳地说："慢。我就是钞锋杰。"

三

黄河波浪汹涌，涛声依旧。河中，有一只小船向西岸行驶而来。

艄公唱道：

你晓得，

天下黄河几十几道弯咧，

几十几道弯上几十几只船咧，

几十几只船上几十几根竿咧，

几十几个艄公呀来把船来搬。

我晓得，

天下黄河九十九道弯咧，

九十九道弯上九十九只船咧，

九十九只船上九十九根竿咧，

九十九个艄公呀来把船来搬。

钞义达等人赶着骡子，走在黄河沿岸的路上。宝翠从后边追上来了。

候小掉过头，看到了宝翠，向钞义达挤挤眼，说："义达，孙家的女子追你来了。"

钞义达回过头，看见了宝翠，惊喜地叫道："宝翠。你怎么来了？"

宝翠走到钞义达跟前，说："你头一回赶牲灵，我送送你。"

钞义达笑着说："有甚送的？"

宝翠瞪了一眼钞义达，说："净说些没心没肺的话。"然后她从身后拿出了一双鞋垫，递在钞义达面前。

钞义达接过鞋垫，看着上面精美的图案，笑着说："我能享受起么好的东西吗？"

宝翠嗔怒道："享受不起就拿来。"宝翠说着伸手去抢鞋垫。

钞义达迅速缩回了手，大声笑了。

走在前边的张家声等人，遇到了四人抬的轿子。

轿子里坐着曹景升。轿子边跟着曹家管家老曹。曹景升的儿子曹余正骑着大红马，跟在轿子后边。曹余正的跟班虎明跟在大红马身后。

骡子阻碍了轿子的通行，轿子停住了。

曹景升掀开了帘子，看到骡子，便走下轿来，对轿夫说："把路让开。"

轿夫让开了路。

张家声恭敬地叫道："曹东家。"

曹景升是木头峪有名的大商户，张家声经常给曹景升的商户运送货物。

曹景升问道："谁家的货？"

张家声回答道："有曹东家的一驮子货。"

曹景升说："好。你们慢走。"

张家声他们走过去了。

曹景升看到前边还有人牵着骡子，就没有上轿子，步行起来。他走到钞义达和宝翠身边，看到宝翠时，两眼直了，露出惊异的神色。

钞义达牵开了骡子，给轿子让路。

曹余正两眼望向宝翠，随即目不转睛地盯住了宝翠。

曹景升想起了什么，惊讶地问："这不是宝翠吗？你是不是孙家的宝翠？"

宝翠"嗯"了一声，不情愿地说道："是。"

曹景升感叹道："几年不见，宝翠越长越俊了。你认不得曹叔了？我是木头峪的曹景升，是你的曹叔呀。"

宝翠低着头叫道："曹叔。"

曹景升问："你在这里做甚哩？"

宝翠有些害羞，没有吭声。

曹余正看看宝翠，又盯了一眼钞义达。

曹景升也看了一眼钞义达，好像突然明白了什么，脸色阴沉下来。

曹景升向宝翠身边凑了凑，温和地说："回家吧，宝翠，我们正好顺路，相跟着走。"

宝翠说："曹叔先走吧。"

曹景升疼爱地说："大冷的天，小心身子着凉了。"

宝翠说："没事。"

"那我们先走了。"曹景升又恋恋不舍地看了几眼宝翠，然后凶狠狠地盯了一眼钞义达，进了轿子。

轿夫抬起轿子向前走了。

曹余正骑马走到钞义达跟前，向钞义达喊道："小子，你这种人，不配往好女人跟前凑。"

钞义达怒视了一眼曹余正，飞起一脚，踢起了脚下的石块，石块击打在了大红马的胯下。大红马受到突然袭击，狂奔起来。曹余正身子一歪，急忙伏下身子，双手抓住马鬃。

钞义达大声笑了起来。

曹余正在马身上稳住身子，勒住了大红马缰绳，大红马越跑越慢，而后站住了。他扯着缰绳，掉转马头，向钞义达走来，在离钞义达十来步的地方，扯住了马，接着就掏出手枪，举了起来。

宝翠吃惊地质问道："你要做甚？为这点事你就要动枪？"

"本人想开枪就开了。这叫派头。"曹余正说着，朝天就放了一枪。

轿子里的曹景升听到枪声，一怔，对外说："是不是曹余正在胡闹？老曹，你退回去看一下。"

"好的。"曹家管家应声后，掉头往回走。

曹余正得意地一笑，收起了枪。

钞义达怒视着曹余正，手里攥着镖。

"快走吧，不要惹乱子了。"宝翠说罢，拉起钞义达就走。

曹余正高声说道："宝翠，我在戏耍耍哩，你不要计较。"

虎明问："就这么放过了这小子？"

5

曹余正冷笑了一声，说："放过这小子？没门！"

虎明说："那我们就把他收拾了。"

曹余正说："宝翠太俊。要不是宝翠护着他，我能放过他吗？"

虎明讨好地对曹余正说："曹局长，我们想办法把宝翠拿下。"

曹余正若有所思地点点头。

曹家管家走过来，对曹余正说道："曹局长，东家叫你哩。"

曹余正说："坏了，又要挨老头子的训哩。"

四

到了峪口村，曹景升揭起轿帘向外看了看，对管家说："到孙家去。"

管家在外面问："不进城了？"

曹景升说："好多年不进孙家的门了，顺路在孙家坐一坐，耽误不了多少工夫。"

曹景升等人走到孙家大院大门前，曹景升下了轿子。看到曹余正也跟来了，曹景升不高兴地对曹余正："你先走吧。我进孙家坐一坐。"

曹余正说："我也陪您老人家到孙家坐一坐。"

曹景升不容置疑地摆摆手，连连说不用。

管家首先进了大门。

曹景升看着大门对面的大峪纸坊大门，若有所思，又感慨地说："这老朋友走了有些年头了。"

孙旺才听曹家管家说曹景升来了，急忙走出大门迎接。曹景升是黄河两岸有名的大商户，突然亲自进孙家的门，有些不大寻常。孙旺才诚惶诚恐，又不得不笑脸相迎。

孙旺才说："曹东家呀，是甚风把曹东家刮来了？怎么也不事先打一声招呼，我好准备准备啊。"

曹景升笑哈哈地说："好久没见面了，你不看曹叔来，只能是曹叔上门看你来了。"

孙旺才毕恭毕敬地说："快请进。"

二人走进窑洞客厅。

孙刘氏正在客厅，笑着向曹景升打了一声招呼。孙旺才把曹景升让到太师椅上，随后自己也坐在另一张太师椅上。孙刘氏急忙沏茶。茶沏好，孙刘氏才坐在凳子上。

曹景升品了一口茶，才问："最近买卖怎么样？"

孙旺才说："小打小闹，老样子。哪像曹东家，天天都在做大买卖。"

曹景升笑着说："我们的买卖也一般般。哎，家里怎么静悄无声的，怎么了？"

孙旺才长叹了一口气，说："家里的一个长工让官兵抓走了。"

曹景升惊讶地问："为甚？"

孙旺才说："说不清啊。"

曹景升说："你不要着急。我正要到县府去，顺路打探一下。没有大事的话，我捞他出来。"

孙旺才说："那就谢谢曹东家了。这个长工，是我们祖上的亲戚，和我父亲一个辈分，按说也是我的长辈。"

曹景升"哦"了一声，说："谢甚呀，你我是甚关系呀。宝翠呢？"

孙旺才突然明白了曹景升的来意，以无奈的口气说："也不晓得到哪里野去了。我这妹子，整天不着家，长一副大脚片子，就会疯跑，没个女人的样子。"

曹景升笑了笑，说："小东家，当年你家妹子和我们家的老二，还在肚子里的时候，我和你大指腹为婚。你大在世的时候，也还应承着这门亲事。他走了，这几年我们各忙各的，也再没提这事情。如今孩子都大了，我们是不是举行一下仪式，把孩子们的事情定了？"

孙旺才一怔，干笑了两声，说："我没听说过这事呀。"

曹景升说："你怎能没听说过？你大没有给你交代过？"

孙旺才说："没有。"

曹景升说："你父亲这人，也真是日怪。这么大的事怎么就没有向你交代。我给小东家说，指腹为婚，自古就有。咱们两家的事，我也不会骗你。你父亲走了，你就是一家之主，这个事该你定夺了。"

孙旺才冷冷地说："我说过，指腹为婚的事我不晓得，我不能做这个主。妹子的事就由妹子自己定吧。"

曹景升慢腾腾地说："你看你说的这是甚话？父母不在世，姊妹弟兄们的婚姻大事，自然就要你这个大哥做主。小东家，这个主意一定要你拿。我挣下那么大的家业，他们弟兄二人几辈子也享用不完，想和我们曹家攀亲的人数都数不清。余成小时候得过病，头脑有点问题，我把一半的家产分给他，他还会找不下媳妇？找十个八个都不是个事情。我只是觉得咱们两家门当户对，才和你们指腹为媒，给儿女们缔结姻缘的。"

孙旺才面露不快的神色，说："曹东家，你就不要为难晚辈了。"

曹景升不满地说："这怎么是为难你？是你在为难我。你们不想结这门亲，也要早点打退话呀。你不打退话，我们就一直等着你们。如今再打退话，迟了！"曹景升的话中明显地带着怒气。

孙旺才无奈地说道："连婚都没有订，打甚退话？"

曹景升愤愤地站起，冷笑道："看来，你想让你妹子跟上人跑了？她跟上人跑了，你能丢起这个人吗？我曹某人可丢不起这个人！"

曹景升走出门时，孙旺才两口子没有站起来，更没有礼送话别。两人呆呆地坐了一会儿，孙刘氏才说：

"方圆百十里的人，谁不晓得曹家老二是个灰汉。当初老人们说了两句玩笑话，他曹景升怎么就会当真呢？"

孙旺才说："曹家老二要不是灰汉，他曹景升还不一定当真呢。这些年他发财了，来来回回常路过峪口，连孙家的门边都没沾过。"

"那你怎么也不说两句硬气话？"

"人家势大咱势小呀。不过我的主意在肚子里，谁也改变不了。"

"就怕曹景升背后使阴招。"

孙旺才沉默不语。

五

宝翠焦急地在黄河岸边的路上走来走去，不停地向路前边张望。看到钞义达等人赶着骡子走过来了，她跑了过去。

钞义达高兴地叫道："宝翠，你跑甚哩？"

宝翠边跑边说道："义达哥，钞叔让官兵抓走了。"

钞义达一惊，向前紧走了两步，问道："为甚？"

宝翠站住说："不晓得。我哥他问过官兵，也没有问出来。"

钞义达放开骡子缰绳，立刻跑走了。

宝翠喊道："你要冷静，义达哥。"

钞义达跑进孙家大院，猛地推开门，一头闯进去了。

孙旺才和孙刘氏坐在太师椅上。孙旺才慢悠悠地吸着水烟，孙刘氏在喝茶水。钞义达进来之前，他们正说着曹景升提亲的事。

钞义达闯进门的动作太大，孙旺才和孙刘氏都吃了一惊。

钞义达问道："孙东家，我大他怎么了？"

孙旺才叹了一口气，说："让官府抓走了。"

钞义达惊叫道："官府为甚要捉我大？"

"不清楚，估计是你大他不省事。"

"官府把我大捉到甚地方了？"

"不晓得。"

"我要救我大去。"

钞义达说着，就往外跑。

孙旺才吼道："你回来。"

钞义达头也不回地跑了。

钞义达跑出大门，就遇到了宝翠。

宝翠问："你哪里去？"

钞义达说："到县政府去。"

钞义达说着跑了。他在黄河沿岸的路上跑，宝翠在后边追。

钞义达跑到县政府大院大门时，满头大汗，浑身都湿透了。

宝翠跟在钞义达身后跑，上气不接下气，满脸汗水。可是，她还是被钞义达甩开了。

县政府大门前站着一个警士，钞义达跑到警士跟前，问："长官，今天逮的人在哪里？"

警士莫名其妙地望着钞义达。

钞义达的声音提高了："你怎么不说话？"

警士也强硬地质问道："你是甚意思？"

"今天你们是不是逮进来一个叫钞锋杰的人？"

"没有。"

"我不信。"

"不信你就滚一边去。"

"老子就不滚。"

曹余正和虎明从大门里走了出来。曹余正大声质问道："谁在这里大声吼叫？"

曹余正看见钞义达，一怔，说："原来是你。你小子吵闹甚哩？"

钞义达问："谁把我大逮走了？"

曹余正说："不晓得。"

钞义达说："我要进去问县长。"钞义达说着就要往里闯。

曹余正吼道："你小子还想做甚？滚！"

钞义达不管不顾，硬要往里闯。

警士用枪挡住了钞义达。

曹余正吹了一声哨子，县政府大院里又出来几个警士。

曹余正大声说道："这个人寻衅滋事，抓起来。"

几个警士围住了钞义达。

钞义达拉开了架势，准备打架。

"这还了得！在县政府门前滋事袭警，真是不想活了。"曹余正说罢，端起了手枪，瞄准了钞义达。

宝翠这时赶过来了。她看到曹余正用枪瞄着钞义达，一惊，跑过来护在了钞义达身前。

曹余正看到宝翠，眼睛一亮，叫道："宝翠。"然后，他放下了枪。

钞义达往旁边推宝翠，宝翠动了一下，又退回来。

"这世上有英雄救美的故事，可我还没有见过美人救土匪的事情。"曹余正一边笑着说，一边向虎明使了个眼色。

虎明向钞义达溜去。

曹余正说："宝翠，咱们两家是世交，你就不要为这么个穷小子和我们闹腾了。"

宝翠质问道："他犯了甚罪，你们抓他？"

曹余正说："他来政府闹事，我们就要把他抓起来。"

宝翠说："他大被人捉走了，他心急，有甚事你们担待一下。"

虎明偷偷地绕在钞义达身后，举起了枪托。

曹余正轻轻摇了摇头。

虎明放下了枪托。

曹余正说："既然宝翠你说情，我就放了他，不过，你到我办公室来一趟。"

宝翠不相信地看看曹余正，又望望钞义达。

钞义达说："宝翠，要去我去，你不要上他们的当。"

虎明喊道："你算甚东西，还能进局长办公室？"

曹余正摆摆手，制止虎明说话。

曹余正说："你们看吧。宝翠不担保，不履行手续，我就把这个土匪关起来。王子犯法，与庶民同罪。"

宝翠对钞义达说："你先在这里等一下。我不会有事。"

钞义达说："谁晓得他安的甚心。"

曹余正笑了笑，说："我们是堂堂正正的人，能像你一样撒野要泼吗？"曹余正说罢，转身走了。

宝翠跟着曹余正进了大门，来到曹余正办公室。

曹余正客气地说："请坐。"

宝翠说："不坐了，有甚事，尽快办。"

曹余正温和地说："宝翠，那小子是个土匪流氓，你怎么会为他说话？"

宝翠说："他是个甚人，我比你清楚，曹局长就不要说了。"

曹余正不甘心地说："我也是在为你的名誉着想啊。"

宝翠干脆地说："用不着。办手续吧。"

曹余正想了想，说："算了吧，看在你宝翠的面子上，我就放他一马吧。手续不用办了。"

宝翠说："谢谢！"宝翠说罢，转身走了。

宝翠出了门，曹余正也跟出来了，目不转睛地盯着宝翠的背影。

虎明走到曹余正身边，问："局长要是看上宝翠，就别放过那小子啊。"

曹余正说："我不能给宝翠留下坏印象。"

六

钞义达走进孙家客厅，看到孙旺才脸色铁青地坐在太师椅上。孙旺才看了他一眼，扭过头，显出不想搭理的样子。

把自己叫到家里，又不想搭理自己，钞义达心里不舒服。不过，人家是东家，给鼻子就是鼻子，给脸就是脸，他没有动怒的资本，只能忍气吞声。他叫了一声："东家。"

孙旺才没有应答，而是慢腾腾地装了一锅旱烟，悠悠地吸了起来。在孙旺才看来，他不管给钞义达甚脸色，钞义达只能照单全收。按亲戚的辈分，他和钞义达是同辈，事实上，他比钞义达大十几岁；论地位，他是东家，钞义达只是他们家长工的儿子；讲良心，他们一家人在钞家父子境遇最不济的时候，收留了他们。

孙旺才吸完了一锅烟，磕掉烟锅里的烟灰，才说："县府捉人出动的是警士。捉你大的人是官兵，也许是榆林井秀成的官兵，你再不要瞎闹了。这么大人了，也是自己出去闹世事的年龄了，还瞎闹腾甚哩。"

听到这话，钞义达愣了愣。接着，他明白自己该离开大峪纸坊了。

孙旺才接着说："井秀成的官兵在通秦寨也驻了一个连，我们也许能打问到你大被捉走的根由。"

钞义达说："谢谢孙东家。"

遭遇了孙旺才的冷看慢待，钞义达却想跪下给孙旺才磕三个响头，然后理直气壮地远离孙家大院。他从八岁时到了孙家，到如今十年有余了。孙家对他们父子有恩，可他除了磕头，再无以回谢。然而，男儿膝下有黄金，他最终没有跪下来。

七

几个官兵押着钞锋杰走进方塌村时，天就黑了。他们找到一家旅店落了脚。

钞锋杰走进窑洞，借着灯光迅速观察了一遍。他看到里窗台上放着几片瓷碗片，故意退了一步，被绑在背后的双手探了一下，握住了一片瓷碗片。

官兵把钞锋杰推在炕上，喊着让钞锋杰睡下。

钞锋杰说："我的双手让你们绑住了，怎么睡呀？"

官兵头目瞪着眼喊道："你还想睡舒服觉？想睡舒服觉等你死了再睡。就这么躺下！"

钞锋杰只好上了炕，侧着身子躺下，随后乖乖地闭上了眼睛。几个官兵则睡在钞锋杰周围。

夜深人静，官兵们睡着了。

钞锋杰开始用手中的瓷片慢慢地割断了绑在手腕上的绳子，然后站起来下了炕。

一个官兵醒了，看到了地下的黑影子，叫道："钞锋杰，你往哪里跑？"

钞锋杰迅速跑出了门。

官兵们闻声拿起枪，追了出来。

官兵们没有看清钞锋杰逃跑的方向，追出方塌村就站住了。官兵头目懊恼地说："这黑天半夜的，连影子都没有看到，怎么追呀！算了，不追了。现在回去也交不了差，咱们不回榆林了，明天各走各的路吧。"

八

钞义达到了通秦寨，来到兵营驻地大门前。

兵营大门前有两个哨兵在走动。

钞义达心想这回不能莽撞了，便走过去，客气地说道："长官，辛苦了。"

低个子哨兵瞪了一眼钞义达。

钞义达讨好地说："不忙的话，我请长官喝一壶老酒。"

高个子哨兵喊道："走开。操心老子的枪走火了。"

钞义达脸一僵，随即又笑道："长官，你们这里前天是不是捉进来一个人？"

低个子哨兵问道："你问甚？"

钞义达说："那个人是我朋友的大，他托我顺路看一下。"

低个子哨兵看了看钞义达，突然恍然大悟地说："我看你们两个长得有点像。那个人是你的甚人？"

钞义达说："他就是我朋友的大。那个人关在了你们这里？"

低个子哨兵说："在这里吃了一顿饭就走了。是个要犯，还能关在我们这里？是榆林的客。"

高个子哨兵喊道："多嘴。"

钞义达听罢转身就跑了。他出了通秦寨，向榆林的方向走去。天黑了，钞义达没停脚，继续向北走。天还没明，钞义达就到了榆林。待天亮城门开了，钞义达到了城门洞边。

几个人正围着观看城墙，钞义达凑了过去。城门洞边的城墙上贴着告示，告示上有钞锋杰的画像。

一个年轻人盯着钞义达，又不时看看画像，进行比对。

告示上的内容是：惯匪钞锋杰，年方四十有余，葭县人。钞锋杰长期流窜作案，对抗官府，骚扰百姓，成为害群之马。钞锋杰至今未归案，请百姓提供线索或捉拿移送官府，有重赏。如有知情不报者或窝藏者，一同治罪。

钞义达看罢告示，刚转过身，那个盯着他的年轻人一把揪住了他，说："这人就是告示上的人。"

钞义达愣住了。

年轻人说："走，到官府去。"

钞义达喊道："放开老子。"

年轻人说道："放开你？放开你我哪里去领赏？"

有几个人附和道："对，这个人是有点像告示上的人。"

年轻人说："你们听，他就是葭县口音。"

钞义达吼道："再不放开老子，老子要动手了。"

年轻人说："你不要小看老子啊。"

年轻人首先一拳打过来。钞义达飞起一脚踢过去，年轻人躲开后又握拳扑过来，钞义达闪开了，转过身，一脚踢在了年轻人的腹部。年轻人弯下了腰，钞义达一肘子磕在年轻人背上，将年轻人打倒了。

年轻人痛苦地蜷曲在地上。

一群人围住了钞义达。

有人喊道："捉住这个惯匪。"

钞义达抱拳说道："老乡们，本人才二十来岁，那个告示上的人四十多岁，我怎么会是告示上的人呢？"

有人仔细看看钞义达，说："对，这人是个后生，告示上的人是四十多岁。我们弄错了。这后生就不是告示上的人。"

有人说："他打了人，就不能让他走。"

人群又向钞义达围来。

钞义达说："是他找事先动的手呀。想到官府讲理，咱们就走吧。"

有人指着地上的年轻人，说："对，是那个后生先上的手。"

警士跑过来后，人群散开了。

钞义达一看警士来了，突然冲出人群跑了。

听有人喊道："抓住他。"

钞义达跑得更快了，一口气跑到城郊的土山梁上，看到后边没有人追来，才坐在了土塄上。等他稍稍平息，得意地自言自语道："我大逃走了。他们哪是我大的对手。"钞义达说着，得意地大笑了。

九

曹余正走到客厅门前，准备进门时，听到门里边的父亲说：

"曹好人，只要你把我们老二的婚事说成，我是不会亏待你的。"

是父亲请了村里的媒婆给弟弟当媒人，曹余正没有进门，屏住气息，听里边的人说些甚话。

客厅里，曹景升和曹王氏坐在太师椅上。

曹媒婆坐在曹家夫妇对面的凳子上。

曹媒婆说："这孙家也真是有眼不识泰山。我以后劝劝他们。"

曹景升说："你今天就到峪口走一趟吧。"

曹媒婆说："行。我这就走。"

曹媒婆站了起来。

曹余正听到曹媒婆要出来，急忙躲开了。

木头峪距峪口十来里的路程，曹媒婆出了曹家的门，就向峪口走去。

曹媒婆来到孙家院子的大门时，孙旺才和孙刘氏正在院子整理麻纸。孙家的家底虽然殷实，可孙旺才夫妻并没有养成好逸恶劳的习惯，每天早晨起床后，脚不停手不闲，把家里家外收拾得干干净净，空闲下来的时间，又做纸坊里的营生。

曹媒婆进了门，孙旺才夫妻二人一口一声曹好人，将曹媒婆让进了客厅。男的说媒人称媒人，女的说媒人就尊称好人，背地叫媒婆，所以大家都叫曹媒婆曹好人。曹媒婆虽然只有三十来岁，可已成了远近有名的媒人，她上门，孙旺才夫妻自然明白她的来意。

　　三人进门后坐在椅子上，曹媒婆首先说："曹东家说，他那天言重了，请你们不要计较。他还让我来替他向你们道歉。"

　　孙旺才冷笑了一声，说："道甚歉？！能来往就来往，不能来往就拉倒，我们是井水不犯河水。"

　　曹媒婆笑眯眯地说："孙东家，曹家家大业大，是咱们方圆百十里的头号人家。你妹子嫁过去，是不会吃亏的。"

　　孙旺才不屑地说："我不想沾他们的光。"

　　曹媒婆说："曹东家还给我捎话了，说你想反悔这门亲事，他丢不起这个人。他的话不出口就不出口，一旦出口了，就不能收回来。还说这就叫威信。孙东家，你就不要和曹东家怄气了，你是斗不过他的。"

　　孙刘氏接住曹媒婆的话说："我们是斗不过黑心烂肝的曹景升，不过，他也把我们怎样不了。"

　　曹媒婆惊讶地说："嫂子，话不敢这么说。人家曹家有权有势，听说曹东家和井秀成井大人都有往来哩。"

　　孙旺才理直气壮地说："我遵法守纪，他井大人能把我怎么样？"

　　曹媒婆说："你孙东家不明白'官大一级压死人'的道理？"

　　孙旺才说："我是过了而立之年的人，甚都明白。"

　　曹媒婆说："那你就不要逞好汉了。"

　　孙旺才质问道："这叫逞好汉吗？你要晓得，把宝翠嫁给曹家的二儿，就等于把宝翠推进了火坑。"

　　曹媒婆说："我看没那么严重。曹家的二儿头脑不行，宝翠嫁过去了，甚事不是宝翠说了算？"

　　孙旺才又反问道："那你为甚不嫁一个灰汉？"

　　曹媒婆说："灰汉也要看是谁家的灰汉。我要是当初真能寻到这么一门好人家，如今还用走东家跑西家说媒，看人家的眉高眼低？"

孙旺才说："好，话就说到这里。你就不要再费口舌了。"

曹媒婆说："人家都叫我曹好人。我是为你们做好事哩。"

孙刘氏说："我们孙家不要你们曹家做好事。"

曹媒婆白了一眼孙旺才，站起来悻悻地走了。

曹媒婆刚离开孙家大院，曹余正就来了。

在院子里的孙旺才，看到一个陌生的年轻人进了大门，客气地问："请问你找谁？"

曹余正说："你就是孙家的孙兄吧？"

孙旺才点点头说："我是孙旺才。"

曹余正说："我是木头峪曹景升的大儿子曹余正，在县公安局当局长。"

孙旺才拉下了脸，冷冷地问："曹局长有何贵干？"

曹余正看了看孙旺才，不好意思地说："我就是来看看孙兄。"

孙旺才拉开了客厅的门，说："请，曹局长。"

二人走进了客厅。

正坐在太师椅上的孙刘氏站起来。

孙旺才说："请坐，曹局长。"

曹余正对孙刘氏说："你们也坐。"

曹余正说："孙兄，这两天我向榆林打问过了，钞义达的父亲钞锋杰参加过清涧暴动，是死罪。你们要是还和他家有往来，就会受牵连的。"

孙旺才愣了一愣，没言语。

孙刘氏吃惊地望着曹余正。

曹余正说："前两天钞义达还来县政府闹过事。要不是宝翠来说情，这钞义达的班房也是坐定了。"

孙旺才不好说甚，叹息道："这后生呀，不明事理。"

曹余正接下来就开始恭维孙旺才，说孙旺才有本事有良心，父亲去世后把宝翠抚养成人。孙旺才不想和曹余正交流，只能有一句没一句地附和几声。曹余正看出孙家人不喜欢自己，识趣地告辞了，临出门时，说道："以后你们遇到困难，就来找我。"

曹余正见过孙旺才后就回到了木头峪。自从见过宝翠，他就坐不住了，三天两后晌地往家里跑。莨县城在北，距峪口十几里路程，峪口距木头峪十来里路程，南北走向，都在一条线路上。曹余正回南边的木头峪，峪口是必经之路。

曹景升正坐在院子里的小凳上慢悠悠地吸水烟，看到儿子，脸拉长了，质问道："你不好好地在公安局当差，回来做甚哩？"

曹余正毕恭毕敬地叫道："大。"莨县人叫父亲都叫大，再有名的乡绅或者吃官饭的人，都是这么称呼的。

曹景升把水烟锅里的烟灰吹掉，说："余正，你长大成人了，不用对我太拘礼节。"

曹余正说："父亲永远是父亲。"

曹景升满意地点点头，说："前些日子后沟的徐财主托人提亲了。他的女子我见过，一看就是个贤淑的女子。"

曹余正愣了一愣，没有说话。

曹景升说："虽说婚姻是父母之命、媒妁之言，不过，我还没有顽固到让你连那女子的面都不见就成亲；我也不会不经你的同意就自作主张给你定亲。你已经二十三岁了，不小了。你下边还有个弟弟。"

曹余正想了想，说："峪口孙家的女子我见过一面，模样还行。"

曹景升阴沉沉地盯了一眼儿子，然后一本正经地说："余正，有些事我没有给你说过，你说这话，我也不怪你。孙家的女子和余成是同龄人，都在娘肚里时，我们两家大人就指腹为婚了。指腹为媒你晓得是甚意思吧？就是两家大人说不管谁生男生女，只要性别不一样，就要成亲。为这事，我也找过孙家了。"

曹余正神情沮丧地望着父亲，喃喃地问："孙家会同意吗？"

"不同意也由不得他们。我们曹家是甚人家，能让他们耍笑了？"

"孙家的女子如花似玉，嫁给我弟，不是糟蹋了？"

曹景升面露怒色地说："余正，你也是个读书之人，这话不该你这个当兄长的说。我们死了，还要靠你来帮扶余成哩。"

曹余正气冲冲地说："我还没有见过比孙家女子更俊的女子。我喜欢孙家的女子。徐家的女子我不要。"

曹景升怒吼道："没路道！你以为真的子大不由父管了吗？你说孙家的女子让你抢走了，余成怎么办？你不至于再找不到好女子，可余成就这种样子，能再找到好女子吗？我曹景升是甚人？是方圆百十里有名有望的人。我要让我的两个儿子，都能有貌美通情达理的媳妇。"

"大，你让孙家的女子自己决定嫁给谁吧。"

"要是人家你们两个谁都不想嫁呢？"

"我就是抢也要把她抢到手。"

曹景升愤怒了，站起来，用手指着曹余正，吼道："只要我曹景升还有一口气，就不能让你干出这种伤天害理的事！你给我滚！"

十

钞义达招呼不打一声，就悄悄地离开了峪口，宝翠晓得他是找父亲去了。她担心钞义达出去闯祸，心神不安，天天在村道上走来走去，等待着他的归来。

突然，一个人影横过来，挡住了宝翠的去路。她吃了一惊，抬起了头，惊愕地望着挡在路上的人。

曹余正激动地望着宝翠，说："宝翠，我想和你谈谈。"

宝翠干脆地说："我不认识你。"

宝翠说罢要走，曹余正又挡住了宝翠的去路，说："怎么不认识？我们见过面。你还到过我的办公室。我是木头峪的曹余正。"

宝翠恼恨恨地说："我不想和你们曹家人说话。"

曹余正冷笑道："你不想和我们曹家人说话？这不成了笑话？你很快就是我们曹家的人了。"

宝翠喊道："我死也不会当你们曹家的人。"

曹余正一本正经地说："宝翠，你要是能听我的建议，你也许不会给我那个不体面的弟弟当媳妇。不听我的话，你们家就要大祸临头了。"

宝翠没有吭声。

曹余正说："走吧，找个说话的地方好好聊聊。我来找你，就是为了你好。"

宝翠迟疑地望了一眼曹余正。

曹余正温和地说："宝翠，我真的是为了你好才来找你的。走，我们在偏背的地方说说话，站在大路上人们来来往往的不方便。大白天的，我不会把你怎么样。"

曹余正说着，先走了。宝翠跟在曹余正身后。在黄河滩上，二人同时站住了。

曹余正看着宝翠，柔和地说道："宝翠，自从第一次看到你，我就忘不了你了。"

宝翠说："我不想听你说这样的话。你要是再这么说，我就走了。"

"好，我说你想听的话。我大说了，要想尽各种办法，包括伤害你们家的人，逼使你嫁给我弟弟。我弟弟的状况，我想你也是清楚的。"

宝翠低着头，没有吭声。

曹余正问："你要是想嫁给那个人见人嫌的灰汉，我也就没话说了。"

宝翠仍然没有吭声，但狠狠地瞪了一眼曹余正。

曹余正笑道："玩笑，玩笑。我今天来找你，是给你出主意的。我有一高招，能使你摆脱和灰汉一起生活的命运，就是不晓得能不能说。"

宝翠说："说吧。"

曹余正说："你答应嫁给我，我父亲也就不会硬让你当灰汉的媳妇了。"

宝翠坚定地说："不可能！我说了，我不会走进曹家的门。"

曹余正说："你要是不愿意嫁给我，你就是灰汉的媳妇了。"

宝翠说："不会的。"

曹余正自信满满地说："我人样不行吗？我地位不高吗？我这模样，在男人中，算得上英俊了。"

确实，曹余正身材中等，相貌五官还算周正，不过宝翠看到他就觉得恶心。

宝翠冷笑了一声，嘲讽道："和你弟弟比较，你是看起来不错的。但是我给你说，你们家的大大小小的人，我一个也看不上。我宁死也不会走进你们曹家的门。"

曹余正大声笑起来，止住笑声后，他正告道："你宝翠也不想想，我大是甚人。你问问方圆百十里的大人小孩，我大他要办的事，哪桩哪件没有办到？如果你不进我们曹家的门，你们一家人就不能过安稳的日子。我大虽是有名的大好人大善人，可他也爱面子、讲威信。你们要是不给他面子，他也不会给你们面子。如今我给你说，是让你考虑选择我还是选择灰汉，而不是进不进曹家门。"

宝翠说："没有选择。"宝翠说罢转身走了。

曹余正盯着宝翠的背影，自言自语道："还挺有性格的。放过她，我就不是男子汉了。"

十一

钞义达走进孙家大院，准备找孙旺才说说父亲的情况，却听到客厅里的孙刘氏对孙旺才说："这钞家父子，给咱们惹了多少祸。"

钞义达站住了。

孙旺才说："曹家一提亲，我倒想起了咱大的话。咱大在临咽气的时候，还给我安顿过，给宝翠找个好人家，不要让宝翠和义达常往一起凑。"

孙刘氏说："义达回来，我们就让他走吧，也免得再惹是生非。"

孙旺才说："两难呀。"

孙刘氏不满地说："你这人，就是好面子。"

钞义达听到这里，掉头出了孙家大院大门，走进对面的大峪纸坊。进了小窑洞的钞义达一扑上了炕，然后仰面躺下望着小窑洞顶出神。这孔小窑洞，他和父亲住了十来年，一直把这里当作自己的家。孙家大院、大峪纸坊、小窑洞给他留下了许多美好的回忆。可是，如今终于到了他要离开的时候了。他依依不舍，却必须舍弃。他坐起来，深情地环顾着小窑洞，眼眶里溢满了泪水，随后开始整理衣物。整理好行李，钞义达出了门。

走出大峪纸坊，钞义达又来到孙家大院。在宝翠卧室门边，他站住了。

宝翠从门里走出来，惊喜地问："你回来了？你大怎么样？"

钞义达说："没见到。"随后他深情地望着宝翠。

宝翠说："进来呀。"

钞义达迟疑了一下，说："我有事。"

钞义达说罢，掉头走了。

宝翠诧异地望着钞义达的背影。

钞义达回到大峪纸坊院里的小窑洞，背起铺盖，提起包裹，又环视了一遍小窑洞，一步三回头地走了。

一个工人问："你背着行李要做甚哩？"

钞义达说："到木头峪过黄河。"

工人问："过黄河做甚？"

钞义达叹息道："还能做甚？到河那边上山。"钞义达说罢掉头走了。

钞义达走出大峪纸坊，转身望着大峪纸坊的大门招牌，神情痛苦而恋恋不舍。

寒风凛冽，钞义达孤苦伶仃地走在峪口村的路上。

路下边，黄河波浪滔滔，冰凌涌动。

钞义达刚走，宝翠就走进了小窑洞里。她感觉到钞义达神情不对，所以回到卧室不久，就出来找他。窑洞里不再是住人的样子，钞义达的衣物行李不见了。宝翠愣了一愣，急忙出了门。

她走进纸坊里，问一个工人："你见过义达没有？"

工人说："他背着行李走了。"

宝翠又问："他走哪里了？"

工人说："听他说要到木头峪过黄河。好像是要上山当土匪去，也不晓得他在跟谁怄气。"

宝翠大惊失色，转身就跑。

十二

钞义达走在沿黄河的路上。

张家声和张天明、候小、招弟赶着骡子从对面走来了。

张家声看到钞义达，问："义达，背着铺盖到哪里去？"

钞义达望望张家声，说："张叔，我不能再麻烦孙家了。"

张家声说："不麻烦孙家也行，你过来跟我们住在一起。你不是已经跟我们搭伙赶牲灵了？"

钞义达说："我想离开峪口。"

张家声问："离开峪口你到哪里去？"

钞义达望着黄河，说："我想过黄河。"

张家声问："过黄河做甚？"

钞义达说："上山。"

张家声一惊，睁大眼睛，质问道："你说甚？你上山做甚？"

钞义达没有吭声。

张家声说："你这后生。一个好好的后生，怎么想起了上山当土匪，做打家劫舍的营生？土匪是甚人？是祸害百姓的坏人。义达，不要瞎想了，好好地跟上我们赶牲灵吧。"

钞义达说："赶牲灵成不了大事。"

张家声说："当土匪就能成大事吗？义达，你听我说，你父亲的武功比你强，可他从来就没有想过要当土匪。当土匪不是正经人的营生，我不能让你当土匪去。你要是当了土匪，把你们钞家的名声都辱没了。你们钞家的老祖先，那个叫钞启达的人，可是大英雄呀。你父亲不在你跟前，我就是你的长辈。你要是走歪路，我看着不管，你大回来了，我怎么交代？听叔的话，咱们一起去赶牲灵。"

宝翠气喘吁吁地跑过来了，立脚未稳，就质问钞义达道："你怎么招呼都不打一声，就走了？"

钞义达说："我去见过你。"

宝翠说："可你没有说要走啊。"

钞义达没有吭声。

张家声对宝翠说："你劝劝他。他要当土匪去。我们先到那边等你们。"

张家声和候小、招弟、张天明赶着骡子走了。

宝翠质问道："你真的要过黄河去当土匪？"

钞义达点点头。

宝翠质问道："你练武功，就是为了当土匪？你不是说你练武功是为了赶马帮驼队吗？怎么就想起了当土匪？"

钞义达说："我要去找我大。"

宝翠质问道："从小，我就把你看作是有勇有谋的人。我信任你，看重你，把你当兄长看待，可你长大了，翅膀硬了，就要去做那些千人骂万人踩的营生？"

钞义达突然怒吼道："我愿意当土匪吗？我愿意离开你们家吗？我愿意和你分开吗？我不愿意！我不愿意！我一千个不愿意！可我能怎么办呢？我要找我大，也不能连累你们家，如今只有当土匪一条路了。当上土匪，拉上一大帮子人，才能救我大。"

钞义达说着，转身就走。

宝翠上前扯住钞义达的衣服，钞义达挣开了宝翠的手，向前走去。

钞义达在前边走，宝翠在后边追。

宝翠突然吼道："钞义达，你要是当土匪去，我就跳进黄河里。"

宝翠走到黄河畔边。

钞义达愣住了，望着波涛汹涌地卷着冰块的黄河。

第二章

一

山野里，乌云沉沉，雪花飘飘。

张家声和钞义达、候小、张天明、招弟赶着骡子，艰难地行走在路上。

地上的雪越积越厚。招弟一不留心摔倒了，沾了一身雪。骡子的蹄子时不时地打滑。

张家声他们走到一道长坡前，往上赶骡子，骡子走了几步，蹄子打滑，上不去，不走了。张家声前边扯骡子，四个年轻人从后边往上推骡子。骡子上不去反倒退下来了。张家声他们只好把货驮从骡子身上抬下来。骡子身上没有负担了，一人牵着，一人赶着，很快就把几头骡子赶上去了，然后他们又开始往上扛货驮子。

候小肩上驮上货驮，龇牙咧嘴地走了几步，放下了，说："不行。我扛不动。"

张家声说："把货卸下来，一件一件地往上扛。"

钞义达说："张叔，你的货就不要往开卸了，卸开太麻烦，我给你往上扛。"

张家声说："要让你受罪了。"

钞义达说："没事的。"

候小说："义达，你力气大，把我的货驮也扛上去，回头我请你吃好的。"

几个年轻的赶牲灵人，钞义达年龄最大，可是，干这行时间最长的是候小。他十六岁就跟上张家声赶牲灵了，已经有三年时间，钞义达和张天明是新人，所以候小在钞义达面前摆老资格。

钞义达把张家声的货驮扛在肩上，对候小说："你等着我，等我下来连人带货一起往上扛。"

被钞义达这么一噎撑，候小恼恨恨地说："不扛就不扛，少戏弄人。我就不信，就你钞义达有本事。"

候小不服气地蹲下，又往起扛货驮。候小扛起货驮，颤颤抖抖地往上走。向上走了一段坡路，突然脚下一滑，摔倒了。货驮滚下了两圈，停住了，候小却滚下了山坡。

张家声他们都惊叫一声，同时跑下来了。

候小躺在地上，痛苦得直叫唤。

张家声往起扶候小，心疼地说："躺在冰天雪地里，怎么能行啊。"

钞义达说："你们往上扶候小，我往上扛货驮。"

钞义达扛着货驮上了坡，出了一头汗水。

几个人把货驮捆绑好，抬在骡子身上，重新上路。钞义达和张天明赶骡子，招弟和张家声扶着候小。

走了一程路，候小说："不用你们扶了，我能走了。"原来想逞强，却被摔得浑身酸痛，候小觉得丢了人，甩开了张家声和招弟的手臂。

天不早了，离靖边城还有三十来里路，赶天黑前是走不到靖边了。张家声吩咐道：

"你们在路两边多看两眼，有柴火的话就都捡上。我们甚时间走不动，就甚时间歇，歇下来让牲口吃草料，我们生火烤暖。"

钞义达和招弟、张天明不时走出路畔，捡露出雪地的干树枝。

天黑了，骡子累了，不想走了，走走停停。

张家声说了一声："就地歇下来吧。"

几个人把骡子身上的货驮子卸了下来。钞义达和候小、招弟围着篝火堆。几头骡子站着吃草料

张家声用双手往开刨雪。钞义达赶牲灵第一次遇到下雪，不明白张家声为什么刨雪，问："张叔，你这是做甚哩？"

张家声说："骡子卧在雪上，身上的热温把雪融化了，成了水，沾在

骡子身上，冷风一吹，雪水再结成冰，骡子会冻得受不了。"

招弟说："张叔把牲口当人一样看待了。"

张家声说："牲口也有灵性，懂得冷暖饥饱。"

候小说："牲口就是牲口，用不着这么照顾。"

张家声不满地说："它为咱们受苦受累，咱们不爱护它，咱们连牲口都不如。"

把牲口和人等同起来，就是骂人，把人说成连牲口都不如，那骂得就更严厉了。候小不高兴了，但也不敢再吭声。张家声是赶牲灵的老人手，也算他的师父，威信极高，他若不尊重张家声，就成了孤家寡人。

钞义达一声没吭，走在张家声身边，也往开刨雪。

张天明和招弟相互看了一眼，也走过来往开刨雪了。

二

井秀成官邸，井秀成悠闲地在地上转了几圈，然后坐在椅子上。他的身体有些臃肿，坐在椅子上时压得椅子"咯吱咯吱"地直响。他拿起一本书，翻了翻，就扔到桌子上了。他心里不舒服，对书不感兴趣了。前些天，他派人捉拿钞锋杰，人没捉到，一个班的兵员也不见了。为这事，他这几天情绪一直不高。

"来人。"井秀成向外叫道。

卫兵走进来了，首先敬了一个军礼。

井秀成命令道："通知刘副官，去把陈世英叫来见我。"

卫兵说了声"是"，转身出去了。

过了一会儿，刘副官和陈世英一起走进了井秀成官邸。

陈世英叫道："井师长。"

井秀成是驻防榆林八十六师的师长，井师长是官方的称呼。

井秀成眉开眼笑地对陈世英说："请坐，陈处长。"

陈世英是榆林政训处的处长。榆林政训处是新机构，人员不多，隶属省政府。井秀成本不看好政训处，刚设立时还有抵触情绪，但看陈世英三十刚出头，聪明精干，前程不可限量，所以对他还是比较尊重的。

陈世英坐下后，井秀成说："陈处长，我们派人到榆林至葭县的路上查了，方塌的店主说，前些天有十多个人押着一个犯人住了店，半夜犯人逃走了，那些当兵的天明后也走了。钞锋杰这人武艺高强，肯定是逃走了。那一个班的兵怕回来交不了差，也逃走了。又损失了一个班的兵力。这个悍匪！陈处长，钞锋杰这些年的活动你们查清了没有？"

陈世英说："查清了。钞锋杰是葭县大会坪村人，早些年以赶牲灵谋生。十多年前，他在靖边打了官兵，受到通缉，不敢再赶牲灵了，就在葭县峪口大峪纸坊当了抄纸工。不久，他的妻子上吊自尽了，他把儿子也引进了大峪纸坊，长期住在了峪口村。纸坊的东家和钞锋杰有点表亲的关系。钞锋杰应是现在的纸坊东家的长辈。"

井秀成说："这个钞锋杰，参加清涧暴动两年多了才暴露出来，我看不简单。葭县闹红闹得厉害，是不是那些闹红的人把他藏起来了？大峪纸坊的东家和钞锋杰是亲戚，那么纸坊的东家是不是闹红的人？钞锋杰清涧暴动后在纸坊藏了两年，就能说明纸坊的东家有包庇他的嫌疑。"

刘副官问："我们把纸坊的东家抓起来？"

井秀成笑道："看陈处长的意思了。在这方面，陈处长比我们有经验。"

陈世英说："这个钞锋杰很狡猾，我们出动了好多人，这么长时间了，还没有找到他的踪影。我在想是不是在大峪纸坊的东家身上下点功夫。"

井秀成点点头。

<h1 style="text-align:center">三</h1>

曹媒婆正在家里收拾东西，曹余正走进来了。曹媒婆吃了一惊，赔着笑脸，说："大少爷，你怎么来了？"

曹余正说："不要客气，曹好人。我今天登门，有一事相求。"

曹媒婆痛快地说："尽管说。"

曹余正掏出几块银元，放在炕上。

曹媒婆笑眯眯地看了一眼银元，说："大少爷，是不是看上了谁家的小姐？"

曹余正说："正是。"

曹媒婆说："看上了谁，你大少爷就发话，我保准把好事说成。"

曹余正说："我看上了孙家的宝翠。"

曹媒婆一愣，说："曹东家让我给你弟弟说合宝翠呀，你不晓得？"

曹余正说："成人之美是好事。说一桩姻缘，就是给人造一辈子福。可你把宝翠和余成说成一对子，是不是好事？"

曹媒婆不以为意地笑了笑，说："我只顾说媒，也没有想那么多。"

曹余正说："你把我和宝翠说成了，我重谢你。"

曹媒婆说："不经你大点头，我不敢说。"

曹余正说："孙家不同意弟弟和宝翠的婚事，是因为弟弟是个灰汉。可我不一样呀。只要你把事情向孙家挑明，这事就有九成的把握。"

曹媒婆说："我说了，这事要你大点头。"

曹余正不高兴地说："我大点了头，我还找你做甚？！这件事，你得偷偷地做。只要孙家同意了，我大也会同意的。"

曹媒婆晓得曹余正这人难缠，只能说："也罢，我为大少爷做做好事。"

曹余正说："那我就拜托了。"曹余正转身走了。

曹媒婆望着曹余正的背影，无奈地笑了笑。一家人抢一个女人，这是甚事情呀。他曹景升对宝翠这么上心，也好像是看上宝翠了，想把宝翠娶给不懂世事的灰儿子，自己好霸占？如今曹余正又跳了出来，要和宝翠成亲。这成甚事了！曹余正托她说媒的事，要不要给曹景升说呢？不说，他曹余正毕竟才是个二十来岁的年轻人，嘴上没毛，说话不牢。事情弄坏了，还得自己担待哩。说了，曹余正找她算后账，她怎么对付？曹媒婆左右为难，最后还是决定去见一见曹景升，探探曹景升的口风。

曹媒婆走到曹家大院大门边，停住了脚。

这时，大门拉开了。曹景升走了出来。

曹媒婆问："曹东家出去？"

曹景升问："你怎么还没有走？"

曹媒婆说："你们家的大少爷找过我，要我……"

曹媒婆突然住嘴了，惊慌不安地望着曹景升的身后，随即向后退了一步，殷勤地朝曹景升身后笑了。

曹景升掉过了头。

曹余正冷冰冰地站在曹景升身后。

曹景升以怀疑的神色看看曹余正，又看看曹媒婆。"曹好人，余正找你做甚？"

曹媒婆脸色僵了僵，说："这……"

曹余正紧张地望着曹媒婆。

曹媒婆摇了摇身子，镇静了一下，说："这么回事，大少爷说他年龄也不小了，让我给他说合一个好女子。"

曹景升正告曹余正道："你不用操这份心，好好在县政府当好差。"

曹余正毕恭毕敬地说："是。我听大的话。"

曹景升悠悠地走了。

曹余正低声对曹媒婆说："你这个妖精，不帮我办事也罢，还想坏我的事？"

曹媒婆胆怯地说："我是怕惹恼了你大。你们家的人，我谁都得罪不起。"

曹余正说："我是你能得罪的人？我会给你好果子吃的。"

曹媒婆急忙说："大少爷，我一定为你的事出一把力。你放心好了。我再也不做糊涂事了。"

木头峪距峪口只有十来里路程，曹媒婆离开曹家大院，没回家，就去了峪口。她想用自己的三寸不烂之舌，把孙家的女子说合在曹家，不管是给谁当婆姨。

曹媒婆刚走到孙家大院大门边，十几个官兵就闯进了孙家大院。

曹媒婆躲开了，惊恐万状地直往后退。

孙旺才和孙刘氏听到了院子里的响动，走出了家门。看到满院子的官兵，夫妻二人惊呆了。惊慌之余，孙旺才问："长官，你们做甚哩？"

官兵头目说："师部有令，审查孙旺才。"

孙旺才说："我一没犯法，二没少缴赋税，审查甚？"

官兵头目说："我们是奉命行事，孙东家就不要难为我们了。"

孙旺才问："我要是不走呢？"

官兵头目说："那我们就不客气了。绑起来。"

官兵们上来绑孙旺才。

孙刘氏质问道："你们要做甚？"

官兵甲盯了一眼孙刘氏，说："无关人员一律退开，否则，一并带走。"

孙旺才对孙刘氏说："我跟他们走一趟，不会有甚事的。"

孙旺才被官兵押走后，孙刘氏开始哭叫。曹媒婆却站在一旁发呆。左邻右舍的人听到孙刘氏的哭叫声，拥进了孙家大院，曹媒婆这才清醒过来，随即急忙离开了孙家大院。

四

峪口村的路西，有一大一小两孔石窑洞，据说是一家孙姓绝后人的遗产，但因风水不佳，无人居住。张家声为了赶牲灵方便，就收拾了一下，成了自己在峪口的落脚点，大窑洞喂养大牲口，小窑洞自己居住。候小和招弟先后加入了赶牲灵的队伍，三个人一起动手，用石头垒砌了圈养大牲口的大棚，大牲口圈在大棚里，他们自己住了大窑洞，所以他们常叫这孔石窑洞为旧窑洞。旧窑洞盘了一盘大炕，五个人住在一起，也不拥挤。没事的时候，张家声他们几人就会坐在炕上说闲话。

钞义达问："张叔你觉得赶牲灵是不是好营生？"

张家声说："也行。你父亲他可爱赶牲灵哩。他说这营生虽说也是受苦的活，可赶上牲灵能走南闯北，自由自在，不用常在那些有钱人家跟前，看人家的眉高眼低。"

候小问道："那他为甚后来不赶牲灵，去了纸坊？"

张家声说："这话就要往远说了。"

五

那一年，张家声和钞锋杰都才三十来岁，一起赶牲灵到了靖边城，看到官兵在城墙上贴告示，钞锋杰把骡子缰绳递给张家声，围上去看告示。

一老先生念道："三边匪徒内扰民众，外抗友邦教士，打砸烧抢，伤及无辜，匪患成灾。不除匪患，民不安，国不保。从即日起，凡聚众闹事者、追随匪徒者，格杀勿论……"

老先生念至此处，大声疾呼道："天哪，洋人横行，百姓受苦受难，非不能自保，还将格杀。这叫什么世道？！这是洋人的世道，还是中国人的世道？！昏聩！昏庸！"

官兵头目一把揪住老先生，骂道："老东西，污辱官家，想送死？"

几个官兵也一齐拥上来。

官兵头目一掌打在了老先生的脸上。老先生哆嗦了一下，睁圆了眼睛，吼道："打我算什么本事！有本事把洋人赶走。"

一个小兵一脚踢在了老先生的腹部，老先生痛苦地弯下了腰。

钞锋杰冲到官兵面前，怒吼道："住手！"

官兵们被这一声怒吼震住了，惊异地望着钞锋杰。

钞锋杰说："是发布告示的人眼瞎了，不管老百姓的死活。"

官兵头目喊道："又一个送死的来了。拿下！"

几个官兵拥向钞锋杰。钞锋杰迅速出手，和官兵打斗起来。

钞锋杰身手不凡，几个回合打斗下来，几个官兵都趴在了地上。

张家声走在钞锋杰身边，抱怨道："你一时冲动，惹是生非，这条道还走不走了？你真是太冲动了。"

钞锋杰说："没事的。我又没有杀了他们。"

张家声不高兴地说："快走吧，再迟了，你就走不了了。"

张家声和钞锋杰赶着骡子走到横山城，看见城墙上贴着钞锋杰的画像告示，两人一惊，掉头赶着骡子走了。

回到峪口，张家声说："这一趟总算回来了。陕北到处贴着抓你的告示。最近你不要再抛头露面了。这赶牲灵走西口的营生，你暂时不能做了。"

钞锋杰问："那我再做甚呀？"

张家声说："孙旺才不是你的亲戚吗？你到大峪纸坊看有没有你能做的活计，躲一段时间，避避风。"

……

六

张家声正向后生们讲他和钞锋杰的往事时，门被撞开了，宝翠闯了进来。

宝翠说："义达，我哥让人给抓走了。"

大家都愣住了。

随即，钞义达跟着宝翠来到了大峪纸坊。大峪纸坊一片混乱。

一个人看到钞义达，怨怪道："他们在搜查你大。你大给孙家弄下麻烦事了。"

钞义达和宝翠刚走，曹余正带着十多个警士，闯进旧窑洞。他们问钞义达哪里去了。没有人回答。曹余正骑着马，带领着警士，又向大峪纸坊跑去。原来，曹余正听说钞锋杰活逃了，榆林的官兵就捉拿了孙旺才，气恼地对虎明抱怨说道："这榆林的官兵真是糊涂。放着钞锋杰的儿子不抓，偏偏要抓孙旺才。走，带上弟兄们到峪口捉拿钞义达。"

院子里，工人们凑在一起，交头接耳："出甚事了？""孙东家犯下了甚事？"

窑洞里，孙刘氏在不停地哭着，不断地哭叫道："这是怎么回事呀？

这是怎么回事？"

曹余正带着十多个警士，闯进了大峪纸坊。曹余正看到钞义达，一挥手，说："上。"

十多个警士用步枪刺刀围住了钞义达。

钞义达惊愕地问："你们这是干什么？"

曹余正喊道："绑起来。"

钞义达骂道："日你妈的，你们想绑谁就绑谁？！"

宝翠走到钞义达面前，怒视着曹余正，喊道："你这个小人，上回没有把义达送进牢房，这回又来了？"

曹余正说："这回是奉井大人的命令，本人实属无奈。你们不要担心，井大人就是想和钞义达对质一些事情。"

钞义达说："我正想会会这个井大人，看他凭甚抓了一个又抓一个。"

七

曹景升坐在太师椅上，优哉游哉地吸着水烟时，曹余正走进了门。

曹余正叫道："大。"

曹景升问："你回来了？"

曹余正说："我把钞义达抓住送到了榆林。"

曹景升想了想，说："谋略不错。"接着，曹景升又问："孙旺才还没有放出来？"

钞义达说："没有。"

曹景升得意地说："天助我也。我到榆林走一回。"

木头峪至榆林二百一十里的路程，曹景升当天动身，坐上了轿子，第三天晌午才到了榆林。

曹景升到了井秀成官邸，通报后，由刘副官引着他，去见井秀成。

井秀成正坐在椅子上看书，看到曹景升，急忙站起来。

曹景升叫道："井大人。"

军队里的人都称井秀成井师长，井秀成确实是师长，可乡绅和平民百姓都叫井秀成井大人。

井秀成热情地说："曹先生，你好，好久不见了。"

曹景升说："井大人好。曹某能见上井大人，也是倍感荣幸。"曹景升急忙走上前，握住了井秀成的手。

井秀成望着曹景升，说："曹先生面色红润，精神饱满，一点不显老。几年不见，我觉得你比过去更年轻了。"

曹景升感叹道："岁月不饶人，眨眼间就年过半百了，不再会年轻了。"

井秀成说："咱俩的年龄相差无几，我应该比你大一点，我一点不觉得自己老了。"

曹景升说："我平顶子老百姓一个，哪能和井大人一样呢。"

井秀成"哈哈"一笑，说："请坐。"

井秀成和曹景升坐下后，刘副官退了出去。

曹景升从怀里掏出两根金条，摆在了井秀成面前。

井秀成忙说："这是甚意思，曹先生？"

曹景升说："也就这么点见面礼，不要见笑。"

井秀成说："来就来了嘛，还带什么见面礼。"

曹景升说："井大人长期在榆林这样偏僻的边塞地区任职，为造福榆林民众，日夜操劳，立下了汗马功劳。以前陕北匪患成灾，民众寝食难安。井大人来了后，把那些恶贯满盈的土匪几乎都除尽了，我们睡觉都放心。读书育人，是功德无量的事情，井大人为扩建榆林中学，真是费尽了心血。前几年又把女子师范学校办起来了。兴教重教，为国家培育栋梁之材，这是千古留名的大手笔。我们榆林的民众是不能忘记井大人的恩德的。听说教育部还给井大人颁发了'敬教劝学'的匾额？"

井秀成说："区区小事，不足挂齿。"井秀成说着，向墙壁望了一眼。

曹景升顺着井秀成的视线，看到了匾额。"井大人真是父母官呀，了不起。"

井秀成说："哪里哪里。也就是为党国做点力所能及的事情。陕北的民风淳朴，我也是愿意在陕北多干几年的。为官一任，造福一方，是我们当官的职责。曹先生，光说我了，您最近买卖做得怎么样？"

曹景升说："还行。"

井秀成问："到榆林来，是买卖上的事？"

曹景升说："是的。"

井秀成说："有没有要井某帮忙的地方？"

曹景升说："有。不过又有些不好意思开口。"

井秀成笑道："无妨，无妨。请讲。"

曹景升问："你们捉了一个叫孙旺才的人？"

井秀成说："是的。"

曹景升问："为甚捉他？"

井秀成说："我们怀疑他闹过红，窝藏过钞锋杰。如今查清了，孙旺才不晓得钞锋杰参加过清涧暴动，也没有闹过红。"

曹景升问："你们准备放人？"

井秀成说："还没有定夺。"

曹景升说："你们能不能多关他几天？"

井秀成警觉地问："为什么？"

曹景升说："我家的二儿和孙家的女子是指腹为婚的姻缘，孙家如今不承认了。"

井秀成说："不承认就算了，你的儿子还愁找不到好女子？"

曹景升说："井大人说得对，往我们家扑的女子排成队，没十里八里路长，就是我瞎说哩。他孙家毁婚，我是丢不起这个人哪。我堂堂曹景升让孙旺才给耍了，我咽不下这口气。"

井秀成问："你是说，等孙家答应了姻亲，我们再放人？"

曹景升说："真叫井大人说准了。"

井秀成爽快地说："行。捉都捉进来了，多关他几日几月又何妨。"

曹景升还想抹黑钞义达，建议处罚他，可又怕提的要求多了惹井秀成不高兴，最后连一件事都办不成，没敢说出口。他晓得，井秀成这人，有时候较起真来，谁都劝不动，就是把金银财宝放在面前，都不为所动。为了树立自己的威信，井秀成在群众面前并不跋扈。在老百姓的眼中，井秀成除了好色，做事总体上还是讲道理讲规矩的。

曹景升向井秀成告辞离开后，井秀成打发人叫来了陈世英。

陈世英坐下后首先说："井师长，我们查了，钞义达和他父亲没有什么关联。"

前几天，曹余正押着钞义达到了榆林，送到井秀成官邸，刘副官向井秀成通报说葭县公安局局长押着一个人犯求见。

井秀成冷冷地说："县公安局局长押着人犯见我？没事找事！"

刘副官说："那个人是钞锋杰的儿子钞义达。他们说孙旺才是遵法守纪的商人，这个钞义达才是坏人。"

井秀成说："把人交给政训处，让陈世英审查去。"

陈世英将审查的结果告诉了井秀成，井秀成说："那就把人放了。"

陈世英说："曹余正说，只要把钞义达扣住，钞锋杰为了救儿子，就会站出来的。"

井秀成不屑地说："钞锋杰晓得自己只要被逮住了就死定了，早远走高飞了，还能晓得儿子在咱们手里？就是晓得他儿子在咱们手里，也不会来送死的。这曹余正也就是个县公安局局长的料。"

陈世英说："是的。我们也调查清了，曹余正逮钞义达就是公报私仇。"

井秀成说："那就尽快把人放了。"

陈世英说："那个孙旺才呢？"

井秀成说："这个孙旺才还不能放。放了孙旺才，就说明咱们错了。最近榆中又不安稳了？"

陈世英说："我们正在清查闹事分子。"

八

将近年关，几个赶牲灵的弟兄和张家声都各回各的老家了，旧窑洞里只有钞义达一个人。宝翠来找他，说："义达，我嫂子让你像往年一样，到我们家过年去。"

钞义达伤感地说："今年和往年不一样了。"

宝翠说："你大不在，我哥也关起来了。我们都不好受，可年还是要过的。"

钞义达突然吼道："他们要我们不好受，我也要他们不好受！"

宝翠说："你可不敢再做灰事情呀。"

钞义达说："你放心。我不做灰事情，可我要做大事情。要杀了井秀成这条老狗。"

宝翠以为井秀成有一个师的兵力保护，钞义达根本就近不了身，觉得钞义达说要杀井秀成只是过过嘴瘾，发泄心中的怒火，所以没放在心上。事实是，钞义达真的行动了，人家都在过年，他一人跑到了榆林，寻找刺杀井秀成的机会。

榆林的大街上，行人稀少，冷冷清清，钞义达散漫地行走在大街上。他来到井秀成的官邸前。大门上吊着几只大红灯笼，两边张贴着红对联。大门前有两个官兵在站岗。钞义达走到井秀成官邸周围徘徊了好长时间。有两个卫兵对钞义达产生了怀疑，向他靠近，他只好先离开了。

钞义达在大街上溜达了大半天，天黑了，又来到了井秀成官邸前。他绕到后墙边，在脸上蒙上黑布，然后爬上了墙头，盯着院子。

墙院内，有几个官兵游走来游走去。

天亮了，他依然伏在墙头上，竟然睡着了。

突然，院内的一个哨兵看到了钞义达，大声喊道："墙上有人。"

几个哨兵向墙边涌来。

钞义达猛一抬头，急忙跳下墙，跑了。

哨兵追出大门时，钞义达早已跑得不见踪影了。

第二天黑夜，钞义达又出现在井秀成官邸周围。几个哨兵在墙外不停地走动。钞义达藏在远处的墙角，瞪大眼睛观察。过了一会儿，钞义达掏出了镖，心想：杀不了井秀成，老子就杀一个井秀成的照门狗。钞义达手中的镖对准了哨兵。突然，钞义达想道：谁是谁啊，这些人也没有惹动过我啊。我不能害死这些当兵的。不过，我要给他们点厉害看看。钞义达这样想着，镖就出手了。镖扎在了一个哨兵的腿上，哨兵"妈呀"叫了一声，喊道："有刺客。"

墙边的哨兵跑动起来，大喊"抓刺客"。

钞义达急忙跑开了，然后踏上了回家的路。

钞义达回到峪口，进了旧窑洞的院子，看到宝翠正在旧窑洞门前徘徊。

宝翠看到钞义达，动声动气地质问道："大年正月，你到哪里去了？"

钞义达笑笑，说："就到外面转了转。"

宝翠狠狠地剜了一眼钞义达。

九

正月十五日还没过，几个赶牲灵的回到了峪口。

张家声、钞义达、张天明、候小、招弟五人围坐在炕上。

张家声吸了口旱烟，说："明天有五驮子货，三驮子往清涧送，两驮子往靖边送。走清涧的路不好走，我和候小、义达走清涧，招弟和天明走靖边。两路都有一个新人。"

张家声看了一眼张天明，严肃地说："天明，路上要听招弟的话。"

张天明点点头，又有些不服气地看着招弟。

张家声明白张天明在想什么，严厉地说："你不要小看招弟，招弟虽说只比你大一岁，可他赶牲灵的时间不短了。"

十

横山小街上，秧歌队正在闹秧歌，红火热闹。

张天明和招弟走进了横山城。

张天明看见闹秧歌，乐了，说："招弟，你照看一下骡子，我进去扭一扭。"

招弟说："走了大半天的路，你就不熬累？"

张天明连连说："还行，还行。"

招弟说："来，把货驮子抬下来，让骡子歇一歇。"

招弟和张天明把货驮子抬了下来。

张天明把腰间的唢呐抽出来递给招弟，从怀里掏出随身带的红绸子，高兴地走进了秧歌队，扭动起来了。

张天明扭秧歌的扮相是老蛮婆，一边轻轻地扭，一边又朝外努努嘴，撒点老娇气。有时，张天明故意等前边的人走开了一段距离后，就用脚后跟快步走碎步子追前边的人，像个着急的老婆婆。张天明还不时噘着嘴巴，向前抖动下红绸子，表示自己很生气。有生气也有高兴，张天明扮演的蛮婆高兴了，就咧开嘴巴，眯起眼睛，两只手中的红绸子一齐向左向右地挥动起来，脚步又轻盈又柔软。

横山人被张天明扭的秧歌吸引住了，好多人都追着移动的秧歌队看他扭秧歌，就连那些扭秧歌的人都不由得要回头探看探看。

王茵站在观众群里，惊奇地看张天明。

王宏远也在看着张天明扭，不时和身边的人说："这人扭得太好了。"

张天明看到王茵在专注地看着他扭秧歌时，更加卖力了。

天色渐渐暗淡了，张天明才回到招弟身边。

招弟喊道："你是赶牲灵的还是来横山扭秧歌的？"

张天明说："哎，啊呀，累死了。"他一屁股坐在地上。

招弟说："还坐甚坐哩？走，快找一家骡马店。"

张天明问："不走了？"

招弟抱怨道："天黑了还怎么走？以后再不跟你这种人相跟了。"

张天明说："你就不要再说了。我原本也就是进去过过瘾，没想到他们那么喜欢看我扭的秧歌，我就把握不住了。我给你说，有一个女子，总跟在我身边看我。这女子长得真俊，比宝翠都俊。"

招弟说："胡说吧？我走南闯北，就没见过比宝翠还俊的女子。"

张天明说的俊女子走过来了。

张天明说："你看，她来了。"

招弟睁大眼睛，看着俊女子。

王茵剜了一眼招弟，然后朝张天明笑了笑，扭头走了。

张天明一看王茵走了，想了想，追上去，问道："女子，我们要住骡马店，你晓得就近哪达有骡马店？"

"我们隔壁就有。"王茵说罢就走了。

张天明又追上去。"你们隔壁在甚地方？"

王茵说："你不会跟上我走吗？"

张天明说："我还有骡子。"

王茵说："你不会看罢店认了路，再回来找骡子吗？真笨。"

张天明说："我不笨。你没见过？我会扭秧歌。"

王茵笑着说："你会扭秧歌？你扭扭我看看。"

张天明马上掏出红绸子，又扭动起来。

王茵笑了一下，说："不要扭了，让人看见笑话哩。"

张天明和王茵一前一后到了骡马店。

王茵说："明天你化了妆，穿上衣服，再给我们扭一场子秧歌，你们今黑夜的店就白住了。"

张天明问："真的吗？"

王茵说："什么是真的假的？这店是我们家开的。我叫茵茵。"

张天明说："今天是正月十五才闹秧歌，明天按我们那里的乡俗，就不闹秧歌了。"

王茵说："明天山上娘娘庙有庙会，每年正月十六都要闹一场子秧歌。"

张天明说："行，那你给我把服装准备好。"

张天明和招弟在骡马店住下后，两人吵开了。

招弟说："你是赶牲灵的，又不是出来扭秧歌的。就是让你白吃白住，你也有你的营生呀。"

张天明说："我这不答应人家了嘛。"

招弟说："你答应了不算，我答应了才能算数。你大说了，要我把你领料上。我把你领料上你就要听我的话。"

张天明说："咱们不能失信于人家。以后咱们常到这条路上走，说不定还有事求人家哩。"

招弟说："我们今天就误了半天工，明天再误上一天工，成甚了？你不走，我一人走。谁也不要管谁。"

张天明说："你要走就走。我还不信，我一人到不了地方。我是男子汉，我说话要算数。"

店门开了，店主王宏远走进来，一手提着酒壶，一手端着下酒菜。

招弟有些诧异。

王宏远说："我叫王宏远，是这个店的店主。"

招弟忙说："店主，你好！"

王宏远说："你们将才的吵闹我听到了。我看你们还是多留一天吧。这个后生秧歌扭得太好了。你多扭两场子，让我们横山人开开眼界。我们也不会白让你们误工，会酬谢你们的。今天略备薄酒，和两位小兄弟畅饮几杯。"

招弟不好意思了，忙说："王店主能看得起弟兄们，弟兄们就留下了。"

第二天，张天明化了妆，穿上秧歌服装，和秧歌队一起在大街上扭秧歌。围观的人前拥后挤。王茵在人群里观看张天明扭秧歌，神情欣喜而激动。

十一

张天明和招弟赶着骡子走出了横山城。

招弟说："这下你可在横山把世事闹大了，走到哪里都有人认识。"

张天明说："你也跟着沾光了。要是平时，谁抬举赶牲灵的。"

招弟不高兴地说："你不也是赶牲灵的？"

山坡土畔上站着个女人。

张天明指着那个女人问："你看，你看那里站着谁？"

招弟说："好像是店主的女子。"

张天明兴奋地说："就是，就是店主的女子。她叫茵茵。"

随后，张天明放开嗓子唱道：

羊啦肚子手巾三道道格蓝，

咱们见格面容易

哎呀拉话话的难。

一个在那山啦上呦

一个在那沟，

咱们拉不上那话话

哎呀招一招的手。

瞭不见那村村呦

瞭不见那人，

我泪格蛋蛋抛在

哎呀沙蒿蒿的林。

王茵跑过来了。

张天明乐滋滋地望着她。

王茵跑到张天明跟前，说："你这一唱，就把我吸引过来了。你这人哪，不识字，要是识字，有文化，肯定能成为一个大艺术家。"

张天明问："甚是文化？甚是大艺术家？"

王茵不高兴地说："和你说话真费劲。和不识字的人对话真费劲。"

张天明说："我回去就好好认字。下次再见你的面，肯定能认好多字。人家都说我头脑灵动着呢。"

王茵笑着说："你们走吧，希望下次能见到你。"

张天明和招弟赶着骡子走了。

王茵望着张天明笑。

张天明卖力地唱道：

> 风尘尘（的）不动（是）树梢梢摆，
> 什么风把你（是）刮过来（哟）来（亲亲）。
> 野鸭子（的）穿青（是）又戴上白，
> 单为妹妹（是）到这儿来（亲亲）。
> 过路和妹妹（是）见了一面，
> 心上挽住（是）一根勾魂线（亲亲）。
> 人生地生（是）面也生，
> 搭不上伙计（是）安不住心（亲亲）。
> 大红（的）糜子（是）黄腿腿谷，
> 想和妹妹交往（是）认不（呀）得（亲亲）。

张天明一步一回头，不停地向王茵挥挥手。

王茵只笑不说话，也不招手。

张天明吹起了唢呐。唢呐的调子明快欢乐，悦耳动听。

张天明失望地走了。

突然，远处传来了王茵的歌声：

> 你赶你的骡子我开我的店，
> 来来（这）回回常（哟么）见面。
> 大路边上铃子响，
> 赶牲灵的哥哥你（哟么）来了。
> 走头头的骡子戴（哟噢）大铃，
> 红毛缨子三（哟么）盏灯。

张天明站住，惊喜地倾听王茵的歌声，随后激动得边跳边说："她对我唱喽——她唱'来来回回'常见面。"

走在路上，张天明一边走一边兴奋地扭秧歌。

招弟笑哈哈地说："你真行。你这秧歌扭起来，我走起路也就不觉得累了。"

张天明扭了一会儿秧歌，又开始蹦跳。

招弟问："店主的女子给你唱了那么一首信天游，就把你喜成这种样子？"

张天明点头说："是哩。"

张天明又扭开秧歌了，嘴上还嘚嚓嘚嚓地给自己伴着奏。

十二

从定边回来，招弟和张天明又住进了横山城的怀远骡马店。

伙计看见张天明，高兴地说："你又来了？贵客，贵客。"

张天明说："一个赶牲灵的，算甚贵客？"

伙计说："店主的女子可对你上心哩。那几天老是说，赶牲灵的那个人扭秧歌和唱歌盖横山了。"

张天明问："店主的女子好像很喜欢看秧歌。"

伙计说："是的是的是的。见了秧歌，连饭都顾不上吃了。"

张天明问："她人呢？"

伙计说："到榆林念书去了。"

张天明"啊"了一声，急忙问："在甚学校？"

伙计说："我也不清楚。"

张天明说："麻烦你向店主打问一声。"

伙计说："他们家的人不对外说女子在甚学校念书。"

张天明失望地低垂下了头。

第二天，张天明和招弟走到城外。

张天明望着王茵送过他的地方，唱道：

走头头的骡子（哟）三盏盏的灯，

（哎呀）戴上（那个）铃子（哟噢）哇哇（那个）声。

山坡坡上站着的妹子（哟），

俊格丹丹的脸，

你是我的妹子（哟）你招一招手，

你不是我的妹子你走你的路。

张天明唱罢，仍然望着王茵曾经站过的地方，两眼涌出了泪花，不愿离去。

过了一会儿，他还是跟着招弟走了。两人默默地走着路，张天明说："招弟，你一个人先回去，我要到榆林找茵茵去。"

招弟干脆地说："不行。"

张天明强硬地说："你挡不住。"

招弟横在张天明面前："我就要挡住你。"

张天明质问道："你想打架吗？"

招弟和张天明都瞪起了眼。

招弟说："你咋是这种人，想做甚就做甚。张叔让你听我的话。"

张天明不服气地说："我就是这种人，谁也管不了。"

十三

榆林城，街道上人来人往，身着军装的官兵耀武扬威地在街道上走来晃去。老百姓看到官兵，就急忙躲闪开来。

张天明走到大街上，寻寻觅觅。

张天明每到一家校门口，就站下来打问一阵子。

他走在大街上，自言自语道："茵茵，你怎么就躲起来了？"

张天明走进了榆林中学校园。

校园内，许多学生正在举办集会，群情激愤，打着标语，高喊着口号。

一个二十来岁的年轻人站在校园的台子上演讲："先生们！同学们！榆中是学习的地方，不是特务横行的地方。我们榆中的师生们正处在特务的监视之下，行动失去了自由。民国十四年，我们学校的师生和反动势力对抗过，虽然我们的学生代表被开除了，但我们师生的大部分权益受到了保障。民国十五年，井秀成的儿子横行霸道，殴打了咱们学校的学生，在师生联合起来抗争后，我们取得了胜利。这回，我们要调换校长，把特务派在学校的训育主任赶走！"

学生高呼道："坚决把特务赶出校门！"

张天明觉得这个年轻人的演讲有气势，是个了不起的人，问身边的学生："这人叫甚，怎么这么会说？"

学生不满地看了一眼张天明，才说："会说？那叫本事。他就是大名鼎鼎的乔子奇，榆中的人才。"

十四

井秀成坐在太师椅上，默默地吸着水烟。

陈世英进来了。

井秀成热情地说："请坐，请坐。"

陈世英坐下后，井秀成说："听说榆中的学生越闹越不像话了？"

陈世英说："是的。不收拾他们，他们还会闹下去的。"

井秀成说："收拾几个学生，不费吹灰之力。可他们还是些毛孩子，我也是为父之人，不想跟学生们争斗。那年，他们欺侮我的儿子，我都让步了。这回，看来他们又想让我让步。"

陈世英说："这回井师长再不能让步了。向学生们让步，就等于向共产党让步。他们这回的行动，有共产党在背后撑腰。"

井秀成问："你是不是掌握了一些榆中的线索？"

陈世英说："是的。榆中有为数不少的共党分子。"

井秀成说："那你们就行动吧。我的军队支持配合你们。"

十五

招弟没有把张天明带回来，见到张家声，觉得自己失职了，讷讷地说："我不会劝人，劝不动天明。"

张家声把烟锅里的烟灰磕掉，说："他就那么个脾性，见了红火热闹的地方就不想走。子大不由父管了，他想做甚就做甚吧。"

张家声说罢，就安排赶牲灵的路径。

钞义达说孙家出了事，他要到榆林走走路子，看能不能把孙旺才救出来，也顺路找一找天明。

张家声同意钞义达去榆林，自己带着招弟和候小走了西口。

十六

榆林城里，官兵横冲直撞，处处充满了恐怖的气息。

钞义达走到榆林中学大门前，仰慕地注视着"榆林中学"四个字。这是榆林最有名的学校，能在这里走一遭，钞义达也就心满意足了。

一个文质彬彬的中年人走出大门，钞义达迎上去，客气地问："请问先生，认识王靖宇先生吗？"

中年人摆摆手，走了。

钞义达从大门向校园里望了望，里面一片死气沉沉的景象。

一个学生模样的人从大门走出来，钞义达急忙走上前，问道："请问先生，认识王靖宇先生吗？"

学生用怀疑的目光看了一眼钞义达，也径直走了。

钞义达看看大门周围，不明白为什么没有人回应他的话。

大门边，站着王茵，一直在看钞义达。

又一个学生走出了大门，钞义达问："请问，你认识王靖宇先生吗？"

这个学生看了看钞义达，掉头向大门走去。

王茵盯视了一眼向大门走去的学生，快步走到钞义达跟前，说："你不能在这里打问王靖宇了。"

钞义达看到也像等人的王茵跟他说话了，有些惊异。他仔细打量了一眼王茵。

那个向大门走去的学生，进大门时掉头看了一眼钞义达。他看见王茵正和钞义达说话，眼神不可捉摸地眨了眨，急忙进了大门。

王茵说："坏了，他把我也怀疑上了。快走。"

钞义达问："为甚？"

突然，大门里传来了乱纷纷的脚步声。

王茵扯起钞义达的袖口，说："快跑。有人抓你来了。"

钞义达还不明白发生了什么，就跟着王茵跑起来。

后边的人说："快追，这边跑了。"

钞义达和王茵跑到一个小巷子里，后边的人追上来了。两人又拐进另一条小巷子里，跑了一会儿，觉得好像甩开了追他们的人。

他们刚喘了一口气，钞义达问："这是怎么了？"

王茵说："你不要问，赶紧走。"

突然，又响起了朝这边追来的脚步声。

钞义达和王茵向前跑去。

前边的路被砖墙挡住了，是一条死胡同。

王茵紧张了，说道："路堵死了。"

钞义达看了看身边的墙，说："你先上。"

王茵懊恼地说："上不去。"

钞义达一把搂起王茵，王茵双手扳住墙头，钞义达用力向上一扶，王茵爬上了墙头。在墙头上的王茵不敢跳墙，着急地俯看着墙下的钞义达。

钞义达一跳，双手扳住墙头，脚从墙角一蹬，也跃上了墙头。后边的人追上来了，忙向他开枪。

二人一齐跳下了墙头。王茵跳下去后摔倒了，脚崴了，疼痛得站不起来。

钞义达蹲下，说："我背你。"

王茵趴到钞义达背上。

钞义达背起王茵就跑。

王茵说："从这边走。"

钞义达背着王茵，按照王茵的指引，出了城门，来到榆溪河畔。

王茵说："好了。"

王茵从钞义达的背上下来，"哎呀"叫了一声，坐在了地上，抱住脚。

钞义达问道："这是怎么回事？打问一个人就会遇到这么大的麻烦？"

王茵说："还算你走运，遇到了我。不过，你把我也连累惨了。"

钞义达着急地问："这到底是怎么回事？"

王茵问："你为什么要找王靖宇？你和王靖宇是什么关系？"

钞义达说："王靖宇和我一起上过冬书。我们的东家出了事，关在榆林，我想找他走走路子，往出捞东家。"

王茵说："王靖宇是共产党嫌疑分子，前几天被学校清除了。现在特务到处找他。你说你打问他，遇到特务，会是什么结果？好在你遇到的是一个告密的学生，要是特务，立马就把你抓起来了。榆林中学现在住着好几个特务。那个告密的学生看到你和我说话，把我也怀疑上了。"

钞义达问："你是哪里的？怎么会熟悉这些事情？"

王茵说："我叫王茵，是榆林女子师范的学生。我到榆中大门口等人。"

钞义达说："那你等你的人，你怕甚哩？"

王茵说："有些事你不明白。"

钞义达说："你还说我连累了你。我看你本身就心虚。"

王茵说："你这人还挺会揣摩事情的。救了你，你不感谢，反倒指责起了我。"

钞义达说："也就是说说。你长得这么俊，谁敢指责你。"

王茵笑了，说："你这人还挺有意思。你是做甚的？"

钞义达说："赶牲灵的。"

王茵说："看起来有点不像。"

钞义达说："甚看起来不像。我们赶牲灵的人中，要甚人就有甚人。"

王茵说："你武艺不错？"

钞义达骄傲地说："当然不错。错了的话，你能逃出来？"

王茵不高兴了，动声动气地说："你怎么用这种腔调说话？你还说我人样俊，不敢指责我，可你是以盛气凌人的口气跟我说话呀。"

日已西斜，钞义达不想再耽误时间，起身要告辞，却被王茵留住了："帮人帮到底，等我的伙伴来了，你再走也不迟。"王茵看看天空，又说："他也该到了。"

王茵焦急地四处眺望。

钞义达不耐烦地问："你到底在等甚人？要不，我先走了。"

王茵不高兴地说："你这人怎么这么不仗义？我把你救了出来，我的事还没有办完，你就要走？"

钞义达不满地说："你把我看成了甚人？"

王茵忙说："我说错了。我们再等等。"

乔子奇艰难地走过来了，一手捂着肩膀。王茵急忙迎了上去。

乔子奇看到王茵，说："我不行了。"乔子奇说罢，接着摔倒在地。

王茵惊叫道："子奇。"

钞义达跑过来，看到乔子奇肩膀上血迹斑斑，说："他受伤了，快往医院送。"

王茵说："不能。你帮我把他背到镇北台上，在镇北台的西南角等我，我进城找医生去。我们不见不散。"

钞义达疑惑地问："这是怎么回事呀？他怎么就不能进医院？"

王茵说："一时跟你说不清楚。简单地说，他是被井秀成的人打伤的。"

钞义达又问："他和井秀成有仇？"

王茵说："对。你背上他走小路，不要走大路。看到官兵，要往开躲。镇北台上夜晚不会有人。要是遇到了人，要往开躲，不要和任何人接触。

搞不好，就会出大乱子。"

钞义达不高兴地说："救个人还这么麻烦。真搞不明白。你的脚好了？"

王茵站起来，试着走了几步，说："还能行。比先前好多了。"

十七

月儿弯弯的夜色中，钞义达扶着乔子奇，坐在镇北台的西南角。

乔子奇仍然昏迷不醒。

一个黑影出现在镇北台前的空地上。

钞义达一惊，注视着黑影。

黑影似乎在寻找着什么，拍了三下手掌。

钞义达觉得奇怪，不敢出声。

黑影慢慢地走过来了。

钞义达一惊，抱起乔子奇，向山坡溜下去。

黑影似乎听到了响动，一惊，趴在了地上。

王茵引着医生走过来了。

黑影看到了王茵和医生，一动也没有动。

王茵和医生走过去了。

黑影拍了三下手掌。

王茵一怔，站住了，也拍了三下手掌。

黑影站起来，叫道："王茵。"

王茵也叫道："是王兆明？你没有认出我？"

王兆明说："认出了，只是你引着我不认识的人，我才发了暗号。这个人是谁？"

王茵说："我同学的父亲，是名医生。乔子奇受伤了，不敢进城，我把他引来了。"

王兆明问："乔子奇在什么地方？"

王茵说："镇北台的西南角。"

王兆明说:"我将才去了,没有看到人。也发了暗号,没有回音。"

王茵说:"乔子奇昏迷不醒,照看乔子奇的人不晓得暗号。不过他们应该就在西南角。走,我们过去看看。"

王茵、王兆明和医生一起向镇北台的西南角走去。

镇北台的西南角空无一人。

王茵着急地自语道:"难道他们出事了?"

王茵低声喊道:"有没有人?"

钞义达在山坡下听到王茵的声音,伸直了脖子。

王茵又叫道:"好心帮我们的人,你来了没有?"

钞义达确认是王茵,才说道:"我来了。我看到一个来路不明的家伙,溜开了。"钞义达说着,背起乔子奇向上走来。

王兆明杰急忙下来帮钞义达扶乔子奇。几个人抬着乔子奇,到了镇北台的门洞里,王茵点着蜡烛,医生在蜡烛火光下给乔子奇看伤病。

医生看过乔子奇的伤口后,说:"伤口不碍什么事,只是失血太多了。要好好大补下身子。我先留点补药和治伤口的药。有什么事你们再打招呼。记住,多给病人吃补身子的食物。比如说乌鸡肉,还有牛奶、鸡蛋,也要多吃榆林的豆腐。"

王茵说:"谢谢叔叔。"

医生说:"不用谢。"

医生走后,王茵把乔子奇放平在地上,搭上了自己的外衫。

乔子奇昏睡不醒,王茵、王兆明和钞义达轻轻地交谈起来。

王兆明举止沉稳,话不多,但每一句话都很有分量。钞义达感觉到王兆明是一个不寻常的人。后半夜,几个人困了,准备休息一会儿时,王茵才告诉钞义达:王兆明是神府游击队的队长。

第二天早晨,钞义达才看清了王兆明的真面目:高个子,年岁在二十五左右,大方脸盘,浓眉大眼。

王兆明不失时机地劝钞义达跟上他们闹革命。

太阳升起,阳光照射在乔子奇的脸上,乔子奇皱了几下眉头,睁开了眼睛。

王茵高兴地叫道："你醒了，子奇？"

乔子奇看看周围，往起直身子。王兆明上前扶他。

乔子奇的身子靠在墙上，问："是你把我背在这里的？还是王兆明？"

王茵看了一眼钞义达，说："是他。"

乔子奇转向钞义达，问："他也是我们的人？"

钞义达说："我是赶牲灵的。"

王兆明说："你醒了，我们换换地方。白天我们不宜留在这里。"

钞义达说："我也该走了。"

乔子奇问："你不想跟我们一起闹革命？"

钞义达说："我给他们说了，受我父亲的连累，我们的东家进了牢房，家里只有两个女人了，我不能跟你们走，我要帮东家做些事情。"

十八

钞义达背着乔子奇走在山路上。王兆明和王茵跟在钞义达身后。

前边是三岔路口。钞义达把乔子奇放下来，说："我们该分手了。"

乔子奇握住钞义达的手，说："我们是有过生死之交的人，但愿我们以后能走到一条路上。"

王茵说："以后你要找我们，就到榆林大街上的古唐书店来。我们有什么事，也会到峪口来找你的。"

王兆明说："东家的事你先不要着急，也不要瞎打问。我们在榆林还有些熟人，先替你打探一下，有什么情况，我们会给你回话的。"

钞义达说："那就太谢谢了。"

"不谢。"王兆明向钞义达伸出了手。尽管一夜没休息好，可王兆明脸上依然流露出威武的神情。

钞义达急忙和王兆明握了握手。

王兆明看到钞义达衣服上的血迹，说："你穿着这有血迹的衣服，会引起特务的怀疑。来，把我的衣服换上。"王兆明说罢把自己的衣服脱下来。

钞义达和王兆明穿好衣服后，王茵向钞义达伸出了手。

钞义达有些不好意思，动了动手臂，却没有抬起来。

王兆明笑道："你都背过她了，还有什么不好意思的。"

王茵大方地笑道："我长这么大，除了我父母，就你背过我。"

钞义达伸出了手，和王茵的手握在一起。

第三章

一

　　曹景升嘱咐曹媒婆到孙家再走一趟，就说他和榆林的井大人有交情，能把孙旺才捞出来。

　　曹媒婆根据曹景升的意思，很快到了峪口村，进了孙家大院。她虽是不受孙家欢迎的人，可还是被孙刘氏请进了客厅。

　　宝翠站在孙刘氏旁边。

　　曹媒婆说："曹东家前两天说他和榆林的井大人有交情。你们家出了这么大的乱子，你们怎么不投靠投靠他？"

　　孙刘氏冷笑了一声，说："他能白投靠吗？"

　　曹媒婆说："我给你们出个主意。宝翠在跟前，我也就直说了。曹家的大儿子也没有成亲，我们想办法把宝翠说合给他吧，他是县府的官员，不晓得有多少人抢着往跟前扑哩。"曹媒婆违背了曹景升的意愿，撮合曹余正和宝翠成一对，宝翠不管和曹家的谁成亲，只要成了，她也就不是白忙活了。至于怎么向曹景升交代，那也只能由曹余正出面了。

　　孙刘氏不满地说："曹家和我们不是一路的人。不过，只要宝翠愿意，我们也不阻挡。"

　　曹媒婆对宝翠说："宝翠呀，这可是个千载难逢的好事情呀，你既能找个好婆家好男人，又能救你哥出来呀。"

　　宝翠没有吭声，可内心隐隐作痛，痛苦愤怒的情绪处于失控的边缘，脸色都发青了。

　　"宝翠是不好意思说。你们姑嫂俩商量商量，过两天再给我回个话。"曹媒婆观察到宝翠的表情，说罢就起身告辞了。

二

曹余正骑着大红马，来到孙家大门前，随后下了马。

贵则拉开大门，看到曹余正，惊呆了，结结巴巴地问："长官，有事吗？"

曹余正说："请禀告你们的东家，就说曹余正来了。"

贵则转身就往回跑，惊慌失措地对孙刘氏说："外面来了个当官的。"

孙刘氏慌忙站起来，问："哪里的官？"

贵则说："好像叫曹余正。"

孙刘氏走出客厅时，曹余正已经进了大门。

曹余正首先叫道："嫂子，你好。"

孙刘氏看到曹家人，心里就有气，可还是平静地叫了一声："曹局长。"

曹余正说："嫂子，你们家出了事，我们家也很着急，正在上上下下走路子。"

孙刘氏感激地说："太谢谢曹局长了。"

曹余正说："谢甚哩。我们两家是世交，只是这几年才不走动了。"

孙刘氏说："你们家的买卖越做越大，我们家自然不敢攀比了。"

曹余正说："此话差矣。我们家只是最近几年太忙了。我大说我在几岁的时候来过你们家。宝翠长甚模样，我都忘记了，她也认不得我了。她今天不在家吗？"

孙刘氏说："她到我姨姨家去了。"

曹余正问："你姨姨家在甚地方？"

孙刘氏说："就在我们村的山上。"

曹余正问："她甚时间回来？"

孙刘氏说："后晌回来。"

曹余正说："那我先告辞了。"

孙刘氏客气地说："掌柜的不在家，我一个女人家，也就不好招待曹局长了。"

曹余正出了孙家的家门，骑上马，向山上直奔而去。到了山上，曹余正站在路边，向远处眺望。

过了一会儿，宝翠从山路上走了过来。看到站在路边的曹余正，站住了。

曹余正走到宝翠身边，说："宝翠，你好。"

宝翠没有吭声。

曹余正说："我特地向你道歉来了。"

宝翠说："没事的。你怎么晓得我会走这条路？"

曹余正说："我到过你们家了。我正在想办法往出救你哥哥哩。"

宝翠说："那就太感谢你了。"

曹余正说："没甚。我上回说的那些话，请你千万不要见怪。"

宝翠说："我说过，没事的。"

曹余正故作轻松地说："那我就放心了。宝翠，咱们以后要多走动走动，谁遇到甚难事，也好互相帮扶一把。"

宝翠点点头，质问道："你大他是不是非要逼我进你们曹家的门？说不定是你大他耍了什么花招，井秀成才把我哥抓进牢房的。"

曹余正叹了一口气，说："我大挺好的一个人，这回他也不晓得中甚邪了。回头我好好地劝劝他。时间不早了，你先回去吧。"

宝翠说："你也早点回去。"宝翠说罢转身走了。

宝翠的口气不错，也有关心自己的意思，曹余正高兴地说道："以后到城里去记着找我啊。"

三

孙刘氏和宝翠分别坐在桌子两边的椅子上。孙刘氏左手搭在桌子上，右手轻轻地抚摸着隆起的小腹。

宝翠问："嫂子，几个月了？"

孙刘氏说："五个来月了。这肚子不争气，十来年怀不上个一男半女；将怀上了，又遇到了倒霉事。"

宝翠说："你可要把心放平。你这肚子里的娃娃，可是我们孙家的命根子，比甚事都大。"

孙刘氏叹息了一声。

突然，虎明闯进来了，身后跟着贵则。

贵则嘴里说："你就是当官的，也不能没礼貌呀。"

虎明朝后瞪了一眼贵则，对孙刘氏说："接到榆林看守所报告，孙旺才在看守所卧病不起，需要诊治。孙家速送榆林两千两银子，一千两是保释金，一千两给孙旺才治病。倘若银子不能按时足额送到榆林，误过诊治时机，看守所概不负责。"

孙刘氏和宝翠愣住了。

虎明转身走了。

孙刘氏发了一会儿呆，突然放声大哭。宝翠默默无声，两眼流出了泪水。姑嫂俩明白，就是砸锅卖铁，她们也凑不齐两千两银子。

黑夜，孙刘氏睡下，吹灭了灯。

宝翠来到门窗前，叫道："嫂子，你睡着了没有？"

孙刘氏说："没有。你进来吧。"

孙刘氏点着灯，起身穿上衣服，下炕开了门。

宝翠走进来，坐在炕楞上，说："嫂子，耽误你睡觉了。"

孙处氏说："没事。家里出了这么大的事，睡下也睡不着。"

宝翠说："嫂子，我同意嫁到曹家去。"

孙刘氏吃了一惊，说："宝翠，你不能这样做。你和那个灰汉生活在一起，一辈子就完了。"

宝翠说："父母走得早，我们兄妹俩相依为命，如今哥哥遭此大难，我不能见死不救。"

孙刘氏问："你要嫁给曹家的老二还是老大？"

宝翠说："老二。"

孙刘氏说："这怎么能行，嫁也要嫁给曹家的老大。老大再怎么说也是个正常人。既然曹媒婆说话了，说明他们家也有这个意思。"

宝翠说："要嫁就嫁曹家的老二。"

孙刘氏说："宝翠，嫂子明白你的心思，但我们不能委屈了你，把你的一生赔进去。你哥的事我们再另想办法。"

宝翠没有吭声，站起出去了。

四

栓柱引着张家声和钞义达走进曹家大院。

曹余成正在大门边玩耍，看到钞义达，傻乎乎地翻了翻白眼，歪着嘴说："来了，进门。来了，进门……"

钞义达厌恶地看了一眼曹余成。

张家声和钞义达进了曹家客厅。

张家声叫道："曹东家。"

曹景升应了一声。

张家声说："曹东家，孙家让我们投靠曹东家来了。"

曹景升说："你老张在我们商号走了多少回，还是头一回进我们的客厅。坐吧。"

张家声不安地应了一声，小心翼翼地坐下了。

曹景升略显惊讶地问："孙家投我做甚事情？"

张家声说："请曹东家在榆林跑跑路子，把孙旺才从牢里捞出来。"

钞义达把褡裢放在桌子上，说："这是一百两银子，孙家说，看曹东家该给谁花支就给谁花支。"

曹景升不屑地看了一眼褡裢，说："一百两银子？这点银子能做甚呀。"

钞义达说："他们只能打凑这点银子了。孙家说，只要能救出孙旺才，他们就是倾家荡产，也不在话下。"

曹景升说："如今不是银子的问题。我不好向井大人开口啊。"

张家声说："孙家听说曹东家和井大人有交情。"

曹景升说："孙家又不是我们曹家的直系亲属，我怎么好意思向井大人开口呢？我张开口，井大人怎么看呢？说不定他还以为我拿了孙家很多银两钱财。你们回去向孙家说，他们要是能和我们曹家结一门亲，我曹景升愿意想办法，把孙旺才从牢里捞出来。我虽然能力不大，办这么点事情还是有把握的。好吧，这个话题，就说到这里吧。你们上我曹家的门说事情，我请你们喝两盅烧酒。"

张家声慌忙站起来，说："不用不用。"

五

送曹家一百两银子，曹家拒收，嫂子好不容易又怀上了孙家的血脉，宝翠觉得不能再瞻前顾后为自己着想了。她明白，只有把自己舍出去，才能救出哥哥。父母亲先后在短短的时间内离世，老嫂当母，嫂子无微不至地照顾着自己，生怕自己挨饿了受冻了受气了，哥哥更是对自己倍加呵护，如今哥哥遭此大难，是她报答哥哥嫂子的时候了。她很快到了木头峪。

曹媒婆正在烧火做饭，见宝翠找上了门，惊讶地叫道："宝翠。"

宝翠平静地说："曹好人，你转告一下曹家，就说我宝翠愿意嫁给曹家的二儿子。"

曹媒婆说："你这么俊的一个女子，要嫁到曹家也是嫁老大呀。"曹媒婆良知尚未完全泯灭，她也不愿意看到宝翠跳进火坑。她只是慑于曹景升的淫威，才说合宝翠嫁给曹余成。

宝翠说："不，我就要嫁曹家老二。"

曹媒婆不相信地盯了一眼宝翠，说："宝翠呀，你听我说呀……"

宝翠干脆地打断曹媒婆的话，说："不要说了。你要是敢误曹家的事，你就误吧。"宝翠说罢，给曹媒婆放下纸条，转身就走了。

曹媒婆立马灭了灶火坑里的火，去找曹景升。

曹家大院里，曹景升正在院子里踱步，显得悠闲而自得。

曹媒婆讨好地说："我给曹东家的道喜来了。"

曹景升得意地说："我晓得有喜了。"

曹媒婆惊异地问："你怎么晓得的？"

曹景升说："大清早，喜鹊在门上叽叽喳喳叫个不停，我就晓得今天有喜。走，进家再说。"

曹景升和曹媒婆走进客厅，先后落座。

曹媒婆说："本来我不想再进孙家的大门了。他们一家人看见我，就像见了仇人。"

曹景升问："他们怎么说的？"

曹媒婆说："是宝翠找上门的。宝翠还给我写下了纸条。"

曹媒婆掏出了纸条。

曹景升展开纸条，纸条上写道："宝翠愿意嫁给曹家的二儿子，只要曹家能救出孙旺才，宝翠绝不毁约。"

曹景升大声笑道："如我所愿了。"

曹媒婆说："你们就是有福分的人家。"

曹景升说："我把给你的谢礼也准备好了。"曹景升说着把桌子上红布包好的圆柱体东西推给曹媒婆。

曹媒婆抖开红布，吃了一惊："曹东家，这太多了。"

曹景升说："十块银元，的确不算少。你给那些穷鬼说合一桩姻缘，恐怕连一两银子都赚不到。不过，米有九等价，人有上中下。我们这些上等人，做事从来就很大方。喜事上，我们还会按乡俗酬谢你的。你这一趟又一趟的路跑得值。"

曹余正走进院子，听到客厅有人说话，停住了脚步。

曹媒婆说："这个宝翠，真是个痛快人，自己找上门要嫁给余成。"

窗外的曹余正愣住了。

曹景升说："这宝翠是个有情有义的女子。我一定会把她哥孙旺才救出来。这样我们才能对得起宝翠的美德。"

曹媒婆说："余成能和宝翠这样的女子成亲，曹家就是万事如愿了。"

曹景升大声笑了。

曹余正听罢感到头昏目眩，心里一阵刺痛，身子摇晃了几下。待站稳后才转身踉踉跄跄地走了。

曹景升听到响动，站起走到门边拉开门，见是曹余正的背影，叹息了一声。

六

曹余正骑着马，不停地挥鞭打着马的臀部。

马疾奔如飞。

渐渐地，马越跑越慢，跑到白云山下时跑不动站住了，浑身是汗。

曹余正下了马，走出路畔，来到黄河滩上。

曹余正躺在黄河滩上。失望、灰心、痛苦……在县府任职，他抛头露面，不晓得见过多少美男俊女，可从来没有一个人像宝翠这样让他上心。如今，宝翠就要成为人人嫌弃的灰汉的新娘了，他死的心都有。

突然，曹余正喊道："老天爷，你为甚要捉弄你的子民？到嘴的天鹅肉，你老人家为甚不让我吃！"

傍晚时分，曹余正才回到县城。进了办公室，他拿出一罐老酒，找来酒杯，自斟自饮地喝酒。他才喝了几杯酒，就一摇一晃的，有些醉意。

外面有人喊道："报告。"

曹余正说："进来。"

虎明走了进来。

曹余正说："来得正好，虎明，喝两盅。"

虎明为难地叫道："曹局长，今黑夜还有公干。"

曹余正不耐烦地说："屁公干。陪本局长喝酒，也叫公干。来吧。你今天不陪本局长喝酒，本局长就枪毙了你。"

曹余正指指立在墙角的一支步枪。

虎明乖乖地坐下了。

曹余正给虎明斟了一杯酒，虎明端起来，一饮而尽。

曹余正说："好。哎，虎明，你看得起跟哥论弟兄吗？"

虎明说："你是局长，我怎能看不起。"

曹余正说："好，咱们就结拜成弟兄。从今天起，你就是我的小兄弟了。兄弟我有甚事，你就是肝脑涂地，也得为兄弟奔忙。"

虎明右手拍拍胸脯，说："虎明愿为曹局长肝脑涂地。"

曹余正说："来，哥敬你一杯酒。"

虎明诚惶诚恐地拿起酒杯。两人先碰杯，然后一饮而尽。

曹余正放下酒杯说："这下就看兄弟替哥报仇了。"

七

曹景升由井秀成的副官引着，走进了客厅。

井秀成笑着说："又见到曹先生的面了。"

曹景升说："为了表达我们葭县民众对井大人的敬重，我又带来了白银二百两，就算是犒劳军队吧。"

井秀成高兴地说："曹先生为国分忧解难，实在令井某人钦佩。曹先生还是为孙旺才的事？你说什么时间放人我就什么时间放人，不要再多心了。"

井秀成和曹景升握过手，都坐在了长条椅子上。

曹景升说："井大人真是大智慧大慈悲之人。为我们曹家办了一件大好事。"

井秀成问："孙家同意和你曹家结亲了？"

曹景升说："同意了。井大人成就了一桩美满姻缘。太谢谢井大人了。"

八

张家声和钞义达、招弟、候小赶着骡子到了小河边。

张家声说："时间不早了，咱们做饭吃。"

几个人把货驮从骡子身上抬下来。捡柴的捡柴，打水的打水，垒锅灶的垒锅灶。

火生着后，张家声开始吸旱烟。招弟趴在地上，不时吹几口火。浓烟扑面，呛得他直咳嗽。

张家声把小米倒进锅里。

招弟被烟呛得两眼流出了泪水。

候小笑着说："男儿有泪不轻弹呀。"

招弟说："你不干活，还笑话人？你来吹。"

候小说："这么好的营生，我可不能和你抢着干。咱歪好也是弟兄。"

张家声说："你候小心奸。活人不能心太奸了。"

候小得意地说："这叫聪明。我就是个聪明的人。"

招弟说："你这是小聪明。你再要小聪明，饭熟了你就不要吃。"

候小不服气地说："不要吃饭？你有本事你不要吃饭。这饭里边没有我的一份？真是的。我偏吃偏吃，还要多吃。"

张家声笑着说："看你候小那个灰样，谁跟上你也把你没办法。"

招弟说："让义达哥整治他一把。我就不信没有人能治得了他。"

候小说："谁敢。我赶了几年牲灵，还没有人敢整治我。"

张家声说："你说这话，也就晓得这里没有人整治你。"

大家都笑了。

"这就叫本事。"候小仍然是得意的口吻。

大家说笑时，钞义达却坐在一边，低垂着头，郁郁寡欢的样子。一路上，他反复在回想着与宝翠告别的情景。宝翠面对着他，神情沮丧，欲言又止。他再三追问宝翠有甚心事，宝翠却苦笑着说没事。最后，宝翠说："自从哥出了事，你就没有赶过几回牲灵，如今哥就要回来了。你放心赶你的牲灵吧。"

按说，孙旺才就要出狱了，宝翠应该高兴，可她为甚心事重重呢？钞义达想不明白。

九

定边城的盐铺子里，钞义达他们在盐铺装盐。

盐铺掌柜问："你们来的时候走了哪条路？"

张家声说："从米脂、波罗、横山过来。"

盐铺掌柜吃了一惊，说："你们怎敢走那条路？最近那一带闹土匪，在波罗有好几帮赶牲灵的被他们劫了，前几天还死了两个。"

招弟得意地说："义达武艺高强，我们不怕劫匪。"

盐铺掌柜说："那也要操心啊。"

张家声几人装好盐，赶着骡子，向城门走去。走到一个叫定边食府的食堂前，看到一圈人正在看什么热闹。他们从人群边上走过去了，出门在外，他们并不想看热闹。他们刚走过去，突然传来一声辱骂声：

"你个葭县穷小子，喝面汤的穷小子。"

钞义达听到这里，掉过头，心头不由得蹿上了一股子火气。他把骡子缰绳甩给招弟，怒气冲冲地闯进了人群。

食府东家又骂道："你以为你买了一碗面，就能喝面汤？你是葭县人，老子今天偏偏不给你喝面汤。有本事，有本事你就再到官府告去。"

被骂的中年人脸涨红了，说道："你不给喝就不给喝，凭甚骂人？"

食府东家说："老子就骂了。我们定边人说什么就是'什么'，你们葭县人说什么是'甚'，你说一句话，老子就听出你是葭县人。我们的前辈受过你们葭县人的气，老子如今就想拿葭县人出气。你不服气？"

钞义达突然吼道："不服气。"

食府东家吃惊地望着钞义达。

钞义达走到食府东家面前，二话没说，两手揪住食府东家，托起来，在空中转圈。

食府东家哭叫道："你这是干什么？妈呀妈呀……"

钞义达放下食府东家，说道："小子，老子的厉害你领教了没有？你再敢满嘴喷粪，老子举起来就把你扔出去摔死。"

食府东家不服气地说："把我摔死你要抵命。"

张家声走进来，说："走吧，不要理这种人。"

钞义达说："这种人还就要我教训。"

钞义达随后朝着食府东家说道："老子今天抵你的命算抵定了。"

钞义达说着，又一手抓住了食府东家，一出手就是响亮的一巴掌。然后，双手揪住食府东家，说道："把你掼死，老子就到官府去。"

钞义达双手又举起了食府东家。

食府东家在空中乱动，不停地叫妈。

张家声扯住了钞义达后衣襟。

食府东家叫道："爷爷，好爷爷，把小的放下来，小的给爷爷磕头。"

钞义达放下食府东家，喊道："磕头。"

食府东家急忙跪下给钞义达磕头。

钞义达说："从今以后，只要老子听到你说侮辱葭县人的话，老子就弄死你。老子根本不在乎谁是谁。"

食府东家忙说："再不敢了。"

钞义达说："老子这里有五个葭县人，你给每人端出一碗面汤。"

食府东家急忙站起，进了食府，吆喝着让人端出来五碗面汤。张家声、招弟、候小、钞义达，还有中年葭县人，端碗开始喝面汤。围观的人哈哈大笑了。

围观人群中的一老先生说："喝面汤是葭县人的体面，不是丢人的事。"

钞义达边喝面汤边问："老先生，你怎么晓得葭县人喝面汤是体面事？"

老先生说："怎能不晓得。"

钞义达说："你说说，我听听老先生说得对不对。"

老先生说："从前，葭县人到了包头，买不起面吃，就到饭馆要的喝面汤。有些饭馆的人心狠，硬把面汤倒了也不给葭县人喝。有一个叫钞启达的葭县人，看到饭馆主人把面汤倒了也不给葭县人喝，就大打出手。饭馆的主家把钞启达告到了官府。钞启达在官府慷慨陈词，竟然说动了官老爷的心。官老爷张贴告示，宣布饭馆倒面汤前，一定要大喊三声：有人喝面汤吗？有人应声，饭馆就得白白地给喝面汤。没有人应声，饭馆才能倒掉面汤。否则，就属违法。葭县人喝面汤的名声就传开了。此习惯至今在包头一带沿用。"

钞义达得意地说："老先生说得对。"

张家声对钞义达说："你听听，你们祖先的名声太大了。"

老先生说："这个东家是包头人，他在包头不敢挤对葭县人，故意在我们定边气你们葭县人。也是因为他们的祖先受过你们葭县人的气。你们该出的气也出了，就不要再计较了。"

钞义达感谢老先生对葭县喝面汤的故事的讲述，还有通情达理的劝说，递给老先生一块银元，老先生摇头摆手走开了。随后，张家声和钞义达一行人动身向城门走去。

候小说："今天我算开眼界了。义达还真有两下子。"

招弟说："真解恨呀。听到他们骂葭县人，我也想给他们两下子。"

候小说："那你试一试。"

招弟说："练好了武功就试。"

候小讥笑道："等你练好了武功，都老得走不动了。"

招弟着急地说："你净说些小看人的话。"

张家声对钞义达说："义达呀，我怎么越看你越像你大？"

钞义达笑道："我是我大的儿呗。"

张家声说："义达，你遇事最好要冷静。"

钞义达却冲动地说："我冷静不了。他们是在侮辱我的祖先，侮辱我们葭县人。我听到那些话，觉得比骂我自己还难受。他今天要是不磕头，我真的把他摔个半死不活。"

张家声说:"那你就把大祸闯下了,也赶不成牲灵了。"

张家声的话刚说完,招弟叫了一声:"你们看,路中间站着一个人,好像是打劫的。"

大家这才注意到,前边的大路上的确有个人。走近了,他们才看清是定边食府东家。

钞义达说:"他是冲我来的。你们不要动,我过去。"

钞义达不慌不忙地走到食府东家面前。

食府东家叫嚣道:"你以为老子的头白磕了?连骡子带货,都给老子留下,你们走你们的路。谁敢哼一声,山上的人,就要谁的命。"

路侧的小山峁上,同时站起几个人,人人手持大刀,虎视眈眈地盯着张家声一行。

四人一惊,愣住了。

钞义达看看小山峁上的人,又看看食府东家,冷笑了一声,说道:"拦路抢劫?我看你们是死定了。"

食府东家"哈哈"一笑,用手一指小山峁,说:"那就试一试吧。"

钞义达手中的镖一飞,击中了一个人的头发。

小山峁上有人"妈哟"叫了一声。接着,小山峁上的几个人扑了过来。

张家声三人同时向钞义达靠近。钞义达手中握镖,准备应对。

突然从小山峁上扑过来的一个人惊叫道:"钞义达?你是钞义达?真是一家人不认得一家人了。"

钞义达仔细一看,叫道:"刘元魁?"

刘元魁说:"你的镖好厉害,差点要了我小弟兄的命。"

刘元魁引着几个人下来了,双手抱拳,说道:"冒犯了。"

食府东家着急地说:"这、这、这是怎么回事?"

刘元魁说:"我和义达是老乡,又在一个师父门下练过武功。"

钞义达问:"你当了土匪?"

刘元魁说:"没办法呀。日子不好混,就引了几个弟兄,干点小事情。

你们这是惹什么麻烦了？"

候小抢先说道："这个狗杂种骂葭县人，义达气不过，教训了他一顿，他记仇了。你是葭县人，也应该收拾他一顿。"

刘元魁问食府东家："是真的吗？"

食府东家一看不对劲了，忙说："是是是。小的有眼不识泰山。"

刘元魁说："记着，我们那里走西口的人很多，你要是再敢欺侮我们那里过来的人，休怪弟兄我手下无情。"

食府东家说："不敢不敢不敢。"

刘元魁吼道："滚吧。"

食府东家灰溜溜地跑了。

钞义达说："在定边混得还行？"

刘元魁说："这世道，哪里也不好混。再弄两个路费，我们就散伙，我也回葭县。刚走的那个狗东西说你们有骡子，我心想弄两头骡子，回去也不用步行了。没想到是你。怎么样？今天留下来，痛饮几杯？"

钞义达说："今天还要赶路，后会有期。"

钞义达他们和刘元魁告别后，一路向东行走，走进了靖边街道。他们拴好骡子，抬下货驮，给骡子喂草料。

走到露天食堂边的时候，候小说："咱们今天吃一顿风干羊肉荞面。"

钞义达说："有钱，天鹅肉都能吃。"

几人坐在凳子上。

店小二走过来，一边往碗里倒水一边问："买卖人，吃点什么？"

张家声说："今天你们就吃一顿风干羊肉荞面吧。受死受活，来来回回不晓得在这条路上走了多少回，吃一顿风干羊肉荞面算甚哩。"

钞义达问："你呢？"

张家声说："我不喜欢吃风干羊肉，我就吃素臊子荞面。"

候小说："你还不是想省着钱给天明娶媳妇。就别节约那几文钱了。"

张家声说："我说了，我不爱吃风干羊肉。"

钞义达说："我也吃素臊子面。"

候小说："义达是想积攒下钱给宝翠买礼物。不过，你不敢再戏逗宝翠了。宝翠是曹家看上的人。"

钞义达恨恨地说："看你那个灰样，不长一点记性。你再说这种话，操心皮开肉绽。"

候小笑笑，说："你才是灰样，说说戏耍耍的话，你也要跟人打架？那好，我和招弟吃风丁羊肉荞面，你和张叔吃素臊子荞面。"

张家声吸着旱烟，点点头，然后说："咱们不要走米脂了，这趟走榆林。"

招弟说："那得绕多远的路呀。"

张家声说："不绕路，遇到劫匪就麻烦了。"

候小说："不怕，有义达在，我们还怕甚哩。"

张家声问钞义达："你说走哪里？"

钞义达说："我也说走榆林。"

张家声说："那就这么定了。"

候小沮丧地说："我以前走过榆林，沙路太难走了。"

钞义达说："难走也比丢了小命强。"

候小说："看起来你还有两下子，遇到了土匪就成了纸老虎。"

张家声不满意说："你晓得土匪有多少？你晓得土匪是明来还是暗来？能省一事还不省一事？没本事净说些有本事的话。"

招弟忙说："对呀。土匪来了，你候小先打头阵。"

十

黎明时分，张家声他们赶着骡子，从波罗镇出来，过了无定河，进入了毛乌素沙漠。沙漠漫漫，他们艰难地行走在沙漠里。

突然，天昏地暗，狂风从北边席卷而来。

张家声大声呼道："风沙，快往有树的地方躲。"

钞义达四下环顾，风沙狂飞乱舞，看不到一棵树。

张家声说："把驮子抬下来，把骡子的腿拴在一起。"

四人很快将货驮抬下来，又把四头骡子拴在一起。

风沙笼罩了人和骡子。

候小哭叫道："天呀，没让土匪害死，反叫风沙往死害了。"

张家声的声音："我们都趴在驮子上，不要乱跑。沙埋一点，我们往上动一动，操心被沙埋了。"

狂风大作，狂啸怒吼，沙尘弥漫，遮天蔽日。

风沙肆虐了半后晌，停止了，但天空仍然一片灰暗。

四头骡子站在原地，一头头摇头摆尾，抖掉了身上的尘土。张家声他们四个人爬起来，一个个灰头土脸。

钞义达看看周围。货驮子不见了。

候小问："货驮子呢？"

张家声说："沙埋了。你要是不动，你也被沙埋了。"

四个人开始揩拭脸上身上的尘土，然后用手刨沙，寻找货驮。货驮还没有挖出来，天色就暗淡了。

候小问："天快黑了，怎么办？我们到哪里歇息吃饭？"

张家声说："今天只有在这里过夜了，狼不吃你就万幸了，你还吃甚饭！大家动手，快找点柴火。狼来了，有火，它就不敢靠近人了。"

四个人开始拾柴火。

天黑了，大家又聚拢在骡子身边。

张家声一屁股坐下，随口说道："难受死人了。"

钞义达用手摸了摸张家声额头，惊叫道："张叔，你不会是发烧了吧？"

张家声说："没事的，睡一会儿就好了。"

钞义达把自己的衣服脱下来，搭在张家声身上。

张家声说："不用。我浑身烫得连自己的衣服都穿不住了，还穿你的衣服？你快穿上，操心着凉了。"

张家声把衣服又搭在了钞义达身上。

四人都不吭声了。

四周一片漆黑，寂静无声。

十一

天亮了，但天空依然阴云密布。

沙漠起伏连绵，四人东倒西歪、跌跌撞撞、深一脚浅一脚地行走在沙漠里。张家声快要走不动了，钞义达扶着他。

候小问："我们这是走到哪里了？怎么越走越看不到尽头。"

钞义达说："咱们好像迷路了。"

候小着急地问："这太阳甚时间能出来呀！"

钞义达望着天际，也是一脸焦急的神情。

张家声身子摇了摇，一歪，跌倒了。

几个人叫着张叔，跑了过来。

钞义达扶起张家声，着急地问："张叔，你怎么了？"

张家声勉强笑道："这人老了，不中用了。"

钞义达说："张叔，我们把货卸掉，你骑在骡子身上。"

张家声说："不到万不得已，不能扔掉货。扔一驮子货，是我们几个月的工钱。歇一歇就行了。"

张家声被人扶着也走不动了，钞义达背起了他，走了一段路程，脚下一滑，摔倒了。

张家声有气无力地说："我不行了，你们就不要管我了。"

钞义达说："我们不能丢下你。"

张家声喘息着说："我真的不行了。我这病是要命的病，舌头烂了，脚也肿了，浑身没有力气，这真是要命的病。就是你们把我弄出沙漠，也救不了我。没有水，你们也支撑不了几天。我给你们说，你们再走不出去，就杀上一头骡子，喝骡子的血。只有这样，你们才能走出去。"

招弟说："骡子是我们的命根子。"

钞义达心疼地看看骡子。

张家声说："你们就先把我的骡子杀了。你们能活着回去，就合伙再给我们家买一头骡子。你们几个年轻人的命要紧呀。"

钞义达说："张叔，你向来看骡子比你的命都要紧。我们不能杀你的骡子。"

张家声说："骡子的命比我的命要紧，可没有你们的命要紧。义达，天明回来的话，你把他带上，让他跟你一起赶牲灵。他要是不听话，你就教训他。看在咱们两辈人交情的份上，你和天明相处得要像亲弟兄一样。"

钞义达说："张叔，你没事的。我们一定要把你背出去。我们就是死，也要死在一块。"

张家声说："义达，我死了，这几个后生就由你领料上。只要还在赶牲灵的这条道上走，你们就要相互帮扶着，不要互相拆台。你想成立马帮驼队，想法是好的，能做到，我和你父亲比谁都高兴；做不到，也不要太委屈了自己。"

十二

沙漠无垠。

清晨，钞义达几人有气无力地躺在沙漠里。太阳从东方升起。

候小高兴地叫道："太阳出来了。"

钞义达对张家声说："张叔，太阳出来了，我们能辨清方向了。"

张家声慢慢地睁开眼睛，看了看东方，嘴唇动了动，突然脑袋耷拉下去了。

钞义达大声叫道："张叔，你怎么了？我们有救了，我们能出去了。"

候小叫道："张叔，你不能走啊。我们还要跟着你赶牲灵呀。"

招弟说："张叔，天明还等着你给他娶媳妇哩，你怎么就合上眼睛了？"

张家声面如土色，没有一丝气息。

十三

钞义达他们在黄土坡上挖开坑，将张家声掩埋起来。

新坟撮起，钞义达他们站在新坟前。

钞义达说："张叔，总有一大，我会和天明一起来把你的身子寻回去。我会给你带来一碗风干羊肉荞面。"

招弟问："张叔不是说不爱吃羊肉荞面吗？你还给他带来做甚？"

候小不高兴地说："谁说他不爱吃风干羊肉荞面？猪脑子。那天，他舍不得吃风干羊肉荞面，又怕扫了咱们的兴，就说自己不爱吃。"

招弟叹息了一声："早晓得张叔要走，我请他吃一顿风干羊肉荞面。"

候小愤愤地说："早晓得个屁！要是早晓得会遇到风暴，我们还会走这里吗？张叔他还会来这里送死吗？"

安葬过张家声不久，钞义达他们就走出了沙漠。他们来到一户人家家里讨水喝。主人一看这几个年轻人是在沙漠里迷路了，刚刚走出沙漠，就忙着给钞义达几人做饭。

第四章

一

受曹景升之托，井秀成让孙旺才多坐了二十来天的班房。不过，井秀成自知对孙旺才不公，就下了命令：孙旺才在牢房里不能受皮肉之苦，生活上也要得到照顾。所以孙旺才从监狱里出来，气色不错，完全不像坐了一个多月班房的人。

宝翠看到哥哥的身体很好，惊讶地问："你在牢房里没得病吧？"

孙旺才说："没有呀。"

宝翠脸上堆起了怒云，呼吸急促起来。

孙刘氏突然醒悟了，叫道："我看你进牢房，就是曹家搞的鬼把戏。"

接着，孙刘氏向孙旺才叙述了曹家这些天的行为，还有，宝翠答应了曹家的婚事。

孙旺才抱怨道："宝翠，你好糊涂呀。不行，我要找曹家去。"

在孙刘氏说话的时候，宝翠心中的怒火已经抑制下去，渐渐恢复了平静，她心平气和地说："我不过曹家的门，曹家是不会歇心的。迟早还会再迫害我们。而且，我都签字画押了，这事就这样了。我认了。"

孙旺才坚定地说："这曹家我是找定了。"孙旺才说罢就起身到木头峪找曹景升。

孙旺才到了曹家，看到曹景升，满脸怒容。

曹景升慢腾腾地说："你想毁约，行，我曹某人向来不为难人。不过，为往出捞你，我花了两千两银子，你给我还回来。"

孙旺才说："那曹余正的人，为甚要到我们家说我在牢房里病了，得出两千两银子？"

曹景升说:"我不晓得。"

孙旺才愤恨地说:"曹家没好人。"

曹景升说:"侄儿,不要这样说,我们都成亲戚了。"

孙旺才说:"谁和你是亲戚!"

曹景升说:"那好,退钱。"

孙旺才说:"退就退。"

<h1 style="text-align:center">二</h1>

钞义达和招弟、候小路过榆林城,歇了两天,找到了张天明,然后带着张天明回来了。到了葭县城,招弟和候小回了峪口,钞义达和张天明去了张天明的老家张家圪堆村,去向他母亲通报张家声去世的过程。

张天明的母亲泪水涟涟地说:"他早就不想赶牲灵了,可是还在赶,最后死在了赶牲灵的路上。"

钞义达说:"埋张叔的地方我们都清楚,以后我们一定会相帮着把张叔接回来。"

张天明的母亲说:"如今那身子接不成了,只能等几年,身子化了,成了骨头,才能动。"

张天明哭着说:"我怎么就没有替父亲赶那趟牲灵。"

钞义达说:"如今说甚也没有用了。天明我问你,你到底跟不跟我们赶牲灵走?张叔闭眼前,嘱咐我引着你赶牲灵。"

张天明说:"事到如今,我也只能跟你们走了。当时我也不是成心不赶牲灵,我就是想跟那女子好几天。"

曹景升带着管家突然推门进来,钞义达他们都愣住了。

曹景升首先说:"老张家的,我曹景升看你们来了。"

张天明的母亲说:"曹东家,大老远的路,你还跑过来了。"

曹景升悲戚地说:"老张这多年来,来来回回不晓得在我们商号走了多少回,都是老故交了。他走了,我心里不是个滋味,就过来了。走几步路算甚哩。"

钞义达疑惑地望着曹景升。

曹景升朝管家摆摆手让他拿出五块银元,递给张天明的母亲。

张天明的母亲没有接银元,不安地说:"这不行,这不行。"

曹家管家把银元放在炕上,说:"老张家的,这是曹东家的一点心意,你不能不收。"

张天明的母亲激动地说:"曹东家真是个好人。"

曹景升感叹道:"这天底下,没有好人,也没有坏人,都是些忙着挣命的人。"

钞义达讥讽道:"曹东家的话说得有道理。"

曹景升动声动气地说:"有道理的话谁都会说,就是看会不会做。"

三

宝翠站在山上,远眺近望。钞义达他们这一趟赶牲灵走西口,比原先的时间长了十来天,宝翠不放心,近些日子天天往村口的土坡上跑。招弟和候小回来了,告诉她钞义达去了张家圪堆村,可她提着的心仍然没有放下来,一天要往村口跑几回。

终于,钞义达出现在进村的路上。宝翠跑下了山坡。

钞义达看见宝翠,急忙迎过来。

钞义达走到宝翠身边,问:"你在这里做甚哩?"

宝翠说:"你们没有按时回来,把我急死了。"

钞义达开心地望着宝翠。

四

黄河滩上,钞义达正在练武功。

张天明跑过来了。

钞义达看见张天明，弓着的身子立起来，问："天明，你跑甚哩？"

张天明不跑了，慢慢地走过来，面带不安的神色。走到钞义达面前，张天明欲言又止。

钞义达笑道："天明，你这是怎么了？想说甚你就尽管说吧。"

张天明说："宝翠和曹家的灰汉订婚了，你晓得不晓得？"

钞义达一怔，随即说："宝翠说过这件事。他们家好像不同意。"

张天明说："曹家势力人，孙家拗不过才同意了。他们订婚是悄悄办的，没有声张。天下没有不透风的墙，峪口村的人都晓得了。"

钞义达的脸色突然由红变白了，喃喃低语道："还是成了真的。"

天旋地转，钞义达一屁股坐在了地上，随即躺倒了。

黄河水滔滔。

黄河中有船夫在搬船。船夫唱道：

> 你晓得，
> 天下黄河几十几道弯咧，
> 几十几道弯上几十几只船咧，
> 几十几只船上几十几根竿咧，
> 几十几个艄公呀来把船来搬。

> 我晓得，
> 天下黄河九十九道弯咧，
> 九十九道弯上九十九只船咧，
> 九十九只船上九十九根竿咧，
> 九十九个艄公呀来把船来搬。

钞义达突然站起来，向峪口村里跑去，张天明追了过去。

钞义达跑在孙家大院大门前，站住了。两眼死死地盯着孙家大门上的"敦厚持家"的匾额，两眼流出了泪水。

张天明站在钞义达身后，望着钞义达。

突然，孙家的大门从里拉开了。

钞义达急忙双手按住了眼睛。

孙旺才走出大门，看到钞义达，问："义达，你双手蒙着脸怎么了？"

张天明躲进了墙角。

钞义达说："我的眼钻进了甚东西，张不开了。"

孙旺才说："我给你看看。"

钞义达说："不用了。"

钞义达又用手轻轻揉揉眼睛，笑道："好多了。"

孙旺才说："进家里坐坐。"

钞义达说："不了。我就是想问问，你们这几天有没有货往出送。我们有好几天没营生了。"

孙旺才说："没有。"

钞义达说："我今天还要到木头峪走一趟。"钞义达说着，转身走了。

孙旺才愣怔怔地望着钞义达的背影。

宝翠从大门出来，看到哥哥在注视着什么，问："哥，你看甚？"

孙旺才说："没看甚。"

宝翠突然看到闪进墙角后的身影，她垂下头，转身进了大门。

五

绿茵茵的山，蓝蓝的天。

钞义达和宝翠坐在山坡上。

宝翠两眼接连不断地滚出泪珠。

钞义达说："宝翠，你要是嫁给正常人，我再难受，也不会说甚。大家都劝你嫁给曹余正，你怎么就要嫁一个灰汉？那个灰汉，要多恶心就有多恶心呀。"

宝翠说："我给你说，灰汉也罢，好汉也罢，除了你，我谁都不稀罕。

除了你，我觉得自己嫁给谁都一样。"

钞义达说："那你就嫁给我吧。我带上你，远走高飞。"

宝翠摇摇头，说："没可能了。我已经是有婚约的人了，不能只想着自己，我要为我们全家人着想。"

钞义达说："你不能把全家人的痛苦担在你一个人肩上。这太不公道了。"

宝翠说："事情到了这种地步，你要往开想。我就想开了。"

钞义达急躁地说："我想不开，我想不开，我永远想不开。我要找你哥去。"

宝翠说："找我哥有甚用？他要是能筹措到两千两银子，他是不会同意我进曹家的门的。"

钞义达说："只要你嫁到曹家，我就会让曹家鸡犬不得安宁！不行，我马上就让曹家不得安宁。"

宝翠祈祷道："义达哥，你就不要再闯乱子了。家里够乱了。我给你说，我嫂子结婚十多年了，一直怀不上娃娃，好不容易怀上了，你再这么一闹，她的身子有闪失，我们孙家就没指望了。你晓得甚是不孝有三，无后为大吗？"

钞义达两眼溢满了泪水，痛苦地闭上了眼睛，泪珠滚出了眼眶。

六

钞义达走在葭县城的街道上，刘元魁迎面走过来。

刘元魁叫道："义达。"

钞义达看见了刘元魁，说："是元魁兄。你甚时间回来的？"

刘元魁说："前两天。"

钞义达问："金盆洗手了？"

刘元魁说："洗甚手呀。我还想拉上你和我一起干呢。干我们这一行的，比你赶牲灵的强百倍。"

钞义达说："三十六行，行行出状元。我要是能赶上马帮驼队，不一定比你差。"

刘元魁笑道："祝你早日赶上马帮驼队，到时我给你当保镖。咱们到酒馆边喝酒边叙话。"

钞义达说："行。"

钞义达和刘元魁来到小酒馆里。

酒菜上桌，二人首先碰杯喝酒。

酒过三巡，钞义达说："来，我再敬刘兄一杯。"

刘元魁端起了酒杯。两人碰了碰杯，一饮而尽。

钞义达突然沉默了，喝起了闷酒。

刘元魁看了一会儿钞义达，说："看样子，义达活得不痛快。"

钞义达叹了一口气，说："这世道，没多少人能活得痛快。"

刘元魁："干脆咱二人上山竖起一杆大旗，招兵买马，大干一场。"

钞义达摇了摇头，说："我以前也这么想过，可后来觉得当土匪下场好不了，也坏了名声。"

刘元魁说："我们也是没活路才当土匪的呀。有吃有穿，谁干缺德的营生。"

钞义达感叹道："是呀，他们真是往死里逼人，逼得人没活路了。"

"看来弟兄还真被人逼急了。是谁？你告诉我，我替你出这口气。"

"木头峪的曹景升和他那个在县公安局当局长的儿子，设下圈套，逼婚抢亲，快把我们的东家孙旺才欺侮死了。"

"你就不敢和他上一手？"

"我是想和曹家上一手，可孙家的女子宝翠死活不让我冒那个险。"

"我明白了。你和孙家的女子宝翠是相好的。我替你出这口气。"

"也不用你老兄动手。你白道黑道走了这么多年，替我想一个好办法就行了。要是出不了这口恶气，我还算甚男子汉！"

"老弟，为朋友，我刘元魁从来就是两肋插刀。"

七

莨县城街道，人来人往。

曹余正穿着警服，优哉游哉地走过来了。走到一个小巷口，突然有一个蒙面人把刀子顶在了他的腰上，说："跟我到那边去。"

蒙面人把曹余正揪住了。

曹余正愣住了，随后，乖乖地随着蒙面人走到了小巷里的墙角。

蒙面人说："你曹家狗仗人势，作恶多端，本人今天要替天行道了。"

曹余正说："好汉，你千万不敢做糊涂事。你有甚难事，请张口。我曹余正保证有求必应。"

蒙面人说："你要想活命，就在指定地点，给我放五千两银子。你不要耍花招。我暂时不会取银子的。等我没有钱花了，我就会去取。如若取不到银子，我就会将你们家人全都杀光。"

曹余正说："行行行。"

蒙面人说："把银子埋在七里庙右侧的西北墙角的土地里。"

曹余正说："好的。"

蒙面人说："为了让你记住教训，我给你放点血。"

蒙面人说着，把刀子扎进了曹余正的左臂膀里。

曹余正惨叫了一声。

蒙面人迅速逃跑了。

八

后晌，钞义达在县政府门前转了一圈，看似漫不经心，眼睛却在仔细察看地形。

曹余正左胳膊上挂着绷带，和虎明走出了大门。

钞义达躲开了。

曹余正对虎明说:"我到诊所住两天,你多点心眼,不要再出甚乱子。"

虎明急忙表白道:"好的好的。"

天色渐渐暗淡下来,钞义达从县政府的大门前走过,再一次观察过县政府大院的周边后,上了一家人家的垴畔上,俯视观察着县政府大院里的动静。然后跳下窑洞垴畔,掉头走过来,向广营路下的戏台走去。

戏台周围到处是人。

钞义达走过去,围过来。

夜色朦胧,一弯月牙悬挂在天空。

戏台周围挂着大红灯笼。戏场上光线昏暗,但尚能认出人的模样。戏台正中坐着说书的盲艺人。

钞义达坐在前边的人群中。

说书盲艺人腿绑竹板,怀抱三弦,头微仰,静静地坐在凳子上。他弹动着腿上的竹板,弹响了三弦。唱道:

> 弹起我的三弦定起我的音,
> 我先给众位乡亲表分明:
> 小孩们不要吵来不要闹,
> 大人们安安稳稳都坐定,
> 大让小来小让大,
> 和和气气把书听。

他又弹动着腿上的竹板,弹响了三弦,接着又唱道:

> 要问我今天讲何人,
> 说一段前朝古代经。
> 只听见古人传古名,
> 谁也没有见过古人走下踪。

说书盲艺人说念白道："今天说的是《薛仁贵征东》。正本开始前，我给众乡亲表一小段《劝世人》。"

　　　　东海年年添新水，
　　　　西山日日落太阳。
　　　　河南湘州有个文王瓮，
　　　　山东曲阜出过圣人。

　　　　汉朝有个诸孔明，
　　　　明朝有过刘伯温。
　　　　他二人能掐都会算，
　　　　转得花花定乾坤。

　　　　如今山水依然在，
　　　　见人争名夺利来。
　　　　众明公不信往路上看，
　　　　入土的都在土上站。

　　说书盲艺人又弹动着腿上的竹板，弹响了三弦。
　　钞义达对旁边的中年人说："这书说得还行。"
　　中年人说："对。"
　　钞义达问："请问你是做甚的？"
　　中年人想听书，不想被人打扰，不耐烦地说："开酒馆的。"
　　钞义达又问："我想方便方便，哪里有能方便的地方？"
　　中年人又不满地看了一眼钞义达，没吭声。
　　钞义达站起来，离开戏台，一口气跑到县政府旁边墙角里。墙角下放着一捆柴火，柴火下放一罐胡麻油。钞义达将柴火抱起来，走到县政府的后墙角里，把罐子里的胡麻油泼洒在柴火上，点着柴火，然后用力甩进了院子，把油罐子也摔在了院子里。

钞义达没有停留，转身跑开了。

戏台上，盲艺人还在卖力地说书。钞义达走到原来的位置上坐下，故意把中年人碰了一下。中年人不满地看了一眼，钞义达忙说对不起。

突然，中年人惊呼道："那里着火了。"

钞义达顺着中年人手指的方向，看到县政府大院上空火光冲天，说："这火真大呀。"

九

曹余正躺在诊所的病床上，曹景升站在病床边。

曹景升说："你和谁有这么大的仇呢？"

曹余正说："从口音和相貌上看，不是熟悉的人。也许是有人请人干的。不能排除钞义达背后做的动作。"

曹景升叹了一口气，说："不要瞎猜测乱树敌了。也许那个蒙面人就是为了要钱。咱们放不放钱给他？"

曹余正说："等我出了院，再做定夺。我曹余正也不是好欺负的。"

虎明闯进了病房，惊慌失措地说："曹局长，县政府失火了，刘县长下落不明。"

曹余正一惊，坐起来了。

十

旧窑洞里，钞义达和张天明、候小、招弟正在说话。

招弟说："有好几天没有营生了。再没有货接送，我们就吃不开了。"

张天明说："天无绝人之路。"

曹余正和虎明突然推门进来了。曹余正的左胳膊由绷带挂在脖子上。

张天明和候小惊慌地站起来。

曹余正问道:"你们几个人,昨天夜晚去过甚地方?"

张天明说:"甚地方也没有去。"

钞义达说:"我到城里听过说书。"

曹余正说:"这就对了。是你放火烧了县政府。"

钞义达怒吼道:"你胡说!"

曹余正说:"谁能证明你在城里听过说书?"

钞义达说:"酒馆的一个人还和我说过话。是他首先看见大火的。"

曹余正说:"好,等回头我们一起到酒馆对质去。虎明,你和弟兄们把他们照看住,我到孙家走一趟。"

曹余正很快来到孙家大院,闯到孙旺才夫妻面前,兴师问罪道:"我们有仇吗?"

孙旺才和孙刘氏分别坐在两边的椅子上,宝翠站在孙刘氏身边。

孙旺才脸颊堆上了怒云,回答道:"有。"

曹余正说:"宝翠已是我们家的人了,我们也是亲戚。"

孙刘氏说:"我们见不得你们这种亲戚。"

曹余正说:"所以你们就雇人暗害我。先雇人刺伤了我,又烧了县政府。烧县政府没烧死我,却把刘县长烧死了。"

宝翠惊呆了。

孙旺才吼道:"你少到我们这里放屁。"

"我给你们说,暗害我的人不是你们孙家的人,就是钞义达那小子。查不出暗害我的人,我决不罢休。"曹余正说罢,转身走了。

曹余正出了门,孙旺才问:"宝翠,这事不会是钞义达干的吧?"

宝翠没有吭声。

孙刘氏说:"真有刺曹余正和火烧县政府的事,说不定就是义达干的。义达不是稳重的人。"

孙旺才着急地说:"这个钞义达,不省事,惹上了杀身之祸。"

十一

曹余正和虎明引着钞义达进了小酒馆。中年人迎了过来。

中年人说:"请客官里边坐。"

曹余正问中年人:"你见过这个人吗?"

中年人仔细看了看钞义达,说:"这不是那天听说书的那个人吗?"

曹余正问:"县政府大火烧起来的时候,他是不是在你跟前?"

中年人说:"就在我跟前。我先看到了大火,给他说的。"

曹余正黑下了脸,转身就走了。虎明也跟着走了。

钞义达对中年人说:"要不是你做证,我可就说不清了。"

中年人问:"甚事情?"

钞义达突然一笑,玩笑道:"女人的事。"

钞义达掉头走了。

中年人望着钞义达的背影,摇摇头,说:"男人家,就爱为女人闹事。"

十二

钞义达第一次率领张天明、候小、招弟,赶着骡子走西口,已是夏天了。有两个多月的时间,他们没有接到一单运送货物的生意。张家声在世的时候,人缘广,人脉好,一年四季都闲不下来。张家声去世后,好多商户不信任几个毛头小后生,曹景升家的货物也不想让钞义达他们运送,也就无货可送了。木头峪一带赶牲灵的少,商户不找钞义达他们,货物流不畅,等不住了才又与钞义达他们联络。出去带着货,回来要轮空了。孙旺才就给钞义达带了些银两,让钞义达回来带些药材和食盐,赚钱两家平分。孙旺才是做纸张生意的,从来不做其他生意,这回破例,钞义达明白孙旺才的用意。

山路上,钞义达和候小、招弟赶着五头骡子,张天明一边走一边吹着唢呐。

钞义达说："天明，你这唢呐吹得太沉重了，给咱唱一首山曲吧。"

张天明说："行。"

张天明唱道：

　　走头头的骡子（哟）三盏盏的灯，

　　（哎呀）戴上（那个）铃子（哟噢）哇哇（那个）声。

　　山坡坡上站着的妹子（哟），

　　俊格丹丹的脸，

　　你是我的妹子（哟）你招一招手，

　　你不是我的妹子你走你的路。

钞义达对张天明说："你唱得太好听了，我总是听不够。"

张天明得意地说："是吗？我这一嗓子还行，能把俊女子迷住。"

招弟说："是俊女子把你迷住了。你看到人家俊，赖着不走，还说你把人家迷住了。"

张天明不服气地说："你这回到了横山，也试着赖住不要走，看人家对你怎么样。"

候小说道："你张天明脸厚。人家招弟没你脸厚。"

张天明不高兴地说："你们都得红眼病了。"

大家大声笑了。

突然，前面传来一阵山曲声：

　　走头头（的那个）骡子（哟）三盏盏那个灯，

　　（哎呀）戴上（的那个）铃子（哟噢）哇哇（的那个）声。

　　白脖子（的那个）哈巴（哟）朝南（的那个）咬，

　　（哎呀）赶牲灵（的）人儿（哟噢）过（呀）来（那个）了。

　　你若是我的哥哥（哟）你招一招（那个）手，

（哎呀）你不是我的哥哥你走你的（那个）路。

张天明愣了一愣，说："你们听，这歌唱得真好听，和我唱得走头头的骡子差不多，一个调调。"

钞义达说："信天游本身就是祖祖辈辈流传下来的，调子一样，大同小异，只是一个地方一种词。也没甚惊讶的。"

张天明说："可将才那个人唱得太有味了。快往前走，我想看一看那个唱山曲的人。"

走在前边的招弟说："人家已经走过来了。"

前边的山路上，两个赶着骡子的后生迎面走来了。

张天明首先走上去，问："老乡，将才是谁在唱信天游？"

走在前边的后生扯住骡子，说："我。"

张天明也扯住了骡子，问："你们是哪里人？叫甚？"

走在前边的后生说："我叫张天恩，是吴堡人。"

张天明高兴地说："我叫张天明。从咱们两人的名字看，好像是亲弟兄。来，咱们歇一程。"

六个人把骡子身上的驮子抬下来。

张天明和张天恩坐在一起。

张天明说："你将才唱的那曲信天游叫甚名字？"

张天恩说："我给这曲信天游起了个《赶牲灵》的名字。"

张天明说："太好了。我也会唱这曲，只是词和你的有些不一样。"

张天恩说："你唱唱我听听。"

张天明唱道：

走头头的骡子（哟）三盏盏的灯，
（哎呀）戴上（那个）铃子（哟噢）哇哇（那个）声。
山坡坡上站着的妹子（哟），
俊格丹丹的脸，

你是我的妹子（哟）你招一招手，
你不是我的妹子你走你的路。

张天明唱罢，说："你的词比我的词好听，贴切。"

张天恩说："按理说，你的词更贴切。因为《赶牲灵》的信天游是男人唱出来的，应该唱'你是我的妹妹招一招手'。可实际上，我们赶牲灵的，就希望女人唱这首信天游，就唱出了'你是我的哥哥招一招手'。"

张天明说："唱你的《赶牲灵》词，好像给了我们一种希望。我以后就按你的唱法唱。甚时间女人给我们能唱一嗓子，我们就活得有盼头了。"

张天恩说："你再唱一唱，我看你记住了没有。"

张天明唱道：

走头头（的那个）骡子（哟）三盏盏那个灯，
（哎呀）戴上（的那个）铃子（哟噢）哇哇（的那个）声。
白脖子（的那个）哈巴（哟）朝南（的那个）咬，
（哎呀）赶牲灵（的）人儿（哟噢）过（呀）来（那个）了。
你若是我的哥哥（哟）你招一招（那个）手，
（哎呀）你不是我的哥哥你走你的（那个）路。

张天恩说："我觉得你唱得比我唱得还好听。"

候小笑道："你们两个都在换着抬举自己。"

张天明问："你会扭秧歌吗？"

张天恩说："我从小就爱扭秧歌。"

张天明兴奋地说："我也是从小就爱扭秧歌。"

张天恩说："那咱们就扭一场子，让弟兄们看一看。"

张天明和张天恩开始扭秧歌，钞义达他们看着这俩人扭。

候小说："这两人真像亲弟兄呀。"

钞义达站起来说："时间不早了，咱们得走了。"

接着，几人把货驮子抬在骡子身上。钞义达和候小、招弟赶着骡子走了。张天明和张天恩恋恋不舍地告别。

张天明说："我们甚时间能再见面呢？"

张天恩说："都是赶牲灵的，说不定哪天就见面了。"

张天明和张天恩两人向各自的方向渐行渐远。

突然，两人同时唱起来：

> 走头头（的那个）骡子（哟）三盏盏那个灯，
>
> （哎呀）戴上（的那个）铃子（哟噢）哇哇（的那个）声。
>
> 白脖子（的那个）哈巴（哟）朝南（的那个）咬，
>
> （哎呀）赶牲灵（的）人儿（哟噢）过（呀）来（那个）了。
>
> 你若是我的哥哥（哟）你招一招（那个）手，
>
> （哎呀）你不是我的哥哥你走你的（那个）路。

十三

井秀成官邸，井秀成和陈世英坐在一起说话。

井秀成气咻咻地说："葭县的'共匪'越闹越凶，竟然袭击了县政府，把刘县长都烧死了。"

陈世英说："要加大对葭县'共匪'的打击力度。"

井秀成说："我向省政府举荐你到葭县去当县长。不知你意下如何？"

陈世英说："当县长倒是个美差，只是怕我的上峰不同意。"

井秀成说："不怕，你的上峰有我做工作。"

陈世英说："谢谢井师长的栽培。"

井秀成说："不把葭县的'共匪'消灭掉，陕北永无宁日。你就是消灭葭县共党的最佳人选。"

有井秀成的大力举荐，陈世英到葭县任县长的批复很快就下来了。陈世英立即前往葭县走马上任，他上任迎接的第一位客人就是曹景升。

作为葭县有名的大户人家，每任新县长到任，他都会第一时间去拜访。

在县长会客厅，陈世英与曹景升握手问好。

落座后，曹景升拿出两根金条，说："陈县长能到葭县这么寒苦的地方来当父母官，曹某很受感动，这是小意思，不成敬意。"

陈世英看到金条，忙说："见外了，见外了，曹东家。"

曹景升说："犬子在陈县长手下混事，望日后多多提携。"

陈世英说："那是那是。"

十四

远处，响起了轰隆隆的雷声。走在路上的钞义达几人，向天际望去。

天空中，乌云滚滚，翻卷而来。

张天明说："大雨马上就要来了。往高处走。"

候小问："在哪里避避雨？"

钞义达说："这里没有避雨的地方。"

钞义达和候小的话说完不久，头顶就雷鸣电闪，接着就大雨瓢泼，雨水劈头盖脸地浇泼在人们身上。

骡子不走了，惊慌地甩头跺踢蹄子。

四人在雨中死死地攥着缰绳。

招弟叫道："老天爷，你就不要下了。"

突然，一声震耳欲聋的惊雷响起，一道电弧在前边闪过。一棵水桐树被雷电击中，从树头一劈两半。少一半倒下去了，多一半依然坚守挺立。

四人在雷雨中看到了这一幕，同时惊呆了。

雷雨下了一个多时辰，终于停住了，可是，洪水涛声不绝。前面的路被洪水冲断了。

望着咆哮的山洪，钞义达四人脸上都浮现出绝望的神情。

候小沮丧地问："天快黑了，这怎么办？我们在哪里住？"

招弟嘴里噙着旱烟锅，在火镰上往出打火，可是打不着。

招弟说："连饭都吃不上了，还住哪里。"

钞义达望着山洪渠，说："我先过去，到那边给大家找点吃的，再找些工具，修修路。"

张天明问："路断了，你怎么过去？"

钞义达指着路边的一棵柳树，说："我上那棵柳树，在柳椽上往过吊。我看过了，柳椽吊下来，刚好到了洪渠那边。"

张天明忙说："那不行。过不去就掉进洪水里了。"

钞义达说："我算计了，刚好能吊过去。就是过不去，我死死地搂抱住柳椽，也不至于被洪水冲走。洪水小了，我就没有危险了。"

招弟说："我们不能让你冒这个险。也就是饿一夜的事。"

钞义达说："这里年龄数我大，这个险也只能由我冒。我不冒这个险，没吃的，今天黑夜又冷又饿，大家都受不了。身体都垮下来了，还再怎么走路？"

候小说："能过去最好，不过你得操心。"

招弟说："义达哥能过去，我也跟过去，两个人也能做个伴。"

张天明说："你一定要过去，我说这样，你腰上拴上一根绳子，万一掉进山洪渠里，我们也能把你拉扯上来。"

候小忙说："对，这是个好办法。"

钞义达笑着说："你天明人小头脑不笨。"

候小说："他就是不笨。咱们赶了几年牲灵，连好女子的面都见不上，可他一上手，就和好女子相好了。"

张天明不好意思地笑了。

大家急忙动手，给钞义达身上拴绳子。

钞义达上了柳树，又爬上了柳椽，柳椽开始往下沉。钞义达的身子朝下，手脚并用，在柳椽上往过挪。柳椽弯下来了，钞义达的腿脚离开柳椽，吊在空中，双手挪动着往前移，柳椽慢慢地向山洪渠那边倾斜。终于，柳椽垂下来了，钞义达双脚着地了。

山洪渠那边的人松了一口气。

招弟吼道:"我也过去。"

钞义达向这边摇摇手。

他走到被雷劈了的那棵水桐树下,把半片子树干扯过来,用刚才拴在他腰身上的绳子绑在一头,示意那边的人往过扯。

半片树干扯过去了,横在了山洪渠上边。招弟腰上拴上绳子,从树干上往过走。走在树干中间,树十一晃动,招弟突然掉下去了。张天明和候小急忙扯紧绳子。

招弟掉进洪水里,被洪水淹没了,又卷起来。张天明和候小拼命地往上拽招弟,费了好大的劲,才把招弟拽出洪水。可是,再往上拽,就拽不动了。

招弟横躺在洪水边,随时有被渠塄塌下来的土掩埋的危险。钞义达把树干斜插在圪塄上,爬上树干,溜下去。

候小把另一根绳子放下来,钞义达把这根绳子绑在自己腰上,溜在招弟跟前,把招弟扛扶起来。

钞义达向上面吼道:"往上拽招弟身上的绳子。"

张天明和候小用力往上拽绳子。钞义达用肩往上扛,招弟终于被拽上了渠塄。

突然,渠塄上的土塌下来了,把钞义达打进了洪水中。

上面的人光顾往上拽招弟,没有管钞义达身上的绳子,钞义达被洪水冲走了。

张天明和候小同时惊叫道:"义达。"

洪水卷着钞义达向无定河流去。洪水出了洪渠,水的面积扩大了,冲力减小了。钞义达停在了水滩上。

十五

天色越来越暗。

候小说："天明你照顾招弟，我再从柳椽上往过吊，吊过去到前边看能不能找到人家。找到人家就能借到灯火和工具。"

招弟有气无力地说："操心再出了事。"

"洪水小了，就是掉下去，也不会有太大的危险。再说了，义达能吊过去，我也能吊过去。"候小说着，给自己腰上缠绳子。

张天明哭着说："义达哥怎么办呀？"

候小说："借到灯火咱们顺着往下找。"

候小上了柳树。

张天明说："操心啊，候小。"

候小对下边的人说："其实，我上树比他钞义达还灵活。"

候小从柳椽上吊过去了。

候小离开山洪洪渠，一边走一边观察，看到前边亮着灯火，他急忙跑了过去。

这是一个村子。

候小走进一户人家。

女主人看见一个后生闯进来了，喊道："你进来做甚？！"

候小说："我们出事了，求求大嫂给借个灯火工具。"

女主人说："没有灯火没有工具。你快走吧，我家男人不在家。"

候小说："大嫂，你帮帮忙。"

女主人生气了，大声喊道："你走！"

炕上睡着的小孩"哇"地哭开了。

候小一看女主人不通融，转身准备离去。突然，他看见瓮盖上的一颗枣核。他拿起枣核，走到炕楞边，对孩子说："不哭哟。"

候小抱孩子的时候，把枣核插在孩子的屁股上。

孩子越哭越响。

女主人从候小手中接过孩子。孩子依然哭个不停。

候小说："我看这孩子是不是中邪了。"

女主人剜了一眼候小。

孩子越哭越厉害，有些声嘶力竭的趋势。女主人着急了，一边哄孩子一边哭。

候小说："大嫂，孩子的这种病我看过不少。你让我试着看看孩子。"

女主人不相信地看了一眼候小。

候小趁着女主人犹豫的时候，一把把孩子接过来。

候小一边低声念念有词，一边利用手托孩子屁股的机会，偷偷地把孩子肛门上的枣核取下来。

孩子感觉到屁股舒服了，渐渐止住了哭声。

女主人感激地对候小说："谢谢大哥。"

候小说："大嫂，我是你小兄弟。"

女主人说："你先坐，我给你做饭吃。"

候小说："大嫂，我先借一下你们的灯火，再借两把铁锹。我们的几个弟兄被水渠挡住了。"

女主人忙着找来灯火和铁锹。

候小带上铁锹，很快就回到了山洪渠边，洪水已经小了许多。他把铁锹扔在对面，说："天明你往倒刨圪塄，我找义达去。"

张天明拾起铁锹，拼命地向山洪渠刨土。渠塄刨成了斜坡。

候小顺着洪水渠，掌着灯火，不停地叫道："钞义达。"

候小走到无定河畔，也没有看到钞义达。顺着洪水渠，又走了回来。

洪水已经消退。张天明将两边的洪水渠塄都刨成了斜坡。候小走过去。

候小问招弟："你怎么样？"

招弟说："没事。"

招弟试着往起站，没有站起来。

张天明问："没有找到义达哥？"

候小一声没吭。

三人都沉默了。

张天明突然嘤嘤啼哭了。

候小说："我先把招弟背过去，再往过牵骡子。"

张天明掌着灯，候小背着招弟，过了洪渠。张天明和候小又把货抬过去，把骡子拉过去。

候小把招弟背在刚才的那家人家里。

女主人急忙帮候小扶招弟下了身。

候小问："招弟，你怎么样？"

招弟说："没事，就是身子发软。你们再去找找义达哥。"

候小说："一回找不到，第二回能找到吗？"

女主人已做好了饭，热情地收拾坐人的地方。

张天明、候小、招弟三人闷头吃饭。

吃过饭，候小说："咱们还是再找找义达。"

张天明说："我也是这么想的。"

候小和张天明拿着工具出了门。候小掌着灯火，张天明跟在后面来到洪渠边。两人又一边叫唤着钞义达，一边向西边的无定河走去。

十六

钞义达躺在洪水滩上，醒来了，看看周围，一片漆黑。他想往起坐，却坐不起来，发现自己的半个身子陷在了泥堆里。

钞义达听到叫喊自己的声音，答道："我在这里。"但钞义达的声音很弱，候小和张天明没有听到。

候小和张天明继续向下寻找。

前边传来了钞义达微弱的声音："候小，我在这里。"

张天明听到了钞义达的声音，说："候小，我听到了义达哥的声音。"

张天明和候小站住了，两人高声叫道："义达。"

然后，候小和张天明侧耳倾听。

钞义达答道："我在这里。"

张天明高兴地叫道："我听到了，是义达哥的声音。"

两人一齐向下跑去。

灯火熄了，张天明急忙点灯。

候小说："不敢走快了。走快了灯火就容易熄灭。"

张天明和候小与传来钞义达叫唤声的地方越来越近，他们终于看到了躺在泥滩里的钞义达。

张天明哭叫道："我们可找到你了，义达哥。"

候小说："我们还以为再见不到你钞义达了。"

钞义达笑着说："咱们是生死弟兄，怎么能不打一声招呼就走了。"

张天明破涕为笑，说："对，我们以后不能不打招呼就走。"

张天明背起钞义达。候小掌着灯，跟在后边。

三人艰难地行走在夜色中。

十七

在村子住了两天，钞义达几人的身子都恢复好了，他们就动身了。离开女主人家时，钞义达给女主人开饭钱。

女主人不肯接收，说："你们的那个小兄弟，给我们的孩子看好了病，一文钱也没要，我怎能收你们的饭钱。"

钞义达疑惑地望着候小。

候小点点头。

女主人说："那天孩子不停地号叫，你们的那个弟兄说中邪了，念叨了一阵子，孩子就不哭了。"

招弟不相信地问："他真的有那本事？"

钞义达恍然大悟地笑了笑，说："神仙说了，候小只能为人治病，不能白吃白喝。如果白吃白喝了，以后给人治病就不灵验了。"

张天明问："甚白吃白喝？哪个神仙说的？"

钞义达狠狠地瞪了张天明一眼，硬是把钱塞给了女主人，然后，他们赶着骡子上路了。

招弟跟在钞义达身后，问："他候小怎么会治病呢？"

钞义达说："那天夜晚，候小耍了把戏，骗取了那个婆姨的信任。"

招弟问："他候小耍了甚把戏？"

钞义达神秘地说："不能给你说。这就叫候小的本事。"

走在前边的候小听到这话，得意地大声笑了。

第五章

一

定边城街道上的商号门前，钞义达和招弟绑货驮子，候小和张天明望着街道。

两个身背盒子枪的官兵走过来了。

候小看到两个官兵，羡慕地说："要是咱们身上挂上手枪，那该有多威风。"

张天明说："那你就去当兵吧。"

候小说："当一般小兵哪能带盒子枪。"

两个官兵走到商号前边卖茶水的凉棚下，坐在凳子上，开始喝茶水。一个官兵把盒子枪放在了身边的凳子上。

钞义达看见张天明和候小不动弹，说："快绑货驮子，绑好上路。"

张天明和候小开始绑货驮子。

候小说："我要是有钱，就买一支盒子枪。"

张天明说："一支盒子枪比一头骡子都贵，要那东西做甚？"

候小和张天明绑好一驮货驮子直起了身子。

候小又望着凉棚，眼都直了。

那支盒子枪还放在凳子上，两个官兵不见了。候小急忙跑过去，把盒子枪搂在怀里。张天明想说话，候小摆手示意不要出声。

候小走到张天明跟前，说："我先走了，在城门外等你们。"候小说罢就跑了。

不一会儿，两个官兵回来了，在凉棚里转了一圈，没有看到盒子枪，询问茶棚的老板，老板说没有看到枪，也没有看到有人进过茶棚。

两个官兵走到钞义达他们身边。

年龄大一点的官兵说:"搜。"

两个官兵开始搜查钞义达他们身上。

钞义达问:"你们这是怎么了?"

年轻的官兵说:"少说废话。"

搜查完钞义达他们的身子,年龄大一点的官兵又说:"搜查货物。"

两个官兵把钞义达他们绑好的货卸开了,却什么都没有搜查到。

年长的官兵问道:"你们总共几个人?"

张天明抢先说:"三个人。"

钞义达和招弟莫名其妙地看着张天明。商号东家也望着张天明。

年轻的官兵问:"那怎么会有五驮子货?"

张天明说:"三个人多赶两头骡子还是个事?我们有时候多赶过好几头骡子哩。"

商号东家问:"你们的那个人呢?"

张天明一愣,指着招弟说:"这不是哩。"

钞义达终于明白出了什么事,对商号东家说:"让长官问话吧,你就不要多嘴哩。"

商号东家没趣地转身进了商号。

年长的官兵问:"你们没有看到有人在凳子上拿过枪吗?商号东家到过茶棚没有?"

钞义达说:"没有。我们能绑货了吗?"

两个官兵没吭声,在想着什么。

钞义达他们开始绑货驮子。

年长的官兵叹了一口气,说:"走吧。主动报告,等着罚饷挨训。"

两个官兵走了。商号东家又走出来了,望着两个官兵的背影。

张天明不满地质问道:"你不怕惹上麻烦,还多嘴?"

商号东家说:"我就是怕有麻烦事,才往清说事哩。"

钞义达严厉地说:"不能说的话就烂在肚子里,不然麻烦事更多。"

二

安边骡马店的客房里，钞义达、天明、招弟在说话。候小在玩弄手枪。

钞义达说："这枪只能让招弟佩带。"

候小不服气地说："我搞到的枪，怎么能让招弟佩带？"

钞义达讥讽道："你太聪明了，服不住枪。"

钞义达把枪从候小手里夺过来。

候小说："我这是虎口夺食呀。"

钞义达说："是呀，虎口夺食，差点把我们的命都搭上了。你真的以为自己聪明吗？其实你在干蠢事。"

候小说："有了枪，以后遇到土匪就不怕了。"

钞义达说："记住了：私藏枪支也是犯法的。以后谁也不许拿着枪招摇过市。"

三

峪口村口的路畔上，搭起了简易的小棚房。路口，一道白石灰浇洒下的白线，醒目地拦在路中间。

钞义达他们到了村口，不解地看了看白线，站了站，才往过跨白线。

突然，一个中年人从小棚房里走出来，喊道："不能过去。"

钞义达问："怎么了？"

中年人说："你们走后，村里传开了鼠疫，死了好几个人。如今封村了，人和牲口都不能进出。"

钞义达他们惊呆了。

一阵隐隐约约的哀号，由远而近。

中年人说："又死人了。"

几个人抬着绑在棍棒上的席筒，从村里走出来。抬席筒的人嘴鼻上都蒙着布。

招弟问："他们为甚蒙着布？"

钞义达说："怕传染呀。"

中年人叹息道："这人死了，一副薄棺都睡不上，连送行的人都没有。要不是怕传染，恐怕都没有人埋他了。"

进不了村子，钞义达他们歇在路畔上。

候小问："怎么办呀？他们不让咱们进村，就是让咱们进村，咱们也不敢进去。"

钞义达说："让人给孙旺才把话传过去，让他过来，我们在路口先和他说说买卖上的事情。我晓得他是为了让我出去躲几天，才进这些货的。让他过来看怎么出货。"

招弟问："黑夜咱们住在甚地方？"

钞义达说："先住在城里的骡马店。出完货，回我们大会坪住些日子。"

张天明说："大会坪太偏僻了。"

钞义达他们在路畔上坐了好一会儿，孙旺才走过来了。

钞义达叫道："东家。"

孙旺才说："你们这回走得是时候。货回来了，我出不来，你们卖吧。本来我也没有垫资就挣钱的打算。本意就是想让义达躲几天曹家那些黑心烂肝的人。我进了牢房，义达跑前跑后，我还没感谢。这回合伙做买卖，就算是我感谢义达哩。你们走时我没明说，心里就是这么想的。"

钞义达说："谢谢东家。这些药材我们出，药材出了挣了钱，我们二一添作五分给东家。"

孙旺才说："先不说这些了。"

见过孙旺才，钞义达他们赶着骡子进了莨县城，住进了骡马店。

四

钞义达他们在街面上的货铺出出进进，销售食盐和药材时，被曹余正看到了。曹余正盯着钞义达他们，冷冷地笑了。曹余正很快回到了县政府，去了县长办公室。

陈世英正在看书，看到曹余正，客气地问："有事吗？"

曹余正说："陈县长，峪口住的那几个赶牲灵的人，天天往商铺里钻，好像在做大买卖。"

陈世英问："他们发横财了？"

曹余正说："好像是。"

陈世英问："他们住在峪口？"

曹余正说："峪口有鼠疫，封村了。他们住在城里的骡马店。"

陈世英想了想，说："峪口流行鼠疫，峪口民众遭难了。我们想全力救灾，灭鼠疫，可没钱成了难题。这些赶牲灵的后生既然住在峪口，他们又发财了，我们就让他们捐出些钱来。"

曹余正说："我也是这么想的。"

陈世英说："我亲自到骡马店会会他们。"

曹余正说："陈县长公务繁忙，这些事还是交给我来办吧。"

陈世英说："筹钱是大事，还是我亲自出马吧。"

陈世英带着曹余正等人来到骡马店时，钞义达他们在客房里清点货物。

客房的门被推开了，曹余正首先出现在门口。

钞义达他们望着曹余正。

曹余正说："大家好。陈县长看望你们来了。"

钞义达他们愣住了。他们明白，县长看望他们并不会有甚好事。

陈世英走进客房，说："大家好，我陈某人晓得你们做了大买卖，特意向你们道贺来了。"

钞义达说："谢谢陈县长。我们也没做甚大买卖，就是在定边走了一趟。"

陈世英惊讶地说："兵荒马乱，你们能走定边，也不简单。这说明你们是有胆有识的人。"

钞义达说："陈县长请坐。"

陈世英说："本县长公务繁忙，就不坐了。如果我没有记错的话，你叫钞义达吧？"

钞义达点点头。

陈世英说："义达，峪口一带流行起了鼠疫，峪口民众生命不保。全县民众都为峪口的民众捏着一把汗，有钱的出钱，有力的出力。我希望你们也能为峪口做些力所能及的事情。"

钞义达说："我们可以捐些钱。"

陈世英说："你们在峪口做买卖，沾了峪口的不少光。我还是希望你们多捐些钱出来。"

曹余正说："你们几个人做买卖，最少也得捐献五十两银子。"

候小忙说："我们所有的家当，也没有五十两银子。"

陈世英说："你们就不要哭穷了。按说你们搞贩运，回来要征重税。税我们就免了。不过钱是要捐的。你们在峪口做买卖，不为峪口做点贡献说不过去。曹局长说了五十两银子，我看就按五十两银子捐吧。"

招弟愤怒地脱掉上衣，摔在炕上，露出了腰间的手枪。

曹余正看到了手枪。

陈世英看到了手枪。

钞义达也看到了手枪。

客房的气氛一下子紧张了，只有招弟还在生闷气。

曹余正猛然走到招弟面前，从他腰间抽出了手枪。

招弟这时才愣住了。

钞义达说："慢。这枪……"

招弟忙说："这枪是我在路上拾的。"

陈世英说："这枪就是如你所说的，在路上拾的，你也不能拿在手里。

你不知道私藏枪支也是犯法行为吗？"

招弟说："不晓得。"

陈世英说："先把招弟带走。其他人，不得随意走动。"

钞义达忙说："陈县长，这招弟不懂事。你们进来前，他正说要往县长手里交枪呢，所以才带在了身上。枪你们就带走吧，放过招弟。我们任打任罚。"

陈世英看了一眼钞义达，质问道："任打任罚？现在恐怕有点迟了。走，把招弟带走。"陈世英说罢，转身出了门。

曹余正说："把招弟绑起来，带走。"

警士们把招弟绑起来。

招弟对钞义达说："弟兄们，对不起了，一人做事一人当。大不了坐几年牢。"

招弟被警士推出了门。

曹余正对钞义达说："也许，不会是招弟一人的事。搞不好，你们几个就是同犯。"曹余正说罢，奸笑了几声，走了。

张天明哭丧着脸，说："这可怎么办呀？"

候小说："我说我把枪带上，你钞义达就让招弟带，你看招弟弄成甚了？你钞义达一点脑子都不长。招弟是个粗人，他怎么能带了枪。"

张天明说："你候小一出事，就爱怨怪人。"

钞义达说："他们这是逼上梁山呀。这就叫官逼民反民不得不反。"

张天明问："你说甚哩？"

钞义达说："不说了，如今救招弟要紧。"

候小问："我们要是不给他们银子呢？"

张天明说："他们不是说了？他们要征税。他们征起税，也不会低于五十两银子。"

钞义达说："要往出救招弟，只能出银子了。本来，峪口遭难了，我们捐些钱也是应该的。可我们拿不出五十两银子呀。"

候小说："你说的我们都明白。我是说我们该怎么办？"

钞义达没有吭声。

<h1 style="text-align:center">五</h1>

孙旺才走进葭州骡马店。骡马店的大门口，站着两个警士。孙旺才看了一眼警士，向客房走去。

客房里，钞义达他们沉闷地清点着货物。孙旺才走了进来。

钞义达问："孙东家，你怎么出来了？"

孙旺才说："这两天疫情好转了，不封村了。我来看你们把货销得怎么样。"

钞义达说："甘草和枸杞在葭县一时消化不了。我看还得往山西销一部分。"

孙旺才说："山西那边我有熟人，销路就由我往开打吧。住在骡马店也不是个事情，你们先回峪口住吧。"

候小说："县政府要五十两银子。"

孙旺才一惊，问："他们怎么会要那么多的银子？"

钞义达说："他们说是捐给峪口村的。"

孙旺才说："他们是在敲诈勒索。还有没有王法了！我说骡马店的门口怎么还站着警士。他们是怕你们跑了。"

张天明问："真的？"

钞义达说："要是钱真的给了老百姓，也算咱们做了一点善事。事实上这钱不一定能到老百姓的手中。"

孙旺才："不是不一定，而是这钱肯定到不了老百姓的手中。"

钞义达狠了一狠心，说："不管怎么说，这钱非出不行了。就算破财消灾吧。"

候小突然哭叫道："我就不给。我们经过千辛万苦，差点把命都丢了。好不容易挣了几个钱，怎么能白给了他们。我们一辈子都挣不了这么多的钱。这钱是我们拿命换的呀。"

大家的脸上都浮起了悲戚的神色。

钞义达用手拍拍候小的肩，说："怪就怪我吧。我们不出这钱，就走不了，招弟也出不来。"

六

新官上任，陈世英最想烧的第一把火，当然是破获火烧县政府的案子。因为他认定只有共产党才会仇恨国民政府，这件案子与共产党脱不了干系。他督促曹余正加大破案力度，把所有怀疑的人审查一遍，最后把重点放在了钞义达身上。曹余正也怀疑钞义达染指了火烧县政府的案子，可并不认为钞义达是共产党人或同伙。

不过，尽管陈世英觉得钞义达有共产党的嫌疑，可指令曹余正先不要动钞义达，只能暗暗地监视。葭县境内共产党活动"猖獗"，可除了钞义达，再连一个嫌疑人都没有发现，这让他觉得窝火。从招弟身上发现了短枪，他更加怀疑这几个赶牲灵后生有通共的嫌疑，可他不准备过早地行动。他明白欲速则不达。要想把葭县的共党一网打尽，得分阶段分步骤地行动。所以在招弟身带手枪的事上，他故意网开了一面，以金钱手段来了结。他要曹余正将钞义达带到县长办公室。

钞义达进了县长办公室，陈世英热情地说："钞东家，你来了？"

曹余正转身出去了。

钞义达说："陈县长，我反复想过了，我们只有大牲口和货，没有钱，也没有办法把捐款拿出来。你们是不是把我们放了，我卖了货，再把捐款如数送到峪口村的民众手中。这货是我一个人的呀。"

陈世英说："我们为峪口做了好多事情，出了好多钱，现在鼠疫消除了。这捐款应该收在县政府，你怎么能把捐款给峪口村？你的那几个弟兄也得捐些银钱。"

钞义达说："实话给陈县长说，他们连饭都混得吃不饱，哪有钱往出捐。"

陈世英说："你有钱，还舍不得捐。"

钞义达说："钱我肯定会捐的。"

陈世英说："那你先把自愿捐献的事情写成说明书。会写字吧？"

钞义达问："我想问一下，招弟甚时间能放出来？"

陈世英面露无奈之色，说："这招弟违犯了法纪，不能放呀。"

钞义达说："招弟就不懂法，请陈县长放他一马。"

陈世英说："这样吧，既然你们肯为峪口村的民众着想，愿意捐钱，这事我们也就不追究了。只是，你得再和曹余正把事情说清楚。他抓人，我放人，于理不合。他曹余正同意放人，我也就不说什么了。"

钞义达说："要是曹余正不同意放人呢？"

陈世英说："那就先把招弟关上几天，坐几天牢也没有什么。只要你们以后做买卖赚了钱，想着民众，想着县政府，关招弟这么点小事，我这个县长还是能周旋动的。"

钞义达离开县长办公室，来到了曹余正办公室。

曹余正盯视着钞义达，钞义达盯视着曹余正。

曹余正说："我晓得，你钞义达是个厉害人。不过，我也就爱跟有本事的人较量。"

钞义达说："曹局长太抬举我了。"

曹余正奸笑道："我们的较量真正开始了。"

钞义达说："我只想做自己的事情，不想跟谁较量。"

曹余正说："那也由不得你了。我问你，捐不捐钱？"

钞义达说："捐。我给陈县长都说好了。我今天是往出接招弟的。"

曹余正说："要接招弟出来也可以，不过，我有个条件：你们很快给我们家送货去。你们走了一个多月，我们家的货都送不出去了。"

钞义达说："这赶牲灵的也不是我们一家两家呀。"

曹余正说："其他赶牲灵的不常走木头峪一带，一时他们也走不惯。"

钞义达问："曹局长说吧，我们给你们白送多少回货，才能放招弟出来？"

曹余正说："我没说不放招弟啊，我也没要你们白接送货啊。"

钞义达想了想，说："我们马上就给你们商号送货，不过，你要出具招弟没有犯法的证明。"

曹余正不高兴地说："没有这个必要吧？"

钞义达说："要是你们不出证明，招弟就关得不清不白。要是担违法乱纪的名，这钱我们也就不捐了。我这就给陈县长去回话。"

曹余正说："那能由得了你吗？来人。"

虎明进来了。

曹余正说："把钞义达绑起来，送去看守所。"

钞义达说："真不愧是曹家的子弟，连陈县长的话都不听了。"

曹余正说："将在外，君命有所不受。"

钞义达说："那你就把我绑起来。"

曹余正突然笑了，说："我跟你开开玩笑。行，我立马给你出具证明。"

七

旧窑洞里，钞义达埋头算账。

候小骂道："这是甚烂脏事！"

钞义达："孙旺才说了，咱们遭了陈世英的暗算，就不和咱们分红利了。我把账算清了，咱们把孙家的钱还了，每人还能分些碎银。"

张天明说："这回挣了钱，分红利，你义达哥一人分我们三人的。"

钞义达说："你把我看成甚人了？咱们是有福同享有难同当的弟兄们。"

候小说："义达就是讲义气。像个大哥。"

招弟说："开始你不是不服气吗？"

候小笑着说："他年龄比我们大，服气不服气都是大哥。"

钞义达说："我想给峪口再捐些银子，你们也多少捐点银子。"

候小说："我们给了县政府那么多银子，还要给峪口捐钱？我不捐了。"

钞义达说："捐到政府的钱，根本就到不了受灾的老百姓手中。你们捐不捐是你们的事情，反正我的钱我是要往出捐的。也算是对峪口村养育了我这些年的报答。"

候小说："峪口村也没有白给你吃白给你喝。"

钞义达说："可我是在这块土地上成长起来的呀。"

招弟说："我捐上一块响银。"老百姓就叫银元是响银，也有叫大洋的。袁世凯头像的叫袁大头，孙中山头像的叫小头，有龙纹饰的叫龙的，反正叫法很多。因为银元用口吹后有尖锐的细长的金属声，老百姓通称响银，和官兵的俸禄饷银有区别。

候小说："我家有老有少，我还要养家糊口哩。"

钞义达说："自愿。谁愿意捐多少就捐多少。"

张天明说："我就不捐了，我这钱还留着有用哩。"

候小嘲讽地说："你还不是为了找茵茵？"

张天明理直气壮地说："就是。"

招弟说："你张天明也真是的。你到横山找人家，人家到榆林去了。你到榆林找人家，人家又走了，你还找甚呀？依我看，人家就是专门在躲你这个人。"

张天明的脸沉下来了，说："上次我问了，他们就说没有茵茵这么个人。这回我要在大门口，只要茵茵在那所学校，迟早会出来的。"

候小讥笑道："等茵茵出来了，你的头发恐怕也白了。"

钞义达看了一眼候小，说："我看你候小聪明，你跟着张天明找茵茵，肯定能找到茵茵。招弟留下来，万一我有点甚事，也能帮我一把。"

候小忙说："我还跟他走榆林？我才不跟他走。凭甚我跟他走？跟他走尽倒霉。他倒霉，见不上相好的，我跟着也倒霉。"

钞义达说："行了，你候小就不要说了。明天招弟和天明到榆林去。"

张天明对招弟说："你跟我走，我给你买羊肉面吃。"

候小说："你就记住买羊肉面吃。"

张天明不高兴地说："那你还要吃人参？"

候小讥讽道："你有本事给人家买人参吃吗？连相好的面都见不上，

还天天找人家，不丢人。"

张天明发誓地说："我一定要找到茵茵，气瞎你候小的眼睛。"

八

曹余正和虎明爬上了陡峭的石坡。在鹰栈上边，二人开始往起垒石头墙。

一堵石墙垒起来了，二人汗流满面。曹余正向虎明交代了几句走了，虎明在石墙边坐下了。

曹余正回到木头峪，来到自家的兴隆商号门外。

钞义达和张天明、候小、招弟正在专心致志地绑货驮子。

曹余正大摇大摆地走到钞义达身边。

钞义达看了一眼曹余正，和招弟把货驮子抬在骡子身上。

曹余正说："不用担心，我们让你送货会给钱的。我们曹家也是有名的大户人家，不想听闲话。"

钞义达没有搭理曹余正。

曹余正走进了商号。

钞义达他们赶着骡子走了。

曹余正走出商号，望着钞义达他们的背影，冷冷地笑了。

九

钞义达几人赶着骡子从沿黄河的路上走过来，走到了鹰栈前边石崖下。路畔下是汹涌澎湃的黄河。

虎明蹲在石墙后。待钞义达他们到了石崖边，虎明两眼一闭，用脚蹬起了石墙。

上面传来了响动声，钞义达他们一惊，站住了。

几十块大石头滚下山坡，发出轰隆隆的声响，山坡石崖上黄尘滚滚。

大石头滚出了石崖。

钞义达、候小、张天明、招弟同时听到了上边的巨响，仰起头，见石头从上边掉下来了，他们迅速相拥着靠在石崖里边。

石头滚下来，一声声巨响，落在路上，石崖附近尘土滚滚，笼罩住了人和骡子。大石头滚出路边的石畔，掉进了路畔下的黄河里。

三头骡子从尘土中跑出来了，身上的货驮掉在了路上。

钞义达几人挤在一起，待上边没有响声了，才咳嗽着从尘土中走出来。几个人灰头土脸，互相看看。

钞义达问："大家没事吧？"

候小他们都说没事。

钞义达说："没事就好。"

候小说："怎么上面会滚下来石头呢？是不是有人要害咱们？"

招弟说："不会吧。我们跟谁都没有仇。"

候小说："你跟人家没有仇，说不定人家跟你有仇。我们上去看看。"

张天明说："等我们转着路上去，人家早走了。"

钞义达说："大家先把骡子招呼在一起。"

三头骡子跑到了很远的路上。

尘土散尽，一头骡子卧在地上。

钞义达一惊，说道："天明，你的骡子。"

骡子似乎想往起站，但站不起来，两条后腿上流出了许多殷红的血。

钞义达说："骡子受伤了。"

张天明蹲跪在骡子身边，手抬了下骡子的后腿，骡子蹬了下后腿，哼了一声。

张天明哭叫道："它站不起了，怎么办呀？"

钞义达说："天明，你先招呼骡子，我们上去看看，到底是不是有人想害死弟兄们。"

钞义达和招弟、候小从石坡底往上爬，仔细看着石坡上有异样的地方。在石坡畔上，有脚印，有垒石头的痕迹。

候小说："看，就是有人想害咱们呀！谁和咱们有这么大的仇？"

钞义达黑着脸说："弟兄们，往起垒石头。"

候小惊慌地问："你要做甚？"

钞义达一声没吭，开始往起垒石头。招弟也跟着垒石头。

候小祈祷道："义达，你可再不敢惹是生非了。这回我们能把命保住，就算是老天爷有眼哩。你再惹事，我们的小命就丢了。"

钞义达不高兴地说："看你那灰样。"

第六章

一

钞义达走到孙家大院大门前，宝翠出来了。

宝翠眼睛红肿，头发有些凌乱。

钞义达问："你怎么了？"

宝翠说："没事。"

钞义达说："你哥在吗？"

宝翠说："在。"

钞义达走进了孙家大院。

孙旺才正在院子里吸旱烟，看到钞义达，说："你来了？义达。有事吗？"

钞义达说："我想……"

钞义达没有说下去。

孙旺才说："有甚事，你就尽管说。"

钞义达说："孙东家，我想和你借点银子。"

孙旺才说："行。你想借多少？"

钞义达说："多少都行。"

孙旺才说："你说个数吧。只要你做正事，我们能借你多少就借你多少。"

钞义达说："原先我就想成立马帮驼队，可一直没有银钱。我父亲留下的那点银子还不够买一头骡子。最近我们一直不顺，更拿不出银钱了。如今张天明的骡子受伤了，两条后腿都断了，能不能好起来还很难说。我们一人只能赶一头骡子，还谈甚成立马帮驼队。我想帮张天明再买头骡子，可手中没钱。"

孙旺才说："我借给你八十两银子，怎么样？够买两头骡子。"

钞义达说："太谢谢孙东家了。"

孙旺才说："谢甚呀。为了我的事，你跑前跑后，我们帮你个忙，也是应当的。"

钞义达回到旧窑洞院子。

骡子平展展地躺着，张天明轻轻地抚摸着骡子的头，骡子温顺地任他抚摸。

张天明看到钞义达，突然哭喊道："这是我父亲留下的骡子。是谁害了我的骡子？！谁害了我的骡子，我要谁的命！"

钞义达说："天明，不要总是坐在这里，回家歇一歇。"

张天明坐直身子，说："我要吹唢呐，让它听着唢呐调调，好受些。"说着，轻轻地吹起了唢呐。

钞义达静静地听着张天明吹唢呐。

一曲委婉哀伤的《大悲调》，吹得张天明自己泪水涟涟。

吹完《大悲调》，钞义达扯起了张天明，两人一起进了窑洞。

钞义达说："天明的骡子不行了，我想再给天明买头骡子。"

候小说："我们手中哪还有银钱。"

钞义达说："本来，我想向孙家借钱给天明买一头骡子，没有想到孙家很痛快，借了我们八十两银子。"

二

曹余正骑着马，急奔在黄河沿岸的路上，不一会儿就进了峪口村。

钞义达和候小先后走出旧窑洞大门，望着骑着马飞奔而去的曹余正。

钞义达转身对候小说："我出去走走。"

候小问："你做甚去？"

钞义达没有回答，急急地走了。

候小望着钞义达的背影，恍然大悟地说："坏了，要出事了。"

候小急忙向孙家大院走去。

孙家的长工贵则看到候小，问："候小，你找谁？"

候小问："孙家的女子在吗？"

贵则问："你找她？"

候小说："有急事。"

宝翠从门里走出来，问："你找我？"

候小点点头，忙说："义达要出事了。他一出事，把大家都连累了。"

宝翠一惊，问："义达要出事了？甚事情？"

候小看看贵则，贵则走开了。

三

钞义达看看石墙，在石墙后走了两圈，随后向下走去。

钞义达走到石坡下边，坐下了。

宝翠气喘吁吁地爬了上来。

钞义达站起来，问："你怎么来了？"

宝翠质问道："你在这里做甚哩？"

钞义达说："不做甚。"

宝翠说："不要瞒我了。你在这里等一个人。人过来了，你就用山上的石头往死砸。"

钞义达笑着问："你怎么就看出我的想法了？"

宝翠不高兴地说："你不要以为别人都是灰子愣子。"

钞义达拍了一巴掌脑袋，说："肯定是候小给你说的。这个胆小鬼。"

宝翠恨恨地说："你胆大，你胆大就能往出弄人命事？"

钞义达也恨恨地质问道："人家能要我们的命，我们为甚就不能要人家的命？！他们把我们都往绝路上逼呀。"

宝翠说："义达，你就不要乱上添乱了。我们活得够愁肠了，你还不省事。不管怎么样，我就想让你好好地活着。我再甚也不求了，只要能

119

看到你的面，我就高兴了。"宝翠说着，两眼流出了泪水。

钞义达站起来，走到石墙边，一脚把石墙蹬倒了。许多大石头呼隆呼隆地响着滚下石坡。

石坡上尘土滚滚。

四

曹景升坐在太师椅上。曹余正毕恭毕敬地站在他对面。

曹景升吸了一口水烟，问："前几天你回来，怎么到商号转了一趟就走了？"

曹余正没有吭声。

曹景升说："我看你也不是干大事的人。为一个女人，就灰心丧气，还能做甚大事！你心里想甚事，我明明白白。我这回叫你回来，就是和你商量你的终身大事。你也不小了，再不办喜事，就要惹闲话了。我想，在你弟弟办喜事前，把你的事先办了。这样，你们两个的喜事都按顺序办了，一家人皆大欢喜。"

曹余正仍不吭声。

曹景升没好气地问："怎么不说话？"

曹余正说："听从父亲的安排。"

曹景升说："那你去后沟看看徐家的女子。"

曹余正说："不看了。"

曹景升说："不看你可不能后悔呀。不过，那女子我看不错。毕竟是大户人家的子女，言语行事都有路道。你同意的话，那我就包办了。择日订婚，然后择日办喜事。把你的喜事办了，就给余成办。"

曹余正说："行。"

五

张天明走到骡子跟前，蹲下，搂了搂骡子，说："我又要走了，你好好养身子。"

候小走过来笑道："你每次走，都要和你们的老人拥抱一回。"

张天明说："它好像瘦了。"

候小说："瘦多了。我看它不只是后腿骨折了，还怕惊吓出了其他毛病。"

张天明不相信地看看骡子，问："你身上再没有毛病吧？"

钞义达走过来，说："走吧。"

张天明站起来，恋恋不舍地望着骡子。

六

宝翠走在旧窑洞门前，站住了。她掐指算了算，又看看天空。

太阳正当空。

宝翠自语道："他们也该回来了。"

宝翠进了大门，给受伤的骡子喂了些草，又出了大门。走上山坡，宝翠向赶牲灵人经常走的山路望去。

山路上空无一人。

宝翠坐下，风轻轻地撩动着她的头发。

七

太阳偏西。

孙刘氏在院子里叫宝翠，却没有听到应答。家里家外找，没有宝翠的影子。

孙刘氏在纸坊库房找到孙旺才，问："你见没见过宝翠？"

孙旺才正在点货，听到孙刘氏的声音，直起身子，说："宝翠？没见着。她总是爱疯走疯跑的。"

孙刘氏忧心忡忡地说："自从接了曹家的聘礼，我就一直担着心。你说不会出甚事吧？"

孙旺才说："她是个明事理的人，怎么会出事。她要是个糊涂蛋，也就不会答应曹家的婚事了。"

孙刘氏说："这黑心烂肝的曹家，闹得人心惶惶的。"

天色渐渐暗淡下来，宝翠仍然没有回来。

孙旺才夫妻和贵则走出大门，开始在村里寻找，不停地呼唤着宝翠。

听说宝翠不见了，帮助孙家找宝翠的人越来越多，呼叫宝翠的声音此起彼伏。

夜色深沉，寻找宝翠的人陆续回来了，都唉声叹气。他们预感到宝翠出事了。

孙刘氏一听说没有找到宝翠，就哭开了。

八

曹家客厅，曹景升靠坐在太师椅上，细细地品着茶。

曹余正进来了。

曹景升问："你回来了？"

曹余正说："大，宝翠失踪了。"

曹景升身子一震，质问道："你说甚？！"

曹余正说："宝翠不见了。"

曹景升着急地问："谁说的？你怎么晓得的？"

曹余正说："我路过峪口时，听峪口的人说的。"

曹景升镇静了一下，自语道："他们不愿意和我们结亲，所以就玩了一个三十六计，走为上的花招？"

曹余正说："不像。听说孙家的人乱成了一团。"

曹景升问："那又是……你听峪口的人是怎么说的？"

曹余正说："说甚的都有。有人说宝翠跳黄河了，有人说宝翠为了逃婚跑了，也有人说看见宝翠坐在山坡上看着甚，后来就不见了。不少人怀疑是钞义达他们把宝翠藏起来了。"

"钞义达他们？有可能。我以前就听说过，那几个赶牲灵的和宝翠有来往。你赶紧骑马到县政府给陈县长说一声，让他快把钞义达几人抓起来审一审。顺路你再到峪口问问情况。宝翠要是跳黄河死了，也就罢了。要是有人捣鬼，我饶不了他们。"曹景升的最后一句话说得很激愤。

曹余正说："叫陈县长抓人不太合适吧？"

曹景升霍地站了起来，说："有甚不合适的？！他陈世英在咱们的买卖里参着大股份哩。我让他参股，就是为了让他给咱们撑腰。遇到这种事，他不出面谁出面？他拿了我们家的钱财，就得为我们家消灾。我让他转几个道他就得转几个道。你以为我白让他拿那么多的股份？"

曹余正说："行，我这就去。"

曹景升说："算了吧，还是我亲自跑一趟。你说话他不晓得听不听。"

曹景升立即动身，坐着四人抬轿子，很快就来到了县城。在县长办公室一见到陈世英，就说："陈县长，人家把我们欺负得不能活了。"曹景升随后说了宝翠失踪的事，一口断定宝翠是被人拐跑了。

陈世英说："有人敢拐曹家的媳妇，这我就想不明白了。你说的是真的吗？"

曹景升激动地说："真的呀。这又不是往脸上贴金的事，我说谎？"

陈世英问："有没有什么迹象？"

曹景升说："当然有。就是在峪口住的几个赶牲灵的小子在胡日弄。前一番他们误了我的买卖，我说了几句，他们就开始捣乱了。"

陈世英说："曹东家，这事可不敢乱猜测呀。"

曹景升说："还得请陈县长帮一帮忙。"

陈世英问："怎么帮？"

曹景升说："把那几个小子抓起来审一审。"

陈世英说："没有证据，是不能随便审人的。"

曹景升讥笑道："国军连人都敢随便杀，还不能抓几个人？"

陈世英说："那只是军阀们干的事。"

曹景升说："陈县长，你我是利益攸关的人，你不帮我的忙，对你也不利呀。"

陈世英一怔，没有吭声。

曹景升也没再说话，只是阴险地笑了笑。

陈世英心中不爽，但还是点了点头。

九

钞义达他们赶着骡子走到旧窑洞大门边。

张天明首先进了大门。

候小说："张天明看到骡子，比他的亲娘老子都亲了。"

"这骡子是养活咱们的帮手，亲它是正常的事。"招弟爱惜地摸摸自己骡子的脸面，说。

突然，院子里传来一声惨叫："天呀，我的骡子。"

钞义达他们急忙进了院子。

骡子平展展地躺在地上。

张天明伏在骡子上，两眼流出了泪水。

钞义达蹲下，用手摸了摸骡子的鼻子。骡子丝毫不动。钞义达往起扯张天明，张天明不起来。

钞义达说："快快把它处理掉吧。天太热，不处理，就不行了。"

候小说："把它埋掉吧。"

张天明突然仰起头，说："我要给它买副棺材，厚葬它。"

钞义达说："棺材盛不下它呀。"

张天明说："我要给它做一副棺材。"

钞义达说："它的身子放不住了。再放上一天，就变味了，苍蝇会爬上一身的。"

张天明说："我不嫌弃。"

候小说："你要想想众人的感受。"

张天明听了钞义达几人的劝告，同意上山挖坑埋掉骡子。

掩埋了骡子，并撮起了坟头，钞义达说："我们的骡子以后出了意外，我们都要为它找个归宿。"

候小说："以前骡子死了，肉都卖成钱了。"

钞义达说："我们不能。骡子就是我们的衣食父母。"

张天明突然哭叫道："这骡子是我父亲赶过的。我舍不得它呀。"

张天明吹响了唢呐。唢呐声调凄婉哀伤。

十

几个警士拥进院子，走进了旧石窑洞。旧窑洞空无一人。

几个警士又出了院子。

一个人担着水过来了。

警士头目问："老乡，这里的赶牲灵的后生们哪里去了？"

担水的人向山上一指，说："抬着骡子上山埋骡子了。也真是稀奇事。骡子死了，不吃肉，还像人一样，要埋葬。"

几个警士向担水人指的方向跑去。

钞义达几人看着向他们跑来的警士。

招弟问："这些人跑来要做甚哩？"

候小说："该不是来捉我们吧？"

钞义达不以为然地说："他们捉我们干什么？我们一不偷二不抢，也没做过犯法的事，他们为甚要捉我们？"

几个警士跑到钞义达他们跟前。

警士头目问："你们是不是赶牲灵的？"

钞义达说:"是。"

警士头目说:"你们叫钞义达还有什么张天明的,还有……你们是一伙的吧?"

钞义达说:"是。"

招弟不服气地问:"怎么啦?甚叫一伙的!"

几个警士上来就要捆绑钞义达他们。

钞义达质问道:"你们这是要做甚?!"

警士头目说:"到地方就知道了。"

警士们叫嚷着把钞义达四人绑了起来,直接将他们押进了县政府审判厅。

陈世英威严地坐在审案后。

陈世英说:"报上姓名来。"

钞义达说:"钞义达。"

候小说:"陈候小。"

招弟说:"吴招弟。"

张天明说:"张天明。"

陈世英问:"知道为什么要把你们抓起来吗?"

钞义达说:"不晓得。"

陈世英说:"不晓得?孙宝翠是不是被你们藏起来了?"

候小急忙说:"没有。我们今天早上才赶牲灵回来的。"

陈世英说:"宝翠昨天才失踪的,你们今天早上就回来了,是不是太巧了?"

钞义达一惊,反问道:"宝翠失踪了?"

陈世英喊道:"你还问我?你也真是太会装了。"

候小嘟嚷道:"我们真的不晓得。"

陈世英大声喝道:"从实招来。否则,本县长就不客气了。"

候小急忙说:"陈县长不要生气。我们确实不晓得宝翠哪里去了。苍天可以做证。"

陈世英又盯着其他几人："你们呢？"

钞义达几人都不说话。

陈世英说："不说话，就先押进大牢。"

十一

钞义达、候小、张天明、招弟被推进牢房。

钞义达靠在墙上，一声不吭。

招弟自语道："这宝翠会到哪里去呢？这么个好女子，可不敢没有了。"

"怪不得我的骡子咽气了，原来是宝翠失踪了，没人喂养它了。我的骡子好可怜呀。"张天明说着，两眼流出了泪水。他们出走时，嘱咐宝翠喂养受伤的骡子。

候小说："我们也可怜。"

张天明恨声恨气地说："你活着还可怜甚哩！"

候小说："难道只有死了才算可怜？"

招弟问："宝翠不见了，为甚往我们头上赖？"

候小说："你问问义达吧。他成天惦记着宝翠，人家不怀疑咱几个人怀疑谁？"

钞义达依旧靠在墙上，一声不吭。

候小抱怨着说："你看你钞义达，跟宝翠瞎递搭，把我们连累了。"

张天明凑到钞义达身边说："连累就连累吧，弟兄们一场谁还能不连累谁。"

钞义达说："对不起弟兄们了。今天你们受了牵连，来日出去了我给弟兄们赔罪。只是不晓得宝翠怎么样了。"

候小说："你就不要想宝翠了。她是死是活，都与你没有干系。我听说，宝翠和曹家的二儿订婚了，马上就要办事了。"

钞义达突然暴怒地吼道："我晓得了，还用得着你多嘴多舌？"

候小不服气地说："在我跟前耍什么威风！有本事，就把宝翠搞到手，省得对我们发脾气。"

钞义达气得瞪了一眼候小，没再吭声。

十二

县长办公室，陈世英对曹景升说："他们说没有见过宝翠。"

曹景升说："你不给他们动大刑，他们会招吗？"

陈世英说："没有证据，我们就把人抓了起来，再动大刑，屈打成招，倘若以后在黄河里捞出宝翠的尸首呢？倘若宝翠回来呢？"

曹景升说："只要他们招了，不管宝翠是死是活，都能安在他们的头上。宝翠死了，就是他们把宝翠推进了黄河里。宝翠活着回来了，就是他们把宝翠藏了起来。"

陈世英说："你为什么要这样做？你和这些赶牲灵的小子无冤无仇啊。"

曹景升说："我要给世人一个体面的说法，不能让人说是我们曹家把宝翠逼死逼走的。"

陈世英说："明白了。你曹东家也太爱面子了。来人。"

文书进来了。

陈世英说："大刑伺候那几个赶牲灵的小子。"

文书出去后，曹景升起身告辞。

陈世英将曹景升送出县政府。

曹景升说："请留步，请陈县长留步。"

陈世英："请慢走。有时间的话，常来坐。"

曹景升走出大门。

陈世英盯着走出大门的曹景升，不高兴地说："县政府是我的地盘，怎么能事事由着你？这次我还偏不听你的话。"

十三

牢房里，狱警们把钞义达四人带进行刑室。

几个狱警在摆弄刑具。

候小看到刑具，"妈哟"一声，瘫倒了。

一个狱警把候小提到了刑具边，说："你怕，就你先上。"

候小跪着说："兵爷爷，求求你们，你让他们先来，你让他们先来。"

招弟气急败坏地说："你、你这人，遇上好女子你先戏逗，遇上好事你都抢在了前头，这种事你怎么让我们先上？！"

候小战战兢兢地说："宝翠是好女子，我可没有先上啊。"

一狱警把候小的双手绑住，把绳头子扎在立柱上吊下来的绳头子上，然后抓住后面的绳子，一用力拉绳子，就把候小吊了起来。

候小"妈呀"惨叫了一声。

就在这时，陈世英走进行刑室，看到刑具上的候小，急忙说："快快放下来。"

狱警放开了绳子，候小落地了。

陈世英说："小后生们，你们就在这里住几天。吃喝上我不会让你们受罪的。宝翠失踪的案子查清了，真的不是你们干的，过几天我就会放了你们。"

陈世英又转身对狱警们说："把他们送回牢房里，不要再用刑。"

陈世英走出牢门，在县政府的院子里自语道："我不能为了曹景升的面子，给民众留下滥用私刑的赖名声。"

正在这时，文书迎面走了过来。

文书说："陈县长，孙宝翠有消息了。"

陈世英惊讶地看了一眼文书。

文书说："孙宝翠被土匪绑架了。绑匪索要一百两银子。"

陈世英说："小心谨慎没错呀。"

文书感到莫名其妙，问："您说什么？"

陈世英挥挥手，意思说不解释了，然后说："立马放人。"

十四

牢房里，钞义达四人或坐或躺，垂头丧气。

候小嚷道："我真倒了八辈子霉，跟你钞义达这种人一起赶牲灵。你会武功，我才和你相跟的。没想到，跟上你钞义达没沾上你武功的光，倒让你牵扯到了牢房。出去了，我再也不跟你相跟了。"

招弟说："爱跟不跟是你自己的事，唠叨甚呀，烦死人了！"

候小说："我就说。我就说。我闷得慌。我冤得慌。"

张天明说："还同甘共苦呢，遇到这点事就想分手了！"

候小说："谁和你们同甘共苦哩？这事还小吗？这叫坐牢。坐牢你晓得吗？是牢狱之灾，人生最大的灾难。"

招弟说："想走人就走人，不要多嘴多舌了。"

候小说："我就是说说，说也不能说了？我就这张嘴，遇到事，由不得要说，不说我就活不成了。"

钞义达低着头，这时他冷冷地看了一眼候小，闷闷地说："你就好好说吧，谁也不会把你的嘴缝上。"

候小不服气地盯了钞义达一眼，可没再吭声。

张天明问："义达哥，你和宝翠好了一回，摸过宝翠的手没有？"

钞义达反问道："我能给你说吗？"

张天明说："怎么不能说呢？酸曲中有拉手手亲口口的唱词，能往出唱，就能往出说。义达哥，你要给我们说说你和宝翠的事，你们怎么好上的？"

钞义达有些生气，一扬手，想打一下张天明却突然住手了，不由得笑了，随后说："你这么点小后生，怎么就对男女的事情那么感兴趣？"

张天明说："我都十八岁了，还小？我爱唱酸曲，晓得男女的事情，好编好唱酸曲。"

钞义达笑着说:"还挺会找借口的。"

招弟说:"义达哥,你说说你和宝翠的事情,讲上故事时间过得快。"

"没心情。"

钞义达刚说完,文书就进来宣布他们可以回家了,同时也告知他们是土匪绑架了宝翠。

钞义达出了看守所,就狂奔起来。山路蜿蜒陡立,钞义达又跑又跳,向南奔去。候小、张天明、招弟气喘吁吁地跟在钞义达身后。

钞义达急急地进了峪口村,猛然推开孙家大院的大门。

孙家大院站着很多人,看到一头闯进大门的钞义达,不由得愣住了。

钞义达问:"宝翠被绑匪绑了?"

孙旺才点点头。

钞义达问:"送赎金的地方定了没有?"

孙旺才说:"土匪只来信说他们把宝翠绑了,没有送赎金的地点。"

钞义达没说话,就走了。

十五

山洪渠里,宝翠被五花大绑,黑布条蒙着眼睛,嘴里塞着东西。

两个土匪坐在宝翠身边。

胖土匪说:"这么俊的女子,我看咱们先把她弄了吧。"

瘦土匪说:"急甚哩,想弄,迟早是咱们的货。哈哈哈。"

远处传来了钞义达的声音:"宝翠——"

胖土匪"嘘"了一声。

宝翠开始抖动身子。

瘦土匪揪住了宝翠的头发,死劲按住宝翠的头。

胖土匪压低声音:"你要是再动,老子如今就把你弄了,死了也是一个风流鬼。"

钞义达的声音渐渐地远了。

宝翠瘫软成一团。

胖土匪对宝翠说："你说你们家没有钱。看这穿戴，肯定不是没钱的主儿。牛则，你再到峪口打探一下，看她值多少钱。瞅机会，把交赎金的条子送过去。"

瘦土匪说："你不弄她了？"

胖土匪说："等你走了，我一人弄。"

瘦土匪着急地说："你要是一人把她弄了，赎金我就不给你分了。"

胖土匪说："你走吧。我不会先弄她的。跟你戏耍耍哩。"

瘦土匪走了。他刚走，胖土匪就走到宝翠身边，淫荡地笑起来。

宝翠蜷缩在地上。胖土匪伸手扯她的裤子。宝翠拼命地蹬脚，裤子依然被扯开了。

这时，钞义达叫宝翠的声音在对面山头由远而近。

胖土匪一愣，住手了。他慢慢地爬上山洪渠畔，看到了对面山头上走动的钞义达。他急忙跳进了山洪渠，一动不敢动。

宝翠在不停地扭动着身子。

胖土匪说："你再动，我就勒死你。"

宝翠向下示意了一下。

胖土匪明白了什么，给她提起了裤子。

宝翠不动了。

钞义达又叫了两声宝翠，坐下了。

胖土匪爬上山洪渠畔，看见对面的山头上坐着钞义达，急忙缩回了头。

瘦土匪走过来了。看到钞义达，突然蹲下了身子。

钞义达似乎觉察到了身后有响动，回过头，可什么也没有看到。

瘦土匪溜走了。

胖土匪看到瘦土匪，吓了一跳，问："没有被那个人看见吗？"

瘦土匪说："没看见。我转了好远的路才钻上来。"

胖土匪说:"这个人好像看出甚了,就在这些地方转悠。"

瘦土匪指着宝翠问胖土匪:"我走了你没有弄她吧?"

胖土匪笑着说:"想弄没弄成。寻到主户了没有?"

瘦土匪说:"这下世事弄大了。是有钱的主,不过,她的婆家势更大。"

胖土匪问:"条子递过去了?"

瘦土匪说:"那么大的主,我不敢行动了。"

胖土匪说:"怕甚哩。"

瘦土匪说:"今夜我们要换个地方,不能老待在一个地方。"

十六

钞义达坐在山头上,眼前出现了儿时的情景——

年幼的钞义达跟着钞锋杰走进孙家大院。小宝翠跟着孙旺才,走在钞锋杰面前。

孙旺才说:"来了?"

钞锋杰"嗯"了一声。

钞义达望着宝翠。宝翠也望着钞义达。宝翠不好意思地笑了笑,身子藏在了哥哥的身后。

孙旺才对钞锋杰说:"纸坊院子东头有孔小窑洞,放些杂物,你们不嫌弃,就住在那里,省得在外边典窑赁地方。"

山上春光明媚,小钞义达和小宝翠嬉闹。宝翠把手中的山花递给钞义达。钞义达把山花插在宝翠的头上。

钞义达高声叫道:"新娘子来了。"

宝翠高兴地做着骑毛驴的姿势在扭动。

钞义达两手抬在面前,做成吹唢呐的形状,手指不停地抖动,嘴里吟唱道:"哇呜哇呜呜呜呜哇……"

钞义达练武功。

宝翠和几个孩子在一起观看。

小男孩问："义达，你练好了武功做甚？"

钞义达说："占山为王，为母亲报仇。"

小男孩问："占山为王，是不是当土匪？"

钞义达茫然地说："也许是吧。反正就是当司令，领着一班人打坏蛋。"

小男孩问："司令还要有压寨夫人。将来谁给你当压寨夫人？"

宝翠问："义达哥，我当你的压寨夫人行不行？"

钞义达说："不行。你是公主，你要给状元当新娘的。"

宝翠沮丧着脸问："谁说的？"

钞义达说："我听说书人说的。说书人说，公主只能找状元当丈夫。我当不了状元。"

宝翠问："你为甚当不了状元？"

钞义达："状元是念书考上的。我只念了两年冬书，怎么能考上状元。对了，如今没有科考了，谁都考不上状元。"

宝翠说："那你再念书呗。成了念书人，不当状元也行。"

钞义达说："我们家没钱。"

宝翠说："我们家有钱。我给你钱。"

钞义达说："我不要你们家的钱。"

宝翠问："为甚？"

钞义达说："大丈夫不食嗟来之食。"

宝翠："甚是嗟来之食？"

钞义达说："这个，我说不清，私塾先生给我们讲过这话，反正我晓得甚是嗟来之食。我长大会自己挣钱的。"

宝翠说："挣了钱再做甚？"

钞义达茫然地望着宝翠，不晓得该怎么回答宝翠。

蒲公英在空中轻轻地飘飞。

年幼的宝翠和年幼的钞义达追着蒲公英奔跑。宝翠跌倒了，钞义达往起扶她。宝翠站起来，钞义达给她拍身上的土。

钞义达问："疼吗？"

宝翠摇摇头。宝翠和钞义达手牵着手，向山上走去……

钞义达躺在山坡上，眼前不断出现宝翠的面容。

十七

天黑下来了，两个土匪抬着宝翠来到山弯里，黄土山坡的坳坳里，有几孔破旧的土窑洞。

两个土匪抬着宝翠走进窑洞，把宝翠摔下了。

瘦土匪说："好沉呀。"

胖土匪说："今黑夜你送条子去。"

瘦土匪说："那阵势太怕人了，我看把她扔下走吧。"

胖土匪说："不行。我们就是弄不到钱，也不能白忙活了。"

瘦土匪问："你还想一个人弄她？"

胖土匪说："只要把钱弄到手了，你先尝鲜。不弄白不弄。弄了她，我们就远走高飞，还怕她曹家甚哩？"

瘦土匪说："今夜该你出动了。你不能老让我冒风险。"

黑夜，胖土匪走到孙家大院外，把条子从大门上塞了进去。

十八

山头上，太阳升起来了。

钞义达张开眼，揉了揉，站起来，向山下走去。

钞义达回到峪口村，进了孙家大院的大门。

卧室里，孙旺才正把银元一摞一摞地往褡裢里放。

孙刘氏腆着肚子，痛惜地盯着褡裢。

曹余正坐在椅子上，虎明站在曹余正身边。

曹余正说："我看，还是我们去捉拿土匪吧。"

孙旺才吼道："不要你管，我不能让我妹妹有半点闪失。"孙旺才说着就把褡裢驮在肩上。

这时，钞义达推门走了进来。

钞义达问："孙东家，你去哪里？"

孙旺才说："我给土匪送赎金去。你……能不能跟在我身后？我一个人有些害怕。"

钞义达说："孙东家，你说地点，我一人送去。"

孙旺才有些犹豫。

钞义达说："我带着镖，不会出事。"

曹余正不屑地看着钞义达。

孙旺才说："行，把宝翠救回来，我重谢你。"

孙旺才把褡裢递过去，然后说了送赎金的地点。

钞义达说："我一天没吃饭了，喝口水。"

孙旺才说："端茶水。"

钞义达说："不用了。"

钞义达跑进厨房，拿起瓢，在瓮里舀了一瓢水就喝。

孙旺才跟进来，找出两个馍递给钞义达。

钞义达接住馍出了门，一边吃一边走。

曹余正突然喊道："站住。"

钞义达站住了，转过身。

曹余正说："要是宝翠有个三长两短，我就要了你的脑袋。"

钞义达吼道："我日你妈。"

曹余正愣了愣，喊道："你骂人？老子一枪毙了你。"

曹余正掏出了手枪。

虎明也掏出了手枪。

钞义达吼道："我日你妈，操心老子要了你的命。"

曹余正举起了手枪。

孙旺才扑在曹余正跟前，喊道："这时候了，你还来了添乱？"

曹余正把枪放下，说道："穷骚情。"

十九

山坡上，钞义达一边走一边环顾四周。

突然，传来胖土匪的声音："站住。"

钞义达站住了，四下望了望，不见人影。

两个土匪趴在山头后，说："把东西放下，往回走。"

钞义达说："把人带过来，我再往回走。"

瘦土匪说："把手举起来。"

钞义达把手举起来。

胖土匪说："听着，你再不把东西放下，我们一镖要了你的命。"

钞义达把褡裢放下。

胖土匪说："往回退。"

钞义达慢慢地往回退，待退出两丈远，两个土匪才走出山头，往褡裢边走。二人走到褡裢边，弯腰拾褡裢。

钞义达喊道："慢。不按规矩办事，我的镖就过来了。"

钞义达手持铁镖，对准了两个土匪。

两个土匪愣住了。

钞义达说："把手举起来。"

土匪乖乖照做。

钞义达走近土匪，问："人呢？"

瘦土匪说："你放我们走，我们就告诉你。"

钞义达说："你们不告诉我，休想走。首先是你们坏了规矩。"

胖土匪指着瘦土匪对钞义达说："我把银钱拿上，让他领着你找人。"

"你想先走？好吧，我成全你。"钞义达说着，一甩手，镖扎在了想先走的胖土匪的小腿上。

胖土匪"哎呀"了一声，坐在了地上。

钞义达对瘦土匪说："让他在这里等着你，你引我去找人。"

瘦土匪说："人就在那山里的旧土窑洞。你自己去找。"

钞义达说："要是你们已经撕票了呢？走。"

瘦土匪开始走动。

钞义达说："把银子带上。"

瘦土匪拾起褡裢，搭在肩上。

瘦土匪走在前边，钞义达走在后边。

胖土匪拿出镖，对准了钞义达。

钞义达觉察到身后的胖土匪有动作，一回头，镖就从手中飞出了。

胖土匪应声倒地。

钞义达身边的瘦土匪听到同伙的声音，回过头，见同伙已经倒地，挣扎了几下就不动了，吓得嘴唇直发抖。

破土窑洞，宝翠仍然眼被蒙着，嘴被塞着，五花大绑，蜷曲在墙角。

钞义达冷静地对瘦土匪说："把绳子解开，不要耍小动作，我的镖对着你的后背心。"

瘦土匪解开宝翠身上的绳索，扯下蒙眼的黑布条，还小心翼翼地把宝翠嘴上的塞布扯下来。

宝翠的眼睛极不舒服，眨了几眨，才适应了环境。

宝翠看到钞义达，不由得叫了一声，接着泪水涌出眼眶。

钞义达把绑宝翠的绳子拾起来，把瘦土匪绑了起来，然后蹲下，才面对着宝翠，柔声问道："身子还行吗？"

宝翠点点头，突然扑过来。钞义达退了一步。宝翠愣住了。

钞义达把瘦土匪的手脚捆绑在一起，拖出土窑洞，一推，瘦土匪滚下了土坡。

瘦土匪停在了土渠坑里。

钞义达转身冲进窑洞，宝翠再次扑过来。钞义达伸开双臂，搂住宝翠。宝翠紧紧地抱住钞义达，嘤嘤啼哭了。

宝翠仰起泪脸，痴痴地看着钞义达。两人的嘴唇越靠越近，最后吻在了一起。良久，两人的嘴唇离开，互相焦渴地望着对方。

宝翠说："来吧，我要成了你的人。"

二十

宝翠在前边走，钞义达押着瘦土匪，走在后边。

孙旺才等人看到宝翠，高兴地跑过来了。

曹余正冷眼看着钞义达。突然，他走到钞义达跟前，说道："押上土匪，跟我一块到县政府去录口供。"

曹余正的声音不高，但是大家都听到了，目光转向了钞义达。

钞义达淡淡地一笑，说："走就走呗。"

曹余正一挥手，引着几个警士走了。

孙旺才看到曹余正走了，问："怎么办？"

"姓曹的故意刁难我哩。土匪还得我往城里送去。"说罢，钞义达押着瘦土匪，向葭县城走去。

招弟从后边追上来了。

钞义达问："你怎么来了？"

招弟说："常说有土匪，我还没有见过哩。我看看。"

招弟打量着土匪，说："原来就这么个瘦鬼？我还以为是个威武的大汉子呢。身子和我比差远了。"

钞义达笑着说："当土匪你和他比差远了。"

招弟说："我跟你一起把土匪送进城里。你要是再有个事情，我也好接应。"

第七章

一

葭县街道上，人来人往，乔子奇和王兆明走在街道上，王茵跟在二人身后。他们身后跟着两个鬼头鬼脑的人。

乔子奇他们进了葭州骡马店的大门。他们身后的两个跟踪的人则闪进了墙角。

二

钞义达和招弟从县政府大门出来，走在葭县的街道上。

突然，有人从背后在钞义达肩上拍了一巴掌。

钞义达掉过头一看，刘元魁正笑着望着他。

钞义达说："是元魁兄。"

刘元魁说："这几天我正在找你呢。你忙不忙？"

钞义达问："不忙。有事吗？"

刘元魁点点头，说："是有点事。到我家转一转。我们弟兄到家里说说心里话。"

钞义达和招弟跟着刘元魁，走进吕胜巷，进了大门。

一线四孔石窑洞，明柱抱厦，大门两侧是倒座敞口房子，是喂大牲口的地方，左侧还有一排厢房。

钞义达看了看四周，说："元魁兄的家院还不错。"

刘元魁说："也就是衣食不用愁，能过日子。怎么样？想过好日子，就跟我干吧。凭你我的本事，肯定能干出名堂的。"

钞义达说："我想干正经事。"

一个小后生来到刘元魁身后。

钞义达问："这后生是你甚人？"

刘元魁说："就是我的一个小弟兄，叫二则。这些年一直跟着我。"

钞义达问："只有这一个后生跟着你？"

刘元魁说："从定边回来，就只有他跟着我。"

钞义达和刘元魁先后走进了家门，招弟也跟着进去了。

炕上坐着一个妇女，正和两个小孩玩耍。

刘元魁说："这是我的婆姨刘刘氏。"

刘刘氏说："快上炕。"

刘元魁说："我们就在脚地下摆上桌子喝两盅。"

刘刘氏忙说："我给你们炒菜去。"接着，她又对孩子说："你们两个到院子里玩，我给客人炒菜去。"

钞义达说："嫂子，你就不要炒菜了，我们干喝两盅。"

刘元魁已经把桌子摆在了面前，说："没有客厅，只能在这里坐了。"

钞义达说："这就很不错了。"

钞义达和招弟坐在桌前。

刘元魁拿出了一罐酒，说："这是陈年老酒。"

刘元魁坐下来，往酒杯里斟酒。

三人碰杯喝起了酒。

刘元魁说："前些日子，我把曹余正扎了一刀子，为弟兄们出了一口恶气。"

钞义达一惊，说："那我怎么不晓得？"

"这事我不能张扬。对曹家来说，不是体面事，他们也不会对外人说。这事就这么完了。"刘元魁说着，得意地笑了。

钞义达愤愤地说："就是把曹景升杀了都不解我的恨。有朝一日，我会杀死曹景升这个老贼的。"

刘元魁说："那我们把曹家一家都给灭了。"

钞义达说："要杀曹家的人也是我去杀，不能给你添麻烦。"

刘元魁不高兴地说："你看你说到哪里去了。咱当土匪的人，干这种事顺着手，有甚麻烦的。"

刘刘氏把菜端上了桌，说："不要听他瞎说。"

刘元魁说："我还有一件事，想请义达帮帮忙。"

钞义达说："你说就是。"

刘元魁看了一眼招弟，说："我在七里庙的西北角埋了些银子。你让这个赶牲灵的小弟兄给我取一下。"

钞义达问："你怎么把银子埋在了那地方？"

刘元魁说："这兵荒马乱的年月，不把金银财宝藏好了，说不定就成了人家的喽。"

钞义达问："那你为甚不亲自去取呢？"

刘元魁说："我的目标大呀。"

钞义达说："那我替你去取吧。这点事，弟兄能帮上忙。"

刘元魁说："就让你的小弟兄去取吧。"

钞义达说："让我们两个去取吧。"

刘元魁说："就让小弟兄一人去吧。咱们好好地喝喝酒。不过，我有言在先，不管遇到甚麻烦，你这个小弟兄都不能把我说出来。"

招弟拍了自己的胸膛一巴掌，信誓旦旦地说："不会的。"

钞义达似乎感到有甚不妥的，疑惑地问："这银钱的来路正不正？"

刘元魁说："这你就放心吧，老弟。"

三

招弟拿着铁锹和袋子，走到七里庙的西北角，观察了一阵子，放下袋子，开始在地上刨土。

庙里走出来两个人。

一个人说："终于等到你了。你再不来，我们就要撤了。"

另一个人说："我们总算没有白等。"

招弟惊慌地问："你们要做甚？"

一个人说："你不要问了。有话到公安局去说。"

两个人把招弟绑了起来。

四

峪口村的大路上，有一群孩子正在玩耍。一条用石头画的线上，立着几块小石头。相隔一段距离，再画一条线，手拿石头的人，站在这条线上，往倒打立在另一条线上的石头。这种玩法叫打碗。两组人比赛打碗，哪组人先把所有的石头打倒，哪组人就是赢家。

孩子们正玩得热闹时，王茵走过来了。

一个十来岁的小男孩望着她。

王茵问小男孩道："你知道钞义达住在什么地方？"

小男孩用手一指，说："在那里。"

王茵问："他们家人多吗？"

小男孩说："有四个男人，全是赶牲灵的。"

王茵觉得人多眼杂，自己上门不方便，就对小男孩说："你能给我叫一声钞义达吗？就说有人找他，不要说是男的还是女的。"

小男孩说："我给你把他叫来，你能答应我一件事吗？"

王茵问："看我能不能办到。"

小男孩说："能办到。就是让钞义达教我武功。"

王茵笑道："行。"

小男孩高兴地跑了。

王茵躲在了一个角落里。

小男孩很快就跑来了，上气不接下气地说："钞义达不在家。"

王茵问："他家有人吗？"

小男孩说："有两个赶牲灵的在家，钞义达不在。"

王茵问："他们没说钞义达到哪里去了？"

小男孩说："说进城了。孙家出了事，说不定他回来也不回家，会直接到大峪纸坊的。"

王茵问："大峪纸坊在什么地方？"

小男孩说："不远。前边那条路走过去，有一块牌子就是了。"

王茵向小男孩说过"谢谢"后，向大峪纸坊走去。

王茵进大峪纸坊的大门时，孙旺才正在院子里看麻纸。见到有一个陌生女子进了大门，有些惊讶。

王茵首先开了口，客气地问道："请问，你是东家吗？"

孙旺才说："是的。"

王茵说："我找钞义达，他们说不在，说回来可能到你们家里来。"

孙旺才惊讶地望着王茵，说："请问你是……"

王茵说："我是钞义达的熟人。"

孙旺才说："你先到我们那边住下来，我打发人给钞义达一起的说说，让钞义达一回来，就过来。"

王茵说："那就不好意思了。你不要对任何人说我找过钞义达，包括你的家人。"

孙旺才点点头，把王茵引进孙家大院，走到宝翠住的窑洞前，低声说："这是我妹妹住的窑洞。她出了点事，在我们那边休息，今夜也不过来住，你一个人住吧。钞义达过来了，你们好说说话。"

<h1 style="text-align:center">五</h1>

日已西斜。

钞义达和刘元魁在院子里看着落下去的太阳。

钞义达说："七里庙离城里只是七八里的路程，招弟也该回来了。"

刘元魁问："你那个弟兄可靠吗？"

钞义达说："可靠。"

刘元魁转过身，不禁自语道："有些时日了，他们还会守在那里？"

钞义达问："你说甚？"

刘元魁勉强笑道："没甚。"

二则走进大门，走到刘元魁跟前，向刘元魁耳语了几句。

刘元魁点点头，说："那地方没人，严实着哩。黑夜你回来住吧。"

钞义达好像意识到了什么，问："你那里埋的银子到底是怎么回事？"

刘元魁说："就是我的银子。"

钞义达说："会不会出甚事呢？我回峪口看看。"

刘元魁说："也行。要是你的弟兄没有回来，你提前给我说一声。"

钞义达应了一声，从刘元魁家出来，疾步如飞地向峪口村跑去。他进了旧窑洞的院子时，太阳已落山了。

钞义达进了窑洞。

张天明说："义达哥，你们怎么才回来？孙东家打发的人来说，让你一回来就到他们家走一趟。"

钞义达问："招弟没有回来吗？"

张天明说："没有。你们不是一起进了城？"

钞义达没说话，就出了门。

候小说："天快黑了，还不晓得忙甚哩。是不是又要去勾引良家妇女？"

钞义达没有回应候小的话，急急地向大峪纸坊跑去。到了孙家大院外，见孙旺才正在大门外徘徊。

孙旺才看到钞义达，着急地说："宝翠的窑里有一个女子正在等你。她说除了你，不让任何人晓得她在峪口。"

钞义达半信半疑，望着孙旺才。

孙旺才把钞义达引到了宝翠的卧室门边，敲了敲门，不等里边的人回应就推开了。

王茵站在地上，面带笑容，似乎还有点羞涩。

钞义达看到王茵，惊喜地叫道："是你？你怎么会到这里来？"

王茵轻轻地摆摆手，示意钞义达不要大声说话。

孙旺才急忙朝钞义达笑笑，说："你们有甚就尽管说，谁也不会听到。"孙旺才说罢，就转身出去了。

王茵又偷偷地拉开门缝看了一看，见孙旺才走远了，才闭紧门，转身压低声音说："义达，我们遇到生死攸关的大麻烦了，希望你能出手帮助我们。"

钞义达一惊，问："生死攸关的大麻烦？"

王茵说："我们在葭县搞到几支短枪，还有些药品，被一个自称是黑老大的人发现了。他们把乔子奇扣住了，打发王兆明取一千两银子来赎人。三天内付不了钱给他，他就会把乔子奇交给官府。我们哪有一千两银子。他没有发现我，我就跑来找你。王兆明还在城里等着我。"

钞义达问："那个人的模样你们看清了没有？"

王茵说："我没有见过人，听王兆明说，个子不高，尖嘴、大鼻子、小眼睛，头发有点卷。"

钞义达说："这个人叫刘元魁，我认识。他算不上黑老大。这个人，原先在定边当过几年土匪，回到葭县，还没听说过干过甚坏事。你们怎么就能落到他的手里？"

王茵说："我们也不晓得他为甚盯上了我们。夜黑里我们住在骡马店，我住一间房，乔子奇和王兆明他们两个住一间房。今天劫匪闯进他们那间客房里，把客房搜查了一遍。查出了枪，他们就把乔子奇押走了。是王兆明把这件事告诉我的。"

钞义达难为地说："这个刘元魁，和我在一起练过武功，帮过我。今天我们还在一起喝过烧酒。我不好下手。"

王茵说："有刘元魁就没有乔子奇。乔子奇是国家的精英人物，刘元魁却是个土匪。你说谁该活谁该死？只有除掉刘元魁这样的人，才能保大家平安无事。"

钞义达说："我的一个弟兄不见了，我还要找他去。"

王茵说："救乔子奇是大事。"

钞义达说："我的那个弟兄也可能出事了。"

王茵问："出甚事了？"

钞义达说："如今还不能确定，也可能和刘元魁有牵连。"

王茵说："那正好一并和刘元魁上手了。"

钞义达说："我还没有摸清我的弟兄出了甚事，先还不能和刘元魁硬来。我想能不能和刘元魁好商好量地劝他把乔子奇放了。"

王茵说："那样的人，不好说服。一旦说服不了他，乔子奇就危险了。我们不能用乔子奇的生命试探他。"

钞义达不耐烦地说："我说了，我对刘元魁下不了手。"

王茵说："义达，乔子奇是国家的栋梁之材，如果他被刘元魁杀害了，你我会后悔一辈子。要改变中国的现状，就要依靠乔子奇这样的人物。刘元魁却是个无恶不作的坏蛋。你对他有好感，仅仅是出于个人关系。可我们要从民众的利益考虑问题，不能凭个人的感情用事。如果你能救出乔子奇，我王茵终生感谢你。"

钞义达茫然地问："乔子奇真的就那么重要吗？"

王茵说："你对乔子奇不熟悉，自然不了解。他是陕北特委最年轻的委员，对我们陕北的革命组织来说，乔子奇是一个非常重要的人物。以后有时间，我会告诉你他的重要性。"

钞义达不吭声了。

王茵说："从个人感情上来说，你在榆林中学找人时，我也搭救过你。你也救过一回乔子奇。我们都是有过生死之交的人。我想，刘元魁对你再好，也没救过你的性命。本来这话我是不该说的，可我不能不说了。"

钞义达想了想，艰难地说："行。不过，只要刘元魁顺利把人放了，你们就不能伤害他。"

王茵说："行。那快点走吧。"

六

天黑了，月牙悬挂在天空。

钞义达和王茵走进了城门。

葭州骡马店客房里，钞义达、王茵、王兆明三人在商量救人的方案。

钞义达说："我们就说是有人给他送东西来了。他们肯定有人开门，到时再见机行事。"

王兆明问："叫不出刘元魁怎么办？是你往出叫他吗？"

钞义达说："我要叫他，肯定能叫出来，只是我还要在这里活人，不能把弟兄们得罪了。"

王兆明说："完事后，你跟我们走吧。"

钞义达坚定地说："目前我还不能走。"

三人商量好行动方案，出了骡马店。钞义达脸上蒙上黑布，和王兆明和王茵行走过大街，进了吕胜巷。

他们来到一座院子的围墙外。钞义达和王茵躲在角落里，王兆明敲响了大门。

二则在里边问："谁？"

王兆明说："你是二则吗？"

二则问："你是谁？"

王兆明说："我来送要紧的东西。"

二则不满地说道："黑天半夜的，送甚东西！"

二则好像走开了，大概是向主人问能不能开门。

过了一会儿，二则又回来了，拉开了大门。

钞义达和王兆明马上跳过去，王兆明把刀子支在二则脖颈上，说："不要动，动就是死路一条。"

王兆明和钞义达把二则绑起来，说："叫刘元魁出来，就说送银子的人来了。"

二则不吭声。

王兆明把手中的刀尖刺在二则的脖子上。

二则躲了下头。

王兆明问："叫不叫？"

二则叫道："刘哥，送银子的人来了。"

刘元魁在里边喊道："他们怎么晓得了咱们的住址？"

听刘元魁这么说，众人都愣住了。

王兆明低声说："就说是你说的。"

二则说："是我说的，刘哥。"

刘元魁出来了，不高兴地说："你也真不会办事。"

刘元魁走出来，手里还提着一根木棒，警惕地四下望了望，看见没有人。刘元魁刚叫了一声"二则"，两侧的钞义达和王兆明同时扑过来，一起上手，将刘元魁控制住了。

刘元魁想说话，王兆明的刀子扎在了刘元魁的脖颈上。钞义达将刘元魁绑住了。

钞义达和王兆明把刘元魁和二则押在巷道里。

王兆明说："我们是红军游击队的。把我们的人和枪支药品交出来。否则，我们就要了你们的命。"

刘元魁说："没那么容易吧？"

王兆明手中的刀子扎进了刘元魁的脖子，但没有扎深。

刘元魁"啊呀"叫了一声："你们还真动手？"

王兆明说："快。"

刘元魁说："二则，你把东西和人都弄出来。"

王兆明说："你们不要耍滑头。我们一起走。"

刘元魁说："我们出不了城呀。"

王兆明愣住了。

钞义达摆摆头。

王兆明把耳朵凑在钞义达的嘴上。

钞义达低声说："我晓得出城的地方。"

王兆明说："走吧，刘元魁。"

刘元魁问："你怎么晓得我的名字？"

王兆明说："你也太小看我们了。走。"

刘元魁说："你们放了二则吧，一人做事一人当。"

王兆明把两团布团分别塞进了刘元魁和二则的嘴里。

钞义达押着二则，王兆明押着刘元魁，王茵跟在他们身后，悄悄地走在街道上。

街上过来两个行人。

钞义达把二则扯进了小巷，王兆明也把刘元魁推进了小巷。

两个行人走过去了，钞义达他们又向城墙走去。

到了城豁口，钞义达首先提着二则下去了。

出了城，二则领路，钞义达一行沿着东城墙根走了一段路，到了飞来石跟前。离城墙根不远的平台，三边都是陡坡悬崖，只有一面连着城墙根。巨石坐落在平台上，有三丈多高，周长不低于十丈，突兀矗立，人们不晓得它从何而来，人工不可能搬运过来，故人称飞来石。

二则首先站住了。

钞义达把二则和刘元魁嘴里的布团扯下来。

二则说："就在这里。"

城墙根下，悬崖峭壁之上的飞来石，一年四季几乎没人光顾，是不错的掩藏之地。

王茵走过去。

飞来石下边的空间，躺着被捆绑住的乔子奇。

王茵急忙趴下给乔子奇松绑。

乔子奇扯下口中的布团，骂道："狗日的土匪。我的身子都动不了了。"

王茵扶起乔子奇。

乔子奇浑身麻木，站起来东摇西晃，向二则靠过去，嘴上说道："你小子也太狠了。"

二则惊慌地向后退了两步，退到了圪塄上，一绊，摔倒了，随即，滚下了小石坡，跌落在万丈石崖之下。摔下石崖的人，必将是粉身碎骨。

刘元魁喊道："二则。"

乔子奇说："这才是自己找死。"

刘元魁骂道："你们不讲规矩，害死了我的小弟兄。"

乔子奇说："是他自己找死的。"

刘元魁喊道："放开我。"

钞义达望着王兆明。

刘元魁突然惊叫道："你是钞义达？我觉察出你就是钞义达。我说你怎么不说话。你把蒙布揭开来。你怎么能这样对待我，钞义达？"

钞义达迟疑了一下。

刘元魁说："钞义达，你没有良心。你把我放开来。"

钞义达扯下了蒙面布，说："兄弟，对不起了。你不要敲诈人家，也就没有这事了。你让他们走，我给兄弟赔礼道歉。"

刘元魁说："我的弟兄死了。我不能白死一个弟兄。"

钞义达说："我钞义达任打任罚。只要你让他们平安地走了，我就放开你。"

刘元魁自知自己处于劣势，只能说："好吧。"

乔子奇说："我们放你容易，可你要是做了对不起弟兄们的事呢？"

刘元魁说："我是男子汉，说话是算数的。我和义达是一个师父教出来的弟兄，再有心事，也不会闹到你死我活的地步。"

王兆明走过来，说："我们相信你的话，已经是仁至义尽了。你不能为难我们的弟兄。你要是为难他，我们以后也饶不了你。"

刘元魁不耐烦地说："你们走吧。走吧，走吧。我是甚人，你们不晓得，他钞义达也不晓得？"

王兆明对钞义达说："你跟我们走吧。他和你反目，你就会吃亏的。"

钞义达摇摇头，笑着说："元魁兄说得对，我们再有甚恩怨，也是弟兄，他不会为难我的。再说了，我也有两下子，也不至于让他一下子就放倒。"

王兆明握了握钞义达的手，说："你保重，我们不能久留了。"

乔子奇和王茵一一跟钞义达握手道别。

乔子奇他们走后，钞义达立马给刘元魁解开了绳子。

刘元魁愤愤地说："为了给你报仇，我没用你说，就刺伤了曹余正。可你不讲情义，还坏我的大事。你算甚男子汉？！"

钞义达问："我感谢你为我做了那么多的事。可我问你，今天你让我的那个弟兄刨银子，是怎么回事？"

刘元魁愣了愣，说："就是刨点银子嘛。"

钞义达说："我的那个弟兄不见了。你说的七里庙的银子是谁的？我如今才明白，我们上了你的当，招弟没有回来，十有八九中了人家的圈套。"

刘元魁一惊，没吭声。

乔子奇和王兆明悄悄地趴在了钞义达和刘元魁附近的石坡后。

原来，王兆明和乔子奇、王茵在石坡上走了一阵子，乔子奇说："这个钞义达不跟我们走，我还是有点不放心。"

王兆明说他也不放心，随后他们就潜回来了。

钞义达质问道："你说话呀。"

刘元魁突然转身双手搂住了钞义达的脖颈，说："这事败露了就是死罪，还连累了我的家人。有你就没有我了。对不住了，弟兄。"

刘元魁狠劲地掐钞义达的脖颈，钞义达奋力挣脱。

王兆明猛然扑在刘元魁身边，出人意料地一刀捅进了刘元魁的后背，接着又捅了两刀。

刘元魁的身子软软地滑下去了，他有气无力地说："义达，你不够弟兄。我只是吓唬吓唬你，没有真心往死弄你，你的人就把我……"

王兆明又一刀割在了刘元魁的脖子上。

处理过刘元魁的尸体，钞义达送乔子奇三人上路。

钞义达和乔子奇三人下了石坡，看过二则的尸体，然后在沿黄河的路上走了一段，上了石坡，到了去往榆林的路上，钞义达说：

"我就不送了。"

月光下，四人站住了。

乔了奇说："谢谢！"

王茵说："原先你不跟我走，我们也不勉强。如今死了两个人，与你有牵连，你不走，万一他们查出是你引我们干掉刘元魁的，怎么办？"

钞义达说："我更不能走了。今天，我的一个弟兄出了事，我得留下来救他。只有我才能救他。"

王茵问："我们只顾眼前的事，也没问你的那个弟兄到底怎么了。"

钞义达说："刘元魁让我的那个弟兄去七里庙替他刨银子。可是他走了大半天，一直没有回来，也没有回峪口。"

王兆明说："刘元魁的那些银子，肯定不是正路来的，你的那个弟兄很可能出了意外。"

钞义达说："开始我也没有多想，就让我的那个弟兄替他刨银子去。后来我发觉不对头了，就往峪口跑。还没回到峪口，王茵就找来了。将才刘元魁就是为了这事要杀我的。看来，我不救我那个弟兄，我那个弟兄就有杀身之祸。"

乔子奇说："义达，你的处境很危险，你应该马上跟我们走。"

钞义达说："再危险，我也不能放下弟兄们不管。"

乔子奇说："你想过没有，你的弟兄被人捉住了，说是你和刘元魁让他去刨银子的。刘元魁已经死了，死无对证，你能把事情推在刘元魁身上吗？就在你到过刘元魁家后，发生了刨银子的事，谁都不信你不是杀害刘元魁的凶手。"

王茵说："义达，你就跟我们走吧。"

钞义达说："我走了，我那个弟兄就死定了。"

王兆明说："你不走，你也死定了。"

钞义达说："我死是自找的。可我的那个弟兄要是有个三长两短，就是我害了他。我背不起卖良心的债。你们走吧。不管你们说甚我都不会跟你们走的。"

乔子奇首先握住了钞义达的手。

乔子奇说："你执意不走，我们也没有办法。我们会暗中关注保护你的。"

几人和钞义达握了握手。

王茵两眼湿润了。她认识到钞义达是一个重情意的男子汉。

钞义达笑道："我们还会见面的。"

七

夜色深沉。

钞义达回到了峪口的旧窑洞，摸黑上了炕。

张天明嘟哝道："你怎么才回来？"

钞义达没有吭声，在床上摸索起来。

招弟睡的位置上没有人。

钞义达躺在自己的位置上，两眼盯视着窑顶。

天明了，钞义达坐起来。

张天明也醒来了。

张天明问："招弟没有回来？"

钞义达说："我们走开了。"

候小问："你们不是一起走的吗？"

钞义达说："我再出去看看。"

张天明说："你去找招弟吗？我也跟你去。"

钞义达说："不用了。"

钞义达说着下了炕，出了门。他一路向北，来到了七里庙，对周围进行了仔细的观察。他看到了几对新脚印，明白出事了。

八

行刑室里，招弟垂头丧气地坐在椅子上。

曹余正带着两个人，走进来。

曹余正坏笑着说："招弟，这么快就进来了？"

招弟瞪了一眼曹余正，没有吭声。

曹余正问："不要瞪我。我问你想好了没有？"

招弟说："想好了。"

曹余正"哈哈"一笑，说："想好就说。"

招弟说："我遇到了一个不认识的中年人，他对我说，七里庙里有银子，是他的银子。他说我把银子刨出来，就给我几十两银子，几十两银子不是个小数呀，我为了这几十两银子，就去刨了。"

曹余正怒吼道："这就是想好了？你这是想好了怎么撒谎。来人，大刑伺候。"

一狱警走进来，向曹余正低语道："城墙外的石坡上发生了一起命案，杀死了一个人，山崖下还摔死了一个人，摔死的人身上五花大绑着绳子。陈县长责令限期破案。"

曹余正看了一眼招弟，说："你不要回牢房了，就面对着刑具好好地想。"

九

石坡上，摆放着一具蒙着被单的尸首。周围围着几个人。

刘刘氏在大声痛哭。

曹余正引着两个警士走进人群。

两个警士揭开了被单。

曹余正瞧了瞧，问："这个人是做甚的？"

一警士说："这人叫刘元魁，听说好像在外边当过土匪。在葭县没有犯过案。山下死了的那个人叫二则，是跟着刘元魁的小弟兄。"

曹余正说："是狗咬狗的结果。这种人，死就死了，活着也是一大祸害。"

刘刘氏听到这里，突然面对着曹余正吼道："放你娘的屁！叫你们来破案，你这个婊子儿竟说这种话？！"

曹余正想发火，又觉得不是发火的时候，气得脸色煞白，说道：

"走人。"

刘刘氏上前抱住了曹余正的腿，哭喊道："你不破这个案，老娘今天就不让你小子走。"

曹余正一看脱不了身，低声下气地说："大嫂，曹某一时性急，说错了话，你不要计较。你不要闹了，好好地配合我们破案。"

曹余正的口气改变了，刘刘氏放开了曹余正的腿。

曹余正问道："刘元魁经常和甚人打交道？你晓得他和谁有仇？"

刘刘氏说："他回葭县的时间不长，我也不晓得他和甚人打交道。"

曹余正问："前两天他和谁接触过？"

刘刘氏说："昨天他和一个叫钞义达的人在我们家喝过酒。"

曹余正突然愣了愣，恍然大悟地笑了，说："原来是这样。走，我到你们家看看。"

在刘元魁家，曹余正看到了嵌在相框里的刘元魁的半身像。

曹余正盯着照片，说道："就是他。小眼睛，有些卷的头发。"

刘刘氏问："你说甚？"

曹余正说："没甚。你们安排刘元魁的后事吧。案子有点眉目了。"

刘刘氏不相信地望着曹余正。

曹余正稳操胜券地说："本局长心中有数了。你等消息吧。"

十

旧窑洞里，张天明正在写字，候小百无聊赖地玩弄着旱烟锅。

四个警士走进旧窑洞，一警士问："钞义达呢？"

候小说："出去了。"

一警士问："做甚去了？"

候小说："不晓得。"

一警士问："这里是吴招弟住的地方吗？"

候小说："是的。"

156

一警士问："你们晓得吴招弟去甚地方了？"

张天明放下笔，说道："不晓得。他怎么了？"

一警士看看张天明，说："不晓得。我们就是随便问问。"

四个警士转身走了。

张天明紧张地望着门外，说道："肯定出了大事。"

十一

行刑室里，招弟被捆绑在柱子上。

曹余正说："招弟，我在外面走了一趟，收获不小。你啊，身子闲了，好活了，脑子闲没闲着？"

招弟说："到底是怎么回事，我不晓得。我在七里庙刨银子，就是有人让我刨的银子。"

曹余正说："你把那个让你刨银子的人说出来。"

招弟说："我不认识。"

曹余正说："你们不认识，怎么联系的？"

招弟说："他说好在路上等我。你们抓着我回来，他看见了，肯定溜走了。"

曹余正冷笑了一声，说："看来，你的脑子真的没闲着。我替你说吧。你和钞义达、刘元魁勾结起来，由刘元魁出面，在我身上扎了一刀子，然后勒索银子，让我埋在七里庙的西北角，然后你隔了些日子就去刨银子，对不对？！"

招弟说："没有的事呀。"

曹余正说："刘元魁死了。是钞义达杀死的。钞义达看到你被抓了起来，就杀人灭口。你不说，钞义达就活逃了。可你，不管说不说，我都不会放过你的。大刑伺候。"

几个狱警给招弟上刑。

招弟痛苦地大喊大叫。

曹余正吼道："你不老实交代，我就让你死在刑具上。"

十二

天色渐暗，钞义达回到峪口村，走进旧窑洞。

张天明急忙说："义达哥，来了几个警士，问你和招弟到甚地方去了。"

钞义达一惊，问："他们没有说为甚要问我们的下落？"

候小说："没有。"

钞义达说："弟兄们，我们上了刘元魁的当。事情还关系到了曹家，曹家不会轻易罢休的。我要到县上往明说事情的经过。我主动说明，总比他们把我抓起来审问的效果好。万一我也被关起来了，你们就各自赶各自的牲灵，不要管我。"

候小说："把刘元魁供出来，不是甚都明白了？"

钞义达说："刘元魁和他的小弟兄都死了。"

张天明和候小都吃了一惊。

候小问："他们是怎么死的？"

"被人害死的。我走了。"钞义达说罢，转身就走。

张天明突然明白了什么，叫道："义达哥，你不能到政府去。你到政府去，就是自投罗网。你赶紧躲起来。"

候小说："这里有死人的事情，案子不小，你要是进去了，生死就说不上来了。"

钞义达说："可我也不能让招弟一人把这事扛起来。我要是躲起来，招弟就没救了。想到招弟为我担当过错，我会睡不着觉，也吃不下饭的。我想好了，或许我们两人的证词都一样，刘元魁的婆姨把晓得的事情说出来，我们就能开脱的。不管怎么说，能把招弟救出来就好。我嘛，一人做事一人当。我走了，弟兄们就自己继续好好地赶牲灵吧。"

钞义达说罢，出了门。

张天明和候小都愣住了。

张天明说："义达哥也没甚亲人，咱们把这事赶快给孙家说一声。"

黑夜，孙旺才和候小、张天明在客厅说话。

宝翠在门里偷听到三个人的对话。

张天明说："义达哥临走时说，事情关系到了曹家，曹家不会轻易罢休的。"

孙旺才着急地说："怎么事情总是要和曹家沾边呢？我看见曹家的人就头疼。你们说，我们能为义达做些甚呀？"

十三

曹余正坐在办公室，得意地玩弄着手枪。

警士在门外喊道："报告。"

曹余正说："进来。"

门开了，钞义达出现了。

钞义达在黄河畔上躺了大半夜，天亮了，他进了城，来找曹余正。

曹余正惊异地睁大眼睛，打量着钞义达。

曹余正问："钞义达，你来做甚？是不是投案自首来了？"

钞义达说："我没犯法，没有自首一说。我是来说明事情的。"

曹余正说："还挺会说的。说吧。"

十四

钞义达被两个警士押进了看守所。

招弟在牢房里看到了钞义达，叫道："义达哥，你怎么也进来了？"

钞义达说："我是往出救你的。"

招弟说："我甚都没有说。"

钞义达说："我甚都说了。我们没有做犯法的事情。是咱们上了刘元魁的当，实话实说吧。"

一警士推了一把钞义达，说："进去吧。"

十五

曹景升和曹余正先后走进县长客厅。

曹景升说："陈县长，曹某看望陈县长来了。"

陈世英笑哈哈地说："快请坐，曹东家。"

曹景升和陈世英坐在太师椅上。

曹景升说："你们破了大案，我是特意来道贺的。"

陈世英说："余正这个局长没白当。这么大的案子，他留心听了几句话，就看出了疑点。真是不简单。"

曹景升说："听说他们还没有供认犯罪事实？"

陈世英说："那只是过程了。"

曹景升说："不过，这么大的案子，还是慎重为好。我今天来，也就是想问问情由。办案千万不能感情用事，冤枉了好人。"

陈世英说："你曹东家真是一个宽宏大量的君子呀。他们都欺侮到你头上了，你还担心冤枉了他们。"

曹余正说："大，不会有错的。肯定是刘元魁、二则、钞义达和招弟四人合伙起来干的，由刘元魁出面向我勒索，然后伺机刨银子。宝翠被绑架了，钞义达捉住了土匪，他们就觉得我们不注意他们了，就派招弟去刨银子。钞义达留了一手，暗中看招弟能不能把银子刨出来，却看见招弟被我们的人带走了。钞义达担心事情败露，就将刘元魁叫出来，把刘元魁和二则一起杀害了。"

曹景升说："刘元魁是个有武艺的人，钞义达恐怕不是刘元魁的对手。再加上二则，钞义达一人是杀不了这两个人的。"

陈世英说："刘元魁和二则都不防备时，钞义达出其不意，解决两个人还是有可能的。前两天，钞义达一人制服了两个悍匪，就能说明钞义达不是非凡之人。这件案子，据我分析，和钞义达脱不了干系。"

曹景升说："我倒不是说钞义达不是杀人凶手。我是想，是不是还有人配合钞义达一起杀害了刘元魁和二则。"

曹余正说："再不要把事情往复杂搞了。把钞义达和招弟处决了，也就行了。"

曹景升说："斩草不尽，恐有后患呀。但也不能滥杀无辜。倘若冤杀了一个人，我们这些人恐怕一辈子也睡不上安稳觉。"

陈世英说："事关人命，审是要好好审的。不过，要把他们打入死牢，按死囚对待。"

十六

行刑室里，钞义达被绑在柱子上。

曹余正走在钞义达身边，说："钞义达，你该开口了吧？我告诉你，你说也是死罪，不说也是死罪，这叫没商量。你说了，就不要受这刑具上的罪了。"

钞义达说："我没办法说呀。我没有杀刘元魁，也没有敲诈过你。"

曹余正叫道："这些话我听腻了。弟兄们，给他上一手。"

狱警们给钞义达上刑，在他肩上压杠子。

钞义达痛苦得扭歪了脸，满脸是汗水。

曹余正说："再用皮鞭抽，直到开口供认犯罪事实为止。"

狱警们开始用鞭子抽打钞义达。他们抽一鞭子，钞义达的头动一下。

过了一会儿，见钞义达的头不动了，曹余正说："用凉水把他浇醒，让他感受皮开肉绽的痛苦。昏过去了，就尝不到痛苦的滋味了。"

狱警把水浇在了钞义达的头上，他又睁开了眼睛。

钞义达说："想让我死，就来点痛快的。"

曹余正说："你想痛快地死？哈哈，那样便宜你了。你不说实情，我就把你活活地折磨死。你想想，把你弄死了，把你冤死了，谁会为你讨个说法？没有。我晓得，你的母亲不在了，父亲也不晓得活没活着了，就是活着也不敢回来。你也没有兄弟姐妹。就那几个赶牲灵的，跟你走得近，可他们就是有心，也说不上话。"

钞义达说："你们把招弟放了。招弟完全不明真相。是我上了当，把招弟连累了。"

曹余正说："案子没有结，你们谁都出不去。不过，只要你把犯罪过程交代了，我们就会判断招弟在案子中有哪些罪行。"

钞义达突然怒吼道："老子没有犯罪，永远不会供认甚犯罪事实。老子不是怕死。老子是要保全名声。你受过老子的气，想害老子，你这是徇私枉法。"

曹余正说："你说得既对又错。是的，我想公报私仇，也想杀了你。不过，这次的确是你犯了罪，我是在秉公办案。老实交代，不然的话，我让你死得连狗都不如。"

钞义达吼道："老子不怕。"

曹余正冷笑道："还真是个硬骨头。我倒要看看你的骨头有多硬！我要把你的骨头一块一块敲碎，看它们怎么变成软骨头。来吧，再给这个杀人犯上一手。"

狱警们又开始鞭打钞义达。

十七

行刑室里，陈世英和曹余正坐在椅子上。

钞义达和招弟被一起押了进来。

曹余正问："钞义达，你知罪不知罪？"

钞义达说："我没有犯罪。"

陈世英说："这就不能由你说了。我现在宣布判决书：钞义达，葭县大会坪村人，现年二十二岁。吴招弟，葭县吴家山村人，现年二十一岁。钞吴两犯，勾结土匪刘元魁，谋财害命，先是勒索他人，事情败露后，钞义达于民国二十一年六月十六日夜晚，将刘元魁和刘二则杀害于城外的石坡上。钞吴两犯，罪大恶极，不除不平民愤，应处以极刑。葭县人民政府判决钞义达和吴招弟死刑。"

曹余正笑着问："钞义达，还有甚要说的？"

钞义达说："我不会签字画押。你们的判决不会生效。"

曹余正说："这还不好办？我们今天押你们到行刑室，就是要你签字画押的。你们不签字画押，只能是自找苦吃。把你们折磨到人事不省的时候，就由我们摆布了。"

招弟说："我们死后变成鬼，天天敲你们家的门，让你们安生不了。"

陈世英说："你后生想得还好。那你就变鬼吧。我们报请省政府批准后，就择日开刀问斩。你们就当鬼去吧！"

第八章

一

天刚亮，张天明就去县城打探钞义达的下落。打问到钞义达惹上了人命官司，他急急地回来给宝翠通传钞义达的事。随后，他引着宝翠和候小再次进了城，来到看守所大门前。

候小给狱警递过一块银元，说："当官的，我们是钞义达和招弟的弟兄们，你让我们进去看看他们。"

正在口吹银元的狱警，突然意识到了什么，一怔，把银元摔在地上，说："钞义达和吴招弟身戴重罪，任何人不能见。"

宝翠拾起地上的银元，又掏出一块银元，一并递给狱警，说："我一人想见见钞义达。"

狱警把两块银元一齐掷在地上，大声吼道："不行。钞义达谁都不能见。"

二

葭县城街道上，人来人往，张天明和候小蹲在街道边，长吁短叹。宝翠神情沮丧地站在他们身后。

张天明问："怎么办呀？"

宝翠沉思了一阵子，说："我到刘元魁家去，你们跟不跟我去？"

候小说："只要你用得着我们，我们就去。"

宝翠在街上的铺子里买了六尺绸子花布，和张天明、候小来到刘元魁家的大门前。

候小敲响了大门。

刘刘氏正在扫院子，听到有人敲门，走到大门边，问："谁？"

宝翠说："我是峪口孙家的女子，我有事想找大嫂。"

刘刘氏问："你晓得我是谁吗？"

宝翠说："晓得。你是刘元魁的家里人。"

刘刘氏开了大门，看到眼前的两男一女，有些惊讶。

宝翠说："嫂子，我看你来了。"

刘刘氏说："我们不认识，你看我甚哩？"

宝翠说："我们都是遭难的女人。虽说不认识，可我们的心是相通的。"

刘刘氏说："进来吧。"

宝翠说："谢谢大嫂给我面子。"

刘刘氏问："他们是做甚的？"

宝翠说："是我的两个弟兄。"

刘刘氏将宝翠、张天明、候小让进了家门。

刘刘氏说："大妹子，坐吧。"

宝翠把一个包裹放在桌子上，说："这是我给大嫂带的一点绸布，大嫂看尺寸缝件衣服。"宝翠说罢，没用谁礼让，就坐在椅子上。

刘刘氏对张天明说："你们也坐吧。"

张天明说："我们就站一站。"

刘刘氏说："你来看我，总是有甚事吧？"

宝翠说："实不相瞒，我和钞义达是一起长大的亲戚。"

刘刘氏愣了愣。

宝翠说："我晓得钞义达不是打家劫舍的人。可是你们家刘元魁被人害了，钞义达那天来过你们家，招弟又在七里庙刨银子，官府就认定钞义达、招弟和刘元魁是一伙的，是钞义达杀害了刘元魁。你是家里人，钞义达是不是与刘元魁一伙的，你最清楚。"

刘刘氏不高兴地说："刘元魁的事我不清楚。"

宝翠说："大嫂，你不要把话说绝了。你好好地想一想。"

刘刘氏沉下脸，拿起宝翠放下的包裹，说："你走吧。"

宝翠说："大嫂，事关人命，你就把真话真情说出来吧。"

刘刘氏突然吼道："我甚也不晓得。"

刘刘氏把包裹塞进宝翠的怀里，推了一把，说："你走。"

宝翠央求道："我们再说说话，大嫂。"

刘刘氏又用力推宝翠，把她推出了门，然后对还站在门里的张天明和候小吼道："你们也滚出去。"

宝翠着急地说："你要是冤枉了一个好人，半夜会鬼叫门的。"

刘刘氏哭叫道："我都这样了，我不怕鬼。"

宝翠和张天明、候小走出大门，大门里边传来呜呜咽咽的痛哭声。

候小吼道："你把我们的弟兄害死了，你也好活不成。"

曹余正突然出现在宝翠三人面前。

曹余正看了看宝翠，说："大家闺秀，怎么在这里抛头露面？"

宝翠气恼地说："我不认识你。"

曹余正说："不要说气话。你要是认我这个兄长，我或许会给你面子。我晓得你为甚要给灰汉当媳妇，就是还想和钞义达勾搭来往，可是钞义达马上就要见阎王了。你枉费了心机。"

宝翠迈过了头。

曹余正对张天明和候小说："你们联合起来串供，该当何罪？"

宝翠说："是我让他们来的。"

曹余正冷笑了一声，指了指张天明和候小，对身边的警士说："把他们两人带走。"

宝翠说："慢。要带把我也带走。"

曹余正说："你想怎么样？不要不识好歹。"

宝翠向曹余正走过来，冷静地说："你要带把我也带上，是我把他们引来的。"

曹余正愣住了。

虎明和两个警士端起枪，对准了宝翠。

宝翠放慢脚步，一步步朝枪口走来。

宝翠轻蔑地说："我今天就死在曹家人的枪下。"

曹余正说："还没过门，就这么厉害？你把我们曹家的人丢尽了，你以为我不敢往死打你？你今天不服软，我要亲手打死你。"

曹余正说着掏出手枪，对准了宝翠。宝翠鄙夷地看着曹余正，迎面走过去。曹余正气得朝天放了一枪，转身走了。

三

孙旺才着急地在客厅里转圈圈。宝翠一个未出嫁的女子，竟又一次抛头露面跑进了城，这成了甚事情。正在这时，孙刘氏进来说：

"宝翠回来了。"

孙旺才说："你让她到这边来。"

不一会儿，宝翠走了进来，问："大哥，你叫我？"

孙旺才质问道："你到哪里去了？大清早的，怎么不打一声招呼？上次出了那么大的乱子，你怎么还不吸取一点教训？"

宝翠说："我到城里去了。"

孙旺才明知故问："你到城里做甚？"

宝翠说："我想看望钞义达。"

孙旺才问："见到了没有？"

宝翠说："没有。"

孙旺才："你就不要瞎跑了，一个女人家瞎跑甚哩？我给你说，钞义达的事，有我跑哩。这不，我正要到木头峪去。要不是你不见了，我已经到了木头峪。"

宝翠问："是投靠曹家吗？"

孙旺才说："也只能投曹家了。"

宝翠说："你把话给他们说清楚：要是他们冤杀了钞义达，我宝翠就

167

死在他们家里。"

孙旺才说："你就不要乱上添乱了。我看见曹家的人，心里就来气。要不是你……嗐。"

孙旺才数落过翠玉，就出门去了木头峪。

孙旺才上门，曹景升自然是非常客气，他恭恭敬敬地把孙旺才迎进了客厅，说："旺才呀，你来了我就高兴。今天你就不要走了，咱们叔侄喝两杯。"

孙旺才说："曹东家，我不能多坐，家里有事。我今天来，是有事相求的。"

曹景升说："你怎么还叫我东家呀。"

孙旺才说："叫惯了。钞义达是在我们家长大的，人有点野，可绝对不会做出打家劫舍的事情。还望曹东家多周旋一番。"

曹景升说："这件案子涉及了余正，我怕余正感情用事，抓错了人，我还专门到县府跑了一趟。可陈县长说，这件案子已成了铁案。我是不好出面了。"

孙旺才说："曹东家你通融一下，让我见一下钞义达。见了钞义达，我能问清事情的根由。要是他真的犯了案，我们也就不为他费心了。王子犯法，与庶民同罪，不要说一个钞义达了。"

曹景升想了想，说："按说，钞义达是重犯，轻易不能与外面接触。不过，我试着通融通融。"

四

宝翠又来到刘元魁家，敲响了大门。

刘刘氏在大门里问："谁？"

宝翠说："大嫂，你开开大门，我想和你说几句话。"

刘刘氏一怔，说："你走吧，我不会给你开门的。"

宝翠说："大嫂，我求求你了。只要你能做证，你要甚我给你甚。"

刘刘氏气愤地喊道："我要刘元魁，你能给我吗？"

宝翠说："大嫂，你想想，你失去了心上人，你难受；别人失去了心上人，别人难受不难受？因为你不做证，别人也将和你一样心里难受。"

刘刘氏说："我连我自己都管不了还管别人！你走。我不跟你说了。"

刘刘氏走进家门，用力闭上了门。

宝翠靠在大门上，两眼流出了泪水。

五

乔子奇和王茵站在平缓的山坡上，他们望见山坡的对面山坡上，有两个赶牲灵的人赶着骡子走过来了。

那两个赶牲灵的，正是张天明和候小。张天明说这回赶牲灵走得不是时候，候小叹息了一声，说："我们还得活命呀。不赶牲灵，我们没吃没喝，就没办法活了。"

那两个赶牲灵的，没有注意到山这边的乔子奇和王茵，走了过去，渐渐消失了，王茵若有所思地问："那两个赶牲灵的会是谁？他们会不会是葭县人？"

乔子奇说："钞义达被抓进去了，我这几天一直在想，怎么才能把他救出来。他毕竟是被我们连累进去的。"

王茵说："那两个赶牲灵的是从东面过来的，说不定就是葭县人。将才，我们应该过去问一问。"

乔子奇说："我们不要随便向人问不该问的事情。你最近回过几趟家了。回家的次数有点太多了，会引起周围的人怀疑。一个在榆林念书的人，怎么会经常回一二百里路外的家呢？我马上回葭县走一趟。"

王茵说："我暂时不回家了，也跟你到葭县走一趟。"

六

死牢里，钞义达和招弟的手上和脚上都戴着镣铐。他们靠墙坐着。

招弟说："义达哥，你说，我进了牢房，我的父母晓得不晓得？"

钞义达没有吭声，而是长长地叹息了一声。钞义达知道，招弟出身寒苦，父亲老实，母亲弱智，两个弟弟尚小。听说原来有一个妹妹，早年夭折了。他们家一旦失去了招弟这个长子就彻底垮了。钞义达为自己连累了招弟而暗暗自责。

狱警引着孙旺才和宝翠来了。

宝翠看到钞义达，两眼溢满了泪水。

钞义达问："你们怎么来了？"

孙旺才说："人托人吧。"

狱警打开门，孙旺才和宝翠走了进去。

孙旺才说："到底是怎么回事，你给我说清楚，我好为你想办法。"

钞义达说："我没有杀刘元魁。是我拖累了招弟。"

孙旺才正告道："你往详细说。"

七

孙旺才在家里愁眉不展。

宝翠进了门，说："大哥，我到木头峪走一趟。"

孙旺才惊讶地问："你还没有出嫁到木头峪，就天天往那边跑，不怕人家笑话？"

宝翠说："义达的命要紧。"

孙旺才说："不行，我不能让你到木头峪去抛头露面。"

宝翠倔强地说："我就要去。义达连命都保不住了，我还在乎甚丢人不丢人。"

孙旺才说："你到木头峪去，不光是你丢人，把曹家和孙家的脸都丢了。"

宝翠说："钞义达要是有个三长两短，我也不活了。"

孙旺才想了想，说："好了好了，大哥再替你到木头峪跑一趟。"

宝翠说："话说不狠，曹家不会营救义达。"

贵则走进客厅，对孙旺才说："木头峪的曹东家来了。"

孙旺才一怔，不由得问："他来做甚？"

孙旺才刚站起来，曹景升就走进来了。

孙旺才说："请坐，曹东家。"

曹景升和孙旺才都坐在太师椅上。

宝翠站着没有动。

孙旺才说："宝翠，你出去吧。"

宝翠仍然站着一动没动。

曹景升说："不用不用，我正想和你们兄妹商量点事情。"

孙旺才看了一眼宝翠。

曹景升说："宝翠和余成已经订婚了。我想今年快点就把喜事办了吧。前一阵子你们村闹瘟疫，我就缓了一缓。"

孙旺才说："这事我不管。订婚也是宝翠自作主张，你问宝翠好了。"

曹景升说："最近老出些事情，人心都弄乱了。我想早点把喜事办了，也省一桩心事。"

宝翠说："曹叔，你老人家也不能光顾自己省心事。你心事省了，人家呢？"

孙旺才嗔怪道："宝翠。"

宝翠倔强地说："我就要说。曹家大儿子有本事，把钞义达弄进了牢房，还定了个死罪。哪一天，我也说不准就进了牢房。"

曹景升面有不快之色，说道："你娃娃怎么净说些瞎话。我们家没有女儿，你过了门，我们就会像对待亲生女儿一样疼爱你的。"

宝翠说："你们说得比唱得还好听。还没有过门，就把枪口支在了我头上，过了门，能有我好日子过吗？"

曹景升说:"既然你把话说到这份上,我也不得不当着你的面说了。其实我今天专门到贵府上来,就是要给你哥说你和余正闹事的事。余正说,你到刘元魁家串供去,他正好碰见了,你们两人就闹了起来。余正说,要不是你已经是曹家的人他早就把你抓起来了。让你们这么一闹,我就想着早点把喜事办了。"

宝翠说:"抓我还不容易?只是我给你曹叔说,我没有去串供。我是去刘家找人证去了。"

曹景升问:"找到了吗?"

宝翠说:"会找到的。"

曹景升说:"曹家孙家都是有脸面的人,你宝翠是个懂事的女子,就不要做那些让人笑话的事了。"

孙旺才说:"曹东家,你不晓得我们一家人和钞义达的关系。钞义达和宝翠是一块长大的,感情很好,宝翠一直把钞义达当作兄长看待的。要是钞义达出了事,我们一家人恐怕都受不了。毕竟是我们牵连了钞义达。"

曹景升问:"怎么是你们牵连了钞义达?"

孙旺才说:"大家有一个说法,说是余正在有意陷害钞义达。"

曹景升说:"余正为甚要陷害钞义达呢?余正陷害钞义达没有理由呀。"

孙旺才说:"他们说,曹家晓得宝翠和钞义达一起长大的,就仇恨他。"

曹景升说:"有些人就爱瞎说。钞义达不就是和宝翠一起长大的?小孩子家,那有甚哩。"

孙旺才说:"就是嘛。曹东家,你面子大,这钞义达还要看曹东家营救哩。"

曹景升说:"钞义达的案子不小,比你那桩案子大多了。我没有能力周旋呀。我给你们说过,我就是怕余正一时兴起,立功心切,冤枉了钞义达,还专门到县府走了一趟。陈县长说钞义达的案子是铁案,谁都翻不过来。哪有余正的事。"

宝翠突然跪下,说:"曹叔,要是钞义达有个三长两短,我还有甚脸面活人呢?"

"宝翠，快快起来。你这是做甚？"曹景升站了起来，想扶宝翠，又不好意思出手。

孙旺才说："宝翠，你起来，好好说话。"

宝翠突然喊道："要是钞义达有个三长两短，我就不活了。我就要死在曹家的门上。我要让曹家的人也好活不成。"

曹景升一惊，愣了愣，说："这、这、这，你们怎么能把钞义达的案子硬往余正头上套呢？你们也太没有道理了。"

宝翠站起来，说："谁害死钞义达，我就要跟谁算账。"宝翠说罢，一跺脚，出去了。

曹景升说："这宝翠平时看起来温眉温脸的，今天这是怎么了？"

孙旺才说："我也没有见过宝翠这么不理性的样子。只是因为她连累了钞义达，着急了，也就不管不顾了。人常说：兔子急了还咬人呢。宝翠这样做，也说明她是个有情义的人。"

曹景升说："这话也没错。从宝翠这些天的举动看，的确还算有良心。可她这一闹，我们曹家脸上无光呀。这案子是陈县长定的，你们怎么把钞义达的案子往余正身上靠呢？"

孙旺才说："曹东家，你说钞义达的案子处理不好，宝翠过门后和余正闹腾起来，你曹东家才真正脸上无光呀。你看她都气成那样了，要是气疯了，还会顾得曹家孙家的脸面吗？"

曹景升想了想，叹息道："余正抓的案子，要往清说也真说不清了。这样吧，我试着向陈县长说说情。你们晓得，我做善事是出了名的。钞义达从小失去了母亲，二十来岁，父亲又不见了，也够可怜的，我会想着法子往出捞他的，只是你们不能让宝翠再胡闹了。"

孙旺才说："宝翠出面闹腾也实属无奈。只要你出面救钞义达，她就消停了。"

八

宝翠提着包裹，走进吕胜巷，敲响了刘元魁家的大门。

刘刘氏在里边问："谁？"

宝翠说："大嫂，请你开开门。"

刘刘氏在大门里愣了一愣。

宝翠说："你让我进来坐一坐。"

刘刘氏说："你走吧，我不会给你开门的。"

宝翠说："我求求大嫂了，你让我进来坐一会儿。我只坐一会儿。我把话说明了就走。"

刘刘氏有些犹豫。

宝翠哭起来了，说："大嫂，我求你了大嫂。两条人命的大事，你连话都不让我说了？那两个人死了，我也活不成了。大嫂。"

大门开了。

宝翠走了进来。

"刘大哥不在了，你们孤儿寡母，日子过得不容易，我给大嫂送来五十块响银。"宝翠一边说，一边将包裹里的银子递过去。

刘刘氏没有接，说："大妹子，你三番五次地找我，我没有好好地接待，实在是有点对不住。进来坐吧。"

宝翠跟着刘刘氏进了家门。

两个孩子正在地上玩耍，看到有陌生人来了，怯怯地不动了。

宝翠说："大嫂，这银子，是我给两个孩子的心意。"

宝翠说罢，把银子放在桌子上，坐在椅子上。

刘刘氏叹了一口气，说："大妹子，我给你把实话说了吧。我不是为了这五十块响银，我是被你的诚心打动了。我们家元魁让钞义达取银子的时候，我就在他们身边。只是刘元魁死得不明不白，我心里受不了。实实在在地说，我也怀疑是钞义达害了刘元魁，因为刘元魁捉弄了钞义达的弟兄，招弟被抓进去了，钞义达气愤不过，就杀了刘元魁。我甚至想，就是钞义达没有杀害刘元魁，如果捉不住真凶，不管谁当替死鬼都行。"

宝翠说："刘元魁让招弟替他取银子，害了两个人。你再不说实话，等于你也是害人。这种伤天害理的事，不是人干的呀。你大概还不晓得，钞义达和招弟两人已经被判了死刑。两个无辜的人，很快就要死了，你忍心看着他们受冤枉人头落地吗？"

刘刘氏突然失声大哭道："我们家元魁已经人头落地了，谁能为他讨回公道？"

宝翠说："大嫂，刘元魁的死对你的打击很大，这是事实。可钞义达和招弟死了，你想想他们亲人的感受。他们的死是刘元魁害的呀，是和你不说真话有关联呀。"

刘刘氏揩了把眼泪，说："好吧，我为你们做证。"

<h1 style="text-align:center">九</h1>

陈世英看着一张纸，说："这是有人花钱买来的假证词，我们不能采信。"陈世英说着，将那张纸摔在了桌子上。

文书说："人命关天，还是小心为好。"

陈世英说："不审了。判就判了。本县长认准这就是铁案。"

<h1 style="text-align:center">十</h1>

黑夜，一个人影悄悄地走到县政府大门前，将一封信塞进了大门缝，然后用力敲了几下大门，跑了。

文书掌灯，走在大门前，看到信，拾起来，很快跑到县长寝室前，敲响了门。

陈世英在里边问："怎么回事？"

文书说："大门缝里塞进来一封信。"

陈世英披着衣服开了门，说："进来吧。"

文书走进去。

陈世英接过信，拆开来。

陈世英念道："莨县政府：刘元魁是罪大恶极的土匪，祸及民众，莨县政府却放任自流，任其骚扰民众，甚至是沆瀣一气。刘元魁曾在莨州骡马店劫持红军游击队队员，后被游击队员反击惩处。不信，我们将登报说明事因和杀刘元魁的细节。莨县红军游击队。"

陈世英突然质问道："这是怎么回事？又是证词，又是红军的信。这是谁搞的？是不是钞家的人？吴家的人？还是孙家的人？"

文书说："这事还难判定。不过，望陈县长三思。"

陈世英喊道："本县长就是专门杀红军的人，还怕几个不敢露面的小红军？我就要斩杀这两个罪犯，看谁能把我怎么样！"

十一

黑夜，曹景升不停地在院子里踱步。钞义达不死，他心不安呀。可这宝翠真要闹个你死我活，怎么办呀？

大门轻轻地响了一下。

曹景升一惊，叫道："栓柱。"

栓柱应声过来了。

曹景升说："你看大门上有甚东西。"

栓柱从大门里拾起一张纸，跑过来递给曹景升。

曹景升说："灯。"

栓柱把灯掌在曹景升面前。

曹景升展开纸，念道："曹景升先生，您好！刘元魁是一个十恶不赦的害群之马，曾在莨州骡马店劫持红军游击队队员，后被游击队员反击惩处。可您的儿子为泄私愤，陷害钞义达。莨县红军本着为民众负责的态度，不能让无辜好人蒙受不白之冤。莨县红军代表民众，不得不警告你们：如钞义达和吴招弟有不测，曹家也将有两颗人头落地。"

曹景升看罢纸张，气得大声喊道："我曹景升是个好欺侮的人？都找上门了！"

十二

宝翠坐在旧窑洞门前。

张天明和候小赶着两头骡子，走进旧窑洞大门。

张天明问："宝翠姐，你怎么来了？"

宝翠说："义达和招弟被判了死刑。"

张天明和招弟吃了一惊，不由得同时"啊"了一声。

宝翠说："我找人写好了状子，你们快去榆林，到井秀成官邸喊冤去。只有这样，才能救义达和招弟的命。"

候小说："好，我们立马动身。这骡子你照应吧。"

宝翠把状子递给候小。

张天明和候小出了大门。

十三

县长办公室，陈世英正在写字。

文书走进来，说："听说有两个赶牲灵的，到榆林为钞义达喊冤去了。"

陈世英把笔摔在桌子上，说道："我看这几个赶牲灵的都不想活了。"

一个警士走进来，说道："曹景升求见。"

陈世英说："他也来添乱了？"

文书说："曹景升是个聪明人。"

陈世英说："让他进来吧。"

曹景升走进门，说："又来打扰陈县长了。"

陈世英"哈哈"一笑，说："不必客套，有甚坐下慢慢说。"

两人都坐下了。

陈世英笑道："是不是又在为钞义达的事奔忙呢？"

曹景升说："是呀。"

陈世英说："曹东家真是个仁义君子。钞义达和你非亲非故，你就不要费心了。"

曹景升一怔，不好意思地笑了笑。

陈世英说："钞义达的案子，是大案，本县长是不敢贪赃枉法的。"

曹景升说："这案子是有疑点的。听说刘元魁曾在葭州骡马店扣押过红军的人，是不是红军的人杀了刘元魁？你想想，如果真的是钞义达杀害了刘元魁，他还为甚不逃走，跑上门要往清说事情？"

陈世英说："这就叫自作聪明。红军杀刘元魁也没什么证据。"

曹景升说："目前所有的证据，既不能证明是钞义达杀害了刘元魁，也不能证明不是红军杀害了刘元魁。我看，仓促判决是不合适的。"

陈世英说："吴招弟刨银子的行动可是现场捉住的。"

曹景升说："真要是如他们所说的，是上了刘元魁的当呢？听说刘家的人已经做了证。这证据县政府不采信，到头来真要是成了冤案，你陈县长也脱不了干系。"

陈世英说："这案子就是真的办错了，还有谁来翻案呢？我们给吴招弟的家人通告了，吴招弟的家人只哭不说话，至今都没有到县政府问个情由。他们都是像土圪垯一样的人。"

曹景升说："你我都是识文断字、明事理的人。民众像土圪垯，可我们不能把他们当作土圪垯。"

陈世英拉下了脸，说："这话我不爱听。"

曹景升说："我今天也不单单是为钞义达求情，我是为陈县长和曹余正的前程着想才来县府的。我还听说，那几个赶牲灵的后生去榆林喊冤去了。要是井大人发话重审案子，陈县长的脸上就没有光彩了。杀两个人，不是一桩小事。"

陈世英反过来一问："你曹东家不会在井大人面前参我一本吧？我晓

得你们的关系不一般。"

曹景升说："哪会呢。实话实说，表面上我在为钞义达的案子着急，实际上我在为你和余正的前程着急。这件案子搞不好，就会断送你和余正的前程。你说我看见陈县长、余正亲？还是钞义达亲？"

陈世英不高兴地说："让我慢慢想一想。"

十四

曹余正的局长办公室里，曹景升和曹余正坐在椅子上。

曹景升气咻咻地说："你不怕死，我们曹家的一家人还要活命哩。红军已经盯上我们了。"

曹余正说："几个小草寇一样的红军，能把我们怎样？！他们只能吓唬那些老百姓。"

曹景升动声动气地说："我就是老百姓。他们把比我大的财主杀了一个又一个，杀我们一家人就像杀鸡一样。我就是被他们吓唬住了。你要是不帮着往出放钞义达，我就不认你这个儿子！"曹景升说罢，站起来。

曹余正说："放不放人，是陈县长的事。我哪有那么大的权。"

曹景升拉开门出去了，随后狠狠地拉住了门。

曹余正冷冷地说："这事，我不能心太软。"

父亲刚离开，曹余正就进了县长办公室。

陈世英问："怎么了，余正？"

曹余正说："钞义达的案子陈县长要暂缓执行，还要改判？"

陈世英说："是你父亲的主意呀。"

曹余正说："你怎么能听他的话。他这人，就想给人留下个大善人的名誉。"

陈世英反问道："当一个大善人不好吗？"

曹余正说："可也要分清是非呀。"

陈世英说："快把那两个赶牲灵的追回来。上访的人要是到了榆林，就不好收拾了。你派人骑着马去追。"

曹余正问："追回来做甚？"

陈世英说："你就不要管了。"

曹余正说："这案子没有错。"

陈世英说："要是他们与'共匪'有嫌疑，判轻判重都没甚。我们要查清他们到底是不是'共匪'一伙的。"

曹余正说："我们想办法把他们与袭击县政府的事绑在一起。"曹余正自己都不相信钞义达是和共党一伙的。

陈世英说："我们一起到葭州骡马店查一查。"

十五

张天明和候小汗水淋漓地在路上奔跑。一个骑着马的警卒从后边追了过来，张天明和候小听到马蹄声，急忙躲在路边。

骑马警士跳下马，问道："你们两人中有没有赶牲灵的张天明？"

张天明说："有。"

骑马警士说："钞义达和招弟的案子要重审，县长让你们赶快回去协助调查。"

张天明和候小突然愣住了。

骑马警士说："快，跟我们回去。不回去，钞义达他们就没命了。"

张天明和招弟两人一下子瘫软在地上。张天明眼眶里滚出了泪水，说道："我的弟兄有救了。"

十六

曹余正、陈世英、虎明等人走在街道上。

有几个人观看着街面上贴的纸张。

陈世英凑上去。

纸张上首先是两个大字——告示。内容如下：

> 刘元魁是罪大恶极的土匪，祸及民众，曾在莨州骡马店劫持红军游击队队员，后被游击队员反击惩处，为民除了一大害。如有人胆敢再和红军作对，将和刘元魁一样的下场。
>
> 莨县红军游击队

陈世英看罢告示，急急地走开了。曹余正等人向陈世英追去。

陈世英和曹余正等人到了莨州骡马店，店主迎了过来。

店主叫道："陈县长，请进客厅。"

陈世英摆摆手，说："不用了。我问你，十几天前你们这里出过什么事没有？"

店主茫然地望着陈世英，不知道怎么回答。

曹余正说："十几天前你们店里有人打斗过没有？有没有出现过不正常的事情？"

店主想了想，说："有。"

陈世英说："你把过程详细说一说。"

店主说："十几天前，我出门时，看见两个蒙面人押着一个人，从旅店大门里往出走。"

陈世英问："那几个人的身材高低你记清了没有？"

店主说："记清了。那两个人蒙面人头天天快黑时就进来过，我没有看清人模样，可我看见一个人的头发有些卷。虽说他们蒙着面，可我看清了有点卷的头发。头天我还问他们是做甚的，他们说是找人。再问他们找谁哩，他们就不搭茬了。"

曹余正愣了一愣。

陈世英问："那天店里还有什么异常的事情？"

"先前店里住进来两男一女，押走的人好像是他们中的一个。可那天黑夜往出走的人还是两男一女。那两男一女走了再没有回来。我当时还问他们迟早回来，我们要锁大门。一个男的没好气地说不晓得。这事本来我想向上禀报，后来那两男一女再没有回来，报告也就没用了。"

陈世英问："往出走的两男一女的人样你看清了没有？"

店主说："没看清。大概就是先住进来的那三个人。"

陈世英看了一眼曹余正，说："这里边还是有事由的。"

十七

曹余正站在陈世英对面。

陈世英说："看来，这个案子真要改判了。"

曹余正说："我总觉得这里边有人在做假象，诱导我们。"

陈世英说："种种迹象表明，刘元魁是被红军杀死的。"

曹余正问："那招弟刨银子的事怎么解释呢？"

陈世英说："钞义达和招弟确实是上当了。刘刘氏的证词，和钞义达、招弟的口供一样，说明事情就是那样的。"

曹余正说："我们再好好查一查。"

陈世英质问道："那个店主是什么人？"

曹余正说："我们的眼线。"

陈世英大声说道："也就是说，店主的话和红军的告示是一致的。不用查了，放人。"

曹余正吃惊地问："放人？我们花那么大的精力破的案，怎么说改就改了？"

陈世英不高兴地瞪了一眼曹余正，质问道："谁是县长？"

曹余正不敢吭声了。

陈世英说："我们的眼线不会乱说的。这个你不明白吗？这是个大案子，有影响的案子。如若这个案子弄错了，你我的前程就毁了。你愿意毁掉自己的前程吗？"

十八

孙旺才、宝翠、候小和张天明站在看守所外。

看守所的大门开了，钞义达和招弟走了出来。两人都是面黄肌瘦，走路有些摇晃，身子弱不禁风。钞义达想往大睁眼睛，可又睁不开，适应不了眼前的阳光。

宝翠望着钞义达，已是泪流满面了。

孙旺才和宝翠、候小、张天明走上去围住钞义达和招弟。

张天明和候小也是两眼泪水汪汪。

张天明哭着说："我还以为再也见不到你们两个了。"

钞义达笑着说："你们哭甚哩？我们这不是完身出来了吗？今天我做东，请大家吃喝一顿。"

孙旺才说："你刚出来，身上有钱吗？还是我来做东，让大家高兴高兴。"

钞义达笑了笑，说："真让孙东家说对了。"

突然，招弟身子摇了摇，昏倒了。

大家七呼八叫，扶起了招弟。

十九

张天明和候小一人牵着一头骡子，从木头峪街道走过。

曹媒婆站在大门外，嗑着瓜子。

张天明和候小向曹媒婆走来。

张天明低声对候小说："这就是曹媒婆，是个寡妇。让她给你说个媳妇。"

候小说："她把自己说给我就行了。"

张天明不屑地说："她比你大十来岁。"

候小说："家贫不择妻，我不嫌弃。"

张天明和候小走到曹媒婆跟前，张天明赶着骡子走过去了，候小停住了脚步。

曹媒婆看了一眼候小。

候小问："大姐，你在这里等谁？"

曹媒婆说："等你。"

候小问："等我做甚哩？"

曹媒婆说："等你给你说个好媳妇。"

候小说："把你说给我就行了。"

候小嬉笑着把头凑在了曹媒婆的脸前。

曹媒婆突然怒目圆睁，一巴掌打在了候小的脸上。

候小一下子被打蒙了。

听到清脆的响声，张天明站住了。

候小傻愣愣地望着曹媒婆。

"你是哪里的嫖脑子，嫖到老娘头上来了。老娘让你嫖？！"曹媒婆骂着，又在候小脸上打了两巴掌。

候小抱住头就跑。

曹媒婆扯住候小，喊道："你往哪里跑？！"

街道上的几个人向候小他们走来，围住了曹媒婆和候小。

曹媒婆扯住候小，对围观的人哭叫道："这个狗娘养的，竟调笑老娘。"

一个围观的人看了看候小："这不是常到咱村赶牲灵驮货的候小吗？"

候小抱住头，往开挣曹媒婆。

曹媒婆说："你小子想走？没门！你调逗了老娘，坏了老娘的名声，就想走？没门！"

张天明走过来，说："嫂子，候小一时糊涂，做了对不起嫂子的事，请嫂子多多包涵。你今天就饶了他吧，改日我们登门道歉。"

围观的人说："登门道歉？我看还是有不良用心！"

曹媒婆说："老娘清清白白，你们污辱了老娘就想走？没那么容易！"

围观的人说："对。不能便宜了这个狗眼看人低的家伙。到木头峪村来败坏曹家的名誉，还能放过他？把他绑起来。"

围观的人有人附和道："对，把他绑起来。"

候小哭叫道："大爷婶子，你们就放候小一马吧。我候小甚事都没有做。"

围观的人说："甚事没有做就让人抓住了？她为甚不抓别人呢？"

围观的人中有一个老先生模样的人说："如今世风日下，败坏了我们曹家的声誉，今天就把这个不要脸面的人惩治一顿，来警示后人。"

一个后生跑来，把绳子递了过来。

几个人把候小捆绑起来。

许多人围住了候小，对他推推搡搡。

张天明转身出了人群，牵着一头骡子赶着一头骡子就走了。

二十

张天明牵着一头骡子赶着一头骡子，走进旧窑洞院子。

招弟从门里出来了。

招弟问："你们回来了？"

张天明问："义达呢？"

招弟说："到孙家纸坊去了。"

"你招呼一下骡子。"张天明说罢就往大峪纸坊跑。

钞义达和孙旺才正在院子里说话。

张天明一头扑进了纸坊的大门。

钞义达问："你怎么了，天明？"

张天明说："候小在木头峪出事了。"

钞义达听说候小出事了，出了窑洞，骑上孙家的马，直奔木头峪。

二十一

　　候小被吊在曹家祠堂院子里的木杆子上。

　　祠堂内，曹景升等人跪在案桌下。

　　曹景升说："外来的穷小子，给曹家脸上抹黑了，晚辈对不起曹家的列祖列宗。晚辈给列祖列宗磕头了。"说罢，曹景升等人连磕了三个头。

　　院子里，许多人围着木杆子，对候小指指点点。

　　候小低垂着头。

　　钞义达拴住马，走了过来。

　　曹景升从祠堂里出来，对着众人说："候小污辱了我们曹家的媳妇，我们要处罚这个不要脸的东西。"

　　曹媒婆得意地嗑着瓜子。

　　钞义达走进人群，来到曹景升面前。

　　曹景升不屑地问："你来做甚？"

　　钞义达说："曹东家，候小调笑了曹媒婆几句，就用得着你兴师动众，来这一手吗？"

　　曹景升说："他小子辱没了我们曹家的门风，来这一手还是轻饶了他。来人，鞭打这小子。"

　　几个手持鞭子的人往候小跟前走。

　　钞义达说："慢。"

　　曹景升说："你想怎么样？"

　　钞义达"哈哈"一笑，说："我想把人接走。我向众位乡亲赔罪了。"

　　曹景升吼道："你要胡来，把你小子也绑起来。"

　　围观的人涌动起来。

　　钞义达掏出镖，说："大叔大婶大哥大嫂，义达不想伤和气，也就不会动手的。要是动手，你们没有多少人是我的对手。不信，你们看。"

　　钞义达腾空而起，一跃，爬上了木杆，一手攀住木杆，一手用镖割开绑候小的绳子。候小向下一滑，钞义达两腿一夹，夹住了向下滑的候小。接着钞义达一手搂着候小，跳了下来。

曹景升说："不能让他们跑了。"

张天明和招弟也挤进了人群。

钞义达说："大叔大婶大哥大嫂，候小对曹家的人有不轨行为，是候小的不对，我让候小给你们磕头谢罪。可候小也没有犯下死罪呀。至于你们曹家的媳妇如何，你们比我们更清楚。"

曹媒婆喊道："你甚意思？"

钞义达忙赔笑道："你这个金枝玉叶，我是不敢回你的话了。候小，跪下。"

候小急忙跪下。

钞义达说："把你犯下的事说出来。"

候小说："我看到曹媒婆站在街上，调笑了她两句，见她还朝我笑，我就把脸凑在她脸跟前了。"

曹媒婆骂道："你还往老娘脸上抹黑？"

曹媒婆向候小扑去。

钞义达挡住了曹媒婆。

钞义达说："候小已经下跪认错了，你再动手，就是你的不对了。"

曹媒婆说："他还在说我的坏话。"

曹景升愤怒地喊道："你小子还在我们曹家门上称好汉？真是个没有良心的东西！"

钞义达说："曹东家，候小犯下的错，我来惩罚，你老人家就不要费心了。"

钞义达走过去把水盆端起，将水泼在了候小身上。

候小被泼得浑身湿淋淋的。

钞义达说："这下大家该满意了吧？"

围观的人中有人议论道："候小也没有做下甚，责罚到这种地步，也行了。"

曹景升转身走出了人群。

二十二

曹景升选在七月初一为曹余正办了喜事，让曹余正小两口子住在旧院，让曹余成和自己住在大院，说是好有个照应。

接着，曹景升就让曹媒婆与孙旺才上话。

曹媒婆说："曹家选好了黄道吉日，准备迎亲哩。"

孙旺才说："这事还得和宝翠商量一下。"

曹媒婆说："哪有和女子商量婚期的道理。你们这家人家也真怪。"

孙旺才说："你不晓得这是逼婚吗？"

曹媒婆不高兴地说："反正你们把人家的聘礼都收了。"

孙旺才让人把宝翠叫进了客厅。

宝翠看到曹媒婆，就明白哥哥叫自己的用意了。

宝翠叫了一声"哥"。

孙旺才点点头，说："你坐吧。"

宝翠说："不坐了，有甚事你就尽管说吧。"

孙旺才叹了一口气，说："曹家想办喜事。"

宝翠毫不犹豫地说："既然我们答应了人家，那就要按人家的意思办。"

宝翠说罢，一扭头就走了，两眼噙满了泪水。

曹媒婆赞赏道："真是通情达理的好女子。"

孙旺才愣怔怔地望着宝翠的背影。

二十三

黄河水滔滔。

黄河滩上，站着钞义达和宝翠。

宝翠低声哭泣了。

钞义达吼道:"我们走吧。我让你一辈子幸福。"

宝翠凄凉地说:"看到你,我就会幸福的。我也不再奢望甚幸福了。"

钞义达说:"如果你嫁到了曹家,我还住在峪口还有甚意思呢?我会走的,我会到很远很远的地方去,再也不回峪口了。"

宝翠眼眶流出了泪水,说:"你不要走。你不走,我们虽处不在一起,可常能见上面。你走了,我的心会空的。我说过,我的身子到了曹家,可心永远在你的身上。"

钞义达狂吼道:"不,我要你的心和身子都在我的身上。"

宝翠说:"我也想。"

钞义达搂住了宝翠,两人紧紧地拥抱在一起。

突然,钞义达放开宝翠,说:"你等等。"

钞义达说罢,向峪口村里跑去。

钞义达跑到旧窑洞里,寻找到一副银手镯,又跑回到黄河滩。

钞义达把手镯递向宝翠,说:"这对手镯是我妈留给我的。她说我办喜事时,把这对手镯送给我的媳妇。"

宝翠没有接手镯,说:"这手镯我不能要。我不是你妈说的那种媳妇。"

钞义达说:"我们才是真正的夫妻。"

宝翠说:"你妈说的那种媳妇是和你过日子的媳妇。我不能和你一起过日子。"

钞义达激动地说:"你就是我的媳妇,你就是我的媳妇!"

钞义达和宝翠再次搂在一起。

天色渐渐暗淡了。

钞义达和宝翠相拥着滚在了地上。

第九章

一

宝翠和曹余成的婚宴喜事日期确定后，孙旺才开始考虑如何应对钞义达了。他担心在宝翠的婚宴现场，钞义达一时冲动做出有违常理的事情。钞义达天不怕地不怕的劲头，使他感到害怕。但他和招弟在牢房里遭受了行刑逼供，身上伤痕累累，一时还不能将他们支走。

二十多天后，钞义达和招弟的身体恢复得差不多了，孙旺才在路上遇到钞义达，直接说："我想让你们到宁夏凤凰城走一趟。往过走带上些茶叶和丝绸，往回走带些枸杞子。上回在定边买的枸杞子也是宁夏的，那边的枸杞子肯定便宜。我们家的马你们也带上，路上要是谁走不动了也能骑。"

宁夏的凤凰城距葭县有九百多里的路程，来回走得一个多月时间。当钞义达回来时，宝翠和曹余成的婚事已是生米做成熟饭，他钞义达也就不能闹腾了。

两人边走边说，进了孙家大院。

孙旺才又说："这次做生意，赚了钱，咱们均分。坐下慢慢说。"

钞义达进了客厅，宝翠就到客厅门边偷听里边说话。听到哥哥说"坐下慢慢说"，她再也不想听了，转身回到自己的卧室一扑，趴在炕上失声痛哭了。其实，让钞义达出远门，也是她向哥哥出的主意。她害怕钞义达闹事，再闯下甚大祸。这些天，孙钞两家够倒霉了。

二

五头骡子，外加孙旺才出借的一匹马，钞义达他们赶牲灵的队伍，已初具马帮驼队的规模了。又是一次远行，为了助阵，也为了吉利，候小点燃了一串鞭炮。

旧窑洞周围站了不少看热闹的人。这是峪口多年来第一次出现这么大的赶牲灵的场景。

孙旺才前来送行。他走到钞义达跟前，说："祝你们一路顺风。"

钞义达说："谢谢孙东家。"

钞义达一挥手，说："上路。"

张天明吹起了唢呐。唢呐吹的是得胜回朝的调子。

钞义达一行四人赶着骡子牵着马上路了，走出了峪口村。

宝翠站在山上，望着钞义达。

张天明唱道：

> 走头头（的那个）骡子（哟）三盏盏那个灯，
> （哎呀）戴上（的那个）铃子（哟噢）哇哇（的那个）声。
> 白脖子（的那个）哈巴（哟）朝南（的那个）咬，
> （哎呀）赶牲灵（的）人儿（哟噢）过（呀）来（那个）了。
> 你若是我的哥哥（哟）你招一招（那个）手，
> （哎呀）你不是我的哥哥你走你的（那个）路。

三

横山城出现在眼前时，张天明的眼睛睁大了，眼眶里涌出了泪花。

钞义达他们赶着骡子走进城门时，张天明说："咱们在横山歇一夜吧。"

钞义达看了一眼张天明，说："这回出门和以往不一样了，不能为了你的茵茵，耽误了行程。"

候小讥笑道："还不晓得有没有个茵茵，就是有，也像一朵云，你张天明追不到。还天天为茵茵念书写字。"

张天明说："就算是云，也比那个辱没你的骚货曹媒婆强。"

候小说："曹媒婆再不行，也能看得见。你能看得见茵茵吗？"

张天明说："功夫不负有心人，总有一天能看得见的。你们歇一歇，我就到怀远骡马店走一走。"

钞义达干脆地说："不行。"

张天明不满地说："你这是怎么了？还没有当掌柜，就像个大掌柜。"

招弟说："你这人真麻烦，整天婆婆妈妈的。"

钞义达说："好了，走，上路。"

四

清晨，钞义达他们从定边骡马店出发，向西走去。

张天明走在最前边，牵着一头骡子，赶着一头骡子。候小是第二个赶骡子的人。钞义达是第三个赶骡子的人。招弟走在最后边。

候小说："这是甚黑门地方，走上大半天，还见不到一个人影子。"

钞义达说："少喝点水，防止路上再遇不到水源。"

钞义达他们走到了两面是土崖的沟渠里。

候小首先站住了，看着两面的土崖，胆怯地说："这好像就是出事的路。"

张天明向后看了一眼，说："走吧，不要胡说了。"

突然，有人叫道："站住，把牲口东西留下来。"

大家惊呆了。

钞义达喊道："准备家伙。"

钞义达首先从背上抽出了刀。候小退到钞义达身后。

招弟立即拿出了土枪。因为走远路，钞义达买了一杆土枪，招弟枪法准，就由招弟携带使用。为此候小颇为不满，说招弟带枪出过一回事，再不能摸枪了。但钞义达还是执意让招弟使用土枪。

土崖上边出现了十来个人影，跳下土崖，直奔而来。

突然，土匪群中有人喊道："他们有枪。"

所有的土匪都站住了。

杨贵小说："你们把牲口和货物放下，从什么地方来，就回到什么地方，我保你们平安无事。"

钞义达说道："好汉，我也是武门出身，你放过我们，咱们都相安无事；你们想看看我们的本事，那就来吧。"

杨贵小喊道："上。"

土匪一涌而来。

招弟首先就放了一枪。

一个土匪倒下去了。

钞义达一甩手，一只镖扎在了一个土匪的胸前。

土匪应声倒地。

杨贵小喊道："死了两个弟兄，我就是死，也不放过你们。"

杨贵小挥着大刀，向钞义达跑过来。钞义达向左一闪，挥起了刀。杨贵小站住，挥刀向钞义达砍去。钞义达和杨贵小打斗起来。

招弟举着枪，向扑过来的土匪开枪。候小退到了招弟身后。张天明乱挥舞着砍刀。

一个土匪一刀砍在了张天明的肩膀上。张天明叫了一声，手中的大刀掉在了地上。

土匪的刀又向张天明砍去。招弟一枪打在了砍张天明的土匪胸前。土匪栽倒了。有几个土匪看到前面几个土匪倒地了，慌了，向后退去。

杨贵小向后一看，只有自己一人和钞义达打拼，也招架着钞义达的大刀，向后退去。

招弟的枪瞄准了杨贵小。

杨贵小一看无路可逃了，突然跪下了，叫道："饶命，好汉。"

钞义达住手了，又向招弟挥了下手，示意招弟不要打了。

招弟收起了枪。

杨贵小急忙说："谢谢。"

钞义达喊道："滚吧。"

杨贵小站起来就跑了。

钞义达说："快，收拾收拾，不要走这条路了，另走一条路。"

钞义达走到张天明跟前。张天明抱着膀子，疼痛得直叫唤。钞义达看了看张天明的伤，掏出药，给张天明敷在肩上。

候小走过来，说："好险呀。你还拿着药？"

钞义达说："走长路，创伤药是非带不行的。这是常识。"

候小说："我算服你了。你钞义达想得就是周到。"

钞义达说："让天明骑在马上。咱们快点离开这里，操心再遇上麻烦。"

钞义达他们赶着骡子，张天明骑在马上，向山口走去。

出了山口，钞义达引大家向左拐去。

招弟问："义达，改变了路线，能到银川吗？"

钞义达说："我们就转一圈。不转这一圈，有人追查土匪的事，追上咱们，就麻烦了。"

荒原上，四周一片迷蒙苍茫。

钞义达他们行走在荒原上。

天色渐渐暗淡下来。

候小说："这鬼地方，怎么还不见一户人家。"

招弟说："不转这么一程路，说不定早就遇到村子了。"

钞义达说："我们还得在野外过夜。"

钞义达走到马跟前，问马背上的张天明："天明，怎么样？伤口疼不疼了？"

张天明说："好像越来越疼了。"

钞义达四下望了望，说："那边有条土圪塄，咱们就在那边歇一夜吧。"

候小说："操心再遇到贼娃子。"

招弟说："你候小这张嘴，再说屁话，我非打烂你的嘴不行。"

候小一愣，忙说："不用你打，我自己打。只要不出事，我这张嘴打烂都行。"

候小急忙在自己嘴上打了两巴掌。

大家笑了。

五

夜色沉沉。

大家都在睡觉，钞义达一人靠在土圪塄上。

钞义达眼前出现了宝翠的影子。

宝翠的笑容。

宝翠的泪水。

张天明低低呻吟了几声。钞义达蹲在张天明身边，俯首看着他。张天明眯着眼，一手摸着膀子。

钞义达轻轻地叫道："天明。"

张天明张开了眼睛。

张天明说："这伤把我疼醒了，可我又怕惊动了大家。大家走了一天了，太熬累了。我反正也疼得睡不着觉，你睡吧。我放哨。"

钞义达说："我也睡不着。"

钞义达说着，把手放在张天明的额头上摸了摸。

钞义达说："你的额头有些发烧。是不是伤口化脓了？"

张天明说："我也没看。"

钞义达说："你先忍着点，明天我们想办法搞些吃的和喝的，给你补补身子。"

张天明说："义达哥，你说我们怎么就活得这么难？"

钞义达伤心地说："我们是穷人呀。"

张天明问："我们甚时能成了富人？"

钞义达说："我们赶上了驼队马帮，就能成了富人。"

六

第二天清晨，钞义达他们又上路了。

张天明的身子越来越虚弱了，只好骑在马背上。

前边，出现了村子概貌。

招弟高声叫道："前边有村子了。"

候小说："就你招弟眼尖，甚都是你先看到的。"

钞义达他们走在村口停住了。

钞义达问马背上的张天明："天明，身子怎么样？"

张天明说："有些头晕。"

钞义达说："候小，你的本事大，给咱们找一家人家，做些饭。咱们在这里歇一半天吧。"

候小说："行。"候小说罢，拔腿便跑了。

钞义达先把张天明从马背上抱下来，搀扶着坐在路畔上，然后和招弟把货驮抬下来，给骡马喂上了草料。

钞义达给张天明喂水时，以商量的口吻说："天明，你的伤口化脓了，又发高烧，我的意思是你留在这个村子里养伤。我们回来时再把你接走。"

张天明说："住上一天，我能走，还是跟上你们走。跟上你们，我心里踏实。"

招弟说："我们真倒霉，要是遇不到村子，人断了吃喝，牲口也没吃的了。"

钞义达说："就要看候小的本事了。"

候小很快就回来了。

候小对钞义达说："住的地方说好了，他们已经给我们做上饭了。临走时给上他们一件衣服的布料就行了。"

招弟说:"候小跟生人打交道还真有一手。"

钞义达笑道:"一人一个本事。"

候小说:"我进了村主要打问有没有咱榆林的老乡住在这里,还真有两家葭县走西口过来的老乡。他们一听说咱们是葭县人,热情得真让人受不了。"

钞义达夸奖道:"你们看候小,多会办这种事。"

七

由于张天明的伤势比较重,钞义达将张天明安顿在农户家,并留了银钱,让主人为张天明买药请医生。安顿好张天明,钞义达他们只住了一夜,就启程了。

临走时,钞义达再次走进房子。

张天明躺在床上。

钞义达说:"天明,你伤好了哪里都不要去,硬等我们回来接你。"

张天明说:"你看我,把大家都拖累了。"

钞义达说:"你也是为了我们大家才受的伤。要怪就怪我没有保护好你。"

钞义达转过身,对站在身边的中年妇女说:"大嫂,我们的人就托付给你了。我们回来接他时重谢你们一家人。"

中年妇女说:"遇上难中的人,能帮上一把,就要帮一把,谢甚呀。何况,咱们也算老乡。"

钞义达握了握张天明的手,转身出去了。

招弟和候小牵着骡马站在大门外,等着钞义达。

钞义达走出了大门。

中年妇女说:"你们该往西南走了。再往西走,就错过了凤凰城。"

钞义达再次向女主人表达过谢意,出发了。

八

钞义达他们连赶带牵着五头骡子一匹马，行走在沙漠里。

天色渐暗。

风声响起。

钞义达喊道："起风了，赶快往高沙丘上走。"

招弟跌倒了，滚下了沙坡。

钞义达叫道："招弟。"

没有人应声。

钞义达又叫道："候小。"

候小说："我在这里。"

钞义达问："看见招弟了没有？"

候小说："没有。"

一阵狂风袭来，钞义达也摔倒了。

狂风大作，风沙弥漫。

钞义达滚到了沙渠里。

钞义达摸索着往上爬，风沙迎面而来。上面溜下来的沙子涌埋住了他的腿，他努力从沙子里往出拔腿。

候小抱住头，弓身伏在沙丘上。

招弟躺在沙渠里，沙子不断地往身上涌，招弟不停地往开抖沙子。

风沙渐渐小了，四周一片漆黑。

钞义达站起来，灰头土脸。

钞义达叫道："招弟。"

招弟应声道："我在这边。"

钞义达向招弟走去。

招弟向钞义达走来。

二人会合后，钞义达问："候小呢？"

招弟说："没有看到他。"

钞义达高声叫道："候小。"

没有回应。

沙漠里万籁俱寂。

招弟问："骡马在哪个方向？"

钞义达说："不晓得。快找候小。"

钞义达和招弟爬上了沙丘。

招弟叫道："候小。"

候小答应道："我在这里。"

钞义达问："你看到骡马了没有？"

候小说："我就在骡马身边。"

钞义达问："有没有骡马跑散了？"

候小说："没有。"

钞义达和招弟向候小走去。

三人会合后，钞义达不放心地又清点了下骡马。

钞义达他们把骡子身上的货抬下来。

候小说："这鬼天气。说风就是风。"

招弟说："咱遇到风沙也不是一回两回了，没甚。"

钞义达说："还好，这风刮得时间不算长。我们睡觉吧。一片荒漠，恐怕连一只小猫小狗都不会来了。今夜能睡个放心觉。"

钞义达他们在身上铺了破被子，躺下了。

第二天早上，太阳出来了。

招弟高兴地叫道："太阳出来了，我们能认清方向了。乌鸦嘴这回没有坏事。"

候小说："那我就不是乌鸦嘴了。"

钞义达他们向西南走去。

走出了沙漠。

招弟高兴地说："我们终于走出来了。"

钞义达也笑道："走出沙漠，等于捡回了半条命。"

突然，一头骡子向前一跪，跌倒卧下了。

钞义达惊呼道："这是怎么了？"

几个人围在骡子跟前。

钞义达和候小急忙把骡子身上的货驮抬下来。

钞义达走在骡子面前，蹲下，望着骡子。

招弟试着往起扶骡子。

骡子试图往起站，但软弱无力，站不起来。

骡子望着钞义达。

钞义达抚摸着骡子，问："你这是怎么了？"

骡子两眼滚出了泪珠，接着躺倒了，头枕在地上。

候小着急地说："出了沙漠，怎么就成了这个样子。"

钞义达叫道："水。"

招弟把水递过来。

钞义达给骡子喂了口水。

骡子只喝了一口水，再不喝了。

钞义达说："这骡子病了，怎么办？"

候小说："它走不动，我们要陪着它？"

钞义达说："我们在这里歇一天。招弟，你在附近找找水源。"

骡子直挺挺地躺在了地上。

钞义达他们围着骡子，黯然神伤。

骡子躺在地上，最终还是死去了。

招弟说："我们没有工具，要埋它，都没办法埋。"

钞义达说："走吧。"

钞义达他们一步一回头，走了。

九

路越来越宽阔，房子越来越多，行人越来越密集。

钞义达他们又向前走了一段路程，看到了城墙、城门。钞义达他们站住了。这就是他们此行的目的地——凤凰城。

招弟望着凤凰城，说："这就是宁夏的凤凰城？这也不大呀。"

候小说："比榆林城还是大了一点。"

钞义达说："走吧。进城。"

钞义达他们进了凤凰城城门。

钞义达他们走在凤凰城的大街上，挨门逐户地在街面上的商铺询问货价。

钞义达他们走进思圆茶坊。

伙计走过来，问："请问客官，要什么茶叶？"

钞义达说："我们想见见你们的掌柜的。"

武掌柜走过来了。

伙计急忙说："这位就是我们的武掌柜。"

钞义达忙说："武掌柜，我们有些茶，请问贵商号要不要茶。"

武掌柜看了看钞义达，问："你们从什么地方来的？"

钞义达说："榆林。"

武掌柜说："榆林？我们过去的茶叶都是从山西贩过来的。"

钞义达说："我们的茶也是从山西买过来的。"

武掌柜说："看看茶的成色。"

钞义达拿出了茶砖。

武掌柜接过茶，看了看，又用鼻子闻了闻，问："总共有多少块茶砖？"

钞义达说："五百块。"

武掌柜："开个价吧。"

钞义达说："武掌柜给个价。"

武掌柜说:"三块茶砖半两银子。"

候小急忙说:"我们买价都不止半两银子哩,走了这么远的路程,这么个价卖给你,我们就赔了。"

武掌柜笑笑,说:"小伙子。我们是做这一行买卖的,买价多少,我们都清楚。你这茶成色不错,我给你的价也不算低。"

候小说:"那就五块茶砖二两银子吧。"

武掌柜摇摇头,说:"一口价。"

招弟高兴地说:"不少了。"

候小不满地看了一眼招弟。

钞义达说:"就按武掌柜说的价钱吧。不过,晚辈一看武掌柜就是个正经的买卖人,晚辈想与武掌柜长期做买卖。"

武掌柜说:"只要你们的货价格合理,成色好,长期做买卖也行。"

钞义达说:"那我们就把货给武掌柜送过来。"

武掌柜说:"不忙。在这兵荒马乱的年月,你们能把茶送过来,实属不易。今天武某人招待你们喝两盅。"

钞义达说:"我们把货送过来,做罢买卖,我们请武掌柜。以后我们还靠武掌柜照顾呢。"

钞义达和候小、招弟回到了骡马店客房。

候小高兴地说:"我们五百块茶砖到这里就卖了,光茶砖一项,我们就有不少银子进账了。再把丝绸卖了,我们就能赚更多银子,孙家给我们分一半,我们就发大财了。"

钞义达说:"我想回去再带些枸杞和甘草。再买一头骡子。"

招弟高兴地说:"我们终于要做大买卖了。"

十

钞义达和招弟、候小在骡马市场转溜了半天。买了一头骡子,回到了骡马店。

钞义达说:"我们的大买卖终于要开始了。明天出去买甘草、枸杞。"

招弟说:"这也太顺利了吧?我怎么觉得像做梦一样。"

候小说:"还顺利?我们死了骡子,在沙漠迷了路,遇到土匪,张天明都受伤了,还不晓得是死是活,还顺利?"

钞义达说:"以后,我们组成庞大的马队驼帮,带上保镖,土匪还敢怎么样?他们看见我们就躲开了。"

十一

钞义达和候小、招弟赶着骡子牵着马,来到了张天明养伤的村子。

张天明正在大门外溜达,看到大队大牲口进村了,走过去。

张天明看到是钞义达他们,高兴地跑过来,问:"义达哥,你们这么快就回来了?"

钞义达说:"我们货出得快。"

张天明钦佩地说:"你义达哥做事就是有气派。"

钞义达问:"你伤好了?"

张天明说:"伤口成了干疤了。"

招弟在后边朝张天明挥挥手。

钞义达说:"今天在这里住上一夜。明天启程。"

十二

孙家大院,张灯结彩,人来人往。

孙家一家人,围坐在一起,长吁短叹。

孙旺才说:"总以为有点家底,就不用受气了,没承想就受了这么大的气。"

孙刘氏只哭不说话。

十三

曹家大院，到处披挂着绸带红花，一片喜气洋洋。

人们出出进进，忙忙碌碌。亲朋好友久不见面，此时相遇，笑容满面，互相问好。看热闹的人不住地议论。

"曹家真是大气派。"

"宾客都站满了院子。"

"一壮遮百丑呀……"

曹景升和太太曹王氏站在大门外，向前张望。

一长工跑过来，对曹景升说："陈县长的轿子进村了，马上就过来。"

一顶八抬大轿从小街上走过。

八抬大轿在曹家大门前停住。

陈世英从轿子里走出来。

曹景升迎过来，双手握住陈世英的手摇动着说："陈县长光临，曹某倍感荣幸。"

陈世英连连说："恭喜恭喜啦。"

曹景升伸手说："请。"

陈世英说："请。"

曹景升和陈世英相跟着走进大门。他们身后跟着的二人，抬着一只大箱子。

陈世英倒看了一眼身后，说："贵公子喜结良缘，陈某聊表心意。"

曹景升说："万分感激，万分感激。"

总管叫道："县政府陈县长到——"

唢呐声响起，是得胜回朝的调子。

一个围观的人说："连县政府的陈县长都来了，你们看人家曹景升多大的气派。"

另一个围观的人说："是呀是呀，曹景升可把事情做大了。"

曹景升听到这些议论，得意洋洋。

曹景升和陈世英相跟着走进客厅。

二人落座后，曹王氏给二人斟上了茶水。

曹景升说："请。陈县长的到来，我们家真是蓬荜生辉啊。"

陈世英说："哪里哪里。能和曹东家这样的乡绅名士交往，也是本县长的荣耀啊。"

曹景升客气地说："高抬了，高抬了。"

陈世英说："余正结婚，本县长不在，无法前来道喜恭贺，深感抱歉。"

曹景升说："看陈县长说到哪里去了。要说对不起，也是曹某对不起陈县长，没有提前请陈县长。"

陈世英说："一样，一样。我听说贵公子的媳妇，如花似玉。曹东家以为呢？"

曹景升笑道："曹某就不评头论足了。"

两人哈哈大笑。

十四

小街上，迎亲的队伍浩浩荡荡穿过来。锣鼓喧天，鞭炮声声。

围观的人兴奋地说："来了来了。新娘来了。"

曹家大院里，人头攒动，热闹非凡。

司仪喊道："新人下轿。"

宝翠蒙着红盖头，下来了。

伴娘把宝翠引在拜天地的桌案前。

曹余成身着婚服，戴着大红花，傻乎乎地大笑不止。他的手被栓柱牵着。

司仪喊道："一拜天地。"

宝翠跪下了。

曹余成仍然站着不动。

栓柱往下按曹余成，说道："跪下。"

曹余成摔开栓柱的手，喊道："我就不跪。死了人才跪呢。我就不跪。"

曹景升的脸色大变，霍地站了起来。

围观的人惊讶地望着曹景升。

曹王氏说："好孩子，你跪下。"

曹余成问："谁死了？"

曹王氏喊道："跪下。"

曹王氏和栓柱强把曹余成按下跪在地上。

曹余成大声痛哭了。

司仪喊道："二拜高堂。"

宝翠拜了一拜。

曹余成跪着不动，哭声不断。

司仪再喊道："夫妻对拜。"

宝翠又拜了一拜。

曹余成仍然跪着不动，仍然在哭啼。

十五

钞义达他们赶着骡子进了峪口村。

钞义达说："我到孙家看看。"

张天明说："还不是想宝翠了！"

钞义达走了，候小朝着他的背影喊道：

"操心啊，宝翠是有主的人了。"

钞义达走在孙家大门前。

孙家大门紧闭，大门上贴着大红"囍"字。

钞义达愣住了。

钞义达站了一会儿，才推了推大门。

大门开了，孙家大院冷冷清清，地上到处都红纸屑和鞭炮纸屑。

钞义达痛苦而神情紧巴巴地走进孙家大院。

钞义达走到宝翠卧室门前，怔了怔，试着往开推门。

门开了。

宝翠卧室贴着大红"囍"字。

钞义达痛苦得嘴巴扭歪了，脸颊上暴起了青筋。

贵则走过来，说："是义达？我还以为是谁开宝翠的门呢。"

钞义达问："宝翠出嫁了？"

贵则点点头。

钞义达问："甚时间？"

贵则说："今天早上。"

钞义达问："地上纸屑怎么还没收拾？"

贵则说："按乡俗，这东西要等新人回门后才能收拾。"

听到钞义达的说话声，孙旺才从客厅的门里出来了。

孙旺才问："义达你们回来了？"

钞义达镇静了一下，说："回来了。"

孙旺才走过来，说："买卖怎么样？"

钞义达说："还行。"

钞义达说："我想出去走几天，回来再结账。"

孙旺才问："你刚回来就又出去走几天？有甚事？"

钞义达没吭声，痛苦地咽了下口水。

孙旺才说："有甚事，你就尽管张口。"

钞义达突然掉头走了。

孙旺才愣怔怔地望着钞义达的背影。

孙旺才恍然大悟地"噢"了一声，一惊，说道："要出乱子了。"他急忙向钞义达追去。

钞义达疾步如飞地向前走去。

孙旺才紧紧跟在钞义达身后。

孙旺才叫道："钞义达。"

钞义达听到身后孙旺才的声音，站住了。

孙旺才紧跑了几步，站在钞义达前边。

孙旺才质问道："你要做甚去？！"

钞义达没有吭声。

孙旺才说："你已是大人了，做事要讲路道。"

钞义达突然大声喊道："宝翠跳进火坑了，你们晓得不晓得？！"

孙旺才说："这也是没办法的办法。"

钞义达喊道："怎么能没有办法？我如今就有办法。我要让曹家今天出几条人命，让他们的红事变成白事！"

钞义达说罢，又急急地向前走去。

孙旺才想了想，急忙跑在钞义达前面，又拦住他。

孙旺才说："义达，你要报仇，也不能这么冲动。你今天弄出人命来，我们一家人怎么办？宝翠怎么办？你这么精明的一个人，怎么就不想明白再行事？"

钞义达吼道："我不精明，我就是糊涂蛋。"钞义达拨开孙旺才，又向前走去。

孙旺才大声吼道："钞义达，你听不听话？"

钞义达愣了一下。

孙旺才很少这般吼人。

孙旺才说道："我借给你钱，扶持你赶牲灵、做大买卖，可你就不能为我们一家人想一想？你今天弄出人命来，是不是把我们一家人坑害了？宝翠对你好，也是觉得你是个仗义的人。可她一辈子办一回的喜事你都要往烂搅。你不给我面子也行，可连宝翠的面子也不给了？"

钞义达不服气地说："宝翠都跳进火坑了，还说甚面子！"

孙旺才说："只要宝翠愿意让你在她的婚事出个乱子，你就尽管往木头峪扑。宝翠没说话，你就不能胡来。"

钞义达吼道："宝翠跳进火坑啦！"说着，钞义达两眼流出了泪水，哭叫道："我们钞家的人祖祖辈辈都是好汉呀。"

钞义达一屁股坐在了地上。

孙旺才说："好汉要把事做好才是好汉。你今天闯下乱子，会坑害多少人，你想过没有？"

钞义达突然狂叫道："新仇旧恨堵在了心上，老子一定要报仇！"

孙旺才说："走，回吧。"

钞义达说："你回去吧。我在这里散散心。"

孙旺才不相信地望着钞义达。

钞义达说："你放心吧，我不闹腾了。"

钞义达说着，躺在了地上。

十六

木头峪对面的山坡上，有一个人影在走动。

这个人影是钞义达。

钞义达伤感地望着山下的木头峪，往事又一幕幕地在眼前呈现——

小宝翠走出窑洞，脚一拐一跛，身子摇摇晃晃。

站在大门边的小钞义达看见小宝翠，吃了一惊，跑过来，问："宝翠，你怎么了？脚崴了？"

小宝翠没有说话，两眼流出了泪水。

小钞义达问："你怎么了？"

小宝翠的身子摇了摇，小钞义达急忙上前扶住了宝翠。

小钞义达问："你这到底是怎么了？"

小宝翠指着黄河滩说："到那边说吧。"

小钞义达扶着宝翠，走进黄河滩。

小宝翠说："我妈给我把脚缠住了。"

小钞义达着急地问："你把脚缠住了，不上私塾了？"

小宝翠说："我大不让上了。"

小钞义达说："你大真糊涂。你把脚缠住了，不就成了小脚女人？这怎么能行。你以后成了小脚女人，就跑不动了。"

小宝翠说："我大说了，女人就不能乱跑。"

小钞义达说："你也不想跑动了吗？"

小宝翠两眼又流出了泪水，说："想。可他们硬要给我缠脚。"

小钞义达问："你大那么疼爱你，他就舍得让你受一辈子的苦？"

小宝翠说："他说缠脚是为了我好。只有把脚缠小了，才能找到好婆家。"

小钞义达沉默了。

小宝翠说："义达哥，我脚疼，你给我把缠脚布解开。"

小钞义达突然兴奋地叫道："对，他们给你往住缠脚，我给你往开放脚。"

小宝翠把脚伸过来。

小钞义达把宝翠脚上的缠脚布一层层地解开。小宝翠的两只脚露了出来。那两只脚白中发红。

小钞义达按了下宝翠的脚。

小宝翠吸了一口气，说："疼死了。"

小钞义达问："不摸疼不疼？"

小宝翠点点头，说："不摸就不疼了。"

小钞义达："以后你坚决不能再缠脚了。能舒服不让人舒服，硬让人受罪，这叫甚事情。"

小宝翠忧伤地说："我抵抗不过他们。"

小钞义达胸有成竹地说："我给你想办法。"

小宝翠望着钞义达，说："那你快想办法呀。"

小钞义达思谋了一会儿，说："你妈把脚给你缠住，你偷偷地放松。每天你走路，在他们面前装着脚很疼的样子。"

小宝翠问："他们要是发现了怎么办？"

小钞义达说："他们发现了，咱们再想办法。反正我们要想尽办法，对付他们。"

又一个早晨,小宝翠起来,仍然是一瘸一拐的样子。

小宝翠走出大门,向黄河滩走去。

小钞义达站在黄河滩。

小宝翠走到小钞义达身边。

小钞义达问:"怎么样?"

小宝翠得意地说:"他们没有看出来。"

小钞义达说:"那就好。"

长大了的钞义达和长大了的宝翠在黄河滩奔跑。

钞义达说:"你跑得真快。"

宝翠说:"是你给我赠了这副大脚片子。"

"我给你赠了副大脚片子你怎么感谢我?"

宝翠说:"我跟上你闯天下。"

钞义达说:"你不许反悔哟。"

宝翠说:"不反悔。"

宝翠说着大声笑了。

十七

宝翠在伴娘的引导下,进了洞房。

曹余成也被母亲曹王氏牵着手进了洞房。

曹王氏向曹余成耳语,问:"记住了吗?"

曹余成兴奋地说:"记住了,记住了。脱她的衣服,抱住她睡,还要晃。"

曹王氏说:"记住就对了,不要说。"

曹余成被曹王氏推进了门。

宝翠没有脱衣服，和衣躺下了。

曹余成扑过来，趴在了宝翠的身上。

宝翠一把把曹余成推开了。

曹余成放声大哭。

曹余成哭道："你不让我晃，我要给我妈说。"

外面听门的人忍不住大声笑了。

宝翠把床上的被褥全部扔在了地上，随后放声大哭。

十八

钞义达趴在墙头上，注视着院子里的动向。

新房外有几个人听门。

曹王氏走过来，听门的人一哄而散。

曹王氏走进新房，看到地上乱七八糟，到处都是衣服鞋袜。

曹王氏喊道："大喜的日子，都哭什么哭哩？！"

曹余成哭着说："她不让我晃。"

曹王氏说："宝翠，嫁鸡随鸡，嫁狗随狗。他不管做甚，你都要迎合，不能躲闪，你连这一点都不懂？没教养！"

宝翠哭喊道："我就没教养。你们有教养就教养出连牲口不如的人？！"

曹景升进门了，阴冷冷地质问道："你说甚？！"

宝翠声嘶力竭地喊道："我说你们有一个连牲口不如的儿子。不是吗？！不是吗？！不是吗？！"

宝翠又大声痛哭了。

曹景升没有吭声，坐在椅子上，开始吸水烟。

曹王氏收拾地上的东西。

曹景升摆手制止。

钞义达仍然趴在墙头上，痛苦地盯视着曹家洞房。

宝翠的哭声渐渐地小了。

曹景升愤愤地说："你想哭就哭，想闹就闹，想死就死，想活就活，我一概不害怕。"

曹景升说罢，给曹王氏眨了眨眼，两人站起出去了。

他们出了门，又在门边听了一会儿。

里边的曹余成呼呼大睡，宝翠却还在嘤嘤啼哭。

夜深人静。

宝翠在窑洞里哭泣的时候，钞义达在曹家大院周围徘徊。

孙旺才拦住了钞义达后，回到了峪口的家里，心烦，睡不着觉。半夜，孙旺才不放心，到旧窑洞看了一次。钞义达没有回来，他感到不妙，又急急地出了村口，向木头峪走去。

钞义达从黄河沿岸的路上踽踽地走上来，与孙旺才相遇了。

第十章

一

曹景升和曹王氏都坐在太师椅上，细细地品茶。

宝翠走进来，垂首静立。

曹王氏说："今天就要回门了，路上你要多加小心，让栓柱把余成的手牵牢，操心余成乱跑。到了你娘家，栓柱是下人，不和你们一起吃饭，你也要招呼余成吃饭，不招呼他吃正饭，他就会到处乱找东西吃。"

宝翠"嗯"了一声。

曹景升说："余成就这么个样子，也难为你了。不过，咱们把话说到前头：只要你和余成好好地过日子，我们的一半家产首先分给你。另一半家产，我们两口子死了，你们弟兄两家平分。"

宝翠低头无语。

吃过早饭，宝翠就动身回娘家。这是约定俗成的回娘家日期，曹余成也要跟着回来。

黄河畔上，栓柱牵着曹余成的手，宝翠跟在后边。

曹余成要挣脱栓柱的手，不停地说："我要耍水水，我要耍水水……"

二

曾经生活在孙家大院的宝翠，已经是木头峪人了，孙家大院只是她的故居。钞义达望着孙家大院，满腹惆怅。他无法接受宝翠出嫁的现实，可又能怎么样呢？

钞义达在孙家大院周围走动徘徊。

他知道，今天是宝翠回门的日子，他要看看已是别人新娘的宝翠。

宝翠走在前边，栓柱牵着曹余成的手跟在后边。

到了孙家大院大门前，宝翠突然看到了远处的钞义达，她不由得停下了脚步，接着头昏目眩，身子摇晃了几下，摔倒了。

钞义达一惊，跑过来了。

栓柱惊叫道："二太太。"

栓柱手脚无措，不敢动宝翠。

曹余成兴奋地叫道："睡了，睡了。"

钞义达跑到宝翠身边，蹲下扶起宝翠。

孙旺才和孙刘氏听到喊叫，也跑出了大门。

宝翠睁开了眼睛，首先看到了钞义达，她挣脱钞义达，想往起站，却站不起来。

孙旺才急忙蹲下身子往起扶宝翠。

宝翠虚弱地说："我没事，一夜没合眼，头晕了。"

孙刘氏说："快进家躺一躺。"

孙旺才对钞义达说："你走吧。"

宝翠用目光示意钞义达离开。

钞义达沮丧地离开了。

钞义达走出村口，一路狂奔，来到黄河滩上。他疯狂地捡起石头，摔掉，再捡起石头，再摔掉。

突然，钞义达躺倒在河滩上，呜呜咽咽地号啕大哭了。

钞义达吼道："老天爷，我的女人受苦受罪，我怎么就说不上一句话？"

大地空旷。

黄河水滔滔。

三

宝翠张开眼睛时，看到嫂子坐在炕楞上，凝视着她。哥哥站在身边，也在关切地注视着她。她往起坐，嫂子按住了她的肩头，说：

"好好躺着。"

宝翠说："我没事。"

宝翠坐起来了。

孙旺才转身坐在椅子上。

宝翠说："哥，嫂子，我昏睡过去时，梦见了咱大咱妈了。"说话时，宝翠两眼流出了泪水。

孙旺才说："你身子好些后，给大和妈上上坟吧。"

宝翠说："如今好多了。我这就去。"

孙旺才说："咱们一起去。"

宝翠说："我一个人也能去。"

孙旺才说："你过门了，就不一样了。按咱们这里的说法，女子嫁出去了，回来上坟就要我们引路，没有孙家的人引路，地下的亲人不认。"

宝翠一怔，说："我记得这个乡俗是给外人规定的。"

孙旺才说："女子嫁出去了，就是女香外客。"

宝翠的眼泪再次流出了眼眶。

四

坟墓前，孙家兄妹二人磕拜祭奠。

烧过纸，孙旺才对宝翠说："走吧。"

宝翠说："你们先回去吧，我一个人在这里陪陪两位老人。"

孙旺才说："你一个人在坟上，我们不放心。"

宝翠说："有甚不放心的？要是想寻死，我早就死了。你们走吧，我就想坐在这里。"

孙旺才说："我是怕你再让土匪撞上了。"

宝翠说："哪有那么多的土匪。"

孙旺才说："宝翠，有甚想不开的，你回来跟哥说。过一个时辰你不回来，哥会上来找你的。"

孙旺才走了。

宝翠一人呆呆地跪坐在坟墓前。

远处，有一个人望着宝翠。

钞义达静静地站在宝翠身后。

宝翠掉过头。

钞义达蹲下身子。

宝翠靠在钞义达的怀里。

宝翠说："在父母的坟上，山风很大，天空连一只雀雀鸟鸟都没有。我正在想，你也许会来到我身边的，你就来了。"

钞义达说："我一直在那边望着你们。"

宝翠说："在我最痛苦的时候，我谁都不想见，就想看到你。"

钞义达说："我的女人受苦受罪，我不能扶一扶，不能说一句安慰的话，我的心里比刀子剜都难受。"

宝翠两眼流出了泪水。

钞义达和宝翠相拥在一起。

宝翠说："这回回门能住八天。以后就不会住这么长时间了。"

钞义达说："不要回去了，跟我走吧。我们到外边闹红去。"

宝翠问："女人家也能闹红？"

钞义达说："能。上回有个女子在你们家找过我，她就是闹红的女子。"

宝翠说："噢，我听我哥说过。我还以为那女子是你的相好的，一直没问你。"

钞义达说："有你在心中，谁还配得上跟我相好。"

宝翠笑道："你把自己看得太高了。"

钞义达说："我是把你看高了。行不，跟我一起走吧。"

宝翠说："我走了，把孙家的名声坏了，我哥也不得安宁。曹家是远近有名的霸道人家。"

钞义达说:"这样吧,你假装着跳了黄河,他们就不会找你们孙家的麻烦了。"

宝翠说:"哪有不透风的墙。跟上你们闹红,时间一长,人家都晓得了。"

钞义达说:"那你不要闹红了,我把你藏起来。"

宝翠说:"让我想想。"

五

钞义达在榆林街道找了大半天,才在一个小巷口找到了古唐书店。古唐书店非常破旧,也不大,仅有一间门面。钞义达走了进去。

乔子奇正在收拾书籍。

乔子奇看到钞义达,笑着说:"你终于来了。"

钞义达笑了笑,随即又伤感地说:"我成了多余的人,人家也没甚忙可让我帮了。我想跟你们一起干了。"

乔子奇说:"陕北特委的负责同志就在葭县一带活动。目前你不要离开葭县。只要自己没暴露,就不要离开原地方。用得着你的时候,我们会派人与你联络的。"

钞义达说:"我还想带一个人过来。"

乔子奇说:"只要可靠,带十个人过来都行,越多越好。"

钞义达问:"你们有没有王靖宇的消息?"

乔子奇望了一眼钞义达,口气沉沉地说:"王靖宇同志被反动派杀害了。"

钞义达惊叫了一声,大声问道:"哪个反动派杀了王靖宇?"

乔子奇沉默了一会儿,说:"只要是反动派,就都是我们的敌人,不要问是哪个反动派了。"

六

月明星稀。

钞义达悄没声息地走到曹家大院墙角下，蹬踏着墙角爬上墙，跳进院子。

钞义达躲躲闪闪，轻手轻脚地走到宝翠住处的门边。他用手指蘸湿窗纸，捅开窗户纸，闭住一只眼，向里瞧。

宝翠坐在灯下纳鞋底。

曹余成呼呼大睡。

钞义达轻轻叫道："宝翠。"

宝翠一怔，侧耳细听。

钞义达又轻轻地说："我是钞义达，我有话要对你说。"

宝翠急忙下了炕，走到门窗边，说："你快走，操心让人看见了。他们看我看得可紧啦。你先走，我想办法溜出来，在黄河边的那块大石头前见面。"

钞义达说了一声"好"，迅速离开了曹家大院侧院，然后翻墙出去了。

钞义达来到黄河边，徘徊起来。

宝翠急急地向黄河岸边走来。

钞义达躲在了大石头后边。

宝翠到了大石头边，轻轻地叫道："义达。"

钞义达不吭声。

宝翠在石头后寻找起来。

钞义达突然从背后抱住了宝翠。

宝翠吓了一跳，说："怕死人了。"

两人忘情地拥抱起来。

两人忘情地接吻起来……

钞义达和宝翠搂抱住，坐在石头后的土滩上。

宝翠说："我该回去了。你不能再来了。让他们看见了，我们就没命了。"

钞义达说："我给你说一声，原先我想出去闹红去，如今不走了，就到葭县闹红。"

宝翠说："只要你不离开葭县，我们还能见上面。"

钞义达沮丧地说："我们见面太难了。"

宝翠说："见面难是难，总是有机会的。你走了，就没有机会了。"

宝翠伏在了钞义达肩上。

远处的木头峪村的路口上，有几个人影伴着几盏马灯在移动。

伏在钞义达肩上痛哭的宝翠，偶尔向前边一瞥，瞥见了灯光下的人影。

宝翠说："坏了。他们在找我。"

钞义达说了一声"不管"，搂紧了宝翠，两个人滚在了地上。

钞义达和宝翠分开后，他来到了曹景升家祖坟地里，借着月光，看清了曹家的墓碑。为解心头之恨，打砸了曹家的祖坟。他几天前就踩点找到了曹家的祖坟。

七

曹家的客厅里，曹景升和曹王氏分别坐在两边的太师椅上，宝翠站立在对面，栓柱拖着曹余成的手，站在宝翠身后。

曹景升质问道："说，黑天半夜，你跑出去做甚哩？"

宝翠没有吭声。

曹余成不住地说："我要睡觉。我要睡觉。"

人们没有理睬曹余成。

曹景升问："你说话呀。"

宝翠说："不想说。"

曹景升厉声说道："你要是做出不三不四的事情，我饶不了你。"

宝翠说："本来你就没有饶过我。"

曹景升叹口气，和蔼地说："宝翠呀，你有甚难事就给我说。不要怕，我给你撑后腰。从今天开始，我每月给你十两银子，你想备办甚就备办甚。你好好过日子，我们不会亏待你的。你过去睡吧。"

宝翠一声没吭地走了。

曹景升说："从明天开始，要派人把老二家的看牢点，操心她做了伤风败俗的事。"

八

曹家祖坟一片狼藉，几幢墓碑被砸断了，供烧纸的扑散床也一一砸碎了。

曹景升和曹余正看着墓地，都气得脸红脖子粗，说不出话来。

羞辱了祖先，羞辱了自己，真是奇耻大辱。打砸祖坟，这是欺祖灭族的行径，这得有多大仇恨啊。曹景升越看越气，头脑昏晕，身子直摇晃。

曹余正赶紧把父亲扶住。

曹景升怒喊道："谁干的这种丧天良的事，我饶不了谁。"

曹余正说："说不定就是那个钞义达干的。"

曹景升说："把祸害留下了。"

曹余正发誓道："我迟早要把他灭了。"

曹景升说："我这个好人当到头了。再有灭他的机会，我不会吭一声。"

九

钞义达原想买更多的骡子，运送更多的货物，实现自己成立马帮驼队的愿望，事实是葭县周围就没有那么多的进出货物。以前的几头骡子，还经常空着身子跟他们走。白养骡子不划算，所以，他决定卖掉一头骡子。即使一人一头骡子，他们也是十天八天才能等到几驮子货。

木头峪曹家商号有四驮子货往出送，两驮子往定边送，两驮子是榆林的货。

张天明首先报名走榆林，依然是他和招弟走一路。

钞义达对张天明和招弟说："你们到了榆林，送下货就往回走。我和候小走定边，比你们的路程远，迟回来几天。"

张天明说："到了榆林，我还要找茵茵去。"

张天明迫不及待地催促着招弟，很快出发了，钞义达却没立即走，推迟了两天。孙刘氏生了个大胖小子，孙家全家人高兴得不得了，曹家的人也带着重礼上门道贺来了。钞义达原以为宝翠会回来的，可是宝翠没有回来。参加罢孙家的满月喜宴，他才和候小动身走了西口。

十

张天明站在榆林女子师范学校大门前。

有人走出了大门，张天明就问："你认识茵茵不认识？"

被问话的人说："不认识。"

从早晨太阳升起，到后晌日已西斜，张天明不知问了多少人，没有人说认识茵茵。

张天明声音嘶哑，还在不停地问。

招弟找来了。

招弟说："你都在榆林多待了两天了。你再不回去，我一人回去了。"

张天明沮丧地跟着招弟走了。

十一

秋天的正午，烈日炎炎，所以老百姓会说秋晒如刀刮。

钞义达和候小赶着骡子走在路上。又晒又熬累，候小向钞义达建议歇一歇。

钞义达说："那就歇一歇。"

两人坐下了。

候小拿出皮囊，挤了挤，扔在了一边，说："没有水了。"

钞义达拿出自己的皮囊，看了看，说："我这里还有一点。"

候小拿起钞义达的皮囊，把里边的水全喝光了。

候小给钞义达递皮囊时，说："全喝光了。"

钞义达说："没事。"

候小说："怎么这里就连一条河都遇不上？"

钞义达说："这地方自古就缺水。"

候小说："我们怎么就活得这么难？！"

十二

骡马店的客房，阴暗而潮湿，霉腐味浓烈，实在不是居住的好地方，连睡在院子里都不如。可张天明不管不顾，面前放着酒罐和瓷碗，悠然地自斟自饮。

招弟在一边收拾鞍具，问："一个人，你喝甚酒？！"

张天明没有说话，继续喝酒。

招弟把收拾好的鞍具抱出了门。

张天明说："弟兄，把我的鞍具也收拾一下。"

招弟说："你不喝那酒，我就替你收拾。"

招弟把鞍具抱出去，放在院子里，回来了。

张天明说："就因为我要喝酒，才让你给我收拾行头的呀。你不喝，也不让我喝。我偏不听你的。我还要多喝，把这一罐酒全喝完。"

招弟说："一罐酒有二斤多。你不想活了，就把这一罐酒全喝了。"

张天明赌气地说："我就不想活了，就不想活了。"

张天明又给自己斟了满满的一碗酒，一饮而尽，还不停地说："我就喝，我就喝。"

223

招弟见张天明喝醉了，走上前，把酒罐抢过来。张天明扑过来抢酒罐，招弟闪过了。张天明又一扑，从炕楞上掉下来了。

招弟急忙放下酒罐，去扶张天明，然后把张天明搂在怀里，直叫唤："天明，天明。你这是怎么了？"

张天明软绵绵的，两眼流出了泪水。

招弟问："天明，你不碍事吧？"

张天明声嘶力竭地喊道："茵茵——我的茵茵——你在哪里？"

第二天清晨，张天明和招弟起来了，开始检查货驮。

张天明慢腾腾的。

招弟说："你把动作放快点。"

张天明走到招弟跟前，说："招弟老兄，咱能不能再在榆林住一天？"

招弟眼一瞪，喊道："不行。你这人还有没有路道？这成甚事了！"

张天明讨好地说："招弟，我给你说，这是我最后一回找茵茵了。这回来榆林找不到茵茵，我再也不找了。求你老兄就开一开恩。"

招弟没有吭声。

张天明说："咱们弟兄了一回，你就再和我住一天吧。"

招弟反问道："要是我不住呢？"

张天明说："那你一个人回去。我不走了，就在榆林找茵茵，直到找到茵茵为止。"

招弟说："好，我再给你一天的时间，你可要说话算数呀。"

张天明高兴地说："这才像个好弟兄。"仿佛他已经找到了茵茵。

张天明又一次来到榆林女子师范学校大门前。

大门里出来一个年轻女子。

张天明走上前，问道："请问小姐，你认识茵茵不认识？"

年轻女子看了一眼招弟，问："茵茵姓甚？还是就叫茵茵？"

张天明忙说："姓王，横山人，对了，是个女的。"

年轻女子说："我有个同学叫王茵，是横山人，不晓得是不是你说的茵茵。"

张天明紧张地问:"她长得漂亮吗?"

年轻女子说:"漂亮。"

张天明问:"她个子有多高?"

年轻女子说:"中等个。"

张天明说:"你说的王茵可能就是茵茵。她大概到学校改了名。你能不能引我见一见她?"

年轻女子说:"王茵不念书了。"

张天明说:"她怎么就不念书了?我在她家找过她,她不在家呀。"

年轻女子说:"她好像参加了甚组织,很神秘。不过,前两天我还见过她。"

张天明紧张地问:"她在甚地方?"

年轻女子说:"在米粮市跟前的一院房子前。我看见她从那个大门出来了,和她打招呼,她走在我跟前,也没让我进她的房子,说她有急事,就走了。看样子她挺着急的。"

张天明说:"小姐,你引我见见她。"

年轻女子警觉地问:"你是她甚人?"

张天明说:"我是她的兄弟。"

年轻女子说:"听口音你不是横山人呀。"

张天明说:"我们是姑舅兄妹。我唱的歌好听,她说我是个艺术家。"

年轻女子说:"好吧。"

张天明和年轻女子一起来到米粮市,走到一院四合院大门跟前。

年轻女子说:"她就是从这里出来的。你看看,如果大门没有上锁,她可能就在房子里。"

张天明敲响了大门。

大门开了,两个男子出来,双手扭住了张天明,将他扯进大门里。

张天明惊恐地向后一看,质问道:"怎么回事?"

大门又出来两个男子。

年轻女子转身想跑,后边走出房子的两个男子追住了她。

那两个男子拿着枪，押着年轻女子，来到张天明跟前。

四个男子押着张天明和年轻女子走进了房间。

四个男子是榆林的特务，他们通过审查那位引路女子和张天明，又与招弟进行了对质，确认张天明的叙述是事实，张天明和年轻女子没有任何"通共"嫌疑。所以，当天就先后放了他们。

张天明和招弟走出了那家四合院的大门。

招弟抱怨道："你说你，多住了一天，就给咱弄出了这么大的麻烦。"

大门对面，有几个人望着从大门出来的张天明和招弟。

张天明走到那几个人跟前，问："这里出了甚事？"

中年男人反问道："你们从这里出来，还不晓得出了甚事？"

张天明说："不晓得。我来这里找人，就被他们捉住了。他们拷问过我，也不说甚事，就把我放了。"

中年男人说："这里是共产党的窝藏点，今天让特务发现了。"

张天明问："这里的人让特务捉住了没有？"

中年男人说："没有。他们今天来，人家昨天就跑掉了。"

张天明问："这里住的人有没有一个女的？"

中年男人摇摇头。

招弟说："你就不要问了，咱们赶快回去，马上动身回家。"

张天明说："我想问清茵茵是不是被他们捉住了。"

招弟说："你再不敢胡言乱语了。你再出了乱子，我就不管你了。"

张天明还要去找先放出去的那个给他引路的女子，被招弟制止住了。

招弟狠狠地说："你不只给我找麻烦，让人家好端端的一个女子，也跟着你受牵连。"

张天明觉得招弟说得有道理，就乖乖地跟着招弟回到了骡马店。

二人回到骡马店，立即收拾行李，赶着骡子，出城了。

出城不久，天就黑了。

在山路上，张天明摔了一跤。

张天明站起来，叫道："这黑天洞地的，怎么走啊。"

招弟恨恨地说："就这么走，还能怎么走？！你要是再不走，那些特务回过头来再找你，有你好果子吃！"

十三

钞义达和候小赶着骡子，走在定边街道上。

看到一家骡马店，钞义达说："天黑了，咱们随便住一家骡马店吧。"

候小说："行。"

钞义达和候小赶着骡子走进了骡马店。

店主问："客官，住店？"

钞义达说："一黑夜多少钱？"

店主说："吃饭钱顶店钱。吃米的住地下，吃面的住炕上。"

钞义达愣住了。

钞义达问："这是你们的店规？"

店主说："是的。"

钞义达沉下了脸，没吭声。

店主问："你们吃甚？"

钞义达说："我想一想。"

店主不高兴地说："想甚想。"

店主走后，钞义达问院子里的几个客人："我们常到定边住骡马店，还没有遇到这种骡马店。你们呢？"

一个客人说："这家骡马店向来就是这么个店规。这店位置好，也不愁没人住。"

钞义达说："这种店规太不尊重人了。"

客人说："住店的人都是过路住一半夜，也不想要谁尊重，反正就是睡一夜。"

又一个客人说："这店规就是不行。按吃好饭歪饭睡炕上地下，总让人觉得不舒服。"

钞义达说："咱们就让店主改一改这店规。"

店主走过来，没好气地说："你在这里瞎说甚！不住就走人，谁也没有强留你。"店主说罢又走了。

候小说："走，到咱们常住的那两家骡马店去住。"

客人说："定边的那两家骡马店前两天都遭了火灾，这是唯一的一家骡马店了。"

店主再次来到钞义达身边时，钞义达说："候小，你吃甚报甚，我等一会儿。"

候小看了一眼钞义达，说："我吃米。"

店主向里喊了一声："又一个吃米的。"

店主问钞义达："你报甚？"

钞义达说："一份米一份面。"

店主看了一眼钞义达，走了。

候小问："你怎么报了两份？"

钞义达低声说："不许你再对我说一句话，听清了吗？只看不说话。"

过了一会儿，店主喊道："吃饭。"

钞义达走进厨房，端了两份饭。

钞义达自己吃了一份米饭，给骡子喂了一份面。

候小看到了，着急地问："面这么贵重的东西，你怎么给骡子吃了？"

钞义达气恼地说："有没有脑子？不许你说话。"

吃过饭，钞义达拉着骡子，要进客房的门。

客人们纷纷说："你怎么把骡子往客房拉？"

钞义达说："我这骡子是出了店钱的。"

店主听到吵闹声，跑过来了。

店主问道："怎么回事？"

钞义达说："我这骡子吃了面，要往炕上睡。我吃了米，睡在地下。"

店主说："骡子怎么能睡在人睡的地方？"

钞义达问："你不是说吃米的住地下，吃面的住炕上吗？我这骡子就是吃了面的。你不信，你看看骡子嘴上有些甚。"

骡子嘴上糊着面糊。

店主说："吃面吃米睡的地方，是指人，不是指牲口。"

钞义达说："你又没有说明，是人还是牲口吃米吃面睡甚地方。"

店主说："在客房里睡觉都是人睡，哪有牲口睡在客房的道理！"

钞义达说："我们睡觉都在炕上睡，也没有出了店钱睡在地上的道理。"

店主说："我看你今天是专门找事哩。"

钞义达说："我没有找事。你不服气，咱到县政府说理去。"

店主说："去就去。我是本乡田地人，还怕你不成？"

客人说："算了，这么屁大的一点事，还打什么官司。"

钞义达说："这官司打定了。这叫为我们客人往回争脸面。"

店主说："你等着吧。我找两个人跟你理论一下。"

钞义达笑道："行啊。"

店主叫了一声："二愣子。"

二愣子从马棚跑了出来。

店主说："把街道头子的张王二叫来。让他多引几个弟兄。"

二愣子跑了。

店主进了客房。

客人对钞义达说："客官，你们快走吧。他们叫地痞去了。"

钞义达说："他们就是叫天王老子我也不怕。我今天这理儿跟他讲定了。"

十四

钞义达蹲在客房门上，骡子还站在他身边。

张王二引着几个小兄弟走进了骡马店的大门。

钞义达看到这几个人，理都没有理。

张王二叫嚣道："谁在这里称好汉？"

没有应声。

店主急忙走过来，指着钞义达，说："就是门上蹲着的那个人。"

张王二气势汹汹地走过来了。

钞义达站起来。

候小走到钞义达身边，低声说："省点事。"

钞义达没有理睬候小，盯着张王二，说："弟兄，我和店家的事情，我们自己解决，不想让其他人插手。"

张王二"哈哈"一笑，说："我们既然来了，就要插手。"

张王二对一个小弟兄说："上。"

小痞子向钞义达扑来。

钞义达坦然地站着没有动。

小痞子和钞义达交手了一个回合，就被钞义达一脚踢起，落在了一边。

张王二吼道："弟兄们，一起动手，打死他。"

几个小痞子一起上来了。

钞义达左右开弓，几下子就把几个小痞子放倒了。

张王二咆哮了一声，挥舞着大砍刀，向钞义达扑来。

钞义达和张王二打了几个回合，钞义达一脚把张王二的砍刀踢在了地上。

张王二不服气，又空手和钞义达对打起来，却被钞义达一拳打倒在地。

张王二向几个小痞子喊道："都上。"

钞义达拿出一只镖，说："本人不想惹麻烦，也就不跟你们计较了。你们要是没完没了，也就休怪本人不客气了。"

钞义达说着，镖从手中飞出，击中了墙边的马灯，马灯熄灭了。

张王二几人愣住了。

钞义达说："各位客官，出了人命的事，你们可要证实今天为甚会出人命。来吧，不怕死的上来。"

张王二几人看到钞义达手中拿着镖，恐慌了。

店主急忙走过来，忙赔着笑脸对钞义达说："客官，今天是李某的不对，请手下留情。出了人命关天的事，李某也脱不了干系。"

店主走到张王二跟前，说："请张大帅回去歇息，改日李某到府上致谢。"

张王二怒气冲冲地走了。

店主对钞义达说："今天的确是李某的不对。今天客官想在甚地方歇息，就在甚地方歇息。店钱饭钱分文不收。"

钞义达说："店钱饭钱我分文不少出。睡觉我也就在地上睡。平时我们经常在野外睡觉，也没见得把人睡死了。今天睡这地下，也挺好的。"

店主说："李某向客官道歉了。"

几个客人说："店家都这样了，好汉就不要再闹腾了。得饶人处且饶人。"

钞义达说："本人今天也不是想为自己争长论短。如果从今天起，店主能把骡马店的店规改了，本人既往不咎。"

店主问："怎么改呀？"

钞义达说："从今以后，不管谁住店，只要有位置，就让人家睡炕上。炕上睡满了，再睡地下。不能再按吃米吃面的分睡地下炕上。这样区分，本来就是对客人的不尊重。"

店主忙说："是是是。"

钞义达说："当着众人的面，你要说到做到。"

店主忙说："能做到能做到。"

十五

钞义达和候小赶着牲灵，走在山路上。

远处，骑兵直奔而来，黄尘滚滚，是兵荒马乱的景象。

钞义达和候小站住了，忙闪在路一边。

马队直奔而过，后边又上来了步兵。

步兵围住了钞义达和候小。

钞义达质问道："你们要做甚？"

王连成走过来说："今天运气不错。我也能骑马了。"

王连成跟前的一士兵说："王连长，这是骡子。"

王连成说："是呀，就是骡子呀。你以为我分不清骡子和马？我是觉得说骑马比骑骡子好听。笨蛋。"

士兵说："对对对。"

士兵然后对钞义达和候小说："后生们，听好了，你们的骡子国军收走了。算你们为国军做的一点贡献。"

候小说："连长，不行呀，兵爷爷。这骡子是我们东家的。你们收走了，我们怎么向东家交代？"

王连成说："这还不好办？你们也跟我们走。我宣布：你们二人应征入伍了。"

王连成左嘴角长一颗黑痣。

钞义达愣住了，突然意识到了什么，仔细盯视着王连成。

钞义达咬牙切齿地低声说道："这个牲口原来在这里。"

候小忙问："你说甚？"

钞义达说："我在说我遇到了牲口。"

钞义达想起了众人拼凑起来的那段往事。

十六

一个排的官兵正在吃饭、喝水，吵吵嚷嚷的。

王连成和几个士兵走出大门。

小钞义达背着书包走过来。

王连成几人从钞义达身边走过时，大摇大摆。钞义达躲闪不及，和王连成碰撞了一下。

王连成眼一瞪，说："小子，你长不长眼睛？"

钞义达没吭声，只是看了一眼王连成，见王连成左嘴角长了一颗黑痣。

王连成又喊道："你小子不服气？"

士兵说："王排长，这小子还挺牛气的，教训教训他。"

王连成瞪了一眼钞义达，说："算了吧。"

钞义达低头绕开王连成走了。

钞王氏担着一担水，走在路上。

王连成和四个士兵走过来了。

王连成色眯眯地盯着钞王氏看。

王连成说："这娘儿们长得真俊。"

士兵说："排长，想弄的话，就弄她一场。"

王连成说："天天在外打仗，还真有些想女人了。"

四个士兵跟着钞王氏走在后边。

钞王氏进了自己家大门，四个士兵也跟进去了。

钞王氏看到当兵的进来了，惊叫道："我们家的男人不在。"

士兵说："那正好啊。我们的排长看上你了，你就慰劳一下排长吧。"

王连成进来了。

钞王氏感到气氛不对，惊恐地叫道："你们要做甚？"

士兵说："你把衣服脱了，让我们的排长享受一下。"

钞王氏喊道："你们出去，不出去我要喊人了。"

四个士兵一齐将钞王氏按倒了。

钞王氏拼命地喊叫。

村子里有人听到钞王氏的喊叫声，向钞王氏家奔来。

士兵走出钞家家门，看到有几个村人从大门走进来。

士兵朝天开了一枪，说："谁也不许动！"

几个村人被挡住了。

窑洞里传来钞王氏凄惨的哭叫声。

村人愤怒地盯着窑洞，却不敢往前走。

王连成出来了，对士兵甲说："你们谁想玩就玩，反正就这一回。玩完就开拔。我放哨，你进去。"

一个士兵喜滋滋地进去了。

最后，五个官兵走出了钞家院子。

几个村人跑进了钞锋杰的家门。

钞王氏目光呆滞，慢慢地扣衣服扣子。看到村人，钞王氏哭叫道："我还怎么活呀？！怎么见人呀？！"

村人们围过来劝钞王氏。

一个妇女说："你没错。是这些丧尽天良的官兵造了孽。"

当天，那些官兵整队出发，向村外走去。

钞义达和伙伴们从学堂出来，看到了走出村子的官兵。

钞义达的伙伴问："他们才住了两天，就走了？"

钞义达说："走就走吧，这是一群无恶不作的坏蛋。"

钞义达回到家里，见几个人围着母亲，忙奔过去，问："妈，你怎么了？"

钞王氏神情哀痛，只哭不说话。

那些规劝钞王氏的人走后，钞王氏将两只手镯递给钞义达，说："这对手镯是妈出嫁时，你外爷给妈陪嫁的礼物。妈再没甚好东西，就给你留下了这么对手镯。等你长大了，娶媳妇时，把手镯送给你的媳妇，就说是妈给的。"

钞义达说："妈，你留着。我娶媳妇的时候，你亲手把手镯交给我媳妇。"

钞王氏凄然地笑了笑。

天色渐明。

钞义达醒来了，看见母亲不在身边。

"妈。"钞义达穿上衣服，一边喊着，一边出了家门，从院子里寻找母亲。

突然，远处传来了惊叫声："有人上吊了。"

钞义达跑出了大门。

村前的一棵柳树上，吊着一个人。

钞义达跑过去。

钞王氏吊在了树上。

钞义达凄惨地叫道："妈——"

十七

钞义达和候小都穿上了军装。

王连成拿着本子，走过来，说："登记名字。"

王连成指着钞义达问："你，叫甚名字？"

钞义达回答："叫王长贵，和连长是一家子。"

王连成又问："甚地方人？"

钞义达说："横山波罗镇人。"

王连成怀疑地看了一眼钞义达，说："我怎么觉得你的口音不像横山口音。要详细地址。"

钞义达笑笑，说："出门在外，到处跑，我也说不上自己像甚地方口音了。我们就是波罗人。"

王连成转身问候小："你是哪里人？"

钞义达向候小眨眨眼。

候小指着钞义达说："我和他是一个村的，叫王狗则。"

王连成说："怎么叫这么个名字，给我们王家人丢人。有大名吗？"

候小说："有。不过没有人叫。大名叫、叫、叫王子大。"

王连成说："这还像个名字。"

王连成说罢就走了。

候小问："我们为甚报假名？"

钞义达说："还说你聪明，关键时候就不行了。我们准备逃跑，报上真名字真地址，万一他们到老家追咱们怎么办？"

候小问："能逃走吗？"

钞义达说："瞅机会。"

候小叹息了一声，说："真是太倒霉了。我说不跟你了，跟上你没好事，可没脑子，又跟上了你。你看，事一回比一回出得大。这回可完了，回不了家了。就是回了家，货和骡子都没有了，再怎么赶牲灵？"

钞义达说："不要说丧气话，咱们想办法逃走。"

十八

哨声响了。

王连成连连喊道："集合。集合。"

钞义达和候小一起站在队伍里。

王连成大声宣布道："前两天抓回来两个逃兵。长官有令：将逃兵就地正法。"

两个逃兵五花大绑，被几个士兵押了上来。

王连成说："你们看到了吗？看到就押下去，枪决。"

候小的脸一下子白了，额头上冒出了细密的汗珠。

两个逃兵吓得瘫软在地上了。

几个士兵拖着两个逃兵，往土堆边一掼，枪口对准了逃兵。

两声枪响后，两个逃兵栽倒了。

王连成看了两眼栽倒的逃兵，又说道："以后不管谁当了逃兵，抓回来都是就地正法。跑到家里，我们也要追回来处决，以整军纪。"

十九

王连成和全连的官兵在院子里一起吃饭。

钞义达提着枪出去了。候小也急忙跟出来。

候小问："你去哪里？"

钞义达恨恨地说："你不要跟我来。"

钞义达上了院子边的小山峁，候小跟在钞义达身后。

钞义达趴下，支起枪，瞄准院子里的王连成。

候小一把扯住钞义达，质问道："你这是在做甚？"

钞义达说："我要打死这个狗杂种。"

候小惊呆了。

候小说："你打死他，你能跑出来吗？"

钞义达说："只要打死他，我死了也不后悔。"

候小说："你不后悔，我怎么办？"

钞义达说："不关你的事。"

候小说："能不关我的事吗？我们是一起被抓来的。求求你了，义达。我家里上有老下有小，一家人全靠我哩。我不能死。"

钞义达说："不杀这个狗杂种，我睡不着觉。"

候小祈祷道："今天是白天，以后有了好的时机，你再下手。对，我帮着你找时机。我求求你了，义达哥，我的好兄弟。"

哨兵走过来，问："你们俩在这里做甚？"

候小说："人多，我们吃不上饭，就先练练瞄准。"

哨兵不信任地看看钞义达，钞义达回瞪了一眼哨兵。

候小急忙横在钞义达和哨兵中间，对哨兵说："真的呀，我们就是在练瞄准。"

王连成向这边吼道："快过来吃饭，吃罢饭开路。"

二十

钞义达和候小站在国民党军队列中。

王连成说："弟兄们，'共匪'的小股'土匪'，最近在横山一带活动，今天，我们要一举把他们拿下。开拔！"

官兵走在路上。

一对小夫妻走过来了。

王连成两眼盯着小夫妻。

那对小夫妻胆怯地绕开王连成走。

突然，王连成喊道："站住。"

小夫妻俩站住了。

王连成走到小夫妻面前，说："后生，你被征召入伍了。"

小后生哆嗦着说："我刚结婚，长官就放过我吧。"

王连成看着小媳妇说："主要看小媳妇的表现了。走，到那边跟我说话去。"

小媳妇惊慌地说："到、到那边，做甚？"

王连成流里流气地一笑，说："到了就晓得了。"

王连成转过身，朝钞义达和候小喊道："那两个，新来的，过来。"

钞义达和候小走过来了。

王连成说："我看出来了，你们两个不想当兵，想逃跑。今天，我让你们尝尝好滋味，明白当兵的好处，就再也不想逃走了。"

一对小夫妻意识到大祸临头了，跪下了。

小媳妇说："长官，求求你老人家，就放过我们吧。"

王连成说："放过你们？没那么容易。你们听话，甚都好说；不听话，我就把你们枪毙了。在这荒郊野外，让军队打死两个人，也不算什么。"

王连成突然愣住了。

钞义达的枪管自下而上地顶在了王连成的后脑勺上。

王连成结结巴巴地问："这是谁在开玩笑？"

一连的官兵都愣住了。

钞义达说："听着，弟兄们，谁都不要动；谁要是动弹，我就打死他。都退在一边。"

官兵们都退开了。

钞义达说："先让这一对小夫妻走。"

王连成说："你们走吧。"

那对小夫妻站起来，立马就跑了。

钞义达说："你们今天让我和我的弟兄走，我保证放过这个狗连长的命。我说话是算数的。你们要是不放过我们，我立马就打死他，你们中有些人也会送命的。候小，你先走吧。"

候小说："行。你怎么办？"

钞义达说："你不要管我。你先走。"

候小跑了。

钞义达说："你们看好了，看我手中的镖。"

钞义达一出右手，一只镖就飞在了一个士兵的头顶，穿破帽子，插在了士兵身后的树干上。

官兵们吃了一惊。

钞义达说："你们都向后退。"

王连成说："你们不能后退。"

钞义达说："老子是男子汉大丈夫，说好了要放你这个狗杂种，肯定会放的。你让他们退远。他们要是不退，你也就活到头了。老子嘛，说不定能跑出去。"

王连成说："你可说话要算数。"

钞义达突然吼道："老子说话从来是算数的。下回碰到你这个狗日的，老子就不会放过你了。"

王连成说："你们都退开吧。能活一天，我还想多活一天的。"

官兵们都退开了。

官兵中的一个小头目说："你要是打死我们的连长，我们的枪会把你打成肉酱的。"

钞义达说："你们往后退。"

一连的官兵集体向后退出十来丈远。

钞义达拖着王连成向后退去。

退到一个山峁上，钞义达放下步枪，把王连成腰间的手枪拔出来。

钞义达喊道："老子说话算数，今天放你走。以后迟早遇上老子，老子会结束你的狗命的。往回退。"

王连成战战兢兢地向后退去。

当王连成退到了其他官兵跟前，钞义达转身跑了。

王连成吼道："追这个狗日的，留着也是个祸害。"

官兵的枪一齐射向钞义达。

枪还没响，钞义达就翻过山峁，不见了踪影。

王连成喊道："追，不能放过这小子。"

钞义达一口气跑下山坡，钻进了山沟。

候小也在山沟里奔跑。

钞义达叫道："等等我，候小。"

候小听到钞义达的声音，站住了。

钞义达跑到候小跟前。

候小说："义达，咱们再到哪里去？骡子和货都没有了，我们回不去了。"

钞义达说："怕甚哩？不就是骡子和货吗？"

候小说："我们到包头去吧，听说那里好挣钱。"

"砰！"

枪声突然响了。

后边追上来的国军叫嚣道："他们在那里。站住。"

钞义达说："他们追来了。我们分开跑。"

钞义达和候小分开跑了。

钞义达跑上了山头。

王连成他们紧追着钞义达不放。

子弹不时在钞义达身边飞过。

二十一

王兆明和王茵等游击队员坐在山坡上。

"砰！砰！砰！"突然响起了密集的枪声。

王兆明一怔，站起来，问："哪里枪响？"

一个游击队员跑来："报告，对面山头上跑过来一个人，后边有白军在追。"

王兆明说："白军追的人，肯定是咱们的人。准备战斗。"

王兆明和王茵等游击队爬上了山头。

钞义达从对面的山头跑下了山坡。

白军向下追来。

王兆明说："打！"

游击队员一齐向对面的国军开枪了。

两个山头上的敌对双方，互相开枪射击。

钞义达跑下了山坡，从沟里绕过去了。

白军的火力很猛。

王兆明说："撤！"

王兆明和王茵等游击队员跑下了山坡。

钞义达从山沟里绕过来了。

游击队员也从山沟里往出撤。

钞义达看到游击队员，愣了一愣，站住了。

游击队员看到钞义达，举起了枪。

钞义达也举起了手中的枪。

王兆明喊道："不许动！"

游击队员举枪瞄准了钞义达。

王茵认出了钞义达，叫道："钞义达。"

王兆明愣住了。

钞义达看见了王茜，放下了枪。

王兆明问道："钞义达，你怎么穿着白军的服装？"

钞义达说："我是从白军那里逃出来的。"

王兆明说："大家把枪放下。"

游击队员把枪放下了。

王兆明和钞义达走在一起，两双手握住了。

王兆明说："看见我们，还把枪举起来了。"

钞义达说："我穿着这身衣服，你们把我当成坏人了。"

大家哈哈大笑了。

第十一章

一

满山遍野，散发着成熟的气息。山上山下，到处都有收割庄稼的人影。游击队害怕有人泄露他们的行踪，经常变换宿营的地方。宿营地，不是在沟里的石檐下，就是山里的破旧的被人遗弃的土窑洞里，环境非常差。钞义达不明白，像王茵这样原本家境优渥的女子，为甚能忍受这样的生活。而且王茵是交通员，通常不跟游击队走，往往在游击队住几天就走了，从上级获取任务后再回游击队。这个过程中，她又得寻寻觅觅，费尽周折才能找到游击队。钞义达到游击队两天后，王茵就走了，一走就是十来天。

清晨，钞义达正在山头上练武功，王茵走过来了。

王茵虽然一副疲惫的神态，可是看到钞义达练功立马有了精神，满眼是佩服的神情，不由得拍起了手。

钞义达听到掌声，停止了练功，走到王茵跟前，双手抱拳，说道："献丑了。"

王茵笑道："还真有一点江湖的味道。"

钞义达接着问："你甚时间回来的？"

王茵笑着说："还在路上，刚到就看见你了。"

钞义达惊异地问："你是走夜路回来的？"

王茵点点头。

钞义达说："你一个女子，孤身一人走夜路，不怕吗？"

王茵说："习惯了。其实也没什么可怕的。那次到莨县给曹景升和陈世英发信件，还有在街上贴告示，就是我和乔子奇两人在黑夜分头行动的。"

钞义达不由得赞叹了一声:"你真厉害。"

钞义达和王茵说着话,并着肩向一条小路走去。

王茵说:"要是你那次踏进了鬼门关,我们会后悔一辈子的。"

钞义达说:"哪有那么严重。"

王茵说:"你当时跟我们一起走了,也就不会有事了。"

钞义达说:"我当时走了,我那个弟兄肯定就没命了。"

王茵笑着说:"王兆明还在路上说你可能有相好的了,丢不下相好的。"

钞义达一怔,勉强笑了笑,无奈地说:"她已是人家的人了。"

王茵惊讶地问:"原来王兆明说的成真了?她嫁人了,所以你想开了?"

钞义达突然脸色大变,双眼圆睁,怒吼道:"想不开,永远想不开!"

王茵吓了一跳。接着,俩人都沉默了。王茵还想说"她嫁人了,你就来找我们了",可看到钞义达这副模样,不敢再多说了。

二人又默默地走了一阵子,钞义达首先开口了:"十几天前我还到榆林古唐书店找过你们。乔子奇让我不要离开葭县。"

王茵愣了一下,说:"好悬呀。"

钞义达问:"怎么啦?"

王茵说:"乔子奇刚离开,古唐书店就让特务破坏了。那个书店被特务控制了。你要是再去那个书店,就难脱身了。"

快到营房时,钞义达:"我来了有好几天了,还没有打过仗,就这么闲着,有点坐不住了。"

王茵说:"闲着是暂时的,奔波的时候,能把人累得趴下来。吃过早饭,我又要走了。"

钞义达惋惜地说:"你要走了?我还没跟他们混熟,你就走?"

王茵说:"这一带是我活动的范围,我会经常回来的。"

二

沉闷、寂静。宝翠总感到曹家大院弥漫着阴气沉沉的氛围，她只能用剪纸来打发时间。在她住的窑洞的墙壁上，贴着各式各样的剪纸。

宝翠正坐在家里的椅子上剪纸时，曹余正悄悄地走进来了。

宝翠看到曹余正，吃了一惊。

曹余正说："弟媳，咱们这里有个乡俗，想必你也是晓得的：哥哥和弟媳不能多说话。可我看着你守着这么个窝囊废，心里实在是为你不舒服。"

曹余正厌恶地看了一眼正在睡觉的曹余成。

宝翠没吭声。

曹余正说："弟媳，你以后有甚难处，就尽管说。老人们年纪都大了，总有老的一天，以后是咱们共事过日子。我会帮扶着你过好日子的。"

宝翠仍然没有吭声。

曹余正欲上前搂住宝翠。宝翠急忙闪开了。

曹余正尴尬地笑了笑，转身走了。

三

曹家一家人围坐在餐桌前吃饭。

宝翠看见肉块，突然恶心了，马上站起来，边走边干咳了几声。

曹家人愣怔怔地看着宝翠。

宝翠回到餐桌边，脸色煞白。

宝翠坐下，曹王氏压低声音问："是不是有了？"

宝翠低着头，没吭声。

夜晚，曹景升和曹王氏在雕花红木床上睡觉时，曹景升说：

"宝翠像有了。是谁的呢？"

曹王氏说："老不正经的，还能是谁的？咱儿的呗。"

曹景升不满地说："妇人见识。我怕老二不会弄那事。"

曹王氏说："猫猫狗狗鸡鸡猪猪都会，咱儿歪好也是个人，怎么不会？"

曹景升说："不行。我要问问老二。"

曹王氏说："你有脸问出口吗？"

曹景升说："他又不是正常人，怎么问不出口？"

曹景升说罢，让老伴把曹余成带过来。

曹王氏出去不一会儿，就把曹余正带过来了。

曹景升挥挥手，让老伴出去。

老伴走后，曹景升扯起曹余成的手，和蔼地问：

"老二，你黑夜跟宝翠一起睡过觉没有？"

曹余成说："睡过。"

曹景升问："你抱过宝翠没有。"

曹余成说："抱过。"

曹景升问："你在她身上趴过没有？"

曹余成说："趴过。"

曹景升问："趴上做过甚？"

曹余成说："我妈让我趴上晃，我就晃。"

曹景升问："你那下面晃出东西了没有？"

曹余成说："出来了，白糊糊。她说脏死了。她才脏死了。白白的肉
上长着一堆毛。不长毛才好看哩。"

曹景升长出了一口气，满意地笑了。

四

宝翠坐在梳妆台前，两眼盯着手中的木梳。

镜子里出现了宝翠忧伤的面容。

镜子里，宝翠的面容渐渐消失，钞义达的面容浮现出来。

宝翠两眼盯着木梳。

宝翠的耳边响起了钞义达的声音："这对手镯送给你。"

宝翠："这是你妈留给你媳妇的，我不能要。"

钞义达："你就是我心中的媳妇。"

宝翠："不，你妈心中的媳妇是跟你过日子的。"

钞义达的声音："那我留给你甚当念想？"

宝翠说："就那把梳子。梳子旧了，损了，我都会留在身边的。我会留一辈子。"

宝翠用木梳梳头。

曹王氏和一个妇女走进曹家大院。

妇女说："听说你们娶回来一个如花似玉的女子，比当年的婶子你还俊。"

曹王氏说："俊是俊，就是长了一副大脚片子，让人觉得不舒服。"

宝翠在卧室听到这里愣了愣，心想：大脚片子，是义达哥送给我一生最好的礼物。是义达哥帮我逃脱了缠脚的命运。

钞义达童稚的声音："脚不能缠。他们给你缠，你黑夜偷偷地解开。"

五

曹景升坐在太师椅上吸水烟。

曹余正走进了客厅，叫道："大。"

曹景升"唔"了一声，问："你怎么最近老往家里跑？"

曹余正说："回来看看大和妈。"

曹景升说："你有这么孝敬我们吗？你不要让我们操心我就满意了。"

曹余正说："那我回我们那边了。"

曹景升说："回家就回家，不要乱跑，免得人家笑话。"

曹余正走出客厅，来到宝翠卧室的门边，站了一会儿，怅然若失地走了。

曹余正刚走，曹景升从门里出来，走进了宝翠的卧室。

宝翠一声没吭。

曹景升不说话，来回转了几圈。

宝翠感到莫名其妙。

曹景升说："宝翠，我们以后也不按乡俗叫你余成家的了，就叫你宝翠。这样叫起来真像我们的女子，亲切。"

宝翠淡淡地说："行。"

六

清晨，宝翠洗脸梳头。

曹王氏端着一碗热气腾腾的蛋汤，走进宝翠住的窑洞。

宝翠叫了一声："妈。"

曹王氏高兴地应了一声，说："余成家的，你快趁热把这碗蛋汤喝了。"

宝翠说："以后我自己做吧，省得妈麻烦。"

曹王氏忙说："不麻烦，不麻烦。"

宝翠说："妈，这些天口味不调和，我想回娘家去。"

曹王氏说："你的身子不能多走动呀。"

宝翠说："我听人说，不活动，反倒对身子不好。"

曹王氏想了想，说："要回去也行，得跟着人照顾。"

宝翠说："行。"

第二天，宝翠就动身离开了木头峁。

宝翠行走在黄河沿岸，她身后跟着张妈。张妈年近四旬，对宝翠的照顾还是贴心贴肺的。

黄河水滔滔。黄河滩上的枣树结上了大红枣，枣树叶绿中带黄。已是深秋季节了。

宝翠进了峁口村，让张妈在娘家大门外等一下她。随后，她直接来到旧窑洞院子里。

门上挂着一把锁子。

宝翠神情恍惚地走开了。

快到张妈跟前时，张天明和招弟赶着骡子过来了。

张天明叫道："宝翠。"

宝翠问："怎么好些日子不见钞义达和候小了？"

招弟说："他们那回送货走了，再没有回来，有几十天了。"

宝翠一惊，嘴唇颤动起来。

张天明哀伤地说："两个好兄弟，说不见就不见了。我们也天天在打探着他们的消息。"

招弟说："义达和候小不回来，我们两人也太孤单了。我们早就想给你说，又怕你着急上火，就没敢说。"

宝翠问："他们不会出甚事吧？"

招弟说："我们俩人又走了一趟西口，也没听到赶牲灵的出过甚事。唉，他们俩人就这么凭空不见了。"

七

游击队队员们趴在山头上。

山下是一条窄窄的沟渠。

王兆明对钞义达说："前边的村子叫王家梁村，靖边的白军常到这里来骚扰老百姓。我们今天化装成当地的老百姓，住进村里，收拾一下白狗子。他们来的人不上十个，我们就打；超过十个人，我们就悄悄地溜出村子。"

钞义达和王兆明等十几个游击队员走进了村子，分散开来。

王连成带着几个兵，大摇大摆地进了村子。

老百姓们纷纷躲起来了。

王连成对士兵说："我还是第一次到王家梁村来。这里有好女子吗？"

士兵说："有。前几天我就看到一个。要不是她溜得快，我就逮住了。"

另一个士兵笑道："让你逮住了，连长怎么办？"

王连成和几个官兵都笑了。

王连成说："吃粮当兵，出生入死，就是图个痛快。我要不是爱在女人身上图痛快，还当这么个连长？团长都当上了。"

王连成说着自嘲地笑了。

钞义达在土墙后看到了王连成几人。

王兆明他们几个向官兵逼近了。

王连成看到了王兆明，一惊，问道："你们是甚人？"

王兆明掏出手枪，喊道："不许动。"

王连成朝王兆明开了一枪，拔脚便跑。

几个官兵四散逃跑了。

王兆明开着枪向官兵追去。

钞义达向王连成追去。

王连成跑到路上，掉头一看，钞义达追过来了。

王连成发疯似的往山上逃。

钞义达举枪瞄准了王连成。

枪声响起，王连成跌倒了。随即，他站起来，一瘸一拐地向前走去。

钞义达追过去。

王连成发现跑不了了，扔下手枪，跪倒，举起双手。

钞义达跑过来，端起了枪。

王连成惊恐地问道："小兄弟，我投降了，你还要做甚？哦，小兄弟，是你？你不认识我了吗？"王连成突然认出了钞义达。

钞义达两眼怒视着王连成，喊道："老子早就认出你了。你这个作恶多端的牲口，老子今天要你的命。老子要将你慢慢地折磨死。"

王连成祈祷道："好兄弟，你就饶了我一命吧。"

钞义达狠狠地说："老子说过，再遇到你这个狗娘养的，老子会要了你的命的。"

钞义达扣动了扳机。

枪声响起，王连成另一条腿上也挨了一枪。

王连成"妈呀"叫了一声，瘫坐地上。

王兆明跑过来，说道："义达，你不能胡来。我们不能枪杀俘虏。"

王连成瘫坐在地上，一只手搂着一只腿，"妈呀妈呀"直叫唤。

突然，钞义达怒吼道："不杀好人，怎么就不杀这种苦害良家妇女的牲口！"

钞义达又端起了枪。

王兆明一手捉住钞义达的枪，朝天一推，枪响了。

王连成有惊无险地躲过了致命的一枪。

王兆明说："关你十天禁闭。"

钞义达无疑违犯了军纪。

钞义达说："只要把这个坏种子打死，你就是打死我也行，不要说关我十天禁闭。"

王兆明问："你们有仇吗？"

钞义达突然两眼滚出了泪水，说道："我妈就是被这个牲口害死的。多少年来，我都在想，只要遇到这个牲口，我就是死十回，也要杀掉他。要不是我赶牲灵的弟兄阻拦，我早就杀死这个牲口了。"

王兆明说："我理解你的心情。不过，既然你成了一名红军战士，就要按照红军的纪律行动，不能以个人的恩怨行事。"

王连成哭叫道："我两腿都受伤了，走不动了，你们就打死我吧。"

钞义达突然转过身，一脚踢在了王连成的脸上。

王连成又是"妈呀"惨叫了一声，令人毛骨悚然。

钞义达喊道："老子不能打死你，但老子让你好活不了。"

王兆明喊道："钞义达。我要关你二十天禁闭。再敢胡来，我们从重处罚你，执行战场纪律。战场纪律，你明白吗？就是枪毙你！"

钞义达喊道："一命换一命，值！"

钞义达两眼汪起了泪水。

到了红军营地，钞义达被关在禁闭室，其他游击队员休息时，谁都没在意王连成会拖着两条受伤的腿离开营地。

王连成悄悄地爬出营地，爬到崖畔上后吼了一声："老子不活了。"

王连成滚下了崖畔。

八

王茵哼唱着信天游，走进了游击队营地。

游击队战士看到王茵，都在跟她打招呼。

王茵左看右看，在寻找什么。

王茵走进了队部。

王兆明正在擦拭手枪，看到王茵，问："你来了？又有什么新任务？"

王茵说："没有新任务。"

王茵说着跑出了队部。

王茵东瞅瞅西看看。

一游击队员问："王茵，你在找什么？"

王茵问："怎么不见钞义达的影子？"

小个子游击队员说："钞义达？他牺牲了。"

小个子游击队员说得很沉痛。

王茵一惊，望向另一游击队员。

另一个游击队员低下了头。

王茵又看看身边的游击队员。

这个游击队员也掉过了头。

王茵两眼滚出了泪珠。

突然，王茵凄惨地叫了一声："钞义达。"

王茵慢慢地瘫软在地上。

大家惊慌地呼唤着："王茵。王茵。"

王兆明跑出来，问："怎么回事。"

大家低下了头。

王兆明蹲下身子，叫道："王茵，你怎么了？"

王茵慢慢地睁开眼睛，眼眶又滚出了泪水。

王兆明问："王茵，你没事吧？"

王茵说："我要见钞义达。"

王兆明说："你先休息，然后我引你见钞义达。"

王茵说："我要一个人去看他。"

王兆明说："行。"

王茵问："他在什么地方？"

王兆明朝左边摆摆头，说："在那边的小土窑里。"

王茵突然站起来，哭叫道："我要看他去。我立马就要看他去。"

王茵发疯似的向小土窑洞跑去。

王兆明茫然地看着王茵，问道："她这是怎么了？"

几个游击队员想笑，又不敢笑。

王兆明发现游击队员表情不对劲，严厉地质问道："怎么回事？"

几个游击队员都避开了王兆明询问的目光。

王茵跑到小土窑洞前，小土窑洞门上吊着一把锁子。

王茵哭叫道："钞义达，我来看你了。"

小土窑洞传来钞义达的声音："看就看呗，还用得着哭叫？"

王茵愣住了，不由得问："你还会说话？"

钞义达反问道："我怎么能不会说话？"

王茵突然明白自己被人捉弄了，气得朝那边的人喊道："我再也不相信你们了。"

那边的人终于撑不住，哈哈大笑了。

王兆明感到莫名其妙。

九

王茵和王兆明在队部里激烈地争吵。

王茵生气了，眉毛不停地挑动，嘴上喋喋不休。

王茵说："钞义达打那个俘虏是情有可原的。"

王兆明倒是不急，反复强调："俘虏是任何人不能打的。这是纪律。"

王茵说："就算有纪律，可是你们捉弄了我，这也是放钞义达的理由。"

王兆明说："这理由不能成立，是胡搅蛮缠。"

王茵说："他长期不训练，遇到战事，就无法消灭敌人了。"

王兆明说："头脑不冷静，再有天大的本领，遇到敌人都无法消灭。一个战士，不懂得服从命令，那是最大的危险。"

王茵口气缓和了，说道："我的王队长。就算你不放他，也让我和他说说话吧。"

王兆明故意讥笑道："我终于明白了你的动机。我这回就是不能让你们见面说话。"

王茵立即说："算了。我又不是没有见过他。"

王兆明说："王茵，你听我说，我们不能感情用事。"

王茵不高兴地质问道："谁感情用事了？谁感情用事了？"

王兆明说："从钞义达来分队这些日子的表现看，我知道他是一个骁勇善战的虎将。可是他野劲十足，不整治一下他，他会犯更大的错误。他犯错误就会出大事，大事是甚？是掉脑袋的事。我这是为他好。"

王茵不高兴地说："要关人家二十天禁闭，还说为人家好。"

王兆明淡淡笑了："你王茵，怎么就这么关心钞义达？"

王茵不服气地说："是好同志就要关心。"

王茵没有说服王兆明，愤愤地走了。

王兆明望着王茵的背影，笑了。

后晌吃饭时，王茵见了王兆明，也是一脸的愤慨。直至第二天早上，王兆明才开会研究决定，放钞义达出来。

王兆明走到小土窑洞前，把门上的锁子开开，打开门，说道："出来吧，钞义达同志。"

钞义达走出来，眯着眼，看看天空。

王兆明问："不好受吧？"

钞义达说："还行，有吃有喝，还能睡大觉。"

王兆明说："按你的说法，牢房这么好，估计人人都想进。"

钞义达说："人跟人不一样。"

王兆明说："不要有情绪。有情绪，说明你思想上还没有认识。"

钞义达说："不是我没有认识，是脑子里的弯老转不过来。"

王兆明说："再关几回禁闭就转过来了。"

钞义达急忙说："千万不敢再关了，我都闷死了。"

王兆明讥笑道："你不是觉得牢房还行吗？"

钞义达突然笑道："好汉怎么能说软话。"

王兆明说："你这么个人，王茵怎么就看上了你？"

钞义达立即说："这话不敢瞎说。没那意思。"

王兆明说："你也就是个好汉。我就不明白，王茵怎么就为了你这么个人，大哭了一场，她痛哭时你也听到了。后来还和我大吵了一场。"

钞义达说："女人嘛，就是那个样子，爱哭鼻子。"

王兆明说："那她为什么不为别人哭，就为你一个人哭鼻子？"

钞义达说："那是她的事，与我无关。"

王兆明问："真的无关？"

钞义达信誓旦旦地说："真的。"

十

宝翠穿着棉服，脖子上围着围巾，腆着大肚子，坐在大门外的石墩上。宝翠东张西望，却没有看到一个人影，不久，失望地回去了。回到家里，也提不起精神，她呆坐在椅子上。年关将至，可是仍然没有钞义达的音讯。他是打游击去了，还是出了意外？他如果安好，为甚不给她捎个音讯？

栓柱走进了门。

栓柱说："我今天顺路问过峪口的人了，他们都说一直没有见钞义达和候小回来。"

宝翠叹息道："你就不要打问了。让人家晓得了，会说闲话的。"

栓柱说："二奶奶，你放心，我不会让人晓得的。"

宝翠淡淡笑道："我公公派你来照应余成的目的，是监视我的呀。"

栓柱愤愤地说："你这么好的女人，和余成这么个灰汉生活在一起，让人觉得不舒服。"

栓柱望着宝翠，眼睛流露出渴慕的神情。

宝翠看到栓柱的这种神情，低下了头。

十一

第二年的三月，宝翠满头大汗，在生孩子。

曹景升在院子里来回踱步，有些焦急。

接生婆跑出来，向在院子里焦急的曹景升报喜道："恭喜了，添喜了，曹家添男丁了。"

曹景升高兴地叫道："好，好，好。这太好了。"

窑洞里，宝翠躺在炕上，盯视着襁褓里的孩子。

孩子在宝翠眼前消失了，钞义达的面孔却出现了。

十二

张天明和招弟走到峪口大峪纸坊门前。

张天明对招弟说："咱们把骡子拴住，进去问一下孙东家，看他有没有从三边往回来驮的货。"

招弟说："估计没有。他们一般只是往出驮纸，不往回接货。"

张天明说："问一问吧，又不碍甚事。"

张天明和招弟走进了大峪纸坊。

孙旺才看到他们，走过来。

张天明问："我们给木头峪的曹家往定边送货，回来是空着回来，你们有没有往回接的货？"

孙旺才说："没有。天明，钞义达是走西口时走失的，你到了那边，一路上多打问一下，看有没有人见过钞义达和候小。"

招弟问："钞义达和候小是不是有意走的？"

孙旺才摇摇头，说："钞义达这人做不出不仗义的事。我担心出了甚事。你们到三边多住几天打问一下，回来我给你们开误工补贴。"

招弟说："看孙东家说到哪里去了。我们和义达、候小都是一路上的弟兄，找他们是我们分内的事，怎么会要孙东家的误工补贴。"

张天明说："我们一定会细心打问的。"

孙旺才说："但愿你们能带回好消息。"

十三

初夏，黄土地披上了绿装。

张天明和招弟赶着骡子走在山路上。

招弟扯着骡子的缰绳，说："看这景象，今年是个好年头。"

张天明叹息道："甚好年头。钞义达和候小说不见就不见了，我的茵茵也找不到。"

招弟没再吭声，牵着骡子，向横山城走去。

进了横山城，张天明以商量的口气问："咱们今天再住横山城？"

招弟说："你想住就住吧。四个弟兄，就剩下你我了，我还能难为你？只是我觉得店主的女子不好找。就是找上了，人家对你没心思，也是白找。"

张天明突然像记起了什么，说："我怎么就这么笨。"

招弟说："你不是很聪明吗？"

张天明说："应该给伙计说一声，让他看见茵茵回来了，给茵茵打一声招呼，就说我一直在找她。"

十四

王茵顺路回家住了两天，就又要出发了。父母恋恋不舍，劝她多住两天，可她执意要走。父母留不住，送她出大门。

王茵说："妈，我不会有事的。"

王陈氏说："到榆林有一百多里路，赶黑到不了。"

王茵说："不碍事，我可以在路歇一夜。你们不要担心。"

王宏远叹息道："能不担心吗？你在榆林念书，我们都整天放不下心。你如今……嗐，不说了，你走吧。"

王陈氏走在王茵面前，用手摸摸王茵的脸颊，两眼滚出了泪水。

王茵说："妈，我会常回来看你们的。"

王陈氏说："早晓得你走这步路，我们死活也不会让你到榆林念书去。"

王茵叫道："妈……"

王茵抱住王陈氏，也哭了起来。

王宏远泪水在眼眶里打转。

王茵放开王陈氏，转身跑了。

王宏远喊道："茵茵，大的心，永远跟着你。"

十五

张天明和候小赶着骡子走过来了。

张天明说："我好像听到有人叫茵茵，说甚跟着你。"

招弟说："我怎么就没有听到谁说甚？我看你是走火入魔了。"

张天明连连说："不是不是不是。"

突然，张天明看见了站在大门外望着王茵消失的方向的王宏远夫妇。

张天明走过去，叫道："王店主。"

王宏远看到张天明，淡淡地应了一声。

张天明有些不好意思，说："我们住店。"

王宏远只点了点头。

张天明和招弟赶着骡子先进了骡马店。

王宏远对王陈氏说："不要对张蛮婆说茵茵的事。"

王陈氏说："我晓得。"

王宏远夫妇进了骡马店。

伙计正招呼张天明和招弟从骡子身上卸货驮子。

将骡子赶进圈棚里，喂上了草料，伙计才将张天明和招弟引进客房里。

伙计说："我走了，有什么事情随时给我说。"

张天明问："你们店主的女子没有回来吧？"

伙计向外看了看，说："店主的女子前两天回来了。"

张天明两眼放光，激动地问："真的？她回来了？"

伙计说："我才看见店主两口子把女子送出了大门。你们没有看见？"

张天明着急地说："只有店主两口子，没有茵茵呀。"

伙计说："那就是他们两口子送女子走了，店主的女子不会走太远。你要是追还能追上她的。"

张天明立马下了炕，跑出了骡马店。

张天明在横山大街上跑来跑去，满头满脸的汗水。

招弟紧紧地跟在张天明身后。

张天明跑出了城，疯狂地在路上走一阵子跑一阵子。

天色暗了，张天明一屁股坐在地上，然后仰面躺倒了。身下是雪，可张天明不管不顾。

招弟追过来了，说："你张天明呀，真是疯了。"

张天明喊道："走到茵茵跟前，我都见不上茵茵。我疯了，我就疯了，我就疯了——"

十六

回来的路上，张天明顺路买了一小罐烧酒，进了骡马店，将伙计叫过来，邀请伙计和他们一起喝酒。

在喝酒时，张天明问："伙计，你晓得茵茵在做甚？在甚地方？我在榆林找过她，可怎么也找不到。"

伙计说："她回来了，也是匆匆忙忙，我们只能遇到一两面，连话都说不上。"

招弟问："你没听到人家说起过她如今上不上学？"

伙计压低声音说："我今天就给你们露个信：有人说我们店主的女子跟上人跑了，回来就没有脸见人，所以回来不怎么见人。"

张天明紧张地问："跟上甚人跑了？"

伙计说："那还用问？跟上相好的男人跑了呗。还有人说，我们店主的女子成了地下共产党员。"

张天明问："到底哪个说法准确？"

伙计喝了一杯酒，说："我也不晓得。"

十七

张天明和招弟赶着骡子走进靖边城。他们到了靖边骡马店，把货驮子抬下来，给骡子喂上草料，就出去在街上的商铺询问钞义达和候小的下落。

张天明和招弟走进安边城，也是沿着街道询问认识的商户，他们见过钞义达和候小没有。

张天明和候小到了定边城，住进了定边骡马店。

张天明说："这回出来了，咱们多住几天，到处打问一下义达他们。"

张天明和招弟在定边城打问了几天，也没有打问到钞义达和候小一丝半点的消息，他们只好踏上了返回的路。

在快到横山城的路上，招弟说："咱们一路上问了那么多人，都说前几个月没听说过有土匪拦路抢劫过人、杀过人。这就怪了。他们会到哪里去了？"

张天明说："我琢磨，他们肯定活着。他们要是遇到了土匪，受到了伤害，大路上的事，肯定能传开来。咱们这么详细地打问，也能打问出个一二三来。他们两个人有谁病了或者出大事了，那另一个人会报信的。他们就是走榆林，走沙漠，也不会出事。那趟走西口，没听说这一带刮过暴风。我现在猜想，他们还是躲起来了。只是我猜不出他们躲起来的理由。"

张天明说着，和招弟赶着骡子，走到了山口上。突然，他们感到气氛有些不同寻常，站住了。

悬崖峭壁和陡立的山坡中间，有一条平坦的大路。四周寂静无声，空无一人，连一只鸟都不曾飞过。

张天明说："这条路真好走，只是太偏背了。"

招弟说："这条路我听说过，没有走过，听说是土匪出没的地方。"

张天明倒吸了一口凉气，说："那你为甚不早说？"

招弟说："你不是说咱们往过走走一条路，往回走再走一条路？好打听义达他们的行踪？"

张天明说："我是怕咱们到这土匪出没的地方来，遇到了土匪。"

招弟说："不会的。"

张天明和招弟两人赶着骡子，轻手轻脚地走进山口，顺着大路往前走。他们谁都不敢说一句话，仿佛一句话就会招来土匪。

突然，骡子站住了。骡子不走，说明感觉到了潜在的危险。

张天明和招弟同时不由得一惊，向四周环顾。

山坡那边，有十来个汉子直奔而来。

招弟叫道："土匪。"

张天明叫了一声"妈哟"，坐在了地上。

招弟说："站起来。你越怕他们，他们就越厉害。"

张天明站起来了，脸色煞白。

土匪围了上来。

杨贵小说："把所有的钱财留下，你们走人。"

招弟说："你们没看见？这是空驮子。我们是揽工汉，没有钱。"

杨贵小说："看来你们是不想要命了。"

招弟说："命谁不想要。你想拿甚你就拿。"

土匪开始摸张天明和招弟的身子。

杨贵小说："要是我们这趟白来了，你们也就活不成了。这叫规矩。"

张天明说："我们把骡子给你们留下。"

杨贵小说："还用你说吗？"

杨贵小把手枪点在张天明的头上，说："没有钱财，你就把命也留下。"

招弟忙上前说："好汉，你要甚我们给甚。你可千万不敢开枪。"

杨贵小说："你想得倒好。我首先要了你的命。"

杨贵小提枪指向了招弟。

招弟惊慌地望着杨贵小。

一个小土匪突然说："游击队来了。"

人们都一惊，向山坡望去。

几十个人手端着枪，跑下来了。

杨贵小一挥手，说："快跑。"

土匪向山口逃去了。

几十个游击队员向土匪追去，有几个游击队员则向张天明和招弟这边走来。

王兆明问："你们是赶牲灵的？"

张天明"嗯"了一声。

王兆明说："你们是哪个地方的？"

招弟说："我们是葭县的。"

张天明不满地看了一眼招弟。

王兆明看到了张天明的神情，说："我们是来救你们的，你们尽管说实话。"

另一个游击队员说："这是我们三边游击队第三支队队长。"

王兆明说："你们真是葭县人？"

张天明和招弟两人都没有吭声。

王兆明问："我们游击队有一个小队长，他是葭县人。他追土匪去了。他来了就能听出你们的口音。"

听到人说"葭县人"三个字，张天明和招弟都愣住了。他俩同时想到了钞义达。

王兆明说着哈哈大笑了："不敢认游击队的老乡？你们走吧。以后再不要走这条路。这条路上经常有土匪出没。我们今天是意外发现了这股土匪，才过来清剿的。算你们幸运。"

张天明小心翼翼地问："我们能不能见见那个小队长？"

王兆明说："这还不容易？等一会儿，他们返回来，你们自然就看到他了。"

不一会儿，钞义达和游击队员押解着土匪走过来了。

钞义达说："土匪头子跑了，把祸害留下了。"

张天明和招弟都两眼紧盯着钞义达。

钞义达也看见了张天明和招弟。

钞义达叫道："是你们两个？真是太巧了！"

钞义达高兴地扑过来，一手拉住张天明的手，一手搭在招弟的肩上。

张天明和招弟既高兴又激动，两人都是泪水盈盈。

张天明怨怪道："走了这么长时间，你怎么连个话都不给我们捎一句。"

招弟说："我都做过好几回看见你的梦。"

王兆明说："你们还真是老乡。你们先说说话，我到那边去审问这几个土匪。"

王兆明向土匪走去。

招弟问："候小呢？你和他不在一块儿？"

钞义达说："候小和我走散了。"

张天明着急地说："他不会出事吧？"

钞义达问："他可能到了包头。你们这趟给谁家送货？"

张天明说："曹家。"

钞义达问："你们见到宝翠了吗？"

张天明说："宝翠生了个大胖小子。"

钞义达神情极为复杂地看了一眼张天明。

十八

张天明和招弟在营地住了两天，就要回去了，钞义达送他们启程。

钞义达边走边说："天明，你找到了你的茵茵没有？"

张天明叹了一口气，没有说话。

招弟说："我们来的路上，差点就遇到了。他不走运。之前为了找他那个茵茵，还差点让特务捉走了。"

钞义达问："真的？你怎么总是差点呀？"

张天明不好意思地笑了笑，说："不说她了。不过，我忘不了她。"

钞义达说："也许，你们有一天会见面的。好事多磨嘛。"

张天明说："对，我不找她了，不念叨她的名字了，说不定她就会出现在我的面前。不说她了。义达哥，你想不想宝翠姐？想的话，我们想办法让你们见上一面。"

钞义达沉默不语。

三人又走了几步。

钞义达首先站住，说："我再不能往前走了。你们回去后不要说见到了我。"

招弟问："对孙旺才东家都不要说？"

钞义达说："对谁都不要说。"

张天明也问："对宝翠都不要说？"

钞义达说："我们现在是搞武装斗争，以后随时都有转入地下活动的可能，所以组织原则是：能不暴露身份的，尽可能不要暴露。以后要是宝翠问到我，你给她说一声，不要让她告诉任何人。她不问，你们也就别说了。走吧，天不早了。"

张天明和招弟赶着骡子走了。

钞义达望着张天明和招弟渐行渐远的身影。

十九

傍晚，宝翠在大门口张望。她是在寻找张天明和招弟的身影。多少天了，她总是期待张天明和招弟带来钞义达的消息，可是每一次她都失望了。但依然不死心，天天在大门外等候张天明和招弟。

曹余正走过来了。

曹余正说："弟妹，你在看甚呢？"

宝翠说："没看甚。"

曹余正左右环顾了一下，疼爱地说："回去吧，操心身子着凉了。"

宝翠一声没吭地转身进了大门。

第二天清晨，宝翠又在大门外张望时，曹余正出来了。

曹余正走到宝翠身边。

曹余正叫道："弟妹。"

宝翠瞪了一眼曹余正。

曹余正没顾忌宝翠的眼色，说："我这回回来，怎么看见你的脸色不太好看。是不是身体不舒服？用不用到诊所看看？我在城里认识几个挺厉害的医生。"

宝翠没好气地说："身体好好的，看甚医生？！"

曹余正说："哥这不是关心你吗？"

宝翠白了曹余正一眼，进了大门。

二十

宝翠坐在炕上，神情专注地剪纸。

剪纸剪好了，是一个赶牲灵的赶着骡子。

宝翠端详了一会儿剪纸，把剪纸放在箱子里，然后坐在炕上又开始剪纸。

曹余正走进来了。

曹余正说："弟妹，听说你病了，我回来看看你。"

宝翠说："没事的。"

曹余正说："没事就好。这是我在城里给你买的一点冰糖。"

曹余正说着，把一包冰糖放在桌子上。

宝翠沉默不语。

曹余正说："你找了个窝囊废，也没有人心疼。以后有甚事，尽管说，我会像疼亲妹子一样疼爱你。"

宝翠仍然没有说话，专心致志地剪纸。

曹余正突然上前搂抱住了宝翠。

宝翠大声尖叫道："你放开我。"

曹余正惊慌地说道："你不要叫唤。"

曹余正放开了宝翠。

门突然响了一声，被推开了。

曹景升出现在门口。

曹余正愣住了，不好意思地叫道："大。"

曹景升不满地看了一眼曹余正，低声喊道："还不往开滚？"

曹余正急忙走开了。

曹景升走进了卧室。

曹余正又返回来，倾听里边说什么。

宝翠低着头没说话。

曹景升说："这世界上，要甚人有甚人，千奇百怪，你宝翠是个好女子，不要把一些事放在心上。"

宝翠怒吼道："把你们家的事放在心上，我早死了。"

曹景升心中燃起了怒火，可嘴上还连连说："那就好，那就好。"

第十二章

一

土窑洞里，王茵、王兆明、钞义达等人坐在一起开会。

王茵说："特委指示，我们在打游击消灭敌人的同时，迅速开展打土豪、斗地主、抗粮抗捐的斗争，扩大影响，扩大武装组织，提升农民参与武装斗争的积极性。"

王兆明说："什么地方的土豪地主多，我们首先就从什么地方开始行动。"

王茵说："对那些十恶不赦的土豪地主坏分子，严惩不贷；对那些普通的地主，以斗争为主。"

开完会，钞义达送王茵启程。

在山路上，王茵问："我给你的那两本书看完了没有？"

钞义达说："看完了。你甚时间再给我带两本？"

王茵说："我的同志，那书是要用银子买的。"

钞义达笑着说："我还以为是刮风逮住的。下次带来的书，我照价付款。"

王茵问："上一次呢？反正你欠了我的人情，以后要听从我的指挥。"

钞义达说："你是交通员，我们都在听你的指挥。王队长也在听你的指挥。"

王茵说："那是我代表党组织说话，你们在听党的指挥，和我自己的话两码事。"

钞义达问："你总该不会让我到你们家当长工吧？"

王茵说："你想得美。回去吧，再不要往前送了。"

钞义达站住了。

王茵迈着轻盈的步子，行走在山路上，一边走一边唱道：

> 你赶你的骡子我开我的店，
> 来来（这）回回常（哟么）见面。
> 大路边上铃子响，
> 赶牲灵的哥哥你（哟么）来了。
> 走头的骡子戴（哟噢）大铃，
> 红毛缨子三（哟么）盏灯。

二

延长县境，宜君、同官一带，红军游击队和国民党军队展开激战。

几十个游击队员站成几排。

井秀成的部队正在全面"清剿"红军游击队，红军游击队给予有力的回击。国民党军队在什么地方宿营，红军游击队就在什么地方出击。国民党军队进攻时，红军游击队就躲开来。反反复复，红军游击队的游击战术，把国民党军队拖得筋疲力尽。

夜色深沉，红军游击队第三分队在快速行进。

钞义达和王兆明走在队伍中。

天亮了，游击队爬上了一座山头。

王兆明低声说："有人报告，这里驻扎着一个排的白军，我们可以吃掉他们。"

山头上，王兆明率红军游击队与山下的国民党军队对射。

钞义达向下打了几枪，回过头，看到背后有几十个官兵上来了。

钞义达吃了一惊，爬到王兆明跟前，说："王队长，这里的敌人不是一个排，好像是一个营的兵力。我们如今是腹背受敌。"

王兆明观察了一遍，说："撤。"

钞义达说："我和刘飞胜从右边吸引敌人，你们从左边撤。这样能减少伤亡，容易撤离。"

王兆明说："那样你们就很危险了。"

钞义达说："没事。我们以吸引敌人为主，跑动作战。"

王兆明握了握钞义达的手，说："我们撤出去后，晚上歇十里沟的土坡上。你们出来后，去那里找我们。"

钞义达向王兆明敬了一个礼，叫道："刘飞胜，跟我走。"

刘飞胜年龄小，个子不高，机智勇敢，迅速跟上钞义达向右边跑去，一边跑一边打枪。

王兆明率领几十个游击队员，弯腰向左边撤退。

前后两面的敌人看到钞义达和刘飞胜，向他们扑来。

钞义达和刘飞胜灵活地左突右奔，渐渐地远离了国军的追击。

突然，一颗子弹击中了钞义达的左大腿。钞义达摇晃了几下，坐在了地上。

刘飞胜一看钞义达受伤了，叫了一声："小队长。"

刘飞胜蹲下往起扶钞义达。

钞义达说："你快走吧。"

刘飞胜说："我背你走。"

钞义达说："你背上我，我们俩人一个也出不去了。你快走。"

刘飞胜说："你不走我也不走。"

钞义达说："我是小队长。我命令你，马上跑步离开。否则，我马上执行战时纪律。"

钞义达举起枪，对准了刘飞胜。

钞义达说："你还不准备白白地送死，就马上跑步离开。"

刘飞胜愣了愣，退了几步，向下边跑了。

钞义达搂着大腿，起身看了看。

敌人越来越近了。

钞义达趴下，左右观察了一下，看到在一块大石头边放着柴草，马上钻进柴草堆里，手里握着一颗手榴弹。

敌人走到柴草周围，开始搜寻。

钞义达两眼盯着敌人。

敌人正在搜寻。

刘飞胜朝这边打了几枪。

有几个官兵刚走到柴草堆边，突然有人喊道："从那边跑了。"

远处的山沟里，刘飞胜在奔跑。

所有的官兵向刘飞胜追去。

钞义达从草堆里钻出来，看看大腿，大腿血肉模糊。他试着往起站，却站不起来。

钞义达望望天空。

太阳西沉，很快坠落了。

三

十里沟山坡上的营地里，气氛压抑而沉闷，游击队的队员坐的坐，躺的躺。

王兆明坐在地上，双腿撑起，低头沉思。

王茵走过来了。没有人搭理她。王茵有点诧异。

王茵走到王兆明跟前。

王兆明问："你来了？"

王茵说："说好我先到这里等你们，没想到你们却先来了。"

王兆明说："我们在战斗中失利了。钞义达和刘飞胜把敌人引开后，我们突围出来，他们还没有回来。"

王茵顿时一怔，紧张起来，问："他们不会有事吧？"

王兆明叹了一口气，说："说好在这里碰面。"

四

夜色沉沉，土坡上，许多红军游击队员睡着了，王兆明却蹲坐着发愣。

一个战士走过来，说："王队长，你睡会儿吧。钞义达他们说不定明天就能回来。"

王兆明说："你去睡吧。义达不回来，今天黑夜的哨就我一人放。"

王茵走过来了。

王兆明问："你还没睡？"

王茵说："睡不着。"

王兆明说："我晓得你睡不着。睡不着，闭着眼躺一躺，也能歇一歇身子。"

王茵坐在了王兆明身边。

王茵问："钞义达能回来吗？"

王兆明勉强笑道："能回来。你也晓得能回来，你才不哭鼻子。"

王茵说："上次我哭了鼻子，他才好好的。"

王兆明说："那你就哭一哭吧。"

王茵突然眼一热，两眼流出了泪水，哭出了声。接着，她又用手按住了嘴。

远处一个黑影在晃动。

王兆明觉察到了，对王茵说："前边有人，我过去看一看。"

王兆明立即爬着向黑影靠近。

黑影东张西望，在寻找着什么。

王兆明手中紧握手枪，滚到一个土坡后。

黑影走到了王兆明的身边。

王兆明看清黑影是刘飞胜。

王兆明低声叫了一声："刘飞胜。"

刘飞胜听到王兆明的声音，应道："王队长。"

王兆明站起来，说："同志们都睡着了，你小点声。走，咱们到下边去说。"

王兆明和刘飞胜走到土塝里。

王兆明和王茵、刘飞胜一夜未眠，他们不停地设想着营救钞义达的办法。

天色渐渐亮了，王兆明极目四处观望。

王茵也在左右察看。

大地空旷，除了游击队员，四处看不到一个人影。

刘飞胜走到王兆明跟前，说："王队长，要不，我再回去看一看。"

王兆明说："他大腿负伤了，敌人追上来，原地还会有他吗？"

刘飞胜说："你不也在这里等他吗？"

王兆明突然咆哮道："我就是要等要等要等！"

王兆明怒吼罢，一屁股坐在地上，双手搂住了头。

王茵两眼溢满了泪水，掉头走了。

几十个红军游击队员向王兆明围过来。

王兆明看到大家围过来了，抬起头，说："在这里休整两天。"

炊事员说："没有粮食了，我们应该搞点粮食。"

王兆明说："再吃两天野菜。走，咱们一起挖野菜去。"

大家找野食野菜。

野菜煮熟了，游击队的指战员一起吃野菜。

王茵一脸忧伤，没有动碗筷。

五

钞义达坐着向前挪行。终于看到不远处的小溪，钞义达脸上露出了兴奋的笑容。他艰难地移到溪边，双手捧着水，大口大口地喝起水来。

钞义达喝过水，又坐着挪动着过了小溪。

溪水浸在了伤口上，钞义达疼痛得直皱眉头。

钞义达挪坐在山坡上，看到了苦菜，拔起来放在口里就吃。

六

天又黑了。

王兆明仍然坐着发愣。

炊事员走过来，说："王队长，我们几天没有见到米了。"

王兆明说："明天出发。在这里留两个人，再等两天，看有没有奇迹出现。"

王茵说："你们走吧，我一人留着等他。等不到他，我就回去了，不影响你们的战斗计划。"

王兆明说："你一个人留在这里我们不放心。我总觉得，钞义达不会就这么不见了。"

炊事员说："钞义达那样的汉子，是不会被敌人活捉的。要不我们明天到那里找一找。活人找不到，尸首总该能找到吧？"

王兆明不高兴地说："你以为我不想去找吗？钞义达战死了，敌人就会藏在那里，等着我们进入伏击圈。钞义达拿的是短枪，敌人看到短枪，就会认定钞义达是游击队的头目，我们肯定会找回去的，可我们找回去，就上了敌人的当。"

七

太阳升起，群山清晰而空旷。

王茵四下观望。

突然，王茵看到对面的山坡上，有一个人坐着挪动着身子。

王茵愣住了，随即大声喊道："那人是钞义达。就是钞义达。"

大家都向对面的山坡望去。

王茵说："只有腿上受伤的人才是那样挪动身子的。"

王茵说罢，奔下山坡，大家也跟了下去。

钞义达精疲力竭，头昏眼花，没有看到对面跑下来的同志们，他躺倒了。

王兆明和大家跑到钞义达身边。

王茵也跑过来了。

钞义达已经昏迷不醒。

王兆明搂抱起钞义达，喊道："快，喂水。"

王茵给钞义达喂水。

王兆明说："义达昏迷不醒，伤口又化脓了，子弹是不是在里边，还很难说，我们要尽快送他到医院去。"

王茵说："把他送到靖边去。"

刘飞胜说："靖边到这里有一百几十里路，还不如到安塞去。"

王茵说："靖边有我父亲的熟人。"

王兆明说："王茵说得对，到靖边去。义达受的是枪伤，在安塞人生地不熟，容易暴露目标。你们到那条沟里弄几根柳椽，扎一副担架。"

王兆明、刘飞胜和另两个人抬着担架奔跑在山路上。

王茵跟在担架后边。

八

诊所里，钞义达醒过来了。王茵和王兆明微笑着望着他。

王兆明说："你又到鬼门关走了一回。"

钞义达问："我回来了？"

王兆明说："你回到了靖边。"

钞义达问："我回到了靖边？"

王兆明笑着说："是咱们的王交通员把你安排在靖边的。在这里治伤方便。"

钞义达说："你们把我从那么远的路上弄回来，也太不划算了。"

王兆明说："只要你活着比什么都划算。你醒了，我就不管你了。我回游击队去，刘飞胜留下来照顾你。王茵嘛，她有时间，就多陪你两天。她留不留是她自己的事情，与组织无关。"

王兆明以戏谑的眼神望了一眼王茵。

王茵不好意思地笑了。

九

靖边城外的田野里，遍地都是绿油油的庄稼。

钞义达拄着拐杖，刘飞胜扶着钞义达，走在庄稼中的小路上。

钞义达说："房子外面的天地真好。一个来月不出来，憋闷死人了。"

刘飞胜说："走，到那个草坡上坐一坐。"

钞义达和刘飞胜走到草坡上，坐下了。

王茵东瞧西看，走在庄稼地里，自言自语地问："这人都到哪里去了？"

王茵叫道："刘飞胜。"

刘飞胜答应道："我们在这边的草坡上。"

王茵走出庄稼地。

刘飞胜说："向东看。"

王茵看到了山坡上的钞义达和刘飞胜，跑了过来。

钞义达说："一个来月，你都来过几回了，也太麻烦你了。"

刘飞胜笑着说："人家愿意嘛。"

王茵白了一眼刘飞胜，说："不要阴阳怪气呀。"

钞义达问："你怎么寻到这里来了？"

王茵说："是唐医生说的。他说你们这几天老往城西的坡地上跑。伤还没有好，就乱跑起来了？"

钞义达说："唐医生说了，挨到练练身体了，不然伤病恢复慢。"

刘飞胜说："你们说话吧，我到那边给咱们搞点野菜。"

刘飞胜说着转身就走。

钞义达和王茵都没有说话，看着刘飞胜的背影笑了。

王茵突然记起了什么，说："这刘飞胜就走了，我还带着大杏哩。"

王茵从挂包里掏出几颗大杏，递给钞义达一颗。

钞义达接过大杏，咬了一口，说："好吃。"

王茵问："除了母亲姐妹，再有没有女人这样关心过你？"

钞义达脸色沉了沉，说："我没有姐妹。"

王茵再问："再有没有女人像我一样关心过你？"

钞义达说："有。"

王茵一怔，说："你说说那个女人。"

钞义达说："我们从小一起长大的。后来她嫁了人。"

王茵说："她嫁了人？你心里老惦念着她？"

钞义达没吭声，忧伤而深情地望向东边的天际。

十

宝翠洗过脸，往绳子上搭毛巾时，曹余正从外边进来了。

曹徐氏悄悄地跟了过来。

宝翠听到有人轻轻地进来了，没有理睬。

曹余正焦渴地望着宝翠的脖颈。

宝翠刚掉过头，曹余正竟然在她背后搂住了她。

宝翠惊叫道："你要做甚？"

曹余正说："我实在是太喜欢你了。"

宝翠说："我是你弟媳。我们不能呀。"

曹余正说："我想你想得白天黑夜睡不着觉。我不让那口子搬进城里住，就是想常回木头峪来看你的。她住在了城里，我就不能常回来了。"

曹余正拼命地搂住亲宝翠，宝翠奋力挣脱曹余正的手。

突然，曹余成闯进来了。

曹余正听到有人进来，慌忙放开宝翠。

曹余成问："哥，你抱住我家的做甚哩？"

曹余正说："戏耍耍哩。你出去吧。"

曹余成问："你们还要戏耍耍？"

曹余正怒吼道："你再胡说，我就打死你。"

曹余成乖乖地出去了。

曹余正叹了一口气，说："宝翠，跟余成这种人过日子，也难为你了。"

宝翠一声不吭。

曹余正说："我会好好地待你的，有甚不开心的事，你就尽管说。"

宝翠两眼流出了泪水，依旧一声没吭。

门开了。

曹徐氏出现在门口。

曹余正一惊，脸上露出了尴尬的神色，随后说："你怎么来了？"

宝翠低头流着眼泪。

曹徐氏平静地说："你那点花花肠子我早晓得了。我让你大明媒正娶地把她再娶给你。"

曹余正焦急地说："你可不敢瞎说。"

曹徐氏说："那我就死了，给她腾个空空。"

曹余正说："你不敢瞎做啊。"

曹徐氏恨恨说道："母狗不骚情，男狗不上身。"

曹徐氏说罢，转身走了。

十一

曹余正从曹家大院出来，来到曹家大院旁边的旧小院大门前。

曹余正用一根钉子在大门缝里拨开大门门栓，然后轻轻推开大门，走了进去。

宝翠坐在炕上的煤油灯下做针线活。

曹余成呼呼大睡。

曹余正走到宝翠的门边，低声说："弟媳，你给我开开门。"

宝翠大声说："天晚了，有事你明天来吧。"

曹余正急忙说："你小点声。弟媳，我今天在城里给你买了一条金项链。你开开门，我给你送进来。"

宝翠说："我看不起要人家的东西。"

曹余正说："这不是人家的东西，是哥给你的礼物。"

宝翠说："你走。你不走，我就喊人了。"

曹余正说："你不要喊，我走我走。"

脚步声渐渐远去，宝翠两眼滚出了泪珠。

曹余正向大门走去。

栓柱在暗地里盯视着曹余正。

大门外，站着曹徐氏。

曹余正看到曹徐氏，黑下了脸，哼了一声就走开了。

十二

宝翠抱着儿子在院子里散步，不时亲吻一下儿子的小脸蛋。

曹景升看着宝翠和孩子，脸上露出满意的微笑，自言自语道："我在余成身上的心没白操。"

宝翠抱着孩子，出了大门。有了孩子，曹家对她的看管不那么紧了。只要她带着孩子，就可以自由走动。

几个妇女看见宝翠，交头接耳地低声说了起来。

一个妇女说："听说曹家父老子三人都和这个女人睡一条被筒子。"

宝翠听到了这句话，一怔，脸涨红了。

一个妇女说："人家长得俊嘛。"

一个妇女说："呸，再俊也是个烂婊子。"

宝翠两眼流出了泪水。

十三

曹徐氏抱着板凳，走到曹家大院大门前，她上了板凳，把白布条挽在大门檐横梁上。

曹徐氏将白布条套在脖颈上，蹬掉了板凳，身子吊在了空中。

有人惊呼道："有人上吊了。曹家大门上有人上吊了。"

曹景升拉开大门，从里面走出来，看到大门上吊着个人，惊叫道："快来人，快来人。"

栓柱跑出来了。

曹景升说："快，快把人放下来。"

栓柱急忙上了板凳，向上抱起曹徐氏。

栓柱说："谁帮我解一下布条。"

曹景升要上板凳，上不去。

曹景升急忙进大门找板凳，找到板凳，放在曹徐氏脚下，他要上去，可因人老了，手脚不利索，上了两次都上不去，不是凳子倒了，就是他自己跌倒了。

宝翠看到大门上的情景，急忙放下孩子，上了板凳。

曹景升蹲下捉住板凳。

宝翠把布条解开了。

曹徐氏跌落在栓柱的怀里。

十四

曹家大院涌进了许多人。

曹景升从客厅门里走出来。

徐生虎盯着曹景升。

曹景升忙说："亲家，你来了？快请。"

徐生虎说："我的女子到底做下甚丢人事了？"

曹景升忙说："我们家的大媳妇真是百里挑一的好媳妇。"

徐生虎说："那你们曹家怎么逼得她上吊了？"

曹景升忙说："亲家，有话请家里慢慢讲。"

徐生虎站着不动。

人群中有人说："今天我们要给我们的女客出头。你们谁给我们跪着说话？"

曹景升说："曹余正公务在身没有回来，我向众亲戚赔不是。众亲戚请家里坐。"

徐生虎说："你们家的二媳妇呢？听木头村的人说，她是个搅家不和的女人。"

人群中的人说："对，听说是个骚货，让她给我们赔不是。"

宝翠在家里搂着孩子，紧张地听着外面的声音。

曹景升干笑了两声，转身喊道："上好酒好烟，好好招待众亲戚。"

众人在院子里大吃大喝。

宝翠在窑洞里默默流着泪水。

客厅里，曹景升和徐生虎坐在太师椅上。

曹景升说："其实也没甚事情，是众人看着我们家日子过好了，害眼红病，造谣生事。大媳妇听到了，自然心里不好受，想不开，就寻短见了。好在虚惊了一场，大媳妇没甚事。"

曹徐氏走了进来。

曹景升急忙站起来，说："余正家的，你坐。"

曹徐氏对徐生虎说："大，也没甚事。你们不要再闹甚事了，惹人笑话。"

徐生虎说："你看我们的女子是多开通的人。你们曹家……"徐生虎叹息了一声，不说话了。

曹景升说："是的，大媳妇是个开通的人。"

徐生虎说："你们要管管二媳妇。听说那个女人从小就不是省油的灯，长一副大脚片子。"

曹景升说："我想好了，我们在城里买上一院房产，让大媳妇跟着余正在城里安家落户。"

徐生虎说："这样最好。也省得我们的女子受那个小骚货的气。"

十五

宝翠回到曹家大院。

曹家客厅里，曹景升正和曹王氏说话。

曹景升不住地叹息道："这事总算遮掩过去了。"

宝翠往门前凑了凑，偷听里边的人说话。

曹王氏说："曹家是把人丢大了。"

曹景升说："这都怪老大做事没有路道。"

曹王氏说："看余成家的那副像，骚眉弄眼，就不是甚好东西。你们男人，就爱和这种女人打交道。"

曹景升说："看你说到哪里去了。"

曹王氏质问道："那你为甚不管也不问？"

曹景升叹了一口气，说："恩畅是不是余成的孩子，我如今都不敢肯定。可老大生了一个女子，若恩畅再不是余成的孩子，我曹家孙子辈上就没有男丁了，我不放心呀。"

曹王氏问："你是甚意思？"

曹景升说："要是余正和宝翠有一手，那也不是坏事。他们要是生个儿子，不管明里还是暗里，都是我的孙子。"

曹王氏骂道："你这个老东西。原来你是这么个想法？若怕断子绝孙了，你也上一手？我不是给你生了两个儿子吗？你上手也能让那个骚货生个儿子。"

曹景升说："尽说些败兴的话！我上一手，不是乱了辈分？"

曹王氏说:"你以为我真让你上一手?不要脸。是不是给余正再续个小的?"

曹景升说:"你又说这话了。我们有祖训:不能续小。"

曹王氏质问道:"不能续小,就能乱来?"

宝翠两眼流出了泪水,转身走了。

十六

曹家一家人围坐在一张餐桌上吃饭。

宝翠刚端起碗,曹王氏说:"你一天身不动膀不摇,衣来伸手饭来张口,日子过得不错吧?"

宝翠低下了头。

曹王氏说:"你过来是给我们家当媳妇,不是当老人的。我看你那四肢也该活动活动了。"

宝翠两眼噙满了泪水,放下碗,站起出去了。她没有回她住的窑洞,站在门外听公公婆婆吵架。

曹景升质问道:"你这是怎么了?糟蹋得人家连饭都吃不成。"

曹王氏:"一个大活人,还要让人养活?"

曹景升喊道:"那你让她做甚哩?!她有孩子。"

曹王氏说:"张妈不是带孩子的?一个孩子还要两个人带?"

曹景升说:"我们也不是缺人手。要是缺人手,我们就雇两个家佣。我们又不是雇不起人的主户。"

曹王氏说:"我当媳妇的时候,就不是这种样子。"

曹景升说:"行了。这话你到外边说去。"

曹王氏说道:"你们真是老的不像老的,小的不像小的,都不是甚好东西!"

曹景升眼一瞪,喊道:"你敢骂我?"

曹景升气愤地站起来了。

曹王氏低低地说道："我跟你过了快一辈子了，你都没有疼爱过，对儿媳妇就会疼爱了。"

曹景升喊道："你要是再胡说八道，我就跟你没完。你还嫌这个家不够乱？"

曹景升和曹王氏还在争吵。

曹王氏说："余正家的那么好的个女人，让你们父子给气得寻死上吊。"

曹景升质问道："你是不是让老二家的也气得寻死上吊？糊涂！"

宝翠听不下去了，跑进自己住的家门，趴在炕上，失声痛哭了。

宝翠越哭越伤心。

曹景升走进来了。

宝翠坐起来，满脸泪痕。

曹景升坐在椅子上，说："宝翠，让你受委屈了。"

宝翠没有吭声。

曹景升说："当初我想方设法把你弄到我们曹家，主要是想给我们余成找个好媳妇。可我把你害苦了。只要你把恩畅拉扯大，我不会亏待你的。"

宝翠突然大声喊道："我还怎么在曹家活人啊？！我还怎么见人啊？！"

曹景升说："你不要怕，有我给你撑腰哩。"

宝翠狠狠地盯了一眼曹景升。

曹景升没再说什么，转身走了。

曹景升走后不久，宝翠也出了门。她来到黄河畔上，望着汹涌澎湃的黄河，大声哭叫道："我不想活了。"

十七

曹景升正坐在曹家客厅里的太师椅上吸水烟。

栓柱惊慌失措地走进来了。

曹景升眼一瞪，质问道："慌甚哩？"

栓柱说："二奶奶跑到黄河边了。"

曹景升一惊，说："快，快把人拦住。"

栓柱掉头就跑。

十八

宝翠泪水涟涟，恩畅的面容不断出现在眼前。

栓柱跑过来了，拦在宝翠的面前。

栓柱说："二奶奶，你可不敢做憨事呀。"

宝翠揩了一把泪水，勉强笑道："我不做憨事。我丢不下恩畅。"

曹景升走到了宝翠跟前。

曹景升骂骂不得，劝又没办法劝，铁青着脸，叹息了几声，扭头走了。

十九

宝翠从木头峪街道上走过。她身后跟着曹余成，曹余成的手仍然由栓柱牵着。

张天明和招弟牵着骡子走过来。

宝翠看见张天明和招弟，站住了。

张天明走到宝翠跟前。

宝翠急急地问："钞义达到哪里去了？你们晓得不晓得？"

张天明低声说："我见过。"

宝翠问："甚时间？"

招弟说："两个多月了。"

宝翠问："在甚地方？"

张天明说："在靖边。"

宝翠问："那你为甚不早说？"

招弟说："你不是也没有问吗？义达哥当了红军。他不让给人说。他说要是你不问他，也不要说。你可不敢出去乱说。"

宝翠点点头。

曹余成走过来，问："谁跟我家的说话？我要告我大。我大说了，谁跟我家的说话，就打死谁。"

张天明瞪了一眼曹余成，喊道："我给你家送货。"

一听有人喊他，曹余成"哇"的一声哭叫开了。

栓柱忙上前哄曹余成。

宝翠厌恶地看了一眼曹余成，自顾自地走了。

二十

夜深了，窑洞里，曹余成呼呼大睡。

恩畅也睡着了。

宝翠忧伤而深情地望着恩畅的面容。

宝翠从衣柜里找出一个大包裹，提在怀里，又在地上提了一双鞋。宝翠拉开门，向外看了看。

院子里没有人，宝翠急忙跑出门，溜到墙根下，靠着墙根溜到大门边，轻轻地拉开门栓，打开大门，出去了。一出大门，宝翠就跑开了。

宝翠跑到黄河边，把鞋脱下，摆放在黄河畔上，然后望着黄河。

二十一

窑洞里的灯还亮着。

曹余成还在睡觉。

恩畅睁开眼睛，没有看到妈妈，"哇"的一声哭开了。

曹余成被孩子哭醒了，喊叫道："吵死人了，人家要睡觉。"

曹余成说罢，翻了个身，又睡过去了。

听到孩子的哭叫声，张妈首先起来了，跑过来搂抱住恩畅。

接着，曹王氏颠着小脚，跑过来了。

曹王氏骂道："孩子都哭了，为甚没人管？"

张妈说："二奶奶不见了。"

曹王氏接过张妈怀中的恩畅，说道："不哭，好乖乖。"

恩畅不哭了，可还在咿咿呀呀地叫唤。他还不到说话的年岁，只能咿咿呀呀叫唤着表达自己的诉求。

曹王氏抱着恩畅，回到自己卧室，动声动气地说："这深更半夜，人都哪里去了。"

曹景升愣了愣，不由得问："不会出甚事吧？"

曹王氏没好气地说："能出甚事？"

曹景升突然吼道："能出甚事，你还不晓得？你看这个家成甚样子了。"

恩畅又嘤嘤啼哭了几声，就在曹王氏怀中睡着了。

过了一会儿，还不见宝翠回来，曹景升坐不住了，走出院子，到处问人见没见宝翠。

曹景升感到事情不妙，叫喊着让人们快寻找宝翠。

木头峪村到处是火把。

几个人举着火把，向峪口村追去。他们到了峪口，敲开了大峪纸坊的大门。

正在睡觉的孙旺才，突然被院子里的人惊醒了，马上坐起来。

贵则在门外说："东家，曹家的人问咱家来过宝翠没有。"

孙旺才一惊："宝翠？宝翠不见了？"

二十二

天亮了，一群人围着黄河滩上的一双红布鞋。

曹景升望着红布鞋，皱着眉头。

孙旺才两眼死死地盯着红布鞋。突然，孙旺才扑倒在红布鞋跟前，失声叫道："妹子，你咋就要走这条路？"

孙旺才呜呜大哭了。

二十三

客厅里，曹景升一言不发，默默地吸水烟。

突然，大门外传来了吵闹声。

栓柱惊慌失措地进来了。

栓柱说："东家，峪口村的孙姓人家起窝动户了，几十个人围到了咱家大门前。"

曹景升说："我晓得他们会来这一手的。去，把余成叫上，给他们跪下。我代余成说话。"

栓柱打开了大门，孙家的几十个人进来了。

栓柱拖着曹余成，曹余成不情愿地跟在栓柱后边。

栓柱按着让曹余成跪下，曹余成不跪。栓柱硬把他按倒在地。

曹余成"哇"地哭开了。

曹景升走过来，说道："亲戚们，孙子恩畅还小，不懂事，就让余成给你们磕头了。"

人群里有人质问道："曹余成懂事吗？"

有人说："谁懂事谁磕头。"

曹景升说："大家有事好商量。我们也不愿意让家里出这种事。你们看，孩子还小，就成了没娘的孩子。"

有人问道："好好的一个人，怎么跳河了？是谁逼死的？"

众人吼叫道："谁逼死的宝翠谁抵命。"

曹景升说："大家安静，不要吵。你们有甚要求，慢慢讲。"

一个人说："我们要活着的宝翠。"

曹景升说："宝翠是死是活，尚不能确定。你们容我们再找三天时间。如果三天找不到宝翠，我们发丧，向孙家谢罪。我们曹家要做到仁至义尽。"

孙旺才跑过来，对孙家的人说："你们都回去吧。我和他们说。他们不向我们谢罪，我就死在他们家里。我们家已经搭上一条人命了，就再搭上一条吧。"

曹景升走在孙旺才跟前，说："小侄儿，话不能这么说……"

孙旺才将一口唾沫唾在了曹景升的脸上，喊道："话要怎么说？"然后，孙旺才一掌打在了曹景升的脸上。

曹景升有些错愕，惊叫道："你打我？你怎么就没大没小？"

一群人围上来，喊道："打就打。"

曹余正带着几个县保安团团丁走过来了。

曹余正走进人群，朝天就开了一枪。

众人被这一枪镇住了。

曹余正说道："我告诉你们，谁要闹事，我就毙了谁。"

大家都愣住了。

曹余正得意地说："闹啊，打啊。"

曹景升说："余正，不要胡来，都是亲戚呀。"

曹余正说："家里出了人命的事，他们不帮忙也罢，反过来闹上事了。是他们在胡来。"

孙旺才一扑过来，喊道："你们就打死我，你们就打死我。"

几个团丁按住了孙旺才，等候长官发落。

曹余正用枪指着孙旺才，说："你以为我不敢吗？打死你一个，就像打死一只蚂蚁一样容易。"

孙旺才叫道："老子今天就死在你手里。"

曹余正把枪对准了孙旺才。

曹景升一把拉开曹余正，照曹余正的脸上就是一巴掌。

曹余正看了一眼父亲，一怒，朝天打了一梭子子弹。

众人说："这曹家连牲口都不如，还说甚。"

几个团丁放开了孙旺才，孙旺才一头跌倒在地上。

众人抬起孙旺才，走了。

曹景升说道："发丧。事情闹到这种地步，我们就当她死了。把那双红布鞋放在棺材里。大操大办。我曹家做事，向来是讲道理的。"

二十四

曹家大院，披麻戴孝，到处晃动着白色的身影。

锣鼓声声，唢呐齐鸣。

张天明和招弟走到曹家大院大门前，看到曹家的大门上的白对联，都愣住了。

一个穿白衣服的人从大门里走出来，张天明急忙上前问道："这曹家出了甚事情？"

穿白衣服的人说："恩畅他妈跳黄河寻短见了。"

张天明和招弟愣住了。

二十五

路边的树林里，钞义达和几个红军游击队战士靠在树上休息。

两个赶牲灵的过来了，钞义达他们迅速藏在树后，盯视着他们。

钞义达看见是张天明和招弟。

钞义达说："是我的两个兄弟。好长时间不见面了。我看看他们。"

战士说："操心出了事。"

钞义达说："没关系。我把他们叫到那边的树林里。"

钞义达跳到张天明和招弟面前时，张天明和招弟都吃了一惊。看到是钞义达，两人兴奋地大声叫喊起来。

招弟说："一眨眼，又有几个月没有见义达哥了。"

钞义达说："大路上说话不方便。走，到那片树林里说说话。"

走进树林里，钞义达说："我做梦都想碰见你们。今天和白狗子交了一手，我们一个小队的人失散了，在这里等我们的同志，没想到等到了你们。说说家里的事。"

张天明低下了头，说："没甚。"

招弟着急地说："还没甚？宝翠都死了还没甚？！"

钞义达一惊，微微张了张嘴。

张天明忙说："你胡说甚哩！"

钞义达脸色变了，眼珠子瞪得老圆，吼道："招弟，你给我重说一遍。"

招弟讷讷地说："他不让我说。"

钞义达双手揪住招弟的胸衣，喊道："你说。你不说，我今天捶死你。"

招弟说："宝翠真的死了，是跳黄河死的。"

钞义达大声问道："谁看见她跳河了？捞着尸首了没有？"

招弟说："我们也不晓得，曹家大办丧事是我们亲眼看见的。"

钞义达大声质问道："曹家办丧事就是给宝翠办吗？曹家再不会死其他人了吗？"

招弟说："为宝翠的事，孙家和曹家闹过事。曹余正都放枪了。这事闹得满城风雨。"

钞义达浑身摇晃了几下，直挺挺地摔倒了。

二十六

窑洞里，钞义达躺在木板床上。

钞义达身边围着张天明、招弟和王兆明。

钞义达张开了眼睛。

钞义达问："我这是怎么了？"

王兆明说："你昏过去了。"

钞义达望望张天明，恍然大悟地一惊，然后闭住了眼睛，两眼流出了泪珠。

突然，钞义达坐起来，说："我要回家。宝翠埋在甚地方？"

招弟说："就在木头峪的西山上。"

钞义达吼道："西山在甚地方？"

张天明说："在咱们常走店镇的那条路的北面。咱们那里有个乡俗，不到寿数的人走了，不能埋在阳面，宝翠就埋在那个半阴半阳的山坡上，有墓碑。我和招弟还替哥烧过一回纸。"

钞义达说："我跟你们一起回去。走，马上就走。"钞义达说着下了炕。

王兆明说："你先等等。"

王兆明扯了一把张天明，又给招弟使了一个眼色。

三人出去了。

三人走在一个土坡上。

王兆明说："两位小老乡，你们先回去。回去不要对任何人说在这里见过钞义达。"

招弟问："义达不是也要跟我们回去吗？"

王兆明说："我们是有纪律约束的人，不能随便走动。"

张天明嘟囔道："不能随便走动？不能随便走动还不等于坐牢？"

王兆明严肃地说："不要乱讲话。你们回去吧。我们也马上要开拔了。"

张天明和招弟走后不久，钞义达从窑洞里走出来，看到王兆明，问："我的那两个小弟兄呢？"

王兆明说："他们走了。"

钞义达愤怒了，喊道："他们怎么就走了？我也要跟他们一起走。"

王兆明说："义达，不能回去。宝翠已经投河自尽了，你回去了也没有任何意义。"

钞义达急躁地说："有意义没意义我都要回去。"

王兆明沉下脸说："我们的队伍是有纪律的队伍。"

钞义达怒吼道："我不管纪律不纪律。我心爱的女人死了。我要回去！我要回去！！我要回去！！！谁不让我回去，我就跟谁拼命。"

王兆明拍拍钞义达肩，说："不要激动，我们出去走走。"

王兆明扶着钞义达走出了窑洞，走上了山坡。

山野寂静无声。

一只野兔从山坡蹿下来，看到这边有人，停了停，又向侧面的山坡奔去。

一群鸽子从空中飞过。

远处，一个人影走了过来。

王兆明拍拍钞义达的肩膀，说："到那边走走。"

两个人向后坡走去。

王兆明一边走一边说："义达，我明白你的心情。可你想想，你跑几百里的路程，回去能看到甚？看到的就是一堆黄土。"

钞义达吼道："你不要跟我说了。不到她墓地走一遭，我死不瞑目。我就要回去。"

王兆明说："我们的队伍流动性很大。你回去再回来找不到队伍怎么办？"

钞义达说："能找到。我通过王茵就能找到你们。"

王兆明说："要是路上再发生什么意外呢？"

钞义达说："不会的。我是赶牲灵出身的，认路有一套办法哩。"

王兆明问："要是我坚决不让你回去呢？"

钞义达说："我就跑，我就逃。"

王兆明说："跑和逃，我们抓住了，就要军法处置。"

钞义达说："只要我能回去看一眼，你想怎么处罚就怎么处罚。"

王兆明严肃地说："你不要做蠢事。你好好想一想。"

王茵走过来了，看到了王兆明和钞义达。

王兆明也看到了王茵，说："我老远就看见两个人影，原来是你们俩。"

王茵问："你们两人讨论什么秘密大事？"

钞义达没有吭声，自顾自地走了。

王茵问："他这是怎么了？我又没招没惹他，他为什么给我这么样的脸色看？"

王兆明忙说："与你无关。他这是给我脸色看的。"

二十七

晌午，炊事员喊道："开饭喽。"

大家七手八脚动手找碗筷。

钞义达坐在地上，双腿撑起，埋着头。

王茵走到钞义达身边，说："义达，吃饭。"

钞义达摇摇头。

王茵凑近钞义达，问："不管有什么事，饭总是要吃的。"

钞义达不高兴地说："你躲远点，让人看见了，影响多不好。"

王茵沉下脸，愤愤地站起，走开了。

王兆明望着王茵的样子，无奈地笑着摇摇头。

二十八

夕阳西下。

钞义达一人坐在山头，遥望着东方。

王茵望着钞义达。

王兆明走在王茵身边。

突然，钞义达唱道：

> 脚站石头手搬墙，
>
> 眼泪（那）滴在（个）墙头上。
>
> 前洼上糜子后洼上谷，
>
> 哪垯（价）想起你我哪垯哭。
>
> 白天想你不敢对人说，
>
> 到夜晚想起你我对着枕头哭。

王茵说："王队长，我看还是让他回去一趟。"

王兆明说："我们有纪律。"

王茵说："不让他回去，他有意无意地闹情绪，行动时会出乱子的。"

王兆明说："他如今一时冲动，过几天就平静了。"

王茵说："他不是一时冲动。这是心结，心结没有解开。"

王兆明说："放他回去，会在队伍造成不良的影响。"

王茵说："对外不要说他回家了，就说他另有任务。"

王兆明不说话了。

两人走了几步。

王兆明说："我看出了你挺喜欢他的。他听你的话，你劝劝他。"

王茵气恼地说："这件事上他不会听我的。我也不能劝他。"

第十三章

一

王兆明和钞义达较劲了两三天，经过王茵的说服，王兆明终于同意钞义达回葭县走一趟。

钞义达走了两天多，才到了镇川堡。

在镇川堡的街道上，钞义达看到有三个人迎面走过来。他看出这三个人不寻常的气质，注视着他们从自己的面前走过。

天色渐暗，钞义达左右巡视了一遍，走到一个墙角，弯腰用手打扫了一下地面，躺下睡了。

钞义达在睡眼蒙眬中，看到几十个官兵悄悄地经过了离他不远的一条街道，然后直奔东面的山沟。

黎明时分，听到响动，钞义达醒来了。正在倾听哪里传来的响动时，街道上突然响起了一阵杂乱的脚步声。

钞义达在远处看见几十个官兵，押着他昨天傍晚见过的那三个人和另一个人，从街道上走过来了。四个人被五花大绑，但他们都昂着头，表现出坚贞不屈的气概。钞义达突然明白，这四个被官兵押解的人，必定是陕北的地下共产党员。

那一队人马向米脂方向走去。钞义达跟在这一行人身后，也向米脂走去。

钞义达和这一行人，一起走进了米脂城。

一个官兵头目带着几个士兵走过来了。

押人的队伍中的一个头目说："报告姜团长，我们捉拿崔明道时，碰巧将高禄孝、王兆卿、毕维周也捉住了。"

姜团长说:"好。昨天夜晚,王守义和高庆恩也在米脂被捉住了。陕北特委的几个主要头目,全被抓获了。我们又立了一大功。人称我姜梅生是姜屠夫,我就要做到名不虚传,再多屠几个共党'赤匪'。"姜梅生说着大声笑了。

听到两个官兵头目的对话,钞义达头脑轰然一响,蒙住了。官兵所说的六个人,其中三人他都有所耳闻,他们的确是陕北特委身负重责的领导。

钞义达着急地在米脂街道转来转去。

最后,钞义达走到一座山头上,遥望着远方,说:"宝翠,哥有大事,不能回来看你了。有时间,哥一定会回来看你的。"

钞义达说罢,急忙快步奔跑起来。

二

红军游击队营地,战士们正在进行军事训练。

王兆明举着手枪训练瞄准。

刘飞胜跑过来,敬礼报告道:"报告王队长,对面山上跑过来一个人。"

王兆明放下手枪,命令道:"全体集合。"

全体游击队员迅速集合起来。

王兆明说:"原地待命,随时准备行动。"

王兆明又对刘飞胜说:"走,引我去看看。"

王兆明和刘飞胜爬上山头。

一个人影跑下山坡,向王兆明他们跑来。

王兆明观察了一会儿说:"这个人影有点熟悉。"

刘飞胜仔细看了看,说:"像钞义达。"

王兆明又在仔细观察。

王兆明说:"对,就是钞义达。莨县那么远,他走了才三天多时间,怎么就回来了?"

钞义达气喘吁吁地走到了王兆明和刘飞胜隐蔽的地点。

王兆明故意一跳站起来，喊道："不许动。"

钞义达一愣，看到是王兆明，一屁股坐在地上，说："王队长，出大事了。"

王兆明对刘飞胜说："你回去让同志们继续训练。"

钞义达说："我到了米脂就返回来了。我在镇川看到有四个地下党员被捕了。我跟到米脂，听到敌人的团长姜梅生说，头天黑夜还有两个地下党员被捕了。他们说这六个人都是陕北特委的重要人物。"

王兆明一惊，问："你没听清这些人的名字？"

钞义达说："听清了，是高禄孝、王兆卿、毕维周、崔明道、王守义和高庆恩。"

六个人中王兆明就认识三个，其中王兆卿是他的堂兄。

钞义达说："我们带人去攻打监狱营救同志们。"

王兆明说："没有特委的指示，我们不能贸然行动。"

钞义达着急地说："特委的负责人都被抓起来了，还能发出来指示吗？"

王兆明说："我们和敌人的兵力悬殊，武力营救是自投罗网。这样，我们一边向米脂一带靠近，一边派人与特委的主要负责人联系。"

王兆明立即集合队伍，率领队伍直奔米脂。

三

米脂十里铺无定河畔，云低天暗，空气沉闷。

张天明和招弟赶着骡子，行走在无定河畔东的官家湾路口。

几十个官兵，押着几个五花大绑的人，走过来了。

张天明和招弟看见了官兵，招弟说："快，到那条沟里躲一躲。"

招弟和张天明钻进了山沟。他们把骡子拴在石头上，又跑出来，趴在土坡上，望着官兵押人的方向。

几十个官兵押着六个人，缓慢地向无定河畔走去。

官兵押着六个被五花大绑的人，走到无定河东畔时，官兵头目喊道："停。"

行刑的队伍停住了。

官兵头目走到六个人面前，狰狞地笑道："人称我们的姜梅生长官是姜屠夫。我万振亚今天也要当一回屠夫了。不当屠杀共产党的屠夫，还算国军吗？"

万振亚得意地笑了。

六个人怒视着万振亚。

万振亚命令道："准备。"

行刑者举起了枪，开始瞄准。

六个人高喊道："打倒国民党！打倒军阀！打倒土豪劣绅！共产主义万岁！"

六声枪响，六个人倒下去了。

张天明和招弟看到国民党军队枪杀六个人的情景，惊呆了。

四

山沟里，游击队在休整。

王兆明和王茵、钞义达坐在一起说话。

钞义达问："这人到底救不救了？我们在这山沟里窝了好几天了。"

王茵说："不救了，也救不成了。"

钞义达着急地问："为甚？"

王茵沉痛地说："他们牺牲了。"

王茵向大家介绍了牺牲的六位地下共产党员的情况：陕北特委在葭县高起家洼村高禄孝家中召开了陕北特委第四次扩大会议，参加会议的有特委成员毕维周、王兆卿、崔逢运等人，还有各县区的负责人崔田夫、崔田民、张达志等人。会议由陕北特委代理书记马明方主持召开。会后，王兆卿、毕维周根据特委的指示，去安定整顿游击队第一支队，高禄孝则去安定筹集经费。毕维周是陕北游击队第一支队的政委，也是新当选的陕北特委的委员，王兆卿是新当选的陕北特委委员兼军委书记，高禄孝是陕北特委的交通员，也是新当选的特委委员。他们三位同志在镇川与崔明道会合。崔明道是镇川区委的负责人。八十六师某连的司务长董培义，诡称参加过渭华暴动，伪装成进步人士，骗取了米脂区的负责人王守义和工作人员高庆恩的信任，参加了一些地下活动，并加入了共产党，所以了解到了党的秘密联络点和领导人的行踪。他把他所知道的陕北特委的情况全部告知了敌人，然后八十六师的团长姜梅生制订了计划，先在米脂逮捕了王守义和高庆恩。第二天，敌人去镇川逮捕崔明道，遇到王兆卿、毕维周、高禄孝也在镇川殷沟石畔村崔明道家里。四人因猝不及防，虽经搏斗，但最终还是被捕了。六位共产党员在牢房里经受住了严刑拷打，宁死不屈。高禄孝留下一句话："要吃开口，要杀开刀，要我们背叛共产党办不到。"

最后，六位共产党员血染无定河畔。

五

钞义达坐在山头上。

太阳从东方冉冉升起。

王茵走过来，坐在钞义达身边。

钞义达看了一眼王茵，没有吭声。

钞义达说："前些天，我对你太粗鲁了，对不起。"

王茵说："你让我对你更是另眼相看了。"

钞义达低下了头，泪水盈满了眼眶。

王茵问："你想空守她一辈子吗？"

钞义达仰起头，长叹一声，说："说不清楚。"

王茵说："你不能再这样忧伤了。"

钞义达说："谢谢你的关心。我会振作起来的。"

王茵说："我给你唱一首信天游。你的心情就好了。"

王茵唱道：

青线线那个蓝线线蓝格莹莹彩，
生下个蓝花花实在惹人爱。
五谷里那个田苗子数上高粱高，
十三省就数那个蓝花花好。

六

候小衣着破烂，沿着食堂、商号门前走过。看到有人在食堂吃饭，候小站下，贪婪地看着人家碗中的饭。

食堂伙计走出来，高喊道："面汤，面汤，谁喝面汤喽。"

候小急忙走过去，拿出随身带的碗，说："我喝我喝。"

候小喝了一碗面汤，又要了一碗，一口气喝了三碗面汤。

候小打了一个饱嗝儿。

伙计惊奇地看着他。

候小自嘲地说："我是葭县人。谢谢。"

伙计说："不用谢。你喝这面汤，是你们葭县人打官司赢的。你们葭县人真厉害。"

候小走后，伙计把剩余的面汤倒了。

候小听到倒面汤的声音，愣了愣，自言自语道："厉害甚呀？流落街头了，厉害个屁。"

七

宝翠当天黑夜离开木头峪，一路向西，经过米脂，来到了横山。她在横山的山沟里奔波了十来天，也没有找到游击队的踪迹。可是她不死心，每当后晌，她就找村子住一黑夜，向老乡买点能带的干粮，要点水，第二早晨再出去寻找。

有一天晌午，宝翠坐在土塄上，从包裹里找出干粮，啃了起来。身后却突然出现几个人影。

宝翠猛然掉过头。

宝翠看到几个男人围在自己身边，吃了一惊。

几个男人放声大笑了。

宝翠站了起来。她意识到自己遇到土匪了。

土匪头子杨贵小说："妹子，遇到本司令，是你的福分。"

杨贵小说着，大声笑起来。

宝翠说："大哥，我本是落难之人，请大哥高抬贵手，不要为难落难之人。"

杨贵小说："你长得这么俊，我心疼还疼不过来，怎么会难为你的。本司令是想让你跟我们走，给本司令当个压寨夫人。当了本司令压寨夫人，就不是落难之人了。"

宝翠可怜兮兮地说："大哥，你们放过我吧。我家遭了难，才跑出来了，请大哥手下留情。"

杨贵小说："我们过去也是落难之人，咱们正好走到一条道上了。哈哈哈……"

杨贵小命令同伙把宝翠带走。不管宝翠怎么恳求，杨贵小除了奸笑，再不说什么。他们把宝翠引到山里的土窑洞里，好吃好喝地招待宝翠。可是宝翠明白自己面临着什么，没有食欲，不动碗筷，一心思谋着怎么脱身。有一阵子，她想就这么死在土匪手里算了。可是，当她想到儿子时，求生的欲望又强劲了。为了儿子，她也得活下去。

夜色降临，杨贵小走进了土窑洞。

宝翠怒视着杨贵小。

杨贵小说："不要这样看着我，我又不是要杀你。"

宝翠说："你放我走。"

杨贵小看了一眼饭碗，说："你就算是打算逃走，也得吃饭呀，不吃饭，能跑得动吗？你呀，真是女人家，头发长见识短。"

对呀，只有吃饱了肚子，才能有力气逃脱土匪的控制。宝翠二话没说，开始吃饭。

杨贵小看着宝翠吃饭，说："对呀，这就对了。"

宝翠吃罢饭，放下碗。

杨贵小说："本来我也不是作恶的人。出来当土匪，一是想混口饭吃，二是看不惯如今的世道，想和那些大户人家叫叫板。不像我的那个本家杨猴小。对了，杨猴小和我只有一字之差。这也没办法，是家父起的名，没办法更改。杨猴小烧杀抢掠，什么坏事都干。我嘛，只爱女人，对钱财看得不重。你看你拿那么多的银子，我动都没有动。可我只要见了俊女人，心里就不由得发热，热起来浑身难受，难受得要命。你就不要让老哥难受了。"

宝翠喊道："只要把你这种人难受死了，我陪着死。"

杨贵小笑道："你想死？没那么容易。到我这里来的女人，就是死，也得和我睡一觉。你信不信？我告诉你，不出两天，我就能把你拿下。好好想想吧。黑夜我过来，给你点面子。"

杨贵小说罢出去了。

宝翠环视了一遍土窑洞。

土炕上放着一盏煤油灯。

土窑洞没有可供逃跑的出口。

过了不知多久，门开了，杨贵小又走了进来。

听到响动，宝翠直起身子。

杨贵小问："想好了没有？"

宝翠恨声恨气地说："想不好。"

杨贵小说："再想不好，我就不客气了。"

宝翠说："反正是一死，你想怎么样就怎么样。"

杨贵小说："我可不想让你死。你这么个美人死了，我今辈子就睡不着觉了。今夜想不好明天想吧。反正你逃不脱我的掌心。不信你出去看看。"

宝翠真的起身走出了窑洞。

土院墙的出口处走动着一个人影。

宝翠走到土墙豁口,一个土匪挡住了。

土匪说:"美人,回去吧。我们的司令不许你走出院墙。"

宝翠瞪了一眼土匪,走开回到了窑洞。她要想办法和杨贵小周旋。

杨贵小蹭到宝翠跟前。

宝翠没有躲开。

杨贵小伸手摸了摸宝翠的脸颊。

宝翠没有动。

杨贵小得意地问:"想好了?"

宝翠没有吭声。

杨贵小说:"不忙,咱们先说说话,沟通沟通。你是哪里人?听口音,你像葭县人。"

宝翠说:"就是葭县人。"

杨贵小得意地说:"终于开口了,算你有头脑。"

宝翠问:"你能不能让我看看你的枪?"

杨贵小一惊,看了看自己腰间的短枪,说道:"你想要过来枪打死我?"

宝翠说:"我从来没有摸过枪,连枪都不会打。你教我怎么打枪,我就甚事都依了你。"

杨贵小说:"我们先睡觉,过后我教你打枪。打枪是我的绝活儿,百步之内要打什么就能打到什么。"

杨贵小抽出手枪,举起来,钩动了扳机。

枪响了,子弹击穿了门上的把手。

院子里的土匪跑过来推开了门。

杨贵小怒吼道:"你们推门干什么?"

土匪嗫嚅道:"枪响了,我怕你出事。"

杨贵小喊道："一个小娘儿们，能把我怎么样？国军和游击队都搞不倒我，她能搞倒我吗？"

土匪轻轻地闭上门走开了。

宝翠说："你有这么好的把式，还怕我拿枪害了你？"

杨贵小说："怕倒不怕。你害了我，你也跑不出去。院子里有我的两个弟兄把守着哩。"

宝翠说："那你教我打一枪。"

杨贵小想了想，说："为博美人一笑，我就教你打一枪。"

杨贵小把枪递给宝翠，手却不松开，说："就这样，扳起保险，再钩动扳机，手指一钩。"

宝翠一钩扳机，枪响了。

杨贵小把枪收回来了。

宝翠问："你就这么不相信我吗？"

杨贵小说："小心没大错。"

宝翠低垂着头，沉思起来。

杨贵小说："怎么样？我教了你打枪，你该和我睡觉了吧？要迎合好我啊。"

宝翠说："你打枪是绝活儿，我也有一绝活儿。"

杨贵小说："什么绝活儿？是床上绝活儿吧？啊，哈哈哈……"

宝翠说："我剪纸剪甚像甚，我也向你夸夸手艺。"

杨贵小说："行。今天咱们好好比试比试。"

宝翠说："要剪子和纸。"

杨贵小对外说："把剪子和纸拿来。"

宝翠说："你虽是个土匪，看起来却挺懂人情的。"

杨贵小说："我这人生来就会对女的好。在家里，我也是对姐姐妹妹好，看见哥哥弟弟就觉着不顺眼，连话都不想说。"

一个小土匪走进来，把剪刀和纸放下，出去了。

宝翠开始剪纸。

宝翠把剪好的纸递给杨贵小。

杨贵小接过纸，说："真的好看哩。"

宝翠说："我再给你剪一张。"

杨贵小还在看剪纸。

宝翠猛地一剪刀连刺带剪，剪向杨贵小的喉管。

杨贵小"噢"了一声，挣扎了几下，倒下去了，喉管里"哼哧"了两声，宝翠连着又向杨贵小脖子扎刺了几剪刀。

杨贵小的身子还在扭动，想坐起来，可显然没有力气，起不来了，然后气管"吭哧哧"直响。

门外的两个小土匪中的一个说："响起来了，连灯都不吹就开始了。"

一个土匪说："我看看。"

小土匪用手在嘴里蘸了一下口水，往开捅窗纸。

宝翠吹灭了灯。

那个土匪遗憾地说："看不成了。"

宝翠摸索到了杨贵小的手枪，塞进了自己的包裹里。

杨贵小的气息渐渐地弱了。

过了一会儿，宝翠摆好杨贵小的身子，又点着了灯，说："你睡吧，我出去方便一下。"

宝翠抱起包裹，走到门边，拉开门。土匪退在土龛口处。

一个土匪说："你不能出去。"

宝翠说："老娘都成了杨大哥的人，你们还管老娘？老娘做了那事，要去方便。"

两个土匪让开了。

一个土匪指着宝翠手中的包裹问："你方便还拿着包裹干什么？"

宝翠说："糊涂！女人的事都不明白？白当了一回男人。"

两个土匪愣住了。

宝翠走了。

宝翠出了破土围墙，慢悠悠地转了个弯，离开两个土匪的视线，撒腿便跑。

宝翠一直跑到一个山头上，才喘着粗气坐了下来。

两个土匪守在门口。

一个土匪说："这个娘儿们怎么还不回来？"

另一个土匪说："这头儿怎么也没动静。"

先说话的土匪疑惑地说："不会出什么事了吧？叫一下头儿。"

另一个土匪叫道："当家的，当家的。"

先说话的土匪慌了，说："出事了！进去看看。"

两个土匪进去了。

一个土匪看到杨贵小脖子上的血，摸了一把杨贵小。

另一个土匪惊慌地说："大事不好，当家的死了。这怎么办呀？咱们眼皮子底下出了这么大的事，我们不好向弟兄们交代啊，赶紧逃走吧。"

两个土匪很快就逃走了。

八

宝翠不敢再在山里转了，连夜来到横山城。城门紧闭不开，宝翠就靠在城门边坐了一夜。

第二天早上，城门一开，她准备进城时，突然意识到自己身上带了手枪，弄不好就会惹出乱子，所以把手枪丢在城墙的角落，然后才进了城。

宝翠走进骡马店。

伙计看见了宝翠，急忙上前招呼。

王宏远看到一个女子，急忙走过来，绕到她对面。当他见这女子是宝翠时，摇了摇头，叹息了一声，自语道："还以为还是我的女子。"

王宏远转身走了，可走了几步，又返回来，问："这女子从哪里来啊？"

宝翠说："我找人。"

王宏远说："我问你是从哪里来。"

宝翠低头不语。

王宏远说："这兵荒马乱的年月，一个女人家，最好不要出门。"

王宏远说罢就走了。

宝翠住进了客房。

伙计说："你好好歇着吧，有什么事，给我说一声。"

宝翠问道："刚才那个人怎么了？有点怪。"

伙计说："那是我们的店主。他也有一个女子，就你这么大，跑来跑去，三两个月才回一趟家，也不晓得干什么。我们掌柜的见了单身女子住店，就不由得关心，问长问短。"

宝翠说："你们这里有红军游击队吗？"

伙计警觉地问："你问红军游击队干什么？"

宝翠想了想，说："听说红军游击队见甚做甚，我怕遇到了他们。"

伙计说："他们没有固定地点。前几天还说到我们横山这一带。不过，最近榆林的井秀成井大人派来了几个营的兵力，游击队躲开了。"

宝翠问："他们会躲在哪里呢？"

伙计说："这个我不清楚。"

伙计说罢，出来找到了店主。

伙计说："店主，刚才那个女子问咱们这里有没有红军游击队。"

王宏远坐直了身子，望着伙计。

伙计说："我看她像大户人家的子女，是逃出来的，说不定要找游击队当红军。可她又说她害怕遇上红军游击队，我看她胡编乱造哩。"

王宏远说："不要瞎说。明天把她看住，不要让她走了。"

第二天早晨，宝翠收拾好行装，出了门，叫道："伙计，我走了。"

伙计忙跑过来，说："这位女子，这几天你不能走。"

宝翠一惊，问："为甚？"

伙计说："这几天我们这里有国军有土匪还有游击队，乱哄哄的，你出去就会出事。"

宝翠犹豫了一下，说："没事的。"

宝翠又抬脚要走。

伙计急忙挡住了宝翠。

宝翠说道："这里是客店，我想住就住，想走就走，你凭甚挡我？"

王宏远从客厅门里出来，说："这女子，你进来。我有话要问你。"

宝翠跟着王宏远进了客厅的门。

王宏远让宝翠坐下。

宝翠坐下了。

王宏远说："我一听你的口音，就晓得你是葭县人。你们葭县有两个赶牲灵的小后生，常在我这里歇店。一个后生扭得好秧歌。前几天才从葭县过来，到定边去了，过几天回来，说不定又会到我这里住。"

宝翠问："你说的那个爱扭秧歌的，是不是姓张？"

王宏远说："是，就是姓张，叫张天明。"

宝翠惊喜地说："我认识他。"

王宏远说："是吗？那你就更要相信我了。你是不是从家里逃出来的？"

宝翠没有吭声。

王宏远叹息道："如今的子女呀，父母都管不了了。你是不是要找红军游击队？"

宝翠更不敢吭声了。

王宏远说："你还是不相信我？也难怪，我凭什么让你相信。我给你说，这几天榆林井大人井秀成派来了几个营的兵力，来'剿灭'红军游击队，对过往的人盘查得很严。一句话对不上口，就拉去坐禁闭了。你还敢打问游击队的下落？我劝你在这里住几天。你一定要找游击队，我替你打问。"

宝翠问："你为甚要帮我？"

王宏远叹了一口气，说："我也有个女子，就你这么大。她……有些事，我就不能向你直说了。况且，你也没对我说什么呀。你先住下来。有国军来盘查，你就一口咬住说是我的女子。"

宝翠还以怀疑的目光望着王宏远。

九

遭遇土匪杨贵小，宝翠不敢再到山里寻找红军游击队，就听从了王宏远的建议，住在了骡马店干杂活。

有一天，宝翠正在做饭，张天明和招弟牵着骡子走进院子。

伙计上前招呼道："二位客官来了？怎么将走了几天又来了？"

张天明笑着说："你们这里以后就是我们常住的店了。"

二人走进客房，招弟说："人家的女子早走了，你住这里和不住一样。"

张天明笑道："你听到过'爱屋及乌'的说法没有？这大概就是吧。"

伙计走进来，说："我们这里前些天来了一个女子，说是认识你们。她到处寻找游击队，我们店主怕出了事，就把她挽留下来了。"

张天明问："是谁？走，咱们看看。"

伙计说："俊模俊样的一个女子。"

伙计说着，引上张天明和招弟出了门，把两人引在厨房门边，说："你们进去吧，就在里边。"

张天明和招弟一前一后走进了厨房。

宝翠正在厨房做饭，听到有人进来了，掉过头，看到了张天明和招弟。

张天明和招弟愣住了。

宝翠也愣住了。

张天明向后退了一步，惊异地问："你是宝翠吗？"

宝翠突然笑了，说："是，我就是宝翠。你是张天明，他叫招弟。我说的没错吧？我不是鬼吧？"

招弟说："你不是跳黄河了吗？怎么会在这里？"

张天明说："我们都亲眼看见曹家给你办丧事哩。"

宝翠说："我在曹家待不下去了。他们把我逼不死，也会逼疯的。我把鞋放在黄河畔上，造了个假象，逃出来了。"

张天明说："你早该出来了。"

招弟问："你逃出来准备到哪里去？"

宝翠干脆地说："找游击队，找钞义达。"

招弟说："我们上一趟走三边还看到过义达。他听说你死了，气得都昏倒了。"

宝翠急忙问："他在哪里？"

张天明说："这游击队就没有个固定的地方，到处跑。我们头一回见到他后，心想只要在这条道上走，就常能见到他，没想到，这条道上走了几个来回，都没再遇到他。我们还以为他出事了。前几天冷不丁就遇到了他。"

宝翠说："你们带我找他去。"

招弟说："我听游击队的人说他们要南下。南下到哪里，我们不清楚。"

张天明说："这样吧，你就住在这里。我们替你出去寻找。"

十

张天明和招弟在山山峁峁上行走奔波了两天，来到他们上次到过的营地。

营地空无一人，连住过人的痕迹都没有。

张天明说："上一回就在这里见的义达呀。怎么如今连甚踪迹都没有了？"

招弟说："上一回见义达，不是一场梦吧？"

张天明叹息道："也真像一场梦。"

张天明和招弟找了几天钞义达，可连红军游击队的一点踪迹都没有找到，只好回到了骡马店。

宝翠着急地迎上来。

张天明说："我们把这附近的地盘都找过了，没有找到。"

招弟说："我看他们肯定走远了。"

宝翠说："你们回去吧。我一个人找。"

张天明说："不行。义达哥都为你昏倒了。你要是在找他的过程中出了麻烦，义达哥他还怎么活？我们不能让你一个人走开。"

门被推开了，王宏远走进来。

王宏远说："女子，你的心思我晓得，可你乱找是找不到游击队的。我说你还是先在我这里住下来，我帮着你找。我迟早能问到他们的准信的。你在我这里住下来，帮着做点杂务，我管吃管住，有饭没工钱，行吧？"

张天明说："我看行。宝翠姐，只要你不走开，我们接送货时，也帮着你找。"

招弟说："对啊。我们几个人找，总比你的眼界宽啊。要是你也出去找，我们也找。就是我们找上人了，又会找不上你，你和义达哥还是见不上面。"

宝翠想了一想，点点头，强调道："你们回到老家，给我哥说一声，就说我还活着。再到谁跟前都不敢提我的名字。再留心看一看小恩畅。"

说到恩畅，宝翠的眼圈红了。

黑夜，招弟和张天明正在说话，宝翠走进了客房。

招弟和张天明急忙下了床。

张天明叫道："宝翠姐。"

宝翠把手中的东西放在床上，说："我买了一斤烧酒，还有几个鸡蛋，犒劳犒劳你们弟兄俩。"

招弟说："你出来也不容易，还为我们花甚钱。"

宝翠说："没事。给你们弟兄吃两顿饭的钱我还是有的。以前没有好好地照顾你们弟兄，我如今想起来都有些后悔。"

张天明说："宝翠姐你对我们就够好了。"

宝翠笑道："不说了，天明。你这张嘴这么甜，我不对你们好也不行了。你们两个走时把脚样子给我留下，没事的时候，我给你们和义达做几双鞋。"

十一

王兆明和王茵坐在窑洞里说话。

钞义达在门外喊道："报告！"

王兆明说："进来。"

钞义达走进窑洞。

王兆明站起来，伸手握住了钞义达的手。

钞义达感到莫名其妙，说："天天在一起，见面还要握手？"

王兆明拍拍钞义达的手，说："咱们就要分手了，我真是舍不得让你走。"

钞义达问："我走？我走哪里？"

王茵说："陕北各地最近特务活动猖獗，大举搜捕残害进步人士。特委指示我们尽快除掉特务骨干分子，打击他们的嚣张气焰。乔子奇请你出山，参与除特行动。"

王兆明笑道："乔子奇也真会选人。在这方面，你钞义达是高手。我们都是见识过的。"

钞义达说："服从命令。"

王兆明又笑道："和美女在一起活动，那是福分啊。"

钞义达看着王茵，笑着问："是福还是祸呢？"

王茵嗔怒道："你钞义达还真会钻空子。"

王兆明又笑道："是的，他就会钻空子，打游击是好手。其他的本事嘛，以观后效。"

三人同时笑起来了。

十二

钞义达和王茵走在山路上，天快黑下来时，他们走进了沙漠里。

王茵说："咱们只能在沙漠里过夜了。"

钞义达问："你来来回回在这条路上走，也是在沙漠里过夜的吗？你不怕吗？"

王茵说："我一个人走，就绕着走大路。不过，走大路要多走几十里的路程。"

钞义达说："你一个女人家，跑来跑去，也够大胆的。"

王茵笑道："胆子是练出来的。"

钞义达和王茵两人躺在沙漠上。

夜空群星闪烁。

王茵翻过身，凑到钞义达身边，说："义达，你给我讲讲你和宝翠的故事吧。在星星闪烁的夜空，在寂静无声的沙漠里，讲爱情故事，是多么富有诗意呀。"

钞义达说："那你先讲。"

王茵说："你倒会打反击战。好吧，我先讲。有几个男的跟我关系挺好的，可都不远不近，就像你这样的。他们谁也没有主动跟我说过什么。"

钞义达说："都像我这样的？那算甚呀。"

王茵说："有一个小毛孩缠过我，挺可笑的。我和他凑了凑热闹，就没有事了。你讲讲你的故事。"

钞义达说："我从小和宝翠一起长大，后来她就出嫁了。"

王茵问："就这么简单？我要你讲故事。"

钞义达说："挺沉重的一件事。"

王茵问："你是不是想就这么空守她一辈子？"

钞义达忧伤地说："她走了，我空守都守不成了。"

十三

天色亮了，钞义达和王茵站起来，向沙漠深处走去。

太阳高悬，沙漠里炙热烤人。

王茵汗水淋淋，步履艰难。

钞义达搀扶着王茵。

王茵说："要晓得这么难走，我们就不走这里了。"

钞义达说："我们的一个赶牲灵的前辈，就倒在这条路上殁了。"

王茵"啊"了一声："那你为什么不早说？我们可不能无谓地去送死。要死也要死在战场上，死在敌人的枪口下。"

钞义达说："如今还没到深秋季节，一般不会有暴风。沙漠里死人，往往是刮暴风，天阴看不到太阳，迷了路，走不出去，才饿死渴死的。"

王茵说："我实在是走不动了。"

钞义达说："咱们歇一歇。"

两人坐下来。

天色渐渐地暗淡了。

钞义达说："我们还得在这里歇一夜。"

王茵说："没事的。干粮和水都够吃够喝。"

两人坐下吃干粮喝水。

两人又躺在沙漠上睡觉。

王茵问："假如我病了走不动了，你会不会一人走了？"

钞义达说："怎么会。我就是死，也要把你背出去。要么就一起死。"

王茵问："为什么？"

钞义达说："你是我革命的同志呀。"

王茵问："仅仅是革命的同志？作为女人，我身上就没有让男人心疼的地方？看来我也是白当女人了。"

王茵长叹了一口气。

钞义达说："谁敢心疼你。那一双双眼睛都在盯着你。要是谁先下手了,谁肯定会被撕个粉碎。"

王茵说："今天没有人看着。你不觉得是你下手的好时机吗?"

钞义达没有吭声。

十四

钞义达、乔子奇、王茵走进红石峡。

红石峡谷里,溪水潺潺。

峡谷悬崖上有许多石窟,没有石窟的崖壁上,处处是石刻。

钞义达、乔子奇、王茵走进了一孔石窟。

乔子奇说："陕北特委的二次扩大会议就是在这里召开的。"

王茵点点头,对钞义达说："二十六军的军长刘志丹,是这次会议的主要负责人。"

乔子奇说："这次会议对我们陕北的武装革命斗争,起到了至关重要的作用。"

乔子奇接着对钞义达说："今年夏秋,我们陕北发生了很多大事。先是新组建了红二十六军。七月二十三日至二十五日,中共陕北特委代理书记马明方,和特委主要负责人王兆卿、马文瑞等同志在葭县高起家洼高禄孝家中,召开了陕北特委第四次扩大会议。会后,高禄孝、王兆卿、毕维周途经镇川时,住在地下党员崔明道家里。敌人逮捕被叛徒董培义告密的崔明道,连同高禄孝、王兆卿、毕维周一起逮捕了。同时,米脂城内的高庆恩和王守义也被特务逮捕。这六名同志在八月三日被国民党反动派杀害在无定河畔。我党在葭县、米脂一带的地下工作遭到了严重的破坏。七月二十八日,叛徒出卖了我们的省委书记杜衡。杜衡是你们葭县人,被特务逮捕后叛变,中共陕西的组织遭到了严重的破坏。八月十一日,陕北特委负责人马明方、马文瑞、常学恭等同志又在葭县的寨子沟召开了特委会议。会议决定尽快恢复葭县县委的工作,尽快组建新的地下党交通联络组织，联系各地武装组织，继续发动群众，搞武装革命斗争，开展轰轰烈烈的群众运动。我们决定在葭县建立秘密交通站。葭县虽然东临黄河，靠近山西，看起来偏僻，其实战略位置很重要，是北到神府、西至绥米、南至吴堡的承接中心地带。特委的主要领导，经常在葭县一带活动。所以建立新的交通联络组织，尤为重要。组织决定让你和王茵回葭县建立交通站，秘密协调交换各县情报，中转从山西运过来的军用物品，秘密协助各地进行武装斗争。"

钞义达看了一眼王茵，问："王茵不是说让我出来除特的吗？搞地下工作我恐怕不行。"

乔子奇说："原来我们想让你参与除特行动。前天特委指示建立葭县秘密交通站，一时没有合适的人，就选你和王茵回葭县。你们回去后，开上一家商号，然后组建一队骡马队，以赶牲灵来掩护，同时还可以运送武器，联络送信。葭县和榆林、神木、米脂、绥德五个地方的接头送情报的地点，我给你们交代，有变化，我会随时通知你们的。你们到葭县后，首先在葭州杂货铺接头，老板会告诉你另外一个接头人的接头事项。你们在外界没有暴露身份，你们俩人的关系不错，就以夫妻的身份回葭县。出走一年时间，引着妻子回老家过日子，是正常的事，引不起任何人的怀疑。当然，你们要是真的结婚，是要经过组织批准的。"

钞义达和王茵两人对视了一眼。

王茵羞涩地垂下了头。

乔子奇说："你们两人为一个行动小组，具体事务由钞义达负责。重大决定，由王茵做决定。"

钞义达不满地问："你是说，由王茵领导我？"

乔子奇点点头。

十五

钞义达和王茵提着行李，行走在榆林街道上。突然，有人伸手从后面扳住了钞义达的肩头，钞义达一惊，扭过了头。

候小正朝着钞义达傻笑。

钞义达说："是你，候小？"

钞义达不由得打量起了候小。

候小衣着破烂，脸上有汗迹，也有黑道子，头发乱糟糟的，一看就是个流浪汉。

候小没有被钞义达看得不好意思，反而看着王茵，问："这女子是谁呀？"

钞义达说："是我的家里人。"

候小说："你都结婚了？看你穿戴得这么好，又跟着大美人，你钞义达肯定是大发了。你们做甚买卖？"

钞义达笑着说："我们就是做点小买卖。"

候小说："那你快请我吃饭。我快饿死了。"

钞义达说："好，我们到饭馆请你好好吃一顿。"

三人来到小饭馆，坐在凳子上。

候小感叹道："你义达终于活成人了，我却连饭都吃不上了。我是靠着乞讨才回来的。"

钞义达说："只要你跟着弟兄，有我的饭吃，也就有你的饭吃。"

候小问："你有婆姨，我也能有婆姨吗？"

王茵笑了。

钞义达说："那要看你的本事了。"

候小说："我人样不行，也不求找个俊女子，能生娃娃过日子就行了。"

店伙计端上来一碗面。

候小看看面碗，又看看王茵。

钞义达笑着说："吃吧。"

候小朝王茵笑笑说："那我就吃了。"

王茵说："你吃吧。一碗不够再给你上一碗。"

候小马上端起碗大口大口地吃起来。

十六

钞义达、王茵、候小三人走在山路上。

候小说："晓得你做买卖去赚钱，我当时也会跟着你走。"

钞义达质问道："你不是老说跟着我就倒霉吗？"

候小说："这回没跟你，吃了大亏。你不晓得，我在包头这里做两天，那里干三天，连饭都吃不饱。要回来，骡子没了，还欠着曹家的货，就不敢回来了。"

钞义达问："那你如今敢回来了？"

候小说："外面实在混不下去了，不回来就没有活路了。你说让国军劫咱的事回去咋对人说？"

钞义达说："就说让土匪劫走了骡子和货，千万不敢说是国军抓咱当兵的事；说了，我们不是再上战场送死，就是被就地正法。"

候小说："这就麻烦了。哄人的事，我真不会说。"

钞义达大声说："不会说？你就死定了。要不，你就不要回葭县了。"

候小眨眨眼，说："我不会说的。说了就要死，放在谁身上也不会说。"

十七

钞义达和王茵收拾两孔窑洞的小院。

两孔窑洞的墙壁上，有一个过洞。

窑洞里，王茵在整理物品。

钞义达看了一眼窑洞，说："像个家了。"

王茵笑着问："你住过这么好的家吗？"

钞义达说："没有。"

王茵问："黑夜怎么睡？"

钞义达说："你安排。"

王茵犹豫了一下，说："我在过洞这边睡，你在过洞那边睡。"

钞义达说："行。"

王茵脸色沉沉地垂下了头。

十八

井秀成官邸，井秀成坐在椅子上。

陈世英走了进来。

井秀成冷冷地问："来了？"

陈世英忙说："来了，井师长。"

陈世英急忙从包里找出五根金条，放在办公桌上。

陈世英说："这是给井师长带的一点小礼物。"

井秀成猛然站起，用力将金条推在了地上，地上响起了金属的声音。

陈世英傻眼了。

井秀成大声喊道："陈世英，我推荐你到葭县当县长，是让你破获葭县的地下'共匪'组织，不是让你去发横财的。你倒好，葭县的共党组织一个也没有破获，真的就当起了县太爷，只顾捞钱，不管党国的事业。陕北特委照旧在葭县活动闹事，而且越闹越凶，你还有什么脸面来见我？"

陈世英灰溜溜地说："井师长，我想在葭县站住了脚跟，再破获共党地下组织。没有根基，什么都干不成。"

井秀成质问道："一年多时间了，你还没有站稳脚跟？"

陈世英说："我正在准备行动哩。"

井秀成说："你再没有动作，就准备走人吧。按说你也是中统的老牌人物，怎么就染上了这么重的官瘾。"

十九

陈世英坐在办公室，不断地吸着烟。

曹余正在门外喊道："报告！"

陈世英说："进来！"

曹余正走进了县长办公室。

陈世英霍地站起来了，摔掉了手中的烟头，大声说："我挨训了，曹余正。"

曹余正感到莫名其妙。

陈世英接着坐下了。

曹余正还站在原地不动。

陈世英平静了，指着椅子说："曹局长，不对，现在警局改成民团了，要叫你曹团长，坐，坐。"

曹余正坐下了。

陈世英说："曹团长，我们没有破获一起共党组织，我受到了上级的严厉批评。我们要做点事情了。只要能破获葭县的地下共党组织，或抓获陕北特委的头头们，你我前途无量。你给我说，你愿意不愿意效忠党国？"

曹余正站起来，站成立正姿势，说："愿意！"

二十

小街边的铺子外，候小挂上了德成商号的牌子。

候小走进商号，高兴地对钞义达说："今天我就正式成了你的伙计。"

钞义达问："谁说的？"

候小反问道："不是吗？"

钞义达说："我给你头骡子，你赶牲灵接送货物。"

候小愣了一愣，不高兴地说："还要受那罪？"

钞义达说："前些日子你想受那罪都受不上。咱还欠着曹景升的货物，也得我一人还。"

候小不吭声了。

二十一

曹余正引着几个团丁，在小街上晃悠晃悠地往过走。

曹余正看到德成商号，说道："这条街上又新开了一家商号？我怎么不晓得。走，进去看看。在我的地盘上做买卖，不交银子还能行？"

曹余正带着几个团丁，走进德成商号。

钞义达正在打理货物，听到有人进来了，连忙抬起头，看到来人是曹余正。

两人都愣了愣。

钞义达首先说话了："曹局长，你好！"

虎明不满地说："甚曹局长。这是我们保安团的曹团长。"

钞义达说："曹团长，你好！"

曹余正不屑地说："哎呀，一个赶牲灵的，也开了商号？"

钞义达说："混日子过呗。"

曹余正冷笑了："我让你好混不成。"

钞义达说："看来，曹团长还是想和我过不去。"

曹余正说："你还欠着我家的货物。"

钞义达说："我会和老东家往清结账的。"

曹余正说："我看你是把我家的货物卖了做资金，来做买卖的。"

钞义达说："事到如今，就由你说了。"

曹余正说："你晓得，宝翠心里一直装着你。"

钞义达说："宝翠是你家的媳妇。"

曹余正说："宝翠可是跳黄河死了。"

钞义达愤恨地睁圆了眼睛。

曹余正冷笑道："我们家的媳妇，你心疼甚哩！"

钞义达没有吭声。

曹余正说："老实说，你一走就是一年时间，做甚去了？"

钞义达说："劫匪把我们抢了，我们没脸回家了。"

曹余正说："你在外边干甚事情？"

钞义达说："做点小本买卖。"

曹余正说："做小本买卖？这几年共党分子以做买卖打掩护，活动'猎獭'，严重扰乱了社会秩序。你不是共党分子吧？"

钞义达说："不是。"

曹余正说："不是？我看你就是。一年来神不知鬼不觉就不见面了，再回来，就成了生意人。你说你一年时间到底在做甚了？"

钞义达说："做买卖。"

曹余正说："你不是在做买卖。依我看，你不是投靠了共党，就是当了土匪。走，跟我到县保安团走一趟。"

钞义达说："我去保安团做甚？曹团长。过几天时间，我要到府上和曹老东家结算过去的那点买卖。"

曹余正说："到我们府上？煮熟的鸭子，我还怕你飞了不成？走，先到保安团，把你的来路说清楚。"

曹余正引的几个团丁把钞义达推出了门。

钞义达把一个今日盘点的牌子挂在门面上，锁上了门。

钞义达离开商号不久，王茵来到了商号门前。看到了今日盘点的牌子，她吃了一惊，转过身，急急地往回走。

二十二

看守所紧邻县政府大院，曹余正看着两个团丁将钞义达押进了牢房，得意地打了一声口哨，转身离开了看守所的大门，向县长办公室走去。

曹余正进了县长办公室，向陈世英叙述了捉拿钞义达的过程。

曹余正说:"一年不露面,回来就成了生意人,我看有问题。"

陈世英不满地说:"他若是'共匪',你就打草惊蛇喽。"

曹余正一怔,忙说:"我把他放了。"

陈世英说:"我来放吧。"

曹余正把钞义达带进了审讯室。

随后,陈世英也进来了。

陈世英说:"年轻人呀,三进宫?"

钞义达说:"我没有犯法。"

陈世英说:"我也没有说你犯法了。这叫例行审查,外边回来的人,我们都要审查。你这一年来跑到哪里去了?有谁证明你在做买卖?"

钞义达说:"我婆姨。我结婚了,才和婆姨一起回来了。"

陈世英说:"既然你有了妻室,再回来,这还能说得过去。"

陈世英说罢,就背抄起手走了。

二十三

王茵从家里出来,向商号走去。

王茵走到商号前,看见商号还是那个样子。

王茵走到商号对面,问杂货铺的伙计:"请问伙计,你看见对面的商号老板了没有?"

伙计说:"让当兵的带走了。"老百姓叫县保安团的团丁也叫当兵的。

王茵吃了一惊,急忙走了。

王茵走到县政府大门前,徘徊了两圈,又掉头走了。

王茵回到小院的大门前,没有进大门,焦急地四下张望。

钞义达出现在小巷的前头。

王茵看见钞义达,急忙迎上去,惊恐地问道:"出了什么事?"

钞义达进了大门,说:"保安团团长曹余正把我带到了保安团,说是例行审查,其实他是公报私仇。"

王茵说:"快要把我急死了。我在这里人生地不熟,又没有能联系上的人,什么都问不上,只有干着急。你再过两天不回来,我只好回榆林汇报了。"

钞义达说:"工作没有开展,出了这种事,真不好办。"

王茵说:"我们要尽快跟当地的联络员接头。我们一旦出了事,也能找人通报。"

钞义达说:"我正在物色伙计。有一个伙计,能解决目前的这种状况。"

王茵说:"候小不行吗?"

钞义达说:"不行。他这人嘴不牢靠,太爱说了,见甚说甚。我们尽快与地方组织联系,以后有甚意外,也好互相接应。"

第十四章

一

钞义达和王茵走进一家杂货铺。

吴帆走上前，问道："请问先生，要甚货？"

钞义达说："我想买书。"

吴帆说："这里是杂货铺，不卖书。"

钞义达说："葭县有没有书店？"

吴帆说："没有。不过我可以搞到书。只是不晓得你想要甚书。"

钞义达说："唐诗宋词方面的书。不过，要旧版本。"

吴帆问："唐诗没有旧版本，宋词有一本叫《宋词选注》，版本也不算太旧，民国元年印刷出版的。是我朋友让我打问买家的。"

钞义达说："让我看看。"

吴帆看了一眼王茵。

钞义达说："这是我内人。"

吴帆说："书在里边。请。"

钞义达对王茵说："你在外面等我。"

钞义达和吴帆进了套间。

吴帆说："我叫吴帆，是葭县县委的交通员。我们正在等你的接应。"

钞义达说："我们刚到葭县，我就让保安团团长捉进了牢房。来晚了。"

吴帆一惊，问："没事吧？"

钞义达说："还好，只在牢房蹲了半天。保安团团长曹余正看见我开铺子，故意刁难我。"

吴帆说："没事就好。"

钞义达说："我引起了曹余正的怀疑，办商号可能是一个失策。"

吴帆说："不办商号，你的点就不好联系了。"

钞义达说："我想尽快组织起赶牲灵的队伍。"

吴帆问："有合适的赶牲灵的吗？"

钞义达说："还没有。我过去的几个弟兄还没见上面。"

吴帆说："等你的工作展开了，再筹划赶牲灵的队伍。新的县委书记还没有到位，他来了我再引你和他见面。我有甚意外，你就按我给你说好的暗号到白云山联系新的接头人。"

二

曹余正坐在椅子上，悠悠地吸着纸烟。

虎明站在曹余正对面。

曹余正说："钞义达这小子这回回来，人模狗样的，引着时尚的太太，做起了买卖，还真成了个人物了。"

虎明说："我们再治治他，让他好活不起来。"

曹余正站起来，说："从今天开始，你要注意他的行踪。虎明，你这个特务队长，总算能够派上用场了。"

陈世英推门进来了，曹余正和虎明站起来，齐声叫道：

"陈县长。"

陈世英问："这几天有什么收获？"

曹余正说："没有。"

陈世英说："挨家挨户，进行一次清查，做到城不漏户，户不漏人。遇到可疑人家，全部登记，我们一起审查。"

曹余正说："是。"

三

官兵、团丁横冲直撞，东家门进，西家门出。

叫声喊声响成一片。

有人被抓起来了。

团丁把一些人押进了看守所。

四

吴帆走出葭州杂货铺。

虎明引着两个特务跟在他身后。

吴帆发现有人跟踪，走进小巷里。

虎明也进了小巷。

两个特务守在城门前。

吴帆走到城门前。

虎明依然跟在吴帆身后。

虎明向守在城门前的两个特务一挥手，两个特务一跃扑过来，用手枪抵住了吴帆。

钞义达走到街道上。

虎明和几个团丁押着吴帆走过来。

钞义达愣住了，不由得站住。

吴帆也看到了钞义达。

吴帆一行走在钞义达身边。

吴帆站住了。

虎明推了一把吴帆，说："快走。"

吴帆说："不想走了。"

虎明说："你想找死？"

吴帆说："男子汉大丈夫，还怕死不成？"

虎明说："快走。"

吴帆说："在街上见到买卖上的朋友，总能打个招呼吧。"

虎明质问道："你还想做甚？！"

吴帆说："我想给买卖上的朋友捎句话，就说我宁死，也不会出卖朋友的利益。"

吴帆说着扫了一眼钞义达。

钞义达轻轻地点了点头。

五

王茵正在收拾家里。

钞义达走进来了。

钞义达说："吴帆被逮住了。我在街道上看到了。"

王茵一惊，问："交通站被破坏了？"

钞义达说："还不晓得。我去葭州杂货铺周围走一趟。我们先不要回家。你到街道上转一转，注意身后。如有尾巴，快速脱身回榆林。没有异常情况，三点钟在南城外见面。"

王茵说："你现在去杂货铺太危险了。"

钞义达说："我不进杂货铺，就在外围看一看。"

钞义达向杂货铺方向走去。

钞义达走到杂货铺附近，站住了。

曹余正和陈世英从杂货铺出来。

曹余正看到了钞义达。

钞义达装作没有看到曹余正，走过去了。

曹余正追上来，喊道："站住。"

钞义达没有站，照常往前走。

曹余正说："站住，钞义达。再不站住，就开枪了。"

钞义达站住了。

曹余正握着枪，走到了钞义达身边。

曹余正说："转过身来。"

钞义达转过了身。

曹余正用枪指着钞义达问："你在这里做甚？"

钞义达说："走路。"

曹余正问："不进杂货铺看看吗？"

钞义达说："今天就不进去了。"

曹余正说："听说你前两天进过这个杂货铺。"

钞义达一怔，说："本人也是商号的生意人，随时都会进杂货铺的。"

陈世英也走过来了。

陈世英打量了钞义达几眼，说："是你小子。忙什么？"

钞义达说："走路。"

陈世英问："怎么就走到这里来了？"

钞义达说："就走到这里来了呗。"

陈世英说："说得好，说得好。"

陈世英挥挥手。

钞义达走了。

陈世英望着钞义达的背影出神。

曹余正问："钞义达这个人平时是火暴子脾性，对谁都不服气。这次回来，性格温和了不少。他身上有好多疑点。"

陈世英意味深长地说："此人很精干，看起来像一条大鱼。"

六

王茵在城南门口前溜达。

钞义达走出城门，走到王茵跟前。

钞义达问："有没有尾巴？"

王茵说："没有。"

钞义达说："交通站破坏了，我们和地下组织没办法接头了。我们先到南面走一走，避避风。"

七

吴帆被绑在柱子上，浑身是血迹。身边站着两个打手。

曹余正坐在椅子上。

曹余正说："能说了吧？吴帆。再不说，就打死你。"

吴帆有气无力地问："你让我说甚哩？"

曹余正说："说你们的人在甚地方。"

吴帆说："不晓得。"

曹余正恼羞成怒，喊道："还是不说。打。"

两个打手又开始用鞭子抽打吴帆。

八

钞义达和王茵走到旧窑洞前。

钞义达指着旧窑洞，说："这是我们弟兄们住过的窑洞。"

王茵问："这是谁家的窑洞？"

钞义达说："说来话长了，以后给你说。"

钞义达和王茵走进大门。

旧窑洞门上挂着锁子。

钞义达耳畔响起了他和招弟、张天明、候小的嬉闹声。

候小的声音："我们走路走在一起，住又住在一起，我们是真弟兄了。"

钞义达的声音："我们就是真弟兄。"

招弟的声音："我们一辈子不要分开。"

张天明的声音："谁先离开我们，我们就一起打他骂他。"

离开旧窑洞，钞义达和王茵向大峪纸坊走去。

大峪纸坊，孙旺才正在观看新晒出来的麻纸。

钞义达和王茵提着礼物，走进大峪纸坊。

孙旺才向钞义达迎过来，说："听候小说你回来了，我正想到城里看望你们呢。"

钞义达说："你是东家，应是我们看望你才对。"

钞义达转身对王茵说："这是孙东家。"然后他又对孙旺才说："这是我那口子。"

孙旺才说："这不是去年来找你的那个女子吗？我当时就看出你们有点眉目了。好，好，好。你这就叫成家立业了。请。"

孙旺才、钞义达、王茵三人先后出了大峪纸坊，过了小巷，进了孙家大院，进了客厅。

坐下后，孙旺才问："买卖怎么样？"

钞义达说："刚开张，还没甚买卖。"

孙旺才说："你愿意经营我们的纸的话，我让利给你经营，冬天一次清账。"

钞义达笑着说："这太好了。"

孙旺才说："你在葭县的买卖刚刚起步，有甚困难，你尽管说。"

钞义达说："有困难，肯定要麻烦孙东家的。"

孙旺才说："你也是东家了。以后你就不要叫我东家，我们是弟兄呀。"

孙旺才说罢大声笑了。

钞义达和王茵也跟着笑了。

钞义达说："王茵，你在孙东家这里待小半天，我到木头峪走走。"

王茵说："行。"

这时孙刘氏进了客厅的门，还抱着一个孩子。

钞义达叫了一声嫂子，看见孩子尚小，问："这孩子都长大了。"

孙刘氏高兴地说："是呀，都会说话了。"

孙刘氏脸上露出得意的神色。

钞义达急忙从怀里掏出两块银元，递给了孙刘氏。

孙刘氏不接，那个孩子盯着银元看。

钞义达递给孩子，孩子的小手伸出接住了。在场的人都大声笑了。

随后，钞义达向孙旺才招手，先出了门。

孙旺才跟了出来。

钞义达低声说："我想到宝翠墓地走走，你给我说说她的墓地的准确位置。"

孙旺才沉痛地说："那墓地也只不过是衣冠墓，没甚看头。"

钞义达说："哪怕就只有她的名字我也要看。"

孙旺才说："在木头峪西面的山上，面向着木头峪村。从木头峪上山的路上向北走一阵子，就到了墓地，有墓碑。"

王茵在客厅里倾听外边的钞义达和孙旺才说话。

钞义达向里说道："王茵，我走了。你不要乱跑。"

钞义达说罢转身就走，出了峪口村，疾步行走在黄河沿岸的路上。

钞义达走后，孙旺才突然想起了什么，走进客厅，对王茵说："钞义达是个火暴子脾性，会不会跟曹家闹事？咱们快追他去，把他挡回来。"

九

钞义达站在宝翠的墓地前，神情哀伤地望着墓碑。

钞义达说："宝翠，义达哥看你来了。"钞义达说着，泪水滚出了眼眶。

突然，钞义达狂吼道："宝翠，义达哥今天要为你报仇。"钞义达说罢，就风风火火地向山下跑去。

曹景升走过来了。

钞义达怒视着曹景升。

木头峪村的西路口，出现了孙旺才和王茵，他们看到钞义达和曹景升，惊呆了。

孙旺才和王茵急忙跑过来了。

王茵说："钞义达，你想做甚？"

钞义达问："你们怎么来了？"

孙旺才说："义达呀，你可不要做糊涂事。"

曹景升问："你要做甚哩？钞义达？"

钞义达愣了一愣，说："我到宝翠墓前看了看。还有些旧账和曹东家结一下。"

王茵长吁了一口气。

曹景升说："这也没甚呀。旺才，义达还是个有良心的男子汉。"

王茵忙说："你看，义达，这位先生是多么有胸怀的长者。"

曹景升笑道："过奖了。请问这位小姐是义达的甚人？"

钞义达说："内人。"

曹景升说："好。如今的年轻人就是好。你们都像新时代的人，出门敢带太太了。"

曹景升又看了看孙旺才，说："旺才，你来木头峪，也不进家里坐坐？"

孙旺才一扭头，没有理睬曹景升。

曹景升转身问钞义达和王茵："你们呢？"

钞义达说："我们顺路把曹东家的账结一下。"

王茵说："听说曹先生的大儿子是县保安团团长，我们今天来，其实就是想巴结曹先生的。"

曹景升得意地说："太客气了。请进家里坐。"

孙旺才向钞义达说他先回家了，然后转身走了。

钞义达和王茵跟着曹景升进了木头峪，走进曹家大院。

"坐吧。"在曹家客厅，曹景升慢腾腾地说。

钞义达和王茵在对面的凳子上坐下。

曹景升说："听说你们回来做买卖了，我听了很高兴。"

王茵说："以后请曹先生多指教。"

曹景升说："年轻人的脑子活泛，还用得着我们这些老头子指教吗？

哈哈。"

钞义达说："曹东家，那回给东家送货，半路上让土匪打劫了，我们也就不敢回来了。今天特向曹东家道歉。"

曹景升说："道歉就不用了。"

钞义达说："按照常规，我们赔付货物二分之一的银钱。我们再没有钱，这部分损失我还是认的。"

曹景升说："谁能证明你是被劫匪劫走了？我还想你们是把我的货在路上卖了，然后用卖货钱款做买卖。"

钞义达有些惊讶，说："曹东家还真和曹团长想到一起了。不过，义达再有天大的胆，也不敢这么做。再说，还有候小做证呢。"

曹景升说："候小是活不见人死不见尸，怎么做证呢？"

钞义达说："他回来了。"

曹景升向前倾了下身子，问："他回来了？混得也不错吧？"

钞义达说："他是沿门乞讨回来的。"

曹景升突然"哈哈"大笑了。

钞义达和王茵感到莫名其妙。

曹景升说："将才的话，是戏言，你们不要当真。不就是几匹布料吗？你们说怎么赔付，就怎么赔付。"

钞义达说："谢谢曹东家高抬贵手。"

门突然被撞开了，一个小男孩闯了进来。

男孩叫道："爷爷。"

曹景升爱怜地应道："哎。"

钞义达两眼注视着男孩。

男孩略有点清瘦，怯生生地望了一眼钞义达。

曹景升对王茵说："这是二儿余成的儿子，叫恩畅。他妈宝翠跳黄河寻短见了。"

钞义达脸上出现了难以言说的痛苦神情。

曹景升说："不瞒你们说，我先前是看到宝翠墓地上有人，就过来了。

你钞义达也是个有情有义的男子汉，令曹某佩服。这个宝翠呀，她殁了，我比你们都心痛。我们没有女儿，一直把她当女儿看待的。"

曹景升说着，失声痛哭了。

曹景升哭着说："我还没在人跟前哭过鼻子呀。"

十

钞义达和王茵行走在黄河畔上的栈道边。

路边，是陡立的悬崖峭壁。

路畔下，黄河汹涌澎湃。

王茵问："你说曹景升刚才是真哭呀还是假哭？"

钞义达说："看样子，是真哭。"

王茵说："你再不敢冲动了。今天我们要是不来找你，说不定已经闯下大乱子了。你回莨县的任务是什么？你这么一冲动，杀了曹家的人，后果是什么？是不是不用敌人的一枪一弹，就把自己的组织破坏了？你已经是一名地下工作者了，凡事要细思量，有耐心。"

钞义达说："看到宝翠的墓地，我就有点控制不住自己了。"

王茵正告道："记住乔子奇常说的一句话：地下工作者，要做到隐忍不发。我再告诫你一遍：乔子奇给我们都说过，在大事上，我们俩人的意见必须一致。这也是组织原则。"

钞义达说："开始在山上时，我真的就想去杀曹家的人，可真正看到曹景升，我就冷静了。你们来了时，我已经和曹景升碰面了，我只是瞪了他两眼，没有发作啊。"

王茵说："今天还算控制得不错。以后再进一步，就是合格的地下工作者了。"

一只老鹰，在悬崖上边来回盘旋。

钞义达指着悬崖对王茵说："这里叫鹰栈。有一个美好的传说。"钞义达接着讲起了鹰栈的故事。

一雌一雄的两只鹰蹲在岩石上。一个武夫用随身带的弓箭射中了雌鹰。雌鹰受伤，飞不动了，蹲在石头上。雄鹰盘旋在雌鹰上空，久久不肯离去。雌鹰断了气。雄鹰在天空飞了几圈后，猛然向悬崖石头上俯冲下去。雄鹰撞死了，从悬崖上跌落下来。武夫看到雄鹰一头撞向石头时，惊呆了。

钞义达说："两只鹰死了后，那个武夫爬上悬崖，把两只死鹰放在石旮旯里，用石头垒住。第二天，武夫又请人用凿子刻下了'鹰死栈'三个字。后来人们避讳'死'字，就叫鹰栈。鹰栈是黄河沿岸木头峪到峪口、葭县城的必经之路。"

钞义达和王茵在黄河沿岸的路上，慢悠悠地行走着。

钞义达感叹道："人都说人不如鸟。是的，人不如鸟自由，也不如鸟忠诚。下辈子我要变成一只鸟。"

王茵说："在游击队里，我看见你是一个快乐的人。回到葭县，你却成了一个忧伤的人。"

钞义达苦笑了笑，说："触景生情呗。"

钞义达和王茵又走进峪口村，走到旧窑洞大门口。

旧窑洞门上仍然挂着一把锁子。

钞义达说："我今天进城，先回家。你在孙旺才家住一夜。不出意外，明天早上我到南城门口来接你。明天早上我不来接你，就说明出事了，你就赶快回榆林找乔子奇，汇报葭县的情况。"

王茵说："你千万要操心。"

十一

钞义达站在城南门口。

王茵走过来了。

钞义达说："没事。"

曹余正出现在钞义达背后。

王茵看到了曹余正，愣住了。

曹余正冷笑道："钞东家，夫妻在这里会面是甚意思？"

钞义达吃了一惊，掉过了头。

钞义达不服气地问："怎么啦？"

曹余正说："夫妻见面，用得着偷偷摸摸吗？"

钞义达一怔，说："这两天，我随太太在南面走了一趟。昨天晚上太太在孙旺才家住了一夜。今天早上我出城接她来了。"

曹余正说："南面可是共党神出鬼没的地方呀，钞东家没有遇到共党吧？"

钞义达说："不晓得。"

曹余正质问道："你说甚？"

钞义达说："我到贵府上结了那笔旧账。至于共党嘛，他们头上也没写着'共党'二字，就是真碰上了，我也认不出来。你说就是你大他老人家是共党，我见了能认出来吗？"

曹余正笑道："对答如流，有备而来。这真是共党的风格了。"

钞义达说："你也太抬举共党了。"

曹余正一挥手，说："走。"

曹余正和几个团丁走了。

钞义达低声对王茵说："曹余正一直在跟踪我们，我们时时处处要操心。"

十二

窑洞里，煤油灯下，王茵用针线缝补衣服，钞义达趴在炕桌上练字。

王茵放下衣服，说："睡吧。"

钞义达抬起头，看见王茵正深情地望着自己，低下了头。

王茵说："睡吧。"

钞义达点点头。

王茵进了过洞。

王茵躺在炕上，翻来覆去，无法入睡。于是她起身下炕，走过过洞。

钞义达还趴在被窝里看书。

钞义达爬起来，披上衣服，问："你还没睡？"

王茵说道："睡不着。你呢？"

钞义达低下了头。

王茵坐在炕楞上。

王茵问："我一个人睡在那边有些害怕。"

钞义达说："你不是要睡在里边吗？"

王茵反问道："那你说我睡在哪边？"

钞义达一怔，说："我说……"

王茵以期待的眼神望着钞义达。

钞义达两眼热辣辣地望着王茵。

突然，钞义达笑道："你自己决定。"

王茵白了钞义达一眼。

钞义达打哈哈道："咱这日子过得还不错。游击队里，比这里苦多了。"

王茵问："你不想要一个家？"

钞义达说："我总是盼望着自己有一个家，可是，我实际上一直在流浪。这个家，其实你晓得，是一个有名无实的家。"

王茵说："你希望这个家能成为一个真正的家吗？"

钞义达淡淡一笑，低下了头。

<h1 style="text-align:center">十三</h1>

钞义达正在收拾货物。

财贵走进了商号。

钞义达问："请问先生要甚？"

财贵说："要一刀麻纸。"

钞义达取麻纸。

财贵看看摆在货架上的货，说："看来东家是头一回开商铺。"

钞义达说："先生还真说对了。"

财贵说："这些货不要这样摆。要是东家不嫌弃的话，本人给你帮帮忙。"

钞义达说："不好劳驾先生。"

财贵说："本人就是干这一行的。"

财贵说着，就动手摆起了货物。

钞义达问："请问先生在甚铺子里当掌柜？"

财贵说："哪能当上掌柜。就是个小伙计。"

钞义达看看货物，说："一看你就是个有能力的伙计。"

财贵说："我先前当过两年伙计，如今不干了。"

钞义达问："为甚不干了？"

财贵压低声音说："那家商号的东家是共产党，被特务发现了，就逃跑了。我也就没营生做了。其实那个共产党挺好的。"

钞义达说："我也挺好的。想不想跟我干？我不会亏待你。"

财贵说："太好了。"

钞义达问："你家住在甚地方？"

财贵说："高家圪堆巷，三号院。"

钞义达说："明天你来店里走一趟。"

十四

钞义达和王茵一边走一边说话，出了城南门。

钞义达说："我考察过了，财贵这人应该没甚劣迹。他的街坊邻居都说他是一个沉稳的人，先前在米脂的一家商号当过伙计。这和他的说法是一致的。"

王茵说："我们用人要慎重。不管用谁当伙计，千万不能让伙计看出我们的身份。吴帆看起来扛住了。"

钞义达说："是的。"

钞义达和王茵走在黄河西的白云山脚下。

白云山东临黄河，西接连绵群山，从山下沿陡立的石台阶神路上去，一直至山顶，处处都是琼楼玉阁，牌坊亭榭，古松古柏林立，风景独特。白云山是西北地区最大道观的所在地。

通往山上的石台阶神路，陡立险要。

钞义达和王茵从神路上拾级而上。王茵走在神路上，心惊胆战，紧紧地揪着钞义达的衣襟，不敢往后看一眼。

钞义达和王茵走到玉皇阁前面时，看到一个中年人正坐在玉皇阁门边，双手把一本书抱在胸前。

钞义达对王茵说："你放哨，我上前接头。你站在那边的路口，如有不测，你先逃走，不要管我。"

王茵点点头。

钞锋杰双手抱书，观察着向他走来的钞义达。

钞义达也认出了钞锋杰，激动地叫道："大。"

钞锋杰也激动地望着钞义达。

钞义达两眼涌出了泪水。

钞锋杰站起，拍拍钞义达的肩，说："不要这样，有话慢慢说。"

钞义达愣了一下，问："你怎么在这里？"

钞锋杰说："看书。"

钞义达看到钞锋杰手中的《三国演义》，忙问："先生，玉皇阁能进去吗？"

钞锋杰说："能。"

钞义达问："你手里拿的是甚书？"

钞锋杰："《三国演义》。"

钞义达说："我也想买一套《三国演义》，可一直没有买到。"

钞锋杰说："我可以帮你买一套。你跟我走。"

随后，钞锋杰进了玉皇阁的门，钞义达也跟进去。两人从木梯上到了二层的阁楼。

到了二楼，钞锋杰说："义达，我是新来的特派员，代号叫老马。"

钞义达说："我是陕北特委驻葭县的交通员，公开身份是德成商号的掌柜。"

钞锋杰和钞义达突然拥抱在一起。

钞义达和钞锋杰分开身子，走到阁楼的后面，靠在栏杆上。

钞义达说："大，你真能沉得住气。"

钞锋杰笑道："沉不住气，就要坏大事。我走时还担心你去闹红，没想到我们真的走在一起了，成了同志。"

钞义达笑着说："我们这是亲上加亲。大，前年走后，你再回过葭县没有？"

钞锋杰说："没有。我从方塌逃走后，回到了峪口，想见你，又不敢，怕你晓得我的状况，站出来惹乱子，就向南走了，最后遇到了清涧暴动时认识的一个军官，就跟上他们了。后来当了地下交通员。最近才回到陕北。"

钞义达问："你真的参加了清涧暴动？"

钞锋杰说："我赶牲灵时路过清涧，遇到清涧搞兵变打仗，我救了几个伤员，这事不晓得怎么就传出去了。其实也算不上真正参加清涧暴动。"

钞义达问："你这次回来的任务是什么？"

钞锋杰说："我这回回葭县，和陕北特委的同志一道开展武装斗争，这是中央的指示。我和陕北特委的主要领导见过面了，他们希望我回葭县，以特派员的身份，领导葭县的武装斗争。"

钞义达说："你是井秀成通缉的逃犯，能公开露面吗？"

钞锋杰笑道："我不会公开活动的。我离开葭县后，名字改成马铁成了，党内很少有人晓得我的真实姓名的，他们就连我是哪个村的都不晓得。"

钞义达说："葭县的交通站被破坏了，交通员吴帆被捕了。"

钞锋杰说："我晓得了。陕北最近有好多同志牺牲了，又有好多同志被捕了，斗争形势非常残酷，但我们决不能退缩。我们既要勇敢地站出来，与反动派作斗争，又要保护好自己，保存实力，千万不敢麻痹大意。"

钞义达说："好的。我们怎么与外界联络？"

钞锋杰说："我就在白云山落脚，万一见不上我，有人会接应你的，还是过去的联络暗号。不过，你要千万小心。我给你带来一笔经费，把赶牲灵的队伍组织起来。另外，还有一项新任务：近几天，从山西那边运过来一批药品，从木头峪的渡口下货。这批药品原准备从神府一带过河，可那上边的渡口查得很严，船几次到了河中心又返回去了，所以上级决定从葭县的渡口过河。桃花渡口挨着县城，白军查得也很严，只好把过河的渡口选在了木头峪渡口。你回去天天到东城墙看对面山西那边山头上有没有人放烟火。有烟火，你就到渡口与山西过来的同志接头，约定接货的时间。你们负责把药品接收后，直接运到米脂。另外，宝翠的事我晓得了。我晓得你心里会很难过的，可你要以大局为重。沉住气，才能干大事。"

钞义达说："我现在带了一个女同志回来，算是夫妻吧。"

钞锋杰说："我不深问，你也不要深说了，这是组织原则。"

十五

张天明和招弟坐在旧窑洞的炕上说话。

招弟磕掉烟锅里的烟灰，说："候小说嫂子俊，候小回来，咱一起看嫂子到底俊到甚地步了。"

张天明说："他候小不回来，咱们俩人去吧。"

招弟说："咱们去找怕找不到地方。这个候小，到底到哪里去了？"

张天明说："估计又到木头峪调逗曹媒婆去了。"

招弟说："候小咋能跟那种女人交往，也真是坏威信。"

张天明说："候小是甚人？候小也只能跟那种女人交往，再有谁能看得起他和他相好？"

招弟说："不说那种人了。"

张天明说："见到义达，咱们不要说宝翠的事。"

招弟说："宝翠正在寻找义达，不说能行吗？"

张天明说："最好不要说。你想想，既然义达哥已经结婚了，还找了个俊女子，就不可能再和宝翠往一起走了。义达哥晓得宝翠还活着，离家出走找他，又不能和宝翠结婚，心里肯定不好受。要是让嫂子晓得了宝翠和义达哥的事，嫂子心里不舒服，和义达哥闹腾起来，就更麻烦了。不要让宝翠一个人的痛苦转移在另外两个人身上。"

招弟佩服地说："天明你说得对。你人小，头脑不简单。"

张天明说："义达哥当红军的事，也不能说，跟候小也不能说。这些事都要烂在肚子里。"

招弟问："义达当红军的事，我晓得不能说，说了，那就是掉脑袋的事。就是这个宝翠的事，不说闹得人心慌。要是孙旺才说了怎么办？他晓得他妹妹还活着。"

张天明说："孙旺才是个精明人，宝翠活着的事，他不会向任何人说的。说出去有麻烦。"

招弟说："哎呀，我开始佩服你张天明了。"

张天明在招弟身上擂了一拳，说："我还要认字，不跟你说了。"

十六

候小对曹媒婆一直没有死心，有能往跟前凑的机会，从来不放过，更没有计较被曹媒婆羞辱的往事。候小这次出去回来，见过几面曹媒婆，曹媒婆开始主动搭讪候小了，有时还把候小让进家里说话。

候小说："我出去一年多时间了。出去的这些日子，老家的人，我谁都不想，就想你。"

曹媒婆问："出去一年多有出息了？出去挣大钱了？"

候小说："当然。"

曹媒婆不满地说："你说你想我，你给我带过来了甚见面礼？"

候小说："我们不是还没相好过吗？真正相好了，我心里想着你，才能给你带礼物。如今是我想你，还不晓得你想不想我。"

曹媒婆说："说真的，那回刁难过你，我就后悔了。"

候小惊喜地说："真的？"

曹媒婆说："我比你大十来岁，你怎么还就惦记着我？"

候小说："人想着人，不分年龄。我就看见你好。"

曹媒婆害羞地低下了头。

候小向曹媒婆凑过去，曹媒婆没有躲开。

十七

候小走在大街上。

钞义达走过来了。

钞义达叫道："候小。"

候小也看到了钞义达，笑着说："想到你义达兄，就碰上了。咱弟兄真是缘分不浅。我给你说，我有点事，想和你借点钱。"

钞义达问："借钱做甚？不是给曹媒婆送礼物吧？你可不敢再瞎递搭。上回你吃了那么大的亏，你要长点记性。"

候小不好意思地笑着说："我都这么大了，这样的事还要你提醒？"

钞义达问："那你借钱做甚？"

候小说："反正不是抽大烟。"

钞义达掏出了两块银元，说："我这钱，也是血汗钱。"

候小高兴地一把接过了钱，转身就走。

钞义达说："你回去给弟兄们说，这两天等我的话，哪里都不要去，我有一批货要往出送。"

候小说："放心。就是白给你送货，我们也是心甘情愿的。"

钞义达说："送货前我请你们到家里来做客，让他们认识一下嫂子。"

十八

吴帆被绑在柱子上。

陈世英和曹余正走了进来。

陈世英说："都成这个样子了，还不说？"

陈世英坐在椅子上。

曹余正站在陈世英身边。

曹余正说："今天陈县长给你最后一次机会。再不老实交代，就拉出去把你毙了。"

吴帆说："到了你们手里，就由你们了。"

曹余正说："你说了，就由你了。"

陈世英问："你看见有人跟着你，你为什么跑？"

吴帆说："我以为有人来抢劫，自然要跑。"

陈世英说："你再这么说，我们就把你打死在这根柱子上。"

吴帆说："我无话可说了。"

陈世英叫嚣道："上刑。"

特务开始给吴帆上刑。

吴帆痛苦得直叫唤。

曹余正说："你不说，我就把你慢慢地折磨死。"

十九

王茵在炒菜。

钞义达走过来，说："你王茵还真像家庭主妇了。"

王茵说："像总比不像好。"

钞义达把桌子放好，说："他们也快来了。"

王茵说："这句话你都说过好几遍了。"

钞义达说："回来十多天了，还没见过那两个弟兄，心里总有些不畅快。"

大门敲响了，钞义达和王茵同时侧起了耳朵。

候小叫道："义达，是我和天明、招弟，我们给你贺喜来了。"

钞义达走出去开开大门。

候小、招弟、张天明三人大模大样地走进来。

钞义达说："我和你嫂子找过你们，你们赶牲灵走了。"

招弟说："我们也找过你两回了，你们总是不在家。"

钞义达说："这回不用你们找，是我请你们。走，快进家，我和你们的嫂子正给你们准备吃喝哩。"

张天明说："听候小说，嫂子人样长得俊，比宝翠强多了。宝翠就够俊了，还比宝翠强多了，真是一个俊人了。"

钞义达说："不要瞎比较了。"

四人先后走进家门。

王茵笑吟吟地站在家门边。

张天明一进门，就看见了恭迎他们的王茵，两眼盯着王茵，愣住了。

王茵也认出了张天明，惊喜地说道："你是那个扭秧歌的蛮婆？我们居然还能再相见？还是在这个地方。"

招弟也认出了王茵，问道："你就是那个爱看秧歌的店主的女子？张天明找你找得好苦呀。一到横山，他就到骡马店找你。你怎么跑到这里来了？"

钞义达吃了一惊，望着王茵。

王茵不好意思地看了看钞义达。

候小问招弟："她就是天明日思夜想的俊女子？"

张天明望了一眼钞义达，忙说："谁日思夜想了？你们净瞎说。"

王茵害羞了，低了低头，随即爽快地说道："原来你们几个赶牲灵的都是一伙的？真没想到。不过，我如今成了你们的嫂子，以后再不要说俊不俊了。"

几个人都笑了，张天明却勉强咧了咧嘴，表示自己也在笑，其实真的就是那种笑比哭还难看的嘴脸。

王茵说："快进来坐。"

几个人走进去了。

钞义达说："坐。"

几个人坐在桌子周围。

王茵拿出了一罐酒，说："无酒不成席，不过，只能喝一罐酒。你们先喝酒，我给你们再炒菜。"

钞义达给几个酒杯斟满酒后，首先端起酒杯，说："这一年多来，你们赶你们的牲灵，候小跑包头，我忙着做买卖，弟兄们没有相聚的机会。今天弟兄们终于聚齐了，我首先敬弟兄们一杯。哥有不周不到的地方，请弟兄们多担待。"

候小和招弟首先端起了酒杯。

张天明迟疑了一下，也端起了酒杯。

四人把酒杯里的酒一饮而尽。

王茵把菜端上了桌。

王茵说："吃菜。嫂子也是刚学做饭，请不要笑话。"

招弟吃了一口菜，说："好吃，好吃，嫂子做的菜好吃。义达哥有嫂子做饭，享福了。"

张天明黑着脸，瞪了招弟一眼，说："吃饭还穷嚼干道。来，我给大家敬一杯酒。"

钞义达和候小同时看了一眼张天明。

张天明斟满了酒。

钞义达、招弟、候小端起酒杯，等着张天明说话。

"喝吧，就是敬大家，也没甚说的。"张天明说着，一口把杯子里的酒喝了，还说，"好酒。"

其他三人也把酒杯里的酒喝了。

接着，张天明自斟自饮，也不管别人喝不喝。

二十

钞义达和王茵将候小、张天明、招弟从大门里送出来。

说了几句客套话，候小他们就走了，钞义达和王茵也进了大门。

张天明走路时东倒西歪，招弟扶着张天明。

招弟说："你张天明平时是半斤的酒量，今天喝了没三两酒，怎么就醉成了这个样子？"

候小说："这是酒不醉人人自醉啊。"

三个人走出城门，向山下走去。

张天明突然一屁股坐下，不走了。

张天明叫道："我不回了。我今天就睡在这里。"

招弟说："我们说好了，明天还要给义达驮货哩，你不回去能行吗？"

张天明说："我不准备给他送货了。"

招弟着急地说："那怎么能行？"

候小也坐下了，说："我也不给钞义达送货了。他算甚东西，竟然抢弟兄们的相好的。我们以后找到了相好的，再和他打交道，他不是都抢走了？朋友妻，不可欺，他可好，他就欺了。有甚本事，不就是运气好？我跟着他，尽倒霉。他算甚东西！"

招弟说："义达哥对你不赖呀，候小。他给你买了骡子，让你为他的商号接送货，你怎么还一口一声'甚东西'？没良心。"

候小说："我是替天明打抱不平。你看看，他钞义达把天明气成了甚样子。"

张天明突然放声哭了："我怎么就这么命苦呀，遇上钞义达这么个坏东西。"

招弟说："你也骂义达了？义达根本就不晓得你说的店主的女子是王茵呀。再说了，王茵也对你没有心思呀。要是有心思，她怎么就跟义达结婚了？你们都在冤枉义达哥。"

候小说："你一口一个'义达哥'，真是个马屁精。你算甚东西，配得上教训我们？"

招弟生气了："你再嘴上不干不净，我动手了。"

候小说："哟，你小子长本事了，竟敢要跟我动手？来吧。"

候小首先一拳向招弟打过来。

招弟脸上挨了一拳，愤怒了，一扑扑倒了候小，两个人厮打起来。

张天明说："打得好，打得好。有本事，你们把钞义达那小子也打一顿。"

几个过路的团丁，看见有人打架，跑过来，围住了正在打架的候小和招弟。

候小突然看见团丁，首先停手了。

招弟也看见了团丁，放开了候小。

团丁小头目说："你们扰乱社会治安，败坏民风。走，跟我们到县保安团去。"

候小突然笑道："我们是弟兄，喝了酒，比赛摔跤哩。"

团丁小头目不相信地质问道："摔跤是这种样子？"

候小说："喝酒喝大了，就不讲规则了。"

张天明叫道："这叫摔跤吗？好看好看真好看。"

招弟说："他说谎哩。"

团丁小头目对候小说："你看，他都说你在说谎。"

候小指着张天明又指着招弟，说："他在说他。他说我们不是摔跤，他就说是说谎哩。"

团丁小头目说："走吧，我看你们都不是正路人，都在演戏。到保安团我们再处罚你们。"

候小说："行啊，我走不动了，你把我背上。"

团丁小头目愤怒了，喊道："让老子背你？你真是眼瞎了。"

一团丁说："算了吧，队长。他们满身酒气，像是喝醉了。我们把醉汉弄到县府，做甚？"

团丁小头目厌恶地往地上啐了一口唾沫，说道："走。"

几个团丁转身走了。

候小指着招弟说："你真笨。猪脑子。你要是说了咱是真打架，今天这牢是坐定了。"

招弟不服气地说："坐就坐吧。不整治你这个没良心的，你还不晓得脚手高低哩。"

候小说："我救了你，你不用去坐牢，还乱咒我？我看你才是没良心的人。"

招弟说："咱们明天让义达评评理。"

候小说："你这人，我就是骂他钞义达，你还让你义达哥评理？你到底长着甚脑子？！"

招弟说："背后敢骂人，自然跟前也敢骂。我看你到义达跟前敢说甚。"

候小突然讨好地说："咱弟兄们相跟了这么长时间，也就今天打了这么一架，你还没完没了了？打是亲骂是爱。今天说明咱是又亲又爱着哩。弟弟不计较你了，你也不要计较弟弟了。今天是看到咱们的小兄弟成了这种样子，也就多说了几句话。"

张天明嘟囔道："甚狗屁弟兄们！我不跟你们弟兄了。我再跟你们搞弟兄，我再找到相好的，也逃不脱你们的手心。哎呀，难受死了。"

张天明又开始哭叫了。

候小也哭丧着脸，痛苦地说道："我们的小兄弟不好活成这样子，我心里也难受啊。"

候小说着，竟也呜呜咽咽地哭了起来。

张天明、招弟、候小闹腾了一阵子后，回到了峪口。

进了旧窑洞的门，突然，候小拍了脑袋一巴掌，说："我也有相好的了，我要看相好的去。"

候小说着就走，临出门时，还说："就他钞义达能有相好的？我也有相好的了。"

招弟愤愤地说："你那种相好的我不爱。和逛窑姐差不多。"

候小走后，张天明仰面躺在炕上，呼天抢地地呼唤着："难受死了——我怎么这么命苦——我活着还不如死了。多少个日日夜夜，我就想着我的茵茵，我想死她了。怎么就让钞义达这个坏种子抢走了。"

招弟问："你有完没完？"

张天明哭泣道："我没完。我和钞义达一辈子都没有完。对，我要告他，告他当红军的事，告他欺男霸女。他先跟人家有夫之妇相好，把人家的家庭拆散了，人家豁出命去找他，他却又勾搭了一个单纯的女学生。他是流氓，他是骗子。我要让王茵晓得钞义达是甚样的人。我要让官府晓得钞义达是甚样的人。我要让他身败名裂。"

张天明一跳下了炕，说："我如今就到县府告他去。"

招弟拦住了张天明的去路，惊愕地望着张天明，说道："你原来是这种黑心烂肝的人？算我们都眼瞎了。"

张天明说："我就是这种人。你们就是眼瞎了。他钞义达吃着碗里的，不是看着锅里的，是占着锅里的，他算甚弟兄！"

招弟两眼瞪圆了，喊道："你要是做那些卖良心的事，我饶不了你。"

招弟攥紧了拳头，一副要打架的样子。

张天明突然坐在地上，哭叫道："我心里难受，就是说说呀。"

招弟松开了拳头，蹲下身子，说道："好弟兄，这种事谁都不能说呀，说了有人就要掉脑袋呀。"

"我不说了，我再也不说了。"张天明放声大哭了。

第十五章

一

夜晚，窑洞里火光未熄，钞义达躺在炕上，王茵坐在炕边。

钞义达说："我觉得，张天明今天有点不对劲。"

王茵淡淡地说："是吗？这个小后生。"

钞义达问："你们当初是不是真的好上了？"

王茵说："你净瞎说。遇到他我才二十岁，就是看见他秧歌扭得好，喜欢他的秧歌。"

钞义达说："人家可是对你念念不忘呀。就是那个候小，为了到骡马店看你，死央祷告，要我在怀远骡马店住一夜。没想到，你竟然投奔共产党走了。"

王茵说："你们这几个赶牲灵的弟兄，也真逗人。"

钞义达问："你要是迟走几个月，张天明说不定就把你缠上了。"

王茵问："张天明把我缠上了，我们还能走到一起吗？"

钞义达说："你说你也是一个女孩子家，怎么就走南闯北，搞起了地下工作？"

王茵说："我们学校有能力的优秀学生，大都成了进步青年和共产党员，你说我能不加入共产党吗？"

钞义达问："你大和你妈没阻挡你？"

王茵说："哪能让他们晓得。我不上学了，也没有回家，他们就到处找我。后来他们才晓得我跟着红军跑了。其实，我多半时间还在榆林，只是不敢给他们说。我和他们联系上后，他们还帮过我。我大他如今也算得上是我们的人了。反正我有事，他就替我办。"

钞义达说："你说，你大要是没有送你念书，你还会不会搞地下工作？"

王茵不高兴地说："我再向你说一遍：以前的事情没有发生，我们就走不到一起。跟我这么优秀的女子处在一起，你不庆幸，还反问假设。你长什么脑子？"

钞义达说："说真的，今天看见我的小弟兄，觉得他挺可怜的。你不晓得，他见过你后，真的是日思夜想，说到你，比甚都高兴。那个高兴的劲呀，就没法提了。你说，有甚办法，把你们俩联结在一起？"

王茵怒斥道："你胡说什么呀！你钞义达怎么是这种人？我是你的什么人？你有什么权利把我送给人家？我怎么这么命苦，跟上一个没良心的人闹革命。"

王茵说着就哭开了。

钞义达："我胡说我胡说。我没文化，随便说说嘛。你就不要哭了。"

吵归吵，第二天王茵送钞义达出门时，还是把钞义达的衣服往展扯了扯，又在肩上拍拍尘土，接着叮咛道：

"路上要多加小心。"

钞义达笑着问："气消了？"

王茵白了一眼钞义达，说："两码事。我让你小心是为革命负责。"

钞义达又笑着说："这几天我不在的时候，你尽可能不要出门。要是真遇上了甚大麻烦，一是镇静，二是想办法和葭县的同志联系。"

王茵说："你走吧。我搞地下工作比你有经验，还用你嘱咐？"

二

钞义达走进峪口村，走进了旧窑洞。

候小和招弟起来了，张天明还睡在炕上。

候小讨好地说："义达哥，你来了？"

钞义达问："天明怎么还在睡觉？"

招弟说："他病了，一夜瞎折腾，没睡好，临天明才睡着。"

钞义达用手在张天明头上摸了摸，说："没事呀。这样吧，也只有三头骡子，我代天明赶上一头，让他歇几天。"

招弟说："到米脂来回得两三天的时间，你的商号谁看管？"

钞义达说："我雇了一个伙计。"

候小说："一个伙计能行吗？义达哥，你看我多灵活，你把我也雇用上。有上两个伙计，你想做甚就能做甚。一个伙计，再不可心，人家把你骗了你都不晓得。"

招弟质问道："你不是说跟上义达哥尽倒霉吗？"

候小不服气地说："说了，说了又怎么样？那只是嘴上说说，心里我对义达哥佩服得要命。不佩服他，我还跟他赶甚牲灵！"

钞义达说："我晓得候小这张嘴抹着油，油嘴滑舌。不过我也没有怎么计较。"

候小忙问："那你同意我跟你当伙计了？"

钞义达说："我做的是小本买卖，暂时有一个伙计就行了。"

候小懊恼地说："我就晓得跟上你只有倒霉的份，好事就轮不上我。招弟，我又说义达了，我当面也说，看你再称好汉！"

钞义达说："行了行了，你有本事你厉害。"

招弟偷偷地笑了。

随后，钞义达他们给骡子驮上鞍子，然后赶着骡子向木头峪走去。

三

王茵正在镜子前梳头时，大门被人敲响了。镜子里出现了她吃惊的面容。

王茵放下梳子，慢慢地出了门，向大门靠近。

张天明叫道："嫂子，我是张天明。"

王茵问："你没有跟你义达哥送货去？"

张天明说："没有。我病了，到城里来看病，顺路来坐坐。"

王茵给张天明开了大门。

张天明走进大门，腼腆地笑着，有些不好意思。

王茵说："昨天还能吃能喝，今天怎么就病了？"

张天明说："这病嘛，来得真不是时候。哎，我给你扭秧歌。"

王茵问："你不是病了吗？"

张天明说："我这病扭上秧歌就能好。"

张天明掏出随身带着的红绸子，哼哼唱唱地扭开了。

看到张天明扭秧歌，王茵兴奋地笑了。突然，王茵意识到了什么，神情紧张了，叫道："不要扭了，快进家里吧。"

张天明愣住了，拿绸子的手停在了空中，自言自语道："这变化也太快了。"

张天明进门后坐在凳子上，叫道："嫂子。我叫你嫂子你高兴不高兴？"

王茵说："高兴。"

张天明遗憾地说："其实，我不想叫你嫂子。"

王茵问："为什么？"

张天明低下头讪讪地说："我一直想和你相好。"

王茵说："如今可不行了。"

张天明长出了一口气："怎么好事都让钞义达占上了？我再不跟他弟兄了。大锅里有肉，小锅里也要有一点汤啊。他吃肉，却连汤都不让我们喝一口。嫂子你说，我们还能跟他当弟兄吗？他不就是打了几天游击？再有甚本事。"

王茵紧张地说："你可不敢胡说。我听钞义达说，你们遭土匪抢劫，还是游击队救的你们。你把这事说出去，钞义达就会被逮走的。"

张天明愤愤地说："把他逮走了才好哩。你不要怕，官府把他钞义达逮走，有我对你好……"

王茵两眼怒视着张天明，张天明不敢再说下去了。

四

木头峪渡口上，人影稀稀落落。

有两个背枪的团丁在晃荡。

钞义达他们走到渡口边，钞义达首先站住了。

招弟问："怎么不走了？"

钞义达说："离那些当兵的远点。先在这里歇息吧。"

钞义达坐了一会儿，就看见一条小船，从河那边驶过来，靠近渡口时，又拐了个弯，向下游漂漂走了。

钞义达他们又等了半天的时间，再没有看到一条船从对岸摆渡过来。钞义达明白，先前的那条船，其实就是送他要的东西的船，可看到渡口有团丁把守，就顺流而下，折返回去了。

钞义达返回峪口，走进旧窑洞，上了炕，说："我今夜就不回去了。"

候小说："你成了买卖人，找了个好婆姨，还看得起这种烂地方住？"

钞义达说："我今天住下来，是想和大家商量个事情。我还想赶牲灵。"

招弟惊讶地望着钞义达，问："真的？"

钞义达点点头，说："我想和弟兄们合伙赶牲灵。我再买几头骡子，你们赶上接送货。你们愿意吗？"

招弟首先说："我愿意。"

张天明躺在被子上，这时马上说："我不愿意。各人走各人的路。"

候小说："咱们是好弟兄们，义达呀，你有本事，我看你就不要和我们掺和在一起了。把大家搅失散了，心里都不好受。"

招弟问："为甚就不能再往一起走呢？"

钞义达看看张天明，无奈地笑了笑，说："好吧。这事就打住吧。"

五

钞义达回到家里，向王茵说："没接到货，我在峪口住了一黑夜。明天我们到白云山接头。"

第二天，钞义达和王茵来到白云山下，从神路拾级而上。

王茵第二次走神路，不像第一次那样战战兢兢，但还是有些胆怯。

仍然用手紧紧地拽着钞义达的衣襟。

钞义达边攀登台阶边说:"做这种事,真不是我的特长。"

王茵笑着问:"你的特长是甚呢?"

钞义达说:"明刀亮枪地拼杀。"

王茵说:"我看你的特长就是能讨好女人。"

钞义达说:"我没有觉出自己有这种特长。"

王茵笑着说:"你是装糊涂呀。对了,你的弟兄们举止不太正常,你要和他们及时沟通,否则会出问题的。"

钞义达笑道:"还不是你惹的祸。"

王茵说:"你去木头峪渡口的时候,张天明找上门了。"

钞义达一怔,脸上的笑容凝固了。

王茵说:"今天我一直在想,该不该向你说这件事。"

钞义达说:"这件事还真有些麻烦。纵然我愿意把你让出来,如今也不能让。"

王茵质问道:"你说什么说什么?!"

钞义达哑然失笑了。

钞义达和王茵走到玉皇阁前面时,钞锋杰正坐在玉皇阁门边。

钞锋杰看到钞义达,首先进了玉皇阁。

钞义达向后看了看,也进了玉皇阁。

钞义达和钞锋杰上了二楼,走到栏杆边。

钞义达说:"我到了木头峪的渡口,有团丁把守,船没有靠岸。"

钞锋杰说:"游击队太需要这批药物了。我刚到葭县,还没有和县委的其他负责人接上头,只有你一人完成任务了。"

钞义达说:"我想办法完成任务。最近我们怎么联系?"

钞锋杰说:"你到白云山的魁星阁找我。我在葭县有不少熟人,所以不敢抛头露面。我最近一直住在魁星阁,换地方的时候再给你打招呼。"

六

钞义达在凌云鼎下的城墙上来回漫步，不时望望对面的山峦。

曹余正走过来了，身后跟着虎明。

钞义达转过身，看见了曹余正。

钞义达叫道："曹团长。"

曹余正说："钞先生，好兴致呀。"

钞义达跳下了城墙。

曹余正扫视了一眼城墙周围。

"我也就是散散心。你们在吧，我先回去了。"钞义达说着，转身就走。

曹余正喊道："站住。"

钞义达站住了。

曹余正走到钞义达面前，说："钞先生，你就不能陪本团长转一转？"

钞义达强硬地回应道："不愿意。"

曹余正说："还像以前，又臭又硬。"

突然，钞义达愣住了。

黄河岸边的山上冒起了浓烟。这是第二天往木头峪送货的暗号。

曹余正也看到了浓烟。

钞义达急忙故意说："曹团长，你看，那山上起火了，冒着烟。"

曹余正说："说不定是甚暗号哩。"

曹余正冷眼看着钞义达。

钞义达说："有道理。"

钞义达转身走了。

曹余正以怀疑的目光望着钞义达的背影。

七

钞义达和张天明、候小、招弟坐在一起。

钞义达说："那天没有接到货，明天你们再接一下吧。像上回一样接到接不到货，工钱我照付不误。"

张天明说："我不去。"

招弟说："接不到你的货就拿工钱，我们心里怪不舒服。"

钞义达说："没甚。明天有你和候小俩人就行了。船过来了，你们就说接给米脂的货，人家就把货给你们了。"

候小问："你不去了？"

钞义达说："我明天还有事。走米脂的路上等你们。"

八

太阳高照。

渡口边只有两个背枪的团丁在晃荡。

一个穿黑衣的蒙面人趴到小土丘后。

蒙面人掏出了腰间的手枪。

候小和招弟赶着骡子，走到了渡口边。

一个团丁质问道："做甚？"

候小说："接货。"

一个团丁说："没有船啊。"

招弟说："会来的。"

一条小船，从河那边驶过来，快到渡口时，小船放慢了速度。

两个团丁望着小船。

土丘后的蒙面人朝天开了一枪。

一个团丁吼道："有人开枪。"

两个团丁猫着腰，端着枪，向土丘走来。

九

木头峪曹家大院的客厅里，曹余正和虎明分别坐在椅子上喝茶。

虎明说："曹团长，你休息吧，我再到渡口看看。"

曹余正说："不用。有那两个弟兄把守也够了。秋晒如刀刮，渡口上没有遮挡太阳的地方，一阵工夫就把人晒黑了。"

虎明说："这陈县长也太谨慎了。把渡口把守得死死的。"

曹余正说："陈县长是特务出身，在葭县当县长就是为了抓'共匪'，可'共匪'越抓越多，他不谨慎能行吗？"

曹余正听到外边的枪声，吃了一惊，问："哪里枪响？"

虎明说："我看一下。"

曹余正也站起来了。

十

蒙面人边打枪边退。

两个团丁追过来了。

小船靠岸了。

候小上前问了两句话，就和招弟开始搬船上的东西。

蒙面人在前面跑，团丁在后边追。

团丁不停地在喊："站住。"

小船返回去了。

候小和招弟赶着骡子离开了渡口。

蒙面人躲在了一棵枣树后，瞄准了一个团丁，说道："你能死了。"

枪声响起，蒙面人枪口下的团丁倒了下去。

另一个团丁一看同伴倒下去了，转身想逃。

蒙面人又一枪射中了另一个团丁。

蒙面人走出来，看了看两个团丁，确认二人都已毙命。

蒙面人刚走，曹余正和虎明提着枪跑出了村口。

曹余正说："响枪的地方在下边。"

曹余正和虎明朝下边跑去。

蒙面人看到追过来的人，一边跑一边向后开枪射击。

曹余正和虎明被蒙面人甩开了。

曹余正上气不接下气地说："不追了。回去看看。"

曹余正和虎明回到两具死尸边，都是痛惜的神色。

"今天太大意了。"曹余正说罢，向黄河边走去。

曹余正和虎明来到渡口边。

渡口上空无一人，也无一只船。

曹余正对虎明说："你一人守着渡口，我回城。你不用担心，我会尽快派人骑着马来协助你守渡口。"

十一

蒙面人跑到一条小路上，摘下面罩。竟是钞义达。

钞义达脱下了黑衣服，蹲在山路上。

候小和招弟赶着骡子走过来了。

十二

曹余正带着几个团丁，来到葭县小院大门前。

团丁擂响了大门。

王茵在里边问："谁啊？"

团丁说："查户口。"

王茵出了家门，小心翼翼地走到大门边，从门缝里往外瞧。

王茵从门缝里看到了曹余正，吃了一惊，但还是开开了大门。

曹余正看到王茵，问："钞太太，钞义达在家吗？"

王茵说："不在。"

曹余正问："他哪里去了？"

王茵说："进货去了。"

曹余正问："到甚地方进货去了？"

王茵说："这我就不晓得了。买卖上的事，我从来不过问。"

曹余正对团丁说："你们在这里守着，等钞义达回来，给我带过来。"

曹余正又转身对王茵说："钞太太，从现在开始，你也不能出门了，直到钞义达回来。"

王茵质问道："为什么？"

曹余正奸笑道："不用怕。有我们的人守着，谁也不会把你抢走的。"

十三

钞义达和候小、招弟三人赶着骡子边走边说话。

候小说："张天明让你给气坏了，你又当上了赶牲灵的。"

钞义达说："我就怎么也给你们说不清楚。王茵跟我好的时候，我不晓得她就是那个店主的女子，更不晓得张天明看上的人就是王茵，你们硬要怨怪我。"

候小说："我们就是要给你说清楚，我们以后再有了相好的，你可不能再抢走了。"

钞义达喊道："你怎么老转不过这个弯？我没有抢过谁的相好的。我要是能把王茵让给张天明，如今我就让。"

候小说："你把吃剩的饭让给人家吃？"

招弟说："那也怕你吃不上。"

十四

钞义达孤身一人走进米脂城，在大街小巷寻寻觅觅。

见有一块"唐明书斋"的牌子挂在楼面上，钞义达站住了。

钞义达走进书店，问伙计道："我想要一本旧版本的《隋唐演义》，有没有？"

伙计答道："没有现货。你想要的话，先放定金，十天内到货。"

钞义达说："你定吗？"

伙计说："你稍等一下。"

伙计进了后堂。

不一会儿，伙计从后堂出来。

伙计说："你进后边和掌柜说吧。请。"

伙计把钞义达引到后堂。

后堂有一中年人正在看书。

伙计说："常掌柜，客户来了。"

伙计说罢出去了。

常掌柜说："我这里有一套《隋唐演义》，只是我正在看。你要得急的话，可以拿走。"

钞义达说："急，急，急。"

常掌柜说："里边请。"

钞义达和常掌柜进了套间。

常掌柜一进套间，问："货送来了？"

钞义达说："送来了。我们不敢贸然进城，货在东郊。"

常掌柜说："是的，不能有一丝的差错。红二十六军最近的战斗伤亡很大，正急等着这批药物。这样吧，我立即组织人员接货。你们来了几个人？"

钞义达说："我们来的人是赶牲灵的，他们不晓得驮的是甚货。你们去的人要小心注意。"

常掌柜说："我和伙计先到东郊把货接过来，怎么进城，怎么往出运，你们就不要管了。"

十五

钞义达和候小、招弟三人赶着骡子走在山路上。

钞义达神秘地说："这批货是私货，你们回去了，不能对人说给我送货了，不管是谁。工钱我加倍给你们。"

候小说："怪不得你发财了。"

在城郊的小路上，钞义达和招弟、候小分手了。

钞义达进了城，回到了小院的大门前。

开大门时，钞义达左右看了看。

大门开了，虎明带着两个团丁突然出现在钞义达面前，手里拿着枪，眼里寒光闪闪，似乎想杀人放火。

钞义达镇静了一下，问："怎么啦？"

虎明说："跟我们走。"

钞义达问："做甚？"

虎明说："曹团长有请。"

王茵从门里出来了。

钞义达说："有人请，太好了。王茵，你把包裹拿上，里边包着给你买的一块绸布被面，大红花的。"

钞义达边说边将胳膊上挂着的包裹，抛给了王茵。

王茵接住包裹，说："曹团长也没说有什么事，你不用担心。"

钞义达点点头，和虎明他们一起走了。

虎明把钞义达推进了审讯室。

曹余正走进来了。

曹余正说："钞先生，又进来了？"

钞义达满不在乎地说："习惯了，没甚。"

曹余正问："你晓得为甚把你关进来吗？"

钞义达说："晓得。不就是你记仇，有意整我吗？"

曹余正哈哈笑了，说："你说得对，也不对。这几天做甚去了？"

钞义达答道："做买卖。"

曹余正问："甚地方？"

钞义达答道："米脂。"

曹余正转身问虎明道："他进过家门没有？"

虎明答道："没有。"

曹余正问："他的行李呢？"

虎明答道："他甩给了太太。"

曹余正怒吼道："糊涂。"

虎明茫然不解地望着曹余正。

曹余正问虎明道："他们说过甚没有？"

虎明答道："钞义达只说了里边有一块大红花被面。"

曹余正转身问钞义达道："你的行李里有甚东西？"

钞义达答道："就一块大红花被面。"

曹余正说："走。到你们家去。对不上号，你就死定了。"

曹余正和虎明等团丁拥着钞义达，进了小院。

王茵走出了家门，惊慌地望着钞义达。

曹余正拥着钞义达他们闯进了家门。

曹余正问："钞义达拿回来的行李呢？"

曹余正扫视了一眼，看到了包裹。

曹余正问："是不是这个包裹？"

虎明上前察看。

钞义达愣了愣，望望王茵。

虎明说："对，就是这个包裹。"

曹余正向王茵问："这是谁的？"

王茵说："钞义达的。"

曹余正问："里边是甚东西？"

王茵说："我没有看，不晓得。"

曹余正说："打开来。"

钞义达两眼盯着包裹。

虎明上前往开打包裹。

在场所有的人两眼盯着虎明的动作。

虎明打开了包裹。

果然，里边是一块大红花被面。

曹余正气恼地说了一声"走"，然后转身出了门。

钞义达跑出来，挡住了曹余正的去路。

曹余正喊道："你想做甚哩？"

钞义达不紧不慢地说："你把我带来带去，折腾了一阵子，如今屁都不放一声，就想走？没门！"

曹余正问："你想怎么样？"

钞义达说："我想要你的命。"

虎明突然掏出了手枪。

钞义达说："来呀，你小子有本事，就照着老子的脑袋打。"

虎明举起了手枪。

钞义达突然高声喊道："左邻右舍的乡亲们，你们快来看保安团是怎么欺侮人的。"

王茵扯了下钞义达的袖子，说："你就不要称好汉了。"

钞义达说："今天这个好汉我要称到底，不然就没有我们的活路了。"

一些左邻右舍的人走进了小院。

曹余正喊道："都出去，我们在执行公务。"

钞义达跑到乡亲们面前说："你们不要走。你们看看保安团在做些甚事情。他曹家父子逼死了儿媳妇……"

曹余正喊道："钞义达，你不要得理不让人。你想怎么样？"

钞义达说："让你向我赔礼道歉。让跟在我身后的狗走开。"

曹余正瞪了一眼钞义达。

钞义达说："迟早要往你手里死的话，我还不如如今当着众人的面，死了算了。"

曹余正终于软下来了，不情愿地说："对不起，钞先生。"

曹余正说罢就走。

钞义达还想上前拦曹余正，王茵一把拉住钞义达，低声说道："见好就收吧。"

回到窑洞里，王茵对钞义达说："你再不能对曹余正来硬的了。"

钞义达说："我以前在他面前就是硬汉子，这回回来对他客套了，不是就说明我心里有鬼了吗？"

王茵说："你这人，真让人手里捏着一把汗。"

钞义达说："干我们这一行，就是手里捏着一把汗。"

王茵说："明白这一点，说明你有长进了。"

十六

白云山道观。

钞义达和钞锋杰走在一起。

钞锋杰说："根据特委的安排，我正式兼任葭县县委书记，领导葭县的武装斗争。我们派两个同志协助你工作，一个叫刘飞胜，一个叫陈德孝。以后你的地方不仅仅是特委的交通站，也是葭县县委的交通站。"

钞义达问哪里的刘飞胜？

钞锋杰说："三支队过来的刘飞胜。刘飞胜说他和你，还有王茵一起打过游击。"

钞义达说："好的。"

钞锋杰说："尽快把赶牲灵的队伍组织起来。候小他们能不能跟我们一起干？"

钞义达说："候小这人胆小，又爱唠叨，靠不住；张天明对我有成见，只有招弟还行。"

钞锋杰说:"那就不要用他们了,免得惹下麻烦,就让刘飞胜和陈德孝跟你一起赶牲灵。我让他们尽快与你接头。最近山西又运过来一批武器,由你们负责运到靖边。"

十七

钞义达和陈德孝绑货驮子。

刘飞胜跑过来了。

钞义达伸过了手,和刘飞胜握了握手。

刘飞胜说:"遇到点小麻烦,来迟了。"

钞义达说:"没事。感谢你来协助我工作。"

刘飞胜说:"老马问我愿意不愿意协助你工作,我说怎么不愿意呢。我和你们两口子都熟悉。王茵还是让你拿下了。"

刘飞胜是赞叹的神情。

钞义达说:"走吧。"

钞义达和刘飞胜、陈德孝把货驮子抬在骡子身上。

钞义达:"葭县境内我和你们分开走。你们先走,在米脂城以上五里路的无定河畔会面。"

刘飞胜说:"你要是忙的话,就不要去了。"

钞义达:"我不去不行。你们路生。"

三人两天后同时出发,钞义达和刘飞胜、陈德孝先是分开走,到了无定河畔,他们会合了。

到了横山城外,钞义达望了望横山城,说:"这批武器太显眼,我们不能走大路,也不能进城过夜。"说完,三人赶着骡子,绕横山城走开了。

钞义达他们背着东西,赶着骡子,来到靖边城外。

钞义达说:"我先进城接头,你们在这里等我。"

钞义达进城顺利接上了头,把武器交给了几个人,没有停留,就赶着骡子往回走了。

十八

王宏远坐在院子里的凳子上，静静地吸着烟。

宝翠打扫骡马店的院子。

王宏远眼前不断幻化出王茵的面影。

宝翠进了家门，开始做饭。饭做熟了，她出来叫王宏远。

王宏远沉浸在自己的遐想中，没有听到宝翠的叫声。

宝翠又叫了一声"王叔"，王宏远才从沉思中醒悟过来。

王宏远说："从早到晚，你脚不停手不闲，操心累坏了身子。"

宝翠说："没事，王叔，吃饭啦。"

王宏远反应过来了，不好意思地笑了笑，说："噢，好。"

宝翠问："王叔，你在想甚哩？"

王宏远说："在想那个死女子哩。她有好长时间没有回来了，也不晓得出什么事了。"

宝翠问："她到底在做甚营生？"

王宏远叹了一口气，说："我也不清楚，按说她在念书。她要是能回来，或许能为你带来红军游击队的消息。"

宝翠问："她是不是红军游击队的人？"

王宏远一怔，摇摇手，说："不说她了，不说她了。吃饭。"

十九

陈世英坐在椅子上。

电话铃响了。

陈世英拿起了话筒。

话筒里传来的声音："你是陈世英吗？我是刘仁德。"

陈世英说："刘处长您好！我是陈世英。"

刘仁德说："最近你们抓了一些共党分子，破坏了葭县县委的交通站，应该受到表扬。不过，有情报显示，最近山西运过来几批武器，从葭县转运出去了。这可是一大失职呀。"

陈世英吃了一惊，说："各个渡口白天黑夜都有人把守着哩，怎么会呢？"

刘仁德说："我再次告诫你，一定要加大行动力度，闹出大动作。"

陈世英突然站起来，说道："是。"

陈世英放下话筒，气呼呼地在办公室走来走去。

曹余正在外喊道："报告。"

陈世英说："进来。"

曹余正走进了县长办公室，讨好地叫道："陈县长。"

陈世英说："余正，我们又受到上级严厉批评了。我们要想尽一切办法，破获葭县的地下共党组织。"

曹余正说："卑职正在布局，也安下了眼线。"

陈世英说："要快，要稳，要狠。"

曹余正说："明白。"

陈世英说："我们公开把那几个闹红的人处理了。"

曹余正说："怎么个处理法？"

陈世英说："你坐下我慢慢地给你说。"

二十

钞义达走进德成商号。

财贵正在摆弄货物，看到钞义达，叫道："东家。"

钞义达应了一声，说："财贵，缺甚货，你登记一下，过两天我要进货去。"

财贵说："好的。东家，县政府贴出了布告，说今天在广营路上公开处理几个闹红的人，还有一个叫吴帆的共党分子，你看见了没有？"

钞义达一怔，说："没有看到。"

钞义达装模作样地在商号转了一圈，对财贵说："我走了。"

钞义达出了商号的门。

财贵看了一眼钞义达的背影。

钞义达来到了广营路。

广营路，是宽敞的小广场，葭县集会的中心地带。

几个人正围着看墙上的布告。

钞义达走过去看布告，布告上有吴帆的名字。

钞义达转身就往回走，回到了小院。

看到钞义达神情严肃的样子，王茵急忙问："出了什么事情？"

钞义达说："县政府要开公处大会，处决以前捉进去闹红的人，还有吴帆。吴帆是个好同志，顶住了严刑拷打的审问，保护了我们，我们要营救吴帆。"

王茵问："怎么营救？"

钞义达说："劫法场。"

王茵说："你一个人？"

钞义达说："我把刘飞胜和陈德孝叫上。"

王茵说："亏你能想出这么个办法。"

王茵瞪了一眼钞义达，说："我们不能冒这个险。"

钞义达说："怕冒险，甚事都做不成了。"

王茵说："公处大会，敌人的武装力量肯定不少。你们三个人去了，就是去送死。"

钞义达说："只要我们巧妙出击，声东击西，就会有一半的胜算。"

王茵说："你以为是打游击？这是县城。听我的话，不要自作聪明，赔了夫人又折兵。"

钞义达说："我是交通站的负责人，有指挥行动的权力。"

王茵说："乔子奇说过，在重大问题上，你要听我的意见。"

钞义达说："救不出这么好的同志，我睡不着觉。"

王茵说："你一定要行动，最好征求一下葭县县委负责人的意见。"

钞义达说："来不及了。"

钞义达把手枪放在包裹里，风风火火地出了门。

王茵叫道："钞义达。"

钞义达头也不回地走了。

二十一

钞义达引着刘飞胜和陈德孝急匆匆地从街道走过去，到了广营路上。

广营路上，聚集着许多看热闹的人。

钞义达和刘飞胜、陈德孝走在人群里。

王茵也走在人群里，着急地盯着钞义达。

曹余正和虎明也出现在人群里。

曹余正看到了钞义达，幸灾乐祸地笑了笑。

广营路上，到处都是挎着枪的团丁。

王茵走到钞义达身边，说："看到了吗？"

钞义达不服气地说："我有武艺，不怕他们。"

曹余正和虎明向钞义达走来了。

王茵看到了曹余正。

钞义达喊了一声："你……"

王茵一把抢过了钞义达手中的包裹，走到刘飞胜跟前，把包裹递给刘飞胜，说："快离开。"

钞义达走了几步追王茵，曹余正挡住了钞义达的去路。

刘飞胜迅速离开了。

王茵掉头走回来了。

曹余正问："钞先生，你在做甚哩？"

钞义达不高兴地问："曹团长问甚哩？"

曹余正突然说道："搜身。"

王茵紧张地望着钞义达。

几个团丁搜钞义达的身。

虎明搜出了钞义达身上的几支镖。

曹余正看着镖，问："你拿镖做甚哩？"

钞义达不屑地说："你又不是不晓得。"

曹余正喊道："我怎么能晓得？"

钞义达说："我从小习武，镖不离身，谁不晓得。"

王茵长吁了一口气。

十几个团丁押着吴帆等几个人走过来了。

钞义达盯着吴帆。

曹余正问："你看谁哩？"

钞义达说："看那些绑着的人。"

曹余正问："那里有没有你认识的人？"

钞义达吼道："不给你说。"

虎明用枪指着钞义达说："让你给老子再耍态度！"

钞义达一手挡开了枪，喊道："少到老子跟前来这一套。"

王茵扯了一把钞义达，说："商号里有做买卖的客户，你怎么还在这里？"

钞义达一怔，跟上王茵走了。

曹余正盯着钞义达的背影。

虎明把镖递向曹余正。

曹余正瞪了一眼虎明，喊道："我搜的是枪不是镖。"

二十二

王茵把包裹摔在床上，然后打开包裹。

手枪露出来了。

钞义达沉着脸色望了一眼手枪。

王茵怒气冲冲地质问道："你今天要是把枪带在身上，是甚后果？"

钞义达没有吭声。

第十六章

一

　　早晨，白云山上轻雾缭绕。上山进香的香客寥寥无几。道观里的道士在念经，居士在打扫院子。

　　钞锋杰和钞义达都穿着棉袄棉裤，在寺院周围漫步交流。

　　钞锋杰说："义达同志，王茵向我反映过你上次解救吴帆的行动。你太冒失了，你应该做出深刻检查，杜绝以后再出现类似的举动。"

　　钞义达问："王茵向你反映了？她还告我的状？"

　　钞锋杰说："不是告状，是对你、对同志们的负责。我听乔子奇说了，安排王茵和你一起回来，主要就是因为你爱冲动，恰恰王茵能够及时制止你的冲动行为。王茵说，你有勇有谋，可在不冷静的时候，就会犯错误，这是你致命的弱点，希望你能够克服。"

　　钞义达说："你不能听王茵瞎说。"

　　钞锋杰一笑，说："我不了解你的性格吗？我比王茵和乔子奇更了解你。"

　　钞义达"哈哈"笑了，说："我只把你当作新来的上级领导。"

　　两人走在高山上。

　　钞锋杰说："特委首长希望我们调集各方武装力量，在葭县搞一次武装暴动。根据可靠消息，最近县政府出谋策划，由各区乡绅组织，在木头峪召开各区乡绅士代表大会，主要目的有两个：一是动员全县民团催缴捐税，二是准备在除夕夜，捕杀木头峪、店镇、神堂沟一带的共产党员。乡绅代表大会的发起人叫张东蛟，坑镇民团的团长。这个人太坏了，草菅人命，无恶不作。我们就在木头峪搞暴动。木头峪是葭县黄河的第二

375

大渡口，也是第三大集镇，土豪劣绅多，他们横行霸道，祸及民众，所以在木头峪搞暴动意义重大。这回一定要把罪大恶极的恶霸劣绅铲除掉。如果暴动成功，的确会对陕北武装革命斗争产生深远的影响。"

钞义达问："我们能组织多少人员参加暴动？"

钞锋杰说："特委首长同意，暴动时，我们将隐蔽在吴堡宋家川的抗日义勇队秘密调过来，和我们一起行动。我们已经将我们的同志安排进了民团，到时他们会策应我们的。你我都在木头峪有许多熟人，我们要化装后行动。这次行动，我们做了周密安排，只许成功不许失败。"

二

寒风飕飕。

张东蛟骑着马，背着枪，行走在黄河沿岸，他身后跟着几个背枪的团丁。

前边的窄路上，有一个中年人拉着毛驴在缓慢地行走。

张东蛟他们走在毛驴后。

张东蛟喊道："快让开。"

中年人看了看窄路，说："老总，路这么窄，让不开。"

张东蛟说："本团长有要事进城，不得耽搁。"

张东蛟朝身后看了一眼，说："把毛驴推下去。"

中年人一惊，随即祈求道："老总，这毛驴是我们家最大的家当，你可不敢把它推下去。下面是黄河，把它推下去，它就没命了。"

张东蛟说："死一条小毛驴，算甚？误了本团长的事，才是大事。推下去。"

几个团丁跑过来，往下推毛驴。

中年人扯住毛驴的缰绳不放。

一个团丁说："这是我们坑镇民团的张团长。你不听张团长的话，是不是不想活命了？"

张东蛟说："把这个不识趣的东西和毛驴一起推下去。"

中年人一听说要把自己也推下黄河，慌了，转身就跑。

张东蛟"哈哈"大笑了。

几个团丁把毛驴推下了黄河。

张东蛟说："三句好话不如两马棒。"

张东蛟说着，举起手枪，瞄准了中年人。

中年人朝后看了一眼，看到张东蛟的枪瞄准了自己，"妈呀"叫了一声，赶紧跑了。

张东蛟的枪响了，没有打中中年人。

一个团丁问："用不用去追，张团长？"

张东蛟说："算了。算他命大。"

三

张东蛟骑着马，在随扈的簇拥下，耀武扬威地走在葭县街道上。他们走到县政府的大门口，张东蛟下了马，向大门边上的守卫团丁说道："请向曹团长通报，张东蛟拜见。"

曹余正很快就出来了，边走边笑着说很久不见张团长了。

两人说说笑笑，进了县政府的大门。

刚进曹余正办公室的门，张东蛟就说："我们这次开商会，规模不小，曹团长能不能光临？"

曹余正摇摇头，说："我们搅在一起，老百姓会说我们是官商勾结。另外，'共匪'听到我们要参加商会，也就不会出现了。你们如今对外，就宣称只是开商会。实际上，一旦'共匪'出现捣乱，就一网打尽。我晓得你们有不少团丁。对付几个'共匪'，是绰绰有余的。"

张东蛟得意地说："是呀。这次开会的民团会带着全部的团丁，上百号人哩。其实，捉拿几个'共匪'，有我们坑镇民团的人就够了。我们只是觉得有曹团长这样的官员参加我们的会议，有面子，排场大。"

曹余正说："不要讲排场了，捉'共匪'是大事。我告诉你，只要逮住一个共党首脑，我奖你五十块响银。"

张东蛟惊喜地问："真的？"

曹余正说："绝无戏言。"

四

钞锋杰、钞义达、刘飞胜、陈德孝等几个人在土埝里开会。

钞锋杰说："我们这次行动成功后，公开处决张东蛟、李维苗、苗金音。这三个人组织民团，杀人放火，欺压百姓，无恶不作，不杀不平民愤。"

钞义达说："把曹景升也处决了。他也是木头峪一带的恶霸。他逼死了自己的儿媳妇。"

钞锋杰说："如果曹景升不参加商会，我们就不要动他。曹景升虽然是个豪绅，可他在民众中还有善人的称号。民众的觉悟不高，如果我们动了曹景升，民众会说我们共产党忠奸不分。这样我们就失去了民心。等哪一天民众认识了曹景升的真面目，我们再处置他也不迟。我相信会有这一天的。我下面分分工。"

钞锋杰说："乡绅开会的时间是腊月二十三日，老刘，你帮我们先与吴堡的同志联系，确定抗日义勇军的启程日期。老张，你负责向民团中咱们的人发信号。在座的同志，都是本地人，还要在这一带活动。暴动时要化装，暴动一结束，就离开木头峪。最后，由抗日义勇军队长马德雄负责公开审判处决张东蛟等人，收缴财产、焚烧地亩册。"

五

木头峪曹氏祠堂的院子没有围墙，场地开阔，既是曹氏家族祭祖先的地方，也是木头峪重要的集会场所。

腊月二十三日下午，乡绅代表团正在曹氏祠堂院子召开会议。张东蛟、李维苗、苗金音等人洋洋自得地坐在主席台上。

几十个团丁在会场周围走来走去。

张东蛟大声说道："各位士绅先生们，今天，我们的代表大会正式召开。"

会场外围，钞锋杰装扮成货郎，在木头峪街上走动。

钞锋杰摇着拨浪鼓，喊道："卖针线洋火喽——"

六

曹景升坐在客厅喝茶。

曹王氏问："你为甚不参加乡绅会议去？"

曹景升说："开那种会议能顶甚用？最近共产党闹得凶，我们还是坐稳一些。枪打出头的鸟，也打不在我们头上。"

曹王氏说："我们的余正如今是县保安团的团长，兵丁比过去多十几倍，还怕几个共产党？"

曹景升不满地说："妇人见识。余正还能天天跟着我们？自从前几个月县公安局扩大成县保安团，他当了团长，还没回过一回木头峪。"

七

深夜，木头峪万籁俱静。

抗日义勇队和葭县的地下党员，列队站在一起。

钞锋杰戴着面罩，对马德雄说："他们住的地方我们都摸清了。"

马德雄一声令下："按分好的小组行动。"

几十个暴动队员冲进木头峪村。

几十个暴动队员分头进入了几家家院。

一部分暴动队员缴了团丁的枪。随即一部分暴动队员先后捉住了李维苗和苗金音。

戴着面罩的钞义达和钞锋杰、马德雄站在一起，看着押过来的土豪劣绅。

一个暴动队员跑过来，向马德雄报告道："报告，没有找到张东蛟。"

刘飞胜说："有几个人刚刚进了一户人家，会不会是张东蛟？"

钞义达说："走，咱们过去看看。"

钞义达戴着面罩和刘飞胜等人拿着枪，来到一户大户人家大门前。

大门紧闭。

刘飞胜喊道："开门。"

里边没有人应声。

钞义达说："往开撞大门。"

突然，里边朝外打了一枪。

钞义达说："有枪，闪开来。"

张东蛟发话了："你们走人，就算了，要是硬往里攻，我们就打死你们。"

钞义达低声对刘飞胜说："你到后墙上垴畔，在垴畔上把拿枪的家伙先干掉。"

刘飞胜跑到后墙边，爬上了垴畔，在垴畔上瞄准了院子里拿枪的人。

刘飞胜扣动了枪扳机。

院子里拿枪的人应声倒地。

另一个拿枪的人退进了窑洞。

刘飞胜说："放下武器，我们宽大处理。谁要顽抗，我们就消灭谁。"

大门边的钞义达说："往开撞大门。"

两个人找到一根木柱子，往开撞大门。

大门撞开了。

里边的人又向大门上开枪。

钞义达喊道："放下武器！"

里边的人还在朝外开枪。

钞锋杰说："打。"

一阵密集的枪声响起。

钞锋杰一跃跳进大门，滚在磨道的石磨下。

另外两个人也趁机闯进了大门。

窑洞里的人将枪口对准了磨道。

刘飞胜从垴畔的一侧下来，蹲在了墙上，向里观察。

刘飞胜看到了举枪瞄准磨道的人。

刘飞胜一枪击中了窑洞门口举枪的人。

张东蛟突然喊道："不要打了，我出来。"

刘飞胜说："举起手往出走。"

张东蛟举起手，出来了。

木头峪的大街上，枪声不断，人声鼎沸，灯火通明。

钞锋杰和钞义达戴着面罩，手举火把，指挥着几个人，把几个土豪押了过来。

钞义达提着手枪，走到曹家大院大门前。他举起枪，朝着大门开了一枪。

一个黑影伸出手，扳住了钞义达的肩膀。

钞义达一惊，回过了头，看到了蒙面人。

蒙面人是钞锋杰。

钞锋杰说："我看到你往这边走来了，不放心，就追过来了。到此为止。出出气就行了。"

钞义达说："说实话，我想割下曹景升的头，祭奠宝翠。"

钞锋杰说："胡说。走吧。"

钞义达又向大门开了两枪，和钞锋杰一起走了。

八

张东蛟、李维苗、苗金音等人五花大绑，被人押着游行。

马德雄激愤地向民众宣讲："乡亲们，我们世代被土豪劣绅们剥削和压迫，受苦受穷，家破人亡，过不上一天好日子。今天，我们共产党人，要为我们穷人出气，处决罪大恶极的土豪劣绅。我们要将张东蛟、李维苗、苗金音三人押赴刑场处决。首先，要烧掉地亩税款册。"

几个抗日义勇军队员焚烧地亩税款册。

张东蛟、李维苗、苗金音三人被暴动队员押赴刑场。

三声枪响，张东蛟、李维苗、苗金音三人倒下去了。

九

曹家大院，人来人往。

曹景升坐在客厅里唉声叹气。

曹余正站在父亲面前，毕恭毕敬。

曹景升说："这游击队想做甚就做甚，成了甚世道？！"

曹余正说："我看，咱们还是在县城购上一套大宅院。住在城里，有甚事，我也好照应。游击队再厉害，也不敢跑到城里闹事。"

曹景升说："这里的买卖呢？"

曹余正说："让掌柜们打理去吧。隔几天，我们回去照应一下，也可以两头住。咱们不是城里也有买卖吗？"

曹景升叹了一口气，说："这里的摊子大呀。就照你说的办吧。你在城里给咱好好挑一套大宅院。只要好，不论贵贱。"

曹景升说罢，就动身进了县城，去县政府拜访陈世英。

陈世英见到曹景升，说："让曹东家受惊了。"

曹景升说："那些恶霸坏人，打也可以打，杀也可以杀，可我曹景升没有干过缺德事呀。不管做甚事，我都与人为善，也没有甚仇人。可这游击队，竟在我们的大门上放了三枪，欺侮我们这些好人。你陈县长说这是甚世道？！"

陈世英说："这就是我们和共产党的本质区别。他们的利益和我们的利益是对立的。共产党的游击队都是些暴民，什么事都敢做。不过，依我看，打在你们大门上的三枪，要么是在警告你们，要么是流弹打中了大门。他们就没有真心想把你们怎么样。他们这回真的想和你们过不去，你曹东家今天也就不会坐在这里了。张东蛟这样的人，有民团护着，也是人头落地了，你说你还能逃过他们的手心吗？"

曹景升说："陈县长说得对。唉，原先我也不分甚党派，不显高灭低，如今看来，不靠一头是不行了。"

陈世英说："你这才对了。我给你说，就是你想和共产党搞好关系，也搞不好。因为你的儿子是保安团的团长。"

曹景升说："陈县长说得有道理。陈县长说得有理。"

十

钞锋杰和钞义达走在魁星阁周围。

钞锋杰说："你到神木贺家川去一趟。木头峪暴动，产生了非常深远的影响。我们还要继续搞这样的暴动，提高人民群众参与武装斗争的积极性，壮大发展我们的队伍。在神木的王兆明领导的神府游击队第三支队，在贺家川一带搞得火热，开展了声势浩大的反恶霸斗地主的运动。最近，特委在店镇神堂沟召开过会议，决定继续开展游击战，武装开辟根据地，使陕北红区连成一片。你见到神府游击队的负责同志，转告特委的指示，请他们的武装势力继续向南扩展，延伸到葭县境内，和我们葭县的武装力量联合在一起，形成更大更强的势力范围。"

十一

钞义达借了孙旺才家的马，骑着马到了贺家川。

贺家川，神府红军游击队驻地。

乔子奇走出大门，看见了钞义达。

钞义达叫道："乔特派员。"

乔子奇说："义达同志。"

两人双手紧紧地握在一起。

乔子奇说："你我虽是一条线上的同志，可是见面也不容易啊。葭县的情况怎么样？"

钞义达说："木头峪暴动，打击了土豪劣绅的嚣张气焰，提高了葭县民众武装斗争的积极性。葭县的主要负责人指示我与神府第三支队取得联系，让三支队继续向南延伸，葭县的武力力量向北扩张，两地的武装力量连成一片，形成更大更牢固的武装势力范围。"

乔子奇说："这是个好主意。可是，最近三支队的战斗连连失利，已经开始向北退缩了。"

钞义达说："王兆明同志呢？我们当面谈。"

乔子奇说："王兆明同志已调离了三支队，到陕北特委担任行动队的队长。我根据特委的指示，下来了解神府革命根据地的相关情况。"

一个战士走过来，朝乔子奇敬了个礼，说："乔特派员好。"

乔子奇还了一个礼。

战士走过去了。

乔子奇站住，看了一眼钞义达，说："怎么样？和王茵同志的工作配合得还不错吧？上级已经批准了你和王茵结婚。其实，派你们到葭县前，我就知道你们相好了。"

钞义达惊讶地问："我们没有申请结婚呀？"

乔子奇说："你们没有申请结婚？明明是你们的申请呀。"

钞义达想起了和王茵的一段对话——

王茵问："你不想要一个家？"

钞义达说："我总是盼望着自己有一个家，可是，我实际上一直在流浪。这个家，其实你知道，是一个有名无实的家。"

王茵说："你希望这个家能成为一个真正的家吗？"

乔子奇说："我明白了，是王茵一个人写的申请。王茵写申请也是对的。首长也说了，两个年轻人住在一起，不闹点花样，才是怪事。你们结婚是对的。不结婚，你把人家的肚子搞大了怎么办？我的同志，能光明正大做的事情，就不要背后瞎搞。"

钞义达说："乔特派员，我们相好了，可没有瞎搞。"

乔子奇不满地说："相好了，你却不结婚。这是什么事？"

钞义达说："我心里堵得慌，下不了结婚的决心。"

乔子奇说："这就由不得你喽。特委上会研究的事情，出于个人原因，是不能推翻的。我们共产党人，为了革命的事业，生命都应该牺牲，怎么就不能和一个女子结婚呢？如果是双方都不同意结婚，我们也不会勉为其难。你们到葭县，我们就是让你们以假夫妻的身份住在一起的。现在的情况是，王茵同志想和你结婚，还背着你写了申请书。按理说，她的做法也是不对的，应该受处分。不过，你也要替她想一想。她一个女子，和你在一起住了几个月，以后再分开，能行吗？我的义达同志。结婚是好事，不是割你的头。为了革命工作，就是割你的头，都得让割。无定河六烈士不是牺牲了吗？为了革命事业，我们就不能怕掉脑袋。"

钞义达说："怕掉脑袋，我就不参加革命了。"

乔子奇说："那怎么了？连死都不怕，和一个女子结婚，就把你难成这个样子？你给我说说，王茵有甚不好？如果你的理由充足，我可以向特委的领导反映你们的情况。理由说不过去，你就认了吧。哪怕是保持着原来的假夫妻的状态也行，但我们是认可你们的婚姻的。像王茵这样才貌双全的女子，不知有多少人盯着，你占了便宜还不识趣。如果王茵告你的状，小心受处分。你作为一个男子汉大丈夫，不能难为一个弱女子。"

钞义达不高兴地说："她还弱吗？她都快把我逼上梁山了，还弱女子。"

乔子奇笑道："上梁山有好事，你就上。《水浒》中的好汉，上梁山，不都是为了好事吗？哈哈。"

十二

张天明在钞义达家大门外徘徊。

大门里边响了一下，张天明躲在了墙角。

王茵走出来了。

王茵左右看了看，向巷口走去。

张天明尾随王茵而去。

王茵在小街上行走。张天明跟在王茵身后。

王茵向后观察。

张天明退在了小巷里。

王茵走进了德成商号。

财贵正在摆弄货物。

财贵问："太太，你过来了？"

王茵问："有事吗？"

财贵说："来过一个人，放下一本《三国志》。捎书的人说，收到书，满意的话，就到老地方付款。不过，那人说是给掌柜捎的书。"

王茵明白，捎书是紧急联络的暗号。她准备自己一人到联络点去接头。

王茵正要出门时，张天明进来了。

张天明叫道："嫂子。"

王茵笑着问："你来了？"

张天明说："我想买一盒洋火。"

财贵赶紧给张天明递过来一盒洋火。

张天明不满地斜了一眼财贵，并准备掏钱。

王茵说："就一盒洋火，不用掏钱了。财贵，你把账记上。"

张天明说："这哪行呢。"

张天明把钱放在了柜台上。

王茵说："天明，嫂子就不陪你了。嫂子过来拿点香纸，给财贵打声招呼，到白云山上香去。"

张天明忙说："我也回峪口，正好顺路，咱们相跟上。"

王茵说："不用相跟了。我走路慢，你先走。"

张天明说："嫂子你真是见外了。走慢走快都是走呀。"

王茵皱皱眉头，不高兴地走了。

王茵走在街道上。张天明跟在王茵身后。

陈世英和王茵迎面走过。

陈世英盯视着王茵，见她走过去了，陈世英站住，望着王茵的背影，感叹道："这女子真俊。"

陈世英向两个随从耳语了几句。

十三

张天明和王茵一起走在通往白云山的路上。

张天明兴奋地手舞足蹈。

张天明说："嫂子，我晓得你爱唱歌，你再唱一曲让我听听吧。"

王茵说："爱唱也不能在大路上随便唱呀。"

张天明说："怎么不能呢？我们赶牲灵的就在大路上唱。我给嫂子唱一嗓子《人里头就数妹妹亲》。"

张天明唱道：

> 白脖子鸭儿朝南飞，
>
> 你是哥哥的勾命鬼。
>
> 半夜起来想起干妹妹，
>
> 狼吃了哥哥（哟）不后悔。
>
> 骑马要骑花点点，
>
> 小妹子是个花眼眼。
>
> 清水水里捞白菜，

小妹子梳了个短帽盖。

崖畔上开花一朵朵红，

人里头就数妹妹你亲。

张天明说："咱们这里的山曲大都是唱男女事情的。你说这首山曲好不好？"

王茵淡淡地说："好听。"

张天明说："那我再给你唱一首。"

王茵说："好弟兄，你就不要在大路上出丑了。有时间，你在我们家里唱。"

张天明说："行。"

王茵和张天明走在前边。有两个人跟在他们身后。

张天明和王茵走到白云山下，王茵说："我上山了，你走吧。"

张天明说："我也跟你上山去。"

"行了。你说你一直跟着我算什么？！"王茵说罢，转身就走了。

张天明愣怔怔地望着王茵。

王茵上了神路，停住脚，向后看了一眼，看到两个鬼鬼祟祟的人。

王茵走到正殿，进去了。

那两个跟踪王茵的人也进去了。

王茵一番跪拜、烧纸、上香，然后起身走出正殿。

王茵向后看了一眼，急忙躲在正殿一侧。

两个跟踪的人出了正殿后向另一侧跑去。

王茵走到玉皇阁边。

刘飞胜走到王茵身后，说："古历三月二十日特委在乌龙铺开会。我正在找老马，找不到。你呢？"

王茵说："接头。"

刘飞胜说："钞义达没有回来？"

王茵说："没有。"

刘飞胜说："通知钞义达也参加会议。本来这个会议是由老马通知钞义达的。找不到老马，只能由我通知了。"

张天明站在远处，望着王茵和刘飞胜说话。

十四

王茵正在家里看书，突然听到大门外有人唱道：

一道道深沟一座座崖，
为看上妹妹我远路来。
一枝枝绿柳轻风风摆，
小妹妹笑格嘻嘻把门开。
热格腾腾米酒豆芽芽菜，
忙忙给哥哥端在炕上来。

王茵皱皱眉头，说道："这是什么事。"

王茵走出大门。

张天明正憨乎乎地笑着望着她。他身后有几个人在看着他们这边。

王茵说："你在大门上就不怕人家笑话？快进来。"

张天明跟着王茵进了大门。

进了家门，王茵说："你还真把我缠上了？"

张天明说："你能跟人家好，就为甚不能跟我好？那天你在白云山跟那个年轻人说话我看到了。"

王茵吃了一惊。

张天明不怀好意地笑着望着王茵。

王茵说："那是我遇到的一个熟人，顺便说了几句话。"

张天明说："我看见有两个人跟踪你。"

王茵质问道："是不是你也在跟踪我？"

张天明说:"钞义达不在,我只是想保护你。"

王茵说:"我看你是狼在保护羊羔哩。"

张天明说:"我给你说个重要秘密:钞义达原来有过相好的,叫宝翠。"

王茵不高兴地说:"我晓得,你不要说了。"

张天明说:"好,我不说宝翠了。我还有一句话想说。"

王茵不屑地说:"你想说甚今天就痛快地说吧,过了今天,可能就没有这个机会了。"

张天明鼓足勇气,说:"我排队排在后边,万一钞义达出了甚事,我就续上。"

王茵不耐烦地说:"你胡说甚呀。义达能出甚事?"

张天明说:"钞义达当过红军,如今回来,行动鬼鬼祟祟的,我看他肯定是地下共产党员。你还不晓得吧?当地下共产党,最容易出事。就在去年,无定河畔杀了六个地下共产党员。杀那六个人的时候,我和招弟就在附近,我们看得一清二楚。"

王茵说:"你张天明可不敢胡说啊。说出去那都是掉脑袋的事情。"

张天明突然说:"你让我亲一口就不说了。"

王茵脸色变了,眼睛睁大了,胸腹大幅起伏,接着喊道:"钞义达就交了你这么个弟兄?你说你是什么弟兄?你想着要排队,你就排,等钞义达死了,你就续上来。你真是想得太妙了。我今天告诉你,就是钞义达死了,我再死上一百个男人,也轮不到你这种人。"

看到王茵愤怒的样子,张天明突然两眼流泪了,说道:"嫂子,我错了。我白天黑夜都在想你,我控制不住自己。我再也不瞎说了,也不瞎想了。"

王茵说:"本来,你有很好的歌唱天分,我是对你有好感的。没想到你是这种人!你就把你义达哥出卖给特务吧。不过,你把义达出卖了,我就说是你这个小人得不到我,就陷害义达。特务信谁的话,还不一定。再说了,你把义达出卖了,有人不会轻饶你的。你走。你走吧。当你的小人告你的状吧。"

张天明哭叫道："我不会的，我不会的。"

王茵朝里掉过头，不再面对着张天明。

张天明转身拉开门，走出去，然后回过头，神情绝望而痛苦地望了一眼王茵。

听到响动，王茵回过头，看到了张天明绝望痛楚的神情。

十五

张天明垂头丧气地走下石坡。

走在黄河畔上，张天明突然从怀里掏出红绸子，挥动起来。

他一边扭起秧歌，一边唱道：

> 要瞧牡丹难上难，
> 牡丹藏在屋里边，
> 我把周围纸糊严，
> 我看哪垯瞧牡丹。

> 要瞧牡丹也不难，
> 变成蜘蛛房檐上蹿，
> 一蹿两蹿蹿进去，
> 手攀着房檐瞧牡丹。

峪口村的几个人走过来了。

张天明仍然自顾自地扭秧歌。

一个年轻人说："这不是赶牲灵的张天明吗？怎么一人在路上扭起了秧歌？"

张天明不吭声，旁若无人，扭秧歌扭得更起劲了。

峪口村的几个人望着扭秧歌越扭越远的张天明。

有人说："这张天明是不是疯了？"

张天明听到有人说自己疯了，愣了愣，喊道："我张天明疯了——"喊罢，他突然坐在地上，大声哭起来。

那几个峪口村的人又返回来，一个人问："张天明，你没事吧？"

张天明说："没事。我今天难受，就想痛痛快快地哭一场子。"

峪口村的人说："没事就好。我们走了。"可几个人还不放心，说走却没有走。

张天明说："你们走吧。我真的没事。"

峪口村的几个人走后，张天明大声哭泣道："茵茵，我死心了。我不会再缠你了。我不会再爱人了。"

路畔下，黄河波浪滔滔。

十六

钞义达回到家里，和过去一样，随手把外衣脱下，王茵上来把衣服接住。

王茵问："你今天从什么地方起身？"

钞义达说："通秦寨。"

王茵问："远不远？"

钞义达说："几十里路。"

王茵说："快躺下歇缓一阵子。"

钞义达笑道："有个人关心真好。"

王茵说："谁关心你？我是在关心工作。没有工作，也就没有这个家。"

钞义达反问道："如今不是有了吗？"

王茵愣了愣。

钞义达说："我到神木时，见到了乔子奇。"

王茵的脸涨红了。

钞义达望着王茵，轻轻地说："对不起，难为你了。"

钞义达伸手轻轻地揽住了王茵。

王茵突然扑在了钞义达怀里，把他紧紧地搂住，失声痛哭了。

钞义达说："你这么痴心地爱一个人，真让我感动。"

王茵说："谁爱你了？！我不爱你。我就是要拜天地，正式成为你的妻子。"

钞义达说："不爱我？那还成甚夫妻？！我喜欢你，可我不能跟一个不爱我的人拜天地。"

王茵说："你真是个大坏蛋！就爱套好听的话。我就要和你拜天地。来吧。我今天就要跟你拜天地。"

钞义达说："这不太合适吧？"

王茵说："怎么不合适了？今天我就要拜天地。"

王茵说着，找了两块毯子，首先跪下了。

钞义达说："你王茵总是把我往梁山上逼。"

王茵得意地笑了。

钞义达跪在了王茵身边。

钞义达说："一拜天地。"

钞义达和王茵一拜天地。

钞义达说："二拜高堂。"

钞义达和王茵二拜高堂，都在遥拜。

钞义达说："夫妻对拜。"

钞义达和王茵夫妻对拜。

两人对拜完后，王茵上前吻住了钞义达的嘴。

钞义达也紧紧地搂住了王茵。

钞义达用手抚摸着王茵的头。

王茵仰起头，问："你什么时间心里才装上我的？"

钞义达深情地说："我会心疼你一辈子的。"

王茵说："可我总觉得你心里装着别人。"

钞义达说："不是。"

王茵撒娇地碰碰钞义达，说："反正你不能一心二用。"

钞义达说："你就是个小心眼。"

钞义达放开王茵，说："我躺下休息一会儿。"

王茵也放开钞义达。

钞义达上了炕，躺下了。

王茵坐在炕边。

王茵说："你们男人不能让人信任。"

钞义达质问道："你怎么能说这种话？"

王茵恼恨恨地说："你小心那个张天明，他有些疯狂。"

钞义达问："这个张天明，真是个混蛋。他又怎么了？我该好好地教训他一顿。"

王茵说："你还没教训他，说不定他就找人把你教训了。"

钞义达问："你甚意思？"

王茵说："他清楚你的来路。"

钞义达说："他不会把我们的事情说出去的。"

王茵说："说不定。爱情会使人晕头转向。他还在纠缠我。"

钞义达说："这张天明怎么了？他晓得我们是夫妻了，还敢纠缠你，你说他也够胆大了。是不是你以前真的对他有过意思？"

王茵说："说不清楚。这是你常和我说的一句话。当时，就是觉得他逗人可爱。过后，就没有把他当一回事。"

钞义达说："他给我们说过，说当时你把他送在了大路上，还给他唱过一首歌。"

王茵说："他唱了一首山曲。我一时冲动，也唱了一首。"

钞义达问："你唱了甚歌？"

王茵说："就是信天游，你赶你的骡子我开我的店。"

钞义达说："你一时冲动，把人家的魂都勾跑了。说实在的，他当时真的对你很上心。要不，为了革命的事业，我把你让给他吧？"

王茵嗔怒道："天地都拜了，你还说这种话？没良心的。"

王茵双手捶钞义达的肩头。

394

钞义达急忙说："我错了，我错了。"

王茵说："对了，上次接头时，刘飞胜说在白云山没有找到老马。他让我们想法给老马通知，古历三月二十日在乌龙铺召开特委会议。"

钞义达说："好。我马上再到白云山与老马接头去。"

王茵说："你将走了那么远的路，休息一下。我去。"

钞义达说："我去，我是走出来的把式。你到铺子看看有没有事。"

钞义达到了白云山，着急地东张西望，转来转去，寻找接头的人。

十七

王茵从德成商号出来，走在大街上。

张天明望着王茵。

王茵身后跟着两个人。

王茵走进了回家的小巷子里。

小巷前边突然出现了两个蒙面人，挡住了王茵的去路。

王茵掉过头。

后边一直跟踪的两个人堵住了她的退路。

前后四个人向王茵逼近。

王茵质问道："光天化日之下，你们要做甚？"

一个年轻人说："有人看上你了。跟我们走。"

四个人一拥而上。

王茵拼命挣扎。

四个人把王茵装进了布袋里。

十八

钞义达走进小巷子里。

大门上挂着一把锁。

钞义达掉头出了小巷。

钞义达来到德成商号。

财贵问："钞掌柜回来了？"

钞义达问："太太来过没有？"

财贵说："来过了。走了好长时间了。"

钞义达再未吭声，掉头向家里走去。

钞义达回到家中，望着窗外。

天色渐渐地暗淡了。

钞义达站起来，焦急地转来转去。

十九

夜色沉沉。

钞义达坐在椅子上出神。

钞义达自言自语道："会不会是张天明把我们出卖了？"说到这里，他立刻呆住了。

钞义达立即站起来出了家门。

钞义达向外窥望一番，没有发现什么异常现象，才出了大门，上了锁。

他急急地走出城门，向峪口跑去。

钞义达推门进了旧窑洞，炕上坐着候小和张天明。

钞义达问："招弟呢？"

候小说："他回家去了。"

钞义达走到炕楞边。

候小问："义达，黑天半夜，你不守着婆姨，来这里做甚哩？"

钞义达盯视着张天明。

张天明不好意思地低下了头。

钞义达质问道："张天明，王茵哪里去了？"

张天明说："不晓得。"

钞义达说："不晓得？你不是天天盯着王茵吗？"

钞义达逼近了张天明。

张天明惊恐不安地退到了炕角。

候小挡住了钞义达。

候小说："义达，有甚事，你要明说，不能动手动脚。"

钞义达说："王茵不见了。"

张天明一惊，惶恐不安地垂下了头。

候小问："甚时间不见的？"

"今天晌午我回来，她还在家里。我出去了一趟再回到家里，她就不见了。"钞义达说着，坐在了炕楞上。

钞义达口气缓和了，说道："天明，一个大活人不见了，这不是小事。"

张天明说："我今天就到城里转了转，与茵茵无关。"

钞义达问："跟谁转了？"

张天明说："就我一人。"

钞义达说："就你一人？你看到过王茵没有？"

张天明没有说话，低下了头。

钞义达吼道："你说话呀。"

张天明突然也吼道："你婆姨不见了，你就找我，这是甚道理？"

钞义达大声说道："张天明，你该是头脑清醒的时候了。"

钞义达说着，气呼呼地出了门。

候小走到张天明跟前，问："天明，这到底是怎么回事？你给我说实话。钞义达对咱弟兄们发这么大的火，肯定是出了事。"

张天明说："我后晌还在街道上看到过茵茵。"

候小问："你没有看出有甚不对劲的地方？"

张天明说："没有。哦，对了，好像她身后跟着两个人。不晓得是路人还是专门盯着她的人。"

候小问："天明，你说王茵会到哪里去了？"

张天明没好气地说："我怎么能晓得。"

候小说:"天明,你不要对我动声动气地说话。我是在帮你。你没看出来吗?钞义达怀疑是你把王茵拐跑了。"

张天明说:"我有本事拐跑王茵吗?我要是拐跑了茵茵,我还会坐在这里吗?"

候小说:"是呀,你说得没错。这钞义达也不是个糊涂人,也不晓得是怎么想的。"

二十

葭县县城的城门白天黑夜都不关,除非有紧急情况。但为避免不必要的麻烦,钞义达还是从城豁子进了城。

钞义达走在小巷子边,仔细观察了一会儿。

小巷里空无人影。

钞义达开开大门,回到家里。

家里寂静无声。

钞义达仰面躺在炕上,望着窑顶想起他们躺在沙漠里的情景:

钞义达和王茵并肩躺在沙漠上。

王茵问:"假如我病了走不动了,你会不会一人走了?"

钞义达说:"怎么会。我就是死,也要把你背出去。要么就一块死。"

王茵问:"为什么?"

钞义达说:"你是我革命的同志呀。"

王茵问:"仅仅是革命的同志?作为女人,我身上就没有让男人心疼的地方?看来我也是白当女人了。"

王茵长叹了一口气。

钞义达说:"谁敢心疼你。那一双双的眼睛都在盯着你。要是谁先下手了,肯定会被撕个粉碎。"

王茵说:"今天没有人看着。你不觉得是你下手的好时机吗?"

钞义达没有吭声。

王茵长长地叹息了一声……

钞义达一夜难眠，黎明时分，他才睡着了。当他睁开眼睛时，窑洞里亮堂堂的。

钞义达马上起来了，用手捋捋头发。

突然，大门被擂响了。

钞义达愣了愣，走到大门边，从大门缝里向外瞧。

候小叫道："义达。"

钞义达没说话，把大门打开了。

候小问："王茵回来了没有？"

钞义达摇摇头，随手锁上大门。

候小问："你怎么连大门都不让我进了？"

钞义达说："我要出去找王茵，也就不留你进家门了。"

候小说："张天明给我说，他见过王茵。"

钞义达一惊，问："张天明呢？"

候小说："他还在峪口。"

钞义达问："他在甚地方看到过王茵？"

候小说："就在街上。他说好像有两个人跟着王茵。"

钞义达自言自语道："谁会跟踪她？"

候小说："她长得那么俊，走在街上那么惹眼，早不出事迟也会出事的。"

钞义达说："净说废话。"

候小不高兴地说："大清早的，我就起来帮你找人了，你就这种态度？"

"我不对我不对。过两天我请客。你回到峪口，好好问一问张天明，看他到底看清了王茵没有。"钞义达说罢转身跑了。

钞义达在白云山奔走，正在他东张西望时，有人拍了一下他的肩。

钞义达一惊，愣住了。

钞义达回过了头。

钞锋杰正望着他。

钞锋杰问："你寻找甚？"

钞义达说："王茵失踪了。"

钞锋杰警觉地问："甚时间？"

钞义达说："我昨天上山和你接头，没有接上，回到家里，她就不见了。没有一点音信。"

钞锋杰问："会不会被土匪绑走了？"

钞义达说："要是土匪抓了人，也该要赎金了。会不会是特务干的？"

钞锋杰说："特务发现了你们，那会连你一块抓走的。我让我们的内线四处打探一下。你千万不敢轻举妄动。"

钞义达点点头，问："你到甚地方去了？交通员到白云山找过你几次，最后找到商号来了。"

钞锋杰说："我去米脂了。怎么，有任务？"

钞义达说："特委开会。"

钞锋杰说："我刚接到通知，会议计划取消了。县城南面的石坡有一个炸药库，前几天我们侦察过了，只有三四个团丁把守。我们准备黑夜抢炸药库。你和我们一起行动。"

第十七章

一

夜色沉沉。

偶尔，响起夜猫子的鸣叫声。

钞锋杰和钞义达几个人悄悄地来到炸药库边。

炸药库大门外，有两个团丁在站岗。

钞义达和钞锋杰同时从两边扑过来，搂住了两个团丁，用刀将团丁刺死了。

刘飞胜等人从后边跟上来，围在了大门边。

钞义达爬上了墙头。

院子里有一只狼狗，竖起耳朵，辨听外边的响动。

钞义达一镖掷过去。

狼狗中镖时叫了一声，倒下去了。

钞义达跳下了墙。

狼狗还在"吱吱吱"地嘶鸣。

窑洞里的灯亮了。

钞义达打开大门。

大门开启时，"吱"地响了一声。

钞义达迅速跳进了墙角。

一个团丁从门里出来，走到狼狗身边，说："这狗怎么了？"

钞义达一扑过去，按倒了团丁。

团丁"哎呀"叫了一声。

钞义达一刀结果了团丁的性命。

钞锋杰等几人迅速跑进了大门。

窑洞里的团丁问："怎么啦？"

钞锋杰首先一脚踢开了营房的门。

窑洞里的团丁提起了枪。

钞锋杰等人迅速跑过去，将团丁按倒。

钞锋杰说："一个不留。"

刘飞胜一刀刺死了团丁。

钞锋杰说："尽快，动作要轻，把炸药搬到山下，再往回搬。"

钞义达他们一回又一回地往出搬炸药，然后分别送到了山沟里和石渠里。

天色亮了，钞义达他们才把炸药搬运完。

钞锋杰和钞义达分手的时候，钞锋杰说："你们尽快把炸药运到米脂。那边等着要做炸弹。"

钞义达说："有几千斤炸药，得分两三回往出运。"

钞锋杰说："一定要操心。这么大的事，肯定会惊动县府的。"

钞义达问："王茵怎么办？"

钞锋杰说："我已经让内线打探消息去了。你先到县里报案。要是敌人把她抓走了，不报案，敌人就会怀疑我们了。报过案，就组织运送炸药。"

二

陈世英坐在办公室里，悠闲自在地哼着小调。

曹余正在门外喊道："报告！"

陈世英说："进来。"

曹余正走进了县长办公室。

曹余正说："不好了，炸药库被盗，四个看守炸药的团丁全被杀了。"

陈世英猛地站起来，接着又坐下去。

陈世英声嘶力竭地喊道:"最近'共匪'在葭县越来越猖狂了。先是在木头峪搞暴动,现在又向县府发难了。我们一点儿办法都没有,太气人了。你这个保安团团长怎么当的?"

曹余正说:"卑职无能。"

陈世英说:"不要说这种话了。你说现在怎么办?"

曹余正说:"首先查找炸药的去向。那么多的炸药,他们不会很快就转移的。"

陈世英气急败坏地说:"那你还在这里干什么?快行动。"

曹余正说:"是。"

曹余正转身出去了。

陈世英长长叹息了一声,说:"倒霉呀。"

刚从陈世英办公室出来的曹余正,迎面碰上了前来县府的钞义达。

曹余正质问道:"你怎么来了?"

钞义达说:"我要报案。"

曹余正没好气地质问道:"报甚案子?"

钞义达说:"我太太失踪了。"

曹余正愣了一愣,说:"这年头失踪的人太多了,我们管不过来。"

钞义达说:"有一句老话:当官不为民做主,不如回家卖红薯。"

曹余正说:"少说废话。我还忙着哩。"

钞义达说:"那我就见陈县长去。"

曹余正问:"你是怎么进来的?"

钞义达说:"进就进来了。"

陈世英出现在钞义达身后,问:"吵什么哩?"

钞义达说:"陈县长,我太太前天失踪了,我来报案。"

陈世英问:"那你为什么前天不来报案呢?"

钞义达说:"前天黑夜她没回来,我就觉得出事了,找了大半夜。昨天要报案,人家都说县府不会管这种事。"

陈世英问:"那你今天怎么就来了呢?"

钞义达说:"实在是找不到了,没办法了。这不,真的像众人所说的,曹团长说县府不管。"

陈世英不耐烦地说:"你回去吧,我们晓得了,尽快帮你找到你太太。"

钞义达说:"你们能找到我太太,我会重谢你们的。"

陈世英连连说:"好吧好吧。"

钞义达转身走了。

曹余正看着钞义达,问:"他这是甚意思?"

陈世英说:"我总觉得这人不对劲,可又看不出破绽。"

曹余正恭维地说:"陈县长这一招高啊。"

陈世英说:"鱼儿太狡猾,不挑动不跳蹦不上钩呀。"

曹余正和陈世英大声笑了。

三

曹余正和虎明等人站在城门口。

钞义达和刘飞胜、陈德孝连牵带赶着四头骡子,走过来。

曹余正看着钞义达。

曹余正走到钞义达跟前,笑道:"钞义达,老婆失踪了,你倒好,还有心思做买卖。"

钞义达说:"老婆找不到,我还要活呀。前天就给人家说好了的货,不送不行了。"

曹余正突然吼道:"你一会儿开商号,一会儿赶牲灵,到底是做甚的?"

刘飞胜和陈德孝吃了一惊。

钞义达说:"做买卖就是这样的。自己有了大牲口,买进卖出,接送货物就方便了。曹团长家有那么多商号,做买卖的路道,曹团长还能不晓得?"

曹余正说:"那你为甚不跟你以前的那几个弟兄合伙呢?"

钞义达说:"豆腐白菜,各有所爱。合伙的事情,又不能我一个人说了算。"

曹余正冷笑道："看来，你真和你以前的弟兄们走在两条道上了。"

钞义达没有说话。

曹余正在货驮子上捏摸。

曹余正对身边的几个团丁说："抬下货驮子，仔细检查。"

几个团丁抬下货驮子，仔细检查了一遍。

曹余正两眼盯着货物。

驮子上的货物是些布匹。

四

山沟里，钞义达和钞锋杰他们把骡子身上的货驮抬下来，卸下布匹，又把炸药绑在货驮子上。

钞义达他们把货驮抬在骡子身上后，走进了米脂山沟。

常掌柜等人正等在山沟里。

常掌柜握着钞义达的手说："你们辛苦了。"

钞义达说："还得送两回，你们这几天一直要有人守在这里接应我们。"

常掌柜说："好。"

随后，钞义达他们返回装炸药的地点，把布匹收拾好，绑在货驮子上，又向葭县的方向走去。

五

曹余正站在城门外。

钞义达赶着骡子走过来了。

钞义达看到曹余正，一愣，放慢了脚步。

钞义达低声对刘飞胜说："坏了。你们听我的言行。"

曹余正迫不及待地走过来。也没和钞义达说话，对身后的团丁说：

"检查。"

团丁们把货驮子抬下来，开始检查。

驮子上的货是布匹。

看到布匹，曹余正冷冷笑了："怎么送出去和接回来的货物是一个样？你们在戏耍要？"

钞义达说："人家嫌我们的布匹太粗糙，不要了，只能驮回来了。"

曹余正冷笑了一声，说："你钞义达这张嘴还行。"

曹余正转身走了。

钞义达对刘飞胜和陈德孝说："这回我们有点大意了。话对不好，就麻烦了。"

六

王茵依然没有音讯。一个好端端的人，怎么就会凭空消失了呢？钞义达又上了白云山，和钞锋杰接头。

钞锋杰说："据内线报告，王茵就是被保安团抓走了，秘密关押。具体地点内线还没有摸清楚。"

钞义达一惊，问："他们的动机是甚？"

钞锋杰说："无非就是想打草惊蛇，想试探你。不要怕，目前还没有甚证据落在他们手里，估计他们不敢把王茵怎么样。除非王茵主动承认自己是共产党员。"

钞义达肯定地说："王茵不会的。我怎么和他们上一手？"

钞锋杰说："事关重大，你不敢贸然行事。怎么营救王茵，由县委安排。"

七

曹余正和虎明引着几个团丁，仔细看着石渠地上的炸药粉末，接着又看到了骡子的蹄踪。

曹余正恨恨地说："这帮土匪。他们是把炸药先运到这里，然后转移出去的。"

昨天遇到钞义达的情景浮现在曹余正眼前。

团丁们把货驮子抬下来，开始检查。

驮子上的货是布匹。

看到布匹，曹余正冷冷笑了："怎么送出去和接回来的货物是一个样？你们在戏耍耍？"

钞义达说："人家嫌我们的布匹太粗糙，不要了，只能驮回来了。"

曹余正转身对虎明说："注意白云山一带的情况。这里有可能是'共匪'的窝点。"

八

钞锋杰和钞义达走在一起。

钞义达说："保安团发现了石渠里藏过炸药的地点。"

钞锋杰说："幸亏我们分开掩藏了炸药。另外一处的炸药暂时不能动了。两处藏炸药的地点就在白云山周围，以后我们不能在这里接头了。有重大事情，我让他们到你的商号来接头。"

钞义达问："王茵有下落了没有？"

钞锋杰说："我们的内线正在查找，你先不要急。"

钞义达冲动地说："不急能行吗？我跟他们上一手，劫持上县府的一个头头脑脑。"

钞锋杰说："你不要冲动。越是这种时候越要冷静，不能总是犯同样的错误。"

钞义达突然愤怒地掷出一支镖，镖落在了远处的松树干上。

九

张天明和招弟、候小从黄河沿岸走过来。

钞义达走下了白云山。

钞义达看到了张天明他们，叫道："候小。"

候小他们朝钞义达望去。

招弟叫道："义达哥。"

钞义达问："你们不赶骡子，这是要到哪里去？"

招弟说："嫂子不见了，我们帮你寻找嫂子呀。"

钞义达说："谢谢弟兄们。你们不要找了。"

招弟惊喜地问："找到了。"

钞义达摇摇头，说："你们帮不上忙，真的不要再找了。前两天我对天明说话有些冲动，天明不要计较。"

张天明不高兴地转过了头。

十

候小和张天明坐在炕上，招弟收拾行李。

候小问："你收拾行李做甚去？"

招弟说："最近也没货送，我心里老发慌，我要出去走几天。"

张天明看了他一眼，问："你是不是要去横山？钞义达给你发圣旨了？"

招弟恨恨地说："你这人也太聪明了。不过，有些事你说穿了，不说义达哥放不放过你，我就放不过你。这成甚世事了，弟兄们连一点儿情分都不讲了，还能使得！"

候小眨眨眼，问："你们有事瞒着我？"

候小看看招弟，招弟没有吭声。

候小又看看张天明，张天明也没吭声。

候小说："我把你们当真心的弟兄，你们把我当外人了？"

招弟说："其实，也没有甚事情。我们就是不想让王茵晓得义达和宝翠相好的事。"

候小恍然大悟地说："哦，对，你们还讲义气。不过，我偏偏要让王茵晓得。有甚好事，都成了他钞义达一个人的了，我就要给他不好看。"

十一

宝翠用扫帚扫骡马店的院子。

王宏远走进院子，说："宝翠，你歇一歇。"

宝翠笑笑，说："没事。王叔，今天你上街了没有？"

王宏远说："你到窑里来说。"

宝翠跟着王宏远进了窑洞。

王宏远说："我今天打问到了一些情况。红军游击队最近又分散开了，有的到了三边一带，有的走南边了。"

宝翠问："南边在甚地方？"

王宏远说："南边就在宜君那一带，远着哩，到横山有几百里的路程。有一个人，以前我们三两个月还能见上一面，这回走了好几个月，连一面也没有露。我估计这人快露面了。只要这人露面了，那肯定能找上游击队。"

宝翠说："王叔，我出来好几个月了，不能再等了。我要出去寻找。"

宝翠找过来几双鞋，说："叔，这几双鞋是我为招弟和张天明做的。他们再来住店时，叔交给他们。"

王宏远钦佩地望着宝翠，说："你真是个好女子。"

十二

宝翠提着包裹，和王宏远一起出了横山城门。

宝翠说:"王叔,你回去吧。"

王宏远站住了。

王宏远说:"你娃娃要操心啊。这年月,兵荒马乱,出门让人心里没个准头。到了靖边,就按我说的那些店住,那些店主我都认识,人品好着哩。找不到人,回来的路上,再来店里住。我不收住店钱。"

宝翠说:"我一定来看王叔。"

宝翠走在路上,脸上汗水淋淋。

宝翠越走越慢,走在土塄上,坐下了。她从包裹里找出干粮,啃了起来。

天黑下来了,宝翠摸摸索索地又上路了。

天边乌云翻腾而来。

一阵阵雷鸣电闪。

雨开始下了。

宝翠艰难地行走在雨夜里。

漆黑的夜晚,大雨如注。

宝翠摔倒了,滑下了山坡,昏过去了。雨水泼打在她的脸上。

宝翠张开眼睛后爬起来。

"老天爷,你为甚要和我作对?!"宝翠吼罢,又艰难地向前走去。

十三

钞义达和陈德孝在街上接头时,陈德孝说:"老马病了,后晌到南城门口接应,送诊。"

陈德孝走后,钞义达回了一趟小院,然后牵着骡子,来到了南城门口附近。

城门口站着两个哨兵。

虎明站在城门边。

钞义达牵着骡子,慢慢地走过来。

刘飞胜背着钞锋杰，进了城门洞。

虎明看了一眼刘飞胜，走过来。

虎明向刘飞胜喊道："站住。"

刘飞胜站住了，神情非常紧张。

钞义达向刘飞胜靠去，手伸进了衣服里。

虎明扶了一下刘飞胜肩上的钞锋杰的头，问道："他怎么了？"

刘飞胜说："病了。"

虎明问："甚病？"

刘飞胜说："肺炎。"

虎明想了想，说："快走快走。"

刘飞胜背着钞锋杰急忙走了。

钞义达跟在了刘飞胜身后。

虎明想了想，自言自语道："这人好面熟。"接着，他恍然大悟地说："不对，这人是'共匪'老马。"

虎明向走远的刘飞胜喊道："站住。"

曹余正走过来了。

曹余正问："甚事？"

虎明说："刚才有个人背着的人像'共匪头子'老马。"

曹余正不满地说："像老马？咱们那里有老马的画像，你还说像不像？"

虎明说："他一脸病恹恹的样子，我没有认出来。"

曹余正说："快追。"

曹余正引着几个团丁追过来。

钞义达看到曹余正他们追了过来，急忙把骡子横在路上。

虎明喊道："站住。"

刘飞胜没有停下，跑得更快了。

虎明手中的枪响了。

钞义达掏出了手枪，伏在骡子身前，朝骡子打了一枪。

钞义达把手枪揣进衣服里。

骡子拼命地跳起来，挡住了曹余正他们的路。

曹余正愤怒地吼道："谁的骡子？！"

曹余正看到了钞义达。

钞义达走到曹余正跟前说："你们把我的骡子打了。"

骡子倒下去了。

曹余正质问道："你怎么到了这里？"

钞义达喊道："你们开枪，打中了我的骡子。"

钞义达张开双臂，挡住了曹余正的去路。

曹余正用枪指着钞义达，喊道："老子在执行公务。"

钞义达说："那也不能打死我的骡子。"

曹余正不解地看看骡子，说："是我的枪打死的骡子吗？我们只开了一枪。"

钞义达说："不对，我听到了两声枪响。我的骡子中枪了，你看。"

钞义达手指着骡子的枪伤。

骡子身上的枪伤正在往出流血。

虎明说："除了曹团长的枪声，另外还响了一声枪声。"

曹余正自语道："是啊，真的是又响了一声枪声。怎么是两声枪响呢？怪事。"

曹余正突然明白了什么，对虎明几人喊道："快追，还看甚？"

曹余正和虎明他们跑了。

钞义达跟在曹余正他们身后，不停地喊道："你们赔我的骡子。"

刘飞胜背着钞锋杰在拼命地奔跑。后边响起了脚步声。

刘飞胜看到了一个猪圈，便把钞锋杰放进了猪圈，塞进了猪窝，跳出猪圈。

刘飞胜向前跑了几步，掏出手枪，打响了枪。

曹余正和虎明几人跑到了猪圈跟前。

曹余正左右看了看，向猪圈看去。受惊吓的大黑猪在满圈奔跑。

钞锋杰蜷曲在猪窝里。

曹余正的目光扫视着猪圈。前边又响起了枪声。

曹余正喊道："快追！"

曹余正走后，大黑猪望着猪窝，不停地喘息着。

曹余正和虎明几人站在街道上。

曹余正气急败坏地说："全城戒严，挨门逐户地搜。"

十四

曹余正和虎明引着团丁，全城搜查。

曹余正走在街道上，刘飞胜从曹余正身边走过。

曹余正看了一眼刘飞胜，急匆匆地走了。

十五

钞义达走在街道上，刘飞胜迎面走过来。

钞义达走到躺在地上的骡子跟前。

骡子无声无息。

刘飞胜压低声音对钞义达说："我把老马藏在猪圈里了，天黑下来我们去背他。"

钞义达说："好的。"

夜幕降临，钞义达和刘飞胜从两边走到猪圈跟前。钞义达望风，刘飞胜跳进猪圈，去背钞锋杰。

刘飞胜从猪窝扯出钞锋杰。

钞锋杰软绵绵的。

刘飞胜背起钞锋杰，出了猪圈。钞义达靠了过来。

刘飞胜焦急地说："老马不行了。"

钞义达说："快送诊所。"

诊所大门外，有几个黑影在游荡。

钞义达和刘飞胜快步赶来。

钞义达看到了诊所外的几个黑影，愣住了，然后对刘飞胜说："你把敌人引开，我往诊所送老马。你出去后在德成商号的背墙后等我。"

钞义达背上钞锋杰，躲进城角。

刘飞胜故意走到诊所跟前时忽然放开脚跑了。

诊所大门外的团丁，向刘飞胜追去，不停地喊道："站住。"

钞义达看到团丁走开了，背上钞锋杰小跑到诊所大门前。

钞义达擂响了大门。

里边的人问："谁呀。"

钞义达说："有急病人。"

王医生开开了大门，说："快进来。"

钞义达背着钞锋杰进去后，王医生关上了大门。

王医生引着钞义达进了诊所。

钞义达把钞锋杰放在病床上。

钞锋杰昏迷不醒。

王医生开始给钞锋杰诊断病情。

王医生说："是食物中毒。没有及时排毒，毒气浑身扩散开了。"

钞义达问："没事吧？"

王医生说："中毒量不大，无大碍。不过，要服些药，调养几天。我先给他灌些药，再让他吐一吐。"

王医生和钞义达一起给钞锋杰灌药，不久，昏迷不醒的钞锋杰突然呕吐起来。

钞义达把钞锋杰放倒在床上。

王医生开始抓草药。

王医生刚包好草药，大门被擂响了。

钞义达一惊，望着王医生。

王医生看到钞义达的神情，疑惑地问："你紧张甚哩？"

钞义达说："这人把团丁惹怒了，团丁要抓他。请医生行行好，把他先藏起来。"

王医生迟疑了一下，说："好吧。"

外边的大门越敲越响。

王医生说："来吧。"

钞义达把钞锋杰抱起来，跟随王医生的指引来到墙角跟前。

王医生叮嘱说："把草药包压上去。"

钞义达和王医生把草药包垒起来，搭起一点小空间，把钞锋杰塞进去。

曹余正在外边叫道："怎么还不开门？"

钞义达说："我躺在病床上，就说给我看病。"

王医生不满地说："你们有甚事呀？把我也搅和进去了。"

钞义达说："定当后报。"

钞义达躺到了床上。

王医生走出诊所的门，边走边说："我正在给人看病呀。"

王医生打开了大门。

曹余正走进来了。

曹余正说："王医生，你在给谁看病？"

王医生说："叫不起名字。"

曹余正说："走，进去看看。"

王医生引着曹余正进了诊所。

曹余正走到病床边。

钞义达掉过身子。

曹余正看到是钞义达，吃了一惊，质问道："是你？"

钞义达苦笑道："这胃把人疼死了。"

曹余正说："我怎么在执行任务时，总是能碰上你？"

钞义达："我看是你在找茬。"

曹余正说："不要老是跟我这么说话，操心哪天把你的脑袋敲碎了。"

钞义达说："我准备好了。"

曹余正冷笑了一声，开始察看诊所的四周。

钞义达坐起来，说："曹团长，你在吧，我先走了。"钞义达说罢下了床。

曹余正看了看钞义达。

钞义达对王医生说："我走了，明天胃再疼起时，我再来找你。"

王医生说："行。注意休养。"

钞义达走出了诊所的房门，却没有出诊所的大门，而是进了院子里的厕所。

曹余正说："王医生，有'共匪'的首脑病了，可能会来你们诊所就诊。你要是隐藏不报，操心脑袋搬家。"

王医生一怔，说："他们头上又没写着'共匪'二字。"

曹余正说："从现在开始，每个进诊所的病人，都要问清来路，向我们汇报。当然，我们的人，也会全天守在这里的。走。"

曹余正一挥手，引着几个团丁走了。

见曹余正等人已离开，钞义达走出了厕所，又进了诊所。

王医生看到钞义达，问："这可怎么办呀？"

钞义达一边动手往开搬草药包，一边说："王医生，这是个好人，不能落在保安团的手里。"

王医生问："他们都守在大门口了，怎么让他出去？"

钞义达说："他们守的只是大门。我们在侧墙上下功夫。你不要睡，把门留下，我叫人来接病人。"

王医生说："我这不是成了你们的同路人？"

钞义达说："我一定会报答医生的救命之恩。"

十六

夜色浓重，刘飞胜藏在背墙后。

钞义达慢慢地走过来。

刘飞胜看到了钞义达，向钞义达移动过来。

钞义达说："走，咱们俩人从墙上往出接老马去。"

刘飞胜问："老马的病怎么样？"

钞义达说："是食物中毒，深度昏迷，不过没有生命危险。我配好了药。"

刘飞胜蹲在墙下，钞义达踏在他肩上，双手扳在墙头上，一跃上了墙头，然后轻轻地跳下墙头。

诊所大门前，有两个团丁在游动。

钞义达走到诊所的房门边，轻轻地推开了门。

王医生问："你来了？能出去吗？"

钞义达说："能。"

钞义达背起钞锋杰，提着药包，出了门。

钞义达走到侧墙脚。

王医生把梯子轻轻地搭在墙上。

钞义达背着钞锋杰爬上了梯子，到墙头后把钞锋杰的双手捉住，吊钞锋杰下去。

刘飞胜则从外墙下边接住了钞锋杰。

钞义达跳下了墙头后，刘飞胜背上钞锋杰，钞义达紧随其后，匆匆消失在夜色里。

刘飞胜背着钞锋杰和钞义达一起进了小院，钞义达关上了大门。

半夜，钞锋杰醒了过来。

刘飞胜说："你太吓人了。"

钞锋杰说："怎么会是这样的？"

刘飞胜说："我们吃过饭，你说你肚子疼，过了一会儿，你就昏过去了。我急忙打发陈德孝进城联络诊所……"

钞锋杰问："我是怎么醒来的？"

钞义达说："灌药呗。医生说是食物中毒。"

刘飞胜说："估计就是吃了杏仁饭中了毒。"

钞锋杰说："你们和我一起吃的饭呀。"

钞义达说："这没有奇怪的。毒素在每个人身上的反应都是不一样的。有些人就是不能吃杏仁饭的。"

钞锋杰笑道："人家好心好意给咱做杏仁饭，没想到惹了这么大的祸。义达，王茵的下落找到了。"

钞义达激动地问："真的？"

钞锋杰点点头，说："只是不晓得能不能营救出来。"

钞义达说："就是死，我也要把王茵营救出来。"

第十八章

一

招弟没有赶牲灵，经过两天的跋山涉水，只身一人到了横山。

招弟走进怀远骡马店。

伙计迎过来，招呼道："葭县老乡，这回咋没有赶骡子？"

招弟说："我来找那个叫宝翠的女子。"

伙计说："宝翠前几天走了。"

招弟一惊："宝翠走了？走甚地方了？"

伙计说："不晓得。你问我们的王店主去吧。"

招弟进了店主的房子。

王宏远正在吸旱烟，问了一声："来了？"

招弟问："王店主，宝翠走哪里了？"

王宏远说："往三边方向走了。具体到什么地方，说不清楚。"

招弟着急地说："这可怎么办？她要找的人我找到了，她又走了。"

王宏远站起来，问："她要找的人你找到了？在什么地方？"

招弟说："不能给你说。反正我要见宝翠，就是见了宝翠也不能说。"

王宏远不满地说："不能给她说，你还找她做甚哩？"

王宏远又坐下了，叹息道："我说走着不如守着，她还不听话。"

招弟说："我这就走。"

王宏远说："我给宝翠说过三边几家我熟悉的旅店，你到了三边，到那些店里找一找吧。"

王宏远把宝翠留给招弟和张天明的鞋给了招弟。

二

经过内线的打探，终于摸清王茵被关在香炉寺里。

香炉寺位于城东石坡上的石台上，西边连着石坡，三面是悬崖绝壁，悬崖前端有一石柱，高七八丈，周长两丈多，距石台六尺之多，石台与石柱由宽二尺的小桥连接。更让人称奇的是石柱顶端还有一小庙。在香炉寺藏身，只要西边有人把守，无人能钻进去。

钞义达和钞锋杰商量后，开始行动了。

钞义达、刘飞胜、陈德孝分别在不同地点的墙壁上贴上了纸张。

钞义达他们离开后，有人围上来看墙壁上的纸张内容，上面写道：古历四月初二，香炉寺娘娘庙观音娘娘普度众生。

四月初二，一群民众聚集在香炉寺大门前，人群中有陈德孝的身影。

香炉寺大门旁站着几个便衣团丁。

便衣团丁说："不能进去。"

便衣团丁对要进香炉寺的民众推推搡搡。

人群中有人喊道："为甚不让我们进去？"

有人喊道："你们是甚人？"

有人说："观音娘娘普度众生，我们就要进去。"

三

钞义达走到县府大门前，要进大门，却被团丁挡住了。

钞义达说："我前两天还进过这个大门。"

团丁说："就是前两天放你进去了，曹团长骂了我们，还扣罚了我们饷银。"

钞义达掏出了一块银元，说："我给你补上。"

团丁说："说甚也不敢放你了。"

钞义达说："我非得进去不行。"钞义达接着高声叫道："陈县长，我有冤要喊，我有冤要喊。"

陈世英走出了大门，问道："谁在嚷嚷？"

陈世英看到了钞义达。

钞义达叫道："陈县长。"

陈世英说："原来是钞先生。"

钞义达说："陈县长，我家的有下落了。"

陈世英一怔，说："好啊。她在什么地方？"

钞义达说："她在香炉寺。"

陈世英一惊，接着笑道："那你把她接出来啊。"

钞义达说："有重兵把守，我接不出来。"

刘飞胜等几个人向县府大门边围来。

陈世英说："你的话我不信。"

钞义达说："不信陈县长跟我去看看。"

陈世英阴沉下脸来，说："我跟你走？你以为你是谁？"

钞义达说："你今天不为民做主，我就不走，让民众看看你们县府老爷在做甚哩。"

陈世英说："你怎么把这事跟县府搅在了一起？"

刘飞胜在人群中喊道："当官要为民做主。"

人群中有人附和道："对，当官要为民办事。"

曹余正急匆匆地走过来，对陈世英说："陈县长，让您受惊了。听到有人报告，我就赶过来了。"

陈世英附在曹余正耳边说了几句话。

曹余正说："怎么回事？谁在县府门前聚众闹事？"曹余正拔出了手枪，喊道："无关人员，一律退开。"

钞义达面向人群说："各位乡亲，你们不要走开，当个见证人，看谁在乱抓无辜的民众。"

曹余正说:"钞义达,你不要蛊惑不明真相的民众。"

钞义达低声对陈世英说:"陈县长,你们不为我做主,我就引上民众到香炉寺,当众把我家的找出来,再让那些看守她的人承认,他们为甚抓她。我不想把事情做绝。不过,你们要给机会。"

陈世英沉着脸没有说话。

钞义达说:"曹余正跟我不和,一直在找我挑事端。"

陈世英依旧没有吭声。

钞义达转身面对民众,说:"我家的无辜被保安团绑架在了香炉寺。"

陈世英忙说:"钞先生,不要喊叫了,我让曹团长到香炉寺看看。"

曹余正叫道:"陈县长。"

陈世英又附在曹余正耳朵上说了几句话。

曹余正点点头。

四

陈德孝和民众聚集在香炉寺大门前,正和几个便衣团丁吵闹。

钞义达和曹余正、刘飞胜、几个团丁、几个看热闹的百姓走了过来。

曹余正没等便衣团丁说什么,就对穿制服的团丁说:"把这几个人带走。"

便衣团丁叫道:"曹团长。"

曹余正喊道:"你们是些甚人?这里不是你们说话的地方,到了保安团再说。"

几个团丁把便衣团丁带走了。

曹余正对钞义达说:"钞义达,有没有你的太太,你自己看。我是不相信这里有的。"

钞义达没有吭声,狠狠地瞪了一眼曹余正,走进了香炉寺大门。

钞义达在香炉寺搜寻了几间房,在一间偏房找到了王茵,立即给王茵松了绑。

王茵叫了一声："义达"，随即扑在钞义达身上，失声痛哭了。

钞义达和王茵紧紧搂在一起。

曹余正走过来，看到这种场景，咳嗽了一声。

钞义达和王茵分开了。

曹余正笑道："恭喜了，钞先生。"

钞义达说："你们要追查关押的人。"

曹余正说："一定，一定。你放心。"

钞义达和王茵走了。

曹余正阴沉沉地盯着钞义达的背影。

五

陈世英已经认定钞义达就是共产党员，在县长办公室，他对曹余正说：

"钞义达是'共匪'的嫌疑越来越大。凭我多年的经验，还有直觉，我认定他就是真正的'共匪'。"

曹余正问："是不是先抓起来？"

陈世英说："馍馍不吃在盘里放着，急什么哩。抓他一个容易。我要利用钞义达，将葭县的'共匪'一网打尽。把葭县的'共匪'打尽是甚成色？就是一网打尽陕北的'共匪'首脑人物。陕北的大部分'共匪'首脑人物，经常在葭县境内活动。"

六

钞义达住的窑洞里，钞义达安排父亲坐在椅子上。

钞义达叫道："王茵，来。"

王茵走过来。

钞义达首先跪了下来。

王茵也跪了下来。

钞锋杰诧异地望着钞义达和王茵。

钞义达说:"大,经组织上批准,我和王茵正式结婚了。"

钞锋杰激动地说:"好,太好了。快快起来。"

钞义达说:"我们拜天地时您不在身边。如今我们给您老人家补上。"

钞义达和王茵给钞锋杰磕了三下头。

钞锋杰说:"我也没有给你们准备甚礼物。"

钞义达说:"看到您老人家我们就高兴了。"

钞锋杰笑道:"我还觉得自己不老啊,还能打拼几年。你就不要叫我老人家了。哈哈。快快站起来。"

钞义达和王茵站起来。

王茵叫了一声:"大。"

钞锋杰高兴地应了一声。

王茵说:"大就在家里住几天,养养身子。"

钞锋杰说:"不能再住了,外边还有许多事情等着我去处理哩。"

钞义达说:"最近城门白天黑夜都有团丁把守,团丁都认得您。不好出城。"

钞锋杰说:"你想办法吧,反正今夜我一定要走。记住,不管在谁面前,我们父子都不能相认。我就是马铁成,代号老马。"

钞义达没有吭声。

钞锋杰说:"我也想和你们一起多住几天,享受天伦之乐,可由事不由人啊。"

钞义达说:"好吧,黑夜我们想办法往出送您。"

七

黑夜,钞义达和刘飞胜、钞锋杰走在城墙下。

钞义达放下绳子,说:"城墙上白天黑夜都有人巡视。我们把绳子绑在大石头上，您自己拽着往下溜。有情况，我们用火力把团丁吸引开，您放心往下溜。"

钞义达对刘飞胜说："那边城墙上有团丁，你过那边注意他们的动向。"

钞义达先把绳子绑在大石头上，然后又把绳子绑在自己身腰上，接着爬上了城墙，首先滑着吊下去了。

城墙上的团丁看到了黑影，喊道："城墙上有人。"

团丁手中的枪响了。

刘飞胜向城墙上的团丁开了枪。

城墙那边的团丁向钞锋杰爬上的城墙头跑过来。

钞义达从城墙下迎过去，并开了枪。

团丁应声趴下了。

钞锋杰拽着绳子溜下了城墙。

钞义达和刘飞胜向团丁又打了几枪，同时向两个地方撤了。

曹余正带着人来到城墙上，拿起看着绑在大石头上的绳子，然后愤愤地摔掉，骂道：

"还是让'共匪'头子老马跑了。戒严解除，让弟兄们休息几天。"

八

钞义达和刘飞胜、陈德孝赶着骡子，走在路上。

钞义达向后望去，看到远处有人追来了。钞义达观察了一下，说："他们人不多，阻击他们。把面孔蒙住。"

三个人用黑布迅速把面孔蒙住了。

三人找好掩体，向曹余正他们瞄准。

曹余正一行人走近了。

钞义达说："打。"

钞义达他们一齐开火。

曹余正他们趴下了。

钞义达说："你们赶上骡子走。我一个人顶住他们。"

刘飞胜说："你一个人行吗？"

钞义达："不行也要行。"

刘飞胜和陈德孝赶着骡子走了。然而，曹余正并没有追上来。钞义达立即去追赶刘飞胜和陈德孝。

九

曹余正趴在山头上，看到远处走过来的钞义达和刘飞胜、陈德孝。他们从山后边抄过去，截住了钞义达和刘飞胜、陈德孝。

钞义达他们走近了。

曹余正喊道："打。"

曹余正他们一齐开火。

钞义达喊道："有埋伏，你们快退，我掩护。"

刘飞胜和陈德孝赶上骡子向后退去。

钞义达向曹余正还击。

刘飞胜他们走远后，钞义达又向曹余正他们开了几枪，枪里没有子弹了，急忙站起来撤退。

曹余正还击了一会儿，听了听，说："他们逃走了，快追。"

钞义达追上了刘飞胜、陈德孝，三人随后走到了一个山头上。

钞义达向前望去，吃了一惊，惊叫道："坏了。"

大家向下望去，都愣住了。

下面是深浅不一的山洪渠。

钞义达说："骡子走不成了。"

远处，曹余正他们还在追赶，并不停地向钞义达他们射击。

钞义达狠了狠心，说："把四头骡子的腿绑在一起。"

刘飞胜和陈德孝用绳子绑骡子的腿。

一头骡子胯部中弹，倒下去了。

受伤的骡子想往起站，站不起来。

三头骡子的腿绑在一起了。

钞义达抚摸了下受伤的骡子，动情地说："没办法了。"然后他命令道："撤。"

三人向后退去，钞义达对刘飞胜说："你开枪吧。"

刘飞胜犹豫着没有动。

钞义达暴躁地喊道："快开枪。不能让炸药落在曹余正的手里。也不能让骡子活着回去。骡子活着回去，我们也就暴露了。"

刘飞胜的手颤抖着举起了手枪。

枪响了。

炸药爆炸起火，三头骡子炸飞了。

炸药爆炸后燃起熊熊大火。

那头受伤的骡子身上燃着了火，挣扎着往起站，前蹄撑起来，可后腿站不起来。

钞义达痛苦地望着受伤的骡子。

骡子还在火中挣扎。

钞义达从刘飞胜手中夺过手枪，举起来，又朝着受伤的骡子打了一枪。

受伤的骡子倒下去了。

钞义达又望了望大火，说道："撤吧。"

曹余正他们向前移动，离钞义达他们越来越近。

曹余正他们吃惊地望着大火。

钞义达他们溜下了山洪渠。

山头上，曹余正听不到响动，自言自语道："怎么他们不动了？他们退了？"

十

钞义达走出小院大门。

有一个团丁偷偷地跟在钞义达身后。

钞义达走进骡马市场。

曹余正突然出现在钞义达面前。

曹余正问："钞先生，在做甚？"

钞义达一惊，镇静了一下，说："买骡子。"

曹余正问："买几头骡子？"

钞义达说："看看再说。"

曹余正问："你的骡子是不是都死了？"

钞义达说："你们打死了我一头骡子。"

曹余正说："不是一头，是四头骡子。前一次死了的那头骡子，我后来看过伤口，不是我们那个方向打死的。"

钞义达惊讶地说："你们打死我们四头骡子？那好，你们赔我四头骡子。"

曹余正说："首先你要承认是给'共匪'运送炸药，那我就赔你骡子。"

钞义达喊道："你这是说甚话？你想往死弄我，就明着来。"

曹余正笑道："也许会有这么一天。"

钞义达转身走了。

十一

宝翠尽管去年去横山遭遇了土匪，可是向西寻找钞义达时，依然走走停停，到处打听游击队的下落。从横山到靖边，她走了十几天，终于在四月的一天，走进了靖边城。

天色渐渐暗了，宝翠走进了靖边旅店。

伙计跑过来，说："客官，请问住哪种客房？"

宝翠说："随便。"

伙计说："有一夜半两银子的高档客房。"

宝翠又说："随便。"

伙计说："那就住一夜半两银子的客房吧。"

伙计说罢，引宝翠进了客房。

宝翠问："你们的店可靠吗？"

伙计说："可靠。"

宝翠问："你们的店主姓甚？"

伙计说："姓胡。"

宝翠放下包裹，又问："你晓得游击队常在哪一带走动吗？"

伙计愣了一愣，问："游击队？你问他们干什么？你是什么人？"

宝翠忙说："听说游击队到处烧杀抢掠，我担心他们到旅店抢东西。"

伙计说："没事的。我们这里的游击队没有到城里来抢过人。"

宝翠又问："你不晓得他们常到甚地方走动吗？"

伙计怀疑地看了一眼宝翠，摇摇头，没再说话，出去了。

宝翠在旅店歇了一会儿，就上街了。

街道边，有几个人说散散话。

宝翠听到有人说游击队的话题，就凑了过去。

一个老年人说："井大人的兵一到，游击队就不晓得躲哪里去了。"

一个中年人说："打游击嘛，就要东躲西藏。"

又一个中年人说："前两天，我听说游击队到了定边，把城里的两个特务给杀了。定边这几天风声很紧。特务听到谁说红军游击队的话，就会捉住拷问。"

老年人说："我们不说了，不说了。哎呀，今年雨水多，一看就是个好天年。"

中年人说："是呀是呀。"

宝翠转身走了。

回到旅店，宝翠瞥见伙计正偷偷地看她，她没当一回事，回到了客房。

十二

夜色深沉，宝翠酣然入睡。

宝翠做了一个梦。梦里，钞义达在红军游击队里冲锋陷阵。钞义达英武的面孔一点点清晰放大。

此时，有一个人影往开开门。

宝翠依然在做梦。梦里，钞义达突然倒下去了……

宝翠惊叫了一声，醒来了，叫道："义达。"

开门的人影刚蹑手蹑脚地进了门，听到宝翠的喊叫，慌忙逃出去了。

宝翠已经翻身起来，恍惚中，看到一个人影从客房里跑出去了，大声叫道："有贼——快抓贼——"

听到喊叫，旅店乱了起来。

宝翠穿上衣服，点着了灯火。

胡店主和伙计进来了。

胡店主问："真的进来贼了？你没看走眼吧？"

宝翠说："这门都是贼弄开的。"

胡店主说："对呀，这门都开了。黑夜里，女客外面的门都上着锁，怎么门就开了？"

胡店主以怀疑的目光看着伙计。

伙计说："这间房门我可能忘锁了。"

胡店主立刻不高兴了："忘锁门了？你是干什么吃的？！"

胡店主和伙计回到了店主的房子。

胡店主说："你明天走人吧。"

伙计惊异地问："为什么？"

胡店主说："我们旅店出过几次偷盗的事了。"

伙计问："你怀疑我？"

胡店主说："最起码你没有做好你的分内营生。"

第二天早晨，伙计提着行李，走出旅店，然后又回头朝旅店啐了一口唾沫。

十三

宝翠收拾行装。

胡店主走进来，问："女客，你要走？"

宝翠说："住在这里不可靠。"

胡店主说："你放心住吧。我怀疑伙计不规矩，把他赶走了。"

宝翠吃了一惊："你把伙计赶走了？这成了甚事。我把人家的饭碗都打烂了。"

胡店主说："那种人，留下也是个祸害。横山的王店主让你住在我的店里，我没把你款待好，实在是对不起王店主。你就住下来，胡某人保你万事平安。"

宝翠有些犹豫，放下了包裹。

刚被赶走的伙计引着几个团丁，闯进了旅店。

胡店主跑过来，问道："怎么回事呀，长官？"

保安团团长说："你这里住着'通匪'的人。"

胡店主说："不会的吧？"

保安团团长说："搜。"

胡店主急忙拉住伙计，问："伙计，你说，是怎么回事？"

伙计一把甩开胡店主，质问道："我还是你的伙计？我是常生会。"

胡店主问："你把他们引来干什么？"

常生会不理睬胡店主，对团丁说："来，到这里来。"

常生会引着团丁闯进了宝翠住的客房。

宝翠看到伙计引着几个团丁进来了，立刻感到大事不好，紧张地问："你们要做甚？"

保安团团长问："你是从哪里来的。"

宝翠说："葭县。"

保安团团长问："到靖边干什么？"

宝翠说："我的夫家走西口走丢了，我在找他。"

保安团团长说："你是在寻找红军吧？"

常生会指指宝翠的包裹。

保安团团长上去一把宝翠的包裹扯了过来。

宝翠扑过来又要往回抢包裹。

团丁和宝翠撕扯包裹时，包裹被撕开了，几十块银元撒在了地上。

大家都愣住了。

胡店主也吃了一惊。

几个团丁弯腰拾银元。

保安团团长问："说，哪里来的银子？"

宝翠说："我们家的。"

宝翠虽然嘴硬，可心里吓得不轻，脸色都白了。她暗暗庆幸自己在横山把手枪丢了，要是还放在包裹里，她就长上一百张嘴，都说不清了。

保安团团长指着常生会说："他说你向他打问过红军游击队的去向。你问游击队干什么？"

胡店主走上前说："长官，常生会想对这个女子下手，我们觉察到了，把他打发了，他就说谎，把你们引来了。你们千万不要相信他的话。"

保安团团长怒吼道："站一边去。再多嘴，把你一块收拾了。走，把这个女的押到县府。"

十四

团丁们押着宝翠走在街道上。

常生会说："长官，没错吧？我的消息准不准？"

保安团团长说："还算准确。你还是个能干事情的人。县府保安团正在组建特务队，招特务，你想来的话，我招收你。"

常生会忙说："行。"

招弟走在靖边街道上，正在东瞅西看，突然看到宝翠被几个团丁押着走在大街上。

招弟跑过来，叫道："宝翠。"

听到喊声，宝翠回过头，看见了招弟。

招弟跑过来，拦住了团丁们，说："兵爷爷，这是我的老乡，你们抓她做甚？"

保安团团长说："她是'共匪'，你不晓得？"

招弟忙说："她一个女人家，怎么会是'共匪'呢？你们放了她吧。"

保安团团长说："你走开。再不走开，连你也一块抓走了。你回去告诉她家里的人，就说她被靖边县保安团关起来了。"

招弟说："不能呀。我不能让你们把她抓起来呀。"

宝翠说："没事的，招弟。我没犯法，很快就会出来的。你就在靖边住几天，去靖边旅店找一个姓胡的店主。"

团丁推着宝翠走开了。

招弟按宝翠说的找到了靖边旅店。茫然四顾，却不见伙计迎上来。

招弟叫道："住店。"

胡店主急忙跑出来，说道："来喽。刚打发了一个伙计，这人手就不够用了。"

招弟问："你是胡店主？"

胡店主说："是的。"

招弟说："有个女子让官府抓了，我在路上看见了，她让我来这里等她。"

胡店主问："你是她什么人？"

招弟说："我是找她的人。"

胡店主说："你是他哥？"

招弟说："就算是吧。横山的王店主也让我住你的店。"

胡店主说："你们都和王店主熟？唉，这事弄成什么了！真不好意思，她是在我们旅店抓起来的。我正要派人到横山给王宏远店主通传哩。"

招弟问："他们为甚抓她呀？"

胡店主："也不为什么呀。"

招弟说："我在你们靖边人生地不熟，胡店主能不能在县府给我打探点消息？看他们甚时间放人？我一定酬谢胡店主。"

胡店主说："酬谢什么呀。你们是王店主的熟人，人是从我店里抓走的，我正着急着哩。你帮我照料一下店门，我这就去。"

胡店主出去了大半后晌，直至傍晚时分才回来。

招弟急忙迎过去，问："怎么样？"

胡店主摇摇头，叹息道："我有一个朋友跟县府的文书熟，我托他问了一下。听他说要以'通共通匪'惩处这个女子，罪不轻。我感觉他们是看见她有那么多的银子，动心了，硬往人家女子头上安罪名。这世道真是坏完了。你先住下来。我托我那个朋友想想办法。银钱就不要管了，只要人出来了，比什么都好。"

招弟说："只要人能出来，我就代我哥酬谢胡店主。"

胡店主惊讶地问："代你哥酬谢？她是你嫂子？"

招弟说："是的，她就是我嫂子。"

十五

靖边县看守所行刑室，几个特务把宝翠拉在老虎凳上。

保安团团长问："你进来几天时间了，想好了吗？"

宝翠说："想甚想？我是一个良家妇女。我要出去。"

保安团团长"哈哈"一笑："你要出去？你以为我们捉你进来，是请你来参观牢房的？你长不长脑子？我们这几天对你够客气了，从今天起，就不能再客气了。再客气，我们的弟兄们得说我看上了你这张俊脸蛋。"

保安团团长流里流气地笑了。

宝翠瞪了一眼。

保安团团长指着刑具说："不要瞪眼，立马你就会求告老子的。我给你说，这是老虎凳，会让你痛苦得生不如死。这是烙铁，可以把你的脸烙成疤脸。这是吊绳，会将你高高吊起，让你在空中昏一昏。不给你指了。这里所有的刑具，都可以把你折磨得死去活来，终生痛苦。说，你是哪支游击队的？"

宝翠说："我不是游击队的。"

保安团团长说："看来，不大刑伺候，还不行。上刑。"

宝翠哆嗦了下，说："我说了，我不是游击队的人。我是木头峪曹景升的儿媳妇。"

保安团团长问："曹景升是什么人？"

宝翠说："是乡绅。他的大儿子是葭县保安团的团长曹余正。"

保安团团长迟疑了一下，问："真的吗？你们曹家的人真的跟我是同行吗？"

宝翠说："信不信由你。"

保安团团长问："那你出来干什么？"

宝翠说："我和我当家的吵架了，我就出来散散心。"

保安团团长说："从葭县跑到靖边来散心？来回几百里的路程啊。你觉得我会相信吗？"

宝翠说："不相信，我也没办法了。要不，你们到葭县问一问。"

保安团团长说："你等等，我出去一下。"

保安团团长来到县长会客厅，向县长汇报了宝翠的家庭背景。

县长说："一开始，我就不相信她会是'共匪'。从她的脸面和神情就能看出来。不过，她带那么多的银子，我们就不能放她了。"

保安团团长问："如今怎么办？到葭县核实还是把她放了？"

县长想了想，说："这样吧，把她押到榆林，交给井大人处理。"

保安团团长说："这也太麻烦了。"

县长说："送她到榆林，是一举三得：一、咱们只送人，不送银子。

到时榆林把她放出来了，她向榆林还是向我们要银子？榆林没拿她的银子，自然不会给她。她跟咱们要，咱们就推说谁放她出来就跟谁要。她能跑来跑去折腾吗？二、她要是真的有那些家庭背景，谁放人，她家人会和谁上话的，咱们就成了无事人。她要是没有那些背景，有榆林惩处她哩，不用我们费劲。三、井大人可是怜香惜玉之人。这么一张漂亮的脸蛋送在他井大人面前，他能不动心吗？井大人动心了，人抓错抓对，又有什么关系呢？咱们不是和井大人拉上关系了吗？就是真有个曹家，也怨不到咱们头上。你说这不是一举三得的事情吗？不要上刑了，把她送到榆林，交给井大人。"

十六

德成商号里，钞义达和财贵整理货物。

陈德孝走了进来。

财贵问："陈掌柜的来了？"

陈德孝点点头。

钞义达说："进后边慢慢谈。"

陈德孝说："好的。"

钞义达和陈德孝进了里间。

财贵轻轻地靠着里间的墙壁边探听。

钞义达和陈德孝的对话时高时低，财贵有些听不清的样子，显得很着急。

陈德孝说："最近，特委的领导正在葭县米脂一带，准备召开会议。你快到米脂去一趟，通知那边的交通站，让他们告诉在米脂的特委委员，向葭县乌龙铺一带靠拢，准备参加会议。"

钞义达问："召开会议的时间定了没有？"

陈德孝说："不定时间，人聚集齐了，就开会。"

钞义达说："老马谁去通知？"

陈德孝说："我去。我和老马一道到乌龙铺，找特委负责人马明方汇报特委会议的筹备工作。我不能久留了。"

财贵马上退开来。

钞义达和陈德孝出来了。

钞义达说："请先生慢走。"

钞义达送陈德孝出门。

钞义达又转身进了门。

财贵说："钞东家，我出去方便一下。"

钞义达说："好的。"

财贵出了大门，来到德成商号附近的两个便衣跟前，指着陈德孝的背影说："你们把那个人盯死了，再想办法给曹团长说一声。"

两个便衣跟在陈德孝后边走了。

十七

白云山玉皇阁前，钞锋杰和陈德孝说话。

陈德孝说："我们去向特委的首长汇报。"

钞锋杰问："特委的首长在甚地方？"

陈德孝说："在乌龙铺。"

远处，有几个可疑的人在走动。

钞锋杰问："是不是有尾巴跟着你？"

陈德孝一惊，看了看远处的那几个人，说："不太清楚。我们快走吧。"

钞锋杰和陈德孝走了。

几个可疑人向钞锋杰他们追去。

十八

县长办公室里，陈世英正在看书。

曹余正走进来了。

曹余正说："你看我，一着急，连门都忘敲了。"

陈世英笑道："没事。"

曹余正说："我们的人跟上共党的大人物了，他们要与马明方接头。"

陈世英说："太好了。马明方可是共党的大人物。只要把马明方逮住，我一定向南京报告。你老弟，飞黄腾达的日子到了。到时，我就成了你的下级。"

曹余正说："不敢当，不敢当。以后全仰仗陈县长了。"

陈世英说："你老弟搞特工还是有一手的，线索挺多的，比我们专门搞特工的人还有能耐。"

曹余正说："自从钞义达回来，我就觉得此人有问题。我就在他商号安了一个人。不出我所料，钞义达就是'共党分子'。线索就是从德成商号得来的。"

陈世英问："已经能证实钞义达是'共党分子'了？"

曹余正说："是的。线人说，他们要在葭县召开特委会。"

陈世英说："看来那个钞义达现在还不能抓。"

曹余正说："我布置好了，甚时间抓他，都在我们的掌控之中。我想，我们在特委会议上抓他，来个一网打尽。把钞家夫妻抓住了，首先把钞义达的太太送你享受。"

陈世英"哈哈"一笑，说："哪能呢。公事比私事重要。哈哈。"

十九

钞锋杰和陈德孝一会儿上山，一会儿下坡，一会儿又钻进山沟里。

虎明和几个特务始终跟在他们的身后。

钞锋杰说："看来，我们是甩不掉这些特务了。从这些特务跟踪一天多不动手的情况看，他们晓得我们的使命是什么。这说明我们内部出问题了。"

陈德孝说："我们的行踪只有少数几个人晓得呀。"

钞锋杰说："目前还没看出谁叛变了。不过，肯定在一些环节上出了问题。我们不能找马明方同志了。"

陈德孝说："马明方还不晓得出问题了。"

钞锋杰说："咱们摆不脱特务，只能和特务干一仗了。"

陈德孝说："要和特务干仗，也得离乌龙铺远点。"

钞锋杰说："就在乌龙铺附近开打。一旦马明方同志听到枪声，就晓得出事了，就会转移出去。"

陈德孝点点头。

二十

虎明引着几个特务，向钞锋杰和陈德孝开枪。

钞锋杰和陈德孝也开枪还击。

钞锋杰和陈德孝钻进了山沟。虎明等人追了过去，向钞锋杰射击。钞锋杰也向虎明射击。

突然，钞锋杰的枪不响了。

钞锋杰说："我的手枪没有子弹了。"

陈德孝打了一枪，说："我的手枪也没有子弹了。"

虎明和几个特务又打了几枪。

虎明说："停。他们没有子弹了。捉活的。"

虎明和几个特务缩小包围圈。

钞锋杰和陈德孝被特务困在了包围圈。

陈德孝说："我们没有出路了。"

钞锋杰说："我们在这里转了两天了，又没有按计划向马明方汇报，也打响了枪，马明方同志肯定走开了，他们抓住咱们也达不到目的。"

特务靠近了钞锋杰和陈德孝。

二十一

钞锋杰和陈德孝被五花大绑，由虎明等人押着进了村子。

几个老百姓怜惜地望着钞锋杰和陈德孝。

曹余正骑着马，进了村子。

虎明急忙走过来，迎上去，讨好地说："两个全部活捉了。"

曹余正跳下马，说："好样的。"

曹余正走进窑洞，身后跟着虎明。

钞锋杰正坐在炕上，闭目养神。

曹余正故作惊讶地说："这不是老马吗？"

钞锋杰笑道："是的，我就是老马。"

曹余正说："是条汉子。住在这里，好吃好喝，感觉怎么样？"

钞锋杰说："好得很。"

曹余正说："你说对了。当地下共产党，可过不上这么好的日子。只要你交代了，说出陕北特委首脑分子的藏身之地，好日子还在后边呢。"

钞锋杰说："我不想过好日子。"

曹余正说："那我只能对你不客气了。"

钞锋杰说："随便。"

曹余正说："硬骨头。来人，把这个共党分子拉出去，吊起来，往死里打。"

几个特务将钞锋杰绑在农家小院的杏树上。

曹余正质问道："说不说？"

钞锋杰说："说。"

曹余正叫道："好。"

钞锋杰说："我老马，是共产党陕北特委委员。"

曹余正说："年轻共党都以'老'和他的姓来做代号，让人认不出来，绝妙的主意。不过，你都几十岁的人了，代号不能叫老马，代号应该是

440

小马什么的。你的真名字叫什么？"

钞锋杰说："马铁成。"

曹余正问："真的？"

钞锋杰说："真的。"

曹余正问："哪个村的？"

钞锋杰说："不记得了。"

曹余正说："看来还是不说实话。上刑。"

几个特务一齐扑向钞锋杰，抢起了棍子。

二十二

第二天，曹余正再次来到小院，走到钞锋杰身边，问道："想好了没有？"

钞锋杰说："我不可能出卖我的同志们。我生是共产党的人，死是共产党的鬼。你不要再费口舌了。我宁肯死，也不会供出我们的一个同志。"

曹余正说："那你就死定了。"

钞锋杰说："来吧。"

曹余正喊道："再把他吊起来继续打。"

几个特务又开始毒打钞锋杰。

曹余正对钞锋杰说："你不说，老子就给你个凌迟处死。"

钞锋杰说："你这个牲口不如的人，多活几天也没有意思。有一天，你会像狗一样被我们的人处死。"

曹余正叫嚣道："往死里打。"

钞锋杰喊道："我们死了，人们会说我们是好汉；你活着，人们都说你是猪狗不如的人渣子。你们曹家将遗臭万年。"

二十三

刘飞胜正在给骡子喂草料，钞义达走进来了。

刘飞胜左右看了看，说："我正要找你呐。老马被捉住了。"

钞义达一惊，问："怎么捉住的？"

刘飞胜说："目前还不清楚。"

刘飞胜说："和老马一起被捕的还有陈德孝。两个人中有一个人叛变了，你那个点就暴露了。你和王茵同志要做好随时转移的准备。"

钞义达说："老马我敢肯定他不会叛变的。"

刘飞胜问："你怎么敢肯定他不会叛变？"

钞义达说："他是……你就不用问了。"

刘飞胜说："老马不会叛变，陈德孝说不定就会叛变。你还是走吧。"

钞义达说："我不能走。我要想办法营救他们。不能是他们出了事，我们就往开躲。"

刘飞胜说："我们不能轻举妄动。一不操心，敌人就把咱们一网打尽了。"

钞义达说："没有特委的命令，我坚决不走，如今走了，那就等于真正的暴露了。"

刘飞胜说："那让王茵出城在乡下住几天。"

钞义达说："好的。你把她送出去，让她躲几天，没有事再让她回来。"

二十四

刘飞胜和王茵走出了城门。

王茵向前走了几步，突然站住了，她掉过头，目光坚定地说："我不能走。"

刘飞胜惊异地望着王茵。

王茵说："我不能走。我要是走了，会出乱子的。"

刘飞胜问："会出什么乱子？"

"你不明白。"王茵说罢，转身进了城门，向他们住的小院走去。

钞义达正在给手枪上子弹。

听到大门的响声，钞义达把枪压在衣服下，走到大门边拉开了门。

钞义达愣住了。

是王茵，她径直走进了家门。

钞义达着急地问："你怎么还没有走？"

王茵说："我怕你把持不住。"

钞义达说："没事。你快走吧。"

王茵果断地说："不，在这关键的时刻，我不能走。"

二十五

农家小院，几个特务又用棍子毒打钞锋杰。

曹余正走进了另一孔窑洞。

陈德孝坐在炕上。

曹余正说："你说不说？"

陈德孝说："没有说的。"

曹余正说："好，你先看看你同党的下场。"

几个人进来把陈德孝拉出来了。

曹余正也走出了窑洞。

几个特务仍在毒打钞锋杰。

曹余正走到陈德孝跟前，说："看到了吗？在这山村里，没有好刑具，也只能用棍子了。不过，棍子是硬家伙，能打死人的。怕不怕？"

陈德孝说："尽管放马过来吧。"

曹余正说："是条好汉。来人，把这个狗东西也吊起来往死里打。"

曹余正转身走到钞锋杰跟前，问："疼不疼？"

钞锋杰有气无力地说:"疼。"

曹余正问:"说不说?"

钞锋杰说:"我要说的都说过了。"

曹余正说:"只要你能供出一个共党首脑分子,我就给你条活路。"

钞锋杰说:"我就是。"

曹余正说:"你不算。"

钞锋杰说:"要是见到你的长官,我会说你也为我们做过工作。"

曹余正怒吼道:"你胡说。往死里打这个狗东西。"

几个特务又开始用棍子毒打钞锋杰。

陈德孝盯着钞锋杰,眼里闪过一丝惶恐。

钞锋杰的头耷拉下去了。

几个特务看着曹余正。

曹余正走到钞锋杰跟前,翻了翻钞锋杰的眼皮,叹了一口气,说:"死了。把他的头割下来,吊在树上示众。来,对付一下那个共党分子。"

几个特务又开始用棍子毒打陈德孝。

陈德孝痛苦得直叫唤。

曹余正说:"停。把他放下来,拉进窑洞里。"

曹余正说:"你不说,我们也会把你打死,将头割下来吊在树上。"

陈德孝垂下了头。

陈世英走进来了,身后跟着几个彪形大汉。

曹余正说:"陈县长,大远的路程,你怎么来了?"

陈世英说:"破了这么大的案子,我怎么能不来?"

曹余正说:"我担心陈县长遇到甚不测呀。"

陈世英左右看了看,说:"我跟前有这么多的干将,他们谁能动得了我一根毫毛?"

那几个彪形大汉虎视眈眈地站在陈世英身后。

陈世英问:"怎么把外面的那个打死了?"

曹余正说:"那是个死顽固分子。"

陈世英说："那也要审呀诱呀，不能打死啊。"

曹余正说："实在是没办法呀。"

陈世英叹息了一声。

曹余正转身对陈德孝说："你们共党在葭县的主要骨干分子，都在我们的掌控之中。那个钞义达的一举一动，都出不了我们的视线。你就不要再固执了。固执下去，对你没有一点儿好处。说吧，首先从老马说起。"

陈德孝说："老马是葭县的县委书记，我们都叫他老马，全名叫马铁成，再有没有真名，我们不晓得。这个人很神秘。"

曹余正说："说说你自己。"

陈德孝说："我叫陈德孝，是葭县县委的交通员。"

曹余正问："陕北特委的首脑分子在甚地方？"

陈德孝说："在乌龙铺。"

曹余正高兴地凑到了陈德孝跟前，讨好地问："有几个人？"

陈德孝说："前两天特委的主要领导马明方在乌龙铺。其他人分开了。"

曹余正说："你怎么和他们联系？"

陈德孝说："在白云山、葭县德成商号和乌龙铺接头。"

曹余正问："马明方在乌龙铺的甚地方？"

陈德孝说："在中街上有一家叫聚宝商号的铺子。"

曹余正说："马上到乌龙铺捉拿马明方。"

曹余正和虎明引着一帮人，进了乌龙铺。

曹余正他们走到乌龙铺聚宝商号门前。

聚宝商号的门上上着一把锁。

曹余正说："把门砸开。"

几个人砸开了商号的门。

商号里一无所有。

曹余正气得吼道："他们跑了。"

第十九章

一

陈世英和曹余正出了窑洞的门。

在院子里，曹余正说："为了不打草惊蛇，我想随便抓一个人杀了，把头也挂在树上，就说一起抓的两个人都杀了。钞义达他们以为没有人叛变，就会放心地与其他共党分子联系。殊不知，他们的行动，都在我们的监视之中。我们再在村子里留下人，只要他们进村收尸，我们就能把他们逮起来。"

陈世英惊叫道："曹团长，我算服了你了。你比我这个专业特工都厉害。我会向上峰报告你的才华的。你若是当个特务队长，定是好特务队长。"

曹余正笑道："特务队长还由我管着哩。虎明还不是整天跟在我后边，听我的指挥吗？"

陈世英说："虎明只不过是县保安团的特务队长。我是说，你最起码也能到省城当个特务队长，军衔最低也是个中校。"

曹余正高兴地说："陈县长高抬了。哈哈哈……"

二

两颗人头挂在榆树上，其中一颗人头血肉模糊、面目全非。

来来往往的路人不时驻足看一下树上的人头，然后惊慌失措地离开了。

曹余正他们走到树下，站了站，就扬长而去了。

一个年轻的团丁站着没有动，望着树上的人头。

曹余正回过头，看到那个团丁，说："魏计，快走。"

魏计急忙跑过去。

三

钞义达和刘飞胜、王茵等人埋伏在山头上。

曹余正他们走过来了。

钞义达仔细盯着曹余正的队伍。

钞义达说："没有老马，也没有押解绑着的人。"

刘飞胜说："是的，没有老马和陈德孝。打不打？"

钞义达说："不打。我们的目的是救人。"

曹余正他们走过去了。

路上又出现了三三两两的人群。

钞义达说："怎么有这么多的人出了村子？"

刘飞胜说："我过去看看。"

刘飞胜下了山，在路边拦住一个老乡，问道："老乡，你们这是去哪里？为甚有这么多的人离开了村子？"

老乡说："保安团杀了两个共产党，把人头挂在了树上，我们嫌不吉利，就出村了。"

刘飞胜两眼冒出了怒火，急忙跑回来了。

钞义达问："怎么样？"

刘飞胜说："他们把老马和陈德孝杀了，把头挂在了树上，老百姓害怕，就跑出来了。"

刘飞胜说着，"哇"的一声大哭起来。

钞义达怒吼道："老子杀不死你曹余正，一辈子不歇心！"

钞义达两眼滚出了泪珠。

四

钞义达坐在山头上，眼前不断出现钞锋杰的面影。

王茵走过来，坐在钞义达身边。

王茵拥住钞义达，低低地说："我晓得你心里非常难过。"

钞义达没有吭声，眼泪却流了出来。

王茵说："我们回去吧。"

钞义达摇摇头，说："我父亲的头还挂在树上，我不能回去。"

王茵说："特务正设下圈套，守在那里，等着我们往进钻哩。"

钞义达说："我能钻进去，也能钻出来。"

王茵说："我没有躲出去，就是怕你冲动起来，惹下乱子。"

钞义达说："我会操心的。你们先走吧。我等天黑下来进村子，再见机行事吧。"

刘飞胜走过来了。

钞义达对刘飞胜说："你们走吧，我一个人目标小，好活动。"

刘飞胜说："他们都认识你，你留下目标更大。"

钞义达不耐烦地说："你们想走就走，想留就留，反正我是不会走的。"

王茵想了想，说："飞胜，这里离米脂才几十里路程，你尽快到米脂找特委的负责人，把葭县的情况汇报一下。"

刘飞胜说："我找其他交通员去汇报吧。你们不要动，我很快就会回来的。"

刘飞胜走后一直没有回来，钞义达着急了，站了起来。

王茵也站了起来。

王茵说："飞胜还没有回来。"

钞义达说："我一个人进去。"

王茵抱住钞义达，温柔地说："在这件事上，我不同意你贸然行动，可我也不想过分地阻拦你。不过，你要等刘飞胜回来。"

448

钞义达一手揽住了王茵的头，眼睛红了，闪着泪光。

天黑下来后，刘飞胜才回来了。

钞义达问："你怎么才回来？"

刘飞胜说："我打发走去米脂的交通员，又到村子周围看了一下。"

钞义达问："甚情况？"

刘飞胜说："太静了，我感觉到有埋伏。我就在村外等了好长时间，听到了一些响动，好像是做饭吃饭。"

钞义达说："这样吧，你到村外把他们引出来，我进去。"

王茵说："你以为陈世英和曹余正都是傻子愣子吗？他们能上你们的当吗？而且你们做的这些是小把戏。"

刘飞胜说："我们今夜先不要行动，明天我化装后进村子看一看再说。保安团的人大都没有见过我。"

钞义达说："不能把你闪进去。要进村子也是我先进去。"

王茵不高兴地说："你晓得能把人闪进去，自己还为什么要硬往进闯？"

"他是我……"钞义达没有说下去。

王茵说："今夜我们先回去，好好歇一歇，明天再行动。"

钞义达说："费心费力进城，还不如在这里等天亮了再行动。"

刘飞胜说："我们到附近的老乡家住一夜吧。"

<h1 style="text-align:center">五</h1>

没有人愿意看到两颗人头挂在村子里的树上。天亮了，钞义达他们在路上等到了老百姓，去发动老百姓把树上的人头取下来。钞义达还掏了一些碎银子，递给他们。

当几个村民要往下取树上挂着的人头时，虎明带领几个团丁过来了。

几个团丁和老百姓发生了冲突。

虎明举起手枪，朝天开枪了。

双方的冲突停住了。

六

曹余正坐在办公室。

虎明进来了，对曹余正说："报告曹团长，村子里的老百姓和我们闹起来了。他们说死人头挂在树上不吉利，村子没办法住了。"

曹余正说："他们还能闹翻天？不行，就给他们点颜色。"

虎明说："他们要到县上来闹事。"

曹余正说："我请示一下陈县长再说。"

曹余正到了县长办公室，向陈世英陈述了团丁和老百姓的冲突过程。

陈世英说："把死人头长期挂在树上的确不合适。他们要跟我这个父母官闹起来，我作为县长，也得为他们着想呀。"

曹余正问："那怎么办？"

陈世英说："不要管了，把咱们的人撤出来。"

曹余正说："钞义达两口子不见了。"

陈世英问："他们没觉察到什么吧？"

曹余正说："应该没有。"

七

两丘黄土。

钞义达和王茵、刘飞胜站在黄土丘前。

经王茵的再三劝说，钞义达才离开了坟地。

路上，刘飞胜说："陈德孝的面目模糊，看不清了，身子穿戴有些不像陈德孝。"

钞义达说："我也注意到了。陈德孝可能没死，我们尽快回去，查访是怎么回事。我和飞胜先进城，王茵在乡下住两天，以防不测。"

钞义达和刘飞胜到城郊时，钞义达说自己先进去，让刘飞胜跟在后边观察有没有人跟踪。

还没有到城门，钞义达就看见曹余正和虎明等团丁站在城门外，好像在等人。

钞义达走过来了。

曹余正打招呼道："钞先生出去了？"

钞义达说："对。"

曹余正看了两眼钞义达，说："给你赶牲灵的那个陈德孝是个'共匪'。"

钞义达故意吃了一惊，问："陈德孝是'共匪'？"

曹余正说："是的。"

钞义达问："你们把他抓起来了？"

曹余正说："我们把他杀了。"

钞义达说："我出去几天时间了，还真不晓得出了这么大的乱子。"

曹余正说："我们杀了陈德孝，也杀了那个'共匪'的小头头老马，真名叫马铁成的那个人。"

钞义达反问道："曹团长向我说了这么多，是甚意思？"

曹余正一怔，笑了笑，说："陈德孝是给你赶牲灵的。"

钞义达问："陈德孝当'共匪'跟我有关联？"

曹余正忙说："没有没有。"

钞义达说："那我就走了。"

钞义达扬长而去。

曹余正盯着钞义达的背影。

八

葭县县委书记被杀害，自己也有可能暴露了，钞义达就去米脂联系陕北特委的负责人。

钞义达走进唐明书斋书店，常掌柜看见钞义达，说："里边有请。"

常掌柜和钞义达走进了套间。

钞义达说:"老马同志被害了。"

常掌柜说:"特委晓得了。特委的老白就在我们这里,你们见见面。"

常掌柜引着钞义达,来到山里的一座寺庙。

庙里站着一个人。

常掌柜的叫道:"老白,人来了。"

乔子奇转过了身。

钞义达叫道:"是你?乔……老白。"

乔子奇说:"来,我们坐下谈吧。"

乔子奇和钞义达坐在庙里的长条凳上。

常掌柜说:"你们谈,我出去看看。"

乔子奇说:"葭县发生的事情我们晓得了。事情发生得有些突然,特委让我通知你,由你临时代理葭县县委书记。新的县委书记到任后,你就离开葭县回榆林。你不宜再在葭县待下去了。"

钞义达点点头。

乔子奇说:"你有什么想法。"

钞义达红着眼睛望了一眼乔子奇,悲伤地说:"老马是我大,真名叫钞锋杰。父仇不报非君子,我想给我大报仇。"

乔子奇吃了一惊,说:"这我还不晓得。老马从外地回来,真名叫马铁成。谁都没想到他姓钞。"

九

德成商号门前有几个形迹可疑的人在转悠。

钞义达走到德成商号门边,向后看了一眼。那几个人躲开了。

钞义达进了德成商号,财贵迎上前来,说:"钞东家你来了?顾客不多,东家用不着坐在商号里。"

钞义达说:"没事。"

钞义达开始看货。

刘飞胜走了进来，叫道："东家，这几天有没有货往出送？"

钞义达说："有，进里边说。"

钞义达和刘飞胜走进了里间。

钞义达说："外面有可疑的人，我们从后门出去。"

钞义达和刘飞胜二人先后爬上围墙，跳出去了。

财贵走到墙壁边偷听里边的人说话，却听不到人的声音，他推门进去，发现里间没有人影。

财贵自语道："他们看出了甚？"

十

钞义达和刘飞胜站在小巷里说话。

钞义达问："有甚消息？"

刘飞胜说："陈德孝是从城里被人跟踪上的，到底是怎么暴露的，谁也不清楚。特务跟着陈德孝，陈德孝到了白云山，和老马接上头时，才发现有人跟踪上了。我今天见到了老白，确定了新的联络暗号。我们怀疑，你也暴露了，只是敌人想利用交通站抓更多的人，所以先没有动手。当然，这只是怀疑。商号门前有可疑的人活动，就更能说明你有可能暴露了。不行的话，你先撤。"

钞义达说："我一回来，曹余正就怀疑上我了，他监视我也是正常的。请你转告老白，我暂时不准备撤离。我要留下来为老马报仇。"

刘飞胜说："他们会跟踪你的。"

钞义达说："我能甩掉他们。"

钞义达和刘飞胜分开后，一人走在街道上，身后跟着两个人。

钞义达拐进了小巷，爬上墙头，又跳过去了。

两个跟踪的人也进了小巷，没有看到钞义达。

十一

曹余正坐在椅子上。

两个团丁站在曹余正面前。

一个团丁说："他进了一条小巷就不见了。"

另一个团丁说："那是一条死巷子，进得去出不来呀。"

曹余正问："你们没有在周围的人家里查找？"

先说话的团丁说："查了。"

"他妈的！"曹余正边骂边站起来，出了门。

曹余正来到小院大门前。有两个特务迎了过来。

曹余正问："有甚异常情况没有？"

一团丁说："没有。钞义达家的出去了一趟，买了些菜又回去了。"

曹余正说："继续监视。"

十二

县长办公室，曹余正和陈世英坐着说话，虎明站在他们对面。

陈世英说："根据可靠情报，陕北特委的首脑人物还在葭县活动。"

曹余正说："上一次接头的人和钞义达跳墙出去了，说明他们有防范了。"

陈世英问："是不是钞义达觉察到了什么？"

虎明说："我看先把钞义达抓起来。毕竟，钞义达也是一个重要的人物。"

曹余正说："抓钞义达容易，可一旦把钞义达抓起来，就不会再出现接头的人了。我晓得，钞义达是条硬汉子，我们从他的嘴里是套不出甚话的。"

陈世英说："我们要把钞义达盯紧了，一是要防范他逃走，二是掌握他的活动规律，盯住和他接触的人。以后谁和他接触，我们就盯紧谁。"

曹余正说："他还有几个赶牲灵的弟兄。"

陈世英说："那几个人和他来往密切不密切？"

曹余正说："他们和钞义达不像是一路人。不过对他们也不能掉以轻心。"

十三

曹余正站在城门前，观察过往的行人。

钞义达看到曹余正，愣了一下，直接走到他面前，挑衅地看了曹余正几眼。

曹余正恼怒地喊道："你看甚哩？"

钞义达问："几年前，你问'看甚哩'，我怎么回答的？你忘了？"

曹余正想叫喊，可没有叫喊出来，转身走了。

十四

沙漠的路上，几个团丁押着宝翠行走。

招弟不远不近地跟在团丁们身后。胡店主打问到保安团要把宝翠押送到榆林，招弟就守候在城门外，看到团丁押着宝翠出来了，他就跟上了。

两个团丁偷偷地耳语了几句。

招弟走近他们时，一个团丁立刻警觉地端起枪，对准了招弟。

团丁说道："把手举起来。"

招弟把手举了起来。

团丁头目问："你跟着我们做甚？"

招弟说："走路。"

宝翠听到招弟的声音，转身望向他。

团丁头目问："到什么地方？"

招弟说："到榆林。"

团丁头目问："你不是在跟踪我们？"

招弟说："说实话，兵爷爷，我一人不敢走这条路，就跟在你们后边走。"

团丁头目说："既然我们在护着你，你也要为我们做点事。我们不能白保护你。你给我们轮流着把枪背上。"

招弟接过团丁递过来的长枪，扛上，走在前面，还不时回头看看宝翠。

团丁头目质问道："看什么看？"

招弟说："她长得真俊。"

团丁说："俊也轮不到你。这是给井大人送的一碟菜。"

招弟问："这不是犯人吗？怎么要送给井大人？"

团丁头目说："井大人喜爱美色呀。"

不知不觉，招弟慢腾腾地走在了后边。他从肩上取下了枪。

团丁头目掉头一看，一惊，忙喊道："你想干什么？"

招弟说："我想看看这枪。"

团丁头目质问道："你看枪干什么？你想上战场打仗吗？"

招弟说："这世道乱纷纷的，不上战场，学会开枪也没有坏处。"

团丁头目说："你掏银子，我教你学打枪。"

招弟说："行。"

招弟从衣服里掏出一块银元。

团丁头目说："我让你打十枪手枪。"

招弟把银元递给了团丁头目。

团丁头目把自己的手枪给了招弟。

教招弟如何打手枪。

宝翠着急得直看招弟。

招弟抬头想打枪时，看到了宝翠焦急的神情。

招弟举起了手枪。

宝翠叫道："远处有鸟，你看能不能打准。"

一个团丁向宝翠吼道："哪轮到你说话了！"

招弟看了一眼宝翠，向远处举起了手枪。

招弟打了十枪，然后把手枪递给了团丁头目。

宝翠舒了一口气。

十五

招弟和宝翠、团丁一行人来到榆林城门前。

团丁头目对招弟说："枪给我们。你走你的路。"

招弟把枪递给了团丁。

宝翠向招弟眨眨眼。

团丁和宝翠走开了。

招弟悄悄地跟在宝翠和团丁一行人身后，看着团丁将宝翠押进了井秀成官邸。

招弟自言自语地问："宝翠眨眼是甚意思？"

招弟突然明白了似的拍了一下脑袋，转身就走。他明白宝翠眨眼的意思了，是让他给她家里人通传音信，好让家里人往出救她。他得赶紧回去，告诉钞义达。宝翠的事再不能隐瞒钞义达了。

十六

德成商号里，钞义达在算账，财贵在摆放货物。

钞义达说："财贵，最近咱们的买卖不错。"

财贵说："掌柜经营有方。"

刘飞胜走了进来。

钞义达吃了一惊，站起来，说："请里边坐。"

钞义达和刘飞胜进了套间。

财贵走近墙壁，偷听里边说话。

钞义达说："你怎么来了？不是说好不在这里接头了？"

刘飞胜压低声音说："情况紧急。你的伙计是曹余正的线人。"

钞义达又吃了一惊，走出套间。

财贵急忙躲过去了。

钞义达看到了财贵慌里慌张的样子，若有所思地望望他，又转身进了套间。

刘飞胜说："根据内线密报，陈德孝还活着，叛变了。曹余正打死一个老乡，制造了陈德孝已死的假象，其目的就是要稳住你们和交通站，跟踪监视与交通站有关的人。你彻底暴露了。他们之所以没有对你采取行动，就是要利用交通站的线索，抓陕北特委的首长。老白让你们尽快撤离。"

钞义达说："既然我早就暴露了，他们没有抓我，就是像我们以前分析的那样，他们想利用这个点，抓到更多陕北特委首长。如今他们的目的没有达到，不会对我采取行动。我要利用他们的这种心理，想办法把陈德孝干掉。他活着是个大祸害，他认识陕北的许多地下党员。另外，有机会，我们把陈世英和曹余正这两个狗东西处理掉，然后我就离开葭县。"

刘飞胜说："老白让你格外小心。不管你遇到甚事，下一个跟你接头的人会说：天要下雨娘要嫁人，各人随各人去吧。他认识你，你不认识他。这人会对你有很大的帮助。"

钞义达说："行，我晓得了，你快走吧。我们再从后门出去翻墙。"

钞义达和刘飞胜出了后门，爬上了围墙。

财贵出了商号的门，对门前的一个人耳语了几句。

围墙下有几个可疑的人在晃动。

钞义达和刘飞胜下了墙，又回到了套间。

刘飞胜说："我还是从前门出去吧。他们怕惊动你，不会在商号门前对我下手。他们把大宝都押在了你们的商号上。"

财贵返回了商号。

钞义达和刘飞胜也出了套间，来到商号前台。

刘飞胜说："东家，你忙吧，改日我再登门拜访。"

钞义达说："慢走。"

刘飞胜出了商号，走在大街上，有两个人跟在他身后。

刘飞胜从另一条小巷跑了出去，两个人追了过去。

一个人说："不能让他跑了，若他跑了，曹团长会要我们的命。"

一个人举起了手枪。

枪响了，刘飞胜后背中弹，扑倒在地上。

德成商号里，钞义达听到枪声愣了愣，然后立刻站起来走出了商号。

钞义达急急地走在街道上，一圈人正在围观着什么。

钞义达向里望去。

刘飞胜趴在地上，纹丝不动。

一个人在钞义达肩上拍了一下。

钞义达转过了头，惊异地望着拍他肩头的人。

魏计说："不认识吗？钞东家不认识我，我可认识钞东家。我是县保安团特务队的魏计。"

钞义达警觉地看着魏计。

魏计说："借个火，钞东家。"

钞义达说："我不吸烟，没有火。"

魏计叼着纸烟，说："天要下雨娘要嫁人，各人随各人去吧。"

钞义达说："有事就说，不要说牢骚话了。"

魏计说："痛快之人。"

钞义达说："活人就要痛快。"

魏计低声说："曹余正指派我下午监视你们家。我们找机会接头。今夜有机会我们就铲除陈德孝。这里不是说话的地方，我走了。"

魏计提高了声音，说："你这买卖人，怎么连烟都不吸。"

魏计掉头走了。

十七

钞义达在窑洞里来回不停地走动，一脸沉思的神情。

王茵坐在椅子上，望着钞义达，不敢出声。

过了一会儿，钞义达一挥手，说："就这样办吧。"

王茵问："怎么办？"

钞义达说："我们彻底暴露了。"

王茵不慌不忙地站了起来，说："看你这种样子，我就觉察出来了。"

钞义达说："我们早就暴露了，可他们没有达到他们的目的，所以一直没有对我们下手。目前他们也轻易不会对我们下手的。我们要想办法干掉叛徒陈德孝，除掉曹余正和陈世英，然后撤退。"

王茵一惊，不相信地问："陈德孝不是牺牲了吗？"

钞义达说："他应当死在我们手里。"

十八

钞义达走进德成商号。

财贵迎过来，毕恭毕敬地叫道："东家。"

钞义达说："这几天有重要的客户来咱们店看看，你好好整理货架。"

财贵问："是甚样的重要客户？"

钞义达不满地说："做好自己的事。"

财贵想了想，说："掌柜，我肚子疼，到诊所看看。"

钞义达说："快去快回。"

财贵出了商号的门，就跑开了。他偷偷摸摸地来曹余正办公室。

曹余正不满地质问道："你怎么来了？"

财贵说："钞义达说，这几天有几个重要的客户要来。这事不小，我

460

就跑来了。"

曹余正说："晓得了。你快快回去。掌握他说的重要客人到店里的时间。"

财贵从曹余正办公室出来时，魏计正好从曹余正的门前走过去。

财贵走开了，魏计跟在财贵身后。

财贵进了商号。

魏计站住了。

十九

陈世英正在看书。

曹余正在门外喊道："报告！"

陈世英说："进来。"

曹余正和虎明一起走进来。

曹余正说："坏事了。"

陈世英说："坐，坐下说。"

曹余正坐下说："给钞义达赶骡子的人被我们打死了。"

陈世英一惊，问："惊动了钞义达？"

曹余正说："钞义达肯定有所觉察了。"

陈世英说："那把钞义达先抓起来。"

曹余正说："我们布局了这么长时间，只抓一个钞义达太吃亏了。抓不住陕北特委的人，也要把葭县的那些'共匪'头目再抓几个。听内线密报，德成商号这几天有重大活动，我们想办法先稳住钞义达。"

陈世英说："好！"

曹余正转身对虎明说道："这几天，弟兄们要把各个关口都把守好。"

虎明讨好地问："是全城戒严吗？"

曹余正说："表面上不是。"

二十

钞义达走在街道上。

魏计从后边绕到钞义达面前，然后与他并排走路。

魏计说："我还没有发现陈德孝住在甚地方。"

钞义达问："以后怎么联系你？"

魏计说："你那个点我不能去。你常在街上走动，我相机与你见面。我见过老白了，他同意我和你一起除掉陈德孝的方案。除掉陈德孝后，就立即撤退。这是命令。另外，你们要防住财贵，我见他去找过曹余正。"

钞义达说："我们也要利用利用他了。"

二十一

魏计走在街道上。

虎明从骡马店出来。

魏计叫道："队长。"

虎明应了一声。

魏计看看骡马店大门，说："队长在骡马店过的夜？"

虎明不满地说："有任务。"虎明说罢就走了。

魏计向骡马店走去。

曹余正从大门里走出来了。

魏计叫道："团长。"

曹余正不高兴地说："你进骡马店做甚？"

魏计问："团长不也才出来吗？"

曹余正说："你小子还看我做甚你做甚？"

魏计忙说："我觉得这地方的气氛不对。"

曹余正说："你小子还算聪明。少说话多干事。"

曹余正走了两步，掉过头，说："魏计，走。"

魏计向曹余正走去。

曹余正和魏计等人走在大街上，钞义达过来了。

曹余正叫道："钞义达。"

钞义达叫道："曹团长。"

魏计盯着钞义达。

钞义达问："曹团长，你引着弟兄们，到哪里去了？"

魏计说："葭州骡马店。"

曹余正白了一眼魏计，喊道："多嘴。"

魏计向钞义达眨眨眼。

曹余正看了一眼钞义达，扬长而去。

魏计又向后朝钞义达努努嘴。

二十二

钞义达走进葭州骡马店，店主迎过来。

店主说："客官，请进。"

钞义达说："我要一个房间一个房间地往过看，看上了，就住几黑夜。"

店主说："不能看。"

钞义达问："为甚？"

店主白了一眼钞义达，说："问甚哩？！"

钞义达一转身就走了。

在街道上，钞义达看到了魏计，没有理会他，走过去了。

钞义达进了小巷，两个团丁跟过来。

魏计说："你们有甚忙的就忙去吧。我来跟踪钞义达。"

年纪大一点的团丁说："那好，我们回去向曹团长报告钞义达的行踪。"

两个团丁走了。

魏计走进了小巷。

魏计走到钞义达跟前，说："我估计，陈德孝就在骡马店。"

钞义达说："今夜行动。你再想办法靠近骡马店，确认一下陈德孝的住房。我回去做一些安排。"

魏计说："好。"

二十三

王茵走在街道上。

张天明突然跑过来，挡住了王茵的去路。

王茵质问道："张天明，你这是干什么？"

张天明说："我还有一件事没有给你说清楚。说不清楚，我就不甘心。"

王茵恼恨恨地说："说吧。"

张天明说："宝翠根本就没有跳黄河，她还活着。她逃出去也就是为了找钞义达。她跑出来，就住在横山的怀远骡马店。"

王茵惊讶地问："你这不是说书吧？"

张天明说："是真的。我和招弟都在怀远骡马店见过宝翠。对，就是你父亲开的骡马店，不信你回去问一问你父亲。是你父亲把她留住了，答应帮着她找红军游击队，她才住了下来。"

王茵问："这事钞义达晓得不晓得？"

张天明说："本来我们回来是要给钞义达说的，可回来看到你们都结婚了，我就和招弟商量好，不向任何人说起。"

王茵笑了笑，说："你们还挺讲义气的。"

张天明说："招弟招呼不打一声，有好些日子不见面了。我们问过他们家里的人，他们也说没有回家。我估计他是找宝翠去了，让宝翠再不要乱找钞义达了。"

王茵问："会不会招弟把这事告诉了钞义达，钞义达让他去找宝翠？"

张天明说："不会的。他临走时，还警告我，谁要是把这事说出去，他就和谁没完。他就是担心宝翠瞎跑，才给宝翠通传音讯去了。"

王茵双手抱在胸前，低头沉思起来。

张天明可怜巴巴地望着王茵。

王茵在张天明面前站住，说："我和钞义达结婚了，宝翠就是活着回来，也搅不散我们的婚姻。我只是在想，这件事真相大白了，对宝翠的打击比较大。我希望你暂时不要公开这件事。不过，你要说，我也不会阻拦你的。天明，我给你说，你是义达的弟兄，不管出了甚事，你都不能有非分之想。"

王茵说罢，转身走了。

张天明痴痴地望着王茵的背影。

二十四

钞义达走进商号，财贵正在整理货物。

钞义达坐在椅子上，说："财贵，今黑夜不要睡觉，半夜有几个重要的客户要来。"

财贵说："行。"

钞义达对财贵说："我走了，看好商号。把今天进商号的人都记好了。发现不三不四的人，要随时给我说。"

财贵说："好的。"

钞义达出去了。

财贵出了商号的门，看到钞义达走远了，急忙关上商号的门。

二十五

钞义达走到一个卖柴的老汉跟前，说："大爷，你这柴我要了。"

老汉说："行。"

钞义达说："你把这柴背到一个地方等我，误你多少工夫，我会给你多少钱。"

老汉说："行。"

钞义达把老汉引到县府背墙脚，说："大爷，你要在这里待大半天时间，等天黑了，我再过来取柴。"

老汉说："我要吃饭呀。"

钞义达说："我给你钱，你买点干粮。"

老汉问："要是你不来怎么办呀？"

钞义达说："我把订金给你了，怎么能不来。记住了，只要你把我等了，我回来加倍付给你钱。"

老汉说："咋能等不住了，受苦人还怕多坐一阵子？"

二十六

曹余正坐在办公桌后边。

两个团丁在门外喊道："报告。"

曹余正说："进来。"

两个团丁走进来。

年长一点的团丁说："报告曹团长，钞义达进过莨州骡马店。"

曹余正一愣，说道："他闻到了甚味道？继续监视。"

两个团丁出去了。

财贵在门外喊道："报告。"

曹余正说："进来。"

财贵走进去。

曹余正愤怒地说："我给你说过几回了，大白天不要到我这里来，你怎么又来了？"

财贵说："情况紧急！钞义达让我半夜等他，说有几个重要的客人要来商号。还让注意白天进商号的人。"

曹余正冷冷地一笑，说："大鱼终于要出来了。"

曹余正向门外喊道："来人。"

虎明进来了。

曹余正说："今夜有重大行动，把所有的弟兄集合起来，严密分头行动。"

虎明说："是。"

二十七

钞义达进了家门，对王茵说：

"我们查到了陈德孝的下落，今夜行动，然后撤退。"

王茵说："谁配合我们行动？"

钞义达说："保安团的内线。你今天出去时，随手提上一桶清油，到时我们有用。"

突然，有人擂响了大门。

钞义达和王茵同时一惊，都站了起来。

钞义达一边找枪一边问："谁？"

招弟说："我，招弟。"

王茵听到招弟的声音，急忙出了门，又跑过去开开大门。

招弟站在大门前，王茵堵住招弟，低声对招弟说："关于宝翠的事，你一字都不能向钞义达说起。你回去，把张天明的嘴也堵住。"

招弟说："宝翠她……"

王茵说："过一阵子我们俩单独说。你千万不能不经我的允许，向钞义达说。"

钞义达走出门槛，问："你们俩在大门边说甚话哩？"

王茵说："他就是问你两句话。"

招弟走进来。

钞义达说："招弟你来得正好。"

招弟问："有事吗？"

钞义达问："我是地下共产党员，你们看出了没有？"

招弟说道："我和张天明早就晓得了。"

钞义达问："你们怎么晓得的？"

招弟说："你当了一年多红军，忽然就说不当红军了，改做买卖。这谁能信得过。"

钞义达问："候小晓得了没有？"

招弟说："我和张天明都没有给他说你当红军的事。"

钞义达说："你愿意不愿意跟我干？"

招弟问："你看得起我吗？"

钞义达说："你这是甚话！我回来后，就想让你们跟我干。可是，我有很多担心，也就一直没说。你想不想加入我们的组织？"

招弟说："你能做的事，我也能做。"

钞义达说："闹革命就会有流血牺牲，你怕不怕？"

招弟说："怕甚！与其这么窝窝囊囊地活着，还不如痛痛快快地干一场。我早就想和你一起干了，可你们常说我是猪脑子，所以我也就不敢给你说了。"

钞义达说："其实，你粗中有细，是个做事踏实的人。今天，我宣布你正式加入我们的组织，接受党组织的考验。"

招弟疑惑地问道："考验？我如今还不能成为共产党员？"

钞义达说："是的。你只是加入了革命队伍的阵营。通过你的革命行动，才能检验你符合不符合入党的条件。"

招弟问："你入党也有这么个过程吗？"

钞义达说："当然了。"

招弟问："我如今做甚？"

钞义达说："你在今天后晌提上些瓜子，到骡马店附近去卖，看我的眼色行事。我给你把手枪，你把枪放在瓜子下边。我晓得你会打枪，不过，千万要注意。不管出了甚事，首先要保护好自己。"

钞义达转身对王茵说："我先走了。你不要怕，我说过，他们目前不会下手的。"

王茵说："你放心，我不怕。你也要注意。"

钞义达向门外走去。

王茵把钞义达送出门时搂住了钞义达。

钞义达用手拍拍王茵的头，说："我们会一直在一起的。"

王茵仰起脸，两眼闪着泪光。

钞义达走后，王茵进了家门。

招弟急急地说："宝翠被靖边的团丁逮住了，送到了榆林。"

王茵一惊，愣住了。

招弟："我不说不行啊，是人命关天的大事。我要给义达哥说清楚，好让义达哥去救人。宝翠是为了寻义达哥才被抓起来的，义达哥不能不救宝翠。"

王茵说："那你为甚不向我往明说。"

招弟说："是你把我的话止住了。"

王茵说："我也不晓得宝翠让人逮住了。这样吧，今天有行动，我们先甚话都不要说了。我们马上就要回榆林了。回到榆林我们会想办法往出救宝翠的，这你放心。"

招弟说："这事推不得呀。"

王茵说："你相信我，我们的同志。"

第二十章

一

魏计走进葭州骡马店，在骡马店的院子里转悠起来，有点巡查的样子。

骡马店主跟了过来。

店主说："长官，你要做甚？"

魏计说："检查。"

店主说："你们的长官曹余正都没有检查过我们。"

魏计喊道："站开。"

店主不满地瞪了一眼魏计，走开了。

魏计走到一间房子门前。

门前站着两个团丁。

魏计低声问："里边有大人物？"

一个团丁说："屁大人物，共产党的叛徒。"

魏计看了一眼门匾。

上面写着：五号房。

魏计离开骡马店，向钞义达住的小院走去。

小院大门前的小巷子里，有两个特务在严防死守。他们看到魏计，打了一声招呼。魏计也和他们说起了话。

钞义达走过来了。

魏计和两个特务往另一巷口隐退。

魏计故意靠退在一个特务的身上，摔倒了。

特务往起扶魏计。

魏计抱着腿说："疼死人了。"

另一个特务说："钞义达过来了。"

魏计说："你们先躲开。钞义达也看不出甚。"

两个特务走了。

钞义达走到魏计跟前，问："这位先生怎么了？"

魏计说："腿碰了。"

钞义达扶起魏计。

两个特务在墙角窥视钞义达和魏计。

魏计低低地说："我查清了，陈德孝关在五号房。"

钞义达说："我们先除叛徒，然后看能不能顺便把曹余正和陈世英也除掉。"

魏计说："不行。陈世英一直在身边隐着几个武艺高强的特务。曹余正我们倒是有机会把他除掉的。"

"除掉一个算一个。"钞义达说罢，一人走了。

钞义达觉察到，身后有人在跟踪。

二

王茵出了小院大门，手提油葫芦，向小巷走去。

魏计对两个特务说："你们先在这里盯着，我去跟踪钞义达家的。"

年龄大点的特务说："他们家没有人了，这里有一个人盯着就行了。我和你跟踪她。"

魏计说："这里是重点监视地点，还是守上两个人好。"

年龄大点的特务说："你一个人盯一个人，没人接应不行。"

魏计说："好吧。"

魏计和年龄大点的特务跟在了王茵身后。

王茵看看身后，魏计没有躲开，故意让王茵发现有人跟踪。

王茵走进了一条小巷子，魏计和特务也走进了小巷子。

特务走在前边，魏计走在后边。

魏计左右身后看了看，周围没有一个人影，便抽出匕首，猛然刺在特务的后背上。

特务转过身，痛苦地说道："你……"

王茵看看身后，看到魏计刺了特务两刀。

特务倒下去了。

魏计跑到王茵跟前，说："快走。"

王茵感激地看了一眼魏计，跑出了小巷。

魏计把特务的尸体拉到小巷边的雨水沟里，用石头把尸体埋了起来。

小巷尽头的大门边，有一中年人偷偷地看着魏计埋特务的过程。

魏计埋住特务的尸体，站起走了。

中年人走过来，看看雨水沟。

三

钞义达来到葭州骡马店跟前，站住了，朝身后看了看。

跟钞义达的人一闪走开了。

招弟在葭州骡马店周围卖瓜子。

王茵化装成了村妇，一手提着一篮红枣，一手提着油葫芦。

钞义达走过来，朝王茵示意了一下，意思说自己要进骡马店。

四

曹余正走出办公室。

办公室门前站着魏计。

曹余正大声质问道："魏计，你站在这里做甚？"

魏计说："奉命前来保护曹团长。"

曹余正笑哈哈地说："忠心耿耿。我不会有事的。今黑夜是绝密行动。

走吧。"

曹余正和魏计等几人走了过来。

一个特务跑到曹余正身边，低声说："张二小被人杀死了，埋在了小巷里的雨水沟里。报案的人说他看到了杀二小的人。"

魏计愣了一下。

曹余正说："二小不是在跟踪王茵吗？"

特务说："是的。"

曹余正说："走，看看。"

魏计没有跟曹余正他们走，溜开了。

曹余正看罢尸体，问："今天下午谁跟他在一起？"

那个和魏计说过话的特务说："我和魏计跟他在一起监视钞义达的家。钞义达家的出来后，他和魏计跟踪那女人去了。"

曹余正看看周围，问："魏计呢？"

有人回答："他没有跟过来。"

曹余正沉思着自言自语道："这个魏计……"

一个便衣团丁跑过来，向曹余正报告道："团长，钞义达在葭州骡马店附近溜达。"

曹余正一惊，猛然醒悟了，喊道："他妈的！快，快到葭州骡马店去。"

五

钞义达走进葭州骡马店。

店主迎了过来，问："客官，你来了两趟了，到底是住店还是做甚？"

钞义达说："看上可心的客房就住。你先忙你的吧。"

店主走开了。

魏计也进了葭州骡马店，走到了钞义达身边。

钞义达低声问："你怎么来了？曹余正呢？"

魏计说："我很快就会暴露的。我们快点行动。"

魏计走到五号客房门前。

两个团丁正在门上守着。

一个团丁问："怎么，你魏计又来了？"

魏计说："曹团长让我来接替你们了。"

另一个团丁说："一整天了，终于能走了。"

先说话的团丁问魏计道："就你一个人？"

魏计说："王小民买烟去了，马上就过来。没事，你们先走吧。"

两个团丁走了。

魏计敲响了门。

陈德孝问："谁？"

魏计说："魏计，陈先生被共党发现了，我奉命前来保护陈先生。"

陈德孝慌忙说："好、好、好……"

陈德孝下床开了门。

魏计走进了房间。

陈德孝说："我看我还是换个地方。住骡马店住得心慌。"

魏计说："你快收拾行李。"

趁陈德孝弯腰收拾行装的时候，魏计一刀刺在他后背上。

陈德孝慢慢地直起身子，痛苦而惊异地问道："你做甚？"

魏计低声说道："奉命铲除叛徒。"说着，魏计又一刀子割在了陈德孝脖颈上。

钞义达走到了葭州骡马店五号房门前，左右看了看。

两个特务看到钞义达在观察，缩回了头。

钞义达耳朵附在门上，倾听里边的动静。

魏计出来了，说："任务完成。"

钞义达说："好的，快走。"

钞义达和魏计向大门走去。

后边有特务追上来，喊道："站住。"

魏计说："曹团长让我和钞东家过去。"

特务小头目说："曹团长有令，今天他没有回来之前，任何外人不能出入葭州骡马店。"

三个特务站在了钞义达和魏计面前。

魏计笑道："这个钞先生不是进去了吗？"

特务小头目说："那是我们没有来到骡马店前他进来的。我们来了，他就不能出去了。"

魏计说："团长有令，让我把钞东家马上送到他办公室去。"魏计故意向特务小头目眨眨眼，以示不能明说自己在监视钞义达。

特务小头目仿佛明白了魏计的动机，挥了挥手，让魏计快走。

魏计又对钞义达说："走。"

三个特务愣住了。

魏计和钞义达走到大门边。

招弟望着从大门里走出来的钞义达。

三个特务追了过来。

特务小头目说："真的不能走啊。魏计，我可担不起这个责任。"

钞义达看见了招弟，做了个打枪的动作。

招弟和王茵同时举起了枪。

特务小头目中弹倒地。

另外两个特务慌忙趴下了。

钞义达和魏计跑出了大门。

天色渐渐地暗了。

六

葭州骡马店一片混乱。

招弟和王茵不停地向大门射击。

王茵的另一只手还提着油葫芦。

钞义达和魏计跑到招弟和王茵跟前。

钞义达说："快撤。我们先到县府去。"

钞义达他们跑了。

曹余正跑过来。

小特务跑到曹余正跟前，说："报告团长，外边有人打枪，钞义达和魏计逃走了。"

曹余正问："陈德孝呢？"

小特务说："不清楚。"

曹余正说："快去看陈德孝。"

曹余正对虎明说："全城戒严。城门上不能放走一个人。"

虎明说："是。"

小特务查看过五号客房后跑过来，说："陈德孝被人杀死了。"

曹余正说："快，快到德成商号去。"

七

德成商号里，财贵正哼着小调，喝着小酒，显得悠闲自在。

曹余正推门进来了。

财贵急忙站起来，问："曹团长，还不到时间，您怎么来了？"

曹余正一巴掌打在了财贵脸上，说："我们中圈套了。他妈的，跑得真快。把所有的城门、所有的城豁口全守住，全城搜查。"

八

钞义达他们跑到县府的背墙角，天黑了。

卖柴的老汉看到钞义达，说："你怎么才来呀？天这么黑了，我老汉快等不住了。"

钞义达给老汉掏出了一块银元，说："你快走吧。"

老汉看了看银元，高兴地说："这么多？"

钞义达说:"你快走。"

钞义达从王茵手中接过油葫芦,打开盖子,把油泼在柴火上,然后摔掉油葫芦,划着火柴,点燃了柴火。

钞义达说:"快,把柴火往院里扔。"

招弟、魏计和钞义达一起把燃着的柴火扔进了县府大院。

钞义达说:"走,我们从城豁口往出突。"

县府大院燃起了大火。

有人在院子里大叫:"着火了。"

铜锣的声音响了。

全城到处都能听到铜锣的声音。

钞义达看到了县府大院的火光,说:"他们会来救火的,城墙上不会留多少人了。"

突然,前面跑过来几个持枪的团丁。

钞义达他们闪进巷道里。

一个团丁说:"快,这铜锣是最高的集合命令。"

团丁跑过去后,钞义达他们又跑开了。

曹余正看着火光,气急败坏地叫道:"这铜锣声坏事了。人们跑回来救火。他们就跑掉了。快,快到城豁口上去。"

九

钞义达他们来到城豁子口,一个接一个地溜下去了。

钞义达对招弟说:"我们回榆林,你回峪口赶牲灵。我们会派人跟你联系的。记住,你就当甚事都没有发生过。要是你被特务逮住了,他们问你话,你就是一问三不知。"

钞义达又问魏计:"你怎么办?"

魏计说:"我暴露了。我到南区找县委的领导,汇报今天发生的事件。"

钞义达握了握魏计的手,说:"好。后会有期。"

魏计和招弟走开了。

城墙里边，传来杂乱的脚步声和说话声。

钞义达说："快走。他们来堵这个口子了。"

钞义达和王茵从城墙根下溜过去。

城豁口子上传来曹余正的声音："你们几个死守住这个口子，不能离开一步。"

钞义达攀踏着溜下城石坡。

王茵也往下溜。

王茵跌倒了，钞义达把她扶起来。王茵靠在了钞义达的怀里，随后又转身紧紧地抱住了钞义达。

王茵说："我们再也回不到我们的家了。"王茵说着就哭开了。

钞义达说："我们还会有家的。"

王茵说道："家会有的，就怕你三心二意。"

钞义达抚摸着王茵的头，说："不会的。"

王茵问："咱们今天黑夜住哪里？"

钞义达说："步行回榆林，和榆林的地下组织接头。"

王茵"啊"了一声，说："走夜路？"

钞义达说："我们要尽快离开葭县境内。"

两人摸黑向后山走去。

夜色朦胧，万籁俱寂。

钞义达和王茵行走在山路上。

走在一山塆里，王茵"哎呀"着轻叫了一声就坐下了，上气不接下气地说："我走不动了。"

钞义达说："到榆林还没走一半路，就走不动了？"

王茵说："歇一歇。万一我走不动了，你把我丢下算了。"

钞义达说："这是甚话？我出来时带着你，你是个完人，回去交给组织，也要是个完人。"

王茵不高兴地说道："怎么我只是组织的人！我还是你的人。"

钞义达说:"我这脑子老转不过弯。"

王茵说:"脑子转不过弯,我就要惩罚你。你背着我走。"

钞义达说:"背就背,反正我在女人跟前就是个受罪的人。"

钞义达蹲下了。

王茵说:"常走桃花运,还说在女人跟前是个受罪的人!"

王茵真的趴在了钞义达的身上。

钞义达背着王茵,艰难地向前行走。

王茵在钞义达背上偷偷地发笑。

钞义达感觉到王茵的哑笑,问:"你笑甚哩?"

王茵说:"我哭还哭不够呢,还能笑?"

王茵真的哭开了,泪水滴在了钞义达的脖子里。

钞义达说:"一阵子哭一阵子笑。你这是怎么了?"

王茵的嘴突然吻住了钞义达的脖子。

钞义达站住了。

王茵跳下来,又把钞义达搂住。

王茵说:"我们九死一生,不能再分开了。"

两人滚在了地上。

十

月牙高悬。

钞义达和王茵躺在地上。

王茵问:"你记得第一次背我的事吗?"

钞义达说:"记得。"

王茵说:"那次趴在你的背上,我就不想下来了。"

钞义达说:"这次你更不想下来了。"

王茵动情地说:"那次你背我,我的感觉很奇妙,觉得你的背很宽阔,有力量,是一个女人最好的归宿。后来,我常常想起在你背上的感觉。

你是我成人后，第一个背我的男人。"

钞义达说："我说你一直惦记着我，你还不承认。这下说漏嘴了吧？"

王茵突然抱紧钞义达，说："就不承认，就不承认。"

钞义达也搂紧王茵，说："你真厉害，你逼婚把我逼到你怀里了。"

"谁逼你了、谁逼你了、谁逼你了！？"王茵说着就用双手擂起了钞义达。

十一

旧窑洞里，张天明、候小、招弟三人说着闲话。

候小问："你张天明怎么不认字了？"

张天明说："没意思。"

候小说："还在想王茵？"

张天明说："谁想她了？我才不想她。"

候小讥笑道："你想也没用。你张天明能把王茵拿下，我候小给你磕三个响头。"

招弟说："你这是怎么了？就想出义达的丑？"

候小说："我就见不得小人得志。天明，王茵真的对你有过意思吗？有过意思，就有拿下的把握。"

张天明说："烦死人了。你们不要说她了。"

突然，门外响起了杂乱的脚步声。

三人同时屏住声息，倾听起外面的声音。

曹余正一脚踢开了门。

曹余正说："把他们三个都抓起来。"

张天明、候小、招弟仨人愣住了。

候小下了炕，问："你曹团长是不是抓人有瘾？老要抓我们几人？"

曹余正说："少说废话，到地方再说，让你说个够。"

候小说："你曹团长也不要欺人太甚了。兔子急了还咬人哩。我就是狗，哦，对了，狗才会咬人哩。我不是好狗，是赖狗。赖狗咬人更疼。"

曹余正伸手就揪住了候小，骂道："我还就要收拾你这只癞皮狗。"

张天明、候小、招弟被五花大绑起来。

十二

一间坐北向南的平房里，王茵正在收拾房子，将几个大红"囍"字贴在墙上和窗子上。

钞义达走进来，惊讶地问："今天刚到榆林，你就把房子收拾成这种样子？哎，真不错。"

王茵高兴地说："这是我们的新房。"

钞义达笑着说："咱们两人就是新娘新郎了。"

王茵下了床，说："没错。你和组织联系上了没有？"

钞义达说："联系上了。明天早上见乔子奇。"

王茵说："乔子奇？他不是在葭县吗？"

钞义达说："新的葭县县委书记到任了，乔子奇在榆林有更重要的工作，前一天就回来了。"

王茵说："有一件事，我在路上就想向你说，又怕影响了你的情绪。"

钞义达问："甚事？"

王茵说："宝翠没有死，如今还活着。"

钞义达睁大了眼睛，惊喜、不安、不相信的神情在脸上交替出现。

王茵说："这是真的，是你的两个弟兄先后告诉我的。我没有给你及时说，是有原因的。昨天招弟从外边回来给我说，宝翠在靖边被团丁抓进去了，就押在了榆林，被关在了井秀成的官邸。"

钞义达吼道："那你为甚不早说？！"

王茵用手指指窗外，示意放低声音，然后说："这不是给你说了吗？"

钞义达喊道："你早就晓得了？"

王茵说："前天张天明在街道上才给我说的，接着招弟就回来了，黑夜我们就行动了。我怕你分心，当时就没有把实情告诉你。我就是想到了榆林再给你说。"

钞义达喊道："谁晓得你安的是甚心。"

王茵拉下了脸，恨恨地说："我们都成夫妻了，我还能安什么心？！"

钞义达气愤地说道："那你也应该第一时间把实情告诉我。万一我们的行动失败了，谁再去救宝翠？"

王茵不服气地说："我没有拖延时间。这不是到了榆林我就给你说了吗？"

钞义达吼道："性质不一样。"

王茵质问道："怎么性质不一样了？"

钞义达说："不要再说了。要是宝翠有个三长两短，咱们的婚姻就无效了。"

王茵大声喊道："你想做甚你就做甚。你想和宝翠结婚，我也不阻拦。"

钞义达"你"了一声，转身出了门。

王茵"哇"的一声哭开了。

十三

榆溪河畔，乔子奇和钞义达肩并肩地散着步。

王茵跟在他们身后，在注意周围的动向。

乔子奇说："特委的主要领导一直在葭县活动。葭县的县长又是个特务，给我们制造了不少麻烦。如果能干掉陈世英，那就再好不过了。"

钞义达说："行。我再潜回葭县，想办法干掉陈世英。"

乔子奇摇摇头，说："不行。你已经暴露了，不能再回葭县执行重要任务了。"

钞义达说："我会化装的。"

乔子奇坚决地说："不行。唉，你和王茵还能合得来吗？"

钞义达说:"组织批准了,合得来就合,合不来也得合。"

乔子奇哈哈大笑了:"你呀,对组织的关心不感谢,还说这种话!"

钞义达也笑了。

突然,钞义达收敛住笑脸,说:"井秀成那里关了一个人,怎么能弄出来?"

乔子奇问:"什么人?"

钞义达说:"是大财主家的媳妇。他们家欺侮她,她跑了。是靖边那边的团丁抓住她的,以共产党论处,把她交给了井秀成。其实她不是共产党员。"

乔子奇问:"和你是什么关系?"

钞义达说:"我和她一起耍大的。"

乔子奇"噢"了一声,说:"我说嘛,王茵那么俊的女子,一直没有打动你的心,原来你有心上人。"

钞义达说:"你就不要要笑人了。我们应该把她从火坑里救出来。"

乔子奇说:"我们想想办法。往出弄一个不是共产党员的人,应该是有办法的。不晓得她出来后,会不会跟我们走。"

钞义达说:"我动员她。"

乔子奇说:"小心王茵吃醋呀。王茵可不是省油的灯。"

两人笑了。

十四

行刑室里,几个团丁把候小吊起来。

候小问:"你们甚都不问,就把我吊起来了?"

曹余正说:"弟兄们,用鞭子抽这个狗东西。"

一个团丁挥起了鞭子,抽打候小。

候小"妈呀妈呀"地大声叫唤。

候小被鞭子抽打得昏死过去了。

曹余正说："把他放下来浇水。"

团丁们把候小放下来，把水浇在候小的头上。

候小醒来了，气息奄奄地说："你们到底要怎么样？"

曹余正问："我问你，你和钞义达前年到哪里去了？"

候小说："我们在路上被土匪劫了后，不敢回家。"

曹余正问："钞义达呢？"

候小说："我不晓得。"

曹余正说："看来，你还没挨够打。说不说实话？不说实话，我给你上老虎凳。我要让你上遍这里所有的刑具，好好地尝一尝刑具是怎么回事。"

候小忙说："我说，我说。可我甚都不晓得。我们路上遇到了国军，让国军打散了。我到包头去了。他到哪里了我真的不晓得。"

曹余正问："那你们怎么相跟着回来了？"

候小说："我是在榆林街道上遇到了他和王茵的。他们说回葭县，我就跟着回来了。"

曹余正问："回来后，他让你做过甚？"

候小说："甚都没有做。我们都对他有意见。"

曹余正问："是实话吗？"

候小说："句句都是实话。不信，你问天明和招弟去。"

曹余正问："张天明和招弟也对他有意见？"

候小说："王茵就是张天明在走西口时看中的相好的。张天明看到王茵和钞义达成了夫妻，恨不得杀了钞义达。"

曹余正问："招弟也对钞义达有意见？"

候小说："有。招弟想给钞义达当商号的伙计，钞义达不要，觉得招弟太老实了，看不起他。"

曹余正对团丁说："把他送进牢号。再把招弟押过来。"

几个团丁把候小拖走了。

招弟被几个团丁押进了行刑室。

曹余正说："候小的样子你也看到了。如果你说实话，就免了皮肉之苦；不说实话，那就尝尝刑具的滋味。说，你和钞义达是甚关系？"

招弟说："原先一块儿赶过牲灵，就算结拜弟兄吧。"

曹余正问："他是'共党分子'，你晓得不晓得？"

招弟说："不晓得。"

曹余正说："候小把甚都承认了，你就说了吧。"

招弟说："候小说了不就对了？你还要我说甚？"

曹余正龇了下牙，咳嗽了一声，说："你倒问起我来了？大刑伺候。"

招弟忙说："曹团长，你要我说甚就说甚，这不行了吗？"

曹余正说："好，只要你说就好。我问你，钞义达搞过哪些地下活动？"

招弟说："他搞地下活动，又不给我说，我能晓得吗？"

曹余正又问："你和张天明对钞义达有意见吗？"

招弟说："当然有了。他不要我给他当伙计。张天明嘛。唉，那么俊的一个女子，让钞义达抢走了，谁能不气。我看张天明杀钞义达的心思都有。"

曹余正说："把他送下去。再把张天明押进来。"

张天明被团丁押进来了。

曹余正问："张天明，我今天就想问一问你，你和钞义达的关系歪好哩？"

张天明说："不想说。"

曹余正说："不想说，那就只有上刑了。"

张天明看了一眼曹余正说："你要我怎么说呢？我和钞义达有意见，所以不想说他。"

曹余正说："说吧，随便说说。"

张天明说："这事说起来人家还笑话哩。钞义达的那口子，是我先看上的。"

曹余正问："那天你是不是和王茵说过话？"

张天明说："是的。"

曹余正问："你还在爱着王茵？"

张天明说："对。"

曹余正说："她是'共党分子'。"

张天明说："我才不管她是甚党。我是爱她那个人。"

曹余正想了想，叹息道："你还算老实，看在你对喜欢的人不改痴心，我放你一马。"

张天明被带下去后，一团丁说："我看，他们都不跟钞义达是一伙的。"

曹余正不满地看了一眼那个团丁，说："我也看出来了。可我要出心里的恶气。"

十五

井秀成在办公室看书。

副官走了进来。

副官说："井师长，靖边前几天送来了一个女'共匪'，说让井师长审一审。"

井秀成不屑地说："一个女'共匪'，还要我亲自审？"

副官说："他们说，她在寻找游击队，保安团的人就把她捉住了，可她说她是葭县曹景升的儿媳。曹景升的大儿子是葭县保安团的团长。"

井秀成抬起头，以询问的目光看着副官，说道："曹景升？这个人我认识。他可是大财主。他的儿子在葭县当差的事，我也晓得。哎，你刚才说什么？他们怎么晓得她是'共匪'？"

副官说："就是听说她在打问游击队的事。"

井秀成质问道："打问一下游击队，就能说明她是游击队的人？是'共匪'？胡闹。看来，我还真要亲自审一审。你早两天怎么不说呢？"

副官说："前两天您出去了几趟，太忙，我就压下来了。反正她就关在咱们这里，跑不了的。"

井秀成说："把人带来。"

副官出去了。

过了一会儿，宝翠被副官和卫兵带进来了。

井秀成对带宝翠的卫兵说："你们下去。"

卫兵出去后，井秀成审视了一眼宝翠，说："你这脸蛋还蛮有看头的。哈哈。不错，不错。哈哈。"

井秀成笑得不怀好意。

宝翠低下了头。

井秀成突然问："你真是曹景升的儿媳吗？"

宝翠说："是的。"

井秀成问："那你为什么要打问游击队？"

宝翠说："人家都说游击队抢人，我怕被游击队抢了，就问有没有游击队，有的话，就不敢走了。"

井秀成又问："你去靖边干什么？"

宝翠说："我不想在曹家待下去，跑出来了，就是走西口呀。"

井秀成说："原来如此？你不要说谎。我很快就能把曹景升叫来。曹景升可是我的故交。"

宝翠说："我没有说谎。我不说谎，井大人会放了我吗？"

井秀成说："我要看曹景升怎么处理。"

宝翠说："求求井大人，你不要把我交给曹景升。"

井秀成突然又笑了，仔细看了两眼宝翠，说："你这么好的女子，我还真不想放走，可曹景升会怎么说我呢？夺人之爱，夺人之爱。哈哈。"

十六

陈世英气咻咻地质问道："陈德孝让人暗杀了，钞义达也活逃了，我们白忙活了。这几天查得怎么样？"

曹余正讷讷地说："没甚结果。"

陈世英喊道："那个线人呢？你那个线人太差劲了。事情都坏在了他身上。要是我们早一点儿行动，钞义达两口子不至于逃走。这放长线钓大鱼钓成什么了？！"

十七

德成商号，财贵收拾货物。

虎明走了进来。

财贵看到虎明，说："队长，你有甚事？"

虎明说："我来接管这家商号。"

财贵说："这是钞义达的商号呀。"

虎明说："跟我去见一下曹团长。"

财贵说："好的。"

财贵和虎明一起走进山沟里。

财贵问："为甚要在山沟里见曹团长？"

虎明说："怕人发觉你是我们的线人。"

财贵和虎明又向前走了一阵子。

虎明首先站住了。

财贵还在往前走。

虎明端起手枪。

财贵掉过了头。

财贵看到虎明的枪口对着自己，惊慌地问："你要做甚？"

虎明说："事情让你干砸了，我送你走人。"

财贵慌忙说："你们不能……"

枪响了，财贵倒在了地上。

十八

走到坡路上，招弟放下候小，说："歇一歇。"

候小靠在土坡上，叫唤道："哎呀，疼死老子了。你们说这是甚事呀，他们怎么先要给我上刑？却不动你们一指头。"

张天明说："他们就问我们和钞义达的事，估计就是钞义达惹的祸。"

招弟问："你给他们说了甚？"

候小说："我甚都不晓得，能说甚？要是我晓得了钞义达做的事情，说了，也不用吃这皮肉苦啊。"

招弟说："你晓得不晓得，都不能出卖弟兄。"

候小愤愤地说："我就想出卖他。以后我还要添油加醋说他的坏话。跟他尽倒霉，倒八辈子霉。你们说，我跟他得到了多少好处？跟他遇上了国军，哎，不是，是土匪，差点儿把命送了。这回呢？也到阎王殿走了一回，受了要命的伤。我不跟他，他就要甚有甚，钱挣了，俊女子也有了。跟上他，尽倒霉，是倒血霉。对，是、是他把咱们身子的精气吸走了。他好活的事，就是沾了咱们的光，不是吗？张天明的相好的他霸占了。我能挣钱却没有挣到，让他挣了。我说招弟，你也不要跟上他跑，跟上他跑你就死定了。哎呀，疼死了。"

候小龇牙咧嘴地叫了一声。

招弟说："咱们走吧。"

招弟又背上候小，张天明扶着候小的腿，向山下走去。

十九

钞义达回到家里，家里一片漆黑。

王茵和衣躺在床上，钞义达点着了灯。

王茵突然坐起来，质问道："你回来做甚？！你走。我再也不想见到你了。"

钞义达一声没吭，坐在凳子上。

王茵说："我晓得你满心就想着宝翠。想着宝翠你就和她一起过日子，不要脚踩两只船。"

钞义达说："王茵，我和宝翠的事，我给你说过。我喜欢你，可我心中也有宝翠。我就是不想脚踩两只船，才没有主动追你。失去宝翠后，我心中女人的位置就让你占据了。"

王茵说："你如今后悔吗？后悔了咱们就分开。"

钞义达走到王茵身边，一手搭在王茵的肩上，说："我是一个负责任的男人，永远不会朝三暮四。既然我和宝翠一次次地错过了，就永远地错过吧。"

王茵突然伏在钞义达的肩上，失声痛哭了，喃喃低语道："义达，我爱你。"

钞义达说："好了好了，不哭了。我给你说，有新的任务，过几天，我可能又要回葭县。"

王茵说："回葭县，你有危险。葭县应该另派人去。要不我去。"

钞义达说："有危险的地方太多了，有危险的地方不去，那就闹不成革命了。"

第二十一章

一

曹景升走到曹余正办公室门前，推门进去了。

虎明跟在后面。

曹余正看到曹景升，对虎明说："你出去。"

曹景升不满地说："有甚事你不能回家说，还派人把我叫来了？你这派头也越来越大了。"

木头峁暴动后，曹景升先是想买一座大宅院，但看了几处，没有看上。他就自己规划，前前后后用了四个月的时间，修建了座大宅院，号称曹府。曹余正想购买相对好一点的住宅，又觉得在乱世中太过张扬，成为众矢之的，会带来后患，所以对曹景升大兴土木有看法。父母住进新宅院有一个月了，他在暖窑时回过一次，就再没有进过新曹府的大门。

曹余正没有回应父亲的话，递上一封信，说道："井师长官邸的信。"

曹景升接过信，拆开来。

曹景升看罢信，气愤地喊道："这个孙宝翠，真不是个东西！"

曹余正没有吭声，长叹了一口气。

曹景升说："她怎么能做出这种事？！我待她不薄呀。这人真不能抬举。"

曹余正说："到榆林，把她要出来，走在路上，活埋她。"

曹景升慢慢地站起来，走动了几步，说："不能呀。她是恩畅的亲妈。再说了，把她活埋了，怎么向井大人交代呢？"

曹余正说："井大人还管那么多？"

曹景升说："井大人把她还给咱家，就不是让她死掉。她死了，井大人无法向社会交代呀。"

曹余正问："那你说怎么办？"

曹景升说："只能把她寻回来。她回来后，不能让她再走出家门一步。她让我们难受，我们也不能让她好活了。"

曹余正说："那你快到榆林把她接回来。"

二

钞义达和乔子奇坐在饭馆里。

乔子奇说："据内线报告，陈世英也要回榆林了。"

钞义达问："真的？"

乔子奇说："你们成了真正的冤家。另外，向你报告一个好消息：宝翠的消息打探到了，据说，曹家要来人接宝翠，井秀成有可能答应放人。"

钞义达说："我要把宝翠劫走。"

乔子奇说："你要三思，考虑王茵同志的感受。"

钞义达说："以前我多次劝宝翠和我一起出走，宝翠不走。如今她逃出来，肯定是受到了很大的伤害，不能再待在曹家了。她这次要是再回去，就是再次跳进火坑里了，不，不是火坑，是火海。我有一种预感，她回到曹家，就只有死路一条。曹家的人都心狠手毒。我们要在路上把宝翠劫走。"

乔子奇想了想，说："行吧。不过不能让你一个人冒风险。你要对宝翠负责，我们要对你负责。我们设计一个往出救宝翠的方案。"

三

井秀成和曹景升坐在一起互道平安。

曹景升说："一别两年有余，曹某甚是想念井大人。"

井秀成说："难得曹先生能想着井某。不过，这次不请曹先生到寒舍来，曹先生也许不会坐在这里。"

曹景升说："不能拜访府上，原因有二：一是怕打扰了井大人；二来家里总是有些事情要做，脱不开身。这个儿媳，给我惹了不少麻烦。这回又给井大人添了麻烦。实在抱歉。"

井秀成说："不麻烦，不麻烦。曹家的媳妇如花似玉，能目睹红颜，也是幸事。只是井某不明白，曹家有如此雄厚殷实的家底，竟无法留住一个有儿子的妇道之人？"

曹景升长叹了一声，说："家门不幸，犬子不争气啊。"

井秀成说："贵公子干什么差事？"

曹景升说："身体不好，在家养病。"

井秀成"噢"了一声："我明白了。你儿媳说她坚决不回曹家，你看怎么办？"

曹景升说："她是明媒正娶到曹家的，不能事事由着她。她活着是曹家的人，死了是曹家的鬼。"

井秀成说："她从我手上出来，在你手上死去，我怎么向民众交代？曹先生是明白人，应该知道我的地位我的威望。"

曹景升说："井大人的威望，在榆林是无人能及的。"

井秀成说："我在榆林有如此的威望，也不是一朝一夕熬出来的。我不能毁在这么一件小事上。"

曹景升说："我保证儿媳丝毫不损。我的儿媳嘛，我怎么能不疼爱。"

井秀成戏谑道："我知道你会疼爱的。这么美的美人，你曹先生这么大的英雄不疼爱，也就不是英雄了。英雄难过美人关。哈哈。"

曹景升讨好地说："那是，那是。"

井秀成说："话能说到这个份上，我只好放人了。"

四

山头上埋伏着三个蒙面人。

两顶四抬大轿，行走在山路上。前一顶大轿边，还跟着曹家管家。

两顶四抬大轿走在山路的转弯处，一个蒙面人从山头上一跃而下，一脚踢翻了第一顶轿子。轿子里的人惊叫了一声。四个轿夫愣住了。另外两个蒙面人也跳下了山头。

曹景升从轿子里爬了出来，又惊慌又恼怒，问道："这是怎么了？"

一个蒙面人挥着手中的枪，说："都不要动。"

一个蒙面人走在了后边的轿子前，一手扯开了轿子的帘子。

宝翠被绑在轿子里，口里塞着布团。

蒙面人把宝翠搂抱出来，给宝翠往开解绳子。

一个蒙面人说："我们奉井大人之命，把宝翠押回去，重新审理宝翠。你们想走人，就不要反抗；若要反抗，就把命留下。"

曹景升忙说："我们不反抗，听候井大人的处理。"

曹家管家和八个轿夫都说："行行行，我们不敢反抗。"

两个蒙面人扯起宝翠就走。宝翠不走。一个蒙面人朝宝翠眨了眨眼，宝翠愣了一愣。

宝翠惊叫道："义……"

蒙面人把宝翠的嘴按住了。

宝翠急忙就走。

两个蒙面人和宝翠走远了，一个蒙面人才慢慢地向后退去。

五

蒙面人一闪不见了，曹景升才一屁股坐在路边，一声不吭地吸起了旱烟。他不明白，井秀成为什么出尔反尔，来半道截人这一手。细思谋，这不应该是井秀成的手法，好像有圈套，而且有破绽，只是他一时受惊，没有理清头绪。

曹家管家说："咱们再回去，问问井大人这是怎么回事。"

曹景升说："如果他真的不想放人，还说已把人交给了我们，我们再

494

怎么说？说不定他还会说是咱在路上把宝翠害了。"

曹家管家问："那怎么办？"

突然，曹景升恍然大悟地说："这不是井大人干的，肯定另有他人。宝翠先不想走，后来跟上他们跑了。肯定他们认识。对，有可能就是那个钞义达引上'共匪'干的。我们快回去报告井大人。在他的地盘上，人被'共匪'抢走了，他脸上也没有光彩呀。"

曹家管家说："对，我好像听到宝翠叫了一声义，再没有叫出声来。"

正在这时，一个排的国民党官兵走过来了。

曹景升急忙站起来，对排长说："长官，井大人刚放了我们的一个人，让'共匪'劫走了。"

排长看了一眼曹景升，问："我们凭什么相信你？"

曹景升说："我是井大人的故交啊。只要你把共军追上，我就到井大人面前保荐你。"

曹家管家凑在排长跟前说："你遇上'共匪'，不拦劫，让井大人亲手交给我们的人，就这么轻松地让'共匪'劫走了，恐怕井大人也不会饶了你。"

排长想了想，问："'共匪'往哪个方向逃了？"

曹景升手指向蒙面人逃跑的方向。

排长一挥手中的枪，说："快追。"

六

三个蒙面人和宝翠走进了一条土渠，其中一个人扯下了蒙布，钞义达的面容露出来了。

宝翠激动地望着钞义达。

另外两个蒙面人也扯开了蒙布。其中一个是乔子奇。

乔子奇说："你们先说说话，我们在土堆后边等你们。"

乔子奇和另一个人翻过了土堆。

宝翠看到乔子奇消失在土堆后，一扑上来拥抱住了钞义达。

钞义达和宝翠紧紧地搂抱在一起。

钞义达问："你的孩子如今会走了吧？你出来了，我们想办法把你的孩子也接出来。你们母子二人就和曹家一刀两断了。"

宝翠坐起来，像看一个陌生人似的望着钞义达。

宝翠喃喃地说："我的孩子？"

钞义达不解地问："我说错了？"

宝翠突然哭起来。

钞义达问："你怎么了？"

宝翠说："你就一点儿也没有想过，这孩子是你的？"

钞义达突然紧张了，问道："是我的？"

钞义达激动得涨红了脸，一把把宝翠揽在怀里。两人再次紧紧地拥抱在一起。

钞义达掀起宝翠的衣服，用手轻轻地抚摸着宝翠的腹部，高声叫道："我的孩子，这里怀过我的孩子。"

宝翠用手摸摸钞义达的脸。

钞义达问："你怎么能断定是我的？"

宝翠说："那个灰汉的东西就没有进过我的身体。"

钞义达说："你这真是叫守活寡呀。"

宝翠噘起嘴说："你真坏。"

突然，后边响起了枪声。

钞义达和宝翠不由得掉过头。

乔子奇和另一个人上了土堆，一看，吃了一惊。

十几个国民党士兵追来了。

乔子奇翻下土堆，说："敌人追上来了，快跑。"

钞义达说："你们快走，我掩护。"

乔子奇说："你要注意。还在老地方见面。我明天就要走了。"

钞义达爬上土堆，一边打枪，一边向左边跑去，用火力吸引敌人。

乔子奇三人从土渠里溜走了。

钞义达打一枪，跑一阵子，再打一枪，再跑一阵子。

敌军在后边紧追不放，直到个个气喘吁吁，追不动了。

排长说："这小子专门和咱们较劲，不追了。"

七

井秀成坐在办公桌后，沉着脸，似乎不想搭理任何人。

曹景升垂手站立在井秀成面前。

井秀成抬起头，严厉地问："曹先生，这事你怎么就弄成这个样子？是不是你把宝翠害死了，往游击队身上栽赃？"

曹景升说："曹某再愚钝，也做不出这么蠢的事。我说过，他们手中有枪，肯定是'共匪'干的。另外，我们还遇见了井大人的部队，井大人的部队还追击了那些'共匪'。"

井秀成质问道："追到了没有？"

曹景升说："'共匪'也太厉害了，没有追到。"

井秀成冷笑了一声，说："'共匪'？他们厉害？他们的好日子没几天喽。我们正在全面围歼'共匪'主力。只是经费不足，你曹先生能不能为国出点力？"

曹景升一怔，忙说："行。曹某愿捐五百块响银。"

井秀成马上站起来，笑容可掬地说："我说嘛，曹先生是个开明之人，怎么就会暗害了自己的媳妇。坐，坐，坐。"

井秀成和曹景升都落座了。

副官走进来，说："井师长，陈世英过来了，在门外恭候。"

曹景升说："不方便的话，曹某先告辞了。"

井秀成忙说："你来一趟也不容易，今天我们宴请曹先生。"

曹景升刚离开，陈世英就进来了。

井秀成说："坐，陈处长。"

陈世英坐下了。

井秀成说:"世英,在葭县当县长当得好好的,怎么就要回来了?"

陈世英说:"上峰认为当县长会分散精力,完成不好特工任务。"

井秀成说:"也是,一心不能二用。正式到政训处上任了?"

陈世英说:"还没有。我得先回葭县走一趟,处理一下手头的事项,回来后就正式在政训处上任。"

井秀成说:"好吧。葭县县长的人选我该考虑了。"

八

乔子奇和宝翠走在榆溪河畔。

乔子奇说:"我要去游击队了,你怎么办?"

宝翠说:"我等钞义达回来。"

乔子奇说:"钞义达迟早回来还很难说。有人接我来了,我马上就要走。我希望你到三边的游击队去,正好有人去找三边游击队的负责人,你们可以同行。"

宝翠说:"我一直在寻找钞义达,好不容易找到了,我哪里都不去。"

乔子奇说:"有个情况你可能还不清楚。钞义达已经结婚了。"

宝翠抬起头,不相信地绝望地望着乔子奇。

乔子奇说:"钞义达的妻子也是我们的人,叫王茵。他们的关系一直很好,最近才结了婚。"

宝翠两眼流出了泪水。

乔子奇说:"我想,葭县你是不能回去了。榆林,钞义达一来有重要任务,二来还有个家庭,也照顾不上你。再说了,钞义达也不会长期固定待在榆林,说走马上就走了,有时连行李都来不及带。你看我,昨天还说好明天走,今天救你回来,上面就派人催着让我尽快走。你一个无依无靠的孤女子,在榆林是混不下去的。只有到游击队去,才是你最好的选择。"

498

宝翠突然吼道："钞义达是地下党，我就不当地下党，也不当红军。我和他不是一条路上走的人。我不跟你们走。我哪里都不去。"

乔子奇惊愕地看了一眼宝翠，说："你听我的话，不要固执了。我们救你出来，就要对你负责。"

宝翠失声痛哭了。

九

钞义达走到榆溪河边，左右观察，不见乔子奇的影子。

在榆溪河畔没有等到乔子奇，钞义达就上了镇北台。镇北台也不见乔子奇的影子。

天色渐渐暗淡了，钞义达向家里走去。

看到钞义达回来，王茵迎了上来。

王茵问："你怎么现在才回来？"

钞义达说："乔子奇明天走，说好今天在老地方见面。可我找遍了几个约好的地点，都没有见到他。"

王茵说："乔子奇走了。上级派人接他来了。"

钞义达说："他不是说明天才走吗？"

王茵说："情况有变化。"

钞义达问："宝翠怎么安排了？"

王茵说："好像也跟乔子奇走了。具体什么情况，乔子奇没有给我把话传过来。"

钞义达不相信地问："她那么容易就跟乔子奇走了？是你出的主意？"

王茵愤愤地说："你不要用这种腔调和我说话。我根本就没有见到宝翠，也没有见到乔子奇。乔子奇是通过交通员把话传回来的。以后你见了乔子奇，就能把事情问清楚。"

钞义达"嘿"了一声，走到床边，躺倒了。

王茵喊道："起来，我的钞义达同志，有紧急任务。"

钞义达一听说有紧急任务，马上坐起来。

王茵说："葭县、米脂、绥德、吴堡的武装组织迫切需要武器。三边运过来一些枪支弹药，先运到米脂附近，再从那里分发到县上，由我们负责分发。"

钞义达说："行，我一人去。前几天乔子奇就说过，过几天我得回葭县执行任务。"

王茵说："回葭县，你有危险。葭县再另派人去。"

钞义达笑着说："有甚危险的？他们老想捉拿我，最后连我的一根毫毛都没有逮到手。"

王茵说："不要总以为自己了不起。你休息吧，我做饭。"

钞义达说："不用做了，我请你进馆子。"

王茵睁大眼睛，夸张地问："哟，这太阳是从什么地方升起的？又有艳遇了？"

钞义达沉沉地望了一眼王茵，又有些不好意思地垂下了头。

十

钞义达和王茵走进饭馆。

伙计引着钞义达和王茵进了包间。

王茵惊讶地问："你好像赚大钱了。"

钞义达说："我们成了夫妻，还没喝过一顿喜酒。"

王茵说："对，应该喝喜酒。"

伙计问："要多少烧酒？"

钞义达说："一斤。"

王茵惊异地问："一斤？我可一口都不喝。"

钞义达说："没事。"

伙计端来了酒壶和菜。

伙计出去后，钞义达斟了两杯酒。

钞义达首先端起酒杯，说："为我能遇到你这么优秀的女子干杯。"

王茵端起酒杯，笑眯眯地望着钞义达。

钞义达将酒一饮而尽。

王茵呷了一小口酒，马上皱起了眉头。

钞义达说："喝了这杯酒吧。还不晓得再能不能跟你一起喝酒吃饭了。"

王茵警觉地问："你这是什么意思？"

钞义达苦笑了一下，自斟自饮起来。

王茵放下酒杯，高声质问道："钞义达，你今天到底是什么意思？"

钞义达不吭声，继续喝酒。

王茵又质问道："是不是见到宝翠，就不想要我了？是的话，我也不难为你。只要你说明白了，我就走人。"

王茵说着就站了起来。

钞义达说："其实，我的心已经在你身上了。"

王茵问："那你今天这是怎么了？"

钞义达说："我说了，怕你不原谅。"

王茵说："你说吧。"

钞义达说："我和宝翠有一个孩子。"

王茵愣住了，随即头昏目眩，身子摇晃了几下，坐下了。

"王茵。"钞义达靠过去扶住王茵。

王茵问："这是真的？"

钞义达说："是真的。"

王茵问："那你过去为什么不早说？"

钞义达说："我也不晓得。是今天见到宝翠时，她告诉我的。"

王茵突然甩开钞义达的手，说："好了，我成全你们。"

钞义达说："不能啊。"

王茵两眼盯视着钞义达说："你和宝翠都那样了，你还有什么权利跟我结婚？"

钞义达说："你不是也愿意吗？"

王茵喊道："我愿意？早晓得你是这种朝三暮四的人，我还愿意吗？早晓得你是风流成性的人，我还愿意吗？你说！"

钞义达说："也不全怪我啊？"

王茵大声质问道："那怪谁？"

钞义达说："你有话，心平气和地说。"

王茵说："我平静不下来。你愧对了我。我不想跟你了。从今天起，我们就不再是夫妻了。"

钞义达叫道："王茵，你冷静一下。"

王茵叫道："我冷静不下来！我冷静不下来！钞义达，从如今起，你走你的阳关道，我走我的独木桥。我跟你一点儿关系都没有了。"

王茵站起来就走。

钞义达叫道："王茵，你不要这样啊。"

王茵急急地出了门。

钞义达追过去。

伙计跑出门，说："先生，请付账。"

钞义达把钱掏出来，递给伙计，就去追王茵。

伙计看了看钱，笑道："还多给了几文银子。"

钞义达追上王茵。

王茵转过身来，一字一句地说："你再不要跟我了。你找你的宝翠吧。"王茵说罢跑了。

钞义达站住了。

夜色中，钞义达在四合院周围徘徊了几圈，掉头走了，走进了夜色中。

王茵木呆呆地站在窗前，忧伤地望着窗外。

外边漆黑一片。

十一

陈世英在县长办公室走来走去。

曹余正走了进来。

曹余正问："陈县长从榆林回来了？"

陈世英说："以后不要叫我县长了。"

曹余正疑惑不解地望着陈世英。

陈世英说："坐吧，坐吧。"

曹余正坐下了。

陈世英说："上峰有令，让我返回榆林，主持政训处的工作。你想不想跟我回榆林？榆林正是你的用武之地。"

曹余正站起来，说："卑职无能，连一个钞义达都捉不住。"

陈世英说："话不能这么说。钞义达想暗杀我，不是也没能暗杀成吗？他钞义达在暗处，我们在明处，我们不好捉拿他呀。跟我走吧，我赏识你的能力。"

曹余正站起来，说："谢谢陈县长。"

陈世英说："坐吧。"

曹余正又坐下了。

曹余正问："陈县长甚时间回榆林？我甚时间动身？"

陈世英说："我先走一步，把处里的人事方案调整好了，就调你过来。来榆林之前，你还不能放松缉拿'共匪'的任务。"

曹余正又站起来，立正道："是。"

十二

分道扬镳，这一次，钞义达真的回不来了。候小、张天明、招弟三人更珍惜兄弟情谊了。没有营生的时候，他们就坐在旧窑洞里说话。

张天明问："听说三边的游击队，最近打了好多胜仗。我们常走三边的路，你们说这到底是好事还是坏事？"

候小说："看对谁说呢。对我们来说，不一定是坏事。对井秀成来说，就是坏事。对钞义达来说，当然也是好事。钞义达这人，有好事都是他的。不过，我再也不想看到这个人了。他就是给金山银山，我也不跟他走了。你张天明对他好，一口一个哥，可让哥把相好的抢走了。招弟也开始跟他了，我看招弟也快倒霉了。这些日子，咱们中间少了钞义达一人，安稳了不少。"

张天明说："我不想再说钞义达这个人了，更不想说茵茵了。天下有的是好女子。"

候小说："你张天明失算了，才说这种话。要是我，我还要想办法，让他钞义达不舒服。"

招弟说："你有本事你还是个光棍？你就爱惹是非，背后说人长短。"

候小说："你怎么老是替钞义达说话？我看你也快倒血霉了。不信，你就跟着他走。"

张天明说："他钞义达是一个有福气的人，谋甚甚能成。咱们跟上他，他把咱们的福气都吸引走了，坚决不能跟他走。"

候小说："你看看，天明是吃过钞义达的亏，才认识到了他是甚样的人。"

突然，门外传来一句质问的话："谁在说钞义达的坏话？"

三人同时吃了一惊。

钞义达走进旧窑洞。

候小急忙下了炕，说："哎呀，是义达哥？我们真是想死你了。你怎么一走就不见面了？你钞哥怎么闹上革命，就把弟兄们忘了？钞哥，对，以后我就叫你钞哥。咱们都叫他钞哥。你张天明也要叫。"

看到候小这种样子，招弟偷偷地笑了。

钞义达说："我也想弟兄们呀。想看你们来，就怕给你们带来霉气。"

候小说："哪能呢。跟上钞哥，肯定能沾大光。张天明，你怎么恼恨恨的不说话？你不要计较钞哥。钞哥跟王茵好，那也是天意。人常说有缘千里来相会，无缘见面不相识。你张天明要是早些时间见上王茵，把她的心打动了，王茵这碟菜也就该你吃了吧？是吧，钞哥？"

钞义达说："你候小呀，人不坏，事情就坏在了这张嘴上。说正经的，我在米脂有一批货，你们谁愿意去接送？"

招弟说："我去。"

候小和张天明不吭声。

钞义达说："那好吧，招弟跟我走。弟兄们，再见。"

候小说："钞哥，你怎么就走啊？咱吃一顿饭，喝两盅啊。"

"以后有时间我请你们。"钞义达说着，和招弟一起出了门。

张天明说："你看你那副相，平时把钞义达说得一钱不值，一见了面，恨不得跪下给他磕头。"

候小说："你懂个屁。钞义达如今是甚人？你不晓得？他是革命人。甚是革命人？就是革人家命的人，可以随便杀人头的人。你当面跟他反目，他掏出枪，一枪就把你给崩了，也就白白地崩了。我能不当面给他说好话吗？你以为我爱给他说好话？"

张天明喃喃地问："他真的会那样吗？"

钞义达走出大门，又掉头回来了。

候小看见钞义达回来了，惊慌地问："你怎么不走了？"

招弟也跟进来了。

钞义达对着张天明说："天明，我和王茵分开了，你想怎么样就怎么样。"

张天明不好意思地低垂下了头。

候小吃惊地望着钞义达。

招弟说："怎么想分开就分开了？你义达哥也太过分了吧？"

钞义达说："不是我要分开的，是王茵不想和我一起过了。"

招弟问："为甚？"

钞义达突然自嘲道："大概王茵看到我不如天明好吧。"

钞义达说罢就走了。

招弟也跟出去了。

候小说："他这人怎么了？"

十三

招弟牵着骡子，和钞义达一起走在路上。

钞义达说："其实有你一人也就够了。我让他们去，是为了给你打掩护。"

招弟说："我虽然加入了革命的队伍，可甚也没有做啊。"

钞义达说："你目前的任务就是赶好牲灵。我不找你，你甚也不要做，也不要对任何人说。我给你留一个联络暗号，你联络不上我，就到榆林来，按我给你留下的地点和暗号来接头。他们会告诉你新的任务。"

突然，一阵马蹄声响起。

钞义达走在招弟身后，压低了帽檐儿。

曹余正率领一队骑兵急奔而来。

钞义达和招弟侧站在路边。

曹余正骑着马疾驰而过。

钞义达说："咱们分开走，到乌龙铺会面。"

十四

曹余正在峪口下了马，走进旧窑洞。

候小一看到曹余正，忙说："曹团长，是甚风把你老人家刮来了？"

曹余正说："有人给我报告，说钞义达从峪口方向来了，你见过没有？"

候小说："见过。他刚才还到我们这里来过。"

张天明愣了一愣，以怨怪的神情望了一眼候小。

曹余正看到了张天明的眼神，没有理会张天明，问候小道："他如今人在哪里？"

候小说："他走了，也没跟我们说去哪里。"

曹余正说："他到你们这里来做甚？"

候小说："要我们给他送货，我们都没有去。"

曹余正问："那招弟呢？"

候小不情愿地说："招弟老实，家里又穷，看见钞义达给他挣大钱，就跟上钞义达走了。"

曹余正问："你晓得钞义达是甚人吗？"

候小说："你打罢我那次，我就晓得了。"

曹余正说："那你为甚看到钞义达，不向本团长报告？"

候小说："我们要给大峪纸坊送纸，准备驮上纸，顺路到城里，就给曹团长报告。"

曹余正说："尝尝皮肉之苦，还是有好处的。如今不用挨打，也说实话了。"

曹余正突然转向张天明，吼道："你也应该尝尝皮肉之苦，以后有事就会向本团长报告的。"

曹余正说着，抡开胳膊，朝着张天明的脸打去。

曹余正的两巴掌打过张天明的脸，张天明的口和鼻子都流出了血。

曹余正又抡起胳膊，突然记起了什么，说道："快往回追，我们刚才看到的那两个人，就是钞义达和招弟。"

曹余正几人走后，张天明说："你候小不该说钞义达来过这里呀。"

候小说："反正钞义达也走开了，说了他们也干着急，肯定追不到。你想想，钞义达那样的人，会走他曹余正能追上的路？钞义达，那真是精明死了的人。不说钞义达来过咱这里，反过来曹余正又要和咱闹事，那种毒打，我是受不了了。我宁死也不再挨那种打。你还疼吗？"

候小心疼地望着张天明肿起来的脸。

张天明恨恨地说："这狗东西，我迟早要出这口气。"

候小说："我说呀，这钞义达一来，咱们就倒霉了。你看是不是？他招弟跟上钞义达走，能不能全身回来，还很难说。"

十五

曹余正并没有追到钞义达和招弟，因为他们分开走了，招弟牵着骡子，走了小路。

钞义达和招弟两人顺利到了米脂。在米脂的山沟里，钞义达几人把枪支弹药分发开。

钞义达对一个年轻人说："绥德的枪由你们转送。吴堡因为路太远，当时我们没有给他们通传消息，所以我们亲自送去。"

年轻人说："好的。"

钞义达对招弟说："咱们二人先到乌龙铺，把葭县的枪送过去后，我们就到吴堡去。"

钞义达和招弟到了乌龙铺的山沟里，把一部分枪支弹药交给身边的几个人，然后离开了乌龙铺。

天黑了，钞义达和招弟赶着骡子，行走在山路上。

钞义达说："吴堡宋家川到这里，足足有一百几十里路，咱们得走一天一夜。"

招弟说："咱们是赶牲灵的，一二百里路算不了甚。"

远处，有一个村庄。村庄里隐隐传来一些喧闹的声音。

钞义达说："那边好像有情况。你待在原地不要动，我到那边看看。"

钞义达向村庄走去。

在村庄的附近，钞义达看到村庄里的马灯下，有持枪的哨兵在晃动。

钞义达退回来了。

钞义达说："村里好像驻扎着不少白狗子，村子我们是过不去了。这条路我们不熟，怎么能绕过这个村子呢？"

招弟说："咱们把枪背上走，不要走路，走山沟，就能绕过村子。"

钞义达问："骡子怎么办？"

招弟说："让它自己回去吧。它能找见路。"

钞义达说："要是有人看见它，牵上它，它就回不去了。"

招弟说："黑夜估计不会有甚人出来。骡子真要是回不去了，也就算了。"

钞义达说："行。我们给它尾巴上拴上根棍子，让它感觉到有人在打着它，它就会跑得快些，赶天明也许能回去。"

钞义达和招弟把枪支从骡子身上卸下来，又在骡子尾巴上拴了一根棍子，然后打了一下骡子。

骡子飞奔而去。

钞义达和招弟背着枪支，摸黑走在山路上。

二人艰难地爬上山坡。

招弟摔倒了，一声没吭，又站起来。

钞义达也摔倒了。摔倒后他没动，说："歇一歇吧。"

招弟说："黑夜少歇，多走路。白天怕人看见了，多休息，少走路。"

钞义达笑道："你考虑得比我还周到。好吧，走。"

钞义达站了起来，两人又上路了。

十六

清晨，候小和张天明正给骡子驮鞍子。

突然，招弟的骡子嘶叫着跑进来了，浑身都是汗水。

候小和招弟惊住了。

他们看到骡子尾巴上的棍子，茫然地对视了一眼。

张天明拖住骡子，候小溜到骡子后边，探手解开骡子尾巴上的棍子。

骡子突然卧倒了，头贴在了地面上。

候小说："这骡子累坏了。"

张天明心疼地抚摸着骡子，问："这是怎么回事？"

候小说："还能怎么回事？招弟肯定出事了，不能全身回来了。你看我说对了吧？跟上钞义达就要倒大霉。这下完了，完了，招弟完喽。"

十七

在宋家川的街道上，钞义达看到了宋地货铺的牌子，走了进去。

掌柜把钞义达引到后台上，问："特派员，有甚指示？"

钞义达说："我们给你们运来了十支步枪，二百多发子弹。"

掌柜的说："太好了。"

钞义达说："枪支就在郊外，我们不敢往进拿，你们安排人去取。"

掌柜的忙说："好的，好的。"

十八

钞义达和招弟离开宋家川，向葭县的方向走去。

招弟手摸着肩说："好疼啊。"

钞义达说："让我来看看。"

钞义达扯开招弟的衣服，惊叫道："有几道血印。肯定是背枪时被勒成这样的。"

招弟说："外伤？那没事。我还以为闪坏了肩胛。"

钞义达："这一路真让你受苦了。"

招弟说："没甚。"

钞义达说："你回去对候小他们说，你不给我运送枪支，我把你绑住了，后来遇到了放羊的人，才把你救了起来。招弟，你现在唯一的任务就是赶好你的牲灵，不要轻举妄动。需要你的时候，有人会和你联系的。除我和王茵之外，没有人晓得你的身份，所以你不要向任何人说，包括已经入党的同志。你遇到特殊情况，再按我给你说的暗号接头。"

招弟问："义达哥，你那天对张天明说那话是甚意思？是不是你找到宝翠，不要人家王茵了？"

钞义达摇摇头。

招弟说："人家王茵是店主的女子，愿意跟你，你可不能嫌弃人家啊。"

钞义达说："我那天和她吵架了，回去就好了。我也不晓得自己是怎么了，见了张天明就说了那样的话。"

招弟说："那就好，那就好。不过，张天明那人常骂人家猪脑子，我看他才是猪脑子。你那么一说，说不定他又要跑去缠王茵哩。其实我晓得，王茵根本看不上他。"

钞义达笑笑，说："让他试试吧。不真试一把，他一辈子不歇心。"

十九

招弟走进旧窑洞，看到曹余正和几个团丁、候小、张天明正盯视着他，愣住了。

招弟看了一眼候小，候小低下了头。招弟再看张天明，张天明也低下了头。

曹余正揪住招弟的衣服，问："说，你到哪里去了？"

招弟说："跟钞义达送货去了。"

曹余正说："钞义达是'共党分子'，你不晓得？"

招弟说："你上次说他是'共党分子'，我还不相信。我就没有见过他干坏事，怎么能相信你把我们的弟兄说成是坏蛋。这回我算认清钞义达这个坏蛋了。"

曹余正问："不要说空话了，我问你：他到哪里去了？你的骡子为甚先跑回来了？"

招弟说："我和钞义达到了乌龙铺的山沟，钞义达要我的骡子给他驮枪，我才晓得他不是正路人。我要走，他不让走。他给骡子往上驮枪时，我偷偷地给骡子尾巴上绑了一根棍子。那枪还没驮上去，我偷偷地踢了一脚骡子，骡子就跑开了。他钞义达还不明白是怎么回事，骡子就跑远了。他没办法，就把我捆绑住，摔在沟里了。要不是今天有个放羊的人看见我，救了我一命，我肯定回不来了。我有四天没有吃饭了。还是在乌龙铺向人家要着吃了一顿饭，才回来的。"

候小说："回来就好，回来就好，曹团长在这里都等你一天了。"

曹余正奸笑着说："你没说谎吧？"

招弟说："你看我的肩。"

招弟脱掉上衣，露出了两肩落下的很深的血印子。

曹余正看了看招弟的肩上的血印子，说："好吧。这事我也再不过问了。候小给我提供了好多准确的情报，已经是我们的人了。你招弟也受了钞义达的害，也要向我们靠拢。今天我们还要收获一点东西。"

曹余正恶狠狠地望着张天明，说："你张天明为甚没有向我报告骡子跑回来的事？我今天就要处理你。"

候小说："不要不要不要。曹团长，是张天明首先说要向你汇报的，所以我就跑来了。这是张天明的功劳。"

曹余正说："是吗？鬼才相信。我一看张天明，就看出他是想往钞义达跟前凑的人。"

招弟忙说："他的相好的都让钞义达抢走了，他恨钞义达恨得肠子都断了，咋还能往钞义达跟前凑？鬼都不相信。"

曹余正说："这都是你们说的话，我又没有见过他和王茵怎么相好的。走，把张天明带走，让他到我们那里享受下我们的待遇。"

曹余正他们把张天明推出了门。

招弟转身质问候小道："又是你把我告在了曹余正那里的？"

候小说："哎呀，我怎么晓得会出这种事。你的骡子跑回来了三天，还不见你的面，我总以为你死了。我就给曹余正说了，反正也就是空头情报。没想到他还等下来了。他又把张天明也带走了。这事……你说这事弄成甚了。嘻，这事要怪也得怪钞义达，又是他惹的祸。我要想办法救张天明去。对，我要想办法救张天明。"候小说着就要出门。

招弟怒吼道："站住。"

候小转过身，惊愕地望着招弟，问："你怎么啦？想报复我？"

招弟想说什么，又没有说出口。

候小还是以惊愕的神情望着招弟。

招弟笑了笑，说："走吧，你再向曹余正告状去吧。反正，我也不想跟你们一起赶牲灵了。"

候小突然说："招弟你把我看成甚人了？我觉得没有危险时才说你们的事。我怎么会……这事闹成甚了。你先歇一歇，我到城里救张天明去。"

候小出门时，自言自语道："这是怎么了？我尽做些说聪明不聪明、说糊涂不糊涂的事情。"

二十

曹余正把张天明带到县府保安团，狠狠地毒打了一顿，然后扔了出来。在县府门外等候张天明的候小，背上张天明，回到了峪口。

候小在旧窑洞门外叫道："招弟，开门。"

里边没有回应。

候小一怔，看到了门上挂着的锁子。候小放下张天明，转过身，看了看喂骡子的棚房。

招弟的骡子不见了。

候小开开锁子，把张天明背回窑洞。

张天明浑身是伤，躺在炕上，不住地呻吟着。

候小熬了一碗稀饭，慢慢地喂张天明喝下去。

吃过饭，张天明说："我受不了曹余正的气了。伤好了，我要找共产党，打倒国民党。"

候小愣了愣，伤感地说："招弟不见了，你再走了，这窑洞就丢下我一人了。"

张天明问："招弟也不回来了？"

候小说："他和骡子都不见了。反正他气呼呼的。你被曹余正带走后，他说他不想再和我们一起赶牲灵了。他总认为我在告他的状。我这人呐，总是好心办不成好事。"

二十一

招弟牵着骡子，走在黄河沿岸上。

招弟耳畔想起了钞义达的话："你目前的任务就是赶好牲灵。我不找你，你甚也不要做，也不要对任何人说。我给你留一个联络暗号，你我联络不上，你就到榆林来，按我给你留下的地点和暗号来接头。他们会告诉你新的任务。"

招弟牵着骡子，又回到了旧窑洞院子。

候小听到外面有响动，马上出了门。

看到招弟，候小高兴地说："招弟你没走？没走就好，没走就好。我还以为再见不上你了。"

招弟没好气地说："我去哪里？我就是出去遛遛骡子。"

二十二

葭县曹家大院客厅，曹景升和曹余正坐在椅子上。

曹景升说："人往高处走，水往低处流。县长的位子还空缺着，你争一下。上面要打点的钱财，咱们家有。本来我和井大人的关系不错，可宝翠的事没弄好，我再不好意思向井大人张口了。"

曹余正说："陈世英和我说了，让我跟他进榆林政训处。"

曹景升说："政训处就是个特务机关，打打杀杀的，有甚意思？你不要去。"

曹余正说："你以为我不爱当县长？可我不跟陈世英走，他随便捉弄一下我，我就受不了了。那人是老派特务，心上有毒哩。"

曹景升叹了一口气。

二十三

武家四合院，宝翠坐在院子里洗衣服。

女主人武太太走出家门，说："宝翠，你洗罢衣服，出去买二斤豆腐。"

宝翠应道："唉。"

武太太又说："晚上早点儿做饭。"

宝翠说："好的。"

二十四

陈世英坐在办公室。

曹余正在门外喊道："报告。"

陈世英说："进来。"

曹余正身后站着虎明。

曹余正走进去了，虎明也进去了。

陈世英站起来看看曹余正，然后在曹余正肩上拍了拍，说："我们成老搭档了。有意思。我给你说，搞特工是很有意思的，你就安心搞特工吧。好好地干上几年，有成效了，我给你谋个好位置。"

曹余正说："谢谢陈处长。"

陈世英问："钞义达还在葭县吗？"

曹余正说："有时在葭县，有时又到了榆林，神出鬼没的样子。"

陈世英说："你给我把他盯好了。这个家伙和乔子奇，还有马明方，是我们重点捉拿的对象。只要将这三人捉住一个，我向南京给你邀功请赏。你带来的这个干将虎明，我大小也会给职务的。让他好好配合你的行动。"

曹余正和虎明一齐说："谢谢陈处长。"

陈世英说："先不要急着上班，你们在榆林大街上转两天。"

曹余正说："转大街也能上班呀。"

三人大声笑了。

二十五

博古斋书店后台，王茵正在看书。

乔子奇走进来了。

王茵看了一眼乔子奇，两人出去了。

二十六

井秀成官邸，井秀成在院子里走动散步。副官跟在他身边。

井秀成说："今天好天气。咱们出去走走。听说牌楼那边正在唱小曲，咱们出去听听。"

榆林小曲，唱腔委婉细腻流畅，文辞工整讲究。据说，清初来自南方的将士官吏，在榆林城内任职时，将江南的丝竹音乐和小调带到了榆林，又与榆林的民歌艺术相融合，就演变成了榆林小曲。井秀成非常喜欢，一有空闲，就要出去听听。

副官说："井师长要听榆林小曲，为什么不把唱小曲的叫到官邸来？"

井秀成说："这你就不懂了。在人多的场合听小曲，有气氛，才能品出味道。"

牌楼前，唱小曲的人正唱得起劲。

井秀成和随扈若干人上了大街。

许多人坐在唱小曲的周围。

井秀成和随扈走了过来。

一些人认出了井秀成，纷纷给他让座。

井秀成示意说："我就站一站，凑个热闹。"

唱小曲的人卖力地唱起来：

八月十五供月光，

手捧上金镜泪（哟）汪汪想起了有情的郎。

（哎哟哎哟）想起了有情的郎。

去年有你同赏月，

今年（是）无你月（哟）无光，

不知郎君流落在何方。

（哎哟哎哟）不知郎君流落在何方。

玉腕推开纱（的）窗，

月儿（是）明（哟）朗朗，

一阵阵秋风凄凉。

（哎哟哎哟）一阵阵秋风凄凉。

郎去未带棉衣裳，

奴这里冷就知（哟）人凉，

奴冷你冷同（哟）一样。

（哎哟哎哟）奴冷你冷同（哟就）一样。

唱小曲的唱罢《供月光》，大家鼓掌。

井秀成也鼓起了掌，还说道："这人唱得不错。"

一个随扈给井秀成拿来椅子，井秀成看了一眼椅子，自然地坐下了。

二十七

榆溪河畔，乔子奇和王茵并肩走在一起。

乔子奇说："神府游击队改成红三团了，需要女干部，所以组织上派你到神木红三团去搞后勤装备工作。"

王茵问："钞义达还留在榆林？"

乔子奇点点头。

王茵问："甚时间走？"

乔子奇说："今天有去神木的同志。你回去尽快收拾行李，两小时后我们在南城门外碰面。我送你们启程。"

王茵问："你不去红三团了？"

乔子奇说："我有新任务，过一段时间才能回到红三团。"

王茵问："那个宝翠哪里去了？"

乔子奇说："上次我安排她到三边的游击队去，她不去。现在我也不知道她的去向。"

王茵低下了头，沉思起来。

二十八

井秀成和随扈走在大街上。

井秀成对副官说："这榆林的豆腐好，这榆林的女子好，这榆林的小曲也有味道啊。"

副官说："是的是的。"

井秀成说："我真的是喜欢上了榆林。"

副官说："人是有感情的。井师长在榆林前后住了近二十年，对榆林有感情了。"

井秀成说："这话不假。"

王茵正低头从街道边往过走。

虎明跟在王茵身后。

王茵发现身后有人跟踪，在人群里绕来绕去地往开躲。

突然，井秀成眼光一亮，看到了王茵。

井秀成说："那女子是个淑女。"

副官马上跑到王茵跟前，说："请小姐过来一下，井师长要见一见你。"

王茵一怔，说："平民百姓，不敢见为官之人。"

王茵说着就往前走。

井秀成的随扈上前围住了王茵。

王茵质问道："光天化日之下，你们要干什么？"

井秀成走过来，说："小姐，其实他们也不干什么，就是请小姐到府上坐一坐。"

井秀成说罢，头也不回地走了。

王茵被官兵簇拥着向井秀成官邸走去。

虎明跟在他们身后，望着他们走进了井秀成官邸。

二十九

井秀成官邸客厅，井秀成对王茵说："来来来，请坐。我本是怜香惜玉之人，不会对你无礼。所有到过我这里做客的女士，没有一个说过我对她们非礼过。我只是爱与淑女交往。"

王茵只好坐下了。

井秀成问："请问贵小姐家住何处？"

王茵答道："瓦窑沟上巷。"

井秀成说："那地方不错。我去过。请问小姐贵姓？"

王茵说："姓王。"

井秀成说："好姓，好姓。芳名是什么？"

王茵答道："小妹。"

井秀成笑道："好名字。你就是个好小妹妹。你今天认一下路。有什么事好来找我井某人。在榆林，还没有井某人办不到的事情。王小姐有什么喜好？"

王茵说："没有喜好。"

井秀成问："王小姐看起来是有身份之人，大家闺秀。"

王茵没有吭声。

井秀成又说："榆林的桃花水好，养女不养男，也真是的。榆林的女子长得就是好看。这桃花水真了不起呀，做的豆腐又嫩又好吃，皇帝都爱吃；养女人也养得嫩白嫩白的，谁见了谁心爱。我到榆林快二十年了，还就是舍不得离开榆林。有好吃的，也有美色。美色赏心悦目呀。"井秀成说着哈哈大笑了。

王茵依旧一声不吭。

井秀成说："今天初次见面，王小姐有些拘谨，我就不强留王小姐了。改日再会。来人。"

副官走进来了。

井秀成说："叫两个卫兵送送王小姐。"

王茵先出了门。

井秀成低声对副官说："让卫兵监视她，看她到底住在什么地方。"

副官出去了，井秀成自语道："榆林的嫩豆芽，我井大人不吃，还轮到谁吃？"

井秀成得意洋洋地哼唱起了秦腔。

三十

虎明走进曹余正办公室。

虎明说："曹团长，我发现王茵了。"

曹余正睁大了眼，问："哪个王茵？"

虎明说："就是钞义达的太太。"

曹余正说："好。她在甚地方？"

虎明说："被人带进了井大人的官邸。"

曹余正疑问道："被带进了井大人的官邸？"

虎明说："好像是井大人看上了王茵。"

曹余正低头沉思起来。

三十一

曹余正走进陈世英办公室。

陈世英看到曹余正，说："来，余正，坐。"

曹余正没有坐，说道："陈处长，井大人的随扈将钞义达家的王茵带进了官邸。"

陈世英一惊，说："有这事？"

曹余正说："我的人亲眼看到的。"

陈世英自言自语道："这可怎么办才好啊。这老头子是不是色瘾又来了？我看这样吧，咱们一起到井大人的官邸走一趟。"

三十二

王茵出了井秀成官邸，急急地向前走去。她觉察到身后有人监视，放慢了脚步。走进一条小巷子，王茵看到一家四合院大门正开着，就走进去了。后边的两个卫兵跟过来，看了看门牌，又看了看巷口，转身走了。

王茵在大门里站了一会儿，等尾随她的人走了，就急忙出来向城南门外走去。她在南门外与乔子奇汇合了。

乔子奇问："你怎么才来？"

王茵说："我遇到了麻烦，连家都没有回。"

乔子奇对身边的年轻人说："这就是王茵同志。你们走吧。"

三十三

井秀成正在喝水沉思。

副官进来说："井师长，陈世英过来了。"

井秀成说："让他进来吧。"

陈世英说："井师长，您好。"

井秀成站起来，说："陈处长，快请坐。"

陈世英说："这位是曹余正，拟任行动队队长，等省站的批复。"

井秀成说："是曹景升的公子吧？"

曹余正说："是。"

井秀成说："真是将门出虎子呀，像大户人家的子弟。好，好，请坐。"

陈世英坐下说："听说井大人府上来过一个女子？"

井秀成不高兴地问："怎么了？"

陈世英忙笑道："听说人长得非常漂亮。"

井秀成说："是不错，不过你们是看不到了，我们把她送回去了。好聚好散，细水长流啊。哈哈。"

陈世英和曹余正都愣了一愣。

陈世英说："我们这些人就是没有眼福的人。"

三十四

井秀成和随扈卫兵来到巷子里。

卫兵说："王小妹就住在这里。"

副官先进去了。

井秀成自得其乐地望着大门。

副官出来了，说："这里不住姓王的，也没有王小妹。"

井秀成一听，气愤地转过身，怒视着卫兵。

卫兵低下了头。

井秀成说："她说她住在瓦窑沟上巷，你们怎么就跟到了这里？到瓦窑沟上巷去查。"

几个卫兵查了三天，都没有查到王小妹的行踪。

井秀成愤愤地说："饭桶。一群饭桶。"

副官说："我们继续查找。"

井秀成叹了一口气，说："也怪我一时心软了。以前采取的欲擒故纵的方法，现在怎么就不灵验了？要是我当时把她留下来呢？算了吧，强扭的瓜不甜。"

第二十二章

一

钞义达回到四合院家院，门上挂着一把锁。

钞义达打开锁，走进去了。

房子墙壁上贴的大红囍字，依然完好无损。

钞义达看了看大红囍字，笑道："看来她只是说说气话，我还真以为她要离开我。"

钞义达躺在床上。

天色渐渐暗了下来，王茵还没有回来。钞义达起来，走出家门，来到邻居的门前，敲响了门。

邻居的门拉开了，出现了一位中年妇女。

钞义达问："大嫂，你晓得我的那位哪里去了？"

邻居说："不晓得。对了，这几天我一直没有看到她。"

钞义达说："谢谢。"

钞义达又回到了家中。

第二天早上，钞义达来到榆溪河畔。

乔子奇走了过来。

钞义达和乔子奇握过手，说："乔特派员，这几天和王茵见过面没有？"

乔子奇说："王茵同志到红三团去了。"

钞义达问："甚时间回来？"

乔子奇说："暂时不回来了。"

钞义达说："她走时也没留下暗号？"

乔子奇说："她走时遇到了麻烦，没有回家，直接走了。"

钞义达问："宝翠呢？她去了甚地方？"

乔子奇说："我劝她到红军游击队去，她拒绝了。现在在什么地方，我也不晓得。"

钞义达一怔，说："那她会到甚地方去呢？她一个女人家，在外面怎么生活呀。"

乔子奇说："你怎么还是一副老脑筋？现在女人出来做事的太多了。王茵不也是个女的吗？她都是革命的元老级人物了。"

钞义达说："宝翠和王茵不一样。"

乔子奇说："义达同志，你就放心好了，一个人有一个人的活法。我说一下咱们的任务吧。井秀成大举'围剿'各地红军，红军遭遇到了前所未有的挑战。我们要在榆林组织一次全民大规模的反井、倒井活动，向井秀成施压。后院起火，井秀成就不得不调兵回防榆林。榆林的特务最近到处抓人，我们要给予有力的回击，实施暗杀特务的行动计划。这个计划就由你来负责实施。"乔子奇说着，笑了。

钞义达也笑了。

二

榆林街道上，冷冷清清的。

宝翠身穿蓝底白点的衫子和蓝色裤子，提着篮子，走在街道上。

曹余正和虎明从小巷里走出来。

曹余正首先看到了宝翠，站住了。

虎明站住望着曹余正，接着他顺着曹余正的视线，看到了宝翠。

虎明惊叫道："宝翠？"

曹余正说："你把她给我盯住，看她到甚地方去了。记住，不要惊动她。"

虎明低声说："是。"接着他又惊讶地问："宝翠没死？"

曹余正说："不要多问。"

虎明低声说："是。"

虎明走了。

曹余正自言自语道："终究还是逃不脱我的手心。"

三

曹余正走出办公室。

虎明走过来了，说："曹团长，我打问清了，宝翠在新明巷武家四合院当用人。还用原来的名字。"

曹余正说："居然还敢用真名真姓，真是太不把我们曹家放在眼里了。我看把她……不妥。"

曹余正摇了摇头。

虎明感到莫名其妙，望着曹余正。

曹余正说："这样吧。你就别管这事了。陈处长叫我，我要先过去一趟。"

曹余正说罢，向陈世英办公室走去。

曹余正进了陈世英办公室，陈世英站起来，说："省站的批复下来了，你将正式出任行动队长一职。"

曹余正说："感谢陈处长的信任。绝不辜负陈处长的厚望。"

陈世英笑道："不要太过客气。来，请坐。"

陈世英和曹余正先后坐下了。

陈世英说："据截获的情报看，榆林的地下共党正准备发动游行示威活动，只要他们跳出来闹事，我们就容易发现目标。这是我们抓住他们的好机会。有一个叫乔子奇的陕北共党首脑人物，一直在榆林活动。此人神出鬼没，行踪不定，此次共党的活动，正是由乔子奇策划组织负责。我想我们不可能一次把榆林的'共匪'一网打尽，但也要让他们的组织受到重创。你新官上任，能将乔子奇捉拿归案，我将向南京给你请功。"

曹余正说："甘愿为党国效忠。"

四

曹余正和虎明来到武家四合院大门前，虎明敲响了大门。

宝翠走在里大门边，问："谁呀？"

曹余正向虎明仰仰头，示意虎明说话。

虎明说："查户口。"

宝翠开开了大门，看到曹余正，吃了一惊，想关上大门。

曹余正说："我们是公干，你没有理由拒绝我们入内。"

宝翠闪在一边。

曹余正和虎明走了进去。

曹余正四处看了看，问："主人呢？"

宝翠说："出去了。"

曹余正想了想，转身对虎明说："你先到大门外等我一下，我有话要跟她单独谈一谈。"

虎明出去了。

曹余正温和地说："宝翠，好久不见了，你不能用这样的态度对待我。"

宝翠没有吭声。

曹余正说："我们都以为你真的跳黄河了。你不晓得，那些日子，我一闭上眼睛，就满脑子是你的影子，吃饭不香，睡觉不稳，看见甚人都不顺眼，不由得想发火。当听到你还活着的消息时，我激动得一整夜没有睡觉，恨不得立马就见到你。"

宝翠冷冷地问："说完了吗？"

曹余正说："一时三刻怎么能说完。"

宝翠说："那你就慢慢说。我还要收拾房子哩。"

宝翠说罢，转身进了房门。

曹余正说："宝翠，你不要这样啊。你今天心烦，我就走了。以后我再来找你。"

宝翠说："希望你不要打扰我的生活。"

曹余正摇摇头，走了。

五

榆溪河畔的庄稼地里，乔子奇和钞义达等几人正在商议开会。

乔子奇说："榆林中学、榆林女师和榆林职中的学生发动起来了，联合游行示威的时机成熟了。我们商量一下，确定游行的时间、线路。"

钞义达问："我们的人是不是参加？"

乔子奇说："我看就不要参加了。我们以老百姓的身份，在游行的队伍周边进行观察评估，出现什么意外情况，我们就和学生代表进行沟通。学生代表有的是共产党员和进步青年。"

钞义达说："我觉得特务肯定会出动。我可以盯住一些特务。"

乔子奇说："你得化装，不能让别人认出来。"

钞义达点点头。

乔子奇说："老王，你负责联络女子师范学校的学生。韦明，你负责联络榆中的学生。老刘，你负责联络职中的学生。义达，你的任务就是去认识特务，为以后的除特行动做准备。义达你要睁大眼睛啊。"

大家笑了。

乔子奇问："大家再有什么问题？"

几个人都说"没有了"。

六

曹余正在新明巷口来回走动，看见宝翠出来了，闪在一边。

宝翠走在大街上。

曹余正偷偷跟着宝翠。

宝翠感觉到身后有人跟踪自己，回过了头。

曹余正叫道："宝翠。"

宝翠质问道："你跟踪我做甚？"

曹余正说："我就是想来看看你。"

宝翠狠狠地瞪了一眼曹余正，掉头走了。

曹余正又跟在宝翠身后。

钞义达戴着眼镜，留着长须，穿着长袍，像一位老先生，缓慢地行走在街道上。

宝翠首先出现在钞义达的视线内，他吃了一惊，站住了。接着，他看见了宝翠身后的曹余正。

钞义达跟在了他们身后。

宝翠又掉过了头，对曹余正说："你再这样跟着我，我就叫警察了。"

曹余正冷笑道："警察？在榆林，还没有哪个警察敢管我的事。"

宝翠质问道："那你要怎么样？"

曹余正温和地说："宝翠，只要你能跟我相好，这辈子你让我做甚我就做甚。"

宝翠问："真的吗？"

曹余正信誓旦旦地说："真的。"

宝翠说："我让你杀了你们全家人。"

曹余正气恼地瞪了一眼宝翠，愤愤地说："敬酒不吃吃罚酒。你算甚东西！"

曹余正转身走了，气呼呼地朝钞义达的方向走来。

钞义达低头走过去了。

曹余正转身看了一眼钞义达，自言自语道："这老先生有点面熟。"曹余正说罢，掉头离去。

钞义达再抬头望望宝翠走过的地方，却没有看到宝翠。

七

榆林街道，学生们打着标语，高喊口号，向井秀成官邸前行。

学生们喊道："减轻赋税、驱逐特务、反对军阀干政！"

几个官兵持枪挡住了游行队伍的去路。

乔子奇和化装成老先生的钞义达都挤在围观的人群里。

曹余正和虎明，还有几个特务闯进学生游行的队伍里。

曹余正高声叫道："同学们，你们不要听坏人的煽动，解散游行队伍。要是你们不听我们的劝告，我们就要行动了。"

学生们无法前行，就高喊口号。

乔子奇和钞义达悄悄离开了。

乔子奇低声对钞义达说："你动手，斩杀特务，制造混乱，同学们就可以向前走了。"

钞义达点点头。

曹余正和钞义达又回到围观的群众中。

钞义达盯着曹余正。

曹余正身边总有几个身影在晃动。

乔子奇着急地向钞义达眨眼。

钞义达的镖出手了。

曹余正身边的一个特务倒下去了。

曹余正一惊，喊道："有刺客。"

虎明急忙搂起倒下去的特务。

钞义达蹲下身子，摘掉眼镜和胡须，站起来。

曹余正看到了钞义达，一惊，向钞义达跑过来。

钞义达转身跑了。

曹余正对虎明喊道："钞义达跑了，快追。"

钞义达跑进了新明巷，向前跑去。

可新明巷尽头是死胡同，钞义达的身子贴在墙楞里。

曹余正跑进小巷子，没有看到钞义达，就跑到武家四合院大门前，站住了。

曹余正盯着大门，冷笑道："他们还有往来。这下你们都跑不了了。"

虎明擂响了大门。

宝翠在里边问道："谁呀？"

虎明说："执行公务。"

宝翠没有开门。

大门又被擂响了。

虎明喊道："开门。再不开门，就要砸了。"

武太太出了家门，问："怎么回事？"

宝翠说："有人强行进大门。"

钞义达在墙外听到了宝翠的声音，愣了一愣。

大门又被擂响了。

武太太向外喊道："谁这么放肆？"

虎明说："执行公务。"

特务开始在外面砸门了。

武太太对宝翠说："开大门。"

宝翠开开了大门。

曹余正和虎明等人一拥而进。

虎明开始搜索。

曹余正站在宝翠面前，说："有个'共党分子'向这里跑来了，跑到这里就不见了，是不是你们把他藏起来了？"

宝翠说："你想闹事就说想闹事，不要找借口了。你今天要是搜不到人，就不要走出这个大门。"

曹余正问道："搜到呢？"

宝翠说："我跟你去坐牢。"

曹余正不吭声了。

武太太说："这是怎么回事？这是什么世道！"

钞义达慢慢地走到大门边，突然就跑过大门。

虎明说："我好像看到大门边跑过了一个人。"

曹余正说："你们继续搜。"

曹余正走出了大门，看到有一个人影在巷口一闪，就不见了。

曹余正走到大门后边的巷子里。

巷子上有一堵超出自己一尺多的墙楞。

曹余正在墙楞里靠住，试着看外面能不能看到。

曹余正叹了一口气，说道："又让姓钞的活逃了。"

曹余正走到大门口，向里喊道："走吧。"

宝翠走过来了，怒目圆睁，质问道："胡折腾了一阵子，不给个说法吗？"

曹余正忙赔笑道："对不起，打扰了。"

武太太走过来，对宝翠说："对这种人，还讲什么道理。"

曹余正想发作，走上前一步，又退回来了，一挥手，说："撤。"

八

井秀成官邸，学生在井秀成官邸门前大声叫喊。

井秀成在官邸不停地转圈，质问下属道："怎么就把这么多的人放过来了？"

副官说："他们冲破了防线。"

井秀成问："他们有什么诉求？"

副官说："减轻赋税。"

井秀成说："这个嘛，可以口头答应，骗骗他们。"

副官说："驱逐特务。"

井秀成说："他们以为他们是谁。这特务我都赶不走。"

副官说："他们还说反对军阀干政。"

井秀成说："他们想动摇我在陕北的统领地位？真是有眼无珠。你出去向他们喊话。他们听我们的劝告，在限定时间内离开本府，一切都好商量。"

九

井秀成走出官邸门槛。

副官跑了过来。

井秀成问："学生们还没有离开？"

副官说："没有。有些工人也陆陆续续来了。"

井秀成气愤地说道："他们再不听劝告，就进行武力驱赶。真是无法无天了。"

副官问："武力驱赶？"

井秀成轻轻地点了点头。

井秀成说："在武力驱赶学生前，劝他们不要上共产党的当。他们不听话就动手。动作要快，当然也要把伤亡降到最低限度。我井秀成还不想担屠杀学生的罪名。让陈世英注意地下共党的动向。"

副官说："是。"

报话员走进来，说道："报告，省府来电。"

井秀成说道："念。"

报话员念道："游行请愿，不系共党所为，劝导为主。"

报话员退了出去。

井秀成吼道："谁将此事向上报告了？"

副官说："也许，是县党部的人。"

井秀成说道："净添乱。"

副官说："怎么办？"

井秀成说："电报上也没有说不能动武呀。还有'不系'二字。意思是说，是共产党所为，就可以用武力解决了。这样吧，我出去向他们喊话。先把他们的诉求答应了。"

副官说："要是我们办不到的话，他们还会闹起来的。"

井秀成说："只能先这样了。下一步的事，下一步再说。"

十

榆溪河畔庄稼地，乔子奇向钞义达布置任务道：

"他们只是口头上答应了学生的诉求，实际上还是我行我素。我们做好下一次的游行活动的准备工作。同时，我们要利用一切手段，打击榆林特务的嚣张气焰。与特务斗争的任务还是由义达同志完成。"

钞义达点点头。

十一

钞义达走到武家四合院大门边，轻轻地敲响了大门。

宝翠在里边问："谁？"

钞义达说："是我，义达。"

宝翠打开了大门，说："快进来。"

钞义达问："说话方便吗？"

宝翠说："武太太出去了。你怎么找到了这里？"

钞义达说："听说你没有跟我们的人走，我一直在打问你的下落。那天曹余正来你们这里搜查，我就在后巷的墙楞里。曹余正是特务行动队的队长，他不会放过你的。你跟我们走吧。"

宝翠说："他不敢把我怎么样。这里的主人跟井秀成有交往。"

钞义达说："你总不能给人家当一辈子家佣吧？"

宝翠说："我习惯了，觉得当家佣还行。"

大门敲响了。

宝翠问："谁？"

曹余正说："我，曹余正。"

钞义达和宝翠都吃了一惊。

宝翠向外说："你不能再进这个院子了，我们的主人不欢迎你。"

曹余正说："我有权进榆林的任何地方。你不开门，我们就把大门砸烂了。"

宝翠扯了一把钞义达，将钞义达扯进门里。

宝翠移开一个小柜子，说："这里有地下室，你下去藏一藏。"

钞义达下了地下室。

外边的大门越擂越响了。

宝翠出了门，走到大门边。

曹余正说："宝翠，你再不开门，我就不客气了。"

宝翠开开了大门。

曹余正和虎明等几个特务走进来。

宝翠没好气地问："你曹余正真有本事，没完没了地来骚扰我们的正常生活。"

曹余正说："你们这里是重点检查地点。共党钞义达，就在这一带活动。是不是进过这个家门，你应该清楚。"

宝翠不屑地说："我看你是别有用意。你这么做就不怕我向你的长官报告吗？"

曹余正说："怕。不过，我还是会把我们长官的地址告诉你，让你去报告。弟兄们，给我进去搜。"

虎明带着几个人进去搜查了。

曹余正低声说："你不和我相好，我就骚扰得你在这里干不成活。你干不成活，主人就会把你赶走，你在榆林就无处容身了。"

宝翠恨恨地说："卑鄙。"

曹余正得意地说："我有权让你过不好日子，也有权让你过好日子。你的钞义达有这个能力吗？他见了我，还不是像老鼠见了猫一样，到处躲藏？哈哈哈。"

虎明和几个特务出来了。

虎明说："没有查到可疑的迹象。"

曹余正对宝翠说："想一想吧。"

曹余正一摆手，说："走。"

曹余正走出大门，对两个特务说："你们今天就守在这条巷子里。以后，要不定期在这里巡查。"

曹余正说罢，带着虎明等人走了。

两个特务来回在巷子里走动。

宝翠闭大门时，看到了两个巡查的特务。

宝翠给门上了栓，进了房子。

宝翠移开小柜子，说："他们出去了。"

钞义达出来了。

宝翠说："他们在巷子里留了人。"

钞义达想了想，问："你看见有几个人？"

宝翠说："有两个。"

钞义达说："这样，你也出去，把大门锁上，上街去。我一个人从墙里跳出去。"

宝翠说："这怎么能行。你就在这里躲一两天吧。"

钞义达说："这里毕竟不是你的家。就是你的家，我也不能连累你。你走了，我出去和他们交手，与你就没有关系了。你住在家里，我出去和他们交手，会把你牵连进去的。你出去后，有意多走两个地方，和人家多攀谈几句，万一他们调查，也会晓得你在这个时段不在家。"

宝翠说："我不放心你。"

钞义达说："你放心。对付两个小特务，我应该不会有大问题的。我手中有枪也有镖，哪样都能对付得了他们。你快走。他们人多了，我就出不去了。你家的主人再回来，就更麻烦了。"

宝翠挎上篮子，不舍地望了一眼钞义达，走了。

宝翠锁住大门，出了小巷。

两个特务看着宝翠出了小巷。

小特务问："她出去了，他们家没有人了，我们还守不守了？"

特务小头目说："我们又不是守她，是要守找她的人。"

钞义达听到外边特务的说话声，踏上梯子，爬上墙头，向下望去。

两个特务向巷口走去。

钞义达跳下墙，藏在了墙垃后。

两个特务听到了响动，向里走过来。

钞义达握紧手枪。

两个特务走到大门口。

特务小头目问："这响声是哪里来的？"

小特务向钞义达的方向走来。

钞义达伸出手枪。

小特务又转过了身。

钞义达掏出镖，向小特务掷去。

小特务背后中镖，惨叫一声，倒下去了。

特务小头目急忙转过身，看到同伴倒在了地上，痛苦得直叫唤，立即拔出手枪，躲在了大门墙里，观察起来。

小头目走到同伴身边，一边扶他，一边看看前方。

钞义达的枪口刚刚伸出来，就被特务小头目看到了，他放下小特务，一滚身，朝出现枪口的地方就是一枪。然后迅速躲进了大门墙里。

小特务还在叫唤。钞义达朝他开了一枪。

小特务不叫唤了。

特务小头目的枪伸了出来。

钞义达的镖一出手，击中了特务小头目的手。

特务小头目叫了一声，手枪掉在了地上。

钞义达迅速跳出来，一边开枪一边冲向大门。

特务小头目左手要拾手枪。钞义达朝他就是一枪，特务小头目应声倒地。

钞义达又向特务小头目射了一枪，拾起地上的手枪，然后跑过来又从小特务尸体上拿下手枪，取下小特务身上的镖，却忘了特务小头目手上的镖。

十二

正在商铺看货物的宝翠听到枪声，愣了愣。

伙计说："又有人遭殃了。"

宝翠说："天天有人遭殃。"

伙计叹息："这世道。"

十三

在武家四合院门前，许多军警围着两具尸体。

曹余正也走过来了。

曹余正看到了镖。

曹余正说："这是钞义达所为。"

宝翠挎着篮子，回来了。

曹余正挡住了宝翠的去路。

曹余正说："你哪里去了？"

宝翠说："买菜去了。"

曹余正说："你们这里发生了枪战。"

宝翠说："我走时还好好的，就是有两个人在巷道里闲逛。我一看他们就不是正路人。"

曹余正喊道："谁是正路人？！"

陈世英走过来了。

曹余正走上前，说："报告陈处长，两个弟兄殉职了。"

陈世英痛惜地看了看躺在地上的两具尸体，气愤地喊道："光天化日之下，竟出了这等事情！我的好弟兄呀。"

陈世英说着，眼眶里流出了泪水。

曹余正等人望着陈世英。

陈世英揩拭尽脸上的泪水，质问道："怎么回事？"

曹余正说："我们刚到这里检查过，留下两个弟兄监视这地方。没出一个小时，就出了这事。"

陈世英问："有什么线索没有？"

曹余正说："有一个弟兄挨了一镖。这镖的主人我晓得。"

陈世英问："是谁？"

曹余正说："钞义达。"

陈世英咬牙切齿地喊道："这个钞义达，我要让他死无葬身之地！全城捉拿钞义达。这家四合院住着什么人？"

曹余正说："这个女的就是这家的用人。"

陈世英向宝翠问道："你看清了开枪的人没有？"

宝翠说："曹队长到过我们家检查后，他们前脚走我后脚也就出去了。"

陈世英问："谁能证明你说的话呢？"

宝翠说："我去过几家商铺，那些店主可以证明。"

陈世英对曹余正说："你留下调查。"

陈世英又对身边的特务说："把两位弟兄的遗体抬过去，厚葬。"

陈世英和几个特务走了。

曹余正、虎明和两个特务留了下来。

宝翠进了大门。

曹余正也挤进了大门。

虎明也准备进大门，曹余正说："你们就不要进来了。"

宝翠质问道："你想做甚？"

曹余正说："今天的事与你脱不了干系。"

宝翠说："我不明白你说的话。"

曹余正说："这里发生了枪战，枪手是你的旧相好。你说，你能说得清吗？”

宝翠说："我不在现场，有人能证明。"

曹余正说："你们就是没有直接的关联，也会有间接的关联。他钞义达到这儿就是来找你的。这个我说错了吗？"

宝翠说："不晓得。"

曹余正说："你要是老老实实地跟我好，我就放你一马。你要还是用以前的态度对我，那我就不客气了。"

宝翠说："随便。"

曹余正突然握住宝翠的手，说道："我是不想让你进牢房的。你要是进了牢房，我会痛苦一辈子的。你就和我相好吧。我会对你好一辈子。"

宝翠甩开了曹余正的手，说道："厚颜无耻。"

曹余正说："说甚我今天也不放过你。"

两人一扯一拉，动手了。

武太太走到大门口。

虎明挡住了武太太。

武太太不高兴地说："你们挡我做什么？这是我的家。"

虎明说："这里出了人命案，里边正在审问可疑的人。"

武太太说："把我们家当成了什么地方？"武太太说着就冲进去了。

宝翠听到武太太的声音，从门里走出来。

武太太问："这是怎么回事？"

宝翠说："还不是欺侮人哩。这个人想跟我胡来，纠缠我。他们就想把死人的事往我身上搭。太太你见过他，他来咱们这里都有几次了。"

武太太说："这也太过分了。"

曹余正说："我要把这个女人带走。"

武太太说："你是什么人，想带人走就带人走？"

曹余正掏出证件，递给了武太太。

武太太接过证件看了看，不屑地说："也只不过是个特务。我还以为是什么大人物。"

曹余正说："虎明，进来把宝翠带回去。"

武太太说："慢。你们不能把她带走，这是我家的用人，带走要经过我的同意。打狗还要看主家哩！"

曹余正说："我们做甚都不看主家。带走。"

武太太说："我会找井大人的。"

宝翠被曹余正几人带走了。

十四

钞义达和乔子奇走在河畔上。

钞义达说："除掉了两个特务，不过，可能给宝翠带来了麻烦。"

乔子奇说："我们派人过去核实一下。"

十五

武太太走进了井秀成官邸。

井秀成看到武太太，说："请坐。"

武太太说："井大人，他们都欺负到我头上了，你可要替我做主。"

井秀成说："坐下慢慢说。"

武太太说："那个姓曹的要跟我们家的用人宝翠胡来，宝翠不屈服，他们就把人抓走了。这叫什么世道呀。"

井秀成一怔，问："宝翠？她是不是葭县人？"

武太太说："是的。"

井秀成又问："她是不是葭县曹景升的儿媳？"

武太太说："这个她没有说，我也就不晓得了。"

井秀成说："我看，政训处的人有些公报私仇了。来人。"

副官走进来。

井秀成说："你让陈世英，还有那个曹余正，把宝翠带过来。"

副官说："是。"

副官出去了。

井秀成问："武先生怎么不见走动了？"

武太太说："京城的生意大，他没有时间回来。"

井秀成连连说："那就好，那就好。"

十六

陈世英办公室，陈世英和曹余正说话。

曹余正说："我敢断言，宝翠和钞义达有往来。他们找井大人就能逃脱了我们的手心？"

陈世英说："事情并没那么简单。武家在榆林可是大户呀，井大人对他们都是非常尊重的。"

外面有人喊道："报告。"

陈世英说："进来。"

一个特务进来了。

特务说："井师长请陈处长和曹队长过去，把那个宝翠也带过去。"

陈世英回过头说："知道了。"接着他又转头对曹余正说："我知道井师长叫我们为什么了。你新官上任，这事没有弄好。"

十七

井秀成官邸，井秀成对陈世英等几人说："你们都坐，咱们慢慢说。"

陈世英等几人坐下了。

宝翠没有坐。

武太太说："宝翠，你坐下。不要怕，有井大人给你做主呢。"

井秀成对宝翠说："来，坐。你可不是第一次进我的门了。哈哈。"

宝翠坐下了。

井秀成说："宝翠，你先说。"

宝翠说："井大人也晓得，我和曹余正是甚关系，可曹余正硬要让我……"

曹余正惊慌地望着宝翠。

井秀成说："说下去。"

宝翠低声说："曹余正在家里就经常纠缠我，我实在待不下去才逃走了。他在榆林见到我，还要纠缠。"

曹余正脸红了，坐不住了，站起来，说道："你血口喷人。"

宝翠说："我说一句假话，天打五雷轰。他纠缠我的事情，他的父母和太太都晓得。全木头峪村的人都晓得。不信，井大人派人到木头峪去调查。"

井秀成站起来了，质问曹余正道："有这种事？"

曹余正说："没有。他和那个'共党分子'钞义达勾搭成奸，反咬一口。"

井秀成说："你怎么晓得她和钞义达勾搭成奸？我们要用证据说话。"

曹余正说："钞义达肯定和她有来往。要不钞义达为甚哪里都不去，偏要跑到新明巷？"

宝翠说："他到过我们家检查，甚也没有看到就走了。他们刚走，我也就出去了。我走过几个地方，都给他们说过，让他们查证对质，也不晓得他们是不是去过。在天佑商铺，我听到枪声，还和店伙计说了几声枪响的事。"

井秀成问陈世英道："你们调查过了没有？"

陈世英说："调查过了。"

井秀成问："结果是什么？"

陈世英说："这个……我们还要仔细核实。"

井秀成说："不要含糊其词了，我不想听。曹余正，你也是堂堂的男子汉，最好不要干违背天伦的事。当然，你们各说各的，我也不能妄下结论。关于逮捕宝翠的事，你们认为她有问题，就继续把她关起来。不过，我们师部也会按宝翠的交代，查清楚事情的缘由。如若是你们捏造事实，我可要向你们的上峰要说法。"

陈世英忙说："表面上看起来新明巷的枪击事件与宝翠无关，但也不能排除宝翠暗地里与'共匪'有关联。"

井秀成不耐烦地说："不要怀疑了。你们还怀疑我和共党有往来呢。请你说证据。"

陈世英想了想，说："也没有什么证据。只要有人担保，我们就把宝翠放了。"

武太太说："担保什么？担保她如今不是共产党员，这个还行。要是以后呢？以后她说不定还杀人放火呢。就你们这种做法，杀人放火是迟早的事。你们把她逼上绝路，她不反抗能行吗？蚂蚁临死还咬人一口呢，不要说是一个大活人了。"

井秀成说："宝翠是个苦命的女子，这个我上次就知道了。你父亲曹先生，本来也是个好人善人，可这件事没弄好。怎么能把一个如花似玉的女子逼婚嫁给灰汉！这样吧，我看就让宝翠在我这里当女佣吧。这总算有人保了吧？"

陈世英说："这是再好不过的事了。"

井秀成问："武太太，你说呢？"

武太太说："井大人既然这么说了，我也不好说什么了。只不过宝翠心灵手巧，我真舍不得放她走。"

井秀成说："是呀是呀。就这样吧。"

十八

榆林街道，曹余正和陈世英走在大街上。

曹余正说："我看是井大人对宝翠动心了。"

陈世英说："发生枪击案的时候，宝翠的确就不在现场。这个我们查清了。"

曹余正说："我是觉得她和钞义达有些关联，但并不是说枪击案就与宝翠有关。"

陈世英问："你是不是真的对宝翠有想法？"

曹余正说："陈处长，实话给你说，当初我是对她有想法的，无奈她就要嫁给那个灰汉。"

陈世英惊异地问："是她主动要嫁给灰汉的？"

曹余正说："这事说来话长了。反正，我对宝翠也是真心的。"

陈世英讥笑道："看来宝翠没有说假话。我们再不能跟踪宝翠了。"

十九

武家四合院，宝翠和武太太在院子里说话。

宝翠说："我真不想去井大人家。"

武太太说："我也不想让你走。我们刚一起住惯了，你这一走，我的心又空了。只是井大人发话了，我们不得不从他呀。"

一个乞丐走在武家四合院大门口，敲响了大门。

宝翠问："谁啊。"

乞丐继续敲门。

宝翠开开了大门，看到乞丐，吃了一惊。

乞丐低声说："我们到东城门洞正东的沙漠里见面。你前边走，我在后边跟着……好心人，行行好，给我吃上一口。"

宝翠掉过头，到厨房里取了一块白面馍，来到大门上，递给了乞丐。

武太太说："这要饭的，一天比一天多了。"

宝翠说："太太，我出去一下。"

武太太说："去吧。"

二十

宝翠出了城门洞，向东走去。

乞丐跟在宝翠身后，不时偷偷地向四周观望一下。

宝翠走到沙漠深处，先停住了脚步。

乞丐跟上来，摘下伪装的胡子和帽子，是钞义达。

宝翠笑道："你真会演戏。"

钞义达说："这就是地下活动。"

宝翠说："曹余正把我逮进牢房里，又放出来了。"

钞义达说："正是因为担心你，今天才来找你的。"

宝翠说："井秀成说了话，他们才把我放了。"

钞义达问："井秀成为甚要给你说话呢？"

宝翠说："武太太去找了井秀成。她家和井秀成有交情。"

钞义达问："他们有甚交情？"

宝翠说："不晓得。不过，武家很有钱。有钱人，就爱结交达官显贵。井秀成要我到他们家当用人。"

钞义达一惊，问："井秀成安的是甚心？"

宝翠说："我也不晓得。"

钞义达说："你到了井秀成家，留心他的举动。你若发现他做有损我们的事情，尽快给我说。"

宝翠惊讶地问："你让我给你做甚？"

钞义达说："我还是想劝你加入我们的组织。你没有加入我们的组织，他们都怀疑上你了。"

宝翠说："上次那个乔子奇就让我到红军游击队里去，我没有去。"

钞义达说："你不要再固执了。你听我的话，我们只有和反动势力作斗争，消灭了反动派，才能过上好日子。你到了井府，就能搞到井秀成的军事情报。这样的情报是我们斗争出奇制胜的最大法宝。"

宝翠说:"我只不过是个用人,做不了甚。"

钞义达说:"你甚都能做了,只要你用心。"

宝翠没有吭声。

钞义达说:"我们在城里约定见面的暗号。以后就在榆溪河畔见面,操心有人跟踪。"

宝翠点了点头。

第二十三章

一

贺家川，红三团的指战员和群众在一起说话。

一些群众为红三团的指战员做饭。

王兆明在检查武器。

王茵正在给大家分发衣物。

一个哨兵跑进来，向王兆明报告道："敌人的大队人马向贺家川开过来了。"

王兆明一惊，说："快掩护群众撤退，隐蔽起来。"

王茵和黄云爱指挥贺家川的群众一起撤退。

群众和红军游击队员藏在一道山沟里。

哨兵跑过来，说："敌人向我们这边追过来了。"

黄云爱说："我和我的两个妯娌把敌人引开。"

王兆明说："要往开引敌人也是男同志来。"

黄云爱说："我们是本地人，对这一带熟悉，敌人追不到我们。"

黄云爱不等王兆明答复，转身对另外两个妇女说："我常给你们说要为革命斗争立功，为咱妇女争光彩，你们说没办法立功。如今立功的机会到了。跟我走。"

黄云爱引着两个妯娌，向左侧跑去。

王兆明宣布道："进入战斗准备。一旦敌人过来了，我们就一边打一边撤退，尽最大的努力，保护好群众。"

王茵突然记起了什么，对王兆明说："她们没有枪，我跟她们去。"

王茵说着，就追着黄云爱三人走了。

王兆明又派了两个男游击队员去保护王茵四人。

二

王茵、黄云爱和两个妯娌在山路上奔跑。她们身后跟着两个游击队员。

敌人骑兵看见黄云爱几人，喊道："'共匪'向那边跑了，快追。"

白军骑兵队骑着马，向黄云爱几人奔跑的方向追过去。

黄云爱他们专门走马上不来的小路。

敌骑兵队渐渐被甩开了。

王茵说："咱们现在分成两路。你们两个拿枪的走一路，吸引敌人。我和黄云爱三人走一路。"

两个游击队员一边打枪一边向一侧跑去。

一部分敌人，向两个游击队员追去。

敌骑兵队仍然在追王茵几人。

山路崎岖，马上不去了。

骑兵队长跳下马，命令道："下马追。"

黄云爱看看前边，说："前边好像没有路了，是石崖。"

王茵说："你们向左边跑，我从右边把敌人吸引过去。"

黄云爱说："好。摆脱敌人，我们就能往回走了。"

王茵向右边跑了几步，向敌人开枪。

敌人向王茵这边追来，并瞄准了她。

王茵肩部中弹，滚下了石坡。

骑兵队长说："那几个往那边跑了。快追。"

黄云爱她们跑到一座山头上，一看，前面是悬崖绝壁。

一个排的敌人又追上了黄云爱她们。

骑兵队长叫道："投降吧。"

黄云爱说："共产党员决不投降。"

549

敌人把枪收起来，哈哈大笑了。

骑兵队长说："不投降，那就是活捉。反正你们逃不出老子的手心了。"

黄云爱望了望四周，看看两个妯娌，说："红军和群众安全了。我们胜利了。是我们献身共产主义事业的时候了。"

一骑兵调侃道："来，向老子献一次身。"

骑兵队长说："再不投降，我们就活捉你们几个女'共匪'，到时老子们就不客气了。"

黄云爱轻蔑地看了一眼敌人，说道："到崖下收老娘的尸骨吧。"

黄云爱喊道："打倒反动派。"然后她首先跳下了石崖，另外两个妇女也跳下了石崖。

三

石崖下，躺着三具女尸首。

王兆明、刘鸿飞等人静静肃立。

王兆明说："她们今天立了一大功。不是她们把敌人引开，干部群众就危险了。这个崖，我们以后就叫红军崖，纪念我们的红军姐妹。"

四

王茵躺在山坡上，身上血迹斑斑。过了很久，她睁开眼睛，艰难地坐了起来。

王兆明和刘鸿飞率领红军走在山坡上四处寻找。

王茵在山坡上爬行。

刘鸿飞说："看，那边有个人在爬行。"

王兆明说："可能就是王茵。我们快靠过去。"

王兆明他们跑到王茵跟前。

王茵叫了一声"团长"，然后就昏过去了。

王兆明说:"快抢救。"

五

王茵躺在炕上,昏迷不醒。

卫生员在忙着给她换伤口的药。

王兆明焦急地看着王茵。

卫生员换罢药,直起身子。

王兆明问:"怎么样?"

卫生员说:"伤口感染了,肺部也感染了,高烧不退。"

王兆明问:"危险吗?"

卫生员点点头,说:"她需要静养,可我们天天都在大规模地运动。"

王兆明说:"她醒来后,我们把她留在老乡家。"

卫生员说:"没有医生,她留下来就可能过不了这一关。"

王兆明说:"我们一定要让她过这一关。"

六

榆溪河畔,钞义达和乔子奇边走边说话。

乔子奇说:"最近我们在井秀成手下的库管员手中买了一批武器,藏在了骡马店里,运不出去。我们急着要这批武器,再说,骡马店也不是放武器的地方,一旦有人检查,就出乱子了。"

钞义达说:"我看让宝翠想想办法。"

七

井秀成官邸,副官站在井秀成面前。

井秀成骂道:"他妈的,成什么事了,竟然打老子的主意了。把那个卖武器的狗杂种拉出去枪毙了。"

副官说："留下活口，好查那批武器的下落。"

井秀成喊道："查个屁，人家往你们眼前走？"

副官说："是。"

井秀成气愤地喊道："'是'什么'是'？传令下去，严把城门，不管谁带东西出城门，都要查验，一个都不能放过。"

八

井秀成官邸外巷，钞义达走过来，将一块黑炭塞进了城墙墙缝里，然后走了。

钞义达离开后，宝翠走过来，看了看墙缝，把黑炭抠掉了。

九

榆溪河畔，树木葱绿。清澈的榆溪河水，轻轻地流淌。

钞义达走在榆溪河畔上。

宝翠走过来了。

钞义达伏在一个土塄下，观察宝翠的身后。

宝翠的身后没有人影。

宝翠站下了，左右回望。

钞义达从土塄下站起来了。

宝翠突然看到钞义达，吓了一跳，说："吓死人了。"

钞义达说："这是常规。谁先到，谁要先掩蔽起来，看看来人的身后有没有人跟踪，才能接头。"

宝翠说："太让人紧张了。"

钞义达说："慢慢就习惯了。现在有一批军火，要往出运，你有甚办法？"

宝翠说："城门上查得太严了，你出来也看到了。"

钞义达坚定地说："他们查得再严，我们也要把武器运出去。我们合计一下。"

十

陈世英办公室，陈世英和曹余正说话。

陈世英说："那批武器的事，惹火了井大人。"

曹余正说："按说，这批武器还没出城。"

陈世英："你带人到各骡马店和大小旅店好好查一查。"

曹余正说："是。"

十一

黑夜，钞义达和乔子奇站在榆林骡马店院子里。

乔子奇说："这批武器就放在床下，有人认真查，就能查出来。"

钞义达说："本来这里就不能藏东西。"

乔子奇说："没办法呀。那个卖武器的家伙就要在城里搞交易。"

钞义达说："听说那家伙被处决了？"

乔子奇："是的。今天黑夜，咱俩不管费多大的劲，也要把武器转移到你的住处。你的住处比较偏僻，一般人都不会查到那里。"

大门外突然响起了乱七八糟的声音。

乔子奇一惊，说："查夜的来了。"

钞义达向大门口望去。

曹余正引着几个人走进来了。

钞义达低声说："他认不得你，我走了。"

钞义达转身躲在了墙角。

曹余正走在乔子奇跟前，问："不待在店里，站在院子里干什么？"

乔子奇说："要上厕所，听到你们进来了，就不敢动了。"

曹余正笑道："怕甚呀。你是哪里人？"

乔子奇说："神木人。"

骡马店店主走过来，讨好地问："长官，您来了？"

曹余正没有搭理店主，想了想，说："口音对着哩。干什么的？"

钞义达爬上了墙头。

一个特务发现了爬上墙头的钞义达，喊道："有人爬墙逃走了。"

特务的枪响了。

钞义达跌落在墙外。

"快追。"曹余正引着特务跑出了骡马店大门。

钞义达一边跑，一边向后开枪。曹余正紧紧地追在他身后。

钞义达跑进一条巷子，跑到一堵墙边，爬上了墙头，跳下去了。

曹余正等人跑过来，没有看到人影，钞义达又向巷里跑去了。

钞义达又跑进了榆林骡马店，倾听着客房的门。

乔子奇正在摸黑整理武器。

钞义达听到响动，轻轻地叫道："老白。"

乔子奇应了一声。

钞义达进去了。

钞义达说："我把他们甩开了。快，咱们背上武器走。"

乔子奇问："你是不是受伤了？"

钞义达说："肩上挂了点彩，没事。"

十二

钞义达和乔子奇背着武器走出了骡马店，刚走到墙拐角，便传来了乱纷纷的脚步声。

钞义达和乔子奇躲在墙后边。

曹余正引着几个特务过来了。

曹余正说："这个骡马店有问题。那个从墙头上逃跑的人，是故意往开引我们的。快进去搜。"

曹余正引人进了骡马店。

钞义达和乔子奇跑了。

曹余正和特务们搜查骡马店客房。

一个特务从床下搜到了一盒子弹。

曹余正接过子弹，看了起来。

骡马店主听到说搜到了子弹，浑身颤抖起来。

曹余正喊道："把床掀掉。"

曹余正伏下身子闻了闻地面后站起来，说："这里放过枪支弹药。"

曹余正问骡马店主道："这里住的人哪里去了？"

骡马店主说："你刚才不还跟那个人说着话吗？就是那个神木人。"

曹余正气急败坏地喊道："他们跑了。全城搜查，让他们插翅难逃。"

十三

宝翠胳膊上挂着包裹，走到城门边。

守门的官兵在她的包裹上捏了几把，说："走吧。"

宝翠出了城门，来到榆溪河畔，找到了正在等她的钞义达和乔子奇。

宝翠把包裹里的黄军服递给他们，说："城门上查得太严了。"

乔子奇说："我们能够对付他们。"

乔子奇和钞义达躲在土塄后边换上了黄军服。

把换下来的衣服递给宝翠。

钞义达问："这衣服我们用不用还回来？"

宝翠说："军服是我偷出来的，最后我得还回去。我要撇清自己偷衣服的嫌疑。"

十四

钞义达和乔子奇穿着国民党军队的服装，一前一后牵着赶着骡子，走到城门前。

宝翠跟在钞义达他们身后。

官兵问道："骡子身上驮着什么？"

钞义达说："城郊有个孤寡老人，没燃火柴烧，让井师长晓得了，他们打发我们把柴火送过去。"

官兵说："检查。"

乔子奇问："井大人的东西都要检查？"

官兵说："是的。不管是谁的东西，只要过这个门，都要检查。抬下来。"

乔子奇和钞义达把驮子抬下来。

宝翠紧张地盯着驮子。

官兵打开驮子上的布袋。

两条布袋里倒出来的全是碎木头片。

宝翠长出了一口气。

官兵说："不好意思。你们装一下。来，下一个。"

一队送葬的队伍过来了。

几个人抬着棺材。

官兵说："停下来。把棺材放下来。"

一个身穿孝服的中年人跪在官兵面前，说："行行好，长官，这棺材不能放下来。放下来，我们老人在地下要受罪的。"

官兵不耐烦地说："近期不管是什么东西、谁的东西，都要检查。除非有井大人的命令。这两天所有出入的棺材，我们都打开过。"

几个官兵强行把棺材放下来。

中年人哭叫道："长官，你们就行行好，这棺材千万不能往开打呀。"

官兵们一起动手，往开打棺材。

中年人哭叫着扑过来。

几个官兵扯住了中年人。

送葬的队伍霎时哭声四起。

官兵打开棺材看了看，然后一个官兵说："走人。"

十五

钞义达和乔子奇、宝翠三人站在榆溪河畔。

宝翠说："他们往开扯布袋时，吓死我了。"

钞义达说："这一回我们只是试验。"

宝翠问："还是出不去呀。"

乔子奇说："看来利用棺材出门是行不通了。我们黑夜在城墙上做文章。希望宝翠能为我们搞到口令。"

宝翠摇摇头，说："这我恐怕办不到。"

十六

几个人背着东西，偷偷地藏在南城墙的附近。

钞义达和乔子奇穿着白军军装，藏在城墙根下。

半夜，两个换岗的官兵走过来，钞义达和乔子奇一齐上手，一人一个将两个白军拿下，问罢口令后，迅速把二人捆绑起来，嘴里塞上布团，然后拿上长枪，上了城墙。他们与城墙上的两个官兵对过口令后交岗，两个官兵离开了城墙。钞义达又下了城墙，引着几个藏在附近的同伴，上了城墙，把武器从城墙上吊了下去。接着，几个人一一吊下了城墙。

第二天，城墙上的游动哨，发现了吊在城墙上的绳子，明白夜晚发生过什么事，报告给长官，一级一级报上去，气得井秀成大骂："都是猪一样的饭桶。"

十七

招弟和候小在院子里收拾鞍具。

张天明把牲口赶进了圈棚，往石槽里倒了些草。

张天明走到招弟跟前说："我不爱打仗，可我想闹革命。"

候小说："闹革命和打仗差不多。不敢打仗就闹不成革命。我不打仗，也不闹革命，就一辈子赶牲灵。你呢，招弟？"

招弟闷声闷气地说："做甚都行。"

张天明问："你们说，除了钞义达，再到哪里找共产党？"

候小说："钞义达和王茵分开了，你找王茵去。"

张天明说："谁晓得钞义达说那话是甚意思。"

招弟说："你候小就不要出鬼点子了。"

候小说："怎么是鬼点子？钞义达不要王茵了，张天明也不能要？"

招弟说："义达只是说了几句戏耍耍的话，你们就当真了？不说没用的话了，谁到木头峪看一下，看有没有往出送的货？"

"我去。"候小说着就往起站。

招弟说："我估计你想到木头峪找相好的了。"

张天明问："跟曹媒婆勾搭好了？"

候小不满地说："甚叫勾搭！"

接着候小又说："钞义达走了，你们以后要听我的话，我领着大家赶牲灵。"

张天明说："你和钞义达走了那么长时间，我和招弟有甚事都是商量着做。你回来就想当我们的头头？论年龄，你比我只大几个月，这头头我也能当。"

候小说："乱世事呀，我不管你们，能行吗？你招弟年龄大，你能行吗？"

招弟说："你连你自己都管不住，还管别人。"

候小不吭声了。

张天明说："不要争了，咱们有事多商量。"

十八

红军营地窑洞里，受伤的王茵躺在炕上。

卫生员给王茵喂水。

王茵问："小张，我感觉这几天好多了。"

卫生员说："高烧是退了，可低烧还没有退。"

王茵问："那怎么办呀？"

医生说："得一两个月的时间调养。"

王茵说："我们天天在打仗，我不能打仗，反倒成了累赘。"

王兆明走进来，问："怎么样，王茵？"

王茵说："好多了。"

王兆明说："王茵，你目前的状况是不适合留在游击队的。考虑到你的健康状况，我们想让你到什么地方养一段时间的伤病。当然，要去有医疗条件的地方。"

王茵问："是不是回榆林？"

王兆明说："你身上有枪伤，到榆林更不方便。再说了，钞义达本身就在搞地下工作，也不可能照顾你。我看，你要不回横山吧？"

王茵说："也行。我父母能照顾好我的。我父亲还有医生朋友。"

十九

魏计牵着骡子，王茵骑着骡子走在路上。

王茵问："魏计，你怎么到了神木？"

魏计："我在葭县当过团丁特务，熟人太多，暴露了，在葭县待不下去才来到神木的。"

王茵说："我在红三团一直没有看到你啊。"

魏计说:"还是在神木搞地下工作。他们说我有经验,才派我来送你的。"

几天后,魏计和王茵来到榆林城南门跟前。

王茵望着城门。

魏计问:"你想进城吗?"

王茵说:"不进去了。进去了,也说不定见不到义达,还会惹很多麻烦。"

魏计说:"对。要是让特务发现了,我们的麻烦就更大了。曹余正认识你。"

二十

张天明和候小、招弟赶着骡子,走进怀远骡马店。

伙计看见张天明,说:"张蛮婆,你来了?"

张天明说:"来了。"

伙计招呼着张天明几人住店。

伙计走过来说:"你们回来了?我给你们拴骡子。"

招弟说:"我们自己来吧。"

伙计朝张天明眨眨眼。

张天明走到伙计跟前。

伙计低声说:"店主的女子回来了。"

张天明愣住了。

伙计诡异地笑笑,走了。

候小和招弟上了炕。

张天明焦躁不安地在地上走来走去。

候小问:"你这是怎么了?"

张天明说:"没甚。我出去一下。"

伙计正在给骡子喂草料。

张天明走到伙计跟前，问："茵茵是一个人回来的，还是跟着人回来的？"

伙计说："她病了，是一个后生赶着骡子把她送回来的。"

张天明问："送她的后生走了没有？"

伙计说："早走了。"

张天明舒了一口气，然后回到了客房。

候小问："天明，我觉得你有点儿不正常。"

张天明说："你胡说甚呀。我明天不回去了。你们先回去吧。"

招弟问："又有俊女子把你缠住了？"

张天明神秘地笑笑："反正我是不回去了。"

候小压低声音问："你前些天念叨着要找共产党，找到了？"

张天明说："不能给你说。"

二十一

张天明在骡马店周围徘徊。

王茵走出大门，突然看到了张天明。

张天明不好意思地望着王茵。

王茵愣住了，问："你怎么在这里？"

张天明说："听说你病了，我想看看你。"

王茵说："没甚。进来吧。"

张天明急忙应道："哎。"

二人一前一后走进王茵住的房子。

王茵说："坐吧。"

张天明乖乖地坐在了凳子上，王茵坐在床上。两人都不说话。

突然，王茵笑了，问道："你还不死心？"

张天明说："钞义达说你们分开了。"

王茵说："那是钞义达在戏弄你哩。"

张天明说："钞义达从来不戏弄人。茵茵，我也想当共产党员。我正在寻找共产党的组织。你把我引进组织吧。"

王茵警觉地说："我病了。我根本就不是共产党员。钞义达是不是，我也不太清楚。"

张天明问："你不相信我？"

王茵说："你就不要扯共产党的事了。"

张天明问："那我还能说些甚？"

王茵说："什么也不要说了。我伤过你的自尊心，你还能想着我，确实算个有情有义的男子汉。不过，我就是你的嫂子，这点改变不了。"

王宏远叫了一声"茵茵"，从门外走进来。

王宏远看到张天明，有些惊讶。

王茵说："大，这是我那口子的小弟兄。"

王宏远不高兴地说："我连你那口子的面都没有见，还认他的小弟兄！"

王茵笑着说："他住过咱们的店，你是见过他的。"

王宏远说："谁想见他呢。茵茵，你的药快吃完了，横山的药店又不卖消炎的西药片子。我看我得到榆林走一趟了。听说榆林有那药。"

王茵说："这路太远了。"

张天明说："我到榆林有事，我顺路给你把药买回来。"

王宏远说："怎么顺路呢？你又不住在横山。"

张天明说："反正我能把药准时给你们送回来。王店主放心好了。"

王宏远说："那好吧。我把药处方给你。回来我给你酬金。"

二十二

张天明走在山路上，兴奋地自言自语道："我能为茵茵办事了。"

张天明唱道：

走头头（的那个）骡子（哟）三盏盏那个灯，

（哎呀）戴上（的那个）铃子（哟噢）哇哇（的那个）声。

白脖子（的那个）哈巴（哟）朝南（的那个）咬，

（哎呀）赶牲灵（的）人儿（哟噢）过（呀）来（那个）了。

你若是我的哥哥（哟）你招一招（那个）手，

（哎呀）你不是我的哥哥你走你的（那个）路。

张天明走进榆林城。在街上寻寻觅觅。

终于，他看见了榆林药店的匾额，走进了药店，把药处方递给掌柜。

掌柜看了看处方，走进了后台。

一个年轻人走出来了，问："你买消炎类的药干什么？"

张天明说："我妹妹得了肺炎。"

年轻人说："这是横山的处方。横山不卖这种药？"

张天明说："我妹妹现在在家里疗养。"

年轻人对掌柜的说："用量不大，卖给他吧。"

张天明包好药，出了药铺，高兴地走在大街上。

张天明自言自语道："这药不多，用完了怎么办呢？不行，我还得想想办法。"

张天明看到榆溪河，把药放在河畔上树干的朽洞里，一下子就滚进了河水中，然后出来就往城里跑。

张天明浑身湿淋淋地走进药店。

掌柜的看着张天明，问："你这是怎么了？"

张天明说："我掉进河里了，药被水冲走了。"

掌柜责备道："你这后生，一看就是个冒失鬼。我们的药是严格控制的。你说你把药也白糟蹋了。"

张天明说："你这次多给我点药，我装在两个衣袋里。"

掌柜的一边取药一边说："这不行。你回去用完再来吧。"

张天明说："掌柜的，你没听出我是葭县口音吗？我来一趟榆林也不容易。"

张天明前边见过的年轻人又从后边出来了。

年轻人不怀好意地盯着张天明。

张天明也望着年轻人。

掌柜的叫道："王先生。"

王先生没有理会掌柜的，对张天明说："'共匪'游击队，为了搞到药品，耍尽了花招。不过，花招再多，也骗不了我王某。"

张天明惊慌地说："你不能瞎说。"

王先生说："我不瞎说了。走，跟我走一趟。"

张天明说："我不走。"

王先生从怀里掏出了手枪，说："这就由不得你了。我天天守在这里，就是要抓你这种人。走。"

王先生的枪指在了张天明的头上。

张天明惊恐万状地望着王先生。

掌柜的说："王先生，这位小弟兄一看就是个冒失鬼，不像共党分子。"

王先生瞪了一眼掌柜的，说："少说废话，做好你的生意。想骗我？真是眼睛瞎了。"

宝翠走进药店的门。她看到有人用枪指着张天明，吃了一惊。

张天明也看到了宝翠，叫道："宝翠姐。"

宝翠问："这是怎么了？"

王先生警觉地看着宝翠。

张天明说："我给妹妹买点药，他就说我是共党分子。"

宝翠说："先生，这是我的一个小兄弟。"

王先生质问道："你是谁？"

宝翠说："我是井大人的家佣。"

王先生问："我凭什么相信你？"

宝翠说："我拿着井府军医开的处方。"

王先生说："我看看。"

宝翠把处方递给王先生。

宝翠说："这位掌柜的也认识我。"

王先生指着张天明说："他想多买药，还说他把药弄没了。"

张天明说："我们家远，想多买药就是不想多跑路。"

宝翠说："这里的药受管制，所以老百姓总要想着法子多买药，这是谁都晓得的事。"

王先生看了看张天明，不耐烦地一挥手，说："走吧走吧。"

张天明和宝翠买好药，一起走了。

宝翠和张天明走出了城门洞，宝翠问："你到底给谁买药？"

张天明说："实话给你说了，王茵病了，我给她买药。"

宝翠一怔，问："王茵？就是义达的那口子？"

张天明懊恼地说："是的。"

宝翠问："她得了甚病？"

张天明说："肺炎。"

宝翠着急地问："严重吗？"

张天明说："好像不太严重。他们说是肺炎，我看不像。"

宝翠问："那她怎么了？"

张天明说："我估计是受伤了，不敢对外人说。"

宝翠点点头，说："我再给王茵搞点药。她要是还要用药，你或者是他们家的人，过来到井府找我。"

张天明激动地说："宝翠姐，你真好。王茵把你心上的人抢走了，你还这么关心她。"

宝翠责备道："你这是甚话呀！"

张天明说："我就不行。"

张天明悲伤地垂下了头。

宝翠说："天明，凡事都要往开想。不往开想，就成了死结了。"

张天明没有吭声。

宝翠又问："天明，你在曹家见到过恩畅没有？"

张天明说："见过。恩畅长高了，身体也很结实。曹家当宝贝看待哩。"

宝翠长出了一口气。

张天明问："宝翠姐，你也能回去看一看。他曹家还能把你怎么样。"

宝翠说："如今曹家还掌着权，我不能回去。"

张天明说："宝翠姐，你听说了吗，钞义达想和王茵分手了。"

宝翠愣了愣，说："分就分开吧。不说这些了。我上次给你和招弟做的鞋放在了横山骡马店，你们取到了没有？"

张天明说："取到了，是招弟取到的。"

宝翠问："穿上合不合脚？"

张天明说："行。"

宝翠说："行就好。我抽空再给你们做两双。也不晓得候小的脚大小哩。我也该给他做两双鞋。"

张天明说："候小的脚比我的脚小一点，也小不了多少。"

宝翠说："那我就按你的脚样给他做两双鞋。"

张天明感动地说："你对我们弟兄们太好了，真是个好姐姐。"

宝翠笑道："快走吧，路上要小心，尽快把药送到王茵手中。"

宝翠和张天明挥手告别。

张天明走后，宝翠站在山坡上，遥望着家乡的方向，眼前出现了小恩畅的面容。

二十三

宝翠提着菜篮子，进了井府。

井秀成走出了门，看到了宝翠。

井秀成感叹道："真是个大美人呀。"

宝翠的脸红了，急着想绕开井秀成。

井秀成笑道："别怕，宝翠。爱美之心，人皆有之。你是落难之人，井某绝不会干落井下石的事。当然了，你有心，那就是另一回事了。哈哈。"

宝翠没吭声，红着脸，进了门。

二十四

井秀成官邸，会议室长桌边围坐着七个军官。首席上坐着井秀成。

井秀成说："神木的红三团的势力越来越大，穷小子们越来越放肆，闹得人心惶惶，局面不可收拾。为了重点'剿灭'神木的红军，现成立'剿共'司令部，驻扎在神木县城。我宣布……"

井秀成首先站起。

全体军官立即站了起来。

井秀成宣布道："命令：二五八旅旅长刘润民任总司令，率领三个团和一个骑兵营，还有地方民团，从葭县和府谷两面合围神木的红三团红军。"

刘润民说道："是。"

"请大家坐下。"井秀成坐下后接着说，"西有榆林的重兵把守，东有黄河阻隔和晋军的防范，南北两面再合围合击，小小的红三团几百号人马，就成了瓮中之鳖。这次行动，要彻底干净地消灭红军，以绝后患。"

二十五

钞义达走在榆溪河畔。

宝翠走过来了。

宝翠说："井秀成刚开过会议，准备用四个团的兵力，对神木的红三团发起全面的攻击。"

钞义达说："这是一个重要的情报。谢谢。"

宝翠说："谢甚哩。"

钞义达说："你早点儿回去吧，操心人家起疑心。"

宝翠说："听说，你和王茵分开了？"

钞义达警觉地问："谁说的？"

宝翠说:"张天明。"

钞义达说:"有些事情你不晓得。他张天明就是盼着我和王茵分开。这小子就爱胡折腾。他明明晓得我和王茵结婚了,还在搞小动作。"

宝翠失望地问:"你没有和王茵分开?"

钞义达说:"王茵也是真心爱我的。我不能负了她。我和她是在我父亲面前磕过头的夫妻。"

宝翠失望地叹息了一声,忽然记起了什么,问道:"你父亲?他还在?"

钞义达沉重地说:"他比我参加革命的时间还早,是葭县的县委书记,让曹余正捉住打死了。"

宝翠恨恨地说:"曹余正这种人,不得好死。"

钞义达说:"不说其他事了。我在这里等人,你先回去。有甚重要事,你就到这里来等我们的人。要提防身后有人跟踪。"

宝翠点点头,说:"你要多保重。"宝翠说罢,掉头走了。

钞义达想了想,跟在宝翠身后。

两个特务从一个土塄后边出来,跟踪宝翠。

钞义达站住了,稍后,跟在特务身后。

特务专心致志地盯着宝翠。

钞义达追到特务背后,镖一出手,一个特务叫了一声,倒在了地上,痛苦得直叫唤。另一个特务慌忙趴下。

钞义达向他开枪射击。那个特务也向钞义达回击。

钞义达突然栽倒了。

那个特务以为钞义达死了,慢慢地站起,向钞义达走来。

钞义达一翻身,迅速向特务连开两枪。

那个特务胸中两枪,倒下了。

远处传来人声和跑步声。

钞义达又向受镖伤的那个特务开了两枪。

那个特务也不动弹了。

钞义达转身跑了。

二十六

乔子奇焦急地在河畔上走来走去。

听到枪声，乔子奇愣住了。

钞义达匆忙赶来，说："宝翠刚才来过了，说井秀成将全面发起对神木苏区的'围剿'。分别在南面和北面进攻。"

乔子奇说："这个情报很重要。这样吧，你到红三团那边走一趟，把这个消息通知他们。到了红三团，你就不要回来了，和红三团一起战斗。"

钞义达说："宝翠让人放心不下。刚才她走了后，我试着看她身后有没有人跟踪，还真是看到有两个特务跟着她。"

乔子奇问："跟到了这里？"

钞义达说："没有，好像他们没有跟住宝翠。宝翠往回走时，他们又遇到了她。不过，那两个特务让我打死了。"

乔子奇说："我们会设法和宝翠联系的。情况紧急，你马上到神木去。"

二十七

张天明走进横山城，回到了骡马店。

王茵正躺在床上看书，见到张天明，问道："你回来了？"

张天明说："我把药给你买回来了。"

王茵问："你是专门为我去榆林买药的？"

张天明说："也就是顺路的事情。"

王茵说："你到榆林有什么事，能顺路走？"

张天明说："这你就不要问了。"

王茵问："你什么时间回葭县？"

张天明说："过两天再说吧。"

王茵斜了一眼张天明，没再说话。

二十八

横山郊区的河滩上，空旷而寂静。

王茵和张天明肩并肩走在河滩上。

王茵说："你回去吧。这样不好。"

张天明说："我下过多少次决心了：不再和你多说一句话。可是，见到你，我就控制不住自己了。钞义达和你分开了，我就不想放弃这个机会。"

王茵说："你相信不相信，我不能放弃钞义达？从我第一次趴在他的背上，就觉得他是我一生的靠山。"

张天明呆住了，沮丧地叹了一口气。

两人默默地向前走去。

张天明指着前边的山，问："你记得吗？在那座山上，你给我唱过歌，我每次路过这里，都要看这个地方的。"

王茵没有吭声。

张天明说："咱们上山上走一走。"

王茵说："我身子虚弱，上不了山。"

张天明说："我扶着你上山。"

王茵摇摇头。

张天明说："那我就在这里给你唱歌。"

王茵说："自从出了校门，我就不怎么喜欢唱歌了。"

张天明垂下了头。

王茵说："天明，你就听我一句话吧，尽快回去。至于你想参加共产党，你就找当地的党组织。我已是有家室的人了，不管你对我有多好，都没用。"

张天明绝望地望了一眼王茵，低下了头。

王茵伸出手，张天明握住了她的手。

张天明望着王茵，眼眶滚出了泪水。

王茵放开张天明的手，转身走了。

王茵两眼也流出了泪水。

张天明从腰间抽出唢呐。

唢呐声凄凉而婉转。

王茵停下了脚步，转身望着张天明。

张天明看到回过头的王茵，拼命地吹起唢呐来。

二十九

红三团团部，王达真、王兆明等人在一起开会。

王兆明说："一营营长牺牲了，就让钞义达同志担任一营营长职务吧。"

王达真说："钞义达刚到红三团，就担任这么重要的职务？不行。"

王兆明说："钞义达曾经打过游击战，担任过小队长，有作战经验和过硬的意志。"

王达真说："他是从敌占区来的人。我们不但不能给他职务。相反，我们还要按照程序，严格审查他。先把他关起来。在审查没有结束前，要防止他掌握我们的情报。"

王兆明愣住了，说："王特派员，我不同意审查钞义达同志。既然组织上安排钞义达到我们红三团来，就是相信他的。"

王达真干脆地说："对外边来的人，我们一律要审查。"

三十

红三团营地里，钞义达坐在地上，低头沉思默想。

两个红军战士走过来。

一个战士说："钞义达同志，团党委决定，对你进行隔离审查。"

钞义达站起来，质问道："审查我甚哩？我是来打仗的，不是来接受审查的。"

另一个战士说："我们只管隔离你。别的事，首长会向你说的。走吧。"

两个战士押着钞义达，进了禁闭室。

钞义达进了禁闭室，怒吼道："这是甚事情？谁给老子往清楚说！"

三十一

小小的禁闭室里，钞义达焦躁地走来走去。

钞义达对外面的哨兵说："你问问，甚时间放我出去。"

哨兵没有吭声。

王达真走过来，朝里边说："钞义达，你听好了，我们正在对你进行审查。"

钞义达说："王特派员，你这样做是错误的。"

王达真冷笑道："你敢和我顶嘴？我看你是不想活了。"

钞义达暴怒地吼道："老子就不想活了！"

王达真冷笑道："那好吧。我满足你的要求。"

三十二

红三团营地，乔子奇和王达真在边谈边散步。乔子奇是接到王兆明的加急信才返回神木红三团的驻地。

乔子奇说："王特派员，什么时间放钞义达？"

王达真说："审查还没结论啊。"

乔子奇质问道："王特派员要一个什么样的结论？是不是只有把钞义达定成叛徒，才算有结论了？"

王达真瞪了一眼乔子奇，也质问道："你这是什么意思？"

乔子奇说："一个好好的人，说关就关进去了。我不明白是怎么回事。"

王达真说："他说他不想活了。不想活就把他除掉算了。我们这么大的队伍，还差一个在白区过来的人？"

乔子奇说："王特派员，钞义达是经我手调过来的。你要杀就把我也杀了吧。"

王达真突然笑道："咱们都是特委的人，我怎么能对你下手呢。"

乔子奇说："王特派员，大敌当前，我们要想办法应对敌人，不是搞内耗。"

王达真说："敌人来了就打，还能想什么应对的办法？"

乔子奇说："你说得轻松。你分析我们有没有能力和敌人抗衡？"

王达真说："我们首先要有信心，乔子奇同志。"

乔子奇说："打与不打，不能一个人说了算，我们要开会研究。"

王达真笑道："就不要费那些无用的功了，子奇同志。我是陕北特委的特派员，神府苏维埃主席，红三团的最高领导人。"

三十三

红三团营部，红三团营以上干部和特派员王达真、乔子奇在一孔窑洞召开会议。

乔子奇说："大兵压境，我们把钞义达放出来吧。他是一员虎将。"

王兆明说："我还是那个意见，让钞义达担任一营营长。"

王达真说："行。大兵压境，先把他放出来，等战斗结束再审查他。"

乔子奇不满地看了一眼王达真。

王达真冷笑了下。

王兆明对一位营长说："快把钞义达放出来，让他来参加会议。"

王达真说："井秀成集中兵力，围攻神府苏区，妄图消灭红三团，占领苏区。他这是白日做梦。想跟我们决一死战？战就战吧，我们还能怕他不成？"

乔子奇说:"不是我们怕不怕的问题。关键是我们要对这场战争进行认真评估,看我们取胜的把握有多大。"

王兆明说:"我们的军事实力和敌人相比有很大的差距,没有取胜的把握。"

找钞义达的营长和钞义达一起进来了。

王达真亲切地朝钞义达点点头,说:"来,义达,坐在我身边。"

大家面面相觑,随后盯着王达真。

钞义达有些受宠若惊的样子,不知坐在哪里好。

乔子奇说:"随便坐吧。"

钞义达坐下了。

王达真说:"义达,今天,团党委决定任命你为一营的营长。一场大仗马上就要开打了,你这员虎将,要再立新功呀。"

钞义达站起来,敬礼道:"是。"

王达真摆摆手,示意钞义达坐下。

钞义达坐下了。

王达真说:"王团长,我们和敌人的军事实力相比,的确差远了。但我们不能因为敌人的强大,就退缩。我们首先要给予敌人迎头痛击,显示我们的勇气和信心。敌人受到挫败,其嚣张气焰就会自生自灭。他们就由强变弱了,我们就由弱变强了。"

王兆明说:"王特派员,在实力悬殊的情况下,我们不可能短期内由弱变强。硬碰硬,吃亏的肯定是力量小的一方。"

王达真说:"从目前的全国形势看,敌人就是比我们强大,强大不知多少倍。王团长,按你的说法,我们就永远要躲躲闪闪了?"

王兆明喊道:"我们不是在躲闪,我们是在保存实力,要采取游击战术,打弱避强。"

王达真说:"你这是在走逃避路线。"

王兆明说:"硬碰硬,会断送我们的这支队伍。"

王达真说:"你们的队伍?你们的队伍就是党的队伍。党的队伍就要听从党的指挥。"

获得井秀成集中优势兵力"围剿"红三团的消息后，王达真要摆开架势与白军决战，对此，王兆明不能认同，万不得已，才请乔子奇说服王达真，建议采取灵活的运动战，破解敌人的"围剿"，可乔子乔似乎也说服不了王达真。

乔子奇说："关于硬打还是采取过去的游击战术，我看大家举手表决决定吧。"

王兆明说："我同意。"

王达真说："我也同意。"

乔子奇说："主张打游击的同志举手。"

十一个人，乔子奇和王兆明等五个人举起了手。

钞义达没有举手。

王兆明看了一眼钞义达。

乔子奇也看了一眼钞义达。

乔子奇说："主张硬攻的同志举手。"

王达真他们举起了手。

钞义达仍然没有举手。

大家的目光转向了钞义达。

乔子奇问："义达，你有什么意见？"

钞义达说："多时不打仗了，我想打仗。"

王达真急忙说："那你该举手呀。"

钞义达举起了手。

第二十四章

一

　　国军大队人马，从府谷、葭县两面推进。他们到了神木，大兴土木，在新寨子修筑起了碉堡战壕。

　　红三团的指战员攻打新寨子。

　　新寨子的守军进行猛烈的还击。

　　钞义达身边射来密集的子弹，看着身边红三团的战士一个个倒下去了。

　　刘鸿飞指挥作战。

　　钞义达跑过来，说："参谋长，那边伤亡惨重，可没有打开一点缺口。"

　　刘鸿飞说："不撤，这样打下去，我们的伤亡会更大。我找王团长去。"

　　突然，一颗子弹击中了刘鸿飞的胸腔。

　　刘鸿飞倒下去了。

　　钞义达搂住了刘鸿飞，叫道："参谋长。"

　　刘鸿飞说："撤吧。再不撤就迟了。"刘鸿飞说罢闭上了眼睛。

二

　　红军士气不振，缓慢地走在山路上。

　　乔子奇和钞义达相跟着走路。

　　乔子奇说："今天的失败，你是功不可没啊。要是你举起打游击的手，这一败仗完全能够避免。"

钞义达说:"胜败是兵家常事。"

乔子奇愤愤地说:"你完全是一介武夫!"

乔子奇说罢,气愤地走开了。

三

井秀成骑着高头大马。他的随扈也骑着马匹,紧随其后。

当他们来到镇北台下时,一骑兵奔驰而来。

骑兵下马跑到井秀成面前,敬了个礼,说道:"报告井师长,二五八旅刘润民旅长的捷报。"

骑兵掏出一纸电文。

井秀成副官接过电报。

井秀成说道:"念。"

副官念道:"新寨子一战,'共匪'伤亡惨重,死伤百余人。'共匪'红三团参谋长刘鸿飞被击毙。"

井秀成大声叫道:"好。回电:务速全歼神府区'共匪'。吾等班师共贺。"

四

红三团营地里,战士们坐在院子里休息,团部正在开会。

会上,乔子奇首先说:"我们不能硬拼了,硬拼就是蛮干。"

王达真问:"你害怕了?"

乔子奇说:"是的,我害怕我们的同志全部死在敌人的枪口下。"

王兆明说:"我看,打还是退,我们得再一次表决决定。"

王达真气恼地说:"不表决了。我是神府苏区最高领导,一切都由我负责。上一次表决也是给你们面子。你还要再来一次表决?不行。"

五

红三团又向瓦窑渠守敌发起进攻。

钞义达身先士卒，率领十几个战士向敌人发起进攻。

敌人猛烈的火力，把钞义达他们压下去了。

红三团在夜幕下撤退下来。

六

山坡上，红三团团部开会。

王兆明说："事实证明，我们硬碰硬，是行不通的。主张硬攻的同志，是要认真检讨的。"

王达真质问道："你王团长说什么？要主张攻敌的同志检讨自己？你这是什么话？让党的领导向你这个团长认错？我给你说：敢于硬碰硬的人，才是真正的共产党人，才具有大无畏的英雄气概。你要让真英雄认错？你这是什么道理？"

乔子奇说："王特派员，急什么？战斗失利了，牺牲了那么多的战士，就不应该总结经验教训吗？三千八百多名党团员，如今只有四百多名了。五百多名干部，只剩下一百多名了。大片的根据地也被敌人占领了。这损失太惨重了。"

钞义达站起来了，说道："我原来主张硬攻，如今发现错了，愿意接受上级的处分。"

王达真看看钞义达，说："我看你们是利用机会，在开批斗会。敌人还没乱，我们内部就乱起来了。我认为咱们先不要总结什么经验教训，主要讨论下一步干什么。"

王兆明说："王特派员，你说下一步该怎么办？"

王达真说："就按你上次说的方法办。暂时隐蔽起来，保存实力。"

王兆明问："怎么个隐蔽法？"

王达真说："各回各的地方，等形势好转了，再集中起来。"

乔子奇质问道："形势会自己好转起来吗？"

王兆明说："我上次说的保存实力，是避开敌人的正面进攻，然后寻找机会再消灭敌人，不是要把部队解散了。你现在的做法，是不是要把部队解散了？"

王达真说："是暂时解散。"

乔子奇说："王达真同志。"

王达真问："你叫我什么？"

乔子奇说："王达真同志。王达真同志，你犯的错误不是一般错误，你要认真反省。"

王达真气愤地说："我说你们是想开批斗会，你们还说不是。看看看看，把我这个特派员都不放在眼里了。你们不把我放在眼里，就是不把党放在眼里。你们这样的做法是危险的。我是神府苏维埃主席，是这里的最高领导人，有权决定这里的一切。这会不能往下开了。"

七

夜深了，红三团的营地静悄悄的。只有两个哨兵轻轻地走动。

王达真溜出营地。

一个哨兵看见了王达真，喊道："什么人？站住。"

王达真对哨兵说："我，王特派员。我拉肚子，到外面拉肚子。"

哨兵说："王特派员？拉肚子，你就随便拉吧。天黑了，又没有人看见。"

王达真说："还是走远一点。不然的话，明天大家起来看见了恶心。"

王达真说着，走下了山坡。

两个哨走在一起。

一个哨兵说："王特派员怎么还没有回来？"

另一个哨兵说："是呀，他出去了有一个多时辰了。"

先说话的哨兵恍然大悟地说："不对。他是不是逃跑了？"

后说话的哨兵说："立即向首长报告。"

两个哨兵立即进了窑洞，向乔子奇和王兆明报告了王达真可能溜走的情况。

王兆明说："王达真黑天半夜出去了，肯定是逃跑了。追不追？"

乔子奇说："就让他逃走吧。追他回来，他有特派员和神府苏维埃主席的身份，我们还不好对付。"

王兆明说："他做了那么多的蠢事，是不是怕咱们反过来收拾他？"

乔子奇说："是的。他也没有脸面再在红三团待下去了。"

八

宝翠正在井府扫院子。

一个士兵跑进来了。

士兵对宝翠说："不扫了，快快穿孝服。"

宝翠惊讶地问："谁死了，要穿孝服？"

士兵说："昨夜，井师长的枪走火了。井师长他亡故了。"

宝翠惊异地睁大了眼睛。

不到一个时辰，井府、井秀成官邸挂满了白色挽帐。到处走动着穿白色孝服的人影。

九

阎家山的土窑洞里，王兆明、乔子奇等人开会。

王兆明说："我宣布一项特委的决定：原红三团改编为红军独立师。师长王兆明，政委张秀宁，参谋长李治洲。钞义达下去当连长。下面由乔子奇特派员对以后的军事行动进行安排部署。"

乔子奇说："根据目前的形势，我们应该向南作战，先打南面进入我们陕北沿黄河一带的晋军，向乔岔滩、万镇一带进发，然后向葭县中北区进军。"

十

夜幕降临，钞义达坐在山坡上出神。

魏计走过来了。

魏计叫道："营长。"

钞义达说："我不是营长了。"

魏计说："团长升成了师长，营长升成了团长。你怎么不升反降了？成了连长？"

钞义达说道："愿升愿降呢，我也不在乎。"

魏计说："我看你情绪不好。"

钞义达突然吼道："谁情绪不好？你才情绪不好呢。"

乔子奇走过来，问："你们俩在这里干什么？"

钞义达站了起来。

魏计说："我跟我们的营长谈话。"

乔子奇说："他不是营长了，是连长。"

魏计说："我就叫他营长。"

乔子奇哈哈大笑了："你小子呀，操心我收拾你。首长的称号是不能乱叫的。"

乔子奇接着笑着对魏计说："方便的话，请你回避一下，我要和义达同志谈话。"

魏计走了。

乔子奇说："义达，对这次的职务调整，你有意见是可以理解的，但你不能有抵触情绪。我们共产党的军队，没有固定的职务。有能力的人，就上去，没有能力的人，就得下来。当然，我不是说你没有能力，但最起码说，你政治觉悟不成熟，军事素质不过硬。一个指挥员，必须要有高超的判断能力和指挥能力，否则，会白白地断送掉战士们的生命。去年红三团的失利，证明我们以硬碰硬的作战方案是行不通的。能够机动作战，灵活作战，才是一个合格的指挥员。让你下连队当连长，不是惩罚你，而是想让你在连队锻炼锻炼，强逼你进行深层次的思考，认识自己的不足。"

钞义达说："原来我不想搞地下工作，你硬让我搞地下工作。总以为到了红三团，就能畅畅快快地打几仗。没想到遇到的都是些窝囊事。还不如在莨县搞地下工作。"

乔子奇说："有些事情是形势造成的。过去的就过去了，不要再追究了。我想问你，你的抱负是什么？"

钞义达说："指挥千军万马。"

乔子奇说："你目前的水平是指挥不了千军万马的。只有在战斗中磨炼自己，打好每一仗，才能掌握指挥千军万马的本领，才能指挥好千军万马。"

钞义达说："大道理我懂。"

乔子奇问："那你怎么了？"

钞义达说："就是不顺心。"

乔子奇笑道："你这个钞义达，就是个牛脾性。"

十一

钞义达率领一连的指战员，和敌人交战。

钞义达向敌阵地瞭望。

魏计跑到钞义达身边，说："报告，敌人的工事非常牢固。有一暗堡的火力非常猛烈，我们无法前进。"

钞义达说："大部队马上过来了，我们要尽快结束战斗，扫清障碍。派人炸掉碉堡。"

魏计说:"是。"

魏计组织爆破手炸碉堡。

爆破手两次冲到碉堡前,被敌人的火力压下来了。

钞义达焦急地皱紧了眉头。

第三名爆破手又向碉堡匍匐爬上去。

碉堡射出来的子弹击中了爆破手,爆破手牺牲了。

钞义达说:"把炸药包拿过来。"

魏计说:"连长,我上去。"

钞义达说:"服从命令。"

一战士把炸药包送过来。

钞义达拿起炸药包。

几个排长跑过来。

二排长说:"连长,你是阵地上的最高指挥官,你不能冒险。我上去。"

钞义达说:"我力气大,能在很远的地方把炸药包投向碉堡。"

二排长说:"敌人的火力太猛了。"

钞义达说:"机枪掩护。"

钞义达抱着炸药包,匍匐着向碉堡爬去。

接近碉堡,钞义达猛然站起,将炸药包掷向碉堡。

突然,一颗手榴弹从敌人阵地上投出,同时,敌人的碉堡也炸飞了。

手榴弹在钞义达身边落地爆炸了。

钞义达被烟尘淹没。

红军阵地上的指战员大声叫道:"连长。"

二排长大声喊道:"冲啊。"

红军指战员向敌阵地冲去。

魏计等几人围住了钞义达。

钞义达双目紧闭。

魏计叫唤道:"连长。"

魏计摸摸钞义达,吃了一惊,大声哭喊道:"连长。"

钞义达没有气息了。

魏计大声哭叫起来。

王兆明走过来。

魏计说："报告师长，连长他……"

王兆明蹲下身子，查看钞义达的伤情。

王兆明的脸色阴沉下来。

王兆明说："快，担架队，两人一组，用三个组轮流，快速将钞义达送到后方医院抢救。"

魏计说："连长他不行了。"

王兆明吼道："行不行，都要送医院，明白吗？这是命令。"

十二

莨县后方医院，民工用担架抬着钞义达进了医院院子。

张医生走过来看了看钞义达，摇摇头说："不行了……"

担架队的民工说："王师长说了，人是死是活，一定要抬到医院，先进行全力抢救。"

张医生说："知道了。"

抬担架的民工把钞义达放在地上，走了。

十三

宝翠走出了井秀成官邸。

曹余正远远地望着宝翠。

宝翠走在街道上。

曹余正追了上来。

曹余正叫道："宝翠。"

宝翠一怔，继续走路。

曹余正绕到了宝翠面前。

曹余正说:"井秀成看见你长得漂亮,就让你到他们家当用人。如今井秀成死了,你没有靠山了,还牛甚哩!"

宝翠想绕开曹余正,曹余正却挡住不让走。

曹余正说:"我还想告诉你一件让你愉快的事:钞义达死在了神木的战场上。一新一旧两个相好的都死了,你是甚滋味?"

宝翠喊道:"你胡说。你才死了。"

曹余正说:"你不信?我们这里有战报,这战报还登在了报纸上。你看看。"

曹余正把一张报纸递给宝翠。

宝翠接过报纸。

旧报纸上有一行字:"红军神木独立师被我军挫败,被称神勇无比的连长钞义达被击毙。"

宝翠脸上浮出痛苦的神情。

宝翠把报纸摔在地上,跑了。

曹余正叫道:"我看你还是来投靠我吧。"

十四

乔子奇和宝翠走在榆溪河畔上。

乔子奇说:"井秀成死了,你留在井府也没有什么意义了。你到三边游击队去。"

宝翠问:"我不能到神木去吗?"

乔子奇没有说话。

宝翠说:"我见过报纸,报纸上写着钞义达战死的消息,是真的吗?我到神木就能晓得真相了。"

乔子奇说:"国民党报纸的消息,不可全信。"

宝翠问:"那钞义达还在独立师吗?"

乔子奇说："既然你都看到了报纸，我也就不隐瞒你了。那场战役我没有参加。我听说钞义达受了重伤，具体伤到什么程度，我也不清楚。"

宝翠一惊，面孔变形了，接着，两眼流出了泪水。

宝翠喃喃地说："他不会有事吧？"

宝翠大声抽泣起来。

乔子奇说："有战斗，就会有受伤、有牺牲。我和你，今天还在这里说话，明天就有可能天人永隔。听到钞义达受伤的消息，我和你一样都很担心，也很痛苦。可我们还得面对现实，迎接新的战斗。"

宝翠突然吼道："不，你们不一样。他受伤谁也没有我的心痛！"

宝翠坐下了，放声大哭起来。

哭过之后，在乔子奇的安排下，宝翠跟着接头的人去了三边游击队的营地。

十五

无定河畔，王茵和乔子奇并肩行走。

王茵脸上挂着泪珠。

乔子奇说："在没有准确消息前，我们都要以钞义达同志还活着应对。不要相信国民党的报纸。"

王茵说："他被我赶出家门后，我们再没有见过面。我后悔死了。我一辈子都不能原谅自己。"

乔子奇问："你们到底是怎么了？"

王茵摇摇头，没有说话。

乔子奇说："中央红军到了延安。延安需要大批可靠的搞后勤工作的女同志。组织上决定让你到延安去。怎么样？身体完全恢复了吧？"

王茵点点头："好了。我正想找组织归队呢。"

十六

窑洞里，钞义达躺在病床上。

张医生走过来，问："钞连长，怎么样？"

钞义达说："还行。"

张医生说："你真命大。"

钞义达笑着说："是你张医生的本领大，把我从阎王那里拉回来了。"

张医生说："你当时处于严重休克状态。本以为你牺牲了，后来突然发现身体有微小动作，就赶紧全力抢救……"

十七

山坡上芳草萋萋，庄稼茂盛。

钞义达走在山坡上，遥望着远方。

乔子奇走过来了，笑哈哈地问："想家了还是想王茵了？"

钞义达笑道："我在想我们那几个赶牲灵的弟兄。"

乔子奇说："你没有说实话。"

钞义达说："实话，将才就是想赶牲灵的弟兄了。"

乔子奇说："你让很多人为你流了痛苦悼念的泪水，就活过来了。想谁都是对的。"

钞义达不好意思地笑道："我命硬，捉我的邪神恶神见了我都躲开了，他阎王爷也就没办法了。"

乔子奇说："那就让日本鬼子这样的邪神恶鬼，见了你往开躲吧。"

钞义达不解地望着乔子奇。

乔子奇说："我们独立师准备过黄河，打日本鬼子去。你身体怎么样？"

钞义达说："完全好了。"

乔子奇问："真的吗？"

钞义达说："我的感觉很好。"钞义达说着甩甩胳膊踢踢腿。

乔子奇说："你已经是一名指挥官了，说话做事要对组织负责。我们研究决定恢复你营长的职务。"

钞义达笑着说："恢复甚哩。共产党的干部是能上能下的，当个战士也是一样打仗的。"

乔子奇看了一眼钞义达。

钞义达不以为意地大笑了。

乔子奇也笑了。

十八

八路军服装堆在一起。

王兆明穿着八路军服装，站在服装边。

钞义达等红军战士望着八路军服装，却不动弹。

王兆明大声质问道："你们这是怎么了？为什么不领服装？"

所有的红军指战员都不吭声。

王兆明喊道："钞义达。"

钞义达站出来，说："到。"

王兆明问："你们为什么不领服装？"

钞义达说："我们打了多少年国民党军队，现在要穿国民党军队的服装，戴国民党的标志，大家心里不舒服。"

王兆明问："你是怎么想的？"

钞义达说："国共统一抗击日本鬼子，我举双手赞成。只是我们吃过八十六师的败仗，没有和八十六师决战一场，我心有不甘。"

王兆明说："我问你，换不换服装？"

钞义达说："服从命令。"

王兆明问："那就从你们一营开始，换服装。"

钞义达说："是。"

钞义达转身对战士们说:"同志们,我们红三团已改为警备六团,我们的敌人已经不是国民党军队了。我们的敌人是日本鬼子。我们要和国民党军队联合起来,打击我们民族共同的敌人——日本鬼子!穿甚服装不重要,戴甚标志也不重要,重要的是我们要以我们的本领,消灭日本鬼子,把日本鬼子赶出中国,让老百姓过上安稳的日子!"

王兆明鼓掌道:"说得好!"

钞义达大声说:"一营的全体指战员,立即换服装。"

十九

黄河渡口,钞义达等指战员穿上八路军服装。

钞义达等指战员在黄河渡口等待渡船。

乔子奇走过来,和钞义达握握手,说:"我欢送你们来了。"

钞义达敬了个军礼,说:"谢谢乔委员。你不跟我们一起过黄河了?"

乔子奇问:"我另有重要任务,马上动身回延安。你说见到王茵我说什么?"

钞义达说:"就说我还活着。"

乔子奇问:"再不说什么了?"

钞义达说:"两个人的事,也不是我一个人能左右得了的。我在王茵心中已经死了,说不定,我就是活着,她也当作死了。"

乔子奇不满意地看了一眼钞义达,说:"你这人犟脾性没改,又多了一样毛病。"

钞义达问:"甚毛病?"

乔子奇说:"爱情不专一。"

钞义达说:"不是爱情不专一,是……你不清楚我们之间的事情。"

乔子奇"哈哈"一笑,说:"我怎么能清楚你们的事情。祝你在战场上再立新功。"

乔子奇又和其他战士握手告别。

二十

乔子奇和王茵走在延河畔上。

乔子奇说:"钞义达还活着。"

王茵睁大眼睛,问:"真的吗?"

乔子奇说:"真的。"

王茵不相信地问:"是你听说的,还是你亲眼见过?"

乔子奇说:"是我亲眼所见。"

王茵着急地说:"他如今在哪里?我要看他去。我立马就要看他去。"

乔子奇说:"他从神木东渡黄河,到抗日前线去了。"

王茵突然放声痛哭起来。

乔子奇望着痛哭的王茵,突然笑道:"钞义达也就那么个人,你们女人怎么都对他感兴趣?"

二十一

钞义达正在收拾战场,王兆明走过来了。

王兆明叫道:"义达。"

钞义达说:"到。"

王兆明说:"根据上级的要求,团部开会,研究决定让你和魏计回陕北,组织骑兵营。"

钞义达大声大气地问:"仗正打得热闹,为甚要派我回去?"

王兆明笑道:"因为你赶过牲灵,对大牲口熟悉。"

钞义达问:"能不能再派其他人去?"

王兆明说:"不可更改了。当一个骑兵营长,也是很威武的事呀。"

钞义达说:"是。"

钞义达敬了一个军礼。

第二十五章

一

葭县县委大院，钞义达和乔子奇走在一起。魏计跟在他们的身后。

乔子奇说："我暂时代理葭县县委书记。我们县委对外的称呼是警备六团驻葭县的民运股。"

钞义达说："我这次回来，是为了组建骑兵营。"

乔子奇说："葭县县委全力配合你们的工作。"

二

旧窑洞里，烟雾缭绕。候小、张天明、招弟坐在一起，一边说话，一边吸老旱烟。

候小说："这国共合作了，咱们再不会为钞义达的事受气了吧？"

张天明说："谁晓得他们能合作多长时间呢。"

候小说："这钞义达给咱们惹了多少事啊。"

钞义达走进了旧窑洞，笑哈哈地说："看来你们是想弟兄了，正念叨着弟兄啊。"

候小忙说："就是。我都梦见过你几次。之前听说你阵亡了，我都哭鼻子了。"

钞义达说："我相信。"

招弟说："义达哥，你这回回来有任务吗？"

钞义达说："有。首先，把你的身份公开了。"

张天明和候小惊讶地望着招弟。

招弟得意地说:"我是共产党的人。"

张天明和候小更惊讶了。

候小说:"你招弟藏得够深啊。幸亏我没有骂过共产党,要是骂了,我估计这小命就保不住了。"

钞义达笑道:"你把共产党也看得太小气了。"

招弟对钞义达说:"你不让我公开身份,我就等着你派人来联络,可一等就这么长时间。"

钞义达说:"先开始你不能公开身份,后来战事紧,我又没管葭县的事,就忘了你的事。"

钞义达说着就笑了,大家跟着笑了,只有张天明没有笑。

三

政训处陈世英的办公室,陈世英与曹余正坐在一起说话。

陈世英说:"八路军不好好在前线抗日,跑回来扩大自己的势力范围,招兵买马,这还了得。政府不好出面,军队也不好出面,怕戴上故意搞摩擦的帽子,上面有令,要咱们出面敲打一下他们,不能任他们为所欲为。你带着几个人,下去摸一下底,然后我们再行动。"

曹余正站起来,立正道:"是。"

四

曹景升在城里安家有好些年了,钞义达熟门熟路地找上了门。

钞义达走到曹家大院门口,站住了。

曹景升正在院子里散步,听到脚步声,在大门缝上看到大门外站着个人影,向大门走来。

钞义达举手准备敲门,可随即又放下了手。

钞义达呆呆地望着大门,听到有人在里边走到了大门跟前,掉头匆匆走了。

曹景升开开大门，望着远去的钞义达的身影，自言自语道："是他？他要做甚？"

五

天空明净，秋高气爽。

钞义达走在街道上，目不斜视。

有人抱着南瓜走过去了，有人筐子里提着红枣。

曹余正从对面走过来，看了一眼钞义达，突然喊道："站住。"

曹余正掏出了手枪，指着钞义达。

钞义达猛然回头，也举枪指着曹余正。

曹余正喊道："钞义达，不要轻举妄动。这莨县还在国民政府手中。"

钞义达"哈哈"一笑，说："曹余正，不要忘记了，莨县是警六团的驻地。警六团是哪个部队的，你不晓得？"

曹余正说："少说废话，跟我到县府去。"

钞义达说："县府我又不是没去过。只是今天我有事，不想奉陪。"

曹余正的枪口依然对着钞义达。

钞义达把枪放下了，说："快收起你的家伙吧，老子不吃你小子的这一套。"

曹余正犹豫了一下，钞义达飞起一脚，把曹余正手中的手枪踢掉了。

曹余正恼羞成怒，大喊道："当初没有除掉你，留下了大祸害！"

钞义达笑笑，说："老子走了，有种，你拾起枪朝老子背后打。"

钞义达走了。

曹余正拾起枪，向钞义达瞄准，思量了一下，终于还是放下了手枪。

六

曹余正走进了莨县曹家大院客厅。

曹景升正坐在椅子上吸水烟。

曹余正叫道："大。"

曹景升看了一眼曹余正，说："我不明白，如今是甚时势，一个莨县城，又有国军，又有八路军，有国民党的政府，又有共产党人在走动。"

曹余正说："国共合作时期，也是非常时期。可是最终我们走不到一起。从我和钞义达来看，我们就永远走不到一起。"

曹景升说："钞义达今天到我们大门上站了一会儿，没进来，就走了。"

曹余正一惊，问道："他小子想做甚？"

曹景升摇摇头，说："说不清，你要操点心。这小子不是省油的灯。"

曹余正狠狠地说："我曹余正也不是省油的灯。"

七

莨县县委乔子奇办公室里，乔子奇和钞义达坐在一起说话。

乔子奇说："根据上级的命令，骑兵营暂时不组建了。"

钞义达一愣，问："为甚？"

乔子奇说："国民党说他们在前线卖命，咱们在后方扩大自己的势力。为了避免误会，暂时就不要组建骑兵营了。"

钞义达说："我们组建骑兵营，也是为了上前线杀日本鬼子呀。"

乔子奇说："上级指示我们照顾一下国民党的情绪，让我们组建一支骡马队，为前线运送粮草和武器。"

钞义达说："那我回战场上去。赶牲灵的事让别人去做吧。"

乔子奇说："那就由不得你了。"

钞义达说："咱们是老战友了，你就给我行行方便吧。"

乔子奇说："你也是出生入死的老党员了，应该明白什么是组织决定。"

钞义达沉下了脸，没再吭声。

乔子奇说："我们分头行动，在村子里征集骡马，说好是借用。当然，群众不愿意，我们也不能强行征集。征集好骡马，立即出发支援前线。马宗方的东北挺进军在绥远地区抗击日寇，仗打得很艰难，物资也是严重匮乏。葭县国民政府给他们购集了一批物资，想借我们征集的骡马送上去。我们研究同意派你带领骡子队，把物资送到目的地。路途遥远，毛驴不如骡子体质好，不要赶毛驴了。"

钞义达说："国民党处处跟我们作对，我们还为他们运送物资？"

乔子奇说："跟我们作对的国民党军队不在少数，但马宗方不一样。在民族存亡之际，马宗方将军挺身而出，英勇抗击日寇，令人钦佩。我们不但要帮他们运送物资，还要把我们的物资匀给他们一部分。"

八

葭县县委大院、葭县街道到处都是骡子、马匹。

钞义达等十几人赶着骡马出了院子，走上了街道。

钞义达身后跟着长长的一大队骡子，驮着物资，渐次走出城门。

街道两边的群众惊奇地看着骡马队。

招弟和魏计牵着马，走在骡子队的最后边。

黄土高原光秃秃的，冷峻而厚重。

冷风飕飕，吹打着枯枝败叶，枯黄的树叶不时纷纷扬扬地飘落下来，树枝发出"吱唔吱唔"的声音。

骡子队络绎不绝地穿行在山路上，一派雄伟壮观的景象。

有人唱起了赶牲灵的歌：

走头头（的那个）骡子（哟）三盏盏那个灯，

（哎呀）戴上（的那个）铃子（哟噢）哇哇（的那个）声。

白脖子（的那个）哈巴（哟）朝南（的那个）咬，

（哎呀）赶牲灵（的）人儿（哟噢）过（呀）来（那个）了。

你若是我的哥哥（哟）你招一招（那个）手，

（哎呀）你不是我的哥哥你走你的（那个）路。

钞义达他们赶着骡子，行进在沟川道上。

钞义达对招弟说："我们走了一夜夜路，在府谷歇上一个时辰。"

突然，前方传来轰隆隆的炮声。

钞义达说："前方有战事。"

招弟问："我们不走了？"

钞义达说："你先停一停，我上山看一看。"

钞义达跑到山顶上。

东方，霞光四射，太阳即将喷薄而出。

黄河对岸的保德向府谷发射炮弹。

黄河里有强渡的船只。

府谷城里硝烟四起。

钞义达观察了一会儿，下山了。

钞义达跑到川道里，命令道："府谷城有战事，我们过不去了，把货驮抬下来，原地休息。"

人们纷纷把驮子抬下骡马的身背。

九

府谷保德黄河两岸，日本的大炮向府谷猛烈地轰击。

府谷城里的房屋被炸倒塌。

日军渡过黄河，占领了府谷。

国军向后退去。

枪声越来越近。

山下的川道里，钞义达倾听着枪声。

川道上出现了败退的国军的身影。数百名国军官兵边打枪边后退。

日军追击败退的国军。

日军离国军越来越近。

国军一个个倒下去了。

钞义达和招弟、魏计拿出了手枪，开始向日军射击。

骡马被枪声惊动，乱成一团。

国军退到了钞义达他们跟前。

国军指挥官问："谁的骡子？"

钞义达说："给东北挺进军送的物资。"

国军指挥官看看四周。

四周一马平川。

国军没有掩体，一个个倒下去了。

国军指挥官命令道："把骡子打死，当掩体。"

钞义达说："不能打死这些大牲口。它们也有任务。"

国军指挥官说："它们重要，还是这些弟兄的生命重要？"

钞义达说："都重要。"

一个个国军完全暴露在日军的枪口下了。

国军指挥官喊道："国土沦丧了，我们每一个人都应捍卫国土，献出自己的生命，大牲口也是一样的。所有的人，离开大牲口。这是命令！"

赶牲灵的都退开了。

日军逼近了。

又有几个国军倒下去了。

国军指挥官喊道："开枪。"

密集的枪声响起，骡子一个个倒下去了。

钞义达突然大叫道："我的弟兄们！"

钞义达跪下了。

赶牲灵的人都跪下了。

国军迅速用骡子当掩体，伏在死去的骡子身后向日军射击。

骡子身下流出了鲜红的血，染红了土地。

子弹在钞义达身边穿过。

钞义达一跃而起，举枪向日军射击。

钞义达的两眼通红，不停地向日军射击。

追上来的日军无法前行，就地趴倒了。

国民党军机枪手中弹倒下去了。

钞义达把手枪插在腰间，端起机枪，向日军扫射。

日军横七竖八，倒了一地。

日军没有掩体，伤亡惨重，只能爬着向后退去。

十

川道里，钞义达和招弟等人把骡马一一摆正。

几十头骡子摆在了一起。

土地上血迹斑斑。

招弟走过来，说："报告，全队八十五头骡子、三匹马，有五十二头骡子死亡了。"

钞义达怒吼道："不是死亡，是牺牲。"

钞义达又望向躺在地上的骡子。

众人低头默哀后朝天开了枪。

十一

川道里，国军指挥官走到钞义达身边，说："你们和大牲口今天立了一大功。"

钞义达说："是骡子们立了一大功。"

国军指挥官说："挺进军的物资，我们想办法转送。援军很快就要到了，明天我们发起总攻，要把日本鬼子歼灭在府谷城里！"

钞义达说："我和你们一起打日本鬼子，打败日本鬼子，我们就是背也要把物资送到挺进军的手中。"

十二

国军和日军在府谷城外展开了决战。

钞义达和国军一起向府谷城奔去。

日军被国军击败，仓皇逃窜，在黄河岸边上了船。

十多条船向黄河对岸漂去。

国军和钞义达他们向河里的日军开枪射击。

两条船在黄河里翻了。

日军落入水中。

十三

钞义达一行，背着物资，赶着大牲口，沿着黄河沿岸，艰难地向北行进。

绥远挺进军营地司令部里，马宗方正在看地图。

一参谋进来报告道："报告司令，后方的物资送来了，是八路军组织的骡子送的物资。"

马宗方疑惑地问："有这事？快快欢迎八路军的弟兄们。"

训练场，钞义达和招弟、魏计等人或站或坐在地上，一个个灰头土脸。他们跟前放着大堆的物资。

马宗方走过来了。

钞义达立即站端身子。

马宗方伸手去握钞义达的手。

钞义达举手敬礼。

马宗方回了军礼，笑道："你不是我的兵，不必拘泥于礼节。"

钞义达说："我们都是消灭日本鬼子的军人。军人就要有军人的礼节。"

马宗方说："好。你们一路辛苦了。今夜我款待友军。"

十四

训练场上，钞义达他们正在吃饭。

挺进军通信兵跑过来，对钞义达说："钞营长，日伪军反扑过来了，马司令让你们快速准备撤离。我们派一个排的兵力将你们护送到安全的地方。"

钞义达说："日伪军来了，我钞义达由你们护送着撤离？笑话。你告诉马将军，我和你们一起战斗。"

通信兵愣住了。

钞义达说："魏计，你随我一起战斗。招弟，你带领赶牲灵的老百姓撤离，回葭县，不要让挺进军护送。"

通信兵还站着没有动。

钞义达吼道："你站着做甚？快去向马将军告诉我的决定。"

十五

挺进军和日军交战。

钞义达在战壕里向日阵地射击。

日军援军从两侧向挺进军包抄过来。

马宗方看到两侧包抄过来的日军，说："日军援军来了，我们撤。"

挺进军向后撤去。

日军反扑过来。

两军对垒，激烈交战。

钞义达对马宗方说："我带几个人，骑马尽快绕到日军左侧，吸引他们的火力，分散他们的进攻目标，以便你们顺利撤离。"

马宗方说："好的。特务营二排全排跟上钞营长，绕上去在左侧打击敌人。由钞营长全权指挥战斗。"

阴山山脉，钞义达等人在左侧向日军开火。

日军被左侧的袭击打蒙了，随后叫嚣着向左侧扑来。

钞义达他们边打边退。

马宗方和挺进军撤出战斗圈，迂回到钞义达他们的身后，支援钞义达他们。

马宗方指挥军队和日军交战了几个回合，命令道："全体撤离。"

十六

夜色中的村庄，马宗方在临时指挥所观看地图，研究战术。

钞义达在门外喊道："报告！"

马宗方说："进来。"

钞义达走进来了。

马宗方说："钞营长，我看出来了，你的确是一个出色的指挥官。你为什么不在前线战场上战斗，到后方搞起了运输工作？"

钞义达说："我是从山西前线回来组建骑兵营的，结果让国民政府误认为我们是在后方发展势力，只好组建大牲口队，临时搞起了向前方输送军用物资的工作。"

马宗方低头沉思着走了几步，说："现在绥远地区的态势是敌强我弱。我们挺进军大都是杂牌军，缺乏正规的战斗经验，也缺少指挥官。钞营长能不能留下来，和我们一起战斗？"

钞义达愣了愣，说："在什么地方都是抗击日寇，我本人同意，不过，我得请示上级。"

马宗方说："我派人向贵方说明情况。"

钞义达说："这次战斗结束前，我不会走的。"

马宗方说："明天我就给你一个骑兵营。"

钞义达说："好的。"

马宗方说："日伪军调集了大量兵力对付我们，我们陷入日伪军的包围之中。明天你率领骑兵营，突出重围，在外围打击敌人，缓解我们的压力。"

钞义达说："是。"

十七

马宗方上了房顶，说道："四面分散开来。二营、三营，用重火力打开一条通道。"

二营、三营向日军冲去。

双方厮杀在一起，进行白刃战。

日军败退走了。

日指挥官用望远镜观察村庄，说："用全部的火力，向这个村子开火。他们陷入重重包围，还有兵力往前冲，说明这里就是挺进军的司令部，马宗方就在里边。我们要不惜一切代价，消灭马宗方司令部。"

日军的炮火轰击村庄。

钞义达率领骑兵营向日军进攻。

日军只抵抗，不追击。

钞义达看到大队日军向村庄扑去。

钞义达说："魏计，你带领骑兵营继续向日军进攻，我带一个排回去救援。"

魏计说："是。"

钞义达说道："一排，跟我来。"

钞义达和一排骑着马冲下山头。

日伪军包围了村庄。

马宗方和警卫营与日军展开激战。

钞义达率一排从背后袭击了日伪军后，冲进了包围圈。

卫士长和马宗方伏在墙上，向进了村子的日军开枪射击。

钞义达骑马到了马宗方身边。

马宗方一惊，质问道："你们没有到外围打敌人去？"

钞义达说："副营长他们在和敌人战斗，我回来支援您。"

日伪军叫嚣着向马宗方逼近了。

钞义达对卫士长说："你们顶住敌人，我掩护司令突围。"

马宗方又开始向日军射击。

钞义达一把扯起马宗方，向后退去。

马宗方上了马。

钞义达一边退一边向日军开枪。

离开敌人的火力网，钞义达跳上马背，一边向后开枪，一边向村外冲去。

前边又遇到了敌人的火力。

钞义达命令道："一班二班打头阵，三班押后。"

钞义达一行人在敌人的炮火中冲出了村庄。

钞义达一边后退一边向日军射击，终于突出了重围。

日军涌进了村庄。

卫士长率众和日军激战。

卫士长中弹倒下。

交战双方一个个倒在了枪口下。

枪炮声停息了，村庄到处都是国军和日军的尸体。

山坡临时指挥所，马宗方等人在一起开会。

钞义达也在开会人当中。

马宗方说："我们摆脱了日伪军的围攻，但损失太惨重了。我们利用这段时间，秣马厉兵，来日再战。"

十八

绥远地区，天色渐渐亮了。

日伪军军营突然向挺进军阵地开炮。

挺进军阵地上炮声隆隆，火光冲天，硝烟四起。

挺进军官兵趴在地上。

一阵炮击后，日伪军开始向挺进军阵地进攻。

马宗方爬上高山，望着敌人的动向。

日伪军兵分三路，向挺进军阵地包抄过来。

马宗方小跑下了山坡，叫道："钞营长。"

钞义达跑过来，说道："到。"

马宗方说："你率领骑兵营，到左侧攻击敌人，分散敌人左侧的进攻力量。"

钞义达说："是。"

钞义达跳上战马，叫道："骑兵营，跟我来。"

钞义达等人骑着马疾奔而去。

马宗方又命令道："特务营，到右侧攻击敌人，分散敌人的右侧进攻力量。"

特务营营长领命离开了阵地。

马宗方又爬上了高地。

一阵机枪子弹扫射过来，卫兵急忙按倒了马宗方。

马宗方又站起来。

远处，大队日伪军直奔而来。

马宗方一惊，叫道："不好，日伪军的援兵过来了，把骑兵营包抄住了。"

马宗方一溜小跑，下了山，命令道："撤出阵地。迂回到敌人的援兵后方，向敌援兵发起进攻。"

挺进军撤出阵地。

马宗方道："小张，你到一旅阵地通知他们向我方靠拢，在外围向敌人发动攻击，和主力军两面夹击敌人。张团长率团阻击左后方的日伪援兵，随后在南山峰与主力军会合。"

小张说："是。"

十九

绥远地区，钞义达率骑兵营和日伪军交战。

日伪军以多于骑兵营几倍的兵力，向骑兵营扑过来。

骑兵营边打边退。

马宗方挺身而出，率挺进军主力军队截住了日伪军的援兵，与日伪军的援兵交上了火。

钞义达他们正和前方的日伪军交战时，背后响起了激烈的枪声。

一部分日伪军离开与挺进军主力作战的阵地，向骑兵营扑过来。

钞义达回头看了看后边，日伪军从后边上来了。

骑兵营是腹背受敌。

钞义达和魏计率骑兵营和日伪军近距离作战。

二十

绥远地区，挺进军一旅阵地。

日伪军向一旅扑过来。

一旅顽强抵抗日伪军的进攻。

小张跑到旅长跟前。

小张报告道："报告旅长，我主力军遇到日伪军的合击，马司令命令一旅向主力军靠拢，在外围向敌人发动攻击，与主力军两面夹击敌人。张团长率团阻击左后方的日伪援兵，随后在南山峰与主力军会合。"

骑兵营和日伪军厮杀在一起。

钞义达和魏计率众突出重围，骑马向主力军队奔来。

日伪军的炮火在追击骑兵营。

一枚炮弹在魏计的身边爆炸。

魏计从马背上跌下来了，马也同时栽倒在地。

钞义达和骑兵营的士兵跳下马，围住了魏计。

魏计全身血肉模糊。

钞义达叫道："魏计。"

有士兵叫道："魏营副。"

魏计气息全无了。

钞义达望着魏计，眼睛发红，突然站起来，面向扑过来的日伪军开枪射击。

突出围堵的骑兵营不再后退，再次顽强地向日伪军开火。

日伪军被骑兵营顽强而猛烈的炮火压下去了。

马宗方在战壕里观察地形。

过了一会儿，日军又开始强攻上来，但他们刚向前推进了几步，就败退了。日伪军的几次强攻，没有进展，反而死伤几十人。

马宗方命令道："让骑兵营回到主力阵地上来。"

通信兵领命而去。

钞义达率骑兵营回到了主力阵地。

魏计的尸体被从马上抬下来。

马宗方肃立注视了一会儿魏计，说："派一排士兵将魏营副的遗体运回哈拉寨。"

双方的阵地上出现了短暂的平静。

指挥官开始布置新的战略方案。

突然，日军又开始猛烈密集地炮轰挺进军阵地。

挺进军阵地上炮火连天，烟尘滚滚。

日军又向挺进军阵地扑来。

马宗方指挥还击。

日军被挺进军的火力压下去了。

一旅进入被日伪军包围的挺进军的外围山坡上，迅速向日伪军开火。

日伪军被突如其来的一旅打蒙了，阵地乱了起来。

马宗方在阵地上观察到了一旅的攻势，命令道："向敌人发动更猛烈的进攻。"

日伪军在挺进军的两面夹击下，开始逃窜。

挺进军主力军迅速撤出阵地，和一旅会合在一起。

马宗方说："看来，绥远地区的全部日伪军都集结过来对付我们了。初步估计，他们的兵力要多我们好几倍。我们只能撤出战斗了。"

挺进军向南撤退。

二十一

绥远地区，日伪军的另一路增援军队向一团阵地扑来。

战壕里，张杰宣布："向南撤退。"

一营营长问道："我们的任务不是牵制日军的援兵吗？"

张杰说："到处都是日军，我们扛不过去了。"

一团撤出了阵地。

日伪军紧追一团不放。

挺进军向南撤退。

南面传来枪炮声。

马宗方问身边的一旅长："怎么回事？一团在哪个位置？"

一旅长回答："就在这个地方。"

马宗方跳下马，仔细观察阵地，然后不满地说："一团擅自撤离阵地，撤退了。前边的枪炮声，是追击他们的日伪军。"

一旅长急忙说："也许张杰没有领会我们的意图。"

马宗方说："我们还处在被动的位置上。"

突然，后面又有大批日伪军追上来。

马宗方观察了一下天空。

太阳离地平线不远了。

马宗方说："天不早了，我们准备迎击敌人。天黑下来再向南撤退。全体准备战斗。钞营长。"

钞义达跑过来。

马宗方说："你带领骑兵营，向南袭击追赶一团的日伪军。天黑下来向南撤退。我们在南山附近会合。万一我们没有办法会合，你们骑兵营先撤过黄河。"

钞义达说："是。"

钞义达骑马而去。

钞义达率骑兵营追赶上了追击一团的日伪军，立即投入战斗。

日伪军看到骑兵营兵力甚少，掉头和骑兵打起来。

一团继续撤退。

马宗方率部与日伪军激战。

阵地上枪炮声不断，场面惨烈。

黄昏，追赶一团的日伪军向骑兵营包抄过来。

骑兵营和日伪军厮杀起来。

钞义达骑在马上，右手持刀砍杀马下的日伪军，左手握着手枪不停地射击。

"向左突围，牵制敌人。"钞义达骑着马一边高喊，一边杀出一条血路。

钞义达率部突出了日伪军的包围圈。

挺进军主力军和日伪军都停止了相互进攻。

马宗方命令道："准备撤退。"

日伪军开始用大炮轰击突出包围的骑兵营。

一颗炮弹在钞义达的坐骑身边落下来爆炸了，钞义达和马匹人仰马翻。

几个骑兵下马扶起钞义达。

钞义达面颊流着鲜血。

黑夜，钞义达被驮在马背上，和骑兵营一起撤退。

二十二

绥远地区，马宗方率主力军向南撤退，回到了哈拉寨。

马宗方威严地站在士兵面前。

钞义达被人抬扶着站在一边。

张杰低头站在士兵面前。

马宗方大声说道："张杰身为团长，在日寇面前，指挥不力，对战局造成了重大影响。"

张杰说："我只顾自己团的安危，没有想到兄弟军队的安危。非常惭愧，愿负其责。"

马宗方说："由于你没有配合增援你们的骑兵营，骑兵营伤亡惨重，你说如何处治你？"

张杰说："我愿认罪服法。"

马宗方转身对身后的官兵大声说："为严肃军纪，重塑军威，将张杰就地处决。"

张杰抬起头，说："司令，我一时糊涂，铸成大错，成了民族的败类。张杰罪该万死。但临死时，有一请求。"

马宗方说："讲。"

张杰说："拿来一块毯子，铺在身下，以免败类的血，流在我们祖国的土地上，污染了这片神圣的土地。"

马宗方眼热了，掉过了头，向一军官点点头。

军官拿过来军毯铺在张杰身下。

张杰跪在军毯上。

一声枪响，张杰倒下去了。

二十三

墓地，马宗方等人站在墓前。

钞义达头上包着绷带，左胳膊被绷带挂在胸前，被人搀扶着，钞义达的眼前出现了魏计的笑容，出现了自己第一次和魏计接头的情景：

莨县街道，一个人在钞义达肩上拍了一下。

钞义达转过了头，惊异地望着拍他肩头的人。

魏计说："不认识吗？钞东家不认识，我可认识钞东家。我是县保安团特务队的魏计。"

钞义达警觉地看着魏计。

魏计说："借个火，钞东家。"

钞义达说："我不吸烟，没有火。"

魏计叼着纸烟，说："天要下雨娘要嫁人，各人随各人去吧。"

钞义达愣住了。

钞义达说："有事就只管说，不要说牢骚话了。"

魏计说："痛快之人。"

钞义达说："活人就要痛快。"

魏计低声说："曹余正指派我下午监视你们家。我们找机会接头。今晚有机会我们就铲除陈德孝。这里不是说话的地方，我走了。"

魏计提高了声音，说："你这买卖人，怎么连烟都不吸。"……

马宗方说："魏计是我们的英雄，我们要记住他的名字。"

钞义达右手举起手枪。

站在墓地上的人都举起了枪。

枪声响起。

二十四

　　哈拉寨挺进军司令部，马宗方和陈世英坐在椅子上，两人的脸色都是阴沉沉的。

　　陈世英说："马司令，我刚才给你说了，这个钞义达干了许多祸国殃民的事情，是个十恶不赦的恶棍，不法办钞义达，不能平民愤。"

　　马宗方不高兴地问："是吗？怎么法办呢？"

　　陈世英说："马司令把钞义达交到我们手上就行了。"

　　马宗方冷笑了，说道："你们可是什么事都能干出来的人物呀。"

　　陈世英不满地说："我们不管干什么事，出发点都是为了党国的根本利益。"

　　马宗方突然严肃地说："我不管钞义达是什么身份，只要他能一心抗日，我就要像保护我的士兵一样保护他。前一段时期，上面有人说我的特务营营长、军械处处长，还有一些能征善战的指挥官，是共产党，硬把人家给逼走了。他们原本是我们军中的栋梁之材，他们的出走实际上给我们造成了重大的损失。军中缺少优秀的指挥官，仗能打好吗？现在钞义达为我们挺进军屡建功绩，你们又出来念叨他是什么共产党。我看你们是在帮日本鬼子的忙。"

　　陈世英说："马司令。他上前线杀日寇是事实，可他终究不是和我们在一个道上走的人。此人不除，后患无穷。"

　　马宗方说："陈处长，现在国共合作了，就是在一个道上走的人。你什么都不要说了。"

　　陈世英说："这事不能由马司令说了算，我要向重庆方面请示。"

　　马宗方说："可以。我让发报员为你发报。不过，还要加上我的名字。发报员。"

　　发报员听到马宗方的声音，应声道："到。"

　　马宗方说："发报：国防部，对于我军在抗日前线英勇杀敌的死者和伤者怎么处置？"

　　陈世英忙说："还要说明他们是共产党身份。"

　　马宗方说："可以。"

　　发报员开始发报。

　　马宗方和陈世英两人一言不发。

　　发报员从套间走出来。

　　发报员说："电报。"

　　马宗方说："念。"

　　发报员念道："对死者厚葬并抚恤其家属；对伤者全力救治。"

　　发报员敬了个军礼，进了套间。

　　马宗方说："陈处长，我军职低，你可以不认，国防部的指令，你总不能不认吧。"

　　陈世英说："我还要请示我们的总部。"

　　马宗方站起来，说："那是你的事情。恕不奉陪。"

　　马宗方向陈世英做了个"请走"的姿势。

二十五

　　哈拉寨挺进军医疗所，钞义达躺在病床上。

　　陈世英走进来了。

　　陈世英一进门，就笑嘻嘻地说："抗日英雄，陈某看望你来了。"

　　钞义达躺在床上没有动。

　　钞义达说："我可是你们眼中的共产党啊。"

　　陈世英说："你也是马司令的爱将。有马司令赏识，你肯定能在挺进军步步高升。钞营长，你要是能写上一份脱离共产党的申请，我保你连升几级。"

　　钞义达说："我对升职没兴趣。"

　　陈世英说："我看你这是在说假话。"

钞义达怒吼道："我钞义达从来不说假话。我要睡觉了。"

钞义达把被子扯过来，蒙在了头上。

陈世英站起来，从腰间拔出手枪，对准了钞义达。

一个军医走进来了，见状吃了一惊。

陈世英听到身后的声音，将手枪插进了腰间。

二十六

马宗方走进了哈拉寨挺进军医疗所。

钞义达从病床上坐起来。

马宗方忙说："不要起来，小心身子。"

钞义达没有躺下，叫道："马司令。"

马宗方坐在椅子上，问："感觉怎么样？"

钞义达说："也没甚，就是这伤口好不了，不好走动。"

马宗方说："钞营长，就是伤口好了，身体里还有几块弹片。我建议你到榆林做手术取弹片。当然，我们一起到榆林去，我会让我的卫兵全程保护你。"

钞义达说："太谢谢马司令了。"

二十七

陈世英办公室，陈世英和曹余正站着说话。

陈世英说："曹队长，我们多少年了，想干掉钞义达，可钞义达这小子还混进了挺进军。你说这成什么事了？"

曹余正说："我们心好，错失了许多良机。"

陈世英说："也许你说得对。这次机会不能错失了。据内线报告，钞义达要到榆林来做手术。榆林在我们的掌控之中，我们要想尽一切办法，将钞义达干掉。"

二十八

　　榆林医院病房，钞义达和随行的卫兵走进病房。

　　卫兵说："钞营长，你安心休息，我们在院子里有流动岗哨。"

　　钞义达说："好的，你出去把我的主治医生叫来。"

　　卫兵出去了。

　　钞义达观察起了病房。

　　病房两壁边摆着两张病床，靠窗台跟前有一张桌子和一把椅子。

　　两个主治医生和几个卫兵进来了。

　　钞义达对卫兵说："你们出去吧。"

　　几个卫兵出去后，钞义达对医生说："首先要感谢你们救死扶伤的精神，其次我有个小要求：你们在进病房时，最好先敲三下门，而且不要戴口罩。"

　　一个医生问："为什么？"

　　钞义达说："榆林很乱，坏人进病房时肯定是戴口罩的。"

　　两个医生领悟地点点头。

　　钞义达又说："天凉，病房不生火，多给我几条被子。"

　　医生说："好的。"

　　一个卫兵又走进来了，问道："钞营长，还有什么吩咐的？马司令要我们一定注意钞营长的安全。"

　　钞义达说："再到街上给我多买几条被子。"

二十九

　　黑夜，榆林医院病房，钞义达在两张病床上隆起被子，看起来像有人在睡觉。

　　钞义达又在窗台的桌子底下铺好了被褥，躺下了。

榆林医院病房外，几个特务在医院东瞅瞅西看看。

一个特务走进病房，对病房观察了一下。

病房里的患者不解地看着特务。

一个特务在窗子上观看钞义达的病房。

一个卫兵走过来，质问道："看什么？"

特务忙说："我有一亲戚病了，不晓得住在哪个病房，我来看看。"

病房里的钞义达听到这里，沉思起来。

三十

医院大门外，曹余正和虎明及几个特务说话。

曹余正说："你们进了病房，只管在病床上开枪，一个病床上打上几梭子子弹。"

夜色中，几个特务慢慢地走到病房门前，用力一撞，门被撞开了。

几个特务向病房开枪射击。

病房里枪声大作。

几个卫兵冲过来。

特务迅速收枪逃跑了。

医院一片大乱。

卫兵进了病房。

钞义达从窗台下站了起来，拉着了灯。

几个卫兵冲了进来，看到钞义达愣怔怔地望着床铺。

一个卫兵说："没事吧，钞营长？"

钞义达说："没事，你们数数有多少弹孔。"

两个卫兵数过被子上的弹孔，汇总后说："两张病床上有五十几个弹孔。"

钞义达感叹道："这是真的想要我的命啊！"

三十一

榆林医院病房，钞义达和招弟说话。

乔子奇得到钞义达要到榆林动手术取弹片的消息，立即派招弟去接他。他觉得榆林是国统区，钞义达在榆林做手术会有危险。

招弟说："乔书记说榆林不安全，希望你到延安去治伤做手术。"

钞义达说："伤口还在化脓，再转院到延安，停几天打针，还不晓得甚时才能把伤治好。我看还是在榆林治疗吧。伤口好了，再到延安取弹片。昨天夜里躲过了一劫。我相信再有一劫也能躲过，只要我们晓得他们准备做甚。"

三十二

几天后的榆林医院病房，钞义达和马宗方坐在床上说话。

马宗方气愤地说："我接到报告，就赶过来了。简直是无法无天了。我马宗方亲自过问这件事，亲自给你守病房的门。"

钞义达说："马司令，我的伤口现在好多了，我们的首长要接我出院。"

马宗方问："那身体里的弹片呢？"

钞义达说："医生说弹片暂时无大碍，以后再说吧。"

马宗方说："你不要怕，就在这里一次把手术做了。我说了，我为你站岗，保你万无一失。我还可以和榆林的军方协调，把医院全部戒严。"

钞义达说："真的很感谢马司令。我得服从组织决定。"

马宗方伤感地说："看来，我们真的该告别了。"

三十三

榆林南门口，钞义达和招弟各牵着一匹马。

马宗方握住钞义达的手，说："欢迎再到挺进军来。"

钞义达说："我也希望有一天我们能并肩杀敌。"

马宗方说："一路保重。有我的卫兵在路上保护你。应该不会有什么事。"

钞义达说："太谢谢马司令了，总让司令这么操心。"

马宗方说："上马吧。"

钞义达和招弟还有卫兵都上了马。

钞义达和招弟向马宗方招招手，骑着马渐行渐远。

第二十六章

一

葭县县委乔子奇办公室里，钞义达和乔子奇坐着说话。

乔子奇说："县委决定，你尽快回延安做手术。这样你和王茵也就能团聚了。"

钞义达突然问："你有宝翠的消息吗？"

乔子奇说："宝翠在三边游击队当了卫生员。听说进步很快，医术不错。这个宝翠呀，半路出道，还行。怎么，你还对宝翠有想法？"

钞义达说："她也是我的亲人。我就要在延安和王茵见面了，可见不到宝翠，心里不好受。"

乔子奇望着钞义达，戏谑道："你想破坏我们的一夫一妻的制度？"

钞义达笑着说："你看你说到哪里去了。"

两人笑了。

二

宝翠站在山坡上，遥望着远方，眼前出现了小恩畅的面容。

随后，宝翠坐下来，拿出一包剪纸，一张一张地端详。

剪纸的形状大都是各式各样的赶牲灵人。

远远地，有人喊"孙医生"，宝翠站起来，下了山坡。

宝翠回到病房，一个年轻的伤员说："孙姐人样好，一到病房，我的伤就不疼了。"

宝翠笑了笑，佯嗔道："不要乱动。老眉老脸了，有甚好看的。"

另一个年轻的伤员说："孙姐，你就多来我们病房走走吧。你来了，我也就不想家了。我离开家时，我的儿子将会走。一年多时间了，这时也该会跑了吧？平时打仗没有时间想儿子，如今受伤上不了战场，就天天想儿子。"

年轻的伤员说："我看你是想孩子他娘。"

大家都笑了。

宝翠没有笑，脸上浮现出忧伤的神情。

宝翠为伤员换绷带。

另一个伤员说："孙姐来了，病房的气氛就好多了。"

宝翠说："只要你们好好养伤，身体好，心情好，我就天天来病房。"

一个伤员的上衣放在床上，露出了破烂的袖子。

宝翠拿起衣服，找了针线，开始缝补衣服。

三

葭县后方医院，钞义达在院子里溜达，招弟走了进来。

钞义达看到了招弟，笑着叫道："招弟。"

招弟笑道："义达哥，县委领导安排我送你到延安去。我赶着骡子送你，咱们又能在一起赶牲灵了。"

钞义达说："你还想赶牲灵？这几年，我就想打仗，不想赶牲灵。等把所有的反动派打倒了，我们再回来赶牲灵。那时赶牲灵，肯定比过去顺当。"

招弟问："你见到天明和候小了吗？"

钞义达说："没有。就这两天时间，谁都没有见。"

招弟说："天明也想加入共产党。"

钞义达高兴地说："好啊。你劝候小也加入我们的组织，我们四个赶牲灵的后生，又是四个共产党员。"

钞义达和招弟收拾好行装，马上就出发了。

在路上，钞义达骑着骡子，招弟走在骡子身后。

钞义达唱道：

> 前沟里下雨（哟嗬）后沟里晴，
> 什么人留下闹革命。
> 下面的畔上（哟嗬）牛喝水，
> 沟沟里出来些游击队。

四

延安。

钞义达走进几孔土窑洞的院子。

院子里有出出进进的红军战士在忙碌。

钞义达问一位走过来的女战士："王茵同志在吗？"

女战士答道："她到外面执行任务去了。"

钞义达问："甚时间回来？"

女战士说："不知道。"

钞义达说："她回来，你给她说一声，一个叫钞义达的人住在医疗一队，来找过她。"

女战士说："好的。"

钞义达没有回自己的住处，仍然在刚出来的地方周围散步。

天色渐渐地暗淡下来，月亮清晰地挂在天空。

钞义达向自己的住处走去，感觉到后面有人跟着，站住了，掉过头。

王茵静静伫立，望着钞义达。

钞义达走到王茵身边，问："你怎么黑夜来了？"

王茵说："白天你不等我呀。我到你住的地方找你，他们说你散步去了。"

钞义达问："我不晓得你甚时间回来，就走了。你还好吧？"

王茵说："还行。你呢？"

钞义达说："还好。"

王茵说："你为什么不打问我的消息？"

钞义达说："打问甚哩？你我不是分开了？"

王茵突然扑过来，抱住钞义达，说道："谁说我们分开了？谁说我们分开了？！说一句话就能分开了？"

钞义达说："你当时那么坚决，我连家都回不去了。"

王茵说："那时我是说气话。"

钞义达说："你的态度太蛮横了。"

王茵说："我一夜没睡，等着你回来。"

钞义达说："可我就是当真了。我连夜动身，到了米脂。"

王茵说："你怎么就这么笨，我说一句气话，你就当真了？我看你才是成心想和我往开分。"

钞义达搂着王茵，说："我才明白，爱着两个女人，不是幸福，是痛苦。"

王茵说："我就不让你爱着两个女人。我就不让你爱着两个女人。你这一辈子就是我一个人的。你跑到哪里，我就追到哪里。"

钞义达说："想好了，不要追上了，又后悔了。"

王茵说："我想后悔就后悔，你管不着。"

王茵小鸟依人地靠在钞义达怀里。

五

葭县街道热闹非凡，鞭炮声声，人来人往。群众手中的标语，大都是庆祝葭县解放了的字样。

秧歌队在街道上扭来扭去。

张天明走进秧歌队，兴奋地扭动起来。

候小跟着看秧歌。

曹景升拄着拐杖，看了一会儿秧歌，就转身离开了，步履蹒跚。

招弟穿着军装，腰带上插着手枪，和两个战士从街道上走过。

葭县黄河滩，千人腰鼓队在兴奋地击打腰鼓。

曹景升回到家院不久，招弟和两个战士就来了。

小战士敲响了门。

里边没有动静。

小战士又敲了敲门。

曹景升应声道："谁啊？"

招弟说："开开门你就晓得了。"

曹景升开开了大门，一见是招弟，说："你招弟终于活成人了。"

小战士说："他是我们自卫军大队小队长。"

曹景升说："对，他有姓，可多少年就没有人记起他的姓。想想当年，你们几个赶牲灵的后生，就你不行。"

招弟冷笑道："当年和你更是没法比了。如今呢？你是我们批斗的对象。"

曹景升说："你招弟算是活成人了。"

招弟问："你不让我们进来吗？"

曹景升一伸手说："请。"

招弟他们走进了大门，在院子里观察了一遍。

招弟问："恩畅呢？"

曹景升突然惊恐地问："你们要做甚哩？"

招弟说："恩畅的母亲是八路军，恩畅就是我们八路军的后代。他应该回到我们革命的阵营中。"

曹景升说："不行。恩畅从小和我们相依为命，是我们把他拉扯这么大的。我不能让他跟你们走。"

招弟说："由不得你。"

曹景升说："我就是死，也不让你们把恩畅带走。"

曹景升伸直双臂，挡住了招弟。"恩畅才九岁多，不懂事，你不能不经过我的同意，就把他带走。"

恩畅走了过来。

招弟说："恩畅，跟我们走吧。我们会帮你找到妈妈的。"

恩畅摇摇头，说："我要和爷爷在一起。"

招弟问："你不想妈妈吗？你有好多年没有见妈妈了。"

恩畅两眼流出了泪水。

招弟说："恩畅，不要哭了，跟叔叔走吧。我见过你妈，你妈是很想念你的。"

恩畅倔强地说："你不要再说了。我就要和爷爷在一起。"

招弟叹了一口气，说："恩畅，你好好地想一想。叔叔还会来找你的。"

恩畅转身走了。

曹景升高兴地笑了。

招弟说："曹景升，不要得意。莨县已经解放了，是我们的天下了。我们还要斗争你。"

曹景升叹了一口气，说："我老了，随你们的便吧。"

六

黄土群山。

候小赶着骡子，张天明跟在候小身后。

候小说："给你们接送货，我连工钱都挣不得。再不听你的话了。"

张天明说："我还常常听你的话，怎么你就不能听我的话了？"

候小说："我要养家糊口，还要跟相好的递搭哩。没钱，拿甚递搭人家？天明，我说你老大不小的了，也该找婆姨了。"

张天明摇摇头。

候小问："还在想王茵？"

张天明没有说话。

这时，一个男子担着粪担子，走了过来，与张天明和候小擦肩而过。

一轮红日，从东方冉冉升起。

男子突然站住，望着红日，低声吟唱了起来：

山川秀，天地平，
毛主席领导陕甘宁，
迎接移民开山林，
咱们边区满地红……

张天明停住了脚，说："这歌词有意思，你等等我，我把歌词记下来。"

候小说："算了，以后再记吧。我送罢你们的货，还要给长兴源接送货哩。你们都闹革命走了，没有人接送货物，这赶牲灵的营生多起来了。"

张天明恋恋不舍地望着吟唱的男子。

七

候小赶着骡子，走在葭县城的街道上。

张天明从候小对面走过来了。

张天明看到候小，说："我这几天正在找你呢！"

候小问："又要我白给你送东西去？"

张天明说："你候小真聪明，一猜就猜对了。"

候小不高兴地说："去去去，不要清米汤灌人了。我有我的事，你另找旁人吧。"

张天明说："我给你工钱。"

候小不相信地问："你给我工钱？"

张天明说："过几天，我到延安送公粮去，一路上还要相跟几十个人。你说那么多的人，热闹不热闹？"

候小说："我才不爱红火热闹呢。不过，我跟你走。记住，这是最后一回白给你们接送东西了。"

张天明笑道："你做甚事都是最后一回。其实，除了死，从来没有最

624

后一回。"

候小说："我是想到延安看看毛主席，看看毛主席住在甚地方。你以为我真想白跑那么远的路，给你们送粮食去？猪脑子。只是，我不晓得能不能见上毛主席。"

八

候小和几十个人赶着牲灵，走在路上。

人、骡子、马、毛驴，浩浩荡荡行走在路上。

张天明也牵着一头骡子，唱道：

> 再不要（这）难过哭鼻子。
> 天阴（那）下雨我看妹子。
> 天阴（那）下雨你不要来，
> 淋坏身子（呀）弄烂你的鞋。

候小说："你天明这歌还是唱给王茵的呀。咱们到了延安，就找王茵去，看她王茵还把我们当不当客人。"

张天明不好意思地笑了笑。

张天明对一个年轻人叫道："李增源，你也唱一首。"

李增源说："我还没有想好词。"

候小说："就根据老古人唱下来的唱。"

火红的太阳从东方升起。

李增源站住了，望着冉冉而起的太阳，说道："我叔叔李恒友唱了一首歌，我给大家唱一唱。"

李增源高声唱道：

> 山川秀，天地平，

毛主席领导陕甘宁，

迎接移民开山林，

咱们边区满地红；

三山低，五岳高，

毛主席治国有功劳，

边区办得呱呱叫，

老百姓颂唐尧；

边区红，边区红，

边区地方没穷人，

有了穷人就移民，

挖断穷根翻了身……

张天明激动地说："就是这首歌，我以前就听人唱了。来，大家一起唱。"

运送公粮的人跟李增源一齐唱了起来。

歌声嘹亮、高亢、悠扬、雄浑……绵延不绝。

九

延河畔，许多干部群众在围观张天明的扭秧歌表演。

观众不时拍手叫好。

钞义达骑马到了围观的人后边，停了下来。

钞义达向里张望，看到张天明在里边扭秧歌。

张天明也看到了马背上的钞义达，向钞义达招招手，继续扭秧歌。

候小看见张天明向外招手，顺着方向望去，看到了马背上的钞义达。

候小急忙走出了人群。

钞义达跳下马。

候小走到钞义达身边，看看他，羡慕地说："你钞义达骑着马，也够威风的。"

钞义达说："威风甚哩！我们在延安的几十里路上开荒种地，今天骑马回来开会。"

候小说："你如今在开荒种地？我还以为你当大官了。开荒种地连赶牲灵都不如。"

钞义达问："你们来这里做甚？"

候小说："支边送粮。"

钞义达说："你也进了我们的队伍？"

候小说："我才不进你们的队伍。我是在给张天明帮忙。他在县上是搞民运的，带着人往延安送粮。"

钞义达说："你们今天不走吧？我开罢会，请你们到我们家来吃饭。"

候小说："我想住两天，想看看毛主席，可张天明不住。"

钞义达说："为甚？"

候小说："大概不好意思吧。"

钞义达笑道："都多少年前的事了。时间到了，我先开会去。你们不要走啊。我回来找你们。说不定你们能看到毛主席。"

十

张天明和候小等人已经赶着骡子、毛驴，上路了。

出了延安，张天明走几步回头看一下。

张天明的耳畔响起了王茵的歌声：

> 你赶你的骡子我开我的店，
> 来来（这）回回常（哟么）见面。
> 大路边上铃子响，

赶牲灵的哥哥你（哟么）来了。
　　走头的骡子戴（哟噢）大铃，
　　红毛缨子三（哟么）盏灯。

张天明两眼噙满了泪水，唱道：

　　风尘尘（的）不动（是）树梢梢摆，
　　什么风把你（是）刮过来（哟）来（亲亲）。
　　野鸭子（的）穿青（是）又戴上白，
　　单为妹妹（是）到这儿来（亲亲）。
　　过路和妹妹（是）见了一面，
　　心上挽住（是）一根勾魂线（亲亲）。
　　人生地生（是）面也生，
　　搭不上伙计（是）安不住心（亲亲）。
　　大红（的）糜子（是）黄腿腿谷，
　　想和妹妹交往（是）认不（呀）得（亲亲）。

　　张天明唱着唱着，泪水流出了眼眶。
　　候小追上张天明，嚷道："你张天明做甚事都跟人家不一样。义达说能见上毛主席，你就说见不上。"
　　张天明说："毛主席那么忙，哪能有时间见咱们。"
　　候小说："远远地看一眼也行。"
　　张天明说："远远地也看不上一眼。我听人家说，毛主席一天忙得连饭都顾不上吃。"

十一

　　钞义达开会回来，在延河畔走来走去，到处打探寻找张天明和候小。

天渐渐黑了，钞义达没找到张天明和候小，蹒蹒地走回家中。

王茵看到钞义达，惊喜地叫道："义达，你回来了？"

钞义达应了一声。

王茵问："你这是怎么了，沉着一张脸？"

钞义达叹息了一声。

王茵说："你说呀，到底怎么了？"

钞义达说："天明和候小来了。我让他们来咱们家做客，可我开会回来，他们却不见了。我和天明连话都没有说上。"

王茵说："那你为什么不早说，我去留他们呀。"

钞义达说："我得开会去，谁能晓得他们会走呢。他们真的不把我当兄弟了。"

钞义达说罢，长长地叹息了一声，进了窑洞，躺在炕上，两眼盯着窑洞顶。

十二

解放军营地，宝翠走到团部门前，喊道："报告。"

里边传来了声音："进来。"

宝翠走进去。

宝翠叫道："队长。"

队长正在看病历，示意宝翠坐下。

队长放下病历，说："宝翠，我们的部队组建医疗小分队，支援葭县的后方医院，主要接治从前线下来的解放军指战员。组织上考虑你离开家乡十几年了，孩子还在家里和老人过日子。我们商量了，决定派你回去。葭县虽然解放了，但很艰苦，环境复杂，北面的榆林还在国民党军队的手里。希望你像在部队上一样，能吃苦耐劳，干好党交给你的任务。其他的，我就不多说了。你准备一下，今天就走。"

宝翠非常感谢组织的决定，急忙收拾行李，踏上了回家的路。

十三

终于回来了。宝翠走进了峪口村，心情激动，泪水溢满了眼眶。她想哭，想大声痛哭，可是，她还是控制住了。

宝翠回到孙家大院，孙旺才正在院子里踱步，思索着什么，看到宝翠，愣住了。

宝翠激动地叫道："哥。"

孙旺才高兴地应了一声，说："我还能见到你！"

孙旺才两眼流出了泪水。

宝翠说："哥，见到我。你应该笑啊。"

孙旺才说："是啊，我应该笑。那年，听说你跳黄河了，我都快哭死了也见不到你啊。"

孙刘氏从门里出来，问道："真的是宝翠回来了？前两天听说你要回来，我们还不相信。"

宝翠叫道："嫂子。"

一大一小两个孩子跑了出来。

宝翠惊讶地问："这是谁家的孩子？"

孙旺才笑着说："你嫂子这人多少年不生养，后来一下子一个接一个地生，我们有了三个孩子。大的今天跟贵则到城里赶集去了。"

宝翠高兴地跑过去搂住小侄女。

十四

曹景升位于葭县城的大院，在大街的西侧，是葭县有名的大宅院，宝翠很容易地找到了。

宝翠敲响了大门。

曹王氏在门缝里瞅了一下，打开了大门。

曹王氏叫道："余成家的，快进来。"

宝翠怔了怔，没有立即走进去。

曹景升正在院子里踱步，看见宝翠，说："进来吧。"

宝翠走进院子。

曹王氏关住了大门。

曹景升看了一眼宝翠，淡淡地问了一句："你回来了？"

曹王氏热情地说："余成家的，你可把我们想坏了。你回来，我说话也有个伴了。"

曹景升不满地瞥了一眼老伴，说："不要多嘴多舌了。宝翠是公家人了，还能陪你说话？净说些不晓得脚手高低的话。"

曹王氏不高兴地说："她再是个甚人，也是叫过我妈的人，给我当着儿媳妇。"

曹景升对窑洞里喊道："恩畅，你妈回来了。"

宝翠屏住气息，两眼渴盼地注视着窑洞的门。

门慢慢地开了。

恩畅走出了家门。

恩畅长高了，就是一个小后生。

宝翠眼前出现了那个小小的恩畅。

恩畅盯着宝翠，不敢向前迈一步。

宝翠走过去，激动地望着恩畅。

恩畅却以拒人于千里之外的目光望着宝翠。

宝翠泪盈满眶，以颤抖的声音说道："畅畅，妈妈回来了。"

恩畅突然两眼流出了泪水，然后转身进了门。

宝翠叫道："恩畅。"

门"咣"的一声闭住了。

宝翠浑身震动了一下，闭住了眼睛，泪珠滚出了眼眶。

曹景升说："过这边来吧。"

宝翠向恩畅进去的窑洞走了几步，停住了，随后跟着曹景升进了客厅。

曹景升客气地请宝翠坐。

宝翠坐下了。

曹景升说："前些日子就听说你要回来。葭县城到了共产党的手里，我估计你要回来了，回来就好。你回来，还是到家里住。一来你可以和恩畅沟通感情，孩子多年没有娘，性格也有些改变，都不认你了，这你也看到了。二来嘛，我们虽是大财主，和共产党的穷人有些不对路，可你如今是共产党员，我们是共产党员的家属，我们也有靠头了。我一直待你不薄。你走了，是我把你的亲骨肉当作心肝宝贝，养育到这么大。我晓得你是不会为难我们的。"

宝翠说："我和曹余成的婚姻已经失效了。我和你们再没有任何关系了。我到你们家来，就是要领回我的儿子。你对我儿子的恩情，我会记住的。"

曹景升急忙说道："这恩畅你可不能引走。他是跟我一起长大的，我可离不开他，他也离不开我。不管是甚理由，你都不能引他走。我把恩畅养育了这么大，没有功劳，也有苦劳，老大全家都躲走了，我们曹家只有这一条根了。我拼老命也不能让你引走恩畅。"

宝翠说："这就由不得你了。你没有理由阻挡我们母子团聚。"

曹景升说："由不得我，也由不得你。你们共产党也是讲道理的。恩畅都十几岁了，懂事了，咱们让恩畅自己定。"

宝翠想了想，说："行。"

恩畅走进来了。

宝翠期待地望着恩畅。

曹景升不安地望着恩畅。

恩畅说："你们将才说的话，我在外面听到了。我想跟爷爷住在一起。"

宝翠说："你不能跟他住在一起。葭县解放了，你跟上大财主要受气的。这个家还有一个国民党的走狗。"

恩畅突然怒吼道："不要说了，我不跟你走。在我最需要你的时候，

632

你到哪里去了？"

宝翠一愣，泪水流出了眼眶。

宝翠说："畅畅，你听妈妈说，妈妈也不愿意走，是被逼走的……"

恩畅狂喊道："我不听！我不听！"

宝翠神情痛苦，泪流满面。

十五

延安，钞义达和王兆明走在一起。

王兆明说："时间过得真快呀。从一九三三年你们离开游击队，到现在整整十四年时间了。王茵还好吗？"

钞义达说："她还在中央机关搞后勤工作，整天忙得不得了。走，到我们家去，这时节她应该在家里。"

王兆明笑道："走，看看我们的小妹妹现在变成甚模样了。"

钞义达笑着说："无非就是老了嘛。"

钞义达和王兆明向一孔窑洞走去。

快到窑洞门边时，钞义达叫道："王茵，你看谁来了？"

王茵笑着问："听你高兴的口气，是不是你赶牲灵的弟兄们来了？"

王兆明说："是你的王队长。"

王茵跑出了门，惊喜地望着王兆明。

王兆明伸出了手，和王茵的手握在了一起。

王茵问："王队长，你是什么时间回来的？"

王兆明说："刚回来，现在是和你的钞团长搭伙了。"

钞义达说："他是我们的新团长。"

一个四五岁的小女孩跑出来，叫道："妈妈，你们怎么老不进来？就在外边说话，不管我。"

王兆明蹲下身子搂住小女孩，问："叫什么名字？"

小女孩说："我叫芯芯。"

王兆明说："叫我什么？"

芯芯说："叔叔。"

王兆明说："不对，应该叫伯伯。"

芯芯说："你才不对。我们这里所有的小孩，都管解放军叫叔叔。"

王兆明说："那也有大叔叔小叔叔。"

芯芯说："你就是大叔叔。"

王兆明说："大叔叔就要叫伯伯。"

芯芯说："叔叔不讲理。"

三个大人一起笑了。

王兆明笑道："像王茵，能说会道。"

三个人又大声笑了。

十六

钞义达在训练场上指挥战士训练。

王兆明骑着枣红马急奔而来。

钞义达迎过去。

王兆明说："形势发生了变化，我们团随彭司令向北移动。"

钞义达说："看起来大战在即了。"

王兆明点点头，说："你不和我们一起行动了。"

钞义达惊讶地问："为甚？我做甚去？"

王兆明说："中央机关即将转移，地方武装斗争就更加重要了。中央派一些团职干部，到地方上担任县武装大队长，加强地方武装的作战能力，配合中央机关转移，保卫毛主席，保卫党中央。"

十七

钞义达向窑洞走去，走到窑洞前时，芯芯跑出来了。

芯芯叫道："大大。"

钞义达抱起芯芯，问："芯芯，今天你怎么回来了？"

芯芯说："今天妈妈把我接回来了。"

钞义达问："为甚？"

芯芯说："今天是我的生日。"

钞义达说："生日是甚事情？"

芯芯说："妈妈说了，是生我的日子。"

钞义达笑道："我的女儿真聪明。"

王茵从门里出来，笑着说："你们只管亲热，把我抛在了一边。"

钞义达笑道："谁敢把你抛在一边。"

王茵从钞义达怀里往过接芯芯，芯芯不过来。

王茵说："大大训练了一天，累了。"

钞义达说："不累。抱芯芯，大大永远不会累。是吧，芯芯？"

芯芯双手抱住钞义达的脸，就在额头上亲吻了一口。

钞义达由衷地笑了。

仨人进了家门。

王茵又开始做饭。

钞义达解下腰带，说："王茵，今天我们开会了，要全体撤离延安。"

王茵走过来，惊讶地问："毛主席党中央也撤离吗？"

钞义达说："全部撤离，不留一人。"

王茵着急地说："这怎么能行？我们怎么就连延安都守不住？"

钞义达说："这是战略转移。毛主席说：我们是离延安有延安，守延安没延安。胡宗南的二十几万大军兵临城下，可我们让他们扑一个空，再把他们拖垮拖死。你随中央机关走。芯芯随保育院一起转移。我嘛，要回葭县了。"

王茵不解地问："你要回葭县？"

钞义达说："我回葭县担任县武装大队长，配合中央机关的战略转移。"

王茵难过地看了一眼钞义达，说："我们又要分开了。"

钞义达轻轻地拍了下王茵的肩头。

芯芯跑过来，说："我要大大。"

钞义达和王茵笑了。

十八

国民党军队气势汹汹地向延安进发。

枪炮声隆隆响起。

钞义达骑着马，昼夜兼程，直奔葭县。

钞义达回到葭县后，首先找到了招弟。招弟说乔子奇在靶场上，他和招弟骑着马，直奔靶场。

到了靶场，钞义达和招弟下了马。

民兵趴在地上，训练瞄准。

乔子奇慢慢地走在民兵后边，认真观看检查民兵的训练动作要领。

钞义达走到乔子奇身边，敬了一个军礼，说道："报告乔书记，葭县武装大队长钞义达前来报到，请指示。"

乔子奇笑着伸出手，说："好啊。你我又走在一起了。千军易得，一将难求。"

钞义达和乔子奇握了握手，说："目前还是光杆司令。"

两人大笑了。

乔子奇说："葭县的民兵，目前有六百多人。没有打过大仗，所以缺乏战斗经验。我们正在加紧训练。地方武装，也只有一个连的兵力，我们叫葭县游击队，队长由我兼任，副队长就是吴招弟同志。以后这个游击大队，就由钞队长调遣指挥。"

钞义达说："形势紧急，我们要建立有效的武装战斗队。我和吴队长在路上商量过了，将大量扩充兵力。士兵就从优秀的民兵中挑选。"

乔子奇说："我完全同意你的计划。兵力扩大了，名称就改为葭县游击大队。"

十九

榆林国民党政训处会议室，坐满了特务，曹余正也坐在其中，一片乌烟瘴气。

陈世英说："国军已占领延安，'共匪'正在向榆林一带溃逃。全歼'共匪'首脑机关为时不远。我们榆林的同仁也要配合形势，潜伏到解放区，搜索'共匪'首脑逃亡的情报，暗杀'共匪'头目。谁能暗杀'共匪'中央的首脑人物，或者将他们活捉，赏黄金万两，官职连升三级。你们潜伏在各县解放区，我陈某人随时会来到你们的身边，协助你们行动。"

二十

夜色中，一个戴着礼帽挂着拐杖的人，来到葭县城里的曹家大院大门边。他轻轻敲响了大门。

里边的人走过来问："谁啊？"

戴礼帽的人回答："我是余正。"

大门开了。

曹余正迅速进了大门。

曹景升把曹余正引到墙角，压低声音说："这个石板旮旯下有一条通道，直通咱们家院背墙上的风洞。那年我觉得形势不妙，就找人偷偷修好了这条通道。你以后白天是不敢回来了，黑夜回来，就在这条地道出入，谁都看不见。只有我一人晓得，你妈都不晓得。你也不要给任何人说。"

曹家父子进了客厅，曹余正得意地说："国军占领了延安，陕北马上就又成了我们的天下。"

曹景升愤愤地说："我原来从没有与他们为敌，可他们把我当成了坏人，批斗了一次又一次。我不与他们为敌，也不行了。"

曹余正说："实际上，我们一家人想和共产党交朋友都交不上了。我们只能死心塌地和他们搞对抗。"

曹景升说："也只有这一条路了。"

曹余正说："我送下来几个特工，还要在莨县发展一些人。那年死了的刘元魁的儿子也该大了吧？我们想办法把他拉到我们的队伍里，让他给我们搞情报。"

曹景升说："这事……我不能做。"

曹余正说："您老人家老改不了要当好人的想法。"

曹景升说："甚事能做甚事不能做，我心里清楚着哩。莨县如今是人家的天下，你要处处操心。"

曹余正说："我把带下来的几个特工安排好了就回榆林。不过，我会常回来的。您老人家放心。我每次在城里走动，都是经过化装的，外人看不出来。"

二十一

钞义达和招弟来到曹家大门外。

招弟敲响了大门。

过了一会儿，曹景升在里边问："谁呀？"

招弟说："我是吴招弟，我们执行任务。"

曹景升开了大门，看到钞义达，高兴地说："钞队长？快请进快请进。"

钞义达和招弟走进去了。

曹景升还是一副"请"的姿势，请钞义达进客厅。

钞义达在院子里巡视了一遍，说："听说最近贵府人来人往，热闹非凡。"

曹景升说："哪里哪里。家道中落，家佣都打发了，只有我和老婆子，那个十几岁的孙子，还有那个不明事理的小儿子，能热闹到甚地步。"

钞义达问："曹余正最近回过家没有？"

曹景升说："没有。他们这一家子走了，就难回来喽。"

钞义达问："这院子里有地下暗室吗？"

曹景升想了想，说："有。钞队长怀疑我们地下暗室藏着甚坏人？"

钞义达说："我们能不能看看？"

曹景升说："可以。"

曹景升引着钞义达和招弟进了一间房子。

曹景升把一堆草挑开，说："这盖子下边就是暗室。"

招弟把盖子揭开，下去了。

招弟在暗室转了一圈，没有发现可疑的迹象。可是他好像闻到了什么。

招弟出了暗室，没说话，摇摇头。

钞义达问："你家孙子呢？"

曹景升警觉地问："你问他做甚？"

钞义达笑说："不做甚，查人就要查到人头上。最好不要自作聪明。"

曹景升点点头，说："是的是的。"

"我家那个小儿子在家。"曹景升又引着钞义达和招弟来到曹余成的住处。

曹余成坐在床上，胡乱撕扯着东西。

曹景升说："他就这个样子。大不如从前了，一天天的也不出门。"

钞义达又转到了曹家的一孔窑洞前，问："这里边住着谁？"

曹景升说："就是我那个孙子。"

曹景升推开了门。

恩畅站在地上，心怀敌意地望着钞义达。

钞义达走进屋门，惊喜地说："恩畅长这么高了？"

恩畅垂下了头。

钞义达问："你妈常来看你吗？"

恩畅不高兴地说："我没有妈。"

曹景升说："这孩子对他妈没有感情。"

钞义达说："恩畅呀，妈就是妈，妈是甚人都代替不了的。"

恩畅突然恨恨地说："我是石头缝子里蹦出来的，没有妈，也没有大。"

曹景升说："你看这孩子。"

突然，曹景升像发现了什么似的，盯了几眼钞义达，又盯视着恩畅，接着，身子打了一下摆子，愣住了。

恩畅紧张地问："爷爷，你怎么了？"

曹景升勉强笑道："老了，陪钞队长转了一圈，就有些支撑不住了。"

恩畅立马扶住曹景升，说："爷爷，你上炕歇一歇。"

恩畅扶着曹景升上了炕。

钞义达说："没事吧？不舒服的话，我让医疗队的医生来给你看看。"

曹景升有气无力地说："没事，歇歇就好了。"

钞义达说："那我们就告辞了。打扰了。"

钞义达和招弟出了门。

曹景升说："欢迎常来呀。"

钞义达和招弟走出曹家大门。

招弟说："我在暗室里闻到了香烟味，肯定最近有人在这里吸过烟。"

钞义达说："也就是说，这里最近藏过人。你密切监视曹家大院。"

二十二

曹景升躺在炕上，钞义达和恩畅的面影在眼前不断交替出现。

曹景升下了炕，走到柜子前，打开来，找出了一把手枪和一些子弹，狠狠地说："钞义达呀，你糟蹋我们的祖宗，我不能再轻饶你了。"

曹景升把枪和子弹包裹好，坐在椅子上，阴着脸沉思起来，不时叹息一声。

恩畅走进了门，看到爷爷脸色不好看，问："爷爷，你这是怎么了？"

恩畅走过去用手摸摸曹景升的额头。

曹景升不耐烦地说："不怎么。"

恩畅问："爷爷，你用不用去看看医生？"

曹景升说："不用。"

大门响了。

曹景升说："你出去看看，是谁敲门。"

恩畅走出家门，走在大门边，问："谁？"

宝翠在外边说道："是我。"

恩畅转身走了。

宝翠失望地望着大门。

恩畅进了家门，曹景升问："是谁？"

恩畅没有说话。

曹景升不高兴地质问道："是谁？"

恩畅低声说道："就是那个女医生。"

曹景升说："你把大门开开。"

恩畅愣了愣。

曹景升说："快点。"

恩畅出来把大门打开了。

宝翠出现在大门外。

宝翠叫了一声："畅畅。"

恩畅头也没有回地进了家门。

曹景升出来了，说："走，进客厅叙叙话。"

宝翠和曹景升走进客厅。

曹景升说："你来过多少回了，恩畅连一声妈都不叫，你还来做甚？"

宝翠说："他是我的儿子，叫不叫妈都是我的儿子。我就是想来看看他。"

曹景升怒气冲冲地说："你以后再不要来了。你再来了，我不会让你见到他。我们曹家，让你糟蹋死了。你还有甚脸面进这个家门。"

宝翠一怔，问："我怎么糟蹋你们曹家了？"

曹景升说："你自己做事自己清楚。"

宝翠扭过了头，没说话。

曹景升说："我今天把你当客人了，把你请到了客厅。明天你再来，我就不客气了。不要以为这葭县是你们的天下。兔子急了还会咬人的。走吧。"

曹景升站了起来。

宝翠也站了起来。

宝翠说："恩畅是我的心头肉。我不能失去心头肉。"

曹景升冷笑道："我这好人做到头了。"

二十三

刘元魁家院，刘剑在院子里练功。

曹景升走到刘元魁家院大门前，敲响了大门。

刘剑问："谁呀？"

曹景升问："刘家是不是住在这里？"

里边的人说："是。"

里边的人开开了大门。

曹景升问："请问，你是不是刘元魁的儿子？"

刘剑说："是的。"

曹景升说："哎呀，都长这么高了？像你大，相貌堂堂。这时间过得真快啊。我还不晓得小侄儿的大名叫甚。"

刘剑说："刘剑。小名叫剑则。请问叔叔贵姓？"葭县人通称父辈为叔叔或叔。

曹景升说："免贵姓曹，名景升。我是你父亲的故交，好朋友。你小时候我还见过你。如今上年纪了，闲着没事，就天天想着以前的事情，也就想到了你父亲。我就来看看你们母子。你妈还好吗？"

刘剑说："曹叔请进家叙话。"

刘刘氏在家里问："是谁啊？"

刘剑答道："是我大以前的朋友。"

刘剑说："随我到这边来。"

曹景升跟着刘剑进了窑洞。

刘剑说："请曹叔坐。"

曹景升和刘剑都坐下了。

曹景升说："你如今做甚营生？"

刘剑说："打打短工。"

曹景升说："那就受大罪了。"

刘剑说："不受罪不行啊。我大没得早，日子不好过。"

曹景升说："都是钞义达这人把你们苦害了。"

刘剑问道："钞义达？就是那个新来的大队长？"

曹景升点点头，说："那年，你大和钞义达私交不错。你大让钞义达打发人刨银子去，钞义达就打发了招弟，就是如今的吴队长。没想到，招弟让县府的人抓住了。钞义达怕事情牵扯到他头上，就把你大叫出来，趁你大不注意的时候，把你大和那个叫二则的后生一起暗杀了。县府把钞义达抓起来，准备开刀问斩，峪口的孙家托人说情，就把钞义达和招弟弄出来了。"

刘剑问："你怎么晓得这些事情的？"

曹景升长叹了一口气，说："说来也有些惭愧。我和峪口的孙家当时是亲家，孙家上门投靠我，我就在县府做了些工作。你妈也让他们蒙混住了，做了证人。县府最后就判钞义达和招弟无罪了。这些事情过去十几年了，上年纪的人都晓得。"

刘剑说："我妈是给我说过大死的过程，和曹叔说的有些不一样。"

曹景升说："妇道人家，心肠软，听上人家的话，放了钞义达一马。你大的案子，到如今也是个悬案。"

刘剑说："我从小就想着为我大报仇，就是寻不上个报法。"

曹景升说："一看，你就是个大孝子。"

曹景升掏出些银钱，说："曹叔也让共产党折腾穷了，没多少家产了，这点钱，你不要嫌少，就是曹叔的一点心意。另外，你大给我留下了一件东西，你大了，该是物归原主了。"

　　曹景升从怀里掏出一个沉甸甸的纸包，递给刘剑。

　　刘剑接过纸包，打开来。

　　出现在刘剑眼前的是一把手枪。

　　刘剑吃了一惊。

　　手枪下边的一个纸包掉在了地上，破了，撒了一地子弹。

第二十七章

一

钞义达扛着一小袋麦子，走到刘元魁家院大门前，敲响了大门。

刘刘氏问："谁啊？"

钞义达说："是我，大嫂。钞义达。"

窑内的刘剑听到钞义达三个字，愣了一下，走出了门。

刘刘氏问："你有甚事呀？"

钞义达说："我看望大嫂来了。"

刘刘氏阴阳怪气地说："我们劳驾不起。"

钞义达说："大嫂，你开一下门，我是诚心诚意来看望你们的。那年我回来，因为有任务，没来看望你们，这回不看你们，良心上说不过去了。"

刘刘氏冷笑道："良心？"

刘剑走到大门前，把门打开了，客气地说："进来吧，你不要跟我妈计较。"

钞义达走进了大门，说："这是刘剑吧？都长这么高了。有二十几了吧？"

刘剑点点头，然后两眼盯视着钞义达。

钞义达把麦子放下，说："这是一点麦子，你们磨了吃几顿面吧。今天有事，我先走了，有空的话，我再来看望你们。"

刘剑说："谢谢叔叔。"

钞义达赞赏地说："好后生。跟我在部队上干吧。"

刘剑说："谢谢叔叔。让我想一想。"

钞义达笑道："行，好好想一想，想好了来找我。"钞义达说着，转身出了大门。

刘剑把大门闭上了。

刘剑问刘刘氏道："当年是不是钞义达害了我大？"

刘刘氏说："说不清啊。你父亲的案子，成了无头案。你以后不敢说钞义达了，人家都当大官了。"

刘剑沉默不语。

二

县委大院，乔子奇和钞义达相跟着走出会议室。

乔子奇左右看了看，见其他人都走开了，说："中央首长进入清涧后，正在秘密转移，下一步的走向，除了中央首长他们，再谁都不会知道。因为中央机关的首长转战陕北，陕北的大部分县城就下来了特务。他们要伺机暗害中央首长。中央首长随时有可能到我们葭县来，我们的保卫工作要做到前头，落到实处。我在会上讲了，既然我们将游击队扩大成游击大队，就要把征兵工作放在首位，使游击大队的战斗力要增强几倍。"

钞义达说："好的。一定完成县委交给我们的任务。"

钞义达和乔子奇分开后，遇到了张天明。

钞义达说："天明，你负责民运事务，对城里的居民摸排一遍，对那些可疑人员一律要登记在案，我们专门派人调查。"

张天明说："行。"

钞义达说："另外，你注意一下刘元魁家院的情况。看他们家有没有需要我们帮助的。"

张天明问："你怎么想起了刘元魁？"

钞义达把当年刘元魁绑架乔子奇、王茵到峪口找他帮忙的过程毫无保留地叙述了一遍，最后说："刘元魁死后，我心里一直有些愧意。前几天我还到他们家看过他婆姨和孩子。看样子他们的生活不太好。"

张天明说："原来是这么回事。刘元魁的死还真的跟你有些关系。"

三

候小一人坐在旧窑洞里吸旱烟。钞义达和招弟、张天明都成了公家人，旧窑洞只有候小一个人了。他不再赶牲灵走西口了，他也没有独自走西口的胆量。他就给葭县城周围的商家接送货物，连米脂和榆林都很少去了。

门被轻轻地推开了。

曹余正头戴黑瓜皮帽，肩上搭着褡裢，走了进来。

候小吃了一惊。

曹余正笑着说："咱们又见面了。"

候小说："好好好。"

曹余正问："你不会向钞义达告发我吧？"

候小连连说："不会不会不会。"

曹余正说："我想你也不会。我今天来提醒你，你早已经是我们的人了，不要干傻事。"

候小问："我怎么就成了你们的人？"

曹余正说："那年钞义达回到葭县，是你首先向我说的。招弟的骡子跑回来了，也是你跑到县保安团报告我的。你给我们提供了很多共党的情报，你事实上成了我们的情报员。"

候小眨眨眼，说："我不明白。"

曹余正说："你不要耍滑头。"

候小又连连说："不会不会不会。"

曹余正说："如今是该启用你的时候了。我告诉你，一旦钞义达他们晓得过去你给我们提供过情报，就会枪毙了你。你这是干也得跟我们干，不干也得跟我们干，再没有出路了。你跟上我们，大有可能就会是一生荣华富贵。"

候小惊慌地问："我能做些甚？"

曹余正说："你不是和钞义达一起赶过牲灵吗？你常到他那里走动走动。他那里会有价值连城的情报。"

曹余正放下褡裢，从褡裢里掏出几十块银元，还有一根金条，说："这是我们给你的活动经费。"

候小惊讶地说："这么多？太多了，太多了。"

曹余正说："不多，不多。如果能干掉一个'共匪'的高级首领。我们的头说了，就奖赏黄金万两。你想想，那是多少钱呀？买一座莨县城都绰绰有余。"

四

候小回到村里，去看望年迈的母亲。

母亲问："你回来了？吃过饭没有？"

候小说："吃过了。我这就走。"

候小掏出一根金条和几块银元，说："妈，你把这金条收起来。"

候小母亲退了几步，惊恐地直摇头，问："这东西是哪来的？"

候小说："没有偷也没有抢，是儿子挣来的。儿子如今能办些事情，人家给的酬金。你们放心使用，不会有麻达。再有甚麻达，也就是儿子一人的事情。"

候小母亲半信半疑，说："你可不能偷抢人家的东西。"

候小说："妈你还不晓得儿子的性格？儿子生来就胆小怕事，怎么会干那些厉害事情。我还有事，这就走了。以后我要是没时间回来，有甚事，就让我妹妹照顾你。"

候小回罢家，又绕道来到木头峪，在曹媒婆的家里，候小把两块银元递给了曹媒婆。

曹媒婆高兴地说："多少年了，你候小这次还算大方。"

候小说:"这些年也就只有哥哥对你诚心。来,让哥哥亲亲。"

曹媒婆靠在了候小的身上,说:"男人呀,都是卖良心的小人。"

候小说:"我不会。我想和你相好一辈子。"

曹媒婆嗔怪道:"油嘴滑舌。"

候小没说假话,他觉得自己的生活没甚盼头,他最大的愿望就是多和曹媒婆好几回。

五

曹景升回到家里,对恩畅看过来看过去。

恩畅问:"爷爷,您怎么这样看我?"

曹景升摇摇头,叹息道:"我也不愿意这么看啊,可心里由不得。这越看心里越不好受了。"

恩畅问:"为甚?"

曹景升摇摇头,说:"没法说了。到客厅里坐坐。"

曹景升引着恩畅,走进客厅。

曹景升说:"你坐吧,恩畅。"

恩畅有些惊讶,没有坐。

曹景升说:"你坐吧,爷爷有话要对你说。"

恩畅坐下了。

曹景升说:"爷爷老了,家仇是不能报了。你大大老是在外边瞎跑,这家仇就只有留给你了。你大大就是在家,这葭县是共产党的天下,他出不了世。"

葭县人叫父亲为大,叫父亲的弟兄,大的叫大大,二的叫二大,以此类推的几弟兄就叫几大,也有叫大老二老三老的。

恩畅说:"您尽管说吧,爷爷。"

曹景升说:"咱们家的最大仇人,就是那天来的钞义达。你妈就是让他拐跑的。他把你妈拐跑了,又和另一个女人结了婚。这事梗在我心头多少年了，我都没有向人说起过。家丑不可外扬啊。"

恩畅的脸红了。

曹景升说："你说他那天上咱家的门做甚来了？是羞辱爷爷来了。他晓得咱们爷爷孙子老的老，小的小，防不住身子，就逞能来了。真是把祖先的人丢尽了。"

恩畅愤愤地说："爷爷，我今年十几岁了，算个男子汉了。您说怎么办，孙子照您说的做。"

曹景升站起来，从柜子底下取出一支手枪和一盒子弹，走过来放在桌子上。

恩畅惊异地问道："枪？"

曹景升又坐下说："这东西给你吧。爷爷老了，是保护不了你了。你就用这把枪防身吧。爷爷只能为你做这么多了。"

恩畅拿起了枪，眼睛射出了仇恨的光芒。

六

葭县街道，钞义达率领着一队民兵，走在大街上。

一个戴着大口罩和帽子的人从街上跑过去，跑到前边，上了街道边石窑洞垴畔上。

戴口罩的人趴在窑洞垴畔上，举起手枪。

钞义达和民兵队伍走过来了。

戴口罩的人双手握枪，瞄准了钞义达。

街道上的一个老百姓闯进了枪口。

戴口罩的人抬起了头。

钞义达走过去了。

戴口罩的人将枪再次瞄准了钞义达后脑勺，手指扣动了扳机。

"啪"的一声枪声响起。

子弹击中了钞义达的帽子。

钞义达吃了一惊，向后望去。

接着，又一枪打过来了，一个民兵倒下去了。

钞义达惊叫道："小刘。"

钞义达扶起了被枪击中的民兵。

民兵小刘的头耷拉下来，血肉模糊。

民兵队伍停了下来。

钞义达说："快救人。"

戴口罩的人站起来就跑。

钞义达说："枪手在垴畔上。"

钞义达把怀中的民兵移给另一个民兵，向戴口罩的人跑过去，上了窑洞垴畔。

戴口罩的人跳下去了。

钞义达来到垴畔边，俯看着巷道，巷道空无一人。

七

宝翠敲开曹家的大门。

曹景升站在大门边，说："恩畅不想见你。"

曹景升说罢，就把大门闭上了。

宝翠又抬手想敲门，可叹息了一声后放下了手，随后转身离开了。

曹家大院附近，有两个人影看到宝翠离开，靠近了大门。

两个人中有一人是曹余正。

曹余正偷偷摸摸来到曹家大院背墙后，钻进了风洞。

曹余正从院子角的石板旯旮出来，轻轻地推开了门。

正在院子晾晒衣服的曹王氏问："谁？"

曹余正说："是我。"

曹王氏看到儿子，泪水就流了出来，说："你说整天东躲西藏，能行吗？"

曹余正说："我是想干些事情，才回来的。要是住在榆林，也能光明正大地走街串巷。我大在客厅？"

曹景升从卧室出来，说了一声"你回来了"，随后他跟上曹余正进了客厅。

曹余正在客厅的柜子里翻东西。

曹余正看到只有三把手枪，吃了一惊，问："怎么手枪只有三把了？"

曹景升说："我给了刘元魁的儿子一把枪和一些子弹。另一把手枪，你就不要问了，反正我有用处。外边有甚动向？"

曹余正说："有情报显示，'共匪'首脑就在米脂、葭县一带'流窜'。有可能向我们这里逃过来。上峰派我回来侦探情报。一旦'共匪头子'到了葭县，我们就把他们消灭在葭县。"

曹景升说："这就好，只要有这一天，我的气也就出了。那个钞义达，不是个好东西。不杀了他，我到死不能瞑目。可我又处置不了他呀。"

曹余正问："你找过刘元魁的儿子，还给了枪，他跟不跟我们干？"

曹景升摇摇头，说："刘元魁的儿子不像个干大事的人。我白给了他一把枪，还有几块银元。"

曹余正说："您老就不用管这事了。钞义达这家伙，我找机会处理他。"

曹景升问："你们走不走了？"

曹余正说："我在葭县熟人多，不能抛头露面，先回榆林。我们下来的那几个人，没个好住处，你明天到野外给他们找一个住处，破烂的窑洞都行。我们要监视葭县。一旦'共匪'的首脑进了葭县境内，我们就会调集人手来暗杀他们。杀了他们，群龙无首，我们就胜利了一半。"

八

清晨，曹景升穿戴一新，走出了家门。

曹王氏追出来了，问："你穿上新衣服，到哪里去？"

曹景升说："我回木头峪走一趟。"

曹王氏问："回木头峪？走路还是坐轿子？"

曹景升说："如今还敢坐轿子？走着回去。"

曹王氏说："年轻时来来回回常坐轿子，老了却步行二十几里路。让恩畅陪你回去吧。"

曹景升说："不用，就我一个人回去，谁都不用陪。哪垯走不动就在哪垯歇，路上的村镇没有不熟悉的人。"

曹景升说得轻松，心里却格外难受。他步履蹒跚地出了城门，孤苦伶仃地走在回家的路上。

木头峪西边的山坡上，有一座墓园。

曹景升走进墓园。当年，钞义达打砸了墓地，他雇人重新修茸了一遍，栽上松柏树，将墓地扩展得非常有气派。

曹景升在每一座坟前烧纸、磕头。

曹景升跪在最后一座墓碑前，先烧纸，后磕头。

曹景升磕罢头，叫道："父亲大人，不孝儿景升向老人家谢罪来了。"

曹景升说着，两眼流出了泪水。

曹景升哭泣道："父亲大人，景升治家不严，育子无能，教子无方，虽孙辈有两女一男，但两女不能延续香火，男丁又不是曹家的血脉。景升愧对列祖列宗，无颜面对列祖列宗。景升心里着急，可也是没有办法。景升再给列祖列宗磕三个响头。"

曹景升实实在在将头磕在地上，磕罢三回头，直起身子，额头上出现了血迹。

脚步声响起。

曹景升一惊，掉过了头。

曹家管家走过来了，叫道："东家。"

管家年过七旬，尽显老态。曹景升盯着管家感慨道："你也老了。"

曹景升说着就往起站。管家急忙过来往起扶自己的老东家。

管家说："老就老了，没甚。"

曹景升站起来，问："你怎么来了？"

管家说:"我看到有人上了山,觉得这人身子眼熟,就跟过来了。没想到是曹东家。曹东家是甚时间回来的?"

曹景升说:"将回来。好长时间没有上坟了,回来给祖先烧点纸钱。"

曹家管家一惊,问:"老东家,你的头怎么了?"

曹景升用手摸了下额头,放下手一看,说:"磕头碰出了血。"

曹家管家说:"曹东家真是个大孝子。走,回家看看。"

曹景升说:"无颜面对江东父老啊。我就不回去了。"

九

莨县城。

天空,有飞机飞过。

远处传来隆隆的炮声。

木头峪渡口,钞义达指挥船只过黄河。

敌整编三十六师一天内就到达乌龙铺,刘戡、董钊七个半旅也从南面扑来。中央首长指示莨县县委,一定要抢在敌人到来之前,把伤员、家属、犯人全部送过黄河。保护好群众,搞好坚壁清野,绝对不能让群众遭受损失。县委指示由钞义达负责把大家护送过黄河。

民工把担架上的伤员抬上船。

干部群众开始撤离莨县,城门洞人流拥挤不堪。

招弟站在城门洞边,指挥干部群众撤离,说:"大家注意,不要拥挤。"

干部群众走在山路上,随后进了山沟里。

十

国民党军队开进了莨县城。

曹余正引着几个特务,在街上奔跑。

几人先后进了几院院子的大门,看到一无所有,气急败坏地说:"跑得了和尚跑不了庙。"

曹景升慢慢地在县城街道上踱步。

街道上到处是国民党军队。

曹景升望望天空，自言自语道："这天，又要变了。看那些穷小子们再闹腾。"

十一

国民党部队走在山坡上。

钞义达率领县游击大队指战员和民兵埋伏在山头上。

乔子奇走到钞义达身边，说："中央首长就在我们附近，你们的兵力要想办法牵住敌人，给中央机关的转移减轻压力。"

钞义达对招弟说："我们向下边开火时，只要他们往上冲，我们就转移。我们的目的就是牵制住他们。你到前边去指挥，看到我们这边向后撤，你们也跟着撤。不管甚情况，我们都不能恋战。"

招弟说："是。"

招弟跑了。

钞义达说："打。"

民兵向山下的国军开枪射击。

山下的国军霎时一片混乱。

钞义达继续向山下开枪射击。

山下的国军向山上进攻。

钞义达说："撤。"

国军爬上山，没有看到一个人影，又向前走去。

突然，左侧响起了枪声，国军又向左侧还击。

枪声大作。

天色渐渐黑了，枪声停止了。

钞义达对招弟说："我们的战斗目标只有一个，就是拖住敌人，让中央机关摆脱敌人的追踪。"

十二

沙家店战役中，国军溃不成军。

刘戡的部队离开了葭县。

曹景升站在街上，自语道："这国军怎么就要走了？"

曹景升问一个士兵："你们怎么就要走了？"

士兵没有说话。

曹景升又问另一个士兵："你们甚时间再回来？"

士兵瞪了一眼曹景升，吼道："这里又不是我的家，我回来干什么？！"

曹景升叹了一口气，退在了街道一边。

不久，曹景升垂头丧气地向家里走去。

回到家里，曹景升一屁股坐在椅子上。曹余正站在他身旁，也是灰溜溜的样子。

曹景升说："国军有那么多的人，怎么一下子就走了？"

曹余正说："前方战事吃紧。"

曹景升说："如今这葭县又成了'共匪'的天下喽。"

曹余正不服气地说："这还不是最后的决战。"

曹景升问："那你怎么办？"

曹余正说："我先回榆林去。"

十三

榆林政训处，曹余正和几个特务站在一起。

陈世英说："我们已获得可靠情报，'共匪'首脑就在葭县。我们集中所有的特工，在葭县实施暗杀'共匪'首脑的活动。曹余正。"

曹余正说："到。"

陈世英说："最近你到葭县几进几出了，你的行动是很成功的。今天你就动身回葭县，指挥那几个特工进入县城侦察目标。我很快就带人到葭县指挥行动。"

曹余正说："是。"

十四

王茵和几个女战士把物资搬放在窑洞里。

王茵在院子里拍拍身上的尘土，看看天上的太阳。

王茵对一位女首长说："报告首长，我到葭县县委看一下亲属。"

女首长问："看亲属？"

王茵笑着说："我是葭县媳妇。"

女首长说："快去快回。"

王茵高兴地走了。

十五

钞义达正在办公室和招弟等人开会，门外传来了王茵的声音："报告。"

钞义达迟疑了一下，说："进来。"

王茵走进去了。

钞义达惊喜地叫道："茵茵？"

招弟叫道："嫂子。"

王茵高兴地应了一声。

钞义达问："你怎么来了？"

王茵说："我们运送战备物资，准备在葭县的桃花渡口过黄河，进入山西。"

钞义达问："芯芯呢？"

王茵说："她跟随保育院的老师同学们一起转移到山西的解放区了。

也是在葭县过的黄河。"

钞义达说："我要是晓得，也到河边看她一眼了。"接着，钞义达又说："我们正在开会，你先回你们的营地去吧。"

招弟突然对其他几个人说："我们先出去一下。"

钞义达说："不用了，我们接着开会。"

招弟没理钞义达，和几个人争先恐后地出去了。

王茵看着门，说："这招弟还挺会来事的。"

钞义达笑着说："我们赶牲灵时，都说他笨。"

王茵说："人家那是为人正派，不会耍滑头。不像你们几个，滑头滑脑。"

钞义达说："我从小就这么个德性，可就是有人愿意往我跟前凑。"

王茵走到钞义达面前，拥住钞义达，说："就凑在跟前了。想怎么样？把我推出去。"

钞义达揽住王茵，说："亲还来不及呢。"

王茵抱紧了钞义达。

十六

张天明和两位战士走进县委院子。

正站在院子的招弟叫道："天明。"

张天明问："你站在院子里做甚哩？"

招弟说："我在钞义达办公室时，王茵来了，我躲出来了。"

张天明浑身一震，气息粗了，脸色变了。

招弟看见张天明的表情，说："都多少年前的事了，你不要在意。"

张天明喃喃地说道："想不在意就能不在意吗？"

张天明向前走了两步，停住脚，转身对刚才跟他一起来的一个战士说："小武，你给钞队长汇报一下吧，我还要去处理别的事。"

十七

王茵走在葭县街道上。

张天明从小巷子里走出来。他抬起头，看到了走在前边的王茵。

张天明尾随王茵，向前走去。

王茵进了小巷，张天明也进了小巷。

张天明躲在墙角。

王茵走到当年她和钞义达住过的小院大门前。

大门上上着锁。

王茵走到隔壁大门上，敲响了大门。

开大门的老年人仔细看了看王茵，问："你找谁？"

王茵说："大爷，我十几年前在那边住过。"

老年人说："哦，我记着。听说你是'共匪'，不，是共产党？他们把门都封了好长时间。你是不是来找东西？"

王茵说："不是。我是看这窑洞空不空。空着的话，我还想借着住几天。"

老年人说："想住就住吧。自从你们走了后，再没有人住过。"

十八

葭县曹家大院，曹余正从背墙的风洞里钻进去，然后从石板旮旯爬出来，接着走进了曹家客厅。

曹景升站起来，说："你又回来了？"

曹余正说："我回来几天了，和我们的人就住在你找的那几孔破窑洞里。过几天我们的处长，就是那个陈县长，又要带一批人下来。"

曹景升问："做甚？"

曹余正说："最近中共首脑人物在葭县一带活动，我们伺机进行暗杀行动。杀了他们的首脑人物，群龙无首，我们的失地又能收复了。"

曹景升说："你可要小心啊。上次我总觉得钞义达觉察出了点甚。"

十九

凌云鼎下，钞义达和乔子奇走在一起。

乔子奇说："有情报显示，榆林的特务正在向葭县云集，准备实施暗害中央首长的行动。我们不能掉以轻心，绝不能让首长发生任何意外。"

钞义达说："我们对那些可疑人员一律进行了监视。对外来人员都登记了，审查得非常严格。"

乔子奇说："我们一是要扩大查访的范围，二是要在首长有可能去的地方进行全方位的警戒，确保万无一失。我们在明处，敌人在暗处，我们稍有疏忽，就把敌人放过去了。对了，那个暗杀你的人有线索了没有？"

钞义达说："没有。我的事不重要。"

乔子奇说："你说得不对。暗害你的人，有可能就是准备暗害中央首长的人。你们抓紧找线索。"

钞义达说："这人太狡猾了，像个老手。"

二十

山弯土窑洞，曹余正等十几个特务站在一起。

这几孔破旧的土窑洞，还是曹景升替他们找的。

陈世英面对着特务说："从种种迹象看，'共匪'首脑已进入葭县境内了。我们从今天开始，全部进入葭县城内，搜集'共匪'的情报。今天我也进去看一看。"

曹余正说："陈处长，你进去有危险。有些人是认识你的。"

陈世英一笑,说:"没事。你熟人熟面,都能进去,我怕什么!"

曹余正说:"我每次进城,都是经过化装的。"

陈世英说:"我也会化装的。大家注意,进了城,要注意观察解放军经常出入的地方。"

二十一

莨县街道。

张天明走在大街上。他看到一家铺子,站住了。

铺子上面是写着"常记银匠铺"五个字的招牌。

张天明走进去了。

银匠铺掌柜的问:"请问先生要甚?"

张天明没说话,在观看柜台里的银器。

张天明指着一挂带鸡心坠子的银项链,问:"这副项链多少钱?"

银匠铺掌柜的说:"两块袁大头。"

张天明说:"我看看。"

银匠铺掌柜的把银项链递给了张天明。

张天明仔细看了看银项链,掏出两块被称为"袁大头"的银元,递给掌柜的。

二十二

宝翠来到莨县曹家大院大门前,敲响了大门。

恩畅走到大门边,从门缝里瞧见了宝翠。

恩畅掏出手枪,猛地开开大门。

恩畅将手枪指在了宝翠的头上。

恩畅说:"你这个不要脸的女人,还有甚脸上曹家的门?"

宝翠一惊,愣了一愣,才说:"我是你妈呀。"

恩畅说:"你和钞义达勾搭成奸,败坏了曹家的名声,你还敢给我当妈?我今天毙了你,明天毙了钞义达。这是你们这对狗男女的下场。"

曹景升跑出来,说:"恩畅,你这是做甚?"

恩畅说:"我要杀了她。"

曹景升上去抢下了恩畅手中的枪,说:"听话,恩畅。"

恩畅突然两眼流出了泪水,跑回了家中。

曹景升说:"这孩子,怎么把他大大的枪翻出来了,我还不晓得他大大在家中放着枪。让你受惊吓了,快进来坐。"

宝翠惊心未定,说:"没事。"

曹景升说:"宝翠呀,这事不小。看在你和恩畅母子的情意上,你不要把这事报告给钞义达。"

宝翠说:"我晓得自己怎么做。"

宝翠说罢走了。

曹景升急躁地说:"这事弄坏了。"他原是想让恩畅悄悄拿着枪去杀钞义达和宝翠二人的,没想到恩畅提前暴露了。杀害宝翠一人不是他的目的。他宁愿放过宝翠也不能放过钞义达。这就是他要制止恩畅对宝翠下手的原因。

第二十八章

一

钞义达和几个战士在莨县街上巡逻。

有一个人在小巷里伸出了手枪。

钞义达突然看到了手枪枪口，马上叫道："趴下。"

街上的行人感到莫名其妙。

钞义达抬起头，墙角的枪口不见了。

钞义达立即站起来，说道："搜查。"

钞义达和几个战士在小巷里搜寻。

钞义达没有搜到任何可疑人员。他们回到了县委。

钞义达到了自己办公室前，看到宝翠正站在门边。

钞义达惊异地问："你怎么来了？"

宝翠没好气地说："我不能来吗？"

钞义达开开门，和宝翠一起进去了。

钞义达忙笑道："能，能，能。请坐。"

宝翠问："你忙吗？"

钞义达说："加强警戒工作。中央首长可能走过的地方，我们都要加强戒备。"

宝翠说："义达，恩畅不正常了。"

钞义达说："坐下慢慢说。"

宝翠坐在椅子上。

钞义达不解地问："怎么不正常了？"

宝翠说："我前天到过曹家，恩畅拿出了枪，要打我。还说要打死你。"

钞义达一惊，说："那你为甚不早说？这是个重要的信号。"

宝翠说："我当时怕连累了恩畅。"

钞义达说："你不说，我们不晓得，不制止，恩畅说不定就把事情闹大了。那时候局面就没办法控制了。"

宝翠问："要不你去一趟曹家？"

钞义达说："先让招弟走一趟，探探究竟。"

宝翠说："你要是去了，要防住自己的身子。"

钞义达说："他一个小毛孩，我还能防不住？你也不要着急，注意身子。"

宝翠说："要是恩畅再有个三长两短，你说我还活着有甚意思。"

宝翠说着，就哭开了。

钞义达说："不要担心，我会尽全力保护恩畅的。从今天起，我们要严格监视曹家。恩畅手中的枪，肯定有来头。"

宝翠说："曹景升当时把恩畅手中的枪夺下了，还说是曹余正藏起来的枪，让恩畅翻出来了。恩畅以前不认我是事实，可也没有把我仇恨到要枪杀的地步。我想了两天，觉得不正常。有可能曹景升看出了甚事情，又故意隐瞒起来，让恩畅出面除掉咱们。"

钞义达说："有这种可能。"

宝翠说："要是你和他相认了，他或许会离开那个家的。"

钞义达说："你以为我不想认这个儿子吗？我做梦都想认。可我一直在想，曹家对恩畅有养育之恩、养育之情；恩畅对曹家，也有依恋之情。要往断割他们之间的亲情，他们痛苦，我们也痛苦。对恩畅的伤害也不会小。搞不好，就会出乱子。"

门外有人喊道："报告。"

钞义达说："进来。"

招弟进来了。

招弟首先向宝翠打了个招呼："姐。"

宝翠笑道："招弟的嘴越来越甜了。"

钞义达笑着说："招弟是进步不小。"

招弟看了一眼钞义达，笑着说："首长面前嘴不能不甜。钞队长……"

钞义达打断招弟的话，说："你个招弟，我给你说过多少遍了，咱们自己人跟前你就不要叫我钞队长了，你就是不长记性。"

招弟笑了一下，说："我有要紧的公事。刚有群众反映，看到曹余正进城了。"

钞义达说："好啊，狐狸的尾巴终于露出来了。你先到曹家仔细查一查。"

二

招弟引着两个战士，走到葭县曹家大院大门前，敲大门。

曹景升从屋里慢慢地走过来，悄悄从大门缝里向外窥视。然后，曹景升退回家中。

招弟不耐烦了，又敲响了大门。

曹景升喊道："来了来了。是谁啊？"

招弟说："县游击大队的。"

曹景升开开大门，说："这人老了，耳朵也背了，听不清声音了。"

招弟问："恩畅呢？"

曹景升说："在家里。"

招弟问："你听不见，他也听不见？"

曹景升说："自从打发走了家佣，这开大门的营生，就成了我一个人的。"

招弟和两个战士进了大门。

曹景升问："吴队长，有何贵干？"

招弟说："看看。"

招弟四下巡视。

曹景升问："看到甚了？"

招弟说："我想见见恩畅。"

曹景升引着招弟等人，进了窑洞。

恩畅坐在椅子上，手里抚弄着一本书。

招弟说："恩畅，还好吗？"

恩畅不满地斜了一眼招弟，没吭声。

招弟说："你妈妈让我来看看你。"

恩畅突然大声叫道："我没有妈。"

招弟说："恩畅，人人都有妈，你怎么能没有妈呢？你大了，再说这种话，人家要笑话哩。"

恩畅不吭声了。

招弟说："跟我走吧。"

恩畅吼道："你走，我不想看到你。"

招弟勉强笑了笑，转身出了门。

三

黑夜，钞义达走进小巷，突然看到一个人影。他掏出手枪，追过去。

钞义达看了几条小巷，都没再看到人影，便返回小巷。

钞义达敲响了大门。

王茵从窑洞走出来，问："是义达吗？"

钞义达说："是。"

王茵开开大门。

钞义达说："你怎么回事？我们说不定哪天就走了，还租赁甚住处。"

王茵挽着钞义达的胳膊，进了门，说："本来我也没有打算住进来。我就是想看看让我们心动过的地方，不承想，窑洞没有人住。我和首长请示了一下，说我在外边住几天，首长也能理解我们的处境，同意了。"

钞义达说："这样影响不好。"

王茵说："有什么不好的？我想住在你办公室，你说影响不好；住在外面，你也说影响不好，你是什么意思？和老婆住在一起影响不好，和什么人住在一起影响好？"

钞义达说："这里不是久留之地，我们还搞甚自己的家。"

王茵说："你说哪里是我们的久留之地？这地方，是我们走在一起的地方，还有一些我们留下的东西，看着让人心动。真的，一晃，十几年就过去了。"

钞义达拥抱了一下王茵，说："我说不过你。"

钞义达说："哎，王茵，想不想见一下天明？想的话，咱们约他在一起坐一坐。"

王茵似乎愣了一愣，说："你这是反攻为守啊。我和张天明本来就没有什么，是他自作多情，不像你和宝翠，是那种关系。我明天就见张天明去。"

钞义达和王茵正亲热时，他们家院的外边，有一个黑影在游动徘徊。

四

最近有人想暗害钞义达，招弟多了一个心眼，在暗中保护钞义达。钞义达回到家里后，招弟就跟过来了。他要查看黑夜有没有人在小院附近埋伏，或者实施暗害行动。

招弟悄悄地走进小巷，看到大门上的黑影，握着枪问："甚人？"

黑影一惊，掉过了身，想跑，巷子小，被招弟堵住了。

黑影怔怔地站住了。

枪口对准了黑影。

招弟说："乖乖地举起手，要不我就开枪了。"

黑影低声说道："招弟，是我，天明。"

招弟问："你在这里做甚？"

张天明说："王茵在这住着，我就想在这里转一转。"

招弟惊讶地问："你还惦记着嫂子？"

张天明拉了一把招弟，说："也就是想转一转。走吧。"

招弟奚落道："我们在查看有没有人在暗处活动，还真查到了。"

张天明羞怯地低下了头。

五

钞义达正在检查城墙。

钞义达走到城墙的一处豁口，对跟随在身后的几个战士说："你们按班轮流。每天晚上都要在城墙上巡逻。"

班长答道："是。"

招弟引着王茵跑来了。

钞义达惊异地问："你怎么跑到这里来了？"

王茵说："我们马上就要走了，来给你打声招呼。"

钞义达问："你们过黄河？"

王茵说："我们走一个班，负责先前过了黄河的家属和犯人、伤员的保障工作。首长不让我在外边住了，我们随时待命准备出发。窑洞我退了，你的铺盖衣物放在房东那里，你过去取一下。"

钞义达问："甚时间走？到时我送送你。"

王茵说："也没有定下时间，大概就这几天。"

钞义达笑道："握手说再见？"

王茵笑道："保重。"

王茵招招手，转身跑了。

六

张天明走进小巷，犹犹豫豫地走到小院大门前。

大门上挂着一把锁子。

张天明盯着锁子。

隔壁大门开了，一个老年人出来了。

老年人看到张天明，问："你找人？"

张天明说："这里的人不在了？"

老年人说："搬走了。"

张天明问："他们搬到甚地方了？"

老年人说："不晓得。"

张天明掏出银项链，望着发呆。过了一会儿，他踽踽地走出了小巷。

七

县委会议室，钞义达和乔子奇等人开会。

乔子奇说："中央机关到了莨县，我们要全力做好保卫工作。特务四处活动，我们的排查范围要扩大到郊区。"

钞义达说："我们已经开始对郊区进行巡查了。这些特务太狡猾了，怎么就没有一个暴露出来。唯一的线索就是有人看到了曹余正。"

乔子奇说："他们会有坐不住的一天。我们要加倍小心。"

八

香炉寺周边突然来了几十个解放军战士。

曹余正和虎明、两个便衣特务，站在东城墙上，望着香炉寺。

曹余正喜笑颜开地说："进香炉寺的人中有大人物。咱们跟他们上一手。"

曹余正说着，趴下，举枪瞄准香炉寺。

曹余正收起枪，站起来，说："太远了，不在有效射程范围。走，咱们再想办法往近靠靠。"

曹余正、虎明和两个特务从城墙的豁口出来，东瞅西看，寻找合适的藏身地点，找了很长时间也没有找到近距离的伏击地点。

曹余正说："解放军的人不认识我们，咱们就进香炉寺看一看。"

曹余正、虎明和两个特务走到了香炉寺外边，被几个放哨的解放军战士挡住了。

曹余正说："解放军同志，行行好。我们给香炉寺的观音娘娘许下了口愿，上布施。"

解放军战士说："今天任何人都不许进去。请回去吧，老乡，改日再来。"

曹余正几人悻悻地走了。

走到石坡的路侧，曹余正对虎明说："看起来香炉寺的确有'共匪'的大人物。我们在这里等待机会伏击他们。"

曹余正和三个特务埋伏在路边大石头后。

正在香炉寺外围观察的钞义达，看见有几个人躲到了大石头后面。钞义达挥手引了几个战士，手握手枪，向大石头方向靠近。

曹余正正在密切注视香炉寺，看到有人走过来了，马上向山下撤去。

钞义达跑到大石头后，没有看到人影。

突然，钞义达看见四个人拼命地向山坡下的黄河畔跑去。

他举起手枪，瞄准射击。

枪声响起，跑在后边的一个人坐在了地上。

坐下的人是虎明，他"妈呀"叫了一声。

曹余正回头看看身后，虎明搂着腿，血从腿上流了出来。

虎明说："曹队长，我受伤了，你们扶着我。"

曹余正想了想，举起枪，对准了虎明。

虎明惊恐地问："曹队长，你这是做甚哩？"

曹余正说："对不起，我们没办法扶你走了。弟兄，留下你的命，万一'共匪'在你口里问出点甚，我们都完了。"

虎明急忙说："我不会的，我不会的。"

曹余正眼热了，手枪抖了几抖。

虎明可怜巴巴地说："看在咱们这么多年的情分上，你扶着我走吧。"

曹余正说："为了我们的胜利，我只能放弃你了。要是有来生，我甘愿为弟兄当牛做马。"

虎明两眼流出了泪水，点了点头。

曹余正手中的枪响了，但没有打中虎明。

虎明突然说："兄弟下不了手，我自己来吧。"

虎明说着，身子向前一倾，滚下了石坡。

曹余正跪下，向石山下磕了三头，站起匆匆跑了。

钞义达跑到留下血迹的小路边，没有看到人影，他向下俯瞰，也什么都没有看到。

钞义达向前追了一阵子，没有追到任何人，只好原路返回了。

九

民兵们训练拼刺刀。

钞义达和招弟走在一起。

招弟说："有个情况，不晓得能不能说？"

钞义达说："说吧。"

招弟左右看看，说："走，到院子里说吧。"

钞义达和招弟走进院子里。

招弟压低声音说："那天黑夜，我跟在你身后看有没有可疑的人。到了你们住的小院外，你进了小院，我看到有个黑影出现在你们大门前。我用枪指住他时，他说他是张天明。"

钞义达吃了一惊："他真是张天明？"

招弟说："就是张天明。我问他做甚，他说走走，再没说甚，还告诉我不要对外人说。我怀疑那个开黑枪的蒙面人是不是张天明。这两天我想向你说，又怕我怀疑错了，伤了弟兄们的和气。"

钞义达说："王茵也说过，张天明激动起来时，恨不得杀了我。难道他真的想杀了我？我看不可能。王茵早就给张天明说了，就是我死了，她也不会和张天明往一起走。除了想要和王茵结婚，他张天明再没有害我的理由。"

招弟说："那你说那个蒙面人会是谁呢？"

钞义达说："恩畅恨我和宝翠。也许，恩畅在暗害我。他曾经用枪指过宝翠。"

招弟说："枪手是个狡猾老练的人，我看不会是恩畅。"

钞义达说："那就也不会是张天明。"

招弟说："他就是惦记着嫂子，也会打黑枪的。"

钞义达自言自语道："还真的是张天明？招弟，你要注意张天明的情绪变化。"

十

葭县医院里，宝翠走出病房。

张天明走过来了，整个人看着神情萎靡不振。

宝翠叫道："天明，你来了？"

张天明走到宝翠跟前，说："宝翠姐，这些天我头疼，心烦，老睡不着觉，你给看看吧。"

宝翠问："有心思吗？"

张天明没有回答。

宝翠说："少想事，多活动，这才是解决失眠的最好办法。"

张天明说："多活动倒好办，可不想事由不得我啊。"

宝翠说："这就是一个思想问题了。有甚心思，能不能给姐说一说？"

张天明摇了摇头。

宝翠说："这样吧，我给你开上点安神补脑的中药。你跟我到宿舍走一趟。"

回到宿舍，宝翠找出几双鞋和几双鞋垫。

宝翠说："这是给你们弟兄几个做的，一人一双。他们忙，你带回去。"

张天明激动地说："宝翠姐，你真像我们的亲姐姐。"

宝翠笑道："我就是你们的亲姐姐。你们几个赶牲灵的弟兄前世是我的冤家，我前世欠下你们的了，今生往清还。"

张天明说："钞义达不仗义。他回到葭县后，也不把弟兄们叫到一起聚一聚。这事只有他才能操办。我们要是操办，大家都觉得不合适。"

宝翠说："你给他提提建议呀。他也是太忙了。"

张天明说："忙起来就不顾弟兄情意了？这说明他心目中没有弟兄们。我们也忙啊，可该做甚还是照样做甚，也没见天塌下来。他让我们做甚我们也都做了。这不，他让我到刘元魁家看看，我又要去走一趟了。"

宝翠说："过两天我找他说说。"

十一

张天明提着一篮鸡蛋，敲响了刘元魁家院的大门。

刘剑问："谁啊？"

张天明说："县民运股的张天明。"

刘剑开了大门。

张天明说："这是一篮鸡蛋。是钞义达委托我来看望你们的。"

刘剑说："请进。"

张天明走进了大门。

院子里放着几个石锁。

张天明把篮子放在院子里。

张天明看了看石锁，说："你也在练功？"

刘剑说："我大留下的，闲下来练练。"

墙角的石块上放着一把锈迹斑斑的手枪。

张天明看了一眼手枪。

刘剑看到张天明看到了手枪，笑道："这是我大留下的手枪，早就用不成了，有时我拿着练练端枪瞄准。"

张天明淡淡地"哦"了一声，接着说："我说你怎么敢把手枪摆在面子上。有人要给你找麻烦，会说你私藏枪支。"

刘剑说："不会的。破枪，充其量就是个玩具。"

张天明说："如今世道不一样了，你会打枪，还有身好武功，不当兵，太可惜了。"

刘剑说："钞义达队长说过要我参军的话，我不晓得他说的是真话还是假话。"

张天明说："钞义达这人不会玄谎。他要你参军，肯定是实话。"

刘剑说："那好，我参加你们的县大队。我也会打枪。"

张天明惊异地问："你会打枪？"

刘剑说："我从十八岁开始练打枪，有好几个年头了。枪法还不错。"

张天明说："好，我马上向钞义达报告，让你早点儿加入我们的县大队。我走了。"

刘剑说："我等着你的消息啊。"

张天明出了大门，说："行。"

十二

张天明走进钞义达办公室。

钞义达正在看文件。

钞义达说："天明，快请坐。"

张天明说："我到过刘元魁家了，带了一篮鸡蛋。"

钞义达说："谢谢你啊。多少钱？这鸡蛋钱要我来付。"

张天明说："你就不要客套了。你越客套，我们越生分。"

钞义达笑道："看来，你对我还是有意见了。"

张天明说："不敢。"

钞义达说："看你这是说的甚话。"

张天明说："刘剑说了，他想加入咱们的县大队。"

钞义达说："好啊。我正想帮他的忙。在一起，也好有个照应。"

张天明说："刘剑会武功，你晓得吗？"

钞义达说："我不晓得。"

张天明说："刘剑还说他好几年前就会打枪了，枪法还不错。外边还放着一把破手枪，他说用不成了。"

钞义达惊讶地说："是吗？这样他到我们部队上就有用武之地了。"

钞义达发现张天明面带憔悴，忙问："你怎么了？脸色这么难看？"

张天明说："没事。"

钞义达说："我要到医院看望伤员去，咱们一起去医院，顺路让宝翠看看。小病不看，就成了大病。"

张天明说："我早上到过医院，见过宝翠了。我去通知刘剑过来找你。"

钞义达说："好吧。"

张天明说："我走了。"

钞义达说："慢走。"

张天明出门时，说："义达，你对我客气得我有点受不了了。"

钞义达淡淡地笑了。

张天明拉住了门。

钞义达望着门，在想：如果说张天明是枪手的话，那么他说刘剑有武功，会打枪，就是故意转移目标。接着，钞义达摇摇头，觉得张天明不可能暗害他。可是，那个枪手又会是谁呢？

十三

葭县医院，宝翠陪着钞义达在病房里看望伤员。

宝翠说："重伤员都转移走了，剩下的都是轻伤员。"

钞义达说："老百姓有病进医院，你们也要全力以赴。"

宝翠说："明白。"

钞义达走到一张病床前。

一个胳膊上吊着绷带的伤员坐起来，要下地。

钞义达挡住了，说："不要下来。你是哪个部队的？"

伤员说："西北野战部队。"

钞义达问："伤好了，再敢不敢上战场了？"

伤员理直气壮地说："怎么不敢了？！"

钞义达笑道："好样的。"

钞义达和宝翠走出病房。

钞义达问："张天明找过你了？"

宝翠点头"嗯"了一声。

钞义达问："甚事？"

宝翠说："他说他最近老失眠。看神色，他的身体状况的确不好。你要照顾好你的弟兄们。"

钞义达问："他再说过甚？"

宝翠警觉地问："你甚意思？"

钞义达笑道："没意思。"

钞义达回到县委大院，看到张天明和刘剑站在自己的办公室门前，说："你们的速度好快呀。"

张天明笑道："刘剑着急得等不住了。我也想早一点完成任务，早一点让领导嘉奖。"

钞义达看看刘剑，在刘剑肩上拍了两下，说："好，欢迎你参加我们的县大队。"

十四

葭县街道。

候小衣着一新，行走在街道上，得意洋洋，显得高傲自负。

一个戴着礼帽、蓄着胡子的男子，挡住了候小的路。

候小吼道："你这是……"

候小话还没有说完，男子朝上掀了掀礼帽。候小惊呆了：此人是曹余正。

候小压低声音，问："你怎么在大街上？"

曹余正向外摆了摆头，示意候小走。

候小有些犹豫。

曹余正低低地说："箭在弦上，没有退路了。"

候小跟着曹余正走出了城门，走进了山塆。

山塆里的土窑洞里，横七竖八地躺坐着十几个特务。

陈世英坐着吸纸烟。

曹余正对陈世英说："陈处长，人我带来了。候小，这是陈处长，指挥我们在葭县的行动。"

候小忙叫道："陈处长。"

候小仔细看了一眼陈世英，说："什么陈处长，你不就是葭县原来的县长吗？"

曹余正说："陈处长现在是中校处长。"

陈世英问："你见过我？"

候小说："我叫候小，你都审问过我几个回合了，可我是从没有做过犯法的事。"

陈世英说："你就是那个赶牲灵的候小？我还真记不得了。看样子你也不小了，怎么就老叫候小？"

候小说："我也姓陈，原来有个大名，人家不叫，都叫小名候小，也就这么叫出去了。"

陈世英说："看来咱们还算一家子。你有什么重要的情报吗？"

候小说："都说葭县要来共产党的大人物，可一直没有来呀。"

曹余正打断候小的话强调道："是'共匪'，不是共产党。"

候小忙说："对，是'共匪'。共产党……唉，我又说错了，城里的人都这么叫，我也就叫惯了。如今葭县城是'共匪'的天下。这成甚世事了。"

陈世英说："不说废话了。你有什么重要情报？"

候小说："还没有甚情报。我请招弟和钞义达喝酒吃饭，看能不能从他们嘴里套点有用的东西。"

陈世英说："行。最近，'共匪'在陕北有了喘息的机会，他们的心情好起来了，他们可能会到葭县来，我们要密切监视，随时随地都可以下手。你要多加留意，随时通报。你要耍滑头的话，一眨眼，命就没有了。"

候小说："好的。只是我的钱花完了，请人吃饭没钱了。"

曹余正说："给你那么多钱这么快就花完了？"

陈世英摆摆头。

一个特务递给了候小一包银子。

候小高兴地接住了。

陈世英说："我们要在这里训练两天你小子。你出去后，经常要来向我们汇报'共匪'首脑的行踪，间隔时间不能超过三天。否则，陈某就不客气了。我们对付'共匪'有困难；对付你，有的是好法子。"

候小哆嗦了下，可怜巴巴地望了一眼陈世英，低下了头。

十五

夜深了，县委大院，静悄悄的。

钞义达办公室仍然亮着灯。

大门外，有几个哨兵在走动。

大院里，有一个黑影悄悄地移动。

黑影走到钞义达办公室门前。

钞义达在灯下研究地图。

钞义达站起来，伸了伸懒腰。

黑影把枪口从窗纸伸进去，窗纸响了一下。

钞义达听到了响声，一怔，看到了黑洞洞的枪口。

钞义达一惊，打掉了灯，办公室一下子一片漆黑。

枪响了，接连响了几声。

黑影迅速逃走了。

钞义达提着枪出了门。

县委大院嘈杂声响起。

招弟喊道："紧急集合。"

几十个县大队指战员跑过来，站成两排。

钞义达走过来，说道："不要站队了，全院搜查，枪手还没有出去。"

县委大院响成一片，点起了火把。

乔子奇走到钞义达跟前，问："钞队长，怎么回事？"

钞义达说："枪手又出现了。"

乔子奇说："县委大院有岗哨啊，枪手是怎么进来的？"

招弟跑过来，说："报告，全院搜查完毕，没有发现异常情况。"

钞义达说："难道这是一个飞檐走壁的枪手？"

一个战士跑过来说："报告，在厕所里发现了一把手枪。"

钞义达接过手枪，说："枪身还是热的。就是这把手枪。这枪手……乔书记，我想把全院的所有人集合过来。"

乔子奇问："你怀疑枪手在我们内部？"

钞义达说："仅仅是怀疑。"

乔子奇说："好吧。"

钞义达对招弟说："让全院所有的同志都集合。"

几十个干部和县大队指战员都集合在一起。

张天明最后走过来了。

钞义达盯着张天明问道："张股长，你怎么才来？"

张天明说："我一直睡不好觉，刚才刚迷迷糊糊地睡着了，就听到枪声和集合的声音，可精力不行，起不来，行动慢了。"

钞义达对同志们说："大家休息吧。没事了。枪手的枪都到了我手里。"

大家都回去了。

张天明也要走。

钞义达叫道："天明，我也睡不着，咱们到我办公室说说话。"

招弟看着张天明的表情。

张天明说："我想睡了。"

钞义达以命令的口气，说："走吧。"

张天明感觉有点不对劲，不情愿地跟上钞义达，进了钞义达的办公室。

钞义达点着了灯，把那把手枪放在桌子上，说："你认识这把手枪吗？"

张天明走过去看了看手枪，说："不认识。"

钞义达说："那好。你回去休息吧。对，顺路把招弟叫过来。"

张天明出去了。

钞义达在端详着手枪。

招弟进来了。

钞义达问："招弟，你怎么看今夜的事？"

招弟说："枪手有可能就在我们内部。"

钞义达说："张天明值得怀疑。你明天监视他一下。"

十六

葭县街道，白天，特务们在大街上溜达，寻找目标。

张天明从大街上走过。

招弟不远不近地跟着张天明。

张天明走到葭县小院前，站住了。

张天明愣怔怔地望着小院大门。

招弟退在了一边。

两个一高一矮的年轻人看到招弟退在了一边，向小院张望了一下。

高个年轻人说："前边那个人像共产党的干部，一个解放军监视一个共产党的干部？是怎么回事？"

矮个年轻人说："这里边有情况。说不定小院里就有'共匪'的首脑人物。"

张天明掉头往回走。

招弟躲开了。

张天明看到了两个鬼鬼祟祟的年轻人。

张天明快速向两个年轻人跑去。

招弟紧跟在张天明身后。

张天明听到身后有响动，猛一回头，看到了招弟。

张天明说："招弟，前边的那两个人形迹不对路，你快去给钞义达报告。"

招弟犹豫了一下。

张天明喊道："你愣甚哩？快。"

招弟说："我手中有枪，好对付他们。我跟踪他们。"

两个年轻人分开跑了。

张天明说："你穿着军装，目标太大，不好跟踪他们。"

招弟跑了。

张天明跑了几步，跟上了特务。

十七

县委大院，钞义达在院子里行走，准备出大门。

招弟跑过来，敬了个礼，急忙说："报告，张天明发现了可疑人员，正在跟踪，请求配合。"

钞义达说："好，把县大队的全体指战员集合起来，马上出发。"

钞义达带着几十个解放军战士，跑在街道上。

葭县街道，高个年轻人看到有人跟踪矮个年轻人，就悄悄跟在张天明身后。

高个年轻人急忙走在前边，不时回一下头，意在扰乱张天明的视线。

张天明只能在后边跟踪。

高个年轻人停住了脚步。

张天明躲在了墙角。

矮个年轻人绕了一下，转身溜在张天明身后，猛然一刀刺进了张天明的后背。

张天明痛苦地皱了下眉头，回头一望。

矮个年轻人跑掉了。

张天明慢慢地倒了下去。

十八

葭县街道，钞义达和招弟赶到张天明身边。

钞义达一惊，问："天明，你怎么了？"

张天明用手指了指矮个年轻人逃走的方向。

钞义达看到了张天明身下的血，说："天明，你要挺住。招弟，快把天明送到医院。"

招弟背起张天明就跑。

钞义达根据张天明手指的方向，追了过去。

招弟将张天明背到医院，医生马上抢救。

钞义达来到病房时，张天明还在昏睡。

钞义达问宝翠："严重吗？"

宝翠点点头，说："失血过多。"

钞义达对招弟说："招弟，你快点打发人，分头把王茵和候小叫来。"

不一会儿，候小一头从大门撞进来。

钞义达和招弟正站在医院院子里。

候小哭叫道："天明，我的好弟兄，你怎么就遭人暗算了？"

钞义达向候小摆摆手。

候小止住哭声，问："天明没事吧？"

钞义达和招弟都没有吭声。

一个战士跑进院子，向钞义达报告道："王茵正在值班，走不开。"

钞义达质问道："你没说张天明负伤了，有生命危险？"

战士说："说了，王茵的首长说有紧急任务，禁止王茵外出。"

十九

临时物资供应站。

王茵向女首长说："我的一个战友受伤了，有生命危险，我不能不去看他。"

女首长说："你们班就要过黄河了，不能随便走动。"

王茵说："首长，我就去看他一眼，说两句话，马上就回来。"

女首长想了想，说："让小张陪你去，快去快回。"

王茵转身就跑。

一个女战士紧跟在王茵后边。

二十

宝翠走出病房，说："他醒了，你们进去吧。"

钞义达、招弟、候小走进窑洞，围在张天明身边。

张天明看到三个赶牲灵的弟兄，笑了笑，艰难地说道："咱四个赶牲灵的弟兄又凑在一起了。这多难呀。"

候小说："我们还会经常凑在一起的。"

张天明说："真好，可我不行了。"

钞义达说："天明，你不会有事的。我们还会往齐凑的。"

候小不高兴地说："就你钞义达穷忙，不把弟兄们叫在一起聚一聚。"

张天明说："公家事是大事，你不要怨他。"

钞义达说："只要你好了，我们就好好聚几天。再大的公家事，我也会放一放的。"

张天明说："说是这么说，实际上，我们除了候小，都是身不由己呀。

我看出了刘剑是个不简单的人，还会打枪。你要多注意着他。不过，我们也不能冤枉了他。"

钞义达点点头。

张天明望着宝翠，说："宝翠姐，爱就爱了，不要后悔。其实，爱着心爱的人，也是幸福的。我不能再爱了。"

张天明眼睛滚出了泪珠。

宝翠轻轻地用手揩掉张天明脸上的泪珠，自己的泪水却夺眶而出。

张天明说："宝翠姐，你比我好，你还有一个儿子，恩畅我见过，他不像曹家的人，他就像义达哥。"

宝翠望了一眼钞义达。

钞义达却专注地望着张天明，说："只要你能好起来，我把所有的事都说给你听。"

张天明苦笑了一下，说："我还能好起来吗？你们都围在我身边，我就晓得我不行了。义达哥，这些年和你有了隔阂，我心里就像缺了甚似的，不好受。可我不能不想王茵呀。我晓得你对我也有成见了，这很正常。"

钞义达说："天明，弟兄情我还是没有忘记的。"

张天明说："这我明白，换一个人对茵茵那样，你不打死才是怪事哩。前些年，你回葭县搞地下工作，我晓得你曾经一度怀疑我告密了。其实我和候小都没有说你和招弟的事。候小是好人，就是爱说。他爱耍小聪明，可最后常常弄巧成拙。咱弟兄几个如今数他混得最差。我走了，你们不能亏待了他。"

候小哭着说："我的好弟兄，你是对哥最知根知底的好弟兄。"

钞义达说："我们都是好兄弟。我们永远是好兄弟。"

张天明指了指怀里。

招弟忙把手伸进张天明的怀里。

招弟从张天明的怀里掏出了一条带鸡心坠子的银项链，递给张天明。

张天明接住银项链，说："这是我给茵茵买的礼物，这几天我一直想送，没机会。到延安那回，我想看茵茵，又没敢去看。我再也看不到她了。"

张天明的眼睛又滚出了两行热泪。

宝翠又默默揩了揩张天明的眼泪。

张天明说道："我不行了，这是我的心，我要把我的心送给我一生最爱的人。义达哥，你不恼我吧？"

张天明递了递银项链，钞义达伸手接过来。

钞义达说："我不恼。你纯净忠诚，我不能嫉恨。"

张天明缓慢地说："我走了。"

张天明淡淡地笑了笑，闭上了眼睛。

王茵一头撞进了门。

钞义达他们都泪水涟涟。

王茵愣住了，两眼盯着张天明。

张天明面色平静，已无气息。

王茵扑过来，"哇"的一声大哭了。

二十一

钞义达坐在凌云鼎下的城墙上，望着黄河出神。他的眼前不断幻出张天明的面孔。

宝翠走过来了。

"听招弟说，你在这里坐了好长时间了。"

钞义达说："我错了。我还有重要任务，不能让大家为我担心。可我就怎么也想不通，这些年，为甚没有和天明好好地说一回话。他那次到延安来，我们也没有好好地热闹两天。回到葭县好些天了，也没有和弟兄们一起聚一聚。总想着既然走到一起了，见面的日子多的是，没想到，他就这么走了。"

宝翠说："你太忙了。"

685

钞义达说："我对不住很多人，特别对不住天明。"

宝翠说："你和王茵的事，不能怨你。我都能理解。"

钞义达说："我怀疑过天明就是要杀我的枪手。"

宝翠吃惊地问："真的？"

钞义达说："疑点重重。张天明黑夜到过我们的小院大门前。那天县委大院有人打黑枪，就是内部人干的，枪丢在了厕所，集合时，张天明最后一个到场。"

宝翠喊道："枪手不可能是张天明。"

钞义达说："我既怀疑又不太确定。"

宝翠说："你现在还在怀疑他吗？"

钞义达说："他把所有的事都说了，我相信他。"

宝翠问："你们内部的人，除了张天明和招弟都可靠吗？"

钞义达想了想，突然吃了一惊，说道："刘剑。县委开黑枪是在刘剑进了县大队以后发生的。"

钞义达马上站起来了。突然，他眼前一黑，摔倒了。

宝翠惊呼道："义达。"

二十二

秋天，满山遍野都是成熟的庄稼。

山渠里的树林里，宝翠上蹿下跳。她看到了酸枣树，站住笑了。

宝翠摘了一袋子酸枣，回来直接走进了病房。

钞义达正坐在病床上看文件。

宝翠抱怨道："怎么就不能安心躺一阵子。"

钞义达说："没事。"

宝翠说："要真没事，也就不会晕倒了。"

钞义达问："你身上脸上怎么都是土？"

宝翠说："上山走了一趟。这是酸枣。给你补身子的。"

宝翠把酸枣递给钞义达。

宝翠说："我还想弄点其他补身子的野食，可找不到。"

钞义达接过酸枣，说："小时候，总是我给你摘酸枣。现在反过来了。"

钞义达眼前出现了他年幼的时候给宝翠递酸枣的情景。

第二十九章

一

钞义达走进县委大院。

钞义达办公室门前站着刘剑和刘刘氏。

刘剑说："钞队长，我妈来看您了。"

刘刘氏说："是剑儿硬让我看你来了。他说你待他不薄，要我们表一点心意。"

钞义达说："这刘剑还挺讲良心的。"

刘刘氏说："人常说，父不死，子不大。他老子走得早，凡事他都要琢磨，还爱逞强。你不要看他平时话不多，对人也是尊大论小的，可是犟起来，九牛都拉不回头。这下弄好了，他到了部队上，学的那点功夫也有用处了。以前我还成天担心他出去做甚坏事哩。"

刘剑说："妈，你就别唠叨了。钞叔，我以后一定听从你的指挥，当一名好解放军战士。"

钞义达说："好啊。以后要当一名好将军。"

刘刘氏说："我先回去了。这是半斤白砂糖，是我们的一点心意。"

刘刘氏把纸包递过来。

钞义达接过纸包，说："谢谢，这份心意我领了。"

刘刘氏说："我走了。"

刘剑说："我送我妈回去。"

刘剑和刘刘氏转身离去。

钞义达自言自语道："这么孝敬懂礼貌的人，会是凶手吗？"

钞义达摇摇头。

二

黑夜，山沟里的土窑洞里，陈世英训斥几个特务。

陈世英说："你们怎么能随便动手？我们的目标是大人物，不是那些小喽啰。就是钞义达和乔子奇都不值得我们暗杀了。怎么你们就杀人成性了？一看到对自己不利，就下手。这是解放区，不是国统区。现在打草惊蛇了，明天我们不能出动了。"

曹余正说："'共匪'首脑就在葭县西边活动，也有可能到了葭县城。下一步怎么办？"

陈世英说："派一个人守在城门附近监视。他们大队人马进城，我们肯定能看见。这个候小会不会向我们报告？"

曹余正说："会的。"

三

候小坐在饭馆里。

招弟进来了。

候小问："钞义达没有来？"

招弟说："钞义达重任在肩，哪有时间到这里来吃饭。你最近花钱大方，哪来的钱？"

候小说："没有偷，也没有抢。可我叫谁上当谁就上当。"

招弟说："骗来的钱？"

候小说："你怎么用这种眼光看人？请你吃饭你还这种态度。不想吃就走人，走走走。没一点点兄弟的情意。"

招弟说："我是怕你做下见不得人的事情。"

候小说："坐坐坐。我还要立大功哩，怎么会做见不得人的事情。我担惊受怕做事情，吃一点喝一点，有甚大惊小怪的！"

店小二送上来了酒和菜。

候小斟了两杯酒，说："来，弟兄，喝起这杯酒。"

招弟喝了一杯酒。

候小又给招弟斟酒。

招弟说："我今天有任务，不能多喝。"

候小没再吭声，一个人默默地喝起了酒。

候小喝了几杯酒，突然泪水涟涟地说："我们的一个弟兄走了。我们聚在一起不容易啊。我们要好好聚，不聚，再有人走了，想聚都聚不上了。我想天明，想和他聚，可聚不上了。"

候小突然失声痛哭了。

四

候小走在大街上，路过张记杂货铺。

杂货铺掌柜叫道："候小。"

候小站住了。

杂货铺掌柜走出铺面，说："候小，我有点货，急着往米脂送，麻烦你跑一趟。"

候小不耐烦地说："我这几天心烦，不想揽活了。"

杂货掌柜说："你这是怎么了？我们也交往十多年了，你怎么能因为心烦，就把我们的营生给推了？你要是一辈子再不赶牲灵了，我也就不用你送这货了；你要是还在赶牲灵的道上走，你不送这货就有点说不过去了。"

候小没有吭声。

杂货铺掌柜说："你就不要再要架子了。我这货人家要得急，就当你帮我个忙，行不行？"

候小不情愿地说："好吧。"

五

桃花渡口，钞义达指挥战士们往船上搬运物资。

王茵走过来了。

钞义达愣了一愣，问："是你们的物资？"

王茵点点头。

钞义达说："你们的保密工作做到位了。"

王茵说："想和你告别一下都不行。"

钞义达说："你先过黄河，说不定我们很快就会见面的。"

王茵说："只是说不定。"

一个战士跑过来，报告道："钞队长，物资全部装上船了。"

钞义达说："准备开船。"

战士应道："是。"

王茵忧伤地望着钞义达，说："我走了，你要好好保护好中央的首长，也要保护好自己。"

钞义达故意轻松地说："是。一切行动听从家庭首长的指挥。"

王茵嗔怒钞义达道："快四十岁的人了，还像打游击时的样子。"

钞义达掏出银项链，说："这是张天明送你的那条项链，你收好。"

王茵说："我们应该到他坟前看看。可我实在是没有理由再走开了。我想再见一下宝翠，也没有见到。"

钞义达说："这是我们的家乡，我们还会回来的。"

钞义达用手拍了拍王茵的肩头。

王茵上了船。

一条条木船，驶向对岸。

钞义达在招手。

艄公们唱道：

你晓得，

天下黄河几十几道弯咧，

几十几道弯上几十几只船哎，

几十几只船上几十几根竿咧，

几十几个艄公呀来把船来搬。

我晓得，

天下黄河九十九道弯哎，

九十九道弯上九十九只船咧，

九十九只船上九十九根竿咧，

九十九个艄公呀来把船来搬。

六

候小一人赶着骡子，走在山路上。

他身后跟着一个鬼鬼祟祟的人。

候小忧伤地唱道：

骑青马过青台，

妹在（那个）马上掉下了一只鞋，

哥哥给我拾起来，

妹在（那个）马上不得下来。

骑青马过青台，

妹在（那个）马上掉下了一只鞋，

哥哥给我拾起来，

羞得（那个）妹子头难抬。

候小走在一个山路拐弯处，突然有一个人冲上来，揪住了候小的衣领。

候小一惊，回过头，结结巴巴地说："这、这、这是谁戏要要哩？"

揪候小的人把手枪顶在候小的头上，说道："没有人跟你戏要要，是有人想要你的命。"

候小瘫坐在地上。

候小对面的十多个特务举着手枪，瞄着他的脑袋。

陈世英和曹余正分别站在候小的两边。

候小惊慌地左看看曹余正右看看陈世英。

曹余正和陈世英面无表情。

候小开始向后挪动身子。

陈世英问："怎么一走就再也看不见你了？"

候小一边挪动身子一边说："我那个叫张天明的弟兄，让人给刺死了，我得抬埋他呀。对，曹队长认识张天明。过了两天，我就赶牲灵到米脂去了。这回来的路上，就让你们捉住了。"

陈世英说："我说过，你要经常到我们这里汇报，最长不能隔过三天。你走了有几天了？"

候小说："六天，不对，是七天。"

陈世英说："这两天，我们都不敢在原地住了，可又要在这里等你。我们不得不在几面山头上放流动哨。"

候小说："陈处长，我可没有骗你们呀。我说的全是实话。"

陈世英说："要是你把'共匪'引来了呢？"

候小说："不会。要引我早就引来了。"

陈世英说："你把大家坑苦了。大家每人打你一枪，报仇。"

候小哭叫道："陈处长呀，你可不敢呀。我还没有活够啊！我说的全是实话呀。"

对面的特务又向候小迈了一步。

候小哭叫道："我再不敢了。谁让我送货我都不送了。我妈死了我都不抬埋了。曹队长，你怎么不说话呀？曹队长，你救救我呀。"

曹余正看都不看候小一眼。

陈世英向对面的特务一挥手，特务们持枪的手放下来了，但仍然盯着候小。

陈世英说："不枪毙你可以。我问你，你都出去几天时间了，搞到了什么情报？"

候小说："我没有看到'共匪'的首脑。要是看到了，我误上天大的事，也要找你们来。"

陈世英问："你没有见过钞义达？"

候小说："没有。我怕见了钞义达，事情就更说不清了。"

陈世英说："今天我们可以放过你。你回去，就到钞义达那里套情报。你要是再耍滑头，我再也不会放过你了。"

候小忙说："一定一定。"

七

钞义达走进乔子奇办公室。

乔子奇正拿着一块白布，兴奋地仔细端详。

乔子奇高兴地对钞义达说："钞队长，快来看。"

乔子奇把白布铺在了桌子上，白布上有一行醒目的大字：站在最大多数劳动人民的一面。

乔子奇说："听说主席很少题词，这次却给我们县委题了词。这真是太有意义了。"

钞义达激动地望着毛泽东的字迹。

八

钞义达走进县委大门，看见候小正站在他办公室门前。

钞义达问："候小，你怎么来了？"

候小神气地说："进办公室再谈吧。"

钞义达和候小走进办公室。

钞义达说："坐吧。"

候小坐下，说："你弟兄不够意思。"

钞义达问："我怎么了？"

候小说："我要跟你讨价还价了。"

钞义达问："你要跟我做买卖？"

候小说："是的。"

钞义达笑着问："做甚买卖？"

候小说："情报。"

钞义达一怔，问："你候小也懂得情报？"

候小得意地说："我还是情报工作者。"

钞义达说："说说你的情报，我看有没有价值。"

候小把一包银子推给了钞义达。

钞义达问："这是甚东西？"

候小说："银子，是曹余正给我的银子。我没有给曹余正情报，曹余正给了我这么多银子。我给你情报，你给我多少银子？"

钞义达说："我可没有银子。"

候小说："我就晓得跟上你只有倒霉的份儿，沾不上光。跟了曹余正，还没做事，就给了我这么多银子。他们以前还给过我很多。"

钞义达说："弟兄，你有事就快说。"

候小说："我见到了曹余正和十几个特务，还有姓陈的处长，就是原来葭县的县长陈世英。"

钞义达着急地问："他们在哪里？"

候小说："在城外北面的一个大山塆里。那里有几孔破烂的土窑洞。他们正在密谋害死中央的首长。"

钞义达问："你甚时间见过他们？"

候小说："前几天见了一回，今天又见了一回。"

钞义达怨怪道："那你为甚不早说？"

候小说："天明出了事，我心里不好受，也就没说这事。那天，我叫你和招弟到饭馆来，是要给你说这事的，可你架子大，没有来。后来我喝酒喝醉了。第二天，有家商铺缠着我给他们往米脂送货，走了三天时间。今天晌午从米脂回来的路上，让他们劫走了。"

钞义达问："他们会不会还住在原地？"

候小说："他们要我给他们报告的时间不能超过三天。超过三天了，他们就搬走了。他们怕我把他们出卖了。"

钞义达问："那他们再怎么和你接头呢？"

候小说："半路上等吧。不晓得怎么搞的，他们总能在半路上劫到我。"

钞义达说："这样吧，你再回去一趟，看他们还在不在那里。"

候小一惊，说："我不敢，再也不敢回他们那里了。他们那一排枪指着我，能把我吓死。我死也不回去了。"

钞义达说："你不要怕。只要你能镇静，他们就会相信你的。"

候小说："他们要向我要情报啊。"

钞义达说："你就说葭县城到处戒严了，好像有大人物在葭县城里活动。再就说你见过我了，嘱咐你不能乱跑乱动。"

候小说："我不找他们了。这样的话，他们肯定不相信。"

钞义达想了想，说："我们在后街住过的那个小院周围布上许多岗哨。你回去就说那里住着几个像大首长的人，他们过来一侦察，就信以为真了，也就不会怀疑了。"

候小又说："说不定他们早不在原地住了。"

钞义达不高兴地说："我也怕他们不在原地住了，才不出兵。要不，我带上部队，围住他们，用不了多长时间就把他们剿灭了。"

候小说："这样最好了。消灭了他们，我也不怕了。"

钞义达说："你回去，如若他们不在那里了，就等下去。他们派人来接头，你要注意他们的行踪；如果他们还在那里，想办法脱身，回来向我报告。我随时带部队去剿灭这帮特务。"

候小说："我不敢呀。"

钞义达不耐烦地说："怎么就不敢呀？你这人，怎么就没有一点男子汉的气概！候小，我给你说，事关重大，你非回去不行。就算老兄我求你了。"

候小长出了一口气，艰难地说："行吧。"

九

候小走进山墕里。

山墕里空无一人。

候小一屁股坐在地上，不住地喘粗气。

候小的脸上有了笑意，高兴地自语道："没人就好了，省得担惊受怕。"

路边的山峁上，藏着两个人。

候小走过去，山峁上的两个人扑了过来，抓住了候小。

候小一惊，瘫坐在地上。

候小抬起头，看到了陈世英，连忙说："是陈处长，吓死我了。"

陈世英说："吓不死你。"

候小站起来。

陈世英说："走，到路背面去说话。"

另一个特务在山头上放哨。

陈世英和候小走到路背面的山峁后。

陈世英说："我们一直在监视你。"

候小质问道："你们还不相信我？这是甚事呀。"

陈世英反问道："我们凭什么相信你？"

候小说："我带来了解放军没有？没有啊。"

陈世英说："可你也没有带来什么情报啊。"

候小故作神秘地说："有了。"

陈世英惊喜地说："快说。"

候小说："我看见一个小院里有些人进出，还有很多哨兵。"

陈世英说："你马上带着我去看地形。"

候小问："这么快？"

陈世英说："对。"

十

葭县小院周围有许多解放军战士在走动。

候小引着陈世英和另一个特务，走到小院前。

陈世英边走边注意观察周围的情况。

特务说："上次就是在这里发现的那个人，我们把他刺死了。"

陈世英一愣，说："对，上次那个人就是给'共匪'首脑踩点的。"

钞义达和招弟在小院里的墙眼窟向外观看候小他们几人。

招弟问："抓不抓这两个人？"

钞义达说："不抓，两个人太少了。把他们抓起来了，就等于掐断了他们和候小的联系，其他十多个特务就漏掉了，再找他们恐怕就不容易了。"

陈世英观察了一会儿，说："天快黑了，咱们回去制订明天的行动方案。"

候小说："我就不用回去了吧？"

陈世英看了看候小，说："行。明天你要赶过来，给我们提供新情报。"

候小问："我还是在老地方找你们？"

陈民英说："你就在那条路上走。我们会有人接应你的。"

十一

钞义达办公室里，钞义达和候小、招弟坐在一起说话。

钞义达说："这帮特务太狡猾了。"

招弟说："今天不抓他们，也可以跟踪他们啊。"

698

钞义达说："黑夜跟踪他们，近了，他们会发觉；远了，看不清楚，他们随便一藏，就把我们甩掉了。"

候小问："那你说怎么办？这伙人不死，我心不安啊。"

钞义达说："今天他们到小院侦察过了，说不定一两天内就会在小院做文章。我们到时密切监视，跟踪行动的特务。"

招弟问："要是他们在小院的行动失败了，候小不是暴露了？"

钞义达笑道："不能让他们的行动失败，让他们无法接近小院。他们这些天就会一直打小院的主意，首长不是更安全了？明天开始，我们还要有意让小院经常有几个衣着干净的人出入，让他们更加相信小院住着大人物。同时，我们排兵布阵，严加防守。既让他们产生错觉，又不能让他们有机可乘，破坏老百姓的正常生活。也不能让候小暴露了。候小明天继续与他们周旋。"

候小叫道："妈呀，我怎么尽遇倒霉的事。"

十二

夜，山弯土窑洞里，陈世英和几个特务凑在一起。

陈世英说："我今天看过了，候小说的那地方，的确有情况。上次小张杀的那个人，也在这里出现过，说明是在给'共匪'首脑踩点看地方。我们明天派两个人，潜伏下来，黑夜在背墙上安装炸药，把那几孔窑洞炸掉。其他人继续寻找目标。"

曹余正问："你不是说那里的周围有岗哨？我们能接近目标吗？"

陈世英说："想办法接近目标。明天晚上无论如何，都要有成效。哪怕炸空了，我们也要炸。太过小心谨慎，就弄不成事了。这些天，我们什么事都没有干成。"

曹余正说："这样炸不死'共匪'的首脑人物，就打草惊蛇了。"

陈世英自信地说："也叫敲山震虎。只要他们惊慌了，就会有仓皇之举，我们就能侦察到目标了。我明天留下来接应候小。你们各干各的。

该小心的地方一定要小心。"

十三

葭县街道，几个形迹可疑的人在溜达。

葭县小院和小院相邻的院子里，有不少穿军装的人进出。小院周围到处是背着枪的解放军战士和民兵。哨兵不时向进出的人敬礼。

两个特务远远望到这种景象，就退开了。

一个特务说："这里像是有大人物，可我们根本就靠不到他们的周围，还安什么炸药。"

先说话的特务说："陈处长不是说让咱们天黑下来再行动吗？"

另一个特务说："天黑下来也靠不到那边去。不信你就等天黑下来看。"

十四

候小走在山路上。

陈世英从候小对面走来了。

陈世英笑道："候小，我们不能再把你当外人了。"

候小故作惊讶地问："以前陈处长把我当外人了？"

陈世英说："小心没大错。城里有什么新动向？"

候小说："他们好像发现了甚，那家小院增加了不少岗哨，不太好接近。我怕你们做事冒失了，就赶紧跑过来跟你们说一声。"

陈世英说："好。不过，他们都出动了。这样吧，你和我住下来，等他们回来，咱们一起研究明天的行动。"

随后，陈世英召集特务开会。

陈世英说："那个地方的确就是'共匪'首脑住的地方。我们就从那里进攻。"

曹余正说："咱们连跟前都到不了，怎么进攻呢？"

陈世英说："我们派人带上手榴弹，就在那一带转悠。他们总有出来的时候。他们一出来，我们就不惜一切代价，用手榴弹炸死他们。弟兄们，为党国尽忠的时候到了。在这次行动中，谁要是殉职了，我们要善待谁家的子孙后代。谁的英雄事迹也就会永远地写在史册里。来，我们分一下工。"

十五

钞义达带着几个解放军战士走在街道上。

有一支手枪从巷道墙里伸了出来。

枪响了。

钞义达大声喊道："快趴下。"

接着，又是几声枪响。

枪手逃跑了。

钞义达爬起来。

十六

葭县小院的附近。

那几个监视小院的特务听到枪声，互相靠近，眨眨眼，迅速退走了。

招弟带着几个解放军战士走过来。

钞义达走在小院的前边，看到招弟，愣了一下。

招弟跑过来，报告道："那几个特务听到枪响，就跑开了。"

钞义达愤愤地叫骂道："这狗杂种，既要老子的命，又坏大事情，捉住他，非把他剁成八大块不行。"

钞义达回到办公室，怒气依然没有消掉，把帽子摔在桌子上，气咻咻地坐在椅子上。

钞义达正在生闷气时，外面传来了吵闹声。

钞义达拉开门，叫道："吵甚哩？！"

招弟跑过来，报告道："我的手枪不见了。"

钞义达吃了一惊，问："甚时候不见的？"

招弟说："今天任务特殊，我要按一般战士执行任务，就带了长枪，把手枪放到桌子里了。"

钞义达问："有没有外人进你们的住处？"

招弟说："没有。"

钞义达思索起来。

刘剑盯着钞义达。

钞义达看到刘剑在注意自己的目光。

钞义达说："你们谁也不许出去，就地等我。招弟，你出去给我找一只鸡来，再找点粮食，不得耽误。"

招弟说："是。"

招弟出大门找鸡去了，钞义达又回到了办公室。

一个战士很快给钞义达送来了粮食。

钞义达找出那包白砂糖，打开纸包，把砂糖和粮食放在碗里，搅在一起。

招弟怀里抱着大红公鸡，走进了县委大院。

刘剑冷笑着望着招弟怀里的公鸡。

招弟走进了钞义达办公室，放下公鸡。

钞义达把放着白砂糖和粮食的碗放在大红公鸡面前。

大红公鸡叽叽咕咕叫唤着，啄着碗里的粮食和白砂糖。

钞义达和招弟盯着大红公鸡。

大红公鸡把碗里的粮食和白砂糖吃完了，开始走来走去，似乎想出去。

钞义达长吁了一口气，说："你把公鸡送过去就回来。"

招弟抱上大红公鸡出去了。

钞义达出了门走到那几个战士跟前，说："你们谁拿了招弟的枪，快

702

送回来，我不处分。这种玩笑开不得。"

几个战士不吭声，紧张地望着钞义达。

钞义达在低头沉思。

招弟回来了。

钞义达说："招弟，明天早上我回老家大会坪给母亲烧纸去，也用不了多长时间，赶晌午我就回来了。我走后，你注意好县委的警戒工作。大家都要服从招弟的命令。"

招弟和刘剑等人说："是。"

钞义达说："失枪的事先不要在外边张扬，以免引起混乱和猜疑。等我回来再说。解散。"

刘剑和几个战士都走开了。

钞义达低声对招弟说："明天早上，你调两个和刘剑不熟悉的战士化装后跟踪刘剑。"

十七

刘元魁家院里，刘刘氏正在纳鞋底时，刘剑进来了。

刘刘氏问："剑儿，你怎么回来了？"

刘剑说："看看妈。"

刘刘氏说："看甚呀。你就好好地跟上钞义达当你的兵。"

刘剑没有吭声，望着刘刘氏。

刘刘氏惊异地问："你这是怎么了？这么看着妈？"

刘剑说："假如儿子有一天不在了，妈会怎么样呢？"

刘刘氏不高兴地说："尽说些丧气话。你好好的一个人怎么能不在呢？"

刘剑说："养兵千日，用兵一时。战场上，子弹可不长眼。"

"你是县游击大队的，不会上战场的。"

"妈，要是我不在了，你就住在妹妹家吧。"

"不要瞎说了。"

"妈，我好好看看你老人家，就回队上去了。"

刘刘氏抬起头。

刘剑深情地望着刘刘氏，泪水盈满了眼眶。

刘剑转身走了。

刘刘氏愣怔怔地望着刘剑的背影，疑惑不解地说道："日怪哩。"

十八

夜晚，陈世英和曹余正等特务守在山墕里。

候小一个人坐在离特务们稍远的地方。

陈世英问："你们没有搞清，怎么就响起了枪声？"

特务说："没有。我们听到枪声离我们很近，怕出事，就溜走了。"

陈世英说："你们明天继续实施预定的计划。曹队长还是到城郊打探消息。候小明天也回去。"

候小一听说让他也回去，高兴地说："对，我人熟地也熟，回去了行动起来比你们方便。"

十九

刘剑从街道上走过来。

钞义达出现在街道上，心里冷笑道："原来就是你小子，隐藏得够深。"

刘剑身后有两个便衣在跟踪。

刘剑出了北城门，下了城坡，走在黄河沿岸上。

刘剑在一块大石头后藏匿起来。

两个便衣也藏匿在小山坳里。

太阳升高了。

刘剑看看天空。

刘剑从石头后走了出来，左右看了看，向城里走去。

二十

黄河沿岸的村庄，到处都是解放军。

曹余正悄悄地溜进村子。

有两个妇女站在一起说话。

一个妇女问："咱们村怎么来了这么多的解放军？"

另一个妇女说："你不晓得？咱村来了大人物。"

曹余正听到这里，向两个妇女凑近了几步。

一个妇女说："我说怎么来了这么多的人。有甚大官？"

另一个妇女说："听说是延安过来的，都是共产党的大官。"

一个妇女突然看到了曹余正，说："不说了，说多了会闯乱子的。"

二十一

葭县北城门。

刘剑走进城门，钞义达突然出现在他面前。

刘剑意识到了什么，站住了，随即就掏出了手枪。

钞义达说："不要动，你再动，他们会打死你的。"

刘剑左右看了看，有几个战士和招弟都举枪对准了自己。

刘剑慢慢放下枪，突然向后一退，搂住了身后摆小摊的中年人。

刘剑用枪指着中年人，对钞义达说："你们把枪放下，让我回家和老母亲道个别。不然的话，我就打死这个人。"

钞义达说："只要你放下枪，我们就会宽大处理。你要负隅顽抗，必将是死路一条。你手上，已经背上了一条人命。"

刘剑说："这是一对一，你杀死了我大。我也杀死了你们的一个人，扯平了。"

钞义达问："谁说我杀死了你大？"

刘剑用枪指着中年人，说："我不给你说。放开一条路，不然，我就打死他。"

中年人吓得面如土色，浑身直颤抖。

钞义达退了几步，退到招弟面前，低声说："你快把刘刘氏叫来。"

招弟转身跑了。

钞义达又对刘剑说："刘剑，我告诉你，我没有杀你大。你不明真相，就一次又一次地向我下黑手，这不像个男子汉吧？"

刘剑说："就是你杀了我大。不报杀父之仇，就不是男子汉。"

钞义达用枪指着刘剑。

刘剑的身子藏在了中年人的身后。

钞义达叙述了当年刘元魁死亡的真相，然后正告道："这就是真相。我不欠你大的命。听着，你放开手中的人。"

钞义达话刚说完，刘刘氏颠着小脚，跟着招弟，跑过来了。

钞义达的手枪指着刘剑。

刘刘氏叫了一声："剑则。"

刘刘氏跑到钞义达跟前，说："你不要开枪，钞队长。我求求你了。"

刘刘氏想往刘剑跟前扑，被招弟等人扯住了。

刘剑喊道："妈，你不要过来。"

刘刘氏说："剑则，妈从来也没说过是钞义达害了你大，你听谁说是钞义达害死了你大？"

刘剑说："是曹景升说的。"

刘刘氏一惊，问："你那次说有一个姓曹的老先生说，他和你大是朋友，就是曹景升？"

刘剑说："对。他还给了我手枪和子弹。"

刘刘氏说："你上了坏人的当。曹景升根本就不认识你大。你不要胡来，他们会给你一条活路的。"

刘剑叫道："迟了，我打钞义达时打死了一个民兵，他们不会放过我的。妈。儿不孝，给你添麻烦了。你和妹妹保重。"

刘剑说着，猛然抬手将枪口对准太阳穴，扣动了扳机。

枪声响起，刘剑太阳穴上流出了血水，然后慢慢地倒下去了。

刘刘氏声嘶力竭地哭喊道："剑则。"

第三十章

一

山塆的土窑洞里，陈世英和几个特务躺在地上。

曹余正走进来了，汗淋淋的。

陈世英坐起来，问："有情况吗？"

曹余正说："有。'共匪'首脑到葭县好些日子，已经离开葭县城，到了南河底。"

陈世英叫道："他妈的。他们的保密工作做到了这种地步。看来城里的那些人就是为了迷惑咱们。"

曹余正说："是的。"

陈世英说："那个候小也不是真心为咱们办事的人。"

曹余正说："我看他也不敢送假情报。主要是共党太狡猾了，迷惑了我们。候小也是被迷惑住了。"

陈世英说："可我们也不能太相信他了。来，咱们合计一下。"

曹余正说："明天是九九重阳节，白云山遇庙会，'共匪'首脑有可能上白云山看戏。我们在白云山行动。"

陈世英说："说说你的行动方案。"

曹余正向陈世英耳语起来。

陈世英点点头，说："这是个好办法。只是万一他们不上钩怎么办呢？"

曹余正说："他们不上白云山，这个办法也就不行了。不过，下一步我们就到南河底寻找线索。只要发现'共匪'首脑人物了，就再把他们吸引到担架跟前，引他们上当。"

陈世英说："行，明天我们一起到白云山接应你们。"

曹余正说:"我引上三个弟兄回家做准备工作。"

陈世英说:"好,你先回去准备,我也进城一趟,再到小院观察一遍,看里面到底有没有'共匪'的大人物。"

曹余正说:"那里有危险,陈处长不敢去。"

陈世英说:"我会注意的。"

二

葭县小院周围,仍然重兵把守,附近有很多流动的解放军岗哨。

几个特务在小院周围监视观察,同时有一些便衣在走动。

候小化装成要饭的,低头弯腰,在周围转悠,低声说着什么。

几个特务在小院周围监视,集中观察里面的活动情况。

钞义达出现在小院的巷道口。

候小弯着腰,走到了钞义达跟前,低声说:"我把特务都指给便衣了。"

钞义达点点头。

候小迅速离去。

钞义达做了个手势。

十几个便衣一齐向特务扑去。

五个特务束手就擒。

陈世英出现在小院巷口,东张西望,没有看到自己的人,突然一惊,急忙跑了。

三

葭县曹家大院静悄悄的,死气沉沉。

曹余正走到曹家大院背后,左右看了看。

周围空无一人。

曹余正向后招招手。

三个特务跑过来了。

曹余正钻进了风洞。

曹余正走完地下通道，进了大通道。大通道，也算地下室。

恩畅正坐在地下大通道里，见到曹余正，恩畅叫了一声："大大。"

曹余正问："你怎么在这里？"

恩畅说："爷爷让我住在这里。他怕钞义达那小子把我引走。"

曹余正不再吭声，引着三个特务，出了地下室。

曹景升正在院子里散步，看到这几个人，吃了一惊。

曹景升问："大白天的，你怎么回来了？还引着这么几个人？"

曹余正说："走，到家里说吧。"

曹余正又对那三个特务说："你们先进家里的地下室躲一躲。"

那三个特务进了窑洞，躲到了地下室。

曹余正和曹景升走进客厅。

曹余正说："明天是九月九白云山唱戏，'共匪'的首脑有可能到白云山看戏。我们有一项计划要在那实施，我就回来做点准备。明天，我们做的事，就要震惊中外。"

曹景升问："做甚事？你不要想得太简单了。"

曹余正说："我们想用炸药炸上神路的'共匪'首脑人物，除非他们不走神路。如若走神路，他们就死定了。最好的办法，是有人配合我们。哎，恩畅怎么住在了地下通道？你不是说那是咱们父子逃生的地方吗？"

曹景升说："招弟来过几回了，一来就要问恩畅。窑洞里的地下室，钞义达他们晓得。我怕他们把恩畅引走，就把恩畅藏在了通道里。"

曹余正说："这恩畅，也是咱们家的一大麻烦。"

曹景升说："万一我们失败了，恩畅就是咱手中的一大筹码。"

曹余正问："他能算甚筹码？"

曹景升叹了一口气，说："本来，我是想把恩畅的事烂在肚子里，不向第二个人说，包括咱们家里的人。可是，这些天我在想，我不说，钞义达和宝翠也会把事情说出去的。你说我为甚给恩畅枪？"

曹余正说："不晓得。"

曹景升说："我想一石二鸟。让恩畅的枪，把钞义达和宝翠一起收拾了，然后让'共匪'再把恩畅处死。可恩畅弄不成事，只会瞎跳蹦，我才把他藏起来了。"

曹余正吃了一惊，问："恩畅是您从小一手抚养大的，是您的心肝宝贝，您怎么下得了这样的狠心？"

曹景升说："恩畅是钞义达的种子呀。他钞义达把我们糟蹋了。"

曹余正问："谁说的？"

曹景升说："我仔细看了，他们的人样太像了，就是一个模子里刻出来的。"曹景升接着又愤愤地说："如若他钞义达对我们耍甚动作，我们就当他的面，把恩畅当成人质。我给你说过几回恩畅就是我们手中的筹码，就是这意思。"

曹余正说："这样吧。恩畅就让我们来用一用。原来我想，这个乱世事，我弟活着也受罪，还要拖累家人，就把他当成我们的工具。明天我们把他绑在担架上，嘴塞住，再绑上炸药，蒙在被单里，放在路边，看到'共匪'首脑人物从神路上走过，就把被单揭开。他们过来看见有人被绑住了，肯定要往开解绳子。一解绳子，就拉着了炸药。'共匪'首脑人物就必死无疑了。如今看来，应该把恩畅绑在担架上。"

曹景升说："不不不。你这么做，我又舍不得了。他毕竟是我抚养大的呀。我们没有骨肉之情，可他也叫了我十几年的爷爷啊。"

曹景升说着，哭开了，说道："这作孽的事，怎么都让我曹景升遇上了啊。"

曹余正说："说来说去，还是'共匪'太坏了，不能怨我们。咱们就不要心慈手软了，您老人家当了一辈子好人，在这么大的事上，就当一回不好不坏的人。坏人就让我一个人去当。"

曹景升说："余正，你不能这样做。我不能让你这么做。"

曹余正说："您一辈子心慈手软，坏了多少大事？那年您不救钞义达出来，还会有今天的这些事吗？还会有野种子恩畅吗？"

曹景升说："我是读圣贤书长大的人，我不能让你做这种伤天害理的事。"

曹余正说："您强逼宝翠嫁到咱们家，您没有说是读圣贤书的人，今天这是怎么了？"

曹景升说："你这是在害和你没有恩怨的恩畅呀。"

曹余正说："大，我不跟您多说了。如今我问您，您是要儿的命还是要恩畅这个野种的命？"

曹景升叹息了一声，没有说话。

四

葭县曹家大院，曹余正和三个特务走进地下通道。

恩畅叫道："大大。"

曹余正狠狠地看了一眼恩畅，对特务说："把他绑起来。"

恩畅向后退了一下，惊慌地问："为甚要绑我？"

曹余正说："我要炸死你。"

恩畅说："大大。这是为甚？"

曹余正说："我不是你的大大。你是野种。你是钞义达的种子。"

曹景升伏在通道前听里边的动静，听到里边恩畅说："你不能绑我，我要找爷爷去。"

曹景升两眼流出了泪水。

外边大门响了。

曹景升一惊，向通道喊道："来人了，你们要沉住气。我在地上用力踩上三脚，你们才能出去。"

得到曹余正的回应，曹景升才去开了大门。

大门开了，招弟引着几个战士走进来。

招弟问："恩畅在甚地方？"

曹景升说："不晓得。"

招弟下令道："把他们绑起来。"

几个战士把曹景升两口子绑了起来。

曹景升说："你们把我们捆绑起来，就是为了问恩畅哪里去了？"

招弟说："是的。"

曹景升说："你凭甚管我们的家事？我的孙子去哪里，有你们甚事情？"

招弟说："恩畅是解放军的子弟，解放军的子弟解放军就有权管理。"

曹王氏哭叫道："你们这是做甚呀，把我们绑起来？"

曹景升说："我就不说。"

曹王氏抱怨道："你这个老东西，把恩畅藏来藏去，藏甚呀？"

招弟说："你们不说，我们就不会放你们。"

曹景升说："我说了，你们也不会放过我的。"

曹景升说罢，闭住眼睛，似乎不准备再吭一声。

五

审讯室，钞义达坐在桌子后。

一个身材瘦小的特务坐在钞义达对面。

钞义达说："说不说？"

身材瘦小的特务白了一眼钞义达，不说话。

钞义达对外说："让候小进来。"

候小走到身材瘦小的特务跟前，说："认识我吗？"

那个特务看到候小，吃了一惊。

候小得意地说："我叫高级特工。"

钞义达说："你们的活动规律，早在我们的掌控之中。看到他，你该相信了吧？"

特务说："我们下来十几个人，你们才捉住我们五个人，除了死了一个外，其他人，你们是捉不住的。候小也不晓得他们的活动规律。"

钞义达说："其他人我们捉不住？哈哈，我会让你们见面的，地点就是在这里。"

六

钞义达身着便装，引着两个年轻人，在山坡上察看过地形后，回到了县城。

钞义达与乔子奇、候小一起在办公室商讨围剿特务的计划。

钞义达说："这是几个死硬分子，没有撬开他们一个人的嘴。候小还得回特务住的地方走一趟。"

候小哭丧着脸说："还要回去？我怕呀。"

乔子奇说："如果五个特务不回去，他们肯定料到出事了，他们会不会怀疑候小？"

钞义达说："候小回去就说小院里有军用物资，才有重兵把守，就说是向我打探到的。五个特务是在准备刺杀一个重要人物时被发现了，就让抓走了。这回候小就说他看到了中共的首长，正走在黄河沿岸。想办法把他们引出来。我看过特务藏身的那一带地方了，有两条路，一条大路一条小路，再就是悬崖峭壁，深沟老渠，没办法通行。我们在两条路上把守死了，他们不管从哪条路上出来，我们都能把他们堵截住。"

七

黑夜，葭县曹家大院的客厅里，招弟坐在曹景升对面，一直在审问曹景升。

被五花大绑的曹景升，坐在地上，身子靠在墙壁上。尽管他已失去了自由，可他仍然不时冷冷地看一眼招弟，显得非常不服气。

招弟说："你不说恩畅藏在甚地方，我就不会放了你。"

曹景升说："我就没想过要你放过我，你也不要太神气了。天下还是老蒋的天下。榆林还在国军的手里。你们称王称霸的时间长不了。"

招弟说："我不跟你说废话。你再不老实交代，下一步，就要了你的老命。"

曹景升说："我活了六十大几岁了，死了也够本了。你呢？你还没有真正享受活人的滋味。"

钞义达走进曹家客厅，看到五花大绑的曹景升，说："曹景升，你晓得我们为甚要绑你吗？"

曹景升说："不晓得。"

钞义达说："你听好了。第一，刘剑暴露了。你给刘剑说是我杀了刘元魁，还给刘剑提供了枪支弹药，怂恿刘剑刺杀我。第二，你的儿子曹余正在山里准备组织暗杀行动。他一直在葭县暗中活动，你说你没有帮过忙吗？只要你帮了曹余正和特务的忙，你就是他们的同伙。特务的同伙，是甚罪？你不清楚？"

曹景升剜了一眼钞义达，没有说话。

钞义达说："山里藏的特务，都已在我们的掌控之中。以防万一，我们今天就住在你们家。他们要是来你们家，就等于送死来了。"

曹景升突然"哈哈"大笑了。

钞义达质问道："你笑甚？"

曹景升说："你所说的都与我无关。你干过的坏事，会遭报应的。"

钞义达愣了一愣。

曹景升说："要想人不知，除非己莫为。"

钞义达突然意识到了什么，问："恩畅在甚地方？"

曹景升说："你毁了我们曹家的荣誉，我要你一辈子心疼。"

钞义达说："有甚账要算，你就冲我来。你要是做出丧尽天良的事，我饶不了你。"

曹景升说："你如今也没有放过我。我是死定了，你也好活不到哪里。"

八

早晨，钞义达带领全副武装的部队和候小，来到小路的出口边。

钞义达观察了一会儿，说："他们还真会选地方。东西是大渠深沟，背面是大山，对面的山又离目标太远，不在有效射程内。只要他们到这条路上来，就好办了。"

两山夹着一条山渠小路。

钞义达说："你带他们出来，要么走在后边，要么走在前边。枪一响，你不要跑，就地趴下。宁让特务跑掉，我们的子弹也不会打在你的身边。"

候小甩胳膊踢腿，给自己壮胆子。

候小走了几步，回过头，故作轻松地朝钞义达笑笑，又招招手。这是一张饱经风霜却又神情酸楚的面庞。

钞义达一时有些心酸，向候小招招手。

九

候小走到土窑洞边，没有看到一个人。

候小没有看见人影，便坐下了。山里静悄悄的，候小心里有些发慌。

突然，一个人出现在候小的背后，用枪顶住候小的头。

候小说："有甚事，好说呀，常做这种事算甚呀。"

用枪顶候小的人说："走，把手举起来，跟我们掌柜的去说吧。"

候小战战兢兢地说："我候小不怕。"

候小被特务用枪指着后脑勺，走了一段路程，来到陈世英面前。

陈世英首先把候小五花大绑起来。

陈世英说："候小，这回你是性命难保了。你看，我们谁也没用枪指着你，也不用再吓唬你了。"

候小恐慌地问："真的吗？"

陈世英举起手枪，指着候小，说："是真的。你的死期到了。"

候小一屁股坐在地上，哭叫道："陈处长，你要让我死，也死个明白。我还有重要情报没有说呢。"

陈世英收起枪，说："说吧。说上半句谎话，就送你下地狱。"

候小说："那个小院没有'共匪'的大官，是军用物资。"

陈世英问："你怎么知道的？"

候小说："是钞义达说的。今天早上，我碰到了钞义达。我说，怎么后城的那个小院周围有那么多的兵，钞义达随便说了一句，有重要物资。我问他是不是有中共的大官来到了莨县，钞义达没有吭声，只是不满地看了我一眼。随后他说他要到白云山执行任务去，不跟我说闲话了。他走后，我就偷偷跟着。他上了白云山，我看到有好多解放军也在往白云山上走，中间有好几个身材魁梧的人，看起来派头不小。"

陈世英低头沉思起来。

候小问："曹队长呢？他可以证明我为你们办了不少事。"

陈世英喊道："你提供的情报，都是事后情报，没有一点有用的价值。"

候小说："你要杀我也行，不过，要等曹队长回来再杀我。不见曹队长，我死了都闭不住眼睛。"

陈世英狠狠地说："是我在指挥曹余正，不是曹余正在指挥我。我再问你。在小院周围的那几个弟兄哪里去了？"

候小说："他们让共党抓走了。"

陈世英问："你怎么知道的？"

候小说："我也在那个地方周围转悠，看见了。"

陈世英说："那你昨晚为什么不来报告？"

候小说："昨晚黑天洞地，你们老换住的地方，我怎么找你们呀？以前都是你们在接应我。"

陈世英说："你今天提供的情报和曹余正收集的情报一样，我再放你一马吧。"

候小问："曹队长呢？"

陈世英说："候小，告诉你，今天，我也只信你的一半话。你想问曹余正的去处吗？曹余正昨天已经潜回到城里了。他正在莨县城。不过，这时也该到白云山了吧？"

候小问："他不和我们一起行动了？"

陈世英说："他昨天回去实施另一项计划。这项计划是：捆绑住一个人，在那个人身上绑了炸药，又把嘴塞住，用布蒙住，抬到山下的神路边。他装成卖香纸的人，把那个人放在身边。'共匪'首脑人物上山或下山，都要走神路。他看到'共匪'首脑人物走近了，就扯开蒙布，溜走。'共匪'首脑人物看到有人被捆绑，肯定会解绳子。这绳子一解，也就拉响了炸药。你想想，会有多少人血肉横飞？哈哈。神来之手，伟大的一笔。可惜你的功劳不大。如果炸'共匪'首脑人物的行动不成功，我们还有第二套方案，就是到黄河畔上的路口伏击'共匪'首脑人物。这是我的任务。你的任务，就是待在原地。如果真的是'共匪'首脑人物上白云山了，不管事情成与败，我们都会重赏你的。以后你继续潜伏。一旦你的情报是假的，我们回来就除掉你。走。"

陈世英一挥手，几个特务跟着陈世英走了。

十

招弟和一个战士依然在曹家客厅审问曹景升。

招弟说："曹景升，一夜时间过去了，你想好了没有？"

曹景升说："行吧，我给你们说实话，不过，要到县委说。"

招弟说："就在这里说。"

曹景升说："我要给县委的头头说。你不让我到县委去，我就不说。"

招弟说："走，到县委去。"

曹景升出院子的时候，用力在地上蹬了三脚。

招弟注视一眼曹景升，曹景升阴险地冷笑了笑。

招弟和曹景升走后，曹余正从地下室出来，左右看看，然后向里挥了挥手。

一个特务首先跳出来，接着，两个特务抬着一副担架，出来了。

曹余正说："你们从大门里出去，我从暗道里往出走。"

一个特务背着行装，两个特务抬着担架，出了大门。

曹余正闭住大门，然后又下了地下通道。

在一条小巷子里，曹余正和那三个特务会合了。抬担架的特务和背行装的特务，跟着曹余正，快步向白云山跑去。

十一

陈世英带领几个特务，向山路口走来。

钞义达看见走上来的特务，说："准备射击。"

全体战士的枪瞄准了特务。

特务走近了。

钞义达看见没有候小，吃了一惊。

钞义达仔细观察了一遍特务，一声令下："打！"

枪声响起，特务纷纷栽倒了。

陈世英栽倒后马上一滚身，滚进了土渠，然后溜下山坡跑了。

钞义达看到陈世英逃跑了，跑下山坡追过去。

十二

招弟将曹景升押到了县委。

招弟说："总该说实话了吧？"

曹景升说："你要我给你说实话？连门都没有。你算老几？犯在了你们手里，就是死路一条，说与不说都是一样的。"

招弟愤怒地吼道："你骗老子？！"

招弟举起拳头，拳头却停在了半空中。

曹景升说："打吧。反正这身子快成死肉一堆了。"

招弟说："你想痛痛快快地死？没那么容易。"

曹景升说："你觉得上当了？你就不是我的对手。我再说一点，你在我们家的时候，余正也在我们家活动，还有几个特务。你们不走，有一件大东西出不去。这东西出不去，他们也就干不成大事情。所以我把你骗到了县委。"

招弟问："曹余正怎么晓得你走了？"

曹景升说："我走时在地下通道上面蹬了三脚，他就晓得我们走了。在地上蹬三脚，是通知他们能走了的信号。"

招弟问："他们到哪里去了？"

曹景升说："你觉得我会给你说吗？就是打死我，我也不会给你说！"

招弟焦急地一把提起曹景升，怒目圆睁。

曹景升说："你想怎么就怎么吧，只要事情干成了，我死而无憾。"

十三

陈世英一边回头打枪，一边向土窑洞跑去。

钞义达紧追在陈世英身后。

陈世英跑到土窑洞前，两眼恶狠狠地盯着候小。

候小惊恐万状地问："你怎么回来了，陈处长？"

"你的日子到头了！你把真相告诉了'共匪'，'共匪'首脑也就活逃了。"陈世英说着，朝候小打了一枪。

候小倒地了。

追上来的钞义达举枪射击。

枪响了，陈世英头部中弹，一下就扑倒在地。

钞义达叫道："候小，你不碍事吧？"

钞义达搂抱起候小，解开候小身上的绳子。

候小软绵绵的，说："快到白云山下的神路口，他们在人身上绑了炸药，要往死炸走神路的中央首长。"

钞义达看了看周围，只有他和候小。

候小说："不要解人身上的绳子。先下炸药，后解绳子。"

钞义达背起候小就跑。

候小在钞义达肩上说："这次，我没有当胆小鬼吧？"

钞义达说："没有。你立了大功。比我们全游击大队的功劳都大。你这是用自己的生命保护中央的首长。"

候小说："我有那么大的功劳吗？我不相信。死就死了，不要给我说这么好听的话。"

钞义达说："不要说话了，省点力气，我们会把你抢救过来的。"

候小说："我常说倒血霉，还回真的倒血霉了。我是自己把自己说死了。"

候小的头耷拉在了钞义达的肩上。

钞义达说："候小，你要挺住，我们快进城了。"

候小说："放下我，我不行了。你救中央的首长去吧。"

钞义达说："中央的首长有好多人在保护，你放心。"

候小挣扎着下了钞义达的背。

钞义达转身搂着放下候小，两眼盯着这个陪伴多年的弟兄。

候小的脸灰白灰白的，有气无力地说道："我也要走了。"

钞义达绝望地大声叫道："候小，你不能走，我的好弟兄。天明走了，你不能再走了。"

候小缓慢地说："还有招弟陪着你呢。我到阴曹地府陪天明去了。"

候小说着，闭上了眼睛。

钞义达哭喊道："候小——"

山谷回响着钞义达的声音："候小——候小——候小……"

钞义达放下候小，说道："弟兄，我先走了。等我回来再送你好走。"

钞义达快速向山上跑去。

十四

白云山神路口，曹余正装扮成老头，在卖香纸。

几个化装成老百姓的解放军战士，走到曹余正身边买香纸。曹余正像模像样地介绍着自己的香纸。突然，几个人一拥而上，将曹余正拿下了。曹余正身后边的两个特务急忙开溜。后边的几个战士看出这两个人可疑，把他们也拿下了。在他们身上搜出了短枪。

钞义达跑来了。

一个战士揭开了盖东西的蓝蒙布。

恩畅被捆绑着，一动不动。

钞义达走过来，说："孩子，你别怕。有我在。"

恩畅嘴里塞着布团，两眼惊恐哀伤地盯着钞义达。

钞义达用小刀划破恩畅身上的衣服，炸药包露出来了。

有人说："把孩子嘴里的布团抽出来。"

钞义达急躁地说："不要。"

钞义达站起，命令所有的人退开。

一个战士说："队长，我来下炸药。"

钞义达命令道："走开。"

有人又说："把布团从嘴里取出来，孩子难受着哩。"

钞义达摇摇头，然后用小刀划开炸药包，一点一点小心翼翼地往出取炸药。

钞义达脸上流着汗水。

钞义达取出了雷管，长吁了一口气。

恩畅身上的绳子被钞义达解开了。

恩畅躺在地上，不会动弹。

钞义达把恩畅搂抱起来。

恩畅两眼流出了泪水。

十五

审讯室里，钞义达坐在长条桌子后边，曹景升坐在对面的凳子上。

钞义达说："曹景升，你该说话了。"

曹景升说："我给你说，我不恨恩畅，可我恨死你和宝翠了。"

钞义达吼道："住口，你没有资格说这些话。我和宝翠最恨的人是谁？要不是你逼婚，宝翠能到你家吗？没有你的唆使，刘剑能打死我们的人吗？你罪大恶极，放在二十年前，老子宁肯死，也要一枪毙了你。"

曹景升淡然一笑，说："死就死吧。人在世上就是走一回。我曹景升还算走得不赖。"

钞义达说："你一辈子满口仁义道德，实际上作恶多端。"

曹景升说："胡说，我做了许多好事。你还是我救出来的。要不是有我们这样心慈手软的人，你们共产党的事情也不一定能闹到这种地步。读了一辈子的圣贤书，只是最后晚节不保。这是我还没有读好圣贤书的罪过。"

钞义达说："你的罪过太多了，你好好地交代吧。"

曹景升说："你把我们曹家的名声糟蹋了，你把我们的祖先都糟蹋了，我恨你。你不配审问我。没杀死你，是老天爷不长眼。我恨死老天爷了。要是老天爷长眼，让恩畅把你们杀死了，那才能解我心中的仇恨。"

钞义达说："恩畅没有杀死我们，你还不歇心，就把炸药绑在恩畅身上。恩畅是你们抚养大的，你们怎么忍心做出这种灭绝天伦的事？恩畅毕竟和你生活了那么多年。"

曹景升说："那是余正的主意。我说服不了他，一时犯糊涂，就由他了。都是你引起的。"

钞义达说："宝翠是怎么嫁到你们曹家的，你忘记了？"

曹景升说："我想找个好儿媳，你想找个好媳妇，我们男人的心情是一样的。"

钞义达说："虽然你们要害死无辜的恩畅，可我给你说一句话：只要政府不判你死刑，恩畅就会尽一个孙子的义务。恩畅是你一手抚养大的。你对恩畅有养育之恩，这是改变不了的事实。"

曹景升愣了愣，两眼流出了泪水，低语道："你钞义达还算一条汉子。"

宝翠把恩畅引进来了。

恩畅叫了一声"爷爷"，扑在曹景升身上。

钞义达和宝翠对视了一眼，出去了。

曹景升说："我不是你的爷爷，你不要再这样叫我了。"

恩畅说："你就是我的爷爷。不管我是谁的儿子，你都是我的爷爷。"

曹景升说："爷爷对不起你。"

恩畅说："我不怪爷爷。在我妈离开的时候，是爷爷养我长大的。在我形单影只的时候，是爷爷给了我快乐。我不会忘记爷爷的恩情。"

"爷爷没有白疼你。"曹景升说着，两眼又流出了泪水。

十六

县委会议室里，钞义达和乔子奇等人坐在桌子边开会。

钞义达说："今天我们就审判曹景升和曹余正的事专门召开军事委员扩大会议。参加本次会议的领导还有县委书记乔子奇同志。"

乔子奇起身向大家招招手。

大家鼓掌欢迎。

钞义达说："曹余正是一个顽固的特务分子，长期与我们作对，罪行累累，应该受到最严厉的惩罚。关于曹景升，我看要慎重对待。请大家议一议。"

一军事委员说："曹景升虽是个有名的大善人，但他唆使刘剑暗害义达同志，最后害死了我们的一名民兵，就凭这点，也应该严惩。"

钞义达说："我认为曹景升并不是作恶多端的坏分子。刚提的这件事并不包含着对共产党的仇恨。其中有个人恩怨。在他的思维中，是我做了对不起他的事情。他支持当特务的儿子曹余正，那是属于思想境界问题，实际上也没有和曹余正混在一起，干出损害我们共产党根本利益的坏事。我觉得应该对他网开一面，给他一次重新做人的机会。"

大家惊愕地望着钞义达。

招弟说："曹家害你和孙家不浅，我还以为你是主斩曹景升的人。"

钞义达说："放在以前，有杀曹景升的机会，我是不会放过的；经过十几年的风风雨雨和磨砺，我不会再凭个人感情用事了。"

乔子奇说："没想到，义达能有这样的胸怀。这才是一个真正的陕北汉子。"

乔子奇首先拍起了手。

十七

招弟和一队战士押着五花大绑的曹余正，走进刑场。钞义达走在后边。

招弟把曹余正推在一边。

钞义达走上来，说："曹余正，我们没有判你大死刑。在你临死之前，我们把这个消息告诉你。"

曹余正说："你说这种话，让我感谢你、感谢共产党吗？"

钞义达："我有告知你的义务。"

曹余正望了一眼钞义达，眼睛里射出仇恨的光芒。

钞义达说："我们第一次见面，到现在有近二十年的时间了。你我一直没有停止过打斗。最后是你败下来了。"

曹余正说："我不甘心。"

钞义达说："当然，打败你的不是我钞义达个人，是我们共产党指挥的军队，是我们的人民群众。"

曹余正闭住眼睛，说："开枪吧。落到你手里，我就晓得自己死定了。"

钞义达说："是吗？那好，我就亲手打死你，成全你的高明预见。"

钞义达举起了手枪，对准了曹余正。

曹余正眼里闪过惶恐的神色，浑身一软，倒下去了。

钞义达说："我打死你，就属于公报私仇。还是让行刑队执行吧。"

两个战士把曹余正提了起来。

招弟喊道:"预备。"

行刑队举起了枪。

招弟说:"执行。"

枪响了。

十八

钞义达和宝翠走在山路上。

钞义达说:"中央首长安全地渡过了黄河,踏上了新的征程,我们在陕北的保卫任务结束了。新的任务又在等着我们去完成。说不定我们哪天就走了。"

宝翠伤感地说:"你们各有所得,各有所依。只有我是孤零零的一个人。"

钞义达说:"恩畅会陪你的。"

"他还没有认我。他的心在曹景升身上。我不晓得怎么和他沟通哩。"宝翠说着,两眼流出了泪水。

钞义达顺手将宝翠揽在怀里,眼睛潮湿了。

钞义达说:"我会把你当作亲妹妹看待的。"

宝翠仰起头,说:"可怜我吗?"

钞义达摇摇头。

宝翠说:"忘掉过去吧,好好和王茵过日子。"

宝翠离开钞义达,转身走了。

钞义达目送着宝翠渐渐远去。

十九

牢房。

曹景升坐在牢房里。

恩畅走进来了。

曹景升抬起头，看到恩畅，激动地叫道："畅畅。"

恩畅叫道："爷爷。"

曹景升两眼流泪了，哽咽道："爷爷成了囚犯，你就不要再看爷爷了。"

恩畅说："不，爷爷，我会常常来看望您的。我一直在想着爷爷。"

曹景升两眼流着泪水说："其实爷爷也想你哩。十几年的感情啊。"

二十

钞义达正在办公室伏案书写。

招弟在门外喊道："报告。"

钞义达说："进来。"

招弟问："义达哥，你在写甚？"

钞义达说："写总结报告。有事吗？"

招弟说："白石匠捎来了话，说为天明和候小刻的碑刻好了，甚时间立？"

钞义达说："马上到清明时节了。我们就在清明时立。"

招弟问："还请甚人参加立碑仪式？"

钞义达说："就我们两人立碑。"

招弟说："为甚？天明和候小都是为革命事业牺牲的。县上的领导都应该出席。"

钞义达说："天明和候小是我们俩的赶牲灵弟兄。"

二十一

清明时节，钞义达和招弟将两块墓碑并排立在两座坟墓前。

一块墓碑上刻着：

陈候小之墓　赶牲灵人　钞义达　吴招弟　公元一九四八年立

一块墓碑上刻着：

张天明之墓　赶牲灵人　钞义达　吴招弟　公元一九四八年立

钞义达望着墓碑，泪眼迷蒙，眼前出现了一幕幕往事：

候小和张天明终于看到了躺在泥滩里的钞义达。

两人走进泥滩。

张天明哭叫道："我们可找到你了，义达哥。"

候小说："我们还以为再见不到你钞义达了。"

钞义达说："咱们是生死弟兄，怎么能不打一声招呼就走了。"

张天明破涕为笑，说："对，我们以后不能不打招呼就走。"

张天明背起钞义达。

候小掌着灯，跟在身后。

三人艰难地行走在夜色中……

张天明扭秧歌的扮相依然是老蛮婆，轻扭，朝外努努嘴，撒老娇气，用脚后跟快步走碎步子，向前抖动红绸子，表示自己很生气。有时，他咧开嘴巴眯起眼睛笑，两只手中的红绸子一齐向左向右地挥动起来，脚步又轻快又柔软……

张天明眼睛又滚出了两颗泪珠。

宝翠又用手揩了揩张天明的眼泪。

张天明又说道："我不行了，这是我的心，我要把我的心送给我一生最爱的人。义达哥，你不恼我吧？"

张天明递了递银项链，钞义达伸手接过来。

钞义达说："我不恼。你纯净忠诚，我不能嫉恨。"

张天明缓慢地说："我走了。"

张天明淡淡地笑了笑，闭上了眼睛……

张天明的歌声响起：

走头头（的那个）骡子（哟）三盏盏那个灯，

（哎呀）戴上（的那个）铃子（哟噢）哇哇（的那个）声。

白脖子（的那个）哈巴（哟）朝南（的那个）咬，

（哎呀）赶牲灵（的）人儿（哟噢）过（呀）来（那个）了。

你若是我的哥哥（哟）你招一招（那个）手，

（哎呀）你不是我的哥哥你走你的（那个）路。

二十二

骡子队排在县委大门口的大街上。

乔子奇和钞义达等人站在大门边。

乔子奇命令道："出发。"

骡子队出发了，浩浩荡荡，穿过葭县街道。

王兆明等人骑着马，看到骡子队，勒住了马缰绳，站住了。

王兆明感慨道："葭县的骡子队，有气势。"

王兆明骑着马，来到葭县县委大门前，跳下来。

钞义达和乔子奇、宝翠、恩畅等人迎了出来。

王兆明和乔子奇、钞义达等人一一握手。

王兆明问："在送你们的骡子队？"

乔子奇说："是啊。你是不是又带来了新任务？"

王兆明说："是的。你们猜一猜吧。"

钞义达说："乔书记给我的任务，总是赶牲灵，搞地下工作。王师长呢？我看是上战场。"

王兆明笑道："你钞义达够聪明的。接军委命令：钞义达担任七十六师八十三团团长。"

钞义达问："乔书记呢？"

王兆明说："我担任七十六师师长，他担任政治委员。"

宝翠走过来，问："你们都要走了？我呢？"

王兆明笑着说："我们一起参加全国的解放战争。你还留在葭县。"

宝翠低下了头。

钞义达走在宝翠跟前，说："宝翠，我们走了，你多保重。"

宝翠两眼噙着泪水，点点头。

钞义达说："我们甚时间能回来，还很难说。希望每年你能在天明和候小墓前走一走，代我和招弟看一看他们。要是我和招弟也战死了，你就负责把我们和张天明、候小埋在一块墓地里。墓地里留着我和招弟的位置。"

宝翠两眼流出了泪水。

乔子奇说："愉快地告别吧！"

王兆明说："对，让乔政委给咱们照一张相。"

乔子奇拿出照相机，说："我先给义达和儿子照一张相。你义达没有尽一天当大的义务，儿子就这么大了，真是个有福之人。"

钞义达站过来，叫道："恩畅，过来。"

宝翠转过了身。

钞义达想了想，说："宝翠，你也过来。"

宝翠掉头望了一眼乔子奇。

乔子奇说："宝翠，来，站在一起，不就照个相嘛。"

钞义达和宝翠站在两边，恩畅站在中间。

一张三人相片出来了。

钞义达对招弟说："我们两个赶牲灵的弟兄也合一张影。"

二十三

一九九九年，老年的招弟躺在病床上，老年的钞义达站在病床边。

招弟说："义达哥，我不行了。"

钞义达说："招弟，你好好养病，等到了时间，咱哥俩一起走，一起回老家。这些年，我们总想要回去看看，可总是会被七事八事耽误了。再不回去，就回不去了。"

招弟笑道："我等不住了。活到这份上，也行了。我死了后，你让他们把我埋回到天明和候小身旁。这是我唯一的遗愿。你人回不去，托人以你的名义给我立一块碑。"

钞义达说："我和你的想法是一样的。"

二十四

北京的一个公园，人到老年的王茵在练太极拳。

王茵练罢太极拳，回到家里，看着当年自己和芯芯、钞义达的三人合影相片，满足地笑了。

二十五

葭县已改称为佳县，年迈的宝翠缓慢地从佳县街道走过。

回到家里，宝翠拉开抽屉，从本子里找出一张旧相片，是当年她和恩畅、钞义达的合影。

二十六

几位学者在宝翠的陪同下观看她的剪纸。

宝翠居住的窑洞墙壁上，到处都是剪纸。

赶牲灵人赶着骡子的剪纸形状各异，随处可见。

墙壁上挂着一幅书法作品，写道：艺术大师的灵魂永远是孤独的。

窑掌有四个艺术剪纸大字：独善其身。

一位学者说："这剪纸真漂亮。"

一位学者说："这剪纸就是文学语言，内涵很丰富。"

一位学者说："真是一位大师呀。"

二十七

钞义达戴着老花镜，坐在沙发上看报纸。报纸上有一篇报道，标题是：《民间艺术大师——孙宝翠》。文中还有一张宝翠剪纸的相片。

钞义达自语道："是的，就是宝翠。她大模样还没变。"

钞义达叫道："王茵，快来看报纸。"

王茵走过来，说："大惊小怪的，叫什么？"

王茵坐在钞义达跟前。

钞义达指着报纸中的照片说："你看，这是宝翠。宝翠的剪纸出大名了。"

王茵说："宝翠的剪纸早就出名了，你又不是不晓得。"

钞义达说："如今人家称她为世界剪纸大师了。"

王茵说："真的？"

王茵接过报纸，感叹道："宝翠是越老越有人抬举了。"

电话铃声响起。

钞义达顺手接起电话。

电话里传来的声音："叔叔，我是小宁。我大他今天清晨去世了。"

钞义达一怔，长长叹了一口气，放下电话筒，仰身靠在沙发上，闭上了眼睛。

王茵惊讶地问道："你怎么了？"

钞义达声带哭音地说："招弟走了，我们四个赶牲灵的弟兄，走得只剩下我一人了。"

钞义达站起来走进书房，静静地望着墙上的书法作品。书法作品的内容是：

锦瑟年华，

义气豪放，

生死相随日月奔忙。

风雨飘摇，

情缘未了，

吼上几声天下流行。

为民族尊严，

舍生取义，

喋血沙场染布衣。

赞陕北汉子忠魂树丰碑。

韶华已逝，

鬓颜渐改，

坎坎坷坷一路走来。

有情情殇，

有义义去，

斗转星移几多惆怅。

看浮华尘世，

人生成败，

悲欢离合转瞬间。

叹多少往事逝水东流去。

二十八

二〇〇〇年春天，钞义达在家属区大院坐进了小卧车。

王茵和芯芯站在车旁。

王茵说："你老了，还这么固执。这把年纪回老家，路途上有危险。"

钞义达说："也许，这是我最后一次回老家了。"

王茵说："年纪大了，要注意点，操心身体。"

王茵又对一个年轻人说："小陈，你要照顾好老首长。"

小陈说："放心，王奶奶。"

钞义达说："你就不用担心了。我活着是你的人，死了，我就把身子给了宝翠吧。"

王茵嗔怪道："你这把老骨头，还好像值两个钱。你想给人家，还不晓得人家要不要。人家宝翠都有那么大的名分了，还稀罕你这把老骨头？！"

芯芯笑着说："爸妈真是一对模范夫妻呀。总是依依不舍的。"

王茵说："你又多嘴了。"

小卧车启动了。

钞义达向王茵和芯芯招手。

王茵和芯芯目送着小卧车离开。

二十九

白发苍苍的钞义达站在张天明和候小、招弟墓前。

小小的坟头前的墓碑旧了，字迹有些模糊，但还能看得清字迹。

一块墓碑上刻着：

陈候小之墓　赶牲灵人　钞义达　吴招弟　公元一九四八年立

一块墓碑上刻着：

张天明之墓　赶牲灵人　钞义达　吴招弟　公元一九四八年立

另外，还有一块崭新的墓碑，上面刻着的字是：

吴招弟之墓　赶牲灵人　钞义达　公元二〇〇〇年立

钞义达说："赶牲灵的弟兄们，我想你们。我也会来陪你们的。"

候小的声音响起："还有招弟陪着你呢。我到阴曹地府陪天明去了。"

钞义达声音颤抖地说："招弟也来了。弟兄们，这世上，赶牲灵的弟兄只有我钞义达一人了。我想你们。"

钞义达泪眼蒙眬地望着墓碑，耳畔响起了张天明的歌声：

走头头（的那个）骡子（哟）三盏盏那个灯，
（哎呀）戴上（的那个）铃子（哟噢）哇哇（的那个）声。
白脖子（的那个）哈巴（哟）朝南（的那个）咬，
（哎呀）赶牲灵（的）人儿（哟噢）过（呀）来（那个）了。
你若是我的哥哥（哟）你招一招（那个）手，
（哎呀）你不是我的哥哥你走你的（那个）路。